2016 年度国家社会科学基金一般项目（16BZW037）
2020 年度国家出版基金资助项目（2020J-162）
"十四五"时期国家重点图书出版专项规划项目
2021—2035 年国家古籍工作规划重点出版项目

国家出版基金项目
NATIONAL PUBLICATION FOUNDATION

浙东唐诗之路沿线戏曲丛刊　俞志慧 主编｜审订

调腔传统
珍稀剧目集成

吴宗辉　俞志慧　汇编｜校注

卷四

时戏三

浙江工商大学出版社·杭州

图书在版编目(CIP)数据

　调腔传统珍稀剧目集成 / 吴宗辉，俞志慧汇编、校注.
— 杭州：浙江工商大学出版社，2022.9
　ISBN 978-7-5178-4809-7

　Ⅰ．①调… Ⅱ．①吴… ②俞… Ⅲ．①新昌高腔一剧本一研究 Ⅳ．①I207.365.54

　中国版本图书馆 CIP 数据核字(2021)第 280625 号

调腔传统珍稀剧目集成

DIAOQIANG CHUANTONG ZHENXI JUMU JICHENG

吴宗辉　俞志慧　汇编、校注

出 品 人	鲍观明
策划编辑	任晓燕　张晶晶
责任编辑	张晶晶
责任校对	何小玲
封面设计	观止堂_未泯
责任印制	包建辉
出版发行	浙江工商大学出版社
	（杭州市教工路 198 号　邮政编码 310012）
	（E-mail：zjgsupress@163.com）
	（网址：http://www.zjgsupress.com）
	电话：0571-88904980，88831806（传真）
排　　版	杭州朝曦图文设计有限公司
印　　刷	杭州高腾印务有限公司
开　　本	710 mm×1000 mm　1/16
印　　张	154
字　　数	2842 千
版 印 次	2022 年 9 月第 1 版　2022 年 9 月第 1 次印刷
书　　号	ISBN 978-7-5178-4809-7
定　　价	1288.00 元（全五卷）

卷四目录

时戏三

四八

还金镯

调腔《还金镯》一剧，《俗文学丛刊》第一辑影印收录的傅斯年图书馆藏抄本有《说亲》《失盗》《复盘》《还镯》四出，新昌县档案馆藏调腔抄本有正生、小旦、净、末（又作外）、丑（仅《复盘》一出）单角本，晚清《单刀会》等净本（案卷号 195-1-11）所收《还金镯》净本，以及《赐绣旗》《双玉燕》等外、末本［案卷号195-1-143(2)］所收《还金镯》外本有溢出傅斯年图书馆藏抄本四出的内容。按，民国二十四年(1935)9、10 月间和次年 5、6 月间，绍兴的调腔班"老大舞台"分别赴上海远东越剧场和老闸大戏院演出。前一年 9 月 18 日日戏《还金镯》"自盗银起，还镯止"，10 月 8 日夜戏"自说亲起，还镯止"，可见《说亲》至《还镯》四出确为常演折子戏；后一年 6 月 1 日日戏则演全部《还金镯》。又，蒋星煜《绍兴的高腔》《从"余姚腔"到"调腔"》收有《说亲》【画眉序】"恼恨那冤家"至"冲冠怒发"的曲谱和锣鼓①。

昆曲中亦有故事大体相同的《还金镯》一剧，又名《金镯记》，中国艺术研究院戏曲研究所资料室藏有《金镯记》残本三十七出，原系怀宁曹氏藏曲。《增辑六也曲谱》收有此剧《分镯》《诉魁》《天打》三出，其中《分镯》相当于调腔本《还镯》，但两者曲文迥异，且昆曲本写王家聘礼金镯乃一对，在劝阻高小姐削发后，王御收回其中一只，另一只仍由高小姐留存，情节亦与调腔本不同。人名方面，昆曲本人物高道宗及其女高鸾英，调腔本唤作"高怀势"和"高冰云"②；昆曲本纪天英（《增辑六也曲谱》作"汪天英"），调腔本作"薛文标"；昆曲本王御，调腔新昌县档案馆藏抄本同，傅斯年图书馆藏抄本作"王裕"。宁波昆剧兼唱的调腔戏有此剧目，且其中《哭魁》（即《诉魁》）一出唱昆曲。此外，温州乱弹有《金手钏》，故事与调腔《还金镯》相仿。清代有同名弹

---

① 蒋星煜：《绍兴的高腔》，华东文化部艺术事业管理处编：《华东地方戏曲介绍》，新文艺出版社，1952，第24—25 页。华东戏曲研究院编审室资料研究组：《从"余姚腔"到"调腔"》，华东戏曲研究院编：《华东戏曲剧种介绍》第五集，新文艺出版社，1955，第55—56 页，后收入蒋星煜：《中国戏曲史钩沉》，中州书画社，1982，第71—72 页。

② 按，高怀势和高冰云二人姓名，绍兴的调腔班"老大舞台"的演出广告作"高尚忠"和"高玉英"，与昆曲本相近。

词，故事略同，如清道光元年(1821)吾馨轩刊《绣像还金镯全传》①。

调腔《还金镯》剧叙昆山王仲贤之子王裕，自幼同高怀势之女高冰云联姻。后王裕父母双亡，家业凋零，岳父高怀势遂对婚事心存疑虑。七夕前夕，王裕的伯父王仲友前来向高府借银，以便王裕赴考，高怀势与他争闹一场，并谓王裕聘礼如若不备，则不能成婚。高妻严氏从家仆高茂处得知缘由，并听从高茂建议，借七夕节外出还愿之际，约王裕到来，暗许白银六百两。事后王仲友复来说亲，高怀势应允婚事。高茂将白银细缎送至王裕家，王裕为小心起见，点灯坐守。刘儿受薛文标指使，利用调虎离山之计，盗去王裕之银。次日王裕到伯父家说明此事，王仲友只得到高府回绝亲事。高冰云听闻后悲痛欲绝，决意削发为尼，并让母亲安排王裕到白莲庵相会。相见后，高冰云当面交还王家聘物金镯，准备遁入空门。王裕听后大吃一惊，悲痛倒地，苦加劝阻。岳母严氏顺水推舟，冰云只得答应暂且收回金镯，带发修行。于是严氏向王裕约以三年为限，待其及第后再行迎娶。

参照《金镯记》残本，调腔《还金镯》后面的情节大概是王裕上京应试，薛文标偷得王裕试卷，得以高中。王裕到庙里向魁星哭诉，得人帮助，重登科甲，回乡完婚，而薛文标欲行骗婚，终遭恶果。至于薛文标盗银、偷卷和骗婚之事，当是在高妻严氏携女冰云外出还愿时，薛文标瞥见冰云美貌，倾羡不已，并偷听得知王裕娶亲原委之后实施的。

清浙江山阴(今绍兴)人平步青(1832—1896)《小栖霞说稗》"还金镯"条云："越中高腔演《还金镯》，见《包公案》。据《坚瓠广集》卷五引《湖海搜奇》，乃柳鸾英、阎自珍事。云：'人作《钗钏记》传奇。'今此记不传，《龙图公案》袭之，伶人又转演作别事，遂忘为柳、阎真事矣。《今古奇观》卷二十四《陈御史

---

① 参见谭正璧：《弹词叙录》，《谭正璧学术著作集》第八册，上海古籍出版社，2012，第220—221页。

巧勘金钗钿》一回略同。"①平步青所云"《龙图公案》袭之"的篇目,见《龙图公案》卷九《借衣》。按,《借衣》写赵士俊嫌婿沈猷家道中落,意欲退亲,而赵妻请猷来见,拟赠婚资。猷向表兄王倍借衣,以便往见。王倍托故留猷,而己冒名诈亲,骗得财色。待猷至赵家,赵女阿秀羞而自缢。猷被告入狱,幸包公设计赚赃,使猷脱罪。先时,王倍妻游氏恶夫不义而离之,赵士俊以之为义女,并招猷入赘。这一故事,实与调腔《还金镯》相差甚大。不过,婿因贫而无法迎娶,岳翁意欲悔亲,而母女不愿,并设法资助,却又招致小人,陡生波澜,幸清官为婿洗冤,是《龙图公案·借衣》和元关汉卿杂剧《绯衣梦》,元戏文《林招得》,明传奇《钗钏记》,调腔《还金镯》《紫金环》,以及多地剧种的《血手印》共通的框架②,具体故事则各不相同。

校订时以傅斯年图书馆藏抄本为底本,校以正生、小旦、净(净本抄有《还镯》出的老旦部分)、末、丑单角本,并将晚清《单刀会》等净本(案卷号195-1-11)以及《赐绣旗》《双玉燕》等外、末本[案卷号195-1-143(2)]所收《还金镯》佚出附于篇末。

---

① [清]平步青:《小栖霞说稗》,《霞外攟屑》卷九,民国六年(1917)刊《香雪崦丛书》本,第29页a。

② 《钗钏记》后世传演不息,写皇甫吟家贫,史碧桃私遣婢芸香约吟到后园,拟赠财物,以作迎娶之资。芸香至吟家,吟不在,遂告吟母(昆曲舞台本《相约》)。不料皇甫吟同窗韩时忠冒名顶替,骗取钗钏银两(昆曲舞台本《落园》)。芸香再到吟家催娶,反遭吟母斥骂(昆曲舞台本《相骂》,亦名《讨钗》)。碧桃愤而投水,幸为张御史救走。皇甫吟蒙冤入狱,经李若水重审昭雪。后吟高中状元,与碧桃成亲。调腔亦有《钗钏记》,抄本尚存《会审》《赚赃》两出净本。《紫金环》为调腔时戏,演潘文盛事,从新昌县档案馆仅存的两件单角本看出,故事较为纷繁,但有若干情节与《钗钏记》的《相约》《落园》《相骂》三出酷似。

说　亲

正生(王仲友)、末(高茂)、净(高怀势)、老旦(严氏)

(正生上)(引)**万事不由人计较，一生俱是命安排。**(白)老汉王仲友，前日到高府说亲，与高老头儿争闹一场。多亏贤德夫人差高茂前来赔罪，又赠我侄儿花银六百。为侄儿姻亲之事，须索走一遭也。(唱)

【醉花阴】**俺这里喜气洋洋步履踏，当月老两处安排。**(白)想那呵！(唱)**闹嚷嚷争斗开交，热腾腾亲翁亲家。须索要把周公礼数加，再把那行聘佳期来上达。**

(白)来此已是。门上有人么？(末上)是那个？哈吓，原来是王老相公。(正生)你家爷可在？(末)家爷在。(正生)说我要见。(末)请少待。老爷有请。

(净上)(唱)

【画眉序】**恼恨那冤家，有事无成主意差。可恨老虔婆，不知事务根芽。终日在耳边絮聒**①**，越叫人冲冠怒发，冲冠怒发。**(白)何事？(末)王老相公到此。(净)那个王老相公？(末)就是西门外王仲友老相公。(净)呸，老狗才！(唱)**胡言何必来传话，速打发莫教停下，莫教停下。**

(末)老爷为何不出去见他？(净)前日与他争闹一场，今日有何颜面。(末)老爷，若不出去见他，难道老爷就怕他不成？(净)阿呀，是吓！我若不出去见他，难道我老爷就怕他不成？说我出堂。(末)老爷出堂。(净)吓，是这个……(正生)阿吓，且住。前日与他争闹一场，今日有何颜面。是这个……老亲家。(净)老伯翁。阿呀！(笑介)(净)请进。(正生)请。(净)请坐。(正生)有坐。(净)动问老伯翁，到舍有何贵干？(正生)小弟到府，一则赔罪，二则呵！(唱)

【喜迁莺】**自古道姻亲、姻亲事大，谢当年不弃、不弃寒家。嗟也么呀，险做了海底捞沙，只落得反被旁人作话巴。今日里登门踏，借银河把双星渡驾，再**

---

①　聒，底本作"说"，据单角本改。

把那行聘佳期来上达，行聘佳期来上达。

【滴溜子】(净唱)听君家，听君家，言词甚雅；真和假，真和假，莫须当耍。(正生白)老亲家，别的事情，可以当耍，这婚姻大事，岂可当耍？(净)想令侄家寒，那有银子前来迎娶？(正生)是呀，舍侄家寒，那有银子迎娶？只因来了新任提学道，名唤崔子江，与世弟交好。他船泊西河码头，唤侄儿下船，问起家常苦楚，面赠侄儿花银六百两。(净)什么，花银六百两？(正生)还有彩缎二十端。因此小弟作主，二百行盘，二百行聘。(净)还有二百两？(正生)还有二百，留在家中，令爱过门薪水，连王裕上京盘费，俱在矣。礼数不周，望老亲家让些，让些。(净)如此几时行盘？(正生)初十行盘。(净)几时行聘？(正生)十二日行聘。(净)几时迎娶？(正生)十五日就要迎娶的了。(净)为何这等赶速？(正生)侄儿要上京应试，故而赶速。(净)老伯翁来说，无有不从，况且新亲新眷，弟若不允，就不是了。(唱)况缔结良缘事大，何言聘礼寡，有劳台驾。只要我婿，光彩门阀①，光彩门阀。

(正生)就此告别。(净)过了午去。(正生)改日领情。(净)候送。(正生)行盘及早莫迟，(净)全仗冰人作主持。(正生)老亲家请了。(净)老伯翁请了。(正生)老亲家请转。(净)老伯翁还有何言？(正生)想舍侄与令爱这头亲事呵！(唱)

【出队子】②好一似仙班、仙班临③下，这天缘辐辏、辐辏寒家。一个是瑶池仙子降凡华，一个是广寒宫里玉娇娃，喜孜孜共将鸾凤跨，共将鸾凤跨。

【鲍老催】④(净唱)欲提笑话，想那日意儿太差，把言词轻慢了他。今日里赖君家，有主张，配成婚嫁。把借贷之事切勿记怀，休作话巴，休作话巴。

---

① 阀，底本作"楣"，据单角本改。
② 此曲牌名及下文【双声子】【四门子】抄本缺题，今从推断。按，调腔【出队子】首二句中间叠句的例子还有《双玉配》第十三号。
③ 临，底本作"命"，据单角本改。
④ 鲍老催，底本作"双声子"，据单角本改。

【刮地风】(正生唱)呀！再休提借贷之事作话巴，好一似楚汉争锋分业霸①。你可比张良楚歌语，(净白)你呢？(正生唱)咱可比成事萧何为国家。全凭着绨袍②好友赠雪花，除却了赛孙庞面叱了咱③。这壁厢，那壁厢，封赠帝台。须索把礼义纲常不乱了，这便是诗礼家，满面春风挂。老亲家请了！这其间喜煞了咱，(笑介)老亲家请了！(净)老伯翁请了！(正生唱)这其间兀的不喜煞了咱，喜煞了咱。(下)

【双声子】(净唱)这情由都是他，说被姻缘喜气加。多亏父辈同僚，把焦熬④弃尘沙。自古道男女大，当婚嫁。我图赖之言当玩耍，须知道一女那肯两吃茶？

（白）高茂，快请夫人。(末)夫人有请。(老旦上)(唱)

【四门子】明知冰人来传话，假作痴呆向前问他。相公，何方宾客来庭下？把衷肠细细说与咱。(白)相公，方才何人到此？(净)王仲友到此。(老旦)他到来何事？(净)为女儿姻事而来。(老旦)相公可应允他？(净)我不应允他，回复他去了。(老旦)吓，相公！(唱)你意儿太差，言之何雅，他那里迎娶，我这里遣嫁，倒不如将错就错⑤，将错就错。

【三段子】⑥(净唱)你言可嘉，正合我心猿意马；我主意定下⑦，不日里发付他家，发付他家。(老旦白)相公，女婿家寒，那有银子前来迎娶？(净)王裕家寒，

---

① 争锋分业霸，底本作"争锋ヒヒ利霸"，据单角本改。分业霸，即分霸业。

② "绨袍"指眷念故交。战国时魏人范雎，事魏中大夫须贾，遭须贾诽谤，为魏相魏齐笞辱，佯死脱身，化名张禄入秦，后竟仕秦为相。魏闻秦将东伐，命须贾使秦，范雎微服往见。须贾不知，怜其寒而赠绨袍。单角本"绨袍"作"管鲍"，则用管鲍之交的典故。

③ 除却了，底本作"好一似"，据单角本改。又，孙庞，指战国时孙膑和庞涓。二人本为同学，庞涓为魏将后，陷害孙膑，施以膑刑。后孙膑入齐为军师，在马陵之战中打败庞涓。

④ 焦熬，底本作"娇熬"，据文义改。焦熬，指极端困苦。又，此二字或可校作"高傲"或"骄傲"。

⑤ 次"错"字，疑当作"差"。

⑥ 此曲牌名底本缺题，据单角本补。

⑦ 此句底本脱，据单角本补。

那有银子前来迎娶？只因来了新任提学道，名唤崔子江，他船泊西河码头，与亡亲家交好，唤王裕下船，问起家常苦楚，面赠他花银六百两。（老旦）阿呀，竟有六百两。（净）还有彩缎二十端。因此王仲友作主，二百行盘，二百行聘。（老旦）还有二百两？（净）这二百两留在家中，女儿过门薪水，连王裕上京应试盘费，俱在其内矣。（老旦）如此几时行盘？（净）初十日行盘。（老旦）几时行聘？（净）十二日行聘。（老旦）几时迎娶？（净）十五日就要迎娶。（老旦）为何这等赶速？（净）王裕要上京应试，故而赶速。（老旦）相公，可晓得读书人就有机会了。（净）是吓，读书人就有机会了。夫人，当初人人说我女婿家寒，我如今到书房写帖，请诸亲百眷到来，看看我争气的女婿。（唱）**当初只道姻缘差，几乎拙夫配贤娃，到如今一鞍曾配一马，一鞍曾配一马。**（笑下）

（老旦）高茂，你看老爷欢天喜地，到书房写帖去了。就把细缎银子，送与姑爷。有一柄素扇，拿来与我。（末）老奴晓得。（老旦唱）

【尾】**他来哄咱咱去哄他，**（末白）吓，夫人。（唱）**这机关早已安排下。**（老旦）吓，王裕，王裕，若不是主仆相商呵！（唱）**怎能够喜孜孜银河渡，鹊桥难架。**（下）

失　盗

　　小生（王裕）、丑（寿三）、正生（王仲友）、末（高茂）、净（刘儿）、付（王仲友妻）

（小生上）（引）**终朝为学事频频，这功名未知何日能成。**（白）小生王裕，伯父到高府说亲，这般时候，为何还不见回来？寿三。（丑上）做啥？（小生）门首侍候。（丑）晓得者。（正生上）心急步如飞，不觉寒门第。（丑）相公，老相公来者。（小生）伯父请进。伯父在上，侄儿拜揖。（正生）罢了，坐下来。（小生）是。伯父到高府，这头亲事可允否？（正生）为伯前去说亲，你岳父千欢万喜，一一允下。高府细缎银子，可曾送来？（小生）还未。（正生）少刻送来的时节，须要拿到我家来。（小生）却是为何？（正生）你那里晓得？我家房子比你家坚固些。（小生）侄儿晓得。（正生）为伯去了。（小生）候送。（正生）

今日静悄悄，(小生)明日闹嚷嚷。(丑)老相公慢去吓。(正生下)(末上)(白)奉着夫人命，特地送花银。(丑)相公，高伯伯来者。(末)姑爷在上，老奴叩头。(小生)老人家请起。(末)老奴奉夫人之命，送银子细缎在此。夫人说，有一柄扇子，叫老奴拿去回复夫人。(小生)老人家拿去。多多上达夫人，多感厚恩。(末)何须亲嘱咐，定然去传音。老奴去了。(小生)老人家慢去。(丑)高伯伯，吃之饭勒去。(末)不消，改日再来。(丑)告末慢慢去吓。相公，我和你把细缎银子，送到老相公家里去。(小生)寿三，你看天色已晚，明日一早送去。将银子藏在书箱里面，我和你点灯坐守。(丑)告末让我去拿之灯亮来。相公，灯亮在此。相公，是呒先去困，待寿三来里看守。(小生)你先去睡，我相公看书坐守。(丑)告末相公，寿三先去困者。(丑下)(起更)(小生)呀！(唱)

【啄木儿】听铜壶，初滴漏，悄不觉冷悠悠。灯光闪闪如清昼，都只为破壁无遮，因此上孤灯独守。(白)嗳，我想起①这头亲事，若没有岳母大德呵！(唱)**这良缘未必能成就，仰望苍天怜悯相保佑。喜得个吉星照临，成就了百年佳偶。**

(丑上)相公，是呒看夜深者，相公，是呒去困之，让寿三来里看守。(小生)寿三，我今晚却不睡了，你且去睡。(丑)噫噫，奇杀者。相公有之骨种银子，连之困都勿要困者。告末吾里以②要去困者。嘎嘎嘎。(丑下)(二更)(净上)呀！(唱)

【前腔】听谯楼，二鼓后，因何事夜闲游。只为东君说却情儿厚，把往日行藏一旦的今宵重剖③。(白)我刘，(看介)我刘儿，奉主人薛文标④之命，来偷王裕骨个六百两头。来此已是，待我看来。(小生)关关雎鸠，在河之洲。窈窕淑

---

① 起，底本作"此"，据文义改。

② 以，方言，相当于"又"。

③ 重剖，底本作"直剖"，据单角本改。行藏，指行迹，底细。句谓重新做起往日偷盗的勾当。

④ 标，底本作"摽"。俗书"扌"和"木"旁易混，故录作"标"字。

女,君子好逑。(净)阿吓,骨个毴养来里点灯坐守,却是为何? 嗄,吾也明白哉。(唱)**敢只是也防着偷鸡绐?** (三更)(白)且住。谯楼已打三鼓,难以下手,就站到天明,也是无益个。告末那处? 吓,是哉。待我到后面,如此如此,恁般恁般,不怕骨个毴养勿中我个计嚱。(唱)**常言道贼无空回手。待把祝融光明**①,**那时节盗银入手,盗银入手。**(下)

(四更)(小生)呀!(唱)

【前腔】四更里,放星宿,听寒虫声唧嚼。西风闪煞耳边奏,他来助我凄凉,倒莫有莺燕交游。这孤鸾随着灯儿守,除却愁②**怀喜心头。倘得一举成名,那时节画堂欢休**③**,画堂欢休。**

(丑上)阿呀,相公勿好哉,灶脚边起之火者。(小生)什么,有这等事来? 快些救火要紧,救火要紧。(同下)(五更)(发擂,净上盗银介)(净)盗得箱中物,回复主人知。(下)(小生上)还好是还好。(丑)幸亏是幸亏。(小生)吓,狗才,好不小心,幸亏不上屋。(丑)上之屋就难救哉。(小生)吓,寿三,为何门儿开了? (丑)为啥门儿开来哩哉? 银子,银子,阿呀,相公勿好哉,银子偷完哉!(小生)什么,银子偷完了? 阿呀,苦吓!(昏介)(丑)阿呀,难实勿好哉!(小生唱)

【山坡羊】哭哀哀事难成就,哭啼啼事难消受,痛煞煞前世冤家,今日个自作自受。阿呀,贼徒吓贼徒! 我和你前世有什么仇,偏来劫夺我的穷人手。这是我命犯孤鸾,命犯孤鸾,事难成就。休休,痛煞煞命怎留? 阿呀,泪流,拚微躯丧壁沟,拚微躯丧壁沟。

(丑)阿呀,相公吓!(唱)

【前腔】你本是宦门之后,况藏着满腹锦绣,全没些宽宏大度,拚残生命丧黄泉休。阿呀,相公吓相公! 且宽怀莫忧愁。虽然目下难成就,倘得个一举成名,一举成名,荣归可改羞。休休,把愁肠一笔勾;阿呀,泪流,速前行莫逗留,速前

---

① 此句底本作"待等他灯尽光灭",于意不合,据单角本改。祝融,火神,代指火或火灾。

② "愁"字底本脱,据文义补。

③ 欢休,底本作"欢绥(?)",疑俗书"亻"和"纟"旁相混。欢休,欢乐吉庆。

行莫逗留。(小生、丑同)阿呀,寿三 / 相公吓!(丑)相公,吰看天已亮者,我同你两家头来里哭,也是枉然。骨哉我和你拿之细缎,到老相公家里去。(小生)阿呀,寿三吓!叫我如何去见得老相公之面来?(丑)阿呀,相公,我也顾吰勿得哉。(唱)**休休,把愁肠一笔勾;泪流,速前行莫逗留,速前行莫逗留。**

(白)相公,到来里者。相公,是吰哭勿得者,让吾叫开之门。老相公开门,开门吓!(正生上)是谁急急叩柴扉?(付上)急启柴扉便得知。(丑)老相公。(正生)这细缎可是高府送来的?(丑)是高府送来勾。(付)好鲜明细缎。(正生、付合白)相公呢?(丑)相公在门外。(正生、付)唤他进来。(丑)相公,是吰勿要哭者,老相公叫吰进去。(小生)伯父母在上,侄儿拜揖。(正生、付)罢了。(正生)寿三,这银子呢?(付)寿三,骨个银子呢?(丑)骨个银子……(小生摇手介)(正生)快些讲来。(付)员外,看来有些缘故呢。(丑)阿呀,相公吓!看来瞒是瞒勿过个哉,只得真说之罢者。阿呀,老相公勿好哉!(正生)却是为何?(丑)昨日子高府送银子细缎到来,我说送到老相公家里去,相公说天已夜哉,明日一早送去。(正生、付)这也不妨。(丑)难介妨起者。(正生、付)这是什么话?(丑)我同相公一更更点灯坐守。(正生、付)好小心。(丑)小心过之火者。(正生、付)什么小心过火?(丑)不想守到三更时分,灶脚边起之火哉。(正生、付)阿吓,起了火了,可烧坏什么东西么?(丑)别样东西一点勿烧坏,单单把银子烧坏者。(正生)咦,狗才!银子那里烧得坏的?(付)骨个银子烧得坏勾,骨也奇事哉。(丑)阿呀,老相公吓!银子啰里烧得坏勾?我同相公里面救子火,勿想被贼个毯养挖之进来,把银子偷之去者。(正生、付)这银子被贼偷去了?(丑)偷之去哉。(正生、付)这遭不好了!嗳!(正生唱)

【锁南枝】你这穷酸鬼,命逗留,这桩事儿好叫我难罢休。(白)况且十五日要迎娶了。(唱)**这是你命薄难言,说什么蓝田种玉①? 你收拾起,这念头;丧**

---

① 种玉,底本作"遇",单角本作"种",今合而为"种玉"。蓝田种玉,谓缔结良缘,详见调腔《凤头钗》第五号【尾犯序】第一支"碧玉种蓝田"注。

黄泉,谁来救?丧黄泉,谁来救?

【前腔】(小生唱)我想起,泪珠流,如何盖却满面羞?(白)吓,岳母!吓,岳母!(唱)这是我命未婚,感谢你恩深义厚。别尊前,往外走;丧荒丘,谁来救?丧荒丘,谁来救?

(付)阿吓,侄倪子①吓!(唱)

【前腔】你且停留,莫忧愁,凡百事儿有二老周。老贼吓老贼!往常见了是亲生,今日火上来加油。(白)老贼过来。(正生)做什么?(付)骨出事务,看来只好依我。(正生)依你便怎么?(付)你去对高家讲,侄儿这种银子,昨夜被贼偷去者。(正生)盘面?(付)盘面不来了。(正生)迎娶?(付)再歇两三年。(正生)吓,叫我怎生回复?(付)老天杀勾,我也顾哝勿得者。(唱)你将此事,急急去回头。(白)况且哝里两房头,合得一个侄倪子,若无三长二短便罢。(正生)若有三长两短?(付)若有三长两短呵!(唱)我和你死不甘休,言非谬;不甘休,言非谬。

【前腔】(正生唱)看你生嗔怒,叫我越多愁,岂肯将那骨肉丢?祸到临期,却叫谁来救?(合)把愁肠,一笔勾,把愁肠,一笔勾;且权居②,待时候,且权居,待时候。

(付)老贼走出去。(关门介)侄倪子,随我进来。(正生)安人开门,开门。呀,叫我如何去说?(下)

---

① 倪,底本作"呢",下文又作"妮",调腔抄本该字亦作"倪",今统一作"倪"。倪子,方言,儿子。"侄倪子"即侄儿。

② 且权居,单角本或作"且宽心"。居,"归"的方言白读音。

复 盘

净（高怀势）、老旦（严氏）、末（高茂）、付（七太太）、丑（八姑娘）、

正生（王仲友）、小旦（高冰云）

（净、老旦官带上）（净引）**华堂叠奏笙歌，**（老旦引）**排筵宴沉醉台前**。（净白）夫人，今日乃是女儿吉日，回盘可曾端正？（老旦）俱已端正。（净）高茂。（末）有。（净）有客到来，即忙通报。（末）晓得。（付上）（白）闻吃喜酒甚殷勤，荷蒙相请急来临。（丑上）上下衣衫簇簇新，打点精神吃点心。（付、丑）高茂通报。（末）启老爷，七太太、八姑娘到。（净）吩咐起乐。太婆、姑娘请进。（付、丑）大侄／阿哥，以来打搅者。（净）太婆、姑娘，自家人怎说此话。（丑）哙，大阿哥，难介还是看之盘面吃喜酒，吃得喜酒看盘面那？（净）自然看了盘面吃喜酒。（丑）告末盘面勿来，是喜酒呒得吃个者？（净）咳，什么说话？（付）做之大姑娘，为啥是介轻嘴薄舌？（净）为何大媒还不见到来？（正生上）咳，翻来覆去还是我，胜也萧何败也萧何。（末）嗳吓，大媒到。（正生）通报。（末）启老爷，大媒到。（净）吩咐起乐。大媒请进。（正生）请。（净）请坐。（正生）请坐。（净）动问老伯翁，盘面可到？（正生）这个……盘面即刻就到。（净）高茂，门首侍候。（正生）且慢。弟有一言，只是难以启齿。（净）但说何妨。（正生）就是那……这个……（丑）看盘面吓。（正生）老亲家，中堂人众，难以启齿，要到外面去讲。（净）请。（正生）请。老亲家，舍侄这头亲事，多感老亲家。（作揖介）（净）岂敢，岂敢。（回揖介）（正生捏住净袖白）老亲家，不好了，舍侄这种银子，昨夜被贼偷去了。（净）盘面？（正生）不来了。（净）迎娶？（正生）再等两三年。（拂①脱净袖急下）（净）呵呵呵，气死我也！（老旦）相公为何这般光景？（净）方才王仲友这老天杀来说，王裕这种银子，被贼偷去了。（老旦）那盘面？（净）不来了。（老旦）迎娶？（净）再歇两三年。（小旦上，老旦合

---

① 拂，底本字右旁作“弗”，声符更旁字。

哭)吓！阿呀，儿吓！／母亲吓！（付）嗳，囡吓，看来勿如居去之罢者。（小旦）太婆、姑娘且慢。（付）还要吃饭？（丑）且慢。（小旦）喜酒虽然不吃，吃了孙女儿的素面去。（付）素面我倒欢喜勾。（丑）娘咳，奢东西叫做素面加①？（付）狗猾，素面都勿晓得。嗒，笋丝爊爊，麻油浇浇，就叫素面。（丑）告末让我吃两斗奎起脚②。（小旦）太婆、姑娘请上，容孙女儿一言禀告。（付、丑）起来讲。（小旦）多蒙爹娘养育，不能补报，且单生女儿一人。只是王生命薄，女儿命苦，意欲削发空门。只是父母年老，膝下无人侍奉，思想起来，兀的不痛、痛杀我也！（老旦哭，合③）吓！阿呀！阿呀，儿吓！／母亲吓！（老旦唱）

【江头金桂】听伊言令人惨伤，不由人痛哭断肠。怎说出削发空门，全不忖量，竟不念椿萱年老雪鬓霜④。呵呀，儿吓！你还当酌量，还当酌量。爱惜你如珍似宝，花内海棠，如珍似宝，花内海棠，抚养成人选东床。桑榆暮景有望，桑榆暮景有望，好一似铁石心肠。我好悲伤，劝儿且把愁肠放，双亲自有别主张，阿呀，儿吓！双亲自有别主张。

（小旦）阿呀，母亲吓！（唱）

【前腔】这的是儿命乖张，劝爹娘莫泪汪。这的是前世冤家，今生孽障，休把孩儿挂心肠。容儿禀上，容儿禀上。竟不念天伦父母，乳哺恩养，天伦父母，乳哺恩养，不得已拜西方。儿意久长，儿意久长，休得要苦谏阻挡。我好悲伤，若还不容儿削发，拚将一命赴悬梁，拚将一命赴悬梁。

（净）住了。只此事情，都是你母女串成一路，我如今却不管闲事。闭门不管窗前月，呀呀呸！任凭你娘自主张。（下）（付）嗳，囡吓，居去之罢哉。喜酒吭得吃，（丑）眼利渥声出⑤。（下）（小旦）女儿启告母亲。（老旦）起来讲。

---

① "加"及下文"脚"，方言句末助词。

② 让，底本作"仰"，让、仰方言仅声调有别，据改。奎起，方言，即"归去"。

③ "合"字底本未标，今补。

④ "霜"字底本脱，今补。

⑤ 眼利，方言，即眼泪。此句单角本作"眼离哀声出"。

（小旦）女儿所带金镯,乃是王家聘物,意欲唤王生到白莲庵,面还金镯。（老旦、小旦合哭）（老旦）听你之言,兀的不痛、痛杀我也!（合唱）

【摊破金字令】①**虔诚告三光,虔诚祷上苍。保佑双亲无恙,福凑安康,瞻星望月一炷香,瞻星望月一炷香。**

（白）呀吓!（合哭）（下）

还　镯

贴旦(师太)、老旦(严氏)、小旦(高冰云)、旦(丫环翠莲)、末(高茂)、小生(王裕)

（贴旦上）（白）慈悲胜念千声佛,作恶空烧万炷香。我乃白莲庵当家便是。今日高老夫人和小姐前来拈香,只得烹茶侍候。（老旦、小旦上）吓!阿呀,儿／母亲吓!（合唱）

【锁南枝】皈依去,拜如来,心心叩拜白莲台。自从昨日到今朝,珠泪何曾耐。偶然间,痛伤怀;生离死别,偏行快,生离死别,偏行快。

（贴旦）夫人、小姐请进,贫尼稽首。（老旦）师太少礼。（贴旦）夫人,小姐为何起此念头?（老旦）说也话长,少刻便见汪汪泪垂。（小旦）顷刻即别离。（小旦下）（末上）相公,随我来吓。（小生上）走吓!（唱）

【前腔】闻言心惊骇,展转泪满腮。被贼陷害,隔断姻缘债;今日去未知甚安排,毕竟是勒婚书离债,勒婚书离债。

---

① 此曲底本作"【忆多娇】虔诚告三光,虔诚达上苍。但愿得双亲无恙福安康(又),戴月披星一炷香(又)",据晚清《单刀会》等净本(195-1-11)改。按,作【摊破金字令】者当为原貌,《九宫正始》仙吕入双调过曲引录"元传奇"《林招得》【淘金令】:"一心告天,愿我无疾恙。一心告神,愿我无灾障。暗想花阴,遇着情郎。为他身贫家窘,赠与金珠,谁知到此成祸殃。虔诚拜三光,虔诚祝上苍。表我真心,诉我衷肠,瞻星拜月一炷香。"后五句明清时期的曲谱谓犯【摊破金字令】,可知调腔此曲曲文盖本旧曲而来。复次,此曲若作【忆多娇】,则句数不足,兹因【江头金桂】后常接【忆多娇】【斗黑麻】,而此曲词式又与【忆多娇】相类,故致相混。又,此曲非净角之曲,195-1-11本或因下抄老旦本《还镯》而连带抄录,或者处理有所不同。

（末）姑爷请少待，待老奴通报。启夫人，姑爷请到。（老旦）唤他进来。（末）姑爷，夫人请你相见。（小生）咳，岳母大人在上，小婿拜揖。（老旦）咳，好不小心。（小生）唤小婿到来，有何吩咐？（老旦）少刻便见。丫环。（旦）嗳。（老旦）服侍小姐出来。（小旦哭上）吓！阿呀，苦吓！（唱）

【哭相思】①搵泪含悲步难挨，泪滴如珠痛伤怀。（老旦白）儿吓，王生在此，过去相见。（小旦）阿呀，母亲吓！女儿羞人答答，怎生过去？（老旦）阿呀，儿吓！到了这般光景，还怕什么羞耻来？（小旦）阿呀，母亲吓！（唱）非是女儿不知羞耻态，（白）吓，王生。（小生）小姐。（小旦唱）我和你隔断姻缘两拆开。

（小生）小姐唤小生到来，有何见谕？（小旦）吓，王生。（小生）小姐。（小旦）忆昔当年聘奴身，公姑即丧在幽冥。知君苦守寒窗下，奴是冰清玉洁人。（小生）嗳！（作苦声）（小旦）今朝觌面还金镯，（小生）嗳！（作哭声）（小旦）情愿削发入空门。流泪眼观流泪眼，（作悲泣声）断肠人送断肠人。（小生哭介）吓，听小姐之言，这佳期永无会合的了！（作悲极、痛极声）兀的不痛、痛煞我也！（跌倒介）（小旦欲扶介）（老旦）唔。（小旦）阿呀，苦吓！（小生）吓！阿呀，小姐吓！（唱）

【小桃红】缘浅分薄，缘浅分薄，事尴尬，这其间说不出衷肠断话也。万苦千辛，万苦千辛，谁知一旦两拆开。阿呀，小姐吓！我劝你免心焦，总有日风送滕王阁上来，得第身居位三台。风云际会我去上玉阶，唤②你休要起别肠，须念小生寒儒态，阿呀，小姐吓！须念我寒儒态。

（小旦）阿呀，苦吓！（唱）

【下山虎】③非奴薄幸，非奴薄幸，情实难挨。说不出含羞态，痛悲哀④。阿呀，王生吓！我和你枉结朱陈，也是命安排，也是命安排。（白）王生。（小生）

———————————————

① 此处底本题作"引"，今从单角本。
② 唤，底本作"欢"，今改正。
③ 此曲牌名底本缺题，据单角本补。
④ 痛悲哀，单角本作"事满胸怀"，与曲牌词式合。

小姐。(小旦)你回去须要用心攻书,倘若得中,必须要另娶一房,那人道奴家没福①,莫道郎君才高无用的了吓!(唱)**我在庵中也放怀,诸事都撇开,手内金镯除下来。**(白)金镯吓金镯,王家将你作聘来,我竟喜戴十余载。今朝将你来抛撇,(作悲咽声)伤心痛哭泪满腮。(唱)**今日觌面还金镯,其实伤悲,一点灵儿在天涯②,一点灵儿在天涯。**

【蛮牌令】③(小生唱)**睹物实伤悲,其情实可哀。霎时间魂魄散,有口难分开。我只得含悲忍泪苦求哀,**(白)小姐,小生还有一言奉告。(唱)**须念我簪缨世代。拜求苦哀还望你戴,带发修行守三载④。**(小旦白)王生,此事断难从命。(小生)吓,小姐执意不从,小生也顾不得羞耻了。(唱)**顾不得男儿膝下有黄金,只跪尘埃⑤。**(跪介)

(老旦)儿吓,你看王生这般光景,还该顺从才是。(小旦)阿呀,母亲吓!女儿断难从命。(小生)岳母,岳母。(老旦)儿吓,你执意不从,为娘只得下跪了。(小旦)母亲请起,女儿顺从就是。(老旦)王裕过来。(小生)岳母。(老旦)我儿带发修行,守你三载,若不成名,休想完姻。(小生)是。小婿一言既出,驷马难追。岳母请上,小婿就此拜别。(唱)

【江头送别】⑥**拜辞去,拜辞去,拜求哀;归家里,归家里,展转难挨。我转身举步难行快,我只得独自伤怀,独自伤怀。**

(白)岳母。(老旦)贤婿。(小生)小姐。(小旦)王生。(均作悲哭声)(小生)也罢,也罢。(下)(老旦、小旦合哭)吓!阿呀,儿╱母亲吓!(合唱)

【忆多娇】⑦**事尴尬,痛伤怀,展转叫人泪满腮,桑榆暮景谁看待?举目伤怀,**

---

① "必须"至"那人道",底本脱,据单角本补。

② 灵儿,单角本或作"灵心"。"在"字底本脱,据单角本补。

③ 此曲牌名底本缺题,今从推断。

④ 本句"戴"字和上句"带"字底本互乙,今依习惯改。"戴"和"带"近代汉语多通用。

⑤ "尘埃"二字原倒,今乙正。

⑥ 此曲底本题作【滴溜子】,非是,今改正。

⑦ 此曲牌名底本缺题,今从推断。单角本无此曲。

举目伤怀,满眼盈盈泪落腮,满眼盈盈泪落腮。

【尾】这场痛哭何宁耐,母女分离两拆开。(小旦唱)铁石人闻也泪垂,闻也泪垂。(各哭下)

附录:单角本所收《还金镯》佚出

按,晚清《单刀会》等净本(案卷号 195-1-11)所收《还金镯》分两处。一在第 105 页第 3 行至第 110 页第 4 行,系佚出,事皆在《说亲》出之前。其中开篇至"不许停留"一段,写的是《说亲》出王仲友所云"前日到高府说亲,与高老头儿争闹一场"之事。"光阴迅速"至"唯有我女不成双",写的是高妻严氏母女七夕出外还愿一事;一在第 169 页第 7 行至第 177 页第 2 行,为属于净角的《说亲》《失盗》《复盘》三出和属于老旦的《还镯》出。而《赐绣旗》《双玉燕》等外、末本[案卷号 195-1-143(2)]所收《还金镯》外本(高茂,他本作末)的佚出,包含了与晚清《单刀会》等净本(案卷号 195-1-11)所收《还金镯》净本开篇至"不许停留"的相应部分,以及高茂向严氏汇报高怀势与王仲友的争闹缘由,并献计借七夕正觉庵还愿之际,与王裕相会的内容。

净本佚出一

(上)(引)卸职闲居无事,逍遥林下安然。(白)世事如何说,炎凉苦若斯。窗下无人问,成名天下知。老夫高怀势,字悦富,祖居昆山,职受河道,今已告老归家。夫人严氏,单生一女,小字冰云,年方二九,从幼与王仲贤之子联姻,不想王裕父母双亡,家业凋零,不能迎娶。意欲将女另许,怎奈夫人再三不可,倒是一桩放不下的心事。咳,只道为官多王事,谁知卸职为女忧。昨见池内荷花盛开,也曾吩咐高茂,安排酒筵,与夫人、女儿玩赏。高茂。/请夫人、小姐上堂。/罢了。/夫人,老夫昨见池内荷花盛开,特

请夫人、女儿玩赏。／移步往池边。／儿吓,解闷向花前。咳,夫人,这荷花开得如何?／高茂,看酒过来。／

【一江风】对池塘,令人精神爽,百事都撇漾。好风光,记取①年年,曾把香醪赏。花开池满塘,花开池满塘,绿叶飘飘荡②,香风馥馥吹席上。

／咳,他来做什么?／只怕未必。待我出去,便知明白。夫人、女儿且是归房去。／高茂,请王相公相见。／老伯翁。老伯翁请进。／小弟亦有一拜。／深借光辉,有失远迎,多有得罪。／茶来。／咳,老伯翁,今日此来,莫非为令侄婚姻一事?请问择日在于几时了?／苦守勤读,定做公卿。只是男长女大,完了亲事,免得你我挂怀。／老伯翁,难道罢了不成?／唗,谁要你插嘴?／令侄进场,要小弟周全什么来?／唗,狗才,多讲。／老伯翁说那里话来?(唱)

【急三枪】虽则是,新亲眷,从不往。怎说起,这一场?怎说起,这一场?

(白)小弟家中呵!(唱)

(又)总有金和宝,银和钞,堆满箱。免开口,别商量,免开口,别商量。

／小弟亦是如此。／唗,谁要你管?／有什么?／

(又)凭伊说,天花讲。借银两,总没有,且回场,总没有,且回场。

／也罢。既是老伯翁在此讲,况又是大媒,小弟不听,就不是了。咳,老伯翁,小弟有句不中听的话儿,只得要讲了。／只要令侄,随得小弟的意儿,即日就来行聘,择日就来迎娶,那时小女自有千金陪嫁。这遭读书资本、进京盘费都有了。(唱)

(又)何须用,费心机,闲思想。快把这桩事,你主张,这桩事,你主张。

／千金陪嫁。／这倒也论不定。／便悔赖何妨?／你敢破口么?／上面是天。／吓,王仲友,你敢在我高老爷跟前,如此放肆么?／你敢骂我么?

①　记取,单角本作"记"并重文,据文义改。
②　此句单角本作"绿叶飘飘",失韵且少一字,今补一"荡"字。

／早知如此,悔却当初。高茂,与我打发他出去,不许停留。／(下)

净本佚出二

(上)(引)光阴迅速,不觉夏去秋来。／为何这样打扮?／夫人,这是年年旧规,何须说得。高茂。／好生服侍夫人前去。／叫翠莲服侍小姐上轿。夫人须要早去早回,老夫备下酒筵,等你母女回来,赏巧便了。／咳,正是牛女年年七夕会,唯有我女不成双。／(下)

外本佚出一

(外上)／完备多时。／吓。翠莲姐,服侍夫人小姐出堂。／(下)／(又上)／是那一个?元来王相公。／家爷与夫人、小姐〔庭〕院赏荷。／□□□有请。／启爷,王相公要见。／就是王仲友老相公。／嘎,王□□□□□(相公,老爷出)堂来了。／吓,老爷,王相公的口气,无非借贷些须。／晓得。王相公,叵耐些,待老奴禀知夫人知道便了。／(下)

外本佚出二

(内)／走。(上唱)**慌忙来到,夫人呼唤事蹊跷,莫不是要问根苗?**(又)(白)夫人在上,老奴叩头。／夫人呼唤老奴到来,有何吩咐?／王相公去了。／老爷在书房。／夫人容禀。(唱)**说起情由,又恐夫人恼,为东床特来相告。**／王相公未曾开口,老爷说起姻亲之事。／夫人,那王相公呵!(唱)**无言对答,愁闷怀抱,说不出这些分晓。**／夫人,那王相公听说婚姻二字,满面羞惭,无言答他。只为指东画西,说道:"侄儿十分苦楚,那有银子娶亲?"老爷见他说没有银子娶亲,就变起卦头来了。／后来无奈,只得真情说出。／王相公说姑爷呵!(唱)**欲赴京都途路遥,缺少盘费来相告。**／夫人,老爷若肯借,也不讲这些没要紧的话来了。／□□□(即日就)来行聘,择日前来迎娶,若随老爷的意,是有千□□□(金陪嫁)。／□(王)相公也是这等说,老爷回言道,若不随老爷的意,□□□□(就将婚事?)悔赖了。／那王相公呵!(唱)**怒气冲天凌如潮,两下里□□□□**。／夫人,那老爷总不许老奴开口。／老爷竟进书□□□□□□(房去了,叫老奴?)。(唱)**速打发莫停消**。(白)王相公呵!(唱)**急转身两脚飞跑**。□□□□□[(白)夫人,王相公]与老爷吵闹,老爷才得气忿之时,倘被外人闻知。(唱)**夫人息怒莫泪交,量计策快把银河渡早**。(又)／夫人,老奴倒有一计在此。／夫人,如今七夕将近,夫人与小姐到南门外正觉庵还愿,这是年年旧规,老爷定不阻挡。夫人写书一封,待老奴去叫姑爷,约他到正觉庵来,夫人面嘱,赠他银两,岂不两全其美?／唷。／老奴晓得。(同唱)**那知我袖里机关把婚招**。(下)

四九　仁义缘

调腔《仁义缘》共二十七出,剧叙书生韩文瑞幼时与赵素娥缔婚,赵父德贵嫌文瑞贫穷,将其女另许豪门周惠济。为绝后患,赵德贵赚文瑞入府,横加指责,逼写退婚文书。文瑞不从,被赵德贵殴辱拘禁。幸得岳母及素娥释放,文瑞方得逃脱。周家迎亲在即,素娥伪装投水而死,连夜到坟庄韩家避难,赵德贵只得将侄女代嫁。惠济与文瑞同窗,并时常资助文瑞,在邀文瑞饮宴时,察知缘由,竟推文瑞入洞房。惠济在房门之外,再三劝文瑞洞房花烛,文瑞效柳下惠,坐怀不乱。次日惠济计邀赵德贵夫妇过府,当面痛斥赵德贵嫌贫爱富、赖婚另嫁。后文瑞、惠济同到坟庄,得知实情,接素娥到周府安顿,两人上京赴试。文瑞、惠济各中状元、探花,赵父羞愧难当。

宁海平调"前十八"本亦有此剧(现仅存曲文)。越剧亦有同名剧目,有两种路子,其一系小歌班时期移植自调腔①。

整理时以1961年杨荣繁、赵培生、蔡湘成、潘林灿口述,赵培生记录的老艺人忆写本(案卷号195-3-36)为基础,拼合正生、小生、小旦、贴旦、净单角本。鉴于忆写本曲文多粗浅失真,故曲文主要参校了宁海平调本。至于场号,本次整理除了末出第二十八号,正生本作"卅号",其余皆与单角本合。

第二号

小生(韩文瑞)、丑(周惠济)、正生(韩义)

(小生上)(引)阀阅家声,门楣寒窗孤灯。(诗)少小文章读,有朝丹桂枝。得志耀门第,诗书翰墨香。(白)小生韩文瑞,父亲韩国忠,在日官居河南道。本城赵德贵做了河南分府,亏空皇粮,有罪于朝廷。我家爹爹念他是同

---

① 越剧《仁义缘》既有出自调腔的版本,也有来自紫云班的版本,"《仁义缘》有两个来源,移植者不同,演出时的风格也各不相同"(嵊县文化局越剧发展史编写组编:《早期越剧发展史》,浙江人民出版社,1983,第53页)。

乡,与他赔补,他才得还乡。无礼就酬,愿将女儿许配与我为妻。我家父去世,居住坟庄,多蒙义友周惠济,时常银米送来,终日助我灯油,此恩何日得报?今日韩义挑柴货卖,到此刻不见到来。苦志寒窗步月勤,方显诗书耀门庭。(丑上)(引)懒读文章,行过草堂门楣。(白)学生周惠济,与韩文瑞同窗好友。在书房里心中烦闷,出外游玩,一路行来,行至韩兄庄上。阿哉韩兄,开门。(小生)来了。兄请进。(丑)韩兄。(小生)请坐。兄,今日到此,有何贵干?(丑)韩兄,我一路行来,来至韩兄庄上,我有几两碎银子,送与兄使用使用。(小生)兄,多蒙时常银米周济,此恩何日得报也?(丑)兄吓,我和你知己同窗,何出此言?(小生)兄吓!(唱)

【朱奴儿】①**家贫洗意焦燎,我是个寒窗勤勉,只落得庸碌凄凄,守寒窗金风泼面。悲凄,孤灯一盏读书卷,那顾得寒窗下诵读圣言,诵读圣言?**

(正生上)(唱)

【玉芙蓉】**砍柴薪到街前,换米归主仆欢颜,荒园蹀躞②,住坟庄蓬门高连。**(白)小主,老奴叩头。(小生)少礼。见了周相公。(正生)周相公。(丑)阿哉老娘家,你一担柴挑到街坊去卖,有多少银钱好卖?(正生)周相公,这担柴那有几分银子好卖?(唱)**不过是度日如年,无支仗**③**寒窗艰怜。**(丑白)好。老娘家,你不嫌主贫,上山砍柴,救主度日,实为难得嘘。(唱)**真堪羡,你是个老年人单,恩高义全,恩高义全。**

---

①　此曲及下文【玉芙蓉】,单角本曲牌名缺题,今从推断。另,宁海平调本本出曲文与调腔本不同,兹录此备考:(韩文瑞唱)【二郎神】家业事,日(实)贫连陋,勤守寒儒门楣旧。陋巷箪瓢,听春雷上游。虎榜题名夺鳌头,怎得个琼林御酒?(周惠济唱)休凝眸,终有日苑(鹓)班上游。(韩义唱)【集贤宾】终日砍柴在荒丘,权作贸易度春秋。也只为东君恩情厚,(周惠济唱)功名必然是鳌头。困苦蓬茅在今秋,少不得养主名留。(韩义唱)苍天佑,愿小主衣锦荣归改换门楣〔旧〕。

②　蹀躞,单角本原从虫旁,第十六号【泣颜回】"这路蹀躞,喘吁吁气呕胸膛",小生本作足旁,今从之。蹀躞,小步行走貌。南宋戴侗《六书故》卷一六:"跕蹀、蹀躞、躞蹀,皆耆进连步之貌。"调腔此词正为求快急走之意。参见《一盆花》第三十一号【六幺令】第一支"马蹄蹀躞"注。

③　支仗,单角本作"支将",今改正。

（小生）捧茶侍候。（正生）晓得。（正生下）（小生）兄吓！（唱）

【尾】寒儒辈穷衣襕，我是个满腹经传①。（丑白）韩兄！（唱）**终有日身荣贵甲第先**。（下）

第三号

净（赵德贵）、外（院子）、老旦（赵夫人）、小旦（赵素娥）、贴旦（赵素英）

（净上）（引）辞驾还乡早，务田园逸兴渔樵。（诗）仕途官道薄浮出，世态炎凉不顺情。轻裘肥马人堪羡，荣居华屋客送迎。（白）老夫，赵德贵，华亭县人也。官居河南道分府，只因亏空皇粮，罪于朝廷，多蒙河南道韩国忠与我同乡人，一力赔消，仍受原职。感他大义，结为姻眷。谁想韩国忠亡故，家业消败，实贫实贱，如今迁居，房屋典卖，韩文瑞与仆居住坟庄。老夫卸任居家，只防他前来絮聒。那韩文瑞，倒有劳志，并不上门挪借。这份亲眷，如同陌路一般。意欲赖婚，将女儿另许豪门，夫人与我争闹，这也非在话下。今日看庭前蓉菊茂盛，吩咐厨下人备酒，与夫人、女儿玩赏。过来。（外院子上）有。（净）请夫人、二位小姐上堂。（外）夫人、二位小姐有请。（老旦、小旦、贴旦上）（老旦）年迈苍苍无依靠，只有一女度昏朝。（小旦）绣阁弱懦叹终身，（贴旦）出香闺侍奉双亲。（小旦）爹娘，女儿万福。（贴旦）伯父母在上，侄女儿万福。（净、老旦）罢了，一旁坐下。（净）夫人。（老旦）老爷，叫母女出堂何事？（净）庭前菊花茂盛，特备酒筵，与夫人、女儿玩赏。（老旦）有劳老爷了。（净）转过花厅。碧帘风送泛金波。看酒。（小旦、贴旦）女儿／侄女儿把盏。（同唱）

---

① 襕，襕衫，亦作"蓝衫"，为士子巾服，这里借指读书人。满腹经传，单角本作"满福金修"，据文义改。

【(昆腔)画眉序】①畅饮在庭园，帘外风送阵阵吹。香罗袖馥郁透幕，金杯满筵前。蓉菊色艳，瑶阶上玉手纤纤。猛拚今日来沉醉，乐逍遥林下安然。

（老旦）老爷，老身想起一桩心事了。我想叔叔去世，留下侄女儿，你我抚养成人长大，尚未婚配。我想女儿终身，许配韩文瑞为婚，旧岁身入黉门，不到我家来报喜，谅他立志得高的了。（净）夫人，况且兄弟夫妇亡后，只此素英抚养身伴，理该早定配婚，以完你我心事。但是女儿终身，怎配老鬼韩文瑞？虽入黉门，未必有志。（唱）

【(昆腔)滴溜子】形容的，形容的，穷酸饿鬼；怎得第，怎得第，重整门楣。想他穷酸怎配匹？（老旦白）你这老贼，那年在河南做分府时节，亏空皇粮，若还没有韩国忠亲家赔补，那有今日呵！（唱）年迈多昏聩，忒杀无耻。禽兽沐冠，忘恩负义。

（小旦、贴旦）撤了筵席。（同唱）

【(昆腔)尾】慈严休得气徘徊，畅饮开怀两泪垂。（老旦、小旦、贴旦下）（净）好好与他母女赏花饮酒，反淘这一场气。这样一个温存体态的女儿，怎样肯嫁与卑陋穷、穷儒？（唱）何日里步上瀛洲，蟾宫折桂枝？（下）

第四号

外（周廷贵）、付（周府家人）、末（张永连）、正旦（张氏）、丑（周惠济）

（外上）（白）把守田园受福禄，安享荣耀乐逍遥。老汉周廷贵，夫人张氏，两下合卺以来，单生一子，取名惠济。在书房勤读诗书，年已长大，还未娶亲，为此叫家人请大舅到来作伐。此刻不见到来，好生挂念。（付家人上）报，启老爷，舅爷接到。（外）请他相见，说我出来迎接。（付）晓得。舅爷有

① 此曲民国十一年(1922)赵培生小旦本(195-2-20)作"福寿与天齐，手捧金樽多欢庆。开怀来猛恐沉醉台前，喜得个席上同欢。真堪爱，二女透寓(?)未皆(谐)连累(理)成婚配，那得个乘龙合嫁婿"。

请。(末上)何事来相请,即速到门庭。(外)大舅。(末)姐丈。(外)大舅请进。大舅请来见礼。(末)见礼。(外)请坐。(末)有坐。不知姐丈叫末弟到来,有何话说?(外)叫大舅到来,非为别事,你姐姐有话对你讲。过来。(付)有。(外)请出安人。(付)晓得。安人,员外有请。(正旦上)只为我儿婚姻事,步出中堂问原因。(丑上)离了坟庄,到中堂问过双亲。爹娘请上,孩儿拜揖。(外、正旦)罢了。拜见母舅。(丑)拜见母舅。(末)罢了,一旁坐下。(丑)谢母舅。告坐。(末)阿哉外甥,娘舅有几年没看见,好像斯文郎朋友哉。(丑)娘舅,外甥旧年入得学哉。(末)年少登科,可敬可喜。(丑)好说。(末)姐姐,叫末弟到来,有何话说?(正旦)叫兄弟到来,非为别事,你外甥年已长大,叫兄弟到来,前去作伐。(末)城内城外,没有什么门当户对人家,与我外甥配合。(外、正旦)本城赵德贵,有一女,生得才貌双全,望兄弟前去作伐。(末)赵德贵与我乃是同窗好友,这杯媒酒,是末弟讨赏了。(正旦)兄弟吓!(唱)

【(昆腔)驻云飞】月老冰人,调和风月正青春。月貌多柔温,才郎可超群。(丑白)阿伯、阿妈慢点,倪子功名未成,外人要取笑个噱。(唱)**喺!且是慢消停,婚姻前定。**(末白)外甥,亲事要娶,功名也要求,再过几年,变得老新郎者。(丑)阿吓,要紧事体,忘记还哉。男吓!(内)有。(丑)白米三斗,银子十两,送到韩相公坟庄去。(内)晓得哉。(丑)娘舅,外甥不奉陪哉。(唱)**同窗资助放胸怀,亲送蓬门速遄兴。**(丑下)(末)姐丈、姐姐,外甥到那里去?(外、正旦)有一位同窗好友韩文瑞,时常周济。(末)周济贫民,实为难得,就此告别。(唱)**周济寒儒不嫌富与贫。**(下)

第五号

净(赵德贵),外(院子),末(张永连),付、丑(二家人)

(净上)(引)为女暗生愁,何日放开眉皱?(白)老夫赵德贵,为女儿终身,常与夫人吵闹。这样一个才貌双全的女儿,怎配与这穷儒?好意另许豪门,他娘儿两个,与我作对,时常啼哭,好生焦躁人也。(外院子上)报,张永连相公到。(净)这是我同窗,请相见。(外)晓得。张相公有请。(末上)只为婚姻事,特地到此来。(净)窗友。(末)窗友。(净)见礼。(末)见礼。(净)请坐。(末)请坐。(净)你我同窗读书,都是玩戏儿童,如今两鬓苍苍,但皆皓首了。(末)岁月不饶人。(净)请问窗友到舍,有何见谕?(末)一来拜望,二来与令爱作伐。(净)这个才郎那一家?(末)就是本城周廷贵之子周惠济,是末弟的外甥儿呵!(唱)

【(昆腔)驻云飞】不备千金,六礼周公娇容聘。才郎多丰采,闺女多娉婷。(净白)我小女貌丑,嫁女择婿,要什么聘金。(唱)喋!我心欢庆,只是妆奁不整。(末白)如此选定吉日,前来行聘便了。(净)只是小女陋质,不堪侍奉。(末)窗友过谦了,就此告别。(唱)六礼周公聘千金,才子佳人正青春。

(净)吃了媒酒而去。(末)改日喜酒。(净)慢去。(末下)(净)阿吓,且住。我想韩文瑞穷酸彻骨,料难出头,可不耽误小女青春?如今窗友张永连前来作伐,我已经应允他去,将女儿另许豪门,岂不是美?必须要绝断穷酸的念头才好。吓,有了。待我前去叫他到来,逼写休书,还他聘金,绝其后患。过来。(付、丑二家人上)有。(净)你们可到西村坟庄,接那韩文瑞到来,只说老爷说姑爷苦守寒窗,立志堪高,与夫人商议,接取姑爷到府做亲,以后书房诵读,用心攻书,以图上达,不枉老爷、夫人一片好意。(付、丑)如若不肯?(净)如若不肯,扯了他来。(付、丑)晓得。(净)再三不用亲嘱咐,(付、丑)大家都是会中人。(下)

第六号

小生(韩文瑞),付、丑(二家人),正生(韩义)

(小生上)(唱)

【步步娇】有恩德如山海,银米济穷骸①。心曲多慷慨,助我寒窗,免得个愁绪满怀。(白)小生韩文瑞,多蒙义友周惠济,时常银米送来,此恩何日得报? 韩义挑柴货卖,怎的不见回来,好生挂念。(唱)**他年华多老迈,殷勤朝夕何宁耐。**

(付、丑二家人上)(唱)

【前腔】郊园一望冻苍苔,凝望坟庄在。主命何敢违,可怜他瘦怯书生,门楣消败。(白)请问可是韩相公?(小生)正是。(付、丑)姑爷请上,小人叩头。(小生)二位吓!(唱)寒门苦消洒,茕茕四壁穷儒态。

(白)二位总管何来?(付、丑)到来非为别事,奉老爷之命,请姑爷过府完姻。

(小生)二位你回去,多多拜上老爷、夫人,说姑爷得占金榜,才做花烛。(付、丑)我老爷说,姑爷到府做亲,以后书房诵读,用心攻书,以图上达,不枉老爷、夫人一片好意。(小生)二位总管,我姑爷居住坟庄,读书有多少滋味。(唱)

【园林好】寒窗下清贫何碍,青灯守、卑陋书斋。那时节金鳌独踏,宴琼林步金阶。

(付、丑)姑爷吓!(唱)

【江儿水】立志真堪羡,成名换门台。坟庄苦守青云客,金榜题名添光彩,献策天子多欢爱。那时节衣锦荣归,十里红楼,一色杏花跃马丰采。

(小生)二位,我姑爷呵!(唱)

【玉交枝】儒生气慷慨,住破窑蒙正何碍。潭台相府千金配,彩楼下诗对通才②。(白)我姑爷虽学不得吕蒙正呵!(唱)雪压梅花香不来,十挨朱门九不开。守清贫朝夕苦挨,登高门方叩门台。

(正生上)(唱)

【川拨棹】终日里挑柴货卖,换米归急步苍苔。看西山红日已斜,看西山红日已斜,草堂内何事声喧忙问根荄。(白)相公,老奴回来了。(小生)韩义回来了。(正生)请问二位何来?(付、丑)我们是赵府来的,奉赵老爷之命,请姑爷过

---

① 济穷骸,单角本作"多消散",据宁海平调本改。

② 通才,单角本作"慷才",宁海平调本作"慵才",疑非是。

府完姻。姑爷不肯去,还望老人家解劝解劝。(唱)**翁和婿亲谊欢爱,择良辰花烛双拜。**

(正生)吓,相公,赵老爷差二位总管前来迎接,你为何不去叩登高门?(小生)我是彻骨寒儒,见了岳父,惭愧无地。虽从,且失志于香闺了。(付、丑)姑爷你若是不去,岂不辜负赵老爷一番好意?(正生)是吓,若还不去,负了赵老爷一番好意了。(小生)吓,韩义吓!(唱)

【前腔】虽则是亲谊嫡派,可知是、炎凉世态。叹浮生时蹇运乖,叹浮生时蹇运乖,身蓝缕百鹑衣被。破头巾怎拜泰台①,玷污了香闺裙钗,香闺裙钗。

【尾】(付、丑唱)**这是风送滕王阁,多荣耀门庭换改。**(付、丑、正生同唱)**这的是送滕王阁上门台。**

(付、丑、小生下)(正生关门下)

第七号

净(赵德贵),付、丑(二家人),小生(韩文瑞)

(净上)(唱)

【出队子】非我凶狠,非我凶狠,叵耐穷酸枉斯文。实贫实贱怎支撑?何望功名挂紫金?逼写退婚,另许豪门。

(白)人无三思,必有后悔。前日有张永连与我女儿作伐,说本城周廷贵之子,旧岁进学,相貌魁梧,必定上达。我已允亲而去,但是老鬼韩文瑞这畜生,恐启衅端,为此命家人赚他到来,逼写退婚,还他聘金,后事无虑。家人已去多时,怎的不见畜生进府?好生焦躁也。(付、丑二家人上)报,启老爷,姑爷接到。(净)来了么,着他进来。(付、丑)晓得。姑爷有请。(小生上)无颜叩拜高门第,惭愧深深进门台。(付、丑)姑爷。(小生)可曾通报?(付、

---

① 泰台,单角本作"太山",据宁海平调本改。

丑)通报,通报过者,叫你自家走进去。(小生科)咳吓,我是个娇客,他不来
迎接,反叫我自进,此番来差了。(付、丑)有啥个差勿差,快点进去。(小生)
岳父请上,小婿拜揖。(净)不消拜得。坐下来。(小生)告坐了。(净)你父亲
在日,官居河南道,积蓄多金。你今不念父辈艰难,家业败尽,今日居住坟
庄,悔也不悔?(小生)咳,岳父,先君去世,小婿才得七岁,那里晓得人事?
(净)难道使女丫环从中捉弄你不成?(小生)咳,岳父吓!(唱)

【风入松】轻年事折磨,老仆殷勤辅佐。萧条家业受坎坷,住坟庄、住坟庄谁
人怜我?虽则是身落魄衣衫巾破,室悬磬挨朝暮,室悬磬挨朝暮。

(净)可见目下艰难,你不该将家业消败。(小生)咳,岳父吓!(唱)

【前腔】寒儒家业怎消磨,运蹇时乖命苦。萧条四壁难禁过,守寒窗、守寒窗
青灯诵读。有一日金榜名播,方显得书生辈快胸窝,书生辈快胸窝。

(净)你苦志攻书,心想上达,只怕不得能够了。(小生)你何以见得?(净)喏。(唱)

【急三枪】不顾着,好门楣,亲旧族。只你这,无用根,浪清波。(小生白)岳父。
(净)你如今不要叫我岳父了。(唱)从今后,这亲谊,如白露。还聘金,退婚写
与我。

(小生)岳父,你不要说出伤天害理的话来。(唱)

【风入松】人伦来颠覆,你是个蛇蝎心肠狠毒。青面亚目计偏多,绝人伦、绝
人伦纲常玷辱。(白)你不要看差了人吓!(唱)桃花浪禹门三汲,(科)衣锦归
可认我,衣锦归可认我。

(净)你不必闲说。过来,取文房四宝,摆韩文瑞的跟前。你好好写退婚与
我,我就还你聘金。(小生)千金不易,写什么退婚?我却也不消。(净)你若
不写,你休讨没趣。过来。(唱)

【急三枪】受鞭笞,一个个,如狼虎。快把退婚写,免得受折挫。

(小生)住了。我韩文瑞既入牢笼,任你摆布将来。(唱)

【风入松】腾腾怒气满胸膛,你是个衣冠禽兽凶徒。前世冤业结丝萝,出言
来、出言来事非差讹。写退婚凌逼寒儒,出门台脱灾祸,出门台脱灾祸。

（付、丑）写了退婚。（小生）狗才，写什么退婚？我却也不写。（净）不写，与我打。（小生）谁敢？谁敢？赵德贵，你欺我韩相公么？（唱）

【前腔】一任你滔天势大，摆下了地网天罗。豪奴个个如狼虎，轻觑我、轻觑我斯文质弱。（净白）与我打！（小生科）（唱）一任你齐心摆布，命着①命凭天数，命着命凭天数。

（净）与我打！与我打！（唱）

【前腔】你今休得甚糊模，我跟前彻敢言大。打得你鲜血淋淋流破，管叫你、管叫你命赴冥途。生双翅无处避躲，再还顷刻间归阴府，顷刻间归阴府。

（付、丑打）（净唱）

【前腔】今朝休得假规模，说什么斯文旧族。（白）过来。（唱）将他花亭监禁，将他门儿锁。（小生唱）一任你滔天势来凌辱，宁甘死入冥途，宁甘死入冥途。

（净）吓！（科，下）（小生科）（唱）

【前腔】平空白地起风波，无端儒生折磨。我是个堂堂英俊受寂寞，经纶看、经纶看文章满腹。怯森森退婚逼写，未知香闺女待如何，香闺女待如何。

（白）吓咳！（唱）

【尾】②便将我割心剖腹，你是个狼心狗肺、恩义辜负。宁甘死幽冥我去告森罗，去告森罗。（哭下）

第八号

小旦（赵素娥）、贴旦（赵素英）、净（赵德贵）、老旦（赵夫人）

（小旦、贴旦上）（同唱）

【金络索】绣阁闷恹恹，香闺身懒倦。罢线停针，姐妹闲游玩。蜂蝶舞花前，打盘旋，嫩蕊花心，长闷展转。（小旦白）妹子，今日拈针刺绣，心绪不宁，精神

---

① 着，亦作"做"，方言，对，跟，与。
② 此曲牌名单角本缺题，今补。

恍惚,却是为何?(贴旦)姐姐昨夜看书辛苦,故而精神恍惚。(小旦)非也。
(唱)描鸾绣凤心多怨,又何曾恍惚精神长闷恹?倚栏杆,对花无语问花前。
好叫人难耐心思,步苍苔过庭院,步苍苔过庭院。

（贴旦）姐姐吓!(唱)

【前腔】韶华纯阳天,春景多留恋。万紫千红,欢乐真无限。何意闷胸填,你
且放心宽,消性闲游,移步金莲。(小旦白)妹子吓!(唱)一任你芳菲桃花都开
遍,春暖鱼游浮水面。佳景别一天,解不得胸中烦闷恹。那巫山,对着那碧
荷池畔,无兴眷在花前,无兴眷在花前。

（内）老贼吓老贼!(净、老旦上)(老旦唱)

【三换头】纲常紊乱,人伦倒颠。爱富嫌贫,不顾亲严。(白)你这老贼,将贤婿
骗进府来,逼写退婚,你的良心何在也?(净唱)忒无知直恁心偏,他住坟庄身
无邻,怎出头可不道误了婵娟?(白)你这老不贤,我也是为着女儿终身。(老
旦)你这老贼,贤婿家贫,理该周济与他,不该将他拘禁花亭。(唱)退书来逼
写,花亭作牢监。骂你这衣冠禽兽,忘恩负义忒刁奸。

　　(净)我的女儿,怎肯配他穷鬼为妻?(老旦)贤婿乃读书之人,有日功名上
　　达,你有何面目见他也?(唱)

【前腔】他是昂昂英贤,才气冲天。有一日步瀛洲上金阶,独占百名第一仙。
(净唱)休妄想步青云人钦羡,恁可也是枉然。(老旦白)你在河南做分府时节,
亏空皇粮,有罪于朝廷,若不是亲家赔补皇粮,那有此日还乡?(唱)往日恩情
厚,一旦赴黄泉。我拚残躯,儿女终身怎凌贱。

　　(打净耳光)(净)吓吓吓!(净下)(小旦、贴旦)阿吓,噫吓!母亲／伯母吓!(唱)

【泣颜回】不念旧姻眷,婚配事成全百年。嫌贫爱富,写退婚将人凌贱。(老旦
白)儿吓,你父亲心狠,将韩生骗进府中,拘禁花亭了。(小旦、贴旦)吓,怎么,拘
禁花亭了?(老旦)拘禁花亭了。(小旦)不好了!(唱)受尽熬煎,痛苦你、斯文
一少年。拘禁花亭有谁人前来看管,不由人痛苦胸填,痛苦胸填。

　　(老旦)儿吓!(唱)

【前腔】娘儿杜鹃,哭出了离恨天。他老迈无知,绝人伦心狠意偏。(贴旦白)姐姐,伯父嫌贫爱富,伯母可保贞烈。(唱)且放心宽,浪头翻、随风堕水面。香闺弱质保贞烈,总不然嫌贫姻眷,嫌贫姻眷。

【千秋岁】(小旦唱)泪汪汪,顿叫人心酸,他是个彻骨穷酸悲怨。拘禁花亭,拘禁花亭,茶和饭、茶和饭谁来看管? 箪瓢食陋巷间,受饥寒多愁怨。书生命苦,弱质悲怨,看他少年,看他少年。

【前腔】(老旦、贴旦同唱)痛悲怨,更阑人缱绻,到花亭会合心欢。(小旦唱)泪雨如泉,泪雨如泉,怎顾得、怎顾得含羞满面?(小旦、贴旦同唱)赠花银放回转,等时来荣归显。门楣改换,衣金腰紫,层楼阆苑,层楼阆苑。

【尾】(老旦、小旦同唱)更阑人静送花园,受辱的书生悲怨。(三人同唱)劝取功名,有日拜金銮。(下)

第九号

　　小生(韩文瑞)、花旦(丫环春梅)、老旦(赵夫人)、小旦(赵素娥)、净(赵德贵)

　　(小生上)(唱)

【绵搭絮】亲谊贺饷,亲谊贺饷,命遭好乖张。拘禁花亭,吉与凶难猜端详。老奸刁狠悫不良。(白)小生韩文瑞。骗我进府,逼写退婚,拘禁花亭,叫我如何是好也?(唱)何惧你瘟波浪翻,何怕你纵横豪强。只我这怯怯寒儒,有何愁劫数凭天降。

　　(内)丫环掌灯。(内)晓得。(花旦丫环、老旦、小旦上)(老旦、小旦同唱)

【前腔】云缺月上,助我正凄凉。母和女转过回廊,早难道花亭这厢。(小生叫苦)(小旦)呀!(唱)只听得哭声浪浪,母亲,爹心狠拘禁花亭,夜深静狠毒计方。早则是诉说分明,脱离了重重祸殃,重重祸殃。

　　(老旦)丫环,叫姑爷开门。(花旦)姑爷开门。(小生科)门儿反锁,叫我开什么门?(花旦)夫人,门儿反锁,如何是好?(老旦)去到我房中,取了大小钥匙

来。(花旦)晓得。(花旦下)(小生)苦吓!(老旦)贤婿吓!(唱)

【蛮牌令】休得心恍怅,泪落我胸腔。老贼无主张,顿起恶心肠。(小生白)我韩文瑞命遭磨折也。(唱)守青灯苦读文章,不期的祸起萧墙。逼退婚,忒无状。拘禁花亭,拘禁花亭,横祸非常。

(花旦上,开门)(老旦、小旦同唱)

【前腔】乍见心惨伤,儒生受屈枉。不住盈盈泪,贫乃惩无常。(老旦白)贤婿吓,我有珠花银子,拿回家去,用心攻书,有日功名成就,看这老贼有何面目前来见你。(小生科)岳母吓,释放小婿性命也罢了,珠花银子,断断不要的。(老旦)阿吓,贤婿吓!这珠花银子,是我女所赠,怎说不要?(小生)又恐礼多有害。(小旦)吓,母亲吓!(唱)他受尽百般肮脏,夜深沉爹意猖狂。离祸殃,出门墙。急走荒郊,急走荒郊,仍去坟庄。

(小生)小姐吓,我韩文瑞若有出头呵!(唱)

【前腔】门楣耀争光,衣锦归故乡。迎娶香闺女,花烛昼锦堂。(老旦白)贤婿吓,珠花银子拿去,老贼到来,有恐不便,快快回去了罢。(小生)小婿拜别。(唱)阿吓泪汪,分袂各心伤。我命多磨,愁绪满腔,愁绪满腔。

(小旦)阿吓,皇天吓!(唱)

【前腔】伤心问何许,泪落有千行。苦命弱质女,何羁在香房?阿吓,韩生吓!看他好悲伤,万箭攒心上。抱守贞烈,秉志香房,秉志香房。

【尾】(同唱)彩云开扶月上,一派银蟾清朗。(小生白)岳母!(唱)难舍难分珠泪汪。

(净上)吓!好吓,小畜生!(扯小生,老旦阻挡,小生下)(净)吓,吓,老贱吓!(唱)

【忆多娇】母和女,好痴呆,他是寒酸一穷骸,坟庄终日无聊赖。赫赫门台,赫赫门台,怎做得东床贵客?

【前腔】(老旦唱)你心狠,来毒害,负义忘恩忒凶残,爱富嫌贫来图赖。良心何在,良心何在,拚将一命撵老贼。(打)(下)

第十号

小生（韩文瑞）、正生（韩义）

（小生上）（念）

【大斋郎】皓月皎，如白昼，不觉的黄昏时候。一带蹀躞儿追走，到坟庄慢叙根由。

（白）韩义开门。（内）来了。（正生上）（念）

【前腔】睡蒙眬，不喘嗽，忽听得柴扉急叩。皓月清辉如灯可走，蓦门墙怨你的气喘怒吼。

（小生科）咳咳咳！（正生）相公到赵府，为何夜半三更独自而回？（小生）吓，我原是不要去的，被你苦苦相劝，受他恶气也！（唱）

【江头金桂】听伊言登门问候，把牢笼提起烽堠。全没个翁婿亲谊，一味的冲冲怒吼，逼写退婚末路投。（白）赵德贵爱富欺贫，将我拘禁花亭，他还说我。（正生）他说你什么？（小生）吓，韩义吓！（唱）茕茕卑陋，轻人送投①。妄想出头，妄想出头，无聊赖休得要上门楼。（正生白）相公你退婚可写？（小生）我人虽穷，岂肯失志？（正生）你不写退婚，怎脱得祸地呢？（小生）多蒙岳母、小姐释放与我。（唱）鞭笞凌辱，鞭笞凌辱，（科）（正生）相公，你理该早些回来。（小生）我本要回来，这老贼将我一把扯住。（唱）痛打依傍豪奴手。我承受，将我拘禁花亭内，夜半三更害命休，夜半三更害命休。

（正生）吓，可恼，可恼！（唱）

【前腔】恼得咱怒满胸头，人焦躁汗雨流。妆圈套退婚逼写，有豪奴鞭笞凌辱，凶恶无知顿忘了恩义酬。（小生白）岳母、小姐是好的。（正生）怎见得？（小生）韩义，你从今以后，不必辛苦勤了。岳母、小姐有银子二百、珠花数对，叫

---

① 送投，单角本作"嵩投"，据文义改。另，疑此处"茕茕卑陋"当叠句，而"轻入送投"应归入下一词段。

我拿回家,立志攻书。(正生)难得实是难得。(唱)**香闺女流,香闺女流,不负前盟,贞烈抱守,满望郎君占鳌头。**(白)相公,你不写退婚,将你拘禁花亭,夜来叫豪奴前来,前来谋害你性命。(唱)**狠毒凶谋,狠毒凶谋,夜半三更谁知否?你命绝休。**(白)吓吓吓,赵德贵,赵德贵,你在河南做分府时节,亏空皇粮,有罪于朝廷,若没我先太老爷,与你赔补皇粮,你焉能此日还乡?(唱)**恩爱交义如胶漆,愿将一女配鸾俦,一女配鸾俦。**

(小生)有日上达,这老贼如何上得我门来?(唱)

【斗黑麻】宫花帽插,金章紫绶。荣归故土,十里红楼。门楣换,阀阅楼,光宗耀祖,光宗耀祖,欢乐无休。香闺来捷报,喜气上眉头。脱却愁容,脱却愁容,放开眉皱。

(正生)相公!(唱)

【前腔】资妆虽有,还须紧守。四壁萧条,风吹月透。这珍珠,莫泄漏,仍然的百结鹑衣,百结鹑衣,头巾软兜①。步上青云路,蟾宫折桂手。脱却愁容,脱却愁容,放开眉皱。

(小生)韩义吓!(唱)

【尾】主仆同甘同苦受,何日里名成就?(正生白)相公,你只要用心攻书,有日功名成就呵!(唱)**莫负香闺望凝眸,香闺望凝眸。**(下)

第十一号

外(周廷贵)、末(张永连)

(外上)只为我儿姻缘事,时时刻刻挂心思。老汉周廷贵,我儿姻缘聘定赵德贵之女,选定今日行聘,不见大舅到来,好生挂念。(末上)有事来相请,赵家去行聘。姐丈。(外)大舅见礼,请坐。(末)请坐。姐丈,外甥亲事,今

---

① 兜,单角本作"乱",今校作"兜"。软兜,指头巾轻轻系住。

日行聘,聘礼可曾齐备?(外)聘礼一概齐备。(末)聘礼发出,闹热闹热。(外)来。(内)有。(外)聘礼发出,闹热闹热。(四家人抬礼两边上)(吹【过场】)(末)妙哇,好齐整盘面也!(吹【驻马听】)(外、末白)盘面发到赵家去。(吹【过场】)(下)

第十二号

正生(韩义)、末(张永连)、净(赵德贵)、外(院子)、老旦(赵夫人)

(内)卖柴呵!(正生挑柴上)(唱)

【醉春风】都只为旧恩东受托来,挑往的长街货卖。谁料得家业萧疏门楣败,我只得住坟庄苦自挨。喜得个入芹宫我心欢爱,朝与暮殷勤陪侍理应该。不辞劳倦年又迈,终日里砍柴薪进城内来货卖,进城内来货卖。

(白)我韩义,一向蒙先太老爷重托,保守小主。虽则坟庄居住,却有一个同窗好友周惠济相公,时常看顾,银米送来。如今相公又得赵府资妆,真个衣食无匮。相公原是不要我砍柴货卖,我坐吃空门,竟是头晕腰痛。日日砍柴货卖,赚得几分钱钞,倒是爽快的。今日挑得一担柴进城货卖。(吹【过场】)(正生科)那边好闹热也!(唱)

【醉月明】①闹嚷嚷嘹亮声喧走花街,人儿促挤闹垓垓。怎叫我挑柴薪来货卖,歇一时且待他行过这花街。(吹【过场】)(末、四家人抬礼上,圆场下)(正生)呀吓,妙吓!好齐整盘面也!(唱)鲜鲜的花红彩,对对的六礼排。锦绣花红成双对,珍珠宝钿鸾凤钗。真个是宦家喜得行重聘,香闺绣阁喜盈腮,直等到遣嫁时花烛双拜,花烛双拜。(挑柴下)

(净上)(吹【过场】,末、四家人抬礼上)(净)大媒请进。(四家人)老爷在上,小人叩头。(净)西廊酒饭。(四家人抬礼下)(末)盘面如何?(净)极是丰盛的了。几

---

① 此曲牌名单角本缺题,宁海平调本题作【醉花阴】,今则参照《双狮图》第三十六号补题。

时迎娶？（末）十六迎娶。（净）一时之间，那里来得及？（末）昼锦堂前。（净）迎亲且是慢提，请大媒上席，来人俱已有酒。（末）有劳窗友。（末下）（净）喜得夫人有病在床，不然这场吵闹，就要露出马脚了。过来。（外院子上）有。（净）整备回盘。（净、外下）（内）卖柴呵！（正生挑柴上）（唱）

【醉太平】行过了长街并短街，进城垣午时牌。有谁人来买柴，挑得我肩疼腰酸走不快。（科）呀！大墙门悬灯结彩闹垓垓，吓，是了！这的是赵府门台，赵府门台。（正生下）

（净上，末、四家人抬回盘下，净送下）（净上，老旦追上）（老旦）你好狠心也！（唱）

【幺篇】①负心人你是个凶恶狼豺，受恩义不报来。不思量青云客守书斋，有一日春雷动云雾豁开。（净唱）休得要三言四语怒冲腮，病来磨且宽慰免悲哀。

（白）如今看看女婿呵！（唱）

【一煞】定婚配当世英才，有日里金榜献策。可不道才子佳人，双双欢爱，双双欢爱。（老旦白）你将女儿另许豪门，我与你誓不甘休也！（唱）骂你这黑心奴胎，保贞烈一死何碍。含笑归泉，怎可也定计安排。（老旦、净下）

（内）走吓！（急走板）（正生上）（唱）

【煞尾】探听无虚恼胸怀，嫌贫爱富赵德贵。受重聘另许豪门来婚配，竟把你困苦鱼龙不瞅睬。急归家诉说衷情，只我这挑不起进城壕，我只得贱贱的来货卖，贱贱的来货卖。（下）

第十三号

小生（韩文瑞）、正生（韩义）

（小生上）（唱）

---

① 此【幺篇】及下文【一煞】，单角本曲牌名缺题，今从推断。

【单调风云会】①倚门闾，何事迟归去？西山日已迟。心多虑，你是个老迈年高，荒山砍柴无力支。（白）韩义砍柴货卖，此刻不见回来，好生挂念也！（唱）**喙！使人意踌躇，凝眸轻觑。**（内白）走吓！（正生上）（唱）**卖柴归家，急步走街衢，走得我气喘吁吁汗泪珠。**

（小生）回来了。（正生）相公，老奴叩头。（小生）我猜你今日回来迟。（正生）老奴砍柴下山，挑进城去货卖，一看日当中午。（笑）再卖是卖不去，只得贱卖。卖坏了，卖得四钱银子。（小生）咳，韩义，我是不要你砍柴辛苦的了。（正生）相公，今日有桩事情，对你说知。（小生）有什么奇事？（正生）相公，岳家今日在那里行聘。（小生）赵德贵没有儿子，行什么聘？还是男家行到赵家去的，还是赵家行到男家去的？（正生）原是婆家发到赵家来的，好齐整的盘面。吓，吹吹打打，行到男家去了。（小生）还是城内，还是乡间？（正生）城内乡间，老奴倒忘怀了，不曾问得。（小生）何不问他一声？（正生）老奴实是忘怀了。相公，赵德贵只得一位女儿，前者骗相公进府，逼写退婚，如今将女儿另许豪门了。（小生）韩义且是放心，岳母、小姐在花亭有言说过，决不许豪门。若许豪门，其求一死而已。

　　　　（正生）**自笑年华多老迈，**（小生）**你今不必苦辛勤。**

　　　　（正生）**砍柴受不起这苦辛，**（小生）**投如寒窗同伴人。**

（小生）你城内乡间，问问一个信儿。（正生科）相公问我城内乡间，（科）咳，老懵懂，发老晕，没中用。（科）（小生）好不小心。（下）

----

①　此曲牌名单角本缺题，据宁海平调本补题。【单调风云会】为集曲，调腔此曲集【一江风】一至六句和【驻云飞】"喙"字及其后部分。《南词新谱》卷一二"南吕过曲"所收【单调风云会】所集【一江风】为一至三句，而调腔此曲句数稍多。

第十四号

丑（周惠济）、小生（韩文瑞）、正生（韩义）

（丑上）（唱）

【六幺令】平原西景，知己同窗特来相请。年少登科洞房春。凝眸望，坟庄近，急步匆匆向蓬门。

（白）韩兄开门。（小生上）（唱）

【前腔】忽听唤声，收拾书箱草堂问情。义友登门笑泠泠。（丑唱）恕无知，不能问，殷勤同伴读书人。

（小生）兄，今日为何这般欢喜？（丑）弟特来请兄吃喜酒。（小生）敢是令尊寿日到了？（丑）不是阿爹阿妈寿日，是弟喜事到哉。（小生）兄定亲了？（丑）是个。（小生）泰岳那一家？（丑）就是本城赵德贵之女，许配小弟为妻。（小生）赵家还是大小姐，还是二小姐？（正生上听）（丑）赵德贵只有一个囡，许拨小弟为妻哉。（小生）原来。（正生）周相公，昨日行聘，敢是周相公的盘面么？（丑）老人家勿错，实是我府里发出的。（正生）好齐整盘面，吹吹打打，倒也闹热。（丑）勿成意思，献丑阿是献丑。（正生）周相公，赵府小姐，但是我相公……（小生科）（丑）说得来。（正生）相公。（科）咳！（正生下）（小生）兄吓，昨日砍柴货卖，见兄行聘回来，对我①说知过了。（丑）原来。（小生）这头亲事，何人为媒？（丑）亲事是我娘舅张永连为媒，他和赵德贵是同窗好友个嘿。

（小生）咳！（唱）

【前腔】听说心惊，（丑白）兄吓，有啥个心惊？（小生）兄吓，弟不是心惊吓！（唱）恭敬同窗喜门庭。衣衫蓝缕怎好去叩高门？（丑白）兄吓，衣衫蓝缕，也是轻你不得。到我家头巾蓝衫挑选得来，喜酒必定前来吃个。（小生）兄，不用不用。（唱）带愁容，泪啼痕，穷酸不脱穷酸景。

---

① 我，单角本作"牙"，我、牙方言仅声调有别，据改。

【尾】(丑唱)我和你胶漆谊深,交情交谊不非轻。(小生白)兄吓!(唱)我是彻骨穷酸,怎好登高门?

(丑)兄吓,明日子我头巾蓝衫送过来,喜酒一定要来吃个。(小生)不用,不用。(科)(丑)个是一定要来个。(小生)兄慢去。(丑下)(小生)韩义那里?(内)来了。(正生上)相公,这场事情,何不待老奴与周相公说明?(小生)我和他知己同窗,这句话如何说得出口?(正生)与他两下情投知己,正好直说的。(小生)韩义吓!(唱)

【剔银灯】①难启口婚定终身,好香闺、贞烈千金。迎亲花烛成画饼,母和女主谋璧身②。愁绪且是慢评③,真和假且待迎亲,且待迎亲。

(正生)相公!(唱)

【前腔】两情投胶漆谊深,说破了、免得迎亲。嫌贫爱富他不是,逼写退婚花亭拘禁。直剖叫他自省,有婚女岂可联姻,岂可联姻?

【尾】(小生唱)莫不是守清贫,羞答答如何说明?(白)且等他成亲吉日,看小姐贞烈如何。(唱)玉石分开辨浊清。(小生下,正生关门下)

第十五号

小旦(赵素娥)、老旦(赵夫人)、贴旦(赵素英)

(小旦上)(唱)

【点绛唇】满面含羞,满面含羞,事在紧骤,泪珠流。弱质闺秀,今做了逐浪浮萍随水流。

(白)奴家赵氏素娥,自幼年婚定韩家,不意儒生家业萧疏,参参将奴终身另许豪门。妆成圈套,逼写退婚,将韩生拘禁花亭。(唱)

---

① 此曲牌名单角本缺题,今从推断。
② 璧,单角本作"璧",今校作"璧"。此"璧"当为"完璧"之"璧","璧身"意为保全贞节。
③ 慢评,犹慢说,休说,不要说。

【新水令】樊牢笼早已在准备就,陷害书生一命绝休。母女资妆赠,老父多怒吼。含悲忍受,愿得他金榜魁首,金榜魁首。

(老旦、贴旦上)(同唱)

【驻马听】恩重山丘,恩重山丘,念及同乡自出头。一任他箪瓢巷陋,愿双双甘苦同受。(小旦白)母亲,病可好?(老旦唱)奈我病恹恹神魂不定,他那里喜孜孜行聘花红开笑口。曾与他吵闹不休,不由人怒冲牛斗,怒冲牛斗。

(小旦)母亲,不要将女儿挂心,保重身体要紧。(唱)

【折桂令】儿不孝慈颜恩厚,儿命伤悲,无言分剖。困苦那儒生卑陋,堪怜我弱质悲忧。老父的嫌贫爱富,不记得前盟婚媾。满堂花红,妄想着东床佳偶。不辜负海誓山盟,甘心的含笑冥幽,含笑冥幽。

(老旦)儿吓,如若周家迎亲到来,如何是好?(小旦)母亲保重身体要紧,孩儿自有主意在此。(老旦)有什么主意?(小旦)待等迎娶之日呵!(唱)

【雁儿落】依然是遵前命亲出门楼,不遗累老父行结冤仇。进门楼俺自有另计谋,管叫他一见了满堂花红魂魄丢。(老旦白)儿吓,周家花轿到来,没有新人上轿,如何是好?(小旦)母亲,孩儿一来绝了周家的念头,二免得老父心狠,三韩生闻知女儿已死,可保贞烈。(唱)呀!儿不能亲侍奉姑舅,蘋蘩不得奉箕帚①。我命含笑归泉下,一喜一悲忧。泪流,愿儿夫金榜魁首;泪流,可惜他五花官诰那位千金受,那位千金受?

(老旦)儿吓!(唱)

【沽美酒】伤心话哭不休,盈盈泪衣衫透,怎舍得温存弱质秀?(贴旦唱)全大志奴有计谋。(老旦白)侄女儿有何计谋?(贴旦)伯母且是放心,姐姐绣鞋衣裙,吊在碧荷池边,再作绝诗一首,放在房中。早上伯父进房一看,只道姐姐投池而死。(唱)计金蝉脱壳祸由。避坟庄谁来猜透,绣房中绝诗一首。碧荷池

---

① 蘋蘩,得义于《诗经·召南》之《采蘋》《采蘩》,借指妇职,详见《琵琶记·小别》"上托蘋蘩并菽水"注。奉箕帚,从事家内洒扫之事,谓充当妻室。

绣鞋遗留,管叫他急中难搜。恁呵!真个是天缘辐辏,飞度神州。呀!愿双双甘苦同受,甘苦同受。

(老旦)儿吓,你妹子此言不差,快去作诗一首,留在桌上;又将绣鞋衣裙,吊在碧荷池边。你父亲进房一看,只道你投池而死。(小旦)母亲,爹爹疑心甚重,他到碧荷池内打捞尸首。如若没有,必定搜到坟庄,岂不是陷害韩生了?(老旦)若有此事,为娘与他拼个死活。(小旦)阿吓,娘吓!(唱)

【收江南】呀!早难道月下私奔呵,去坟庄脸含羞。出香闺主奴走荒丘,羞答答才郎怎聚首?无语低头,无语低头,从今后裙布钗荆相厮守,裙布钗荆相厮守。

【尾】(小旦、贴旦同唱)收拾了珍珠钗环莲并头,顾不得鞋弓袜小走荒丘。一任他箪瓢巷陋,愿双双甘苦同受,甘苦同受。(下)

第十六号

小生(韩文瑞)、丑(周惠济)、花旦(丫环春梅)、老旦(赵夫人)、小旦(赵素娥)

(小生上)(唱)

【胜如花】难宁耐好彷徨,好叫人难说端详。也是我命薄无依,好姻缘反成孽障。(白)赵德贵将女儿另许周家,我与他同窗知己,如何说得出口来吓!(唱)免得他误结丝萝,反成了凤侣鸾障。(白)那日小姐有言说过,若要另许豪门,情愿一死而已。(唱)哀情凄凉,亲助我资妆。遣嫁时悲苦千行,守贞烈宁甘泉壤,宁甘泉壤。

(内)男吓,随得我来。(家人背衣衫随丑上)(丑唱)

【前腔】迤逦来到坟庄上,亲自来邀请同窗。清贫士蓝缕衣巾,换儒冠丝罗裳。(白)阿哉韩兄,头巾蓝衫送过府来,穿戴起来,吃喜酒去罢哉。(小生)兄吓,弟在坟庄打扫父亲坟墓要紧。(丑)兄吓,唔勿去犹可,斯文上朋友讲闲话哉:"韩文瑞与周惠济两个人是同窗好友,做亲日脚,为啥勿来贺喜?"是介说之一句,小弟脸孔如何过得嘘。(唱)且耽搁墓侧荒凉,美良辰心意欢畅。(小生白)弟明日差韩义前来贺喜。(丑)兄吓！(唱)**亲到坟庄，邀贺客登堂。莫作嫌疑陋巷，就蓝缕故容何妨。**

（白）兄吓，换戴起来。(小生)兄，弟难以遵命。(丑)咳！(小生)兄吓！(唱)

【泣颜回】且是慢惆怅，何必匆匆步忙？这路蹀躞，喘吁吁气呕胸膛。(丑白)勿要晤厅堂陪客，我搭吥在书房吃酒罢哉。(唱)**请坐书房，酌酒时你我一双。免得个同窗哂笑，我和你知己同窗。**

（白）穿戴起来哉。还要做做腔，顿顿板带来。男吓，我前面扯，吥后面推。

（同下）（花旦丫环、老旦、小旦上）（小旦唱）

【千秋岁】辞别严亲好悲伤，轻离了绣阁红妆，绣鞋衣裙、撇在那碧荷池塘。悄悄路忙，悄悄路忙，喜得个皓月清辉朗。更阑静透出香闺，到花园西村坟庄。(花旦白)夫人，姑爷庄上，春梅是认得的。(老旦)儿吓，韩生坟庄，春梅认得的。(小旦)母亲在上，女儿一拜。(唱)**一番磨折怒满腔，难舍母女正凄凉，我命凄凉泣断肠。**

（老旦）儿吓！(下)

第十七号

花旦(丫环春梅)、小旦(赵素娥)、正生(韩义)

（花旦丫环、小旦上）（小旦唱）

【昆腔】剔银灯】出闺阁又闻鸡鸣，步荒丘幸得无人。迤逦行来坟庄近，又观见茅舍蓬门。(花旦白)老伯开门。(内)来了。(正生上)(唱)**天明，谁来叩门，启柴扉问原因。**

（白）你二位大姐何来？(花旦)我们是本城赵府出来的，请问老伯，你家相公可在？(正生)吓，我相公昨日周府请去，吃喜酒去了。(小旦)你对他说明才是。(花旦)老伯，有一件事告知，我老爷赵德贵嫌贫爱富，是夫人命送小姐到坟庄避难的。(唱)

【前腔】逼写退婚花园拘禁,母和女释放园亭。为保贞烈受苦辛,到坟庄躲避藏身。(正生白)吓,我相公回来,原是有言说过,老夫人保小姐贞烈。难得小姐不弃卑陋寒儒,愿到坟庄。(唱)恭敬,女中豪门,终有日封诰荣身。

(花旦)小姐,丫环有恐夫人悬望。(小旦)在此陪伴几天而去。(花旦)丫环不得奉陪,就此告别。(正生)慢去。(花旦唱)

【(昆腔)尾】告千金转回门,报夫人才得放心。(花旦下)(小旦)老人家,你相公书房在那里?(正生)在那边。(小旦)在那边。可怜,可怜。(唱)陋室僻僻月当灯。

(正生)难得,难得。(关门下)

第十八号

付(傧相)、外(周廷贵)、净(赵德贵)、老旦(赵夫人)、贴旦(赵素英)

(吹【过场】)(二家人、付傧相带花轿上)(外上)(吹【驻马听】)(白)花轿发到赵府去。(吹【驻马听】合头)(二家人、付带花轿下,外送下)(净上)这样不肖女儿,我为他终身,故而另许,怎么不从父命?竟投碧荷池内,一命身亡。吓吓吓,气死我也!(内)周府迎亲到。(吹【过场】)(净)阿呀,花轿已到,没有新人嫁去,这如何是好?(唱)

【(昆腔)驻马听】令人堪惊,遣嫁内没有新人。(白)这便怎处?吓,有了!(唱)只得接木移花,做一个掇月移云。(内吹)(净)阿吓,侄女儿,也做你不着了。(唱)吉日良辰定终身,今朝与你洞房春。

(老旦、贴旦上)(老旦)老贼,老贼!(唱昆腔【驻马听】合头)(贴旦白)伯母吓!(净)儿吓,你姐姐却有前盟,竟然命薄,你是没婚无配,倒有福气。况你姿容美色,那才郎相貌魁梧,做伯父的不来亏薄与你。(贴旦)伯父说那里话来?这桩姻缘是姐姐的,叫侄女儿如何去得?(唱)

【前腔】抚养龆龀,侍膝下甘旨晨昏。配凤世前盟,岂错认定婚姻亲?(净白)侄女儿,只好做你不着了。夫人进去,梳妆起来。(贴旦)侄女儿去不来的。(净)快点去梳妆。阿吓,侄女儿吓!(唱)**倘若泄露这风声,颠倒纲常我无门**。

(老旦唱昆腔【驻马听】合头)(老旦、贴旦下)(吹【过场】)(二家人、付傧相带花轿上)(付)大老爷在上,傧相叩头。(净)起来。喜言赞上。(付)列位,伏以请:战鼓叮叮咚,内里闹哄哄。天上神仙府,人间繁华宫。请!(老旦、贴旦上,贴旦上轿,付、二家人带花轿下)(净)还好,还好。(老旦)老贼,老贼!(净下)(老旦)这桩事情,当真还好。(吹【尾】)(下)

第十九号

外(周廷贵),正旦(张氏),付(傧相),贴旦(赵素英),丑(周惠济),正生、净(窗友)

(外、正旦上)(外)画堂喜祝三星,(正旦)猛拚沉醉台前。(吹【过场】)(付、二家人带花轿,贴旦上)(付)员外、夫人,傧相叩头。(外、正旦)起来。喜言赞上,重重有赏。(付)伏以请:东边一朵紫云来,西边一朵紫云开。两朵紫云齐会合,新人移步出堂来。请!(吹【过场】)(贴旦下轿,丑上,拜堂)(外、正旦)送入洞房。好一对年少夫妻也!(众下)(正生、净二窗友上)(正生)要打新郎拳。(净)吃酒吵房去。(正生)勿差,吃酒吵房去。(下)

第二十号

小生(韩文瑞),丑(周惠济),正生、净(窗友)

(小生上)(唱)

【锦堂月】叠闹铿锵,静坐书斋,使人愁绪满腔。遣嫁周门,抱贞烈坐守寒窗。(白)小姐说过抱贞烈,难道从父命么?(唱)**香闺女贞烈不效,好叫我难猜难详**。(白)小姐的言语,难道付与东流了么?(唱)**难度量,早难道纲常紊乱,人伦绝亡**①**,人伦绝亡?**

---

① 绝亡,单角本作"点(颠)败",据宁海平调本改。

(丑上)(唱)

【前腔】书房冷落同窗,双酩酊开怀欢畅。(白)韩兄,吅来带书房里,冷落得吅哉。(小生)兄吓,想厅堂上吹的吹,打的打,有什么冷落?(丑)厅堂上原是闹热,书房里总是冷落得吅哉。(小生)弟告别。(丑)慢点。我要陪吅吃杯酒。男吓,搬酒到房里来。(二家人送酒上,摆酒,二家人下)(丑唱)**轻举捧金樽,为甚的泪落胸膛?**(白)兄,为啥捧杯不饮?(小生)弟有心事。(丑)吅有心事,今朝是小弟个好日嘘。(唱)**开怀饮欢乐无穷,试看他愈加悲伤。堪仓皇,愁容满面,心中悲伤,心中悲伤。**

【醉翁子】(小生唱)**难详,**(初更)(丑白)难详?一定是屋里柴米没有哉。(小生)不是。(丑)银子用完哉?(小生)也不是。(丑)除之两样大事体,有啥事难详呢?(小生)兄吓!(唱)**论吾命卑陋猥懦①,遭落魄遍体受辱,痛苦罪尝。**(丑白)痛苦罪尝,啥人家得罪了兄那啥?(小生)兄不知,弟要说出来了。(丑)请说。(小生唱)**陌巷,有豪奴设局,赚我进门墙。难启口,多感得恩高义好,知己同窗,知己同窗。**

(丑)与我知己同窗,有话正好直说。(小生)阿吓,是吓!与他知己同窗,有话正好直说。(丑)请说。(小生)兄,拜堂新人是谁?(丑)是谁?(小生)就是弟的原配。(丑)吅搭我歇哉。我罗有媒有证,有千金重聘,花轿迎娶过门。我拜堂个新人是吅原配,个句闲话直脚头勿像话哉!(小生)兄不知,弟倒要真说了。(丑)兄请讲。(小生)我先父在日,官居河南道,赵德贵河南分府时节,亏空皇粮,有罪于朝廷。我家爹爹念他是同乡,与他赔补皇粮,他才得还乡。无礼酬谢,将女儿许配小弟为妻。如今先父去世,居住坟庄,赵德贵爱富嫌贫,将我拘禁花亭,逼写退婚,将女儿另许豪门。(唱)

【前腔】有豪奴扯进门去②,逼我退婚,一纸要另许红妆。(丑白)他骗吅进府,吅

---

① 猥懦,单角本作"讳儒",今改正;宁海平调本作"穷寒"。

② 此句句前单角本一有"恨使"二字,宁海平调本有"他心狠"三字,依照词式,当有"心狠"或"心浪"二字。

退婚可写?(小生)弟人虽穷,岂肯失志?(丑)晄退婚不写,那格脱得祸殃?(小生)多感岳母、小姐释放与我。(唱)**漏网,急煎煎远奔,离却祸殃,离却祸殃。**

(丑白)我呕晄吃喜酒个辰光,晄为啥早点勿话?(小生)与兄知己情投,这句话如何说得出晄吓!(唱)**难启口,多感得恩高义好,知己同窗,知己同窗。**

(丑)话带起来,这桩姻缘是晄个。坏哉,是坏哉。(唱)

【侥侥令】**月老定婚配,花烛进洞房。奇文一席无言讲,好事多魔障。**

(小生)兄,这不是弟的姻缘吓!(唱)

【前腔】**命犯孤星照,怎得会参商?香闺绣阁怎妄想,谅今生不成双。**

(正生、净二窗友上)(念)东廊寻到西廊,不见新郎,一定在书房。(白)吵房去,吵房去。(丑)吵房去?我有心事来带。(正生、净)那啥,吵房有心事哉?(正生、净同唱)

【尾】**不须做作心悒怏,吵房俱是同窗。**(丑白)那格,吵房要同窗知己个?格是我赖韩兄也来带。(正生、净)韩兄同之去。(丑)大家吵房去。(同唱)**你我三人吵洞房。**(下)

第二十一号

贴旦(赵素英),正生、净(窗友),丑(周惠济),小生(韩文瑞),花旦(丫环)

(二更)(贴旦上)(唱)

【洞仙歌】**漏滴频频响,铜壶已二更。卸却了金珠宝钿,卸下了绣带舞衣裳。我心喜洋洋,花烛照洞房,三生石上会双双。**

(正生、净、丑、小生暗上)(正生、净)大家吵房。(丑)慢点慢点,我赖斯文朋友,要文气些,要出个令。(正生、净)什么令?(丑)酒令。先吃酒后吵房,我赖老酒吃得高兴,才好吵房。丫头走出来。(花旦丫环上)大爷叫我出来何事?(丑)晄到厨房里,大字号个碗拿了来。(花旦)晓得。(花旦下)(正生、净)兄,吃老酒要用杯个,那格用大字号个碗?(丑)吃两碗东就好吵房。(花旦上)大爷,碗用完了,只有一个钵头。(正生、净)个员外人家,碗会咴有个,弄来个钵头。(丑)我赖碗勿会咴有,客人多个缘故。钵头吃老酒,总好吃个。丫头,酒去拿来。(花旦下,拿酒上)(花旦)大爷,酒在此了。(丑)倒东倒东。(同白)满哉满哉。(丑)兄吃酒。(正生、净)谁出令?(丑)出令个是我新郎官。(正生、净)唅,好,做起新郎官。个末新郎官先吃,有道"主不饮,客不宁"。(丑)好,就是我先吃。兄,一口干,不准转口,转口要罚三钵头。我吃哉,咴看哩。丫环倒东。(正生、净)兄还有两钵。(丑)我咴有转口,转口要罚三钵头。(正生)个末就是我吃。(正生、净)勿可倒霉。(正生、净逃下)(小生)兄,告别。(丑唱)

【六幺令】知己同窗,我和你如胶似漆撇却愁肠。恭敬你是个有义郎。(小生白)吓,兄吓!(唱)我是个彻骨寒儒辈,多感大义方,放开怀畅饮贺洞房。

(三更)(丑)且慢。让我先走出房门,关好两扇门,落之一锁。(小生科)兄,开门,开门。(丑)兄吓,弟拜堂个新人,是兄个原配。我代拜堂,不敢洞房。

(小生)不好了!(唱)

【五更转】诉原因,说端详,千金重聘效鸾凰。良宵美景乐欢畅,何意今朝成怨障?箪瓢陋巷罪难当,心意无傍,顷刻天明①祸起萧墙。

(白)兄开门。(四更)(丑)兄吓,听鼓打四更,兄好困哉个嘘。(唱)

【前腔】两情浓,销金帐,孔雀屏开非常。婚配前盟无二讲,(白)小姐,小姐。(唱)你爹心凶狠,将你别嫁郎。我和你夫是同窗,岂肯荒唐?(白)兄吓,你若不困,弟在门外,也是勿走个嘘。(唱)我在门外展转贺洞房,大义人伦,岂可紊乱纲常?

(小生)不好了!(唱)

【园林好】平白地将人肮脏,到天明、祸起萧墙。玉石的难分青黄,顿叫人难度量。

(白)开门,开门吓!(五更)(丑)兄吓,咴到里面困,天要亮哉。(唱)

---

① 顷刻天明,单角本作"惭刻天时",据文义改。

【川拨棹】**不觉光，好一个正直堂堂。曙色透光，曙色透光，**（鸡叫）**又听得鸡鸣三唱，鸡鸣三唱。星斗稀月无光，旭日照华堂。**（开门）

（小生出门）兄吓，弟的心胆被你唬破了。（丑）我搭呒取笑取笑，怕啥？（小生）这样事情，好取笑的？告别。（丑）且慢。到我书房里去困觉。（同下）

【尾】（贴旦唱）**夜深沉闹洞房，顿叫人心惊胆慌。**（白）方才听见这番言语，不知那个是新郎？叫人难解也。（唱）**我看他愁锁眉尖愁满腔。**（下）

第二十二号

净（赵德贵）、付（周府家人）、外（院子）、老旦（赵夫人）

（净上）（引）才放心窝，做花朝洞房贺喜。（白）可笑贱婢不从父命，守志身亡。花轿进府，亏得侄女儿代嫁，夫妻谅必是恩爱的了。就是日后做破，侄女儿父娘亡故，如我亲女一般，他也奈何于我不得。（付家人上）奉了员外命，特地到此来。门上那一位在？（外院子上）外面那一个？（付）周府家人要见赵老爷。（外）候着。启老爷，周府家人要见。（净）阿吓，莫非泄露风声？叫他进来。（外）晓得。老爷命你自进。（付）老爷在上，小人叩头。（净）起来。昨日新人才得过府花烛，今日有何事情？莫非员外着你到来？（付）奉员外、安人之命，有请帖一个，请赵老爷过府饮酒。有请帖呈上。（净）吓，你员外、安人欢喜大好的么？（付）欢喜大好。（净）大相公呢？（付）倒也恩爱。（净）恩爱的。你去对员外、安人说，三朝来吃便了。（付）员外、安人说了，请老爷今朝就去。（净）怎么，一定要去？（付）一定要去。（净）好，这头亲事结得好。（付）轿子就在门首。（净）请先退下。（付下）（净）请夫人出堂。（外）夫人有请。（老旦上）老爷，叫老身出来何事？（净）吓，夫人，亲家那边着人到来，请你我吃酒，轿子就在门首，你去也不去？（老旦）我是不去。（净）他执意来请，那有不去之理？（老旦）没有女儿上轿，我是没有脸面去的。（净）夫人，侄女儿姿容美，公婆是欢喜的，夫妻却也恩爱的，所以请你我过门，必有事情所托。(老旦)当真?(净)若到他家,侄女儿要如同亲生一般了呢,不要做破的呢。(老旦)望望侄女儿,倒也不妨。

(老旦)**有女不配鸾凤交,无媒无证入洞房。**

(净)**一场假事如真做,婚姻错配有何妨?**(下)

第二十三号

外(周廷贵)、正旦(张氏)、丑(周惠济)、付(周府家人)、净(赵德贵)、老旦(赵夫人)、小生(韩文瑞)

(外上)未到三朝时,(正旦)请他为何因?见礼,请坐。(外)请坐。夫人,我儿三朝未满,请亲家、亲母到来何事?(正旦)叫我儿出来,问个明白。我儿那里?(丑上)计谋暗藏瞒言语,岂可紊乱纲常?阿伯、阿妈在上,倪子拜揖。(外、正旦)罢了,一旁坐下。(丑)谢阿伯、阿妈。(外、正旦)三朝未满,请亲家、亲母到来何事?(丑)倪子有些事体来带。(外、正旦)敢是妻子房中失了钗环首饰不成?(丑)有是有点点。(付家人上)报,赵老爷、夫人到。(外)吩咐起乐。(吹【过场】)(净、老旦上)亲家/亲母。(外、正旦)亲家/亲母请进。(丑)男吓,关好子两扇大门。(内应)(净)吓,贤婿。(丑)那一个是你女婿?(净)吓吓吓。(丑)那一个是你女婿?(净)吓吓吓!(丑)赵德贵,呾走过来。(正旦)没规矩。(丑)你家女儿早有人家,如何另许豪门?(唱)

【点绛唇】你是个禽兽衣冠,禽兽衣冠,人伦绝断,嫌贫酸。另许豪门,律犯萧何款。

(老旦)你是何等样人,晓得我家之事?(丑)赵德贵,呾在河南做分府时节,亏空皇粮,若没有韩国忠与你赔补,那有此日还乡?(唱)

【混江龙】莫良人以恩成冤,儒生落魄住坟园。豪奴赚进府第,逼退婚拘禁花园。夜寂静狠毒谋命,感母女释放回家转。另婚配千金重聘,犯王章公庭判断,恁可也纲常紊乱,纲常紊乱。

(净)吓,我乃仕途贵客,岂有那不义之事?敢在我的面前放肆么?(丑)我还你个对证。(丑下,同小生上)(老旦)贤婿。(小生)如今不是你女婿了。(老旦)你岳母也不认得了?(丑)赵德贵走带来,有道"一家女儿,不吃两家茶"。(唱)

【油葫芦】怎道是富户姻眷,早许配是我同窗。姻缘休轻觑陋巷才,错看无聊无赖穷酸。怎看那身蓝缕挂愁容两眉攒,怎可以狠心肠另许姻眷?为甚的拘禁花亭,只我这正直人儿闹声喧,你是个负义忘恩人伦断,负义忘恩人伦断。

(正旦)亲母,去望望你女儿来。(正旦、老旦下)(外)我乃有媒有证,你把那有夫之女拿来搪塞与我,我与你当官去告。(丑)阿伯,不要当官,待孩儿来讲好。(外)我儿在此讲情,就饶你去罢。(丑)赵德贵,走带来,我乃有媒有证,花红重聘,拿来结算结算,个种银子还拨我,吼个囡吼带得居去。(净)吓,成亲一夜,怎么叫我带了回去?没有这样便宜。(丑)拜堂实是我拜个,洞房我个朋友搭吼个囡洞房个。(正旦、老旦上)(同唱)

【天下乐】喜孜孜孔雀屏开,洞房春心也么欢,谁料得柳下惠坐怀不乱,可不道烈志儿千金不换,千金不换。(老旦白)贤婿,你回转坟庄,看我女儿贞烈如何。(唱)**出绣房多少欢悦,他烈志愿归冥泉,只要你苦守心坚,有一日清芬福享。**

(丑)话到个歇时光,吼还没有话明白个。(正旦)儿吓,有话改日好讲。(净)咳,罢罢罢。(唱)

【尾】今日羞惭无地躲,激得人怒发冲冠。无言来抵对,有证据彻骨穷酸。
(净、老旦下)(正旦)儿吓,拜堂者不是赵德贵女儿。(丑)是何等样人?(正旦)是他侄女儿。贤侄回转坟庄,看小姐贞烈如何。(唱)**今朝当面解仇冤,你不须胸怀展转。**

(小生)此事叫人难度量,(丑)同到坟庄问根苗。(下)

第二十四号

小旦（赵素娥）、小生（韩文瑞）、丑（周惠济）、正生（韩义）、花旦（丫环）

（小旦上）（白）思之泪涟，好门楣遭此磨难。（科）奴家赵氏素娥，母亲差春梅送我到坟庄避难，韩生周家请去吃酒。未知遣嫁之时，何人去拜堂。等他到来，便知明白。（小旦下）（小生上）（白）怒满胸填，（丑上）到坟庄看个端详。（白）老伯开门。（内）来了。（正生上）堪羡贞烈女，不辜负前盟。相公回来了。（小生）见了周相公。（正生）周相公。（丑）个歇时光，走进去个女人家是谁？（正生）就是赵府千金小姐。（丑）那格，就是赵府千金小姐？就此告别。（小生）兄为何去之太速？（丑）兄吓，前者没有尊嫂来里，坐坐倒也无妨。如今尊嫂来里，有些不方便，就此告别。（小生）与兄知己同窗，坐坐倒也不妨。（丑）我与兄知己同窗，坐坐倒也不妨。（小生科）小姐差何人送来的？

（正生）那赵老爷嫌贫爱富，老夫人差丫环，送小姐到坟庄来避难的。（唱）

【锁南枝】香闺女，好嗟呀，这段凄凉泪更加。事急怎主谋，夜半送娇娃。（小生白）难得，难得。（丑）小姐可有话讲？（正生）小姐没有话说，见几本破烂诗书，小姐十分欢喜。（唱）**不计香闺女，不念好门华；愿得君家占鳌头，来独霸。**

（丑）兄吓，尊嫂来东坟庄里，赵德贵得知，多有不便，依小弟之见，噢！（唱）

【前腔】离祸地，到我家，姐妹赏绣花。免得受惊疑，免得受波渣。（小生白）问问小姐来。（正生）晓得。（正生下）（小生）兄吓！（唱）**感大德，恩义夸①；今生无以报，来世做犬马，来世做犬马。**

（正生上）相公，小姐说，二小姐在周府，巴不得一见。（小生）打轿子来。（正生）晓得。（正生下）（丑）兄吓，明春乃是大比之年，你我进京赶考，但愿双双得中回来。（唱）

【前腔】绣阁中，双娇娃，绣凤描鸾并蒂花。姐妹双欢情，定省向膝下。我和

---

① 恩义夸，单角本作"恩非浅"，据宁海平调本改。

你,进京华;得见雨露恩,荣归多潇洒,荣归多潇洒。

(正生上)相公,轿子到门首了。(花旦丫环、二家人带轿上)(小生、丑)请小姐出来上轿。(正生)小姐,轿子到门首了,快请出来上轿。(小旦上)(唱)

【前腔】脸含羞,面如花①,香闺弱质贞烈嘉②。慷慨恩义重,周济是贫家。(小生唱)真堪羡,玉无瑕③;贞烈不非轻,无许浪淘沙,无许浪淘沙。(下)

第二十五号

外(周廷贵)、正旦(张氏)、小生(韩文瑞)、丑(周惠济)、花旦(丫环)、

小旦(赵素娥)、贴旦(赵素英)

(外上)我儿到坟庄,(正旦)怎的不见回?(外)夫人,我儿去到坟庄,怎的不见回来?(正旦)想必就到。(小生、丑上)伯父母在上,侄儿拜揖。/阿伯、阿妈在上,孩儿拜揖。(外、正旦)罢了。(小生、丑上)谢伯父母。/谢阿伯、阿妈。(外、正旦)你去到坟庄,小姐可有接到?(丑)小姐接到。(小生)轿子到。(外、正旦)轿子带上。(花旦丫环、二手下带轿上,小旦下轿)(花旦)请小姐出堂。(贴旦上)(小旦、贴旦同白)姐姐吓!/妹子吓!(同唱)

【(昆腔)哭相思】无端祸起波浪翻,方信今朝好嗟呀。(同下)

(外、正旦)儿吓,明春大比之年,上京求取功名去罢。(小生、丑)拜别。(下)

第二十六号

净(考试官)、正生(把门官)、小生(韩文瑞)、丑(周惠济)、付(魁星)

(二手下、净上)(吹【驻马听】前段)(白)下官翰林院全才学是也,奉旨考选天下

---

① 面如花,单角本作"心悲伤",据宁海平调本改。

② 嘉,单角本作"保",失韵,今改作"嘉"。

③ 玉无瑕,单角本作"完全好",据宁海平调本改。

奇才。转过贡院。(吹【驻马听】合头,接【过场】)(正生把门官上)(净)左右。(手下)有。(净)开门。(手下)开门。(小生、丑上)(净)擂鼓分卷。(手下)擂鼓分卷。(正生)天字号、地字号、玄字号、黄字号。(净)看朝牒。(吹【过场】)(齐下)(丑上)学而时习之,学而时习之,个文章有些难做来里。(吹)学而时习之,学而时习之,个文章叫我那格做得落去个嘘?(吹)(睡介)(付魁星调上)吾乃魁星是也。周惠济在科场,文墨不通,奉玉帝之命,赐他文墨者。(付将丑唤醒,点丑头下)(丑)唬杀哉,唬杀哉。我蒙眬睡去,只见青面獠牙,来了一个恶鬼,把我头上一点。我周惠济吭有坏事做过,难道到科场里来送命哉?俺啐!做文章要紧。学而时习之,学而时习之,个文章有啥个烦难个嘘?(吹)(丑下)(二手下,净上)(净)鸣金。(手下)鸣金。(净)擂鼓催卷。(手下)擂鼓催卷。(净)紧紧速催。(手下)紧紧速催。(净)开门收卷。(吹【过场】)(小生、丑上,交卷下)(手下)三场已毕。(净)封门。(下)

第二十七号

贴旦(赵素英)、小旦(赵素娥)、老旦(赵夫人)

(小旦、贴旦上)(同唱)

【(昆腔)泣颜回】庭院日映红①,愿献策金阶,双双的金鱼化龙。(贴旦白)姐姐见礼。(小旦)妹子,他二人上京,但愿双双得中回来就好。(唱)折桂蟾宫,看步上青云耀门风。(老旦上)(唱)闻捷欣喜步匆匆,进香闺诉说情踪。

(小旦、贴旦)母亲／伯母万福。(老旦)罢了。(小旦、贴旦)母亲／伯母进房何事?(老旦)贤婿、贤侄女婿双双得中,有报单在此。(唱)

【(昆腔)千秋岁】衣锦荣,还乡人尊重,喜孜孜名扬姓显光彩门风。(小旦白)"捷报:贵府令婿大老爷韩文瑞头名状元及第。"(贴旦)"捷报:贵府老爷周惠济到

① 此下单角本尚有"斜□□□义羡"一句,残缺难补。

京得中第三名探花及第。"(同白)谢天谢地。(同唱)**退婚逼写,拘禁牢笼,夜静更阑命断送。得志昂昂,喜气浓浓。**

(老旦)侄女儿,你伯父到来,他二人要得罪你伯父,快些进去解劝。(贴旦)却也怪他不得。(小旦)一同进去解劝。(唱昆腔【尾】)(下)

第二十八号

正生(韩义)、小生(韩文瑞)、丑(周惠济)、外(周廷贵)、正旦(张氏)、

老旦(赵夫人)、净(赵德贵)、小旦(赵素娥)、贴旦(赵素英)

(内笑)(正生上)(白)恩东今日姓名显,重整门楣志不虚。荣抱故里人钦羡,华堂凤卜要于飞。我韩义,感蒙先老太爷重托,先太老爷去世,小主才得七岁,在坟庄居住,砍柴养主,不辞苦志,寒窗苦守。感得同窗周惠济相公资助,如今上京求取功名,喜得鳌头独占,金榜题名,捷报回府。喜那周员外留我进府,等相公荣归,在周府完姻。今日荣贵,挂灯结彩,好显耀也!

(唱)

【新水令】**风光得意乐逍遥,锦衣归门楣增耀。华堂悬灯彩,喜气上眉梢。主仆欢笑,不负了恩东受托,恩东受托。**(正生下)

(二手下、小生、丑上)(同唱)

【步步娇】**杏花一色红灯照,门楣魁光耀。献策金阶道,御笔亲题,独占金鳌。荣归还乡早,愁眉开舒天欢笑,舒天欢笑。**

(外、正旦上接)(小生)小侄多蒙伯父母周济。伯父母请上,小侄一拜。(唱)

【折桂令】**谢得你地厚天高,济困扶危,衣衫荣耀。心切切资助暮朝,喜洋洋同学多少。寒窗下诵读圣伦,常伴读十载勤劳。结草衔环,难酬恩报。我是个彻骨穷儒,常则是陋巷箪瓢,陋巷箪瓢。**

(丑)兄吓,我搭㑚是知心知意个朋友哉。(唱)

【江儿水】**资助灯油费,寒窗守勤劳。文星读书无倚聊,进贡院遇魁光照,文星**

翰墨透凌霄。骤然的起凤腾蛟,这的是积德阴功,五代荣阀阅门高,阀阅门高。

(内)报上。(正生上)所报何事?(内)赵老爷到。(正生)候着。启状元老爷、探花老爷,赵老爷、赵夫人到。(丑)勿要理会。(小生)岳母是好的。(丑)个末叫老太婆一个人进来好哉。(外、正旦)起乐。(老旦上,众接)(老旦)亲母。(正旦)亲母。(老旦、正旦下)(净上,众接)(净)亲家公见礼。(外下)(净)大女婿状元老爷。(小生科,下)(净)小女婿探花老爷。(丑)哼!(丑下)(净)一个个不来睬我,我好没趣。(正生)唉,赵德贵,你如今也晓得没趣!前者骗状元老爷进府,逼写退婚,不然那有不认之理?(唱)

【雁儿落】你是个丧良心忒慢骄,你是个、贪重聘另许多娇。你是个老懵懂无知傲,你是个沐猴冠不怕旁人笑。(净白)你不过个韩府管家,敢在我赵老爷的跟前作大么?(正生)我虽则韩府总管,难好体化与你①。先太老爷去世,小主才得七岁,是我砍柴养主。(唱)**呀!俺是个老仆的敢把君实叫,司马公呵呵笑②。恩东君读诗书,砍柴度昏朝。**(白)你受我先太老爷重恩,况有亲谊,不来看顾,倒也罢了,反亏你这般毒、毒、毒手。(唱)**怒恼,逼退婚势滔滔;禁牢,等三更绝命夭,等三更绝命夭。**(科,下)

(外上)亲家,这段言语,怪不得老总管冲撞与你。(唱)

【侥侥令】幼主曾受托,砍柴苦勤劳。资助寒窗殷勤奉,今日里话重表。

(丑上)赵德贵,走带来,我乃有媒有证,千金重聘,不该用侄女儿搪塞与我。(净)这个自然,是岳父……(丑)唔。(净)侄女儿如亲生一般。(丑)放屁,勿见之马,牵牛来抵消我么?(唱)

【收江南】呀!你是个名教中犯法条,害亲婿忒凶枭。若不是母和女贞烈保,难避千金受苦熬。(净白)早知今日,不用你们抢白了。(丑唱)**难忘怒恼,难忘怒恼,骂你这衣冠禽兽老迈奸刁,老迈奸刁。**

---

① 体化,单角本作"体庄""体花",今改正。难,方言,意为现在,当下。体化,感化。
② "君实""司马公"指司马光,司马光字君实。

（小生上）赵德贵，我那日得进案首，不来报喜，难道不晓得我韩相公立志么？

（唱）

【园林好】宁清贫不跻门高，守寒窗四壁萧条。（白）赚我进门，逼写退婚，你良心何存？（唱）**夜三更狠毒谋命，感母女释放我曹①，感母女释放我曹。**

（净）状元老爷被你骂也骂够了，探花老爷被你打也打够了，千不是万不是，原是我老懵懂一人不是。（唱）

【沽美酒】恕我行多颠倒，恕我行枉费徒劳，把前事一笔来勾销。悔却从前，行为不道。（老旦、正旦上）（老旦唱）**恨老贼从前妆乔，喜得个乘龙占鳌。**（白）贤婿！（唱）**把前事一笔来勾销，宽容年迈无聊。**（小生唱）**俺呵！赚人陷牢，险遭凶枭。呀！提起来恨杀焦燥，恨杀焦燥。**

（净）送女儿与状元老爷完姻，送侄女儿与探花老爷合拜花烛。闲话休提，万事大吉。拜拜天地，团圆到底。（丑）介话带起来，要叫吓丈人阿伯哉。

（净）是个。（丑）丈人阿伯，状元还有篇文章来带，拨吓看看。（净）年纪大哉，文章多年勿看哉。（丑）还是羊毛细字。（净）羊毛细字看勿出哉。（丑）吓拿去看东。（将乌煤搽净脸）（唱）

【清江引】笑伊行，浊面无珠妆圈套，险些儿误却贤豪。韩氏门谁接宗桃，幸得个天罗地网罩。（外、正旦唱）**他自悔作事蹊跷，两鬓发皆是英豪。古圣贤不念旧恶，还须念女丈夫立志高。**

（吹【过场】）（小旦、贴旦上）（拜堂）合家团圆，拜谢皇恩。（吹【尾】）（下）

---

① 我曹，单角本作"归家"，据宁海平调本改。

五〇　白梅亭

　　调腔《白梅亭》共十二出，剧叙松江李尚宾，其父李忠在日，曾聘扬州肖仲康之女玉莲为婚，其姐李莺花，许配扬州上官惠。后因家业萧条，又遭回禄，李尚宾与母亲沈氏迁居坟庄，生活贫苦。肖仲康见李家衰落，意欲赖婚，于是一方面遣仆接李尚宾过府，以便逼写退婚；另一方面将女儿另许逢①家公子逢计。在肖仲康写书催促之下，李尚宾来到扬州，先至姐姐李莺花家中，与姐夫上官惠商议。上官惠虽为逾墙钻穴之辈，但劫富济贫，行侠仗义，恰在先前逢府行盘之际，窃得部分盘面。上官惠遂让李尚宾改换衣衫，前往肖府拜谒，以探虚实。李尚宾来到肖府，肖仲康假意笑脸相迎，将其安顿在白梅亭。入夜后，肖仲康即带家人前来，逼写休书。见李尚宾奋起反抗，肖仲康谎称试探，摆下酒席，将李尚宾灌醉，装入麻袋，打算待等三更时分，抛入江心。时有江湖豪杰俞瑄，慕名拜望上官惠，潜入肖府，将李尚宾随麻袋背出，带至上官惠家中。

　　肖仲康见麻袋不翼而飞，误以为被其夫人梁氏窃出，催问之际，梁氏母女反从中证实李尚宾来府的消息。李尚宾遇救后，其姐李莺花潜入肖府，救下正在寻短见的肖玉莲，并向闻讯前来的梁氏担保婚事可成。逢府迎亲之日，李莺花偕俞瑄、上官惠悄悄来到肖府，用晕香迷倒肖仲康、逢计等人。待李尚宾、肖玉莲拜堂后，众人离开肖府，驾舟而去。后李尚宾得中状元，合家团圆。

　　整理时以1962年整理本（案卷号195-3-74）为基础，拼合正生、小生、正旦、小旦、贴旦、净、付单角本，整理后场号与单角本相合。

---

①　逢，小生、贴旦本作"冯"。

第二号

小生（李尚宾）、老旦（沈氏）、付（肖贵）

（小生上）（引）家业萧条，时乖运蹇，难度昏朝。（诗）茕茕母子住坟庄，父亲声名一旦亡。十年磨炼心计尽，怎得成名四海扬？（白）小生姓李名荣，表字尚宾，先父李忠，官拜潼关总兵。母亲沈氏，但生姐弟二人，不想父亲亡故，家业萧条，又遭回禄，母子只得居住坟庄，这也不在话下。父亲在日，曾聘肖仲康之女为婚。不料前日，岳父差人到来，有书一封，接我过府完婚，又说要我做儿婿两当，我心中猜疑不定。正是，功名未遂双眉蹙，椿庭何望一纸书。（唱）

【解三酲】忆椿庭增辉门阊，到如今万种凄凉。何时得际会鹏程上，光宗祖显耀门墙？只我这愁眉百结容憔瘦，守着这刁烂经诗破书箱。（老旦上）（唱）**出中堂，只听得我儿悲伤，问个端详，问个端详。**

（白）儿吓，你独坐中堂，声声长叹，却是为何？（小生）母亲吓，看家业如此凄凉，叫孩儿怎的不要悲伤？（老旦）儿吓，你岳父有书到来，叫你过府完婚，你还是去也不去？（小生）母亲说那里话来？但是目下世情呵！（唱）

【前腔】看纷纷世态炎凉，论人心难猜难详。（老旦白）你说难猜难详，难道不去叩谢高门么？（唱）**不必那猜疑心悒怏，到他家共效鸾凰。**（小生白）母亲，你前日听见那管家说话呵！（唱）**交情薄意言荒唐，又恐不是伴朱门笑一场。**（付上）（唱）**效鸾凰，不觉的家门不幸，曾配着寒儒陋巷，寒儒陋巷。**

（白）安人在上，老奴叩头。（老旦）起来。见了姑爷。（付）姑爷。（老旦）你昨夜在何处过夜？（付）老奴在朋友家中回来。（老旦）早膳呢？（付）用过了。（老旦）怎么，用过了？（付）整顿船只，与姑爷下船。（老旦）老管家，姑爷说，但等功成名就，前来完姻。（付）安人，姑爷执意不去，何不写书一封，待老奴带了回去，与老爷、夫人一观？（小生）待我写起书来。（唱）

【朱奴儿】①**人伦里半子情况，贫与富、何须惆怅。风云际会待时光，有一日风送滕王。**(老旦白)姑爷有书这一封，带与你老爷观看。(小生唱)**达上，茕茕陋巷，这羞惭好彷徨，这羞惭好彷徨。**

【尾】(付唱)**溶溶流水凄凉长，曾经是豪门东床。**(白)可怜，是可怜，是可怜。(老旦)还有文钱一百，以为路费。(付)老奴还有在此。(老旦、小生同唱)**这的是微礼轻表大义方。**(下)

第三号

净(肖仲康)、付(肖贵)、正旦(梁氏)、小旦(肖玉莲)、外(何景)

(净上)(引)林下逍遥，乐得个安享余年。(诗)昔年雄镇立功高，今日清闲自逍遥。食禄君恩受命重，不如林下乐逍遥。(白)老夫肖仲康，官拜云贵参将。只为克欠军粮，不料议官参劾，多蒙李年兄保奏，削职归家。我有一女，许配他子为婚。如今李忠亡故，家业萧条，意欲赖婚，怎奈无计可施。为此修书一封，假意接他到来，还他原聘，要他逼写休书，婚姻割绝，岂不是美？为此差肖贵前去，怎的不见回来？(付上)迎接姑爷事，报与老爷知。老爷在上，老奴叩头。(净)起来。(付)谢老爷。(净)你回来了。(付)回来了。(净)姑爷可来？(付)姑爷不来。(净)为何不来？(付)姑爷居住坟庄，实贫实穷，好似桩木斫下②一般。有回书呈上。(净)书中之事，我也明白。你把姑爷家常之事，说与夫人、小姐知道。请出夫人、小姐。(付)夫人、小姐有请。(正旦上)为女挂心劳，无心闷坐亭前。(小旦上)终日闷恹恹，出中堂叩问金安。(正旦)相公，叫母女出堂，有何吩咐？(净)肖贵回来了。(正旦)怎么，肖贵回来了？(付)夫人、小姐在上，老奴叩头。(正旦、小旦)起来。(付)

---

① 此曲牌名单角本缺题，今从推断。

② 桩木斫下，单角本作"壮木作下"，195-3-74 整理本作"樟木作下"，据文义改。句意盖谓居室简陋，四壁如同用砍下的木桩围成的棚寮一般。

谢夫人、小姐。(正旦)肖贵,你回来了。(付)老奴回来了。(正旦)姑爷可来?(付)姑爷等功成名就,前来完姻。(净、正旦)你且回避。(付下)(正旦)相公,女婿家下虽贫穷,立志甚高,谅必有发达之日。(净)夫人,我想李忠在日,家私巨万。不想李忠亡故,不上几年,被他消败,还有什么立志来?(唱)

【锁南枝】身漂泊,志不高,败辱门楣住荒郊。何望步青云,怎盼瀛洲到?(正旦白)相公,他志气轩昂,日后发达成名,你我暮年有靠,你何用这般心急?(净)咳!(唱)**提将起,心懊恼;堪恨穷骨骸,不日里作饿殍,不日里作饿殍。**

(正旦)咳!(唱)

【前腔】口胡诌,絮叨叨,不记当年恩德高。(白)你这老贼,你那日若没有李忠保奏,也有今日?你若还要将女儿另许豪门,我与你誓不甘休。(唱)**缔结两和谐,婚配酬恩报。**(净白)想女儿才貌双全,忍配穷儒?若还嫁到他家,就要做饿鬼了。(正旦)咳!(唱)**你谎奸心猿,胜鸥鸮。**(白)你这老贼,若将我女儿改嫁,我和你誓不甘休。(唱)**绝断人伦,我便当官告,我便当官告。**

(小旦)爹爹吓!(唱)

【前腔】儿罪重,免焦躁,休把女儿挂心劳。(净白)我儿,你听为父的话,休了李家亲事,另选豪门,岂不是美?(小旦)爹爹吓!(唱)**婚配是前缘,也是儿命招。**(正旦白)儿吓,不仁不义这父亲,你说他几句何妨,为娘作主,倒也不妨。你这老贼,若说我女儿呵!(唱)**且开怀,免着恼。**(白)你贤婿立志甚高,有日发达呀!(唱)**有日夫贵与妻荣,双双谐同调,双双谐同调。**(正旦、小旦下)

(净)咳,气死我也!好好一桩事情,被他母女争论一场,正所谓抱鸡鸡不斗,气死抱鸡人。(付上)报,何相公要见。(净)请何相公相见。(付)何相公有请。(付下)(外上)为了姻缘事,特地到此来。(净)何兄。(外)肖兄。(净)请坐。(外)有坐。(净)请问何兄到此,有何贵干?(外)到来不为别事,为你家令爱作伐。(净)才郎是那一家?(外)就是本城逢兵部之子逢公子呵!(唱)

【前腔】逢兵部，门楣高，才貌相配两和调。真个是前缘，才郎正年少。（净白）既蒙何兄前来作伐，弟当应允。备得有酒，与大媒畅饮。（外）怎好有劳肖兄？（净）何兄吓！（唱）调和事，仗月老。璧人华堂前，银河渡鹊桥，银河渡鹊桥。（下）

第四号

丑（上官惠）、贴旦（李莺花）、外（何景）、净（肖仲康）、正旦（梁氏）、

小生（李尚宾）、正生（俞晴）

（丑上）（念）家道破落无计出，流落江湖学做贼。直上围墙能走壁，英雄说我是第一，是第一。（白）小可，上官惠，绰号草里蛇。配妻李氏莺花，也有些本领。但见豪恶人家，就要窃取，散与穷苦人家，有啥勿好？（内）啐！（丑）咳，在此讲讲，已被里厢头家主婆听见哉，我在此打一个瞌睡罢哉。（贴旦上）（白）门闩户牢，看家业凋残萧索。官人见礼。（丑）见礼。（贴旦）官人，自言自语，讲些什么？（丑）阿哉家主婆，我来东讲穷人家苦恼个嘘。（唱）

【念奴娇序】①朝暮我心徘徊，非是我偷窃，作事奇怪。（贴旦白）官人，你偷人之意，倘若败露，其祸非小，劝你弃了这个念头罢了。（丑）阿哉家主婆，我偷来个银子，都散在穷人家个嘘。（唱）**论男儿烈烈轰轰，为的是劫富济贫事应该。**（贴旦白）官人，你晓得清贫自乐？（丑）家主婆，我那里勿晓得？我单偷豪恶人家，也无啥个事情个嘘。（唱）**非灾，莫担心横祸受灾，非是俺偷窃银两沉埋，可怜那穷人到底有什么罪来？救贫困，谁来陷害，休得挂怀，休得挂怀。**

（贴旦）官人吓！（唱）

【前腔换头】听讲，你心慷慨，须知道难分，作事尴尬。（丑白）我银子偷得来，穷人家散点拨伊用用。（贴旦）官人吓！（唱）**论男儿烈烈轰轰，何须钻穴逾墙**

———————————

① 此曲195-3-74整理本题作【降黄龙】，非是，据词式当是【念奴娇序】。戏文、传奇中【念奴娇序】常与【古轮台】连用，本出正与【古轮台】相连。

作怪？（白）虽然将银子散与穷人，他家失了财物，岂不陷害别人的吓！（唱）**陷害，无辜的屈受严刑，这冤屈海底捞砂沉埋，却不道济贫反累受非灾？从这后，须弃邪念，知过必改，知过必改。**

（四手下抬礼上）（外上）（唱）

【前腔换头】**行来，花红结彩，喜孜孜两家欢爱，周公大礼伉俪和谐，一对对彩红礼盘肖家到来。**（吹【过场】）（四手下、外下）（丑）家主婆，有份人家来哼行聘，我去做一票生意来。（贴旦）官人不要去，不要去。（丑）勿要去，那里来个吃？那里来个用？（丑下）（贴旦）再三劝他，他只是不听，又去了，且是由他。（唱）**乔才，全不念祖上门楣，一味的心猿意昧，有一日吐露机关怎安排？公案中，官法如炉①，谁来替代，谁来替代？**（贴旦下）

（吹【过场】）（净上，坐。丑上，换衣，扮作客人。四手下抬礼上，外上，净迎接，四手下、外下，丑下）（正旦上）（念）作事心生巧，无耻多颠倒。一味乱胡言，把人来嬉弄也。总有日辅佐帝王家，谁似你瞒意昧心太不良，拼老命闹一场。（正旦打散盘面，净拾起，正旦打净一掌，扯净须下，丑上，偷盘面）（内）有贼，有贼。（丑）有贼，有贼。（丑下）（小生上）（唱）

【前腔】**繁华境界，看纷纷名利场中，喧哗闹垓②。**（白）小生李尚宾，奉母亲之命，前去拜望岳丈。母亲说，叫我先到姐丈家中便了。（唱）**得转街衢，取亲谊听语衷情根荄。**（白）迤逦行来，此间已是姐丈家门首了。姐姐开门！（贴旦上）（唱）**听来，急急的门闩启开。**（小生插白）姐姐，兄弟李尚宾到此。（贴旦）兄弟！（唱）**乍见了我心欢爱，姐和弟、姐和弟今日里重逢喜爱。**（白）兄弟请坐。（小生）请坐。（贴旦）母亲在家可好？（小生）托赖平安。姐姐，姐丈到那里去了？（贴旦）出外去了，少刻就回来的。（小生）兄弟别后，姐姐一向可好？（贴旦）兄弟，你姐丈不成才，为姐有什么好处来？（唱）**门楣败，夫妻落魄，谁来瞅**

---

① 俗语有"人顽似铁，官法如炉""人心似铁，官法如炉"，指即便人心坚硬如铁，也难熬官府刑罚，形容刑罚严酷。

② 闹垓，义同"闹垓垓"，嘈杂、喧嚷的样子。

睬,谁来瞅睬?

(丑上)(念)勿脱空,勿脱空,摄得一匹红。(白)阿哉,大舅来带,好个,好个。家主婆,到街上斩之肉,打之酒,请请大阿舅。(小生)姐丈,这个不消。(贴旦)官人,兄弟自家人,常便些就是。(丑)介末大阿舅见礼,请坐。家主婆,唔也坐。阿哉大阿舅,丈母老太太可好?(小生)托赖平安。(丑)好个。(贴旦)兄弟,你有什么事情,说与姐丈商议,可行则行,可止则止。(丑)阿哉大阿舅,唔有啥个事,同我商量,可行则行,可止则止。(小生)到来非为别事,岳父昨日有书到来,接我过府完姻。我心中猜疑不定,为此特来与姐丈商议。(贴旦)你可晓得兄弟岳丈家中?(丑)咳,家主婆,大阿舅定亲来哼啥地方?(贴旦)就是本城肖仲康之女,许配我家兄弟了。(丑)勿错,昨日来哼行聘,个票生意我做……咳,勿勿勿,是肖仲康有两个囡,一个许拨你里大阿舅,一个许配逢家去哉。(贴旦)他只有一个女儿的。(丑)那格,只有一个囡个?(贴旦)兄弟,书中怎样写着?(小生)他书中写着呵!(唱)

【古轮台】把亲睬,枝头连理花正开,完成女儿终身事大,请进门台。(丑白)你还是去也勿去?(小生)为此心中猜疑不定,恐他辜负前情,将女儿另许人家,特来与姐丈商议此计才好。(唱)**莫不是前盟轻弃,多应是炎凉世态,好叫我难详难猜。**(贴旦白)官人,听兄弟说来,肖仲康这老贼,爱富嫌贫,将女儿另许人家。(唱)**别恋风彩,假催亲、恶贼藏埋。不然是男家迎亲,那有个女家催来?**(丑白)听家主婆、大阿舅说来,我倒有些明白哉嚏。(唱)**图赖婚姻,另选人才,他嫌你穷途堪哀。**(白)大阿舅,唔介样子走过去,勿赖婚个也要赖婚哉,依之我。(贴旦、小生)依你便怎么?(丑)依之我,敲其一个竹杠。(贴旦)怎样打法?(丑)大阿舅从头到脚里,身上穿得华华丽丽,整之几担行李,走进去,肖仲康一见,勿像一个穷女婿哉嚏。(唱)**堂堂书生气宇恢恢,见女婿欢畅喜爱,喏! 管叫他难详又难猜,难详又难猜。**

(正生上,丑出门看,正生摘帽下)(丑)好大手段,把我鸭屁股帽也抓得去。唔个娘杀,我晓得唔也是个贼。(贴旦)兄弟在此,要被他看破。(丑)读书人勿晓

得个,拨伊穿戴起来。(贴旦、丑唱)

【尾】如花柳牡丹开,脱了罗衫换衣改。(丑唱)**做一个移花接木新郎来**①。

(丑)家主婆,大阿舅这样打扮起来,走带过去,肖仲康一见,难猜难详。(贴旦)慢去。(小生下)(丑)阿哉家主婆,走带起来。(贴旦)官人还有何言?(丑)今朝庙里有"客商"来咚,要当心。前门关其紧,后面管得牢,勿可被伊钻进来。(贴旦)你自己呢?(丑)咳噫,有道贼偷贼,勿罪过个。(丑下)(贴旦)晓得。(关门下)

第五号

付(逄计)、外(何景)

(付上)(念)冢宰宦门高,风流出年少。姻缘配合才郎貌,夙知②年少开怀抱。(白)爹做官,儿享福;牛耕田,马吃谷。(白)学生逄计,阿伯逄泰,官居兵部之职。学生不喜欢读书,不想做官,只欢喜花柳场中,玩耍玩耍。学生聘定肖仲康个囡,昨日子发盘面,今日子还不见到来,奇杀哉。(四手下、外上)(付)大媒请进,见礼请坐。(外)请坐。(付)大媒辛苦了。(外)好说。(四手下)大爷在上,小人叩头。(付)起来。从人们,二百两银子,各人分配,里面酒饭。(四手下)谢大爷。里面吃酒去。(四手下下)(外)逄兄,回盘如何?(付)好光彩。备得有酒,何兄畅饮。(念)仗你玉成,开怀来酒色畅饮,捧金杯同笑欢庆。(外念)吉庆欢庆,两家姻缘前生定。(付念)美酒醺醺哉,(外念)调和女千金。(付念)调和风月,月老冰人。(下)

---

① 此句 195-3-74 整理本原在上文"难详又难猜"下,今移改。

② 夙知,同"夙智",早慧。

第六号

小生（李尚宾）、丑（上官惠）、末（家人）、净（肖仲康）

（小生、丑上）（小生念）叩谒新亲，貌堂堂天生俊英。你那里妆就①牢笼，不上钩波浪自平。（丑白）大舅，有道"高门不可认亲"。（小生）却是为何？（丑）吓勿晓得个噱。（念）出门不认亲，管叫他难猜又难分。（白）到哉。（小生）怎么，到了？有劳姐丈通报。（丑）晓得哉。介末是哉，读书人真聪明，一讲就会。呔，有人走两个出来。（末上）何人喊声高？出门看分晓。那一个？（丑）通报，松江府李姑爷到，通报。（末）请少待。老爷有请。（净上）（白）忠言逆耳，令人恶气难忍。何事？（末）松江府李姑爷到。（净）怎么，小畜生到了？叫他前来见我。（末）老爷命姑爷进去。（小生）岳父。（净）贤婿你来了。（小生）岳父请上，小婿拜揖。（净）路途辛苦，常礼罢了。（小生）谢岳父。（净）贤婿请坐。（小生）小婿告坐了。（净）过来，把姑爷的行李搬到外书房去，好与姑爷安睡。（末）有。（丑）我相公行李很多，看太阳落山哉，来勿及哉，明日子去搬好勿好？（末）介末里头吃老酒去。（丑）好个。（末、丑下）（净）贤婿，你把家常之事，说与老夫知道。（小生）岳父容禀。（唱）

【宜春令】家贫居，业残凋，守寒窗受尽煎熬。母子伶仃，身寄坟庄住荒郊。（白）多蒙岳丈不弃寒儒，为此小婿呵！（唱）**因此上乞叩高门，拜尊前恕儿不肖。难道，这衷情好叫我难诉根苗，难诉根苗。**

（净）呀！（唱）

【前腔】看他温存体，多俊俏，志昂昂、气概冲霄。（白）肖贵回来，说他一贫如洗，今日一见，不像个穷人了。（唱）**有一日凤起蛟腾，金榜题名姓氏标。**（白）吓，是了。（唱）**一定是借贷豪门，定然是假惺惺前来胡闹。**（白）如此不必猜破了他。过来。（末上）有。（净）请姑爷到白梅亭少坐，少刻还有话讲。（末）晓

---

① 妆就，同"装就"，下文第七号【折桂令】"休得要"句单角本即作"装就"。

得。(净)贤婿。(唱)**我年老,后嗣你一身儿承应宗桃,承应宗桃。**

(末)姑爷请进。(小生下)(净)过来。(末)有。(净)吩咐把中堂门户闭紧,不许丫环小厮们窥探,待夜静更深,叫他勒写休书。(末)他不肯写呢?(净)他若还不写呵!(唱)

【尾】扬威欺压势滔滔,不怕休书来应着。(白)过来,休得进房,报与夫人、小姐说知。(唱)**休得要吐露情关是非招,吐露情关是非招。**

(净下,末关门下)(丑上,碰门)牢门关得介早,吃之夜饭再来打听。(下)

第七号

正生(俞瞎),小生(李尚宾),净(肖仲康),老旦、付、末(家人),

丑(上官惠),贴旦(李莺花)

(起更)(正生上)(白)浪荡天涯有数秋,流浪江湖几时休。英雄何日双眉舒,豁开虹霓云雾收。俺,俞瞎,山西人也。一身本领,命刚不虚,诨号扑天鹰。见人不平,拔刀相助,遇知己者,头颅可赠。我闻得扬州有侠士,名唤上官惠,他的绰号叫作草里蛇。我昨日到他家门首经过,意欲进去拜望与他,奈俺素手空空,怎好进去拜望? 就今夜做些买卖,一则献个伎俩,二不可惊他的耳目。(二更)呀!(唱)

【新水令】城楼初发报更筹,早又是铜壶滴漏。半轮眉梢月,云汉碧光浮。一天星斗,更助俺英雄遨游,英雄遨游。

(白)呵吓,你看此间,一所大墙门在此,不免进去,做了一档,有何不可? 说得有理。(纵进下)(小生上)(唱)

【步步娇】背井离乡多僝僽,何望成姻媾? 亲谊两情投,安慰梅亭,却是东楼。(白)方才参拜之时,见岳父甚是怒容,心中不郁。又将我安顿白梅亭,其意何安也? 咳,李尚宾,李尚宾,你此番来差了。(唱)**我好没来由,此番舛错落计谋,舛错落计谋。**

(老旦、付二家人,净上)(净)打进去!(小生)岳父来了,小婿拜揖。(净)住了,谁
是你岳父?谁是你岳父?(小生)咳,你是差人前来接我的吓?(净)李尚宾,
可晓接你的来意么?(小生)吓,你敢是赖婚不成么?(净)差也不多。你快
快写下休书,还你原聘银子,你拿回家去,娘儿可以度日。(小生)住了,李
相公退婚,岂肯写与你?(净)来,将他打!(老旦、付)打!(小生)谁敢动手?
谁敢动手?咳,肖仲康,肖仲康!(老旦、付)肖老爷。(小生)你叫家人强逼与
我,我李相公难道畏惧你不成?(唱)

**【折桂令】堪笑你没人伦空设计谋,紊乱纲常,易恩为仇。摆牢笼陷人阴沟,
拆散了连理枝头。**(净白)与我打!(小生)谁敢?谁敢?(唱)**休得要假惺惺扬
威装就,惹动俺气昂昂、英雄怒吼。**(净白)狗贼多讲!(小生)可恼,可恼!(抓
净须)(净)吓,贤婿。(小生)权且饶你。(净)岳父试试你的立志,怎么你就动起
怒来?(小生)你也不必瞒我,早已将女儿许配逢家了。(净)贤婿,许配逢家,
是堂房侄女儿。(老旦、付)许配逢家,是老爷的堂房小姐。(小生)阿吓,怎么,
是堂房的小姐?说来倒是小婿不是了,待小婿赔罪。(净)贤婿吓!(唱)**好心
肠反付东流,错怪老朽。依然是翁婿相亲,何分这谁是谁否?**

(白)贤婿才得到此,还未接风。老夫备得有酒,与贤婿接风。过来。(老旦、
付)有。(净)看酒来。(老旦、付)晓得。(净唱)

【江儿水】开怀心欢乐,酕醄泛金瓯。今朝翁婿情高厚,(小生白)多谢岳父,待
小婿把盏。(唱)**感蒙仁慈多宽宥,寒儒落魄身篳陋。我满面含羞,**(净白)贤
婿,书性如何?(小生)小婿不才,忝入黉门。(净)年少登科,可敬可喜。来,看
酒与姑爷。(老旦、付)晓得。(净)贤婿吓!(唱)**桃浪金波,早听春雷上游。**

(白)贤婿,待老夫选定吉日,与贤婿完姻。(小生)多蒙岳父美意,家中有老
母在堂,不敢遵命。(净)贤婿说那里话来?待老夫差人前去接你令堂到
来,共享荣华,岂不是美?(小生)多谢岳父。(净)取大杯来,与姑爷畅饮。
(小生)岳父,酒有了。(净)说那里话来?今日翁婿情投,沉醉何妨?过来,
看酒来。(唱)

【雁儿落】仗得你接蒸尝列俎豆，百年事、有计谋。却不道膝前依相厮守，朝和暮来问候。(小生唱)呀！俺这里醉模糊没脑头，难拴住意绸缪。(老旦、付白)姑爷饮酒，姑爷饮酒。老爷，姑爷酒醉了。(正生暗上)(净)怎么，姑爷醉酒了？吓，贤婿！李尚宾！小畜生！来，将他一刀。(老旦、付)且慢。杀在白梅亭，行走不便。(净)这便怎处？来，取叉口过来。(老旦、付)众兄弟，取叉口过来。(末家人取叉口上，装小生入内)(末)叉口装好。(净)悄悄扛出，抛入江心。(末)晓得。后堂灯火未绝，想夫人、小姐还未安睡。(净)吓，怎么，夫人、小姐还没安睡？待等三更，悄悄扛出后花园，将他抛入江心，神鬼不知，你道如何？(末)晓得，果然好计。(净)你且回避。(末)晓得。(末下)(净)李尚宾小畜生！(唱)任你轰天志，难逃挖天手。莫泄露，有恐母女来出首；好计谋，等三更谁来参透，谁来参透。(科)(净下)

(正生)呵吓，方才这老贼说番好言语，我道真心实意，原来是一片假意。我就将这叉口当作礼物，送到草里蛇家中，看他怎样行事。(唱)

【侥侥令】盛有三杯酒，非我强出头。狼心狗肺莫来由，那里有翁和婿结怨仇？(撬天花板，背叉口下)

(三更)(丑上)(唱)

【收江南】呀！夜三更静悄悄走荒丘，意马心猿难逗留。(正生背叉口上)(唱)他那里三更准备来等候。(丑白)个包是包货嘘。(唱)暗暗搜搜，(正生唱)暗暗搜搜，(丑唱)要与他两下里一较身手。(二人打，丑败下，正生背叉口下)

(老旦、付、净上)(净)打进去！(老旦、付)不见叉口。(净)唔，怎么，叉口不见？四下寻来。(老旦、付)晓得。四下寻来，不见叉口，只见天花板打开一衕。(净)怎么，天花板打开一衕？吓，是了。想是夫人知道，将他留进内房去了。你们且是回避。(老旦、付)晓得。(老旦、付下)(净)且住。我今宵打进去，这老贼与我吵闹，今晚就在外书房安宿，明日与老贼理论便了。只道秘计藏，谁知露消息。(净下)(四更)(锣鼓)(正生背叉口上)(唱)

【园林好】惹得俺声吼气吼，(丑上)(唱)急急的踹步行走。(白)又来带哉。(打)

打吓勿走,让得吓,背得去。(丑下)(正生唱)**快步的匆匆急走,早来到他门首。**

(白)开门,开门,打进来了。(贴旦内)什么样人,打进我门?(正生)俺山西俞瞎,送礼物到此。(内)吃了茶去。(正生)不消。请。(唱)

【沽美酒】半夜里客不留,半夜里客不留,留待天明、问因由。俺自有移云掇月擎天手,只看他接木移花怎样收?(科,下)(贴旦上)(唱)**好英雄江湖奔走,况义士情投意投。非是我孤灯夜守,都只为兄弟逗留。**(白)方才山西俞瞎,送礼物到此。袋内不知什么东西,待等官人回来,拆开观看便了。(丑上)家主婆开门。(贴旦开门)官人,为何这般光景?(丑)家主婆,勿要话起,庙里碰着一位"客商",乒乒乓乓便打,打得上无气,下无屁,好像落汤鸡。(贴旦)官人,我兄弟呢?(丑)阿呀,一打两打,把大阿舅忘记还哉。(贴旦)方才山西俞瞎,送礼物到此。(丑)那格,山西俞瞎送礼物到此? 个末同我打个,一定是扑天鹰来东。礼物来哼啥地方?(贴旦)在袋内。(丑)拿灯亮来。(贴旦持灯)(丑)唅,软绵绵是棉花。呵,勿是,还会动个,一定是头猪。阿吓,还是大阿舅,快快拿之姜汤来。(贴旦)兄弟苏醒,兄弟苏醒!(唱)**怎呵! 因甚的情由义由,身落机谋。呀! 反做了礼物送酬,礼物送酬。**

【尾】(小生唱)**晨昏甘旨当问候,膝下衣衫袖。**(白)姐姐。(贴旦科)兄弟。(小生唱)**亏得慷慨英雄强出头,**(小生下)(丑)阿哉家主婆,肖仲康要谋大阿舅性命,待我去打听明白嚧。(唱)**去往他家察根由。**(下)

第八号

正旦(梁氏)、小旦(肖玉莲)、净(肖仲康)、末(家人)、小生(李尚宾)、

贴旦(李莺花)、正生(俞瞎)、丑(上官惠)

(正旦上)(引)鸦鹊连声,(小旦上)(引)绣阁娇容憔瘦。(正旦)儿吓,为娘昨日听得外堂人说女婿到了,今日出堂,待等你参参到来,问个明白。(净上)怒容改笑脸,巧计说真言。夫人。(正旦)相公进来了。(小旦)参参,女儿万

福。(净)坐下来。恭喜夫人,贺喜我儿。(正旦)我家无喜可贺。(净)女婿到了。(正旦)怎么,女婿到了? 快些请他相见。(净)夫人,你不必瞒我,家人来说,先留进内房堂了。(正旦)呸! 你敢见了鬼? (净)呵吓,我好好对你说,你怎么睃①起我来? 待我进去看来。(净下)(正旦)阿吓,儿吓! 你父亲的言语支吾,女婿一定是到的了。(小旦)母亲,听爹爹之言,莫非他已将李郎谋害不成? (正旦)吓,若有此事,待为娘与他拼个死活。(净上)夫人,你将贤婿藏在何处,快快叫他出来相见。(正旦)吓,你这老贼,我察言观色,莫非将女婿谋害的了? (末家人上)启老爷,里面搜过,不见盗贼。(净)怎么,里面没有? 想此刻去也不远,一面差人呈送报官,缉获便了。(正旦)老贼吓,你好狠心也! (唱)

【皂角儿】旧日恩情赴波涛,新亲眷、反做贼盗。败人伦贪图富豪,玷污了贞烈多娇。(小旦白)爹爹吓! (唱)枉做出,一番情,害书生,落圈套,我心苦恼。(正旦白)咳,老贼吓老贼,你要还我的女婿来! (唱)你嫌贫爱富,情理难消。拼着这,老命残躯,当官呈告,当官呈告。(打)(哭下)

(小生、贴旦上)(同唱)

【前腔】堪恨着老贼奸刁,使毒计、将人命抛。若不是英雄邂逅,此刻时黄泉路遥。(小生白)姐姐,兄弟昨晚是死里逃生,救命恩人,将何处寻访? (贴旦)你要寻访恩人么? (唱)须信道,蛇须眉②,行千里,见不平,安良除暴。(正生上)(唱)旭日渐高,来访故交。呀! 令人见,眉目传情,奸淫妇道,奸淫妇道。

(白)呵吓,我道草里蛇,江湖上有名的好汉,原来家中有不贤妻子,在此勾引这书生。且住,幸喜带得钢刀在此,待我杀了他。吓,看刀! (贴旦)你是什么样人,前来杀我? (正生)你丈夫江湖上有名好汉,你在此顾盼情人,待我杀了。(贴旦)这是我兄弟李尚宾。(正生)此是俺送来的礼物,怎说是你

---

① 睃,方言,骂的意思。绍兴方言读作[so?],阳入调。按《集韵·铎韵》疾各切:"謷,詈也。"王福堂《绍兴方言研究》以为即此字。

② 蛇须眉,指绰号为草里蛇的上官惠。须眉,胡子和眉毛,借指男子。

兄弟？看刀！（贴旦）待我官人回来，杀我也未迟。（正生）我也料你逃不到天外去。（丑上，用围裙裹刀）（丑）吓，呃刀好杀人格。（正生）要杀，要杀。（丑）杀勿得个。（贴旦）官人，昨夜送礼物就是他。（丑）送礼物的是呃？（正生）正是。（丑）呃昨夜子好会打，我吃呃勿落。（正生）兄，你吓勿希①。（小生）这是救小弟命的大德恩人。（丑）阿哉兄吓，今日子英雄会面。喏，个个是我大阿舅，个个是我家主婆，江湖上此道不必说。（同笑）（正生）见礼。（丑）见礼。（正生）请坐。（丑）请坐。（正生）兄，令大舅为何遭此狼狈？（丑）阿哉兄吓，不想肖仲康图赖婚姻，谋我大阿舅性命哉嚯。（唱）

【园林好】摆下了天罗地网，等三更江心飘荡。若不是英雄来到，定然是命丧亡，定然是命丧亡。

（正生）可恼，可恼！（唱）

【江儿水】按不住腾腾怒冲霄，老贼无端坏纲常。全不念半子相依傍，暗设计将人肮脏，（白）俺去也。（丑、贴旦）你到那里去？（正生）去到他家，将这老贼一刀分为两段。（丑插白）还好，还好。（正生唱）**方显俺平生志昂。**情甘血溅头颅，公堂命偿，公堂命偿。

（小生）兄吓，有道"受了一日之气，免得百日之忧"。（唱）

【五供养】穷酸漏网，多感得君家，义侠非常。亲谊如白露，姻缘都是虚诳，都是虚诳。（贴旦白）兄弟，肖仲康爱富嫌贫，夫人、小姐可知情否？（小生）姐姐说那里话来？他母女岂不知情的？（唱）**思之情况，母女夫妻同心一腔。**（正生、丑唱）**命干凤世缘，今生多魔障。鹊渡银河，共谐鸾凤，共谐鸾凤。**

（贴旦）既如此，待我今夜，去到绣阁一走。（唱）

【前腔】察听端详，夜深沉悄入兰房。幽阁亲自辨青黄，佳人绣阁不寻常。若有差池刀头丧，方显俺琐琐红妆，琐琐红妆。（贴旦下）（正生、丑唱）**命干凤世**

---

① 希，方言，差。调腔抄本亦记作"歇"。《越谚》卷下"单辞只义""靹、跁、儵、歇、疲"条："并音歇。越贬人物不美曰'疲'。"绍兴方言读作[ɕieʔ]，阴入调。

缘,今生多魔障。鹊渡银河,共谐鸾凰,共谐鸾凰。

(正生)好,大嫂有此伎俩,不枉俺俞瞎千里访问,今日一见,好侥幸也!(唱)

【川拨棹】冲天降,赛须眉女中强梁。论人生正直光明,论人生正直光明,救罗危①我心快爽。等黄昏入围墙,进香闺问娘行,进香闺问娘行。

【尾】(小生唱)伤悲老母倚门望,不见游子归故乡。(正生白)兄吓!(小生、正生唱)可怜我／你瘦怯书生,暗地泪汪汪。(小生下)

(丑)慢走,里哼头有酒有肉,吃个饱餐。(正生)有酒?打搅。(下)

第九号②

正旦(梁氏)、小旦(肖玉莲)、贴旦(李莺花)、花旦(丫环)

(正旦、小旦上)(同唱)

【玉芙蓉】满目啼痕好兴嗟,母女凄凉话,说不出凄凄惨惨、悲悲苦苦,一番折磨两地牵挂。(小旦白)母亲,女儿万福。(正旦)罢了。儿吓,为娘只望接你丈夫到来,与你完姻,谁想他遭此大难也。(小旦)母亲,想李郎一定遭谋害了也。(唱)投亲不允遭人害,谋害书生太不该。(正旦白)儿吓,夜已深了,你好去睡了罢。(小旦下)(正旦)你这老贼,如花之女,弄得这般光景,如何得过也?(唱)貌如花,愁容不开,好叫我深深切齿恨咬牙。(正旦下)

(起更,贴旦戴红须髯口上,纵进绣阁,上高梁)(小旦上)(唱)

【锦缠芙蓉】老年华,怎不顾后人笑骂? 直恁的乱胡喳,轻弃婚姻做话巴。奴本是冰清女玉无瑕,休猜做路柳墙花。(白)李郎,这段婚姻,要相逢万万不得能够了。(唱)惟愿你金榜挂,别选个女娇娃,奴情愿皈依空门诵《法华》。

(白)自古红颜多薄命,孤鸾不成双,好不苦杀人也!(唱)

---

① 罗危,遭受危险,这里指遭受危险的人。

② 本出"满目啼痕好兴嗟""订前盟为夫家""准备迎亲家""麝香香来筹画"数曲单角本题有曲牌名,其余皆从推断。

【朱奴芙蓉】告天天不念咱,哭哀哀、难诉根芽。这场悲哀难禁架,亲觌面总是冤家。(白)爹爹,非是女儿不孝也。(唱)都只为人伦大,自古道一鞍一马,保贞烈愿死黄沙。

(白)李郎吓,姻缘奴家不得能够相逢也!(唱)

【前腔】提起来心牵挂,恨奴命孤独受波渣。惨伤不得鹊桥架,阻天河又犯着太白红沙,太白红沙。(白)且住。奴家千思万想,总无出头之日,不免拜别爹娘养育之恩,寻个自尽了罢。(唱)香罗帕,悬梁高挂,要重逢三更梦外,三更梦外。

(小旦上吊,贴旦跳下,救小旦下,又上高梁)(贴旦)小姐!(唱)

【尾】订前盟为夫家,好一个抱贞烈女娇娃。(白)呔,小姐在此悬梁,你们快快出来救命。(内)丫环掌灯。(花旦丫环、正旦上)(正旦唱)唬得人魂飞魄散步难挨。

(白)阿吓,儿吓!(花旦下,取姜汤上)(花旦)夫人,姜汤在此。(正旦)我儿苏醒。(小旦唱)

【哭相思】渺渺孤魂归何处?声声哭泣那冤家。

(正旦)儿吓!(唱)

【玉芙蓉】闪得人肝肠寸断,(小旦唱)儿命苦到不如九泉潇洒。(正旦白)小姐在此自尽,你们那个救的,说来夫人有赏。(花旦)我与夫人一同出来,勿晓得个。(贴旦)是我救勾。(正旦)你是什么样人?(贴旦)我是个贼。(花旦)有强盗,有强盗。(贴旦)你们不要惊慌,我下来也。(花旦插白)还是个红胡须。(贴旦唱)乔妆打扮为伊家,(摘红须)(白)为保小姐贞烈而来。(花旦插白)个人会变化的,还是个女人家。(贴旦唱)休嫌我是个小裙钗。(花旦白)小裙钗,小裙钗,摸哂一双奶。吓,实是个女人家。(正旦)请问大娘,那里人氏?那家宅眷?(贴旦)我乃是李尚宾亲姐。(正旦)如此说来是贤姑。不知我贤婿在那里?(贴旦)为因你令夫君,要我兄弟性命。多感救星,得脱罗网。(唱)这仇儿痛恨深深,何虑着同心害他。(正旦白)请问大娘,贤婿既在你家中,何不叫他到来见我？（贴旦）意欲带进府来面见夫人，有恐你令夫君另生别计，陷害我兄弟性命，故而不带进府面见夫人。（唱）**何须嗟呀，休得泪如麻，小姐，管叫你夫妇团圆做一个宜室宜家**。（小旦科，下）

（正旦）大娘，那逢家即日前来迎娶，如何是好？（贴旦）夫人若还不信，逢家花轿到来，使他没趣而回。（唱）

【前腔】准备迎亲家，从空中巧是咱，华堂前百计深深，认不出绿叶红花。保着人儿无有话，一场巧事一场罢。免牵挂，心中葛瓜，可见俺神机妙算绝无差。

（正旦插白）大娘，你一人如何救得小女出去？（贴旦唱）

【意不尽】麝香香来筹画，管叫他难分解。（正旦白）还望大娘三思。（贴旦科，下）（正旦）阿吓，老贼，老贼，你要攀高亲，万万不得能够也。（唱）**羞杀你活出丑丈人家**。（下）

第十号

付（逢计）、外（何景）、贴旦（李莺花）、正旦（梁氏）、小旦（肖玉莲）、正生（俞瞎）、

丑（上官惠）、净（肖仲康）、小生（李尚宾）

（付上）（念）今朝打扮做新郎，宫花齐插喜洋洋。花烛昼锦堂，双双入洞房，调金杯鸾凤双双。（白）学生逢计，阿伯逢泰，聘定肖仲康格图。今日子发轿，勿见大媒到来。吓，奇杀哉。（外上）画堂喜祝三星，同窗鸾凤和鸣。（付）大媒，见礼请坐。（外）新郎官，见礼请坐。（付）不知大媒到来，少出远迎，多有得罪。（外）好说。阿哉新郎官，花轿可曾齐备？（付）大媒一到，即刻就可发轿。（外）叫众家人出来，闹热闹热。（付）从人们，花轿发出来，吹打吹打。（吹【过场】）（二家人、一轿夫上）（付、外）发到肖府里去。（吹【过场】）（众下）（贴旦上）（白）小小裙钗志不虚，一场巧事谁人知。可恨老贼多奸刁，作事行亏只是痴。我乃李氏莺花，可恨肖老头儿，要谋我兄弟性命，为此今日

前去行事,做出一场调虎离山之计也。(唱)

【醉花阴】小小娥眉计万千,做出来非我心偏。好一似隔金门月团圆,撞着俺、撞着俺昆仑女仙①。盗红妆非偶然,你那里叠闹笙歌,想什么凤倒鸾颠,只我这计就儿人不见,计就儿人不见。(贴旦下)

(正旦、小旦上)(同唱)

【画眉序】终日闷恹恹,母女凄凉泣断弦。这灾危顷刻里谁行方便?(贴旦上)(正旦)吓,大娘吓!(唱)急切里怎样救婵娟,祈娘行快把言词决断。(小旦唱)救度跳出三千界,免使我母女心牵,母女心牵。

(贴旦)夫人!(唱)

【喜迁莺】你得要心惊、心惊胆战,顺风帆何怕、何怕逆泉。且放心免得受熬煎,我和你骨肉情娘家眷,怎坐视撇得你随行方便。(吹【过场】)(贴旦科)(唱)听鼓乐声喧,任他母女泪涓涓,放愁容巧机关,自有那炼石补天,炼石补天。(同下)

(正生、丑上)(同唱)

【画眉序】为保女婵娟,密地安排听传宣。因甚的没回音叫人展转。(正生白)兄,大嫂前去行事,未知他怎样一个行为?(丑)吘勿明白,我也有些勿明白来里嘘。(正生插白)夫妻那有不知之理?(丑唱)不知他袖里机关,好叫我心下难安。(贴旦上)(唱)香闺来往似飞电,速登程何必流连,何必流连?(耳语下)

(正生)大嫂回来,为何说得不明不白而去?(丑)兄勿明白,弟倒有些明白来里个嘘。(唱)

【出队子】待等那席上华筵,移花接木计谋全。使用晕香主客醉眠,才郎淑女双拜堂前,星夜归家去下画船。(正生、丑下)

(净上)(唱)

【滴溜子】双璧合,双璧合,锦堂高添;谐伉俪,谐伉俪,洞房烛焰。早婚配同

---

① 此用唐裴铏传奇《昆仑奴》典故。唐代宗大历年间,有一崔生,代父前往勋臣一品府中探病,同侍女红绡一见钟情。有昆仑奴磨勒,背负崔生逾十重墙,同红绡会面,又助两人出逃,成其姻缘。

心结连,(白)过来。(内)有。(净)逢家花轿到来,叫他不要停留,将新人抬了就走。(唱)**妇随夫唱永百年,上和下睦偕欢忭。欲渡银河,鹊桥双全,鹊桥双全。**(净下)

(吹【过场】,外、付上,净上接)(付)岳父。(净)请到里厢少坐。(外、付下)(净)吓,夫人。(正旦上)老爷何事?(净)那逢家花轿已到,叫女儿梳妆起来上轿。(正旦)女儿在房中日夜啼哭,如何是好?(净)待我进去,一同劝解便了。(正旦)且慢。你若进去,女儿一发啼哭。待我前去,慢慢解劝与他便了。(净)呷吓,我夫人才得回心了。(净下)(正旦)你这老贼,被我一番言语哄骗,竟是陪客去了。大娘快来。(贴旦上)夫人有何吩咐?(正旦)你快些说来,怎生救得小姐?(贴旦)且是放心,待我请出小姐。小姐有请。(小旦上)(唱)

【刮地风】**呀! 好叫我血泪难干,渡鹊桥、他那里同心一片。奴这里猜不透其中那一般,他那里喜洋洋别无缱绻。**(贴旦白)夫人,可敬小姐一杯遣嫁酒。(正旦)儿吓,你且吃。(小旦)大娘吓!(唱)**我一身仗你来保全,俺将这藏计儿吐露根源。**(贴旦白)小姐,敬夫人一杯辞别酒。(正旦)儿吓,叫为娘如何吃得下去?(贴旦)夫人,吃这杯酒,待我说。(正旦)你说了,待我吃。(贴旦)你不吃,我不说。(正旦)待我来吃。(贴旦)待我说。(唱)**堪羡你嫩腰肢桃腮杏脸,堪羡你守清贫心坚意坚。万种愁从此消遣,百结怨放开眉尖,非是俺小裙钗能夸大言,能夸大言。**(正旦、小旦下)

(正生、丑上,贴旦藏正生、丑,贴旦下)(外、付、净上,饮酒,正生烧晕香)(外、付、净)好香,好香。(晕倒)(贴旦、小生上,贴旦脱付衣)(贴旦唱)

【四门子】**出堂中代媒许醮**①**,枉相思凤倒鸾颠。靠你做婚姻无缘,串媒图骗,**

---

① 许醮,许嫁。

串媒图骗①。(小生换衣)(小生唱)**戴儒冠宫花帽檐,此刻时宫袍上花红翅扇。新郎的上下都换,任你千谋百算,偷渡机关有谁观见,有谁观见?**

（正旦捧妆盒上,给贴旦,贴旦给丑,丑背下。贴旦下,引小旦上,小生、小旦拜堂)(小生)岳母请上,小婿拜别。(小生、小旦上轿,下,正旦送下)(正生喝酒,用酒壶盛冷水喷外、付、净,正生下)(外、付)咳嗽,咳嗽。好酒,好酒。(付)何兄,叫新娘子出来拜堂来。(外)窗友,叫新娘子出来拜堂来。(净)过来,叫新人出来上轿。(内)新娘子老早出来东哉。(付)走是走出来过个。(外)走出来过,为啥不拜呢?(付)昏昏沉沉拜勿落去哉。(内)松江人拜得去哉。(外)倒灶哉,春梅酱②哉。

（付打外,外打净下)(船夫撑船上。正生、丑、贴旦、小生、小旦上,下船)(合唱)

【双声子】③华堂前,华堂前,成就了好姻缘。晚江边,晚江边,悄悄的下画船。计谋全,风波恬。看风送归帆,一家团圆。（下）

第十一号

老旦(沈氏)、正生(俞晴)、丑(上官惠)、贴旦(李莺花)、

小生(李尚宾)、小旦(肖玉莲)

（老旦上)昨夜灯光结彩,今日喜事临门。(正生、丑、贴旦、小生、小旦上,正生下)

（贴旦)母亲!(老旦)我儿。(贴旦、小旦下)(小生)母亲吓!(老旦)儿吓!(同唱)

【(昆腔)哭相思】乍见了盈盈泪涟,不由人肝肠寸断。深感恩德非浅,得归宗母子觌面。

（老旦)儿吓,今当大比之年,上京赶考去罢。(小生)孩儿拜别。(吹【尾】)(下)

---

① "出堂中"至"图骗",据民国年间赵培生旦本(195-2-19)校录,其中"缘"和"串媒图骗"原作"汗""川媒途牛",据文义改。195-3-74整理本无此段,而以下文"戴儒冠宫花帽檐"起为【四门子】,并在下文"好酒好酒"后有外、付同唱的"令人儿多欢喜,玉天仙生得真娇艳。因甚的口难开眼能见,双双的拜堂青春少年"的唱段。

② 春梅酱,春梅子酱,指怨怪媒人。

③ 单角本剧末多有省略,均无此曲,此及下出【哭相思】皆据195-3-74整理本录出。

第十二号

李尚宾考试。

第十三号

正旦(梁氏)、小旦(肖玉莲)、小生(李尚宾)、老旦(沈氏)

(正旦、小旦上)(吹【过场】)(二手下、小生上)(老旦上)合家团圆,拜谢皇恩。(团圆)(下)

五一

葵花配

调腔《葵花配》共二十八出，剧叙钱塘解元胡混玉，携仆胡茂，前往上海县探望身为知县的姐丈蔡兆宁。为消苦闷，混玉前往大悲阁进香，在花园巧遇前来还愿的方士正之女方玉贞，一见钟情。混玉拾得玉贞所掉金钗，归还方家侍女红妹后，因慕玉贞姿色，竟尾随方家轿子而去。途中天气忽变，大雨倾盆，混玉衣衫湿透，蜷缩在方府后花园门外避雨。恰逢红妹替玉贞取茶，被玉贞之兄仲林调戏，红妹以门闩自卫，致混玉跌进门内，唬退仲林。混玉得红妹周全，避入方府，遂与玉贞私合，历时数月。因恐事情败露，玉贞放混玉出府。临行前，混玉遗下祖传宝物葵花配，答应回去后即请姐丈蔡兆宁前来做媒。不料混玉夜间迷路，被安南国平章赚入船中，挟往安南置办货物。

玉贞产子，养在深闺，无意间被前来纠缠红妹的方仲林发现。方仲林急忙向其父母揭发，在玉贞、红妹极力掩饰之下，方士正夫妇反斥仲林污蔑妹妹贞烈。方仲林见父母不听，便抱婴儿到上海县公堂告状。知县蔡兆宁正四处寻觅混玉不得，见婴儿所系乃混玉随身宝物葵花配，便与妻胡氏商议，请玉贞过府询问。在问得实情之后，蔡兆宁遂设计让方仲林投告无果。先时，混玉在安南被招为驸马，十余年后，始求赐归国。由于带宝进贡有功，胡混玉在朝堂之上得到封赏，适逢混玉之子秀林高中状元，两人受赐荣归。而后父子夫妻相认，一家终获团圆。

宁海平调"前十八"本亦有此剧。越剧亦有同名剧目，又名《上海小姐》。

《葵花配》虽有1958年老艺人忆写总纲本（案卷号195-3-65），但该忆写本曲文除少数场次与吊头本、单角本相合外，大多粗浅失真。因此，整理时曲文以约民国十二年（1923）《葵花配》吊头本（案卷号195-1-92）为基础，校以正生、小生、正旦、小旦、花旦、净角单角本，并参照了宁海平调本曲谱。其中，念白除少数角色从1958年老艺人忆写总纲本录出之外，以单角本为基础进行拼合。

约民国十二年（1923）《葵花配》吊头本虽较完整，但讹俗甚多，场号亦不完整，如十七号（"【小桃红】踌躇满腔"）后紧书"念（廿）号"（"【新水令】出衙斋喝声鸣锣道"），同时存在该吊头本有曲文或标注，而单角本及忆写本已删略的情况。因此，个别出目根据《宁海平调优秀传统剧目汇编》第二集所收宁海平调本《葵花配》补充或补入。此外，单角本也有溢出吊头本、忆写本和宁海平调本者，如《前岳传》《葵花配》小旦本（案卷号 195-1-84）所抄《葵花配》小旦本有"十六号"，写方玉贞自伤已有身孕；光绪二十九年（1903）"蔡源华办"净本（案卷号 195-1-38）有方士正将三层楼腾与其女玉贞居住，以避其子仲林勾引侍女红妹之事。两者均不见于其他各本，今附存于后。

第二号

小生（胡混玉）、丑（胡茂）、正生（蔡兆宁）、末（院子）、正旦（胡氏）

（小生上）（引）旧门卜世遥祥①，坐书斋阀阅门墙。（诗）一朝凌云志，万里听春雷。禹门三汲浪，四海姓名扬②。（白）小生姓胡名金，表字混玉，乃是杭城钱塘人氏。父亲胡瑞表，在日官居河南道分府，不幸早亡，生下姐弟二人。小生上无兄妹，下无妻室，在家心中烦闷。我姐姐增配山东蔡布政之子蔡兆宁为室，两下从未来往。为此同胡茂，前月离家，来到上海县，探望姐丈。昨日进得城来，天色已晚，就在店中耽搁一宵，今日天气晴明，不免叫胡茂出来，进衙去便了。胡茂那里？（内）来哉，来哉。（丑上）大爷叫我，有啥个事体？（白）叫你出来，非为别事，我与你既来投亲，一同进衙去便了。（丑）晓得哉。（小生）一同出门去罢。妙吓，出得店来，好一派天气也！（唱）

【玉芙蓉】红日东升上，街市闹声忙，纷纷的争名夺利闹嚷。进衙观见亲谊表，

---

① 卜世，单角本作"不世"，今改正。卜世，这里当指家世运数。或当作"奕世"，意为累世，世代。遥祥，长远的福祉。《全唐文补编》卷一五〇阙名《大唐故邠国夫人段氏墓志铭》："诞播遥祥，旁昭介祉。"

② "扬"字单角本脱，今补。

乐意悠悠开怀抱。**蝶绕墙,花影春妆,舞翩跹**①**呢喃燕子飞双双**。(小生、丑下)

(大走板)(四手下、正生上)(唱)

【前腔】虔诚到圣像,国泰民安康,祈求风调雨顺安康。朔望里神圣恭祷,四海干戈定家邦。(白)下官蔡兆宁,乃是山东人氏,蒙圣恩职授上海县令。到任以来,盗寇并尽,百姓瞻仰。下官往城隍庙拈香而回,左右。(手下)有。(正生)吩咐催道。(手下)吹。(正生唱)**蝶绕墙,花影春妆,舞翩跹呢喃燕子飞双双**。(四手下下)

(末院子上)报,老爷,有信呈上。(正生)待下官看来:"年家眷弟胡混玉顿首拜。"吓唷,原来是我大舅到了。过来,请出夫人。(末)晓得,夫人有请。(正旦上)春色花飞景,兰梅百花香。老爷回衙了。(正生)夫人见礼。(正旦)见礼。(正生)请坐。(正旦)请坐。老爷回衙,却也辛苦了。(正生)好说。夫人,你兄弟到了。(正旦)怎见得我兄弟到了? 不信。(正生)过来,请舅爷相见。(末)晓得。舅爷有请。(正生)夫人,你我出去迎接。(内)胡茂随我来。(小生上)迤逦官衙至,整束见亲谊。(正生)大舅请进。(正旦)兄弟请进。(小生)姐丈、姐姐请进。(正生)见礼。(小生)见礼。(正生)请坐。(小生)请坐。胡茂过来,见了老爷、夫人。(丑)姑老爷、姑奶奶,胡茂叩头。(正生、正旦)起来。(丑)谢姑老爷、姑奶奶。(正生)来,将舅爷行李搬进内书房安顿。(内)晓得。(正生)好,进去备酒侍候。(末)晓得。(末下)(正旦)兄弟别后可好?(小生)姐姐!(唱)

【朱奴儿】②从别后心意如行,梦儿中、见姐容庞,分别枝叶共惆怅③**,喜今朝重睹嫡亲胞。瓜葛,幼蒙共养**④**,不觉的喜心上,不觉的喜心上**。

---

① 舞翩跹,195-1-92 吊头本作"无偏定",下文又作"无边廷",单角本作"无跰踦",今改正。

② 此曲牌名抄本缺题,今从推断。

③ 枝叶共惆怅,195-1-92 吊头本作"枝拆提枝叶",据单角本改。

④ 幼蒙共养,195-1-92 吊头本作"耀伴共养",小生本作"幽冥供养",光绪后期张廷华《葵花配》正生本(195-1-71)本出末曲有"忧命共洋"四字,据后两者当作"幼蒙共养",谓幼时得到姐姐抚养。

（正生）大舅书性如何？（小生）弟科甲黉门了。（丑）老爷，我里相公书性好的。洋洋乎文如在其上，荡荡乎无能明也①。（小生）咳，狗才，多讲。姐丈吓！（唱）

【前腔】论文章锦绣满藏，（正旦白）兄弟，你这葵花配可带在身旁？（小生）这葵花配乃是祖上传家之宝，弟带在身旁，刻不离身。（唱）**纳**②**嬉耍、刻时难忘，祖传遗物逢凶化，还换取**③**遇难呈祥。**（正旦唱）**世无双，祖传宝物，逢凶孽化吉祥，逢凶孽化吉祥**④。

（正生）这葵花配豪光透放，此乃是传家之宝，带在身旁，不可离身。备得有酒，与大舅畅饮。（唱）

【前腔】久别后一言难畅，有衷情、慢说细讲。（同唱）**姐弟相逢喜一腔，不由人神清气爽。乐无涯，酌香醪佳肴**⑤**，捧霞觞喝醉饮终场**⑥**，喝醉饮终场。**（下）

第三号⑦

外（张莘）、付（罗赖混）、末（景德）、正生（陆文忠）、小生（李文扬）、丑（陈志昂）

（外上）（引）蒙圣恩调遣，四海姓名扬。（白）老夫张莘，官居相位，蒙圣恩隆宠。今乃进贡之年，因此入朝甚早。正是，匡扶社稷奉，保国定安邦。（付上）货物程途远，岁岁献大朝。我乃安南使臣罗赖混是也。奉郎主之命，来

---

① 此处丑白 195-3-65 忆写本原无，据宁海平调本补。

② 纳，单角本作"幽"。

③ 还换取，195-1-92 吊头本作"志难取"，单角本作"逢还取"，据文义改。

④ "世无双"至"吉祥"，195-1-92 吊头本原无，据单角本补。

⑤ 佳肴，195-1-92 吊头本作"佳渡瑞昌"，此从小生本。

⑥ 霞觞，亦称霞杯，指盛满美酒的酒杯。喝醉饮终场，195-1-92 吊头本作"何醉饮中场"，小生本作"茗钉（酩酊）醉饮聚众场"，据文义改。

⑦ 本出调腔各本原无，据宁海平调本补。剧中罗赖混，宁海平调本作"罗赖昆"，而"胡混玉"亦作"胡昆玉"。其实"胡混玉"讥讽主人公风流胡混，"赖混"讥讽安南使臣硬挟胡混玉归国，准此，人名以"混"为胜，今从"混"作"罗赖混""胡混玉"。陆文忠、李文扬、陈志昂的角色系推断。

到大朝献贡。来此朝房，不免进去。老太师在上，小番打躬。（外）何人敢擅入朝房？（付）我乃安南使臣罗赖混是也。奉郎主之命，前来进贡。方才有些货物，送进相府去了，吩咐出来说，老太师早已入朝，为此特到朝房见驾。（外）何劳你主费心。圣上未曾临殿，待等临殿，与你奏明便了。（付下）（正生、小生、丑上）（正生）老夫司马陆文忠。（小生）下官司马李文扬。（丑）下官镇国将军陈志昂。（外）列位大人请了。（众）请了。老太师为何入朝甚早？（外）今有安南国前来进贡。（众）御香霭霭，圣驾临殿来也。（二太监、末上）（引）龙飞凤舞，喜得国泰民安。（众）臣等见驾，愿吾皇万岁。（末）平身。（众）万岁。（末）寡人景德，自从登基以来，风调雨顺，国泰民安，刀枪入库，马放南山，此乃众卿之功也。（众）万岁洪福齐天，与臣等何功之有？（外）臣启万岁，今有安南使臣前来进贡，现在午门，万岁无旨，不敢擅入。（末）侍儿，宣安南使臣入殿。（太监）领旨。万岁有旨，安南使臣入殿。（内）领旨。（付上）忽听君王宣，忙步入金銮。臣安南使臣见驾，愿吾皇万岁。（末）平身。（付）万岁。（末）何劳你主费心。张相，命你置办午朝用食之物。（外）领旨。（末）有何物献上？（付）有贡单呈上。（末）妙吓！吹【驻马听】（白）黄金千两、彩缎千匹赐他。（付）谢主隆恩。（末）寡人备得有宴，与卿畅饮。（众）臣送驾回宫。（吹【尾】）（下）

第四号

净（方士正）、外（院子）、老旦（冯氏）、丑（方仲林）、花旦（红妹）、小旦（方玉贞）

（净上）（引）文翰旧门第，归家有数秋。（诗）即速催人老，不觉文鬓悠。告老双田桂，不觉老景凄。（白）老夫方士正，乃是上海县人也。蒙圣恩官居翰林之职，告老归家。夫人冯氏，年满六旬，生下一男一女。孩儿取名方仲林，年方二十，不听训教。女儿玉贞，年方二九，温存体态，这也不在话下。只见后花园中，百花齐开，命院子安排酒筵在菊花亭，与夫人、孩儿一同玩耍,未知可曾齐备。来。(外院子上)有。(净)叫红妹服侍夫人、公子、小姐出堂。(外)红妹。(内)怎么?(外)服侍夫人、公子、小姐出堂。(内)晓得。(老旦、丑、花旦、小旦上)(老旦)堂上呼唤声,出堂问事情。(丑)在书房瞌睡蒙眬。(小旦)在香闺描鸾绣凤。(净)夫人见礼。(老旦)老爷见礼。(丑)阿伯、阿妈,倪子拜揖。(小旦)爹娘在上,女儿万福。(净、老旦)罢了。(小旦)哥哥见礼。(丑)阿妹见礼。(老旦)老爷,叫老身、儿女出堂何事?(净)夫人,见后花园中百花齐开,命院子安排酒筵,夫人、孩儿一同畅饮。(老旦)这是有蒙老爷了。(净)一同转过花亭。(老旦)老爷请。(净)年年春色依然在,(老旦)亭前清水绿形影。(丑)读书年年勿进学,(小旦)时时刻刻奉双亲。(小旦、丑)儿女把盏。(细吹【画眉序】)(老旦白)老爷声声长叹,却是为何?(净)夫人你看,男长女大未配嫁,岂不可叹。(老旦)老爷说那里话来?儿女终身,男无娶,女无配,不是二老之故。(小旦)女儿终身自有良缘天定,不必挂念。(丑)阿妹勿是介话个,你终身虽有良缘天定,阿哥二年前头想老婆,介二位老大人得我耽搁到如今,心头想想有点勿平盖。(净)畜生,只要功名成就,何愁妻室没有?(丑)我一百岁勿做官,老婆吭得哉勾。(净)那有这大年纪做官之理?(丑)我廿岁人想做官,皇帝老子也吭有许多纱帽拨我戴。(净)岂不闻甘罗十二岁为丞相。(丑)姜太公八十遇文王。(净)周瑜七岁看兵书。(丑)梁灏八十二岁中状元也未迟。(净)一派胡言。(丑)句句真话。(净)畜生!(丑)阿伯。(小旦科)哥哥。(净)咳!(吹【红绣鞋】)(老旦白)老爷息怒。今乃二月十九,观音大士胜会,我同女儿前往大悲阁还愿,不知老爷心意如何?(净)夫人,有道神圣之言,理当虔诚叩祝。明日院子备素斋侍候。红妹。(花旦)怎么?(净)服侍夫人、小姐去罢。(花旦)晓得。(老旦、小旦)散了筵席。(吹【尾】)(下)

第五号

小生(胡混玉)、正生(蔡兆宁)、正旦(胡氏)、丑(胡茂)

(小生上)(唱)

【解三酲】闷心来何意①开怀,不由人春倦心怀。叹人生古来多少风流客,尽都是世族宦乡旧门楣。(白)小生胡混玉,来到姐丈衙内,也有数月。总然闷坐书斋,心中烦闷。咳,天吓!这桩意儿,何人能消胸中之闷也!(唱)手捧着文章古今诗书在,空自有满腹珠玑何能会②。真潇洒,怎能够订结秦晋,一对对女貌郎才,女貌郎才。

(走板)(正生、正旦上)(同唱)

【前腔】小书生堪敬堪爱,喜得个风姿俊雅。在书斋叙剖家务话,因甚的愁锁眉梢舒不开?(小生白)姐丈、姐姐见礼。(正生)大舅见礼。(小生)请坐。(正生)请坐。(小生)大舅在弟衙内,愁锁眉间,敢是轻慢大舅之故了?(小生)非也,小舅心切功名,有什么愁容满肠来?(正旦)老爷,我家兄弟年方二九,尚未婚配。(唱)待访美聘定娇娘多丰采③,合配当年君子才。真潇洒,(同唱)怎能够订结秦晋,一对对女貌郎才,女貌郎才。

(走板)(丑上)(唱)

【剔银灯】④闹嚷嚷街坊奔走,步匆匆报知东君。(白)姑老爷、姑奶奶,胡茂叩头。(正生、正旦)起来。(小生)胡茂,你在那里回来?(丑)阿哉相公,今日大悲阁,男男女女,胜会好闹热。相公,我赖去看会呵!(唱)一心闹热真堪爱,在书斋闷心难耐。(小生)姐丈、姐姐,小舅要往大悲阁进香,未知姐丈心意如

① 何意,195-1-92吊头本作"乐意",据单角本改。
② 珠玑,195-1-92吊头本作"知周",宁海平调本作"知风",单角本作"佳人",据文义改。会,指会试或会试及第,泛指科举及第。
③ 丰采,195-1-92吊头本作"风姿",据单角本改。
④ 此曲牌名及下文【滴溜子】,调腔各本缺题,据宁海平调本补。

何？（小生、丑同唱）**嬉耍，求拜观音，功名就龙门独跳，龙门独跳。**

（正生）大舅，今日大悲阁男女喧哗，改日可去。（正旦）老爷，看他主仆，眉来眼去，与他去去就是。（正生）夫人此言不差，看你主仆二人眉来眼去，一定要去，我也不阻挡你。你早去早回，免得姐姐在衙挂念。胡茂，听老爷吩咐。（唱）

【滴溜子】**莫行歹**①**，莫行歹，街坊杂踏**②**。焚香的，及早回来。免得你为姊在家悬悬望，莫留停休使牵挂**③**。嬉耍，求拜观音，功名就龙门独跳，龙门独跳。**

（小生、丑下）

【尾】（正生、正旦唱）**看他喜气洋洋多潇洒**④**，主仆双双真堪爱。**（正生白）大舅此去呵！（同唱）**佳事春桃喜有怀**⑤**。**（下）

第六号

正旦（师太）、付（尼姑）、小生（胡混玉）、丑（胡茂）、外（院子）、老旦（冯氏）、

花旦（红妹）、小旦（方玉贞）

（正旦、付上）（正旦）慈悲口中念千声，善人恭请万炷香。我乃大悲阁师太。师弟，今日是二月十九观音胜会，恐有香客到来，叫徒弟们打扫佛殿，奉茶侍候。（同白）徒弟们，今日是二月十九，恐有香客到来，打扫佛殿，奉茶

---

① 莫行歹，195-1-92 吊头本作"莫行反"，单角本一作"么衣塔"，一作"莫行带"，当即"莫行歹"。

② 杂踏，195-1-92 吊头本作"襍达"，"襍"同"杂"。杂踏，同"杂沓""杂遝"，纷杂重叠的样子，这里指人多杂乱。唐释慧琳《一切经音义》卷三九《不空羂索经》卷一音义"杂沓"条："顾野王云：沓，犹重叠也。案杂沓者，纷盛兒。"

③ "免得你"至"牵挂"，195-1-92 吊头本原无，据单角本补。其中"莫留停休使牵挂"，单角本一作"必思量心思劳挂"。

④ 多潇洒，195-1-92 吊头本作"步里千"，据单角本改。

⑤ 此句 195-1-92 吊头本作"家事春桃心有反"，光绪十七年（1891）"潘永理记"正生本（195-1-13）作"见事春桃喜有怀"，据校改。

侍候。(内)晓得。(内)胡茂随我来。(小生上)烦闷杂踏三宝地。大悲阁。胡茂通报。(丑)相公晓得哉。里面师太有否?(正旦)何事?(丑)我赖相公来拜佛烧香。(正旦)请进。金钟鸣鼓。(吹【小开门】)(小生)大士,大士!(唱)

【(昆腔)醉花阴】①**礼佛冲大士,混玉虔诚往。叩祝苍穹,保佑安康,保佑安康,功名成就早题金榜。**(丑白)说勿出口呢!(唱)**早配鸾凤,早配鸾凤,琴瑟和谐,早得个订结朱陈,鸳鸯带双喜将入洞房。**

(正旦)相公在上,贫尼稽首。(小生)师太请起。胡茂,取香金与师太。(丑)晓得。香金银放在师太桌上。(正旦)多谢相公香金银。请问相公,家住那里?姓甚名谁?(小生)小生胡混玉,钱塘人氏,上海县太爷是我姐丈。(正旦)贫尼倒有失敬了。(小生)好说。(正旦)请问相公,还是虚邀佛殿,还是游玩花园?(小生)既有名园,何不借一观?(丑)相公,我来带数罗汉。(小生)你去数罗汉,有什么好处?(丑)数着罗汉笑嘻嘻,相公今年有娇妻。(小生)唉,狗才,有运气。(丑)有运气,有运气。(小生、丑下)(外院子上)奉着夫人命,前来说分明。里面师太可有?(正旦)老人家何来呢?(外)非为别事,方夫人、方小姐了愿,男女不可混杂。(正旦)晓得。将轿子带上。(吹【小开门】)(四家人带轿,老旦、花旦、小旦上,出轿,四家人下)(正旦、付接)金钟鸣鼓。(吹【小开门】)(老旦)大士保佑。(唱)

【前腔】**保佑我暮年安康,如仙水万寿无疆。儿女辈行,儿女辈行,早配鸾凤,琴瑟和谐,贤女贤男儿婿两当,步青云光耀门墙。**

(正旦)夫人、小姐在上,贫尼稽首。(老旦)师太起来。(正旦)谢夫人、小姐。(老旦)家人。(外)何事?(老旦)香金银放在佛桌上。(外)香金银放在师太佛桌上。(正旦)多谢夫人、小姐香金银。请问夫人,还是虚邀佛殿,还是游玩花园?(老旦)待我问过女儿。儿吓!(小旦)母亲。(老旦)你还是虚邀佛殿,

---

① 醉花阴,195-1-92吊头本作"翠花影",曲文吊头本未抄,据宁海平调本补。

还是游玩花园？（小旦）母亲，女儿同红妹游玩花园，母亲心意如何？（老旦）

女儿，你与红妹游玩花园，为娘在此虚邀佛殿。（小旦）拜别。（唱）

【（昆腔）尾】忽忽揖别老慈严，移步金莲离佛堂。（花旦、小旦下）（老旦唱）**香烟袅**

袅达上苍。（下）

第七号

小生（胡混玉）、小旦（方玉贞）、花旦（红妹）、外（院子）、老旦（冯氏）、

丑（胡茂）、付（尼姑）

（小生上）（唱）

【叠字犯】①**观花盼景园争艳奇葩放**②**，不由人开怀乐意欢畅。鱼池浪叠，假山**

花色山远幢。（白）妙吓，进得花园，花香喷鼻，繁花斗彩，真个是有兴也！（唱）**蝴**

蝶飞扬，对对的斗底③**情关。非令我窃玉偷香，遥望着巫山仙女会襄王。**

（内）红妹，随我来。（花旦、小旦上）（小旦唱）

【前腔】行来是花枝茂五色簇放，见牡丹沉醉飘荡。国色天香，戏水面浮对鸳

鸯④。（花旦白）小姐你看，来此牡丹了。（唱）**胜似仙班，赛瑶池蓬莱方丈。悠**

悠的风采名扬，何日得傅粉仙子配阮郎？（科）（失钗）（下）

（小生）妙吓，好对神女也！（唱）

【剔银灯】虚飘飘⑤**杏脸桃腮，胜沉鱼、落雁无双。**（白）妙吓，世间有这样才女。

---

① 【叠字犯】，宁海平调本作【渔家傲】。按，本出确系南中吕【渔家傲】套曲，下文【剔银灯】至【麻婆子】曲牌名各本缺题，今补。另，【地锦花】，曲律上又作【摊破地锦花】，《四元庄》有此套曲，其抄本无"摊破"二字，今从之。

② 盼（xì），195-1-92 吊头本作"细"，单角本作"世"，据文义改。盼，看。园争艳，195-1-92 吊头本作"远真现"，单角本作"园怎彦"，据校改。

③ 斗底，同"陡地"，陡然，顿时。按，"斗"有陡然之义，详见《汉宫秋·饯别》【殿前欢】"风流斗起横心肠"注。

④ "鸳鸯"二字，195-1-92 吊头本误抄在"戏水"前，据单角本乙正。

⑤ "虚飘飘"下 195-1-92 吊头本衍一"荡"字，据单角本删。

若得此女为婚,不枉一世为人也!(唱)**真是个倾国倾城,珠彩对丰姿面庞。**
(白)咳吓,不知什么东西,原来是股金钗,乃是小姐头上插戴的。吓,有了,这
位大姐一定寻到花园来的,我在此等候便了。(唱)**恺快,问一个根由短长,他
也是谁家娇娘,谁家娇娘?**

(花旦上)(唱)

【前腔】失金钗觅无影响,这事儿、如何主张?(科)(白)原来一位相公。(小生)
原来是位大姐。你才得出去,进花园来何事?(花旦)相公有所未知,小姐在
此游玩花园,掉下金钗一股,叫我来寻觅的呵!(唱)**定然失落花园中,寻不见
此事非常。**(小生白)怎么,你家小姐金钗掉下,你前来寻觅的?小生有一股拾
着,不知是也不是?(花旦)怎么,相公拾着?拿来还了我。(小生)如此还了
你。且慢,请问大姐,你家小姐谁家之女?那家择婿?(花旦)吓啐!(小生)说
个明白,我好还了你。(花旦)相公吓!(唱)**听讲①,是翰苑方宅门墙,同拜祝花
园游方,花园游方。**

(小生)你家小姐可有婚配?(花旦)相公吓!(唱)

【地锦花】未择郎,(小生白)今年多少年纪了?(花旦)相公吓!(唱)**年方二九女
闺香②。**(小生白)原来与小生同庚的。(花旦)相公,话已讲明,金钗拿来还了
我。(小生)如此拿了去。(花旦)男女授受不亲。这又承情了。(唱)**气概贤郎,
若不然急杀娇娘。斗底③情关,这一节巧杀书香,巧杀书香。**(科)(花旦下)(小
生)阿吓,妙吓!慢说是小姐,就是这丫头也可爱。吓,我想小姐此刻,一定是
回府去的,待我不免随轿而去,与小姐相会,未可见得?有理,有理。(唱)**步
匆忙,急随着去何方,急随着去何方?**(小生下)

(外院子、四家人带轿上,花旦、小旦、老旦上)(花旦、小旦、老旦唱)

【前腔】去匆忙,日西斜色影晚,分袂佛堂。待团圆佳兆瑞昌。打扰禅林,去

---

① 讲,195-1-92吊头本作"禀",据单角本改。
② 女闺香,195-1-92吊头本作"女香闺",单角本作"女支(闺)香",据单角本乙正。
③ "斗底"前195-1-92吊头本小字插入"对对"二字,盖涉首曲而增入,据单角本删。

匆匆转回故乡①,转回故乡。(上轿,众下)(小生上)(唱)急上,他那里如投罗网。
(小生下)

（丑上）相公！（付上,互碰）（丑）师太,我赖相公呢？（付）你家相公出山门外去了,你与我快快出去。阿弥陀佛。（付下）（丑唱）

【麻婆子】徐步、徐步急跟跄,骤雨难抵挡。衣湿鞋和袜,何处躲藏,何处躲藏？（白）相公,相公,叫胡茂何处寻你也？（丑下）（外、四家人带轿,老旦、花旦、小旦上）（老旦、花旦、小旦唱）风吹衣衫飘飘荡,甘雨密密是风狂。心下自思忖②,苦杀待女一从行。

（花旦）阿吓！（科）（众下）（小生上）（唱）

【前腔】骤雨难抵挡,路湿难行走③,行到街市上,高低作羊肠。（白）来到小路之中,霎时狂风大雨淌身,衣衫湿透,叫我如何是好也？（唱）心猿意马祸先降,路湿难行作羊肠。急急步跟跄,云霭霭雾罩天光,云霭霭雾罩天光。（下）

第八号

净（方士正）、外（院子）、老旦（冯氏）、花旦（红妹）、小旦（方玉贞）、

丑（方仲林）、付（方休）、小生（胡混玉）

（净上）（唱）

【黄莺儿】④夜景迷罩,狂风泼面飘,阵阵露雨挂心劳。（白）老夫方士正,夫人往大悲阁拈香,此刻未回,好生挂念也！（唱）淋淋雨抛,呼呼风绕,更阑人静

---

① “去匆忙”至“转回故乡”,195-1-92 吊头本作“去匆忙,日也斜色影晚,待团圆佳兆谁唱。供养佛堂修行,禅林地依（离）去匆忙,转回过乡（又）”,参酌小旦本校改。

② 此句 195-1-92 吊头本作“身湿衣湿”,据单角本改。

③ “骤雨”至“行走”,单角本作“先来甘雨放,路湿难抵挡”。

④ 此曲牌名 195-1-92 吊头本缺题,据单角本补。

不回窑①。心意焦，难解其中，未得音信杳。（净下）

（外、四家人带轿，老旦、花旦、小旦上）（老旦、花旦、小旦唱）

【前腔】徐步家园到，急急向高堂，湿透衣衫满襟袍②。（外白）落轿。（老旦）红妹，服侍小姐进去换衣吃饭③。（唱）真真④难料，迟速⑤难逃，（净上）（唱⑥）更阑人静不回窑。心意焦，难解其中，未得音信杳。

（白）夫人，霎时骤雨淋漓，却也辛苦了。（老旦）这如何说得。（净）请夫人进去，将养身体。（老旦）老爷请。（众下）（起更）（内）方休趱上。（丑上）（唱）

【猫儿坠】⑦酒兴浓浓饮香醪，霎时间雨街方道，黑夜难行⑧灯影耀。（白）学生，方仲林，在街坊吃酒游嬉，介大雨没有啥个地方躲避，还是回去好。方休，方休！（付上）嗳！（丑）咳，方休，你来哼做啥西？（付）阿哉公子，我茅坑头躲雨。（丑）那格，你来哼茅坑头躲雨？你双鞋勿湿带？（付）阿哉公子，我家阿伯、阿妈生带落地，皮肉做人家⑨个。（丑）阿哉，你看我公子赤脚带，一双靴子背带，来东做人家，你倒穿鞋子。（付）阿哉公子，我下卯⑩做人家。（丑）阿哉方休，往啥个地方居去？（付）往长弄堂里去，居去罢哉。（丑）方休，长弄堂里有鬼个，我个胆小，往后花园回转罢哉。（小生内白）大哥，灯亮借我一借。（丑）有鬼来哉。（唱）飞跑，听一声鬼冤叫，快步趱逃，快步趱逃。（丑、付下）

---

① 呼呼，195-1-92 吊头本作"物物"。回窑，195-1-92 吊头本作"面晓"，次曲作"回绕"，今改正。

② 襟袍，195-1-92 吊头本作"胸袍"，据单角本校改。

③ "（外白）落轿"至"吃饭"，195-3-65 忆写本原无，系整理时增补。

④ 真真，195-1-92 吊头本作"参参"，真、参（参差）方言音近，据改。

⑤ 迟速，195-1-92 吊头本作"曲诉"，"诉"为"诉"之俗省，今校"曲诉"作"迟速"。

⑥ 此处 195-1-92 吊头本原无角色上场提示，但此下曲文同于前曲，且不应为老旦口吻，今改由净角上场来唱。净本没有重抄"更阑"至"音信杳"，但标一"又"字，盖以"又"字表示结尾部分重唱。

⑦ 此曲牌名抄本缺题，今从推断。

⑧ 黑夜难行，195-1-92 吊头本作"黑黑难解"，下文尾声同，检小生本尾声该四字作"黑夜难行"，据改。

⑨ 做人家，指节俭、节省。

⑩ 卯，方言，次、回。

（小生上）咳吓，把门儿闭上，进去了。这里黑夜之中，路径不熟，叫我如何是好也？（唱）

【前腔】深夜朦胧，难辨路低高。只为娇娘意焦燎，今夜里无门可靠。飞跑，这一节婚姻难办，何分白皂，何分白皂？

【尾】难言出口珠户靠①，旁人观见嘲笑。黑夜难行，叫我如何是好？（下）

第九号

小旦（方玉贞）、花旦（红妹）、丑（方仲林）、小生（胡混玉）

（二更）（小旦上）

【一枝花】玉洁水晶似冰皎，保贞烈志②操。大悲阁曾把金钗掉，寻觅急那书生还珠宝，如不然意懊恼。（白）奴家方氏玉贞，往大悲阁进香。母亲在经阁诵经，奴与红妹游玩花园，失下金钗一股，命红妹前去寻觅。那生将金钗奉还，实为可敬也。（唱）唬得奴满面红桃③，不然是怎知他这段根苗。堂堂书生辈，气概不凡表。定然是翰墨第，腹饱文章妙。奴这里暗思忖闷胸回绕④，堪羡他文质彬彬舍还妆毫，舍还妆毫。

（走板）（花旦上）（唱）

【前腔】夜深静更阑悄悄，进香阁、侍奉多娇。（白）红妹叩头。（小旦）罢了。红妹，日间大悲阁掉下金钗一股，那生怎肯还你？（花旦）小姐，不想那生行事呵！（唱）秀眉目言语快乐，人物才表，昂昂志气丈夫英宇貌。此番姓名表，未问他家住谁道，家住谁道。

（小旦）你可问他名姓？（花旦）我去忙速，不曾问他的名姓，这是无恩可报。（唱）

---

① 出口、靠，195-1-92 吊头本作"旨口""搞"，今改正。这里写胡混玉为避雨，倚靠在方府后花园大门外。

② 志，195-1-92 吊头本作"燕子"，据单角本改。

③ 此句单角本作"非是他偷窃偷盗"。

④ 闷胸回绕，195-1-92 吊头本作"常闷胸腔"，据单角本改。

【四块玉】他他他是个仁义有方道,诗文潘安貌。(小旦白)闲话少说,我口中饥渴,命你到厨房取杯茶来。(花旦)晓得。(取灯)(花旦下)(小旦唱)**更深静闺房清净休言表,那书生仁义好。奴是贞烈操,不由人兢兢战战挂心劳,兢兢战战挂心劳**。(小旦下)

(丑上)(唱)

【哭皇天】①**见鬼来不由人心慌意跳,起淫心、难舍难抛。**(白)学生方仲林,在后花园门口听得一声鬼叫②。(唱)**唬得我飞身直上透九霄,此事儿如何是好?**(白)看见红妹个狗花娘,翠眼一瞟,我个人魂吭得哉。红妹日夜往我个书房门口走过个,在此等候他,有啥个勿好嘘。(唱)**若得连理同欢笑,两下里情话相思真奇妙,两下里情话相思真奇妙,情话相思真奇妙,**(丑下)(走板)(花旦上)(唱)**到厨房取茶奉多娇,不觉的夜深更静,孤身影盘茶奉了,盘茶奉了。**(丑上)红妹,红妹,你半夜三更做啥西?(花旦)我奉小姐之命,取茶去的。(丑)阿哉红妹,取茶勿用取,公子有星什话来带。(花旦)公子有话,明日好讲的,要去了。(丑)阿哉红妹,个星什话要紧,随得我来。(花旦)那里去?(丑)阿哉红妹,长弄堂方休困带,勿便到后墙门去。(花旦)我不去,我不去。(丑开门,关门)咳,来东哉。(花旦)公子扯我到这里来何事?(丑)阿哉红妹,公子吓想你多日哉。(花旦)啐!你什么意儿?(丑)今朝夜头,来得凑巧,我罗两介头,有啥个勿好呢?(花旦)那格,那格?你这等行为,我去禀与小姐,小姐禀知老爷、夫人知道,要你没廉耻好看,没廉耻好看。(丑)那格,那格?我赖堂堂皇皇一位公子,吓看、看、看我勿起?今朝夜里来、来带哉,饶、饶你勿去嘘。(唱)**任你呼天声高,何惧你这般怨恼。**(小生上听)(花旦)不好了!(唱)**你是个禽兽性交,今夜里非常打闹③,非常打闹。**

---

① 此曲牌名抄本缺题,据宁海平调本补。下文【乌夜啼】及【尾】原亦缺题,今从推断。

② 此处195-3-65忆写本作"看见红妹个狗花娘,翠眼一瞟,我个人魂吭得哉",与其下曲意不合,今作改订,而将"看见"至"吭得哉"移至下文。

③ 非常打闹,195-1-92吊头本作"打闹非常",失韵,今乙。

（丑抱花旦科，小生摸上，花旦拔门闩打丑，小生跌入，丑逃下）（花旦）唬死我了，唬死我了。阿吓，这位相公有些面熟。（小生）这位大姐，我有些面熟。吓，是了，日间在大悲阁会面过的，这位大姐我有些认得。（花旦）请问相公，可是大悲阁奉还金钗这位相公？（小生）日间在大悲阁奉还这金钗，就是小生。（花旦）为何倚门而立，跌入我园内？（小生）大姐有所未知，日间在大悲阁见你家小姐容貌，只得一路行来。不想来到半路之中，霎时狂风大雨，遍身衣衫湿透。今日来到此地，还望大姐周全一二。（唱）

【乌夜啼】**黑夜里无门可靠，这事儿反成虚嚣。**（白）今日到此，还望大姐发放下。（唱）**望你个怜惜难中衣湿燥，异日里酬恩答报。今夜里苦楚向谁告，若得个火盆炙燥，那时节**①**衔环结草，衔环结草。**（花旦白）相公湿衣衫，黑夜路径不熟，到我房中安歇，将你衣衫炙燥，送你出去，心意如何？（小生）若得如此，感恩非浅。（花旦）如此随我来。（唱）**移步挨上身悄悄，漏风声翎毛难逃。似这般身上衣衫湿，寒风透九霄**②。**来此是门首，请进房中安歇宵，请进房中安歇宵。**

（白）相公在此，待我取了火钵过来。（科，下）（小生）阿吓，妙吓！好一位大姐也！（唱）

【尾】**这一节情还婢条比衔草**③，**莫认他野花浮藻**④。**真是个女中魁表，女中魁表。**（下）

---

① 那时节，195-1-92 吊头本作"望小姊"，据单角本改。

② "身上"至"九霄"，195-1-92 吊头本作"湿透身上体内飘"，据单角本改。

③ 情还婢条比衔草，195-1-92 吊头本作"情还卑悼雀唧草"，单角本作"循还婢条，休北积草（比衔草）"，据校改。句谓欠婢女红妹人情，需衔环结草来报答。

④ 认、野、藻，195-1-92 吊头本作"任""卸""萍"，据单角本校改。浮藻，浮萍。

第十号

小旦(方玉贞)、花旦(红妹)、丑(方仲林)、小生(胡混玉)

(三更)(小旦上)(唱)

【新水令】更深夜静孤影悄,梦惊回转来佳兆①。深闺星光照,烛焰结瑞鸟。茂林怎造②,不由人意儿中难解胸抱③,难解胸抱。

(白)奴家口中焦渴,命红妹到厨房取茶。这般时候,不见到来,好生挂念也。(唱)

【步步娇】徐步调茶烹雀草④,缘何迟误调?(一己锣)铜壶滴漏敲,夜半三更,昏迷难料。(花旦上)(唱)歹意度乖巧,奴是烈志坚雪标,烈志坚雪标。

(白)小姐吓!(小旦)红妹,命你到厨房取茶,茶也不取,为何这般光景?(花旦)公子扯我到后墙门呵!(唱)

【折桂令】花言语将奴戏调,行到花园,轻风蜜飘⑤。险些儿遭入圈套,说来奇文,另生波涛。(小旦白)后来便怎样?(花旦)后来取了门闩,将他打了。(小旦)打得好,打得好。(花旦)小姐你道打得好,有一位后生跌入我园内了。(小旦)呢,你这贱人,将那生引入房中,倘被老爷、夫人知道,其祸非小。(花旦)就是大悲阁奉还金钗这位相公。(唱)湿衣巾无可藏囥⑥,可怜他遍体寒遭。异地他乡又无瓜葛,思恻隐,望千金爱怜奴曹,爱怜奴曹。

---

① 梦惊回转来佳兆,195-1-92 吊头本作"梦回转惊佳兆",据单角本改。

② 茂林怎造,195-1-92 吊头本作"茂去来争造",据单角本改。

③ 胸抱,195-1-92 吊头本作"凶暴",据单角本改。

④ 调茶烹雀草,195-1-92 吊头本作"掉茶朱雀噪",据单角本改。雀草,即雀舌,一种以嫩芽焙制的上等茶叶。

⑤ "行到"至"蜜飘",195-1-92 吊头本作"望慈行(航)救渡卑貌",涉下文【园林好】第二句而重复,据单角本改。

⑥ 藏囥,195-1-92 吊头本作"藏摇",单角本作"藏坑(抗)",即"藏囥"。《集韵·宕韵》:"囥,口浪切,藏也。"

【江儿水】(小旦唱)**他是书生辈,奴是千金娇。授受不亲起波涛,你是聪明多乖巧,不思外人把人交。这事儿干系非小,干系非小。**(花旦白)小姐,看这位相公衣衫湿透,他是异乡人氏,黑夜路径不识,取了火盆,将那生衣衫炙燥,放他出去,小姐也是一片好心。(小旦)红妹此言不差,命你拿了火盘,将那生衣衫炙燥,过后放去。(花旦)晓得。(花旦下)(小旦唱)**说来惊慌,不由人魂散魄消,魂散魄消。**(小旦下)

(丑上)(唱)

【雁儿落】**好叫人睡不熟神魂颠倒,好叫人、梦儿中想多娇。好叫人意浓浓乐意滔,好叫人、起淫心难等熬。**(白)嗄吓吓吓!我和红妹好动手,半夜三更个恶鬼,是介落落落跑进来哉。我末亏得会逃,勿然被恶鬼拖得去哉。个娘杀红妹个头,是生得好,我这还要来带等,来带侍候。(唱)**呀!天明亮难脱逃,但是个等妖娆。管叫声高,两下里阳台好,两下里阳台好。**(花旦上)(唱)**天晓,进房中无人晓;衣燥**①**,出花园归家道,出花园归家道。**

(丑科)(唱)

【侥侥令】**遍体麻酥传,烈火腾腾烧。不怕不落我圈套,事成就谢神道,事成就谢神道。**

(丑抱花旦)(花旦)公子,有人来了。(丑下,花旦下)(小旦上)(唱)

【收江南】**呀呀!梳洗毕令人心慌呵,清晨的喜鹊报。此生未知可炙燥**②**,挂肚牵肠恐灾遭。**(小生、花旦上)(小生唱)**急步路低高,难遇千金,羞脸红桃,羞脸红桃。**

(小旦)呢,你这贱人,将那生引入房中,被老爷、夫人知道,其祸非小。(花旦)小姐,本要放他出去,被公子耻笑呵!(唱)

【园林好】**恨无知将奴戏调,望慈航救度卑貌。他是个贵体残膏,望千金将奴保,望千金将奴保。**

---

① "衣"下195-1-92吊头本有"湿",据单角本删。

② 可,195-1-92吊头本作"湿",据单角本改。单角本此句或作"未知那生可炙燥"。

（小旦）红妹不要如此，放他出去便是。（花旦）我红妹厨房进出不来，望小姐
与我分个玉石呵！（唱）

**【沽美酒】他那里将奴戏调，从今后难舍抛，话灵光怎般虚嚣。他是个官家衣
帽，缘何的下贱妆乔**①**？出房门进中堂救出儿曹，禀告令尊如何知道**②。（小
旦、花旦下）（小生）咳呀，他二人把门儿闭上，竟是去了。咳，小姐吓小姐！叫小
生如何耐得住也！（唱）**唵吓！但愿得佳期会合，成就鸾交。呀！永**③**团圆三
星佳兆，三星佳兆。**（下）

第十一号

丑（方仲林）、小旦（方玉贞）、花旦（红妹）、净（方士正）、老旦（冯氏）

（丑上）（打【水底鱼】）（白）学生方仲林，今日要死要活，勿放得其哉，在此等候
罢哉。（小旦、花旦上）（打【水底鱼】）（丑抱小旦）（小旦）你是方仲林？（丑）我勿放
哉。（小旦）你干得好事也！（唱）

【锁南枝】亏心歹，作事歪，廉耻全无把人害。人伦一旦败，纲常全笑话。（丑
白）呀，阿妹，这遭倒灶哉。（科）阿妹，阿妹，格是阿哥勿是，阿妹饶恕。（小旦）
我禀知爹娘知道，叫没廉耻哥哥算账。（丑）阿哉阿妹，告诉阿伯、阿妈，阿哥
活叭叭要打杀盖。（唱）**望宽洪，恩再高；与你亲手足，保求这一遭，保求这
一遭。**

【前腔】（小旦唱）**休得要，惺惺假，几次引诱小娇娃。**（花旦唱）**此事若隐匿，今后
臭风化。**（丑白）阿妹，阿哥头一卯，阿妹饶恕。阿伯、阿妈知道，做阿哥要打
杀盖。（小旦、花旦）禀知爹娘／老爷、夫人知道呵！（同唱）**这事儿，断难耐；禀**

---

① 妆乔，195-1-92 吊头本作"行娇"，单角本作"妆娇（乔）"，据校改。妆乔，装模作
样，做作，使坏。

② 知道，195-1-92 吊头本作"主张"，据单角本改。

③ 永，195-1-92 吊头本作"若"，据单角本改。

知高堂上,看你何计摆,看你何计摆。

　　(花旦)老爷、夫人有请。(花旦哭)(小旦科)爹娘吓!(净、老旦上)(同唱)

【前腔】清早起,何事达,何事盈盈泪满腮? 主仆成双对,何事闹喧哗?(白)何事在此啼哭?(小旦)爹娘在上,女儿有话禀告。(净、老旦)我儿有话起来讲。(小旦)女儿前来问安爹娘,行到哥哥书房门首,不要说起没廉耻的哥哥呵!(唱)伤门楣,兽心家;一味花言语,将奴来戏耍①,将奴来戏耍。

　　(花旦)老爷、夫人,红妹有言禀告。(净、老旦)起来讲。(花旦)我红妹多蒙老
　　爷、夫人,与小姐一般亲生看待,不想公子呵!(唱)

【前腔】愿身丧,命泉台,来生报答洪恩大。被主欺风化,人伦一旦败。(净白)畜生,畜生!(打介)(唱)非徇彝②,畜类家;主仆情何牵,枉把书生害,枉把书生害③。

【前腔】(丑唱)打得我,遍体麻,恼恨泼贱弄乖巧。这般甚伊重,还要告亲台。(小旦科)阿吓,爹娘吓!(净唱)休得要,泪满腮;且进闺房去,须念同胞胎,须念同胞胎。(小旦、花旦下)

　　(打介)(丑)我则俫话。(净)容你讲。(丑)俫二位大老人,大有些勿是哉。

　　(净)怎说为父不是?(丑)你可晓得倪子,今年廿岁哉嘘。(唱)

【前腔】年二十,当长大,独守青年在书斋。何故气满怀,不思自己差。不婆媳,事何待? 二老年衰迈,早婚多一代,早婚多一代。

【前腔】(净、老旦唱)不孝子,畜类家,不仁不义不孝才。出此后嗣配④,祖德不由来。气得我,目瞎花;年满如霜白,满腮泪挂牵,满腮泪挂牵。(净、老旦下)

　　(丑)打坏哉!(唱)

―――――――

　　①　耍,195-1-92吊头本作"调",据单角本改。

　　②　徇彝,遵守常理。徇,《集韵》松伦切,音旬,顺从。

　　③　"非徇彝"至"书生害",光绪二十九年(1903)"蔡源华办"净本(195-1-38)作"年长大,飞夷耍;主仆情和牵,枉把诗书类(又)"。

　　④　出此后嗣配,195-1-92吊头本作"出次是祠派",宁海平调本作"出此后祠派",据校改。

【前腔】打得我,满面羞,咬牙切齿恨红妆。骂声臭泼贱,全无手足缘。气得我,目瞪呆;怒气冲霄汉,恼恨千刀剐①,恼恨千刀剐。

(白)我打来带打,我心下想红妹个去哉。痛吓勿会痛哉个,呒二个狗花娘,若还到我手里……寒天吃冷水,点点在心头。(唱)

【前腔】冤如山,仇如海,咬牙切齿事怎摆②。只为度风花,反受这波涛。恨红妹,好无赖;总要报仇恨,才消我心耐,才消我心耐。

(白)打吓打过,痛吓痛过头哉。我里个心头,还来带想,来带想。(下)

第十二号

小生(胡混玉)、小旦(方玉贞)、花旦(红妹)

(小生上)(唱)

【啄木儿】③在深闺,独影悄,喷鼻馨香淫心摇。我是个文质秀彬,他是个阆苑琼瑶。(白)小生胡混玉,来到姐丈衙署,心中烦闷,来到大悲阁进香,见了小姐姿容美貌,只得随轿而来,如此倚门而立。多感大姐留进房中,他双双闭上门儿去了,到这般时候,不见进来。咳,小姐,小姐,叫小生如何耐得住也!(唱)胜似那沉鱼落雁羞花貌,害④得我烈火遍体难禁熬,展转思想难计较⑤。

(走板)(花旦、小旦上)(同唱)

【前腔】才消罢,这懊恼,双双移步闺房道。内有些移云掇月,倘败露其祸非小。(小生白)小姐,请来见礼。(小旦)有礼奉还。红妹,放他出去。(花旦)晓

---

① 剐,195-1-92 吊头本作"割",离本出主要韵部较远,今改正。

② 事怎摆,195-1-92 吊头本作"是争败",宁海平调本上文"恨红妆"及此处并作"自争罢",据校改。

③ 此曲牌名及下文【滴溜子】,调腔各本缺题,据宁海平调本补。

④ 害,195-1-92 吊头本作"唬",据单角本改。

⑤ 计较,195-1-92 吊头本作"主教",绍兴方言"主"与"举"同音,调腔曲音居鱼韵与机微韵相近,据改。下文"难定计较"的"计较"同。

得。(科)小姐,看日当中午,人眼多端,难以放他出去。(小旦)你可问得他的名姓?(花旦)还未问得。(小旦)命你前去问来。(花旦)晓得。相公请来见礼。(小生)大姐见礼。(花旦)请问相公家住那里?高姓大名?(小生)不瞒大姐说,小生是杭城钱塘县人氏,上海县是我姐丈。(花旦)可曾就痒?(小生)甲寅科试,已登一榜解元了。(花旦)原来是解元相公,失敬了。奈何倚门而立,跌入园内?(小生)不瞒大姐说,小生在衙,心中烦闷,日间在大悲阁进香,见你家小姐的容貌呵!(唱)**掷钗环知天仙貌,后随步衣衫湿掉**①,(白)今日来到此地,还望大姐周全吓!(唱)**洪恩报答衔环草,洪恩报答衔环草。**

　　(花旦)好说。(耳语)(小旦唱)

【三段子】②**香闺绣阁,却原来这般胡闹;既是翰墨文章表,乱纷纷丑事岂邀**③。(花旦白)小姐吓!(唱)**既然到此休推却,郎才女貌一对娇**④,**不必推辞这良宵。**

　　(白)胡相公见小姐容貌而来。(唱)

【前腔】天缘凑巧,莫错过这段良宵;(白)胡相公吓!(唱)**我是个江湖月老,必须要酬答恩报。**(白)小姐,客人在此,待我去取茶来。(花旦下)(小旦)红妹不要去取。(科)告别。(科)(小生科)小姐,你看大姐出去,这是天赐良缘,你也不必执意了。(唱)**三生石上红云绕**⑤,**五百年前乐意滔,不必推辞这良宵。**

　　(小旦)姻缘大事,上无父母之命,下无媒妁之言,岂可如此?(小生)小姐,今晚权且成其亲事,待小生回衙,禀知姐丈知道,到令尊大人跟前来说亲,有不允之理。(小旦)男儿薄幸,难以从命。(小生)小生若有负心,待我对天

---

　　① 此句195-1-92吊头本作“后移步足衣湿捉”,据单角本改。

　　② 此曲牌名抄本缺题,今从推断。

　　③ 岂邀,195-1-92吊头本作“起熬”,据单角本改。

　　④ 一对娇,195-1-92吊头本作“一旦消”,据单角本改。

　　⑤ 三生石,195-1-92吊头本作“三星日”,单角本作“三星石”,即“三生石”之讹。三生石,指因缘前定,这里指男女相配乃夙世前缘,详见《玉蜻蜓·三搜》【出队子】“三生石今朝辐辏”注。

盟下誓来。(唱)

【滴溜子】告苍穹,告苍穹,神明彰昭①;若负心,尸首江抛。今日里终身结好,男女共结交,青春年少。若负此心,身赴刽刀,身赴刽刀。

(白)小姐,话已说明,请来拜了天地。(小旦唱)

【前腔】好叫我,羞脸红桃;不由人,难定计较。(小生白)小姐来吓!(小旦)天地不消拜得。(科)(同唱)叩拜祷,叩拜祷②百年偕老,敬告虚空,鉴察神曹。只求伉俪,琴瑟和调,琴瑟和调。

(花旦上)(科)(小生、小旦同唱)

【尾】郎才女貌会良宵,阳台云雨知多少。(小生白)小姐吓!(同唱)这的是天赐良缘莫推却。(小生、小旦下)

(花旦)小姐开门,小姐开门。(科,下)

第十三号

末、净(差役),付(罗赖混),丑(船家)

(末、净上)(唱昆腔【驻马听】)(净白)兄请了。(末)请了。(净)老爷衙内不见舅爷,四方寻觅,一定拐骗之人拐得去哉。(付)兄吓,我和你奉老爷之命,查访舅爷,并无影响,只得四路寻觅便了。(净)有理,请。(唱昆腔【驻马听】合头)(末、净下)(付上)(唱昆腔【驻马听】)(付白)我乃安南使臣罗赖混是也,奉郎主之命,来到大朝进贡。多蒙大朝天子,回赐南朝货物,我那里晓得置办?必要访了伶俐之人,为此船泊在冷静之所。(丑船家撑船上)(吹【尾】)(下)

---

① 彰昭,195-1-92吊头本作"昭彰",今乙正;单角本作"鉴察"。
② 叩拜祷,单角本作"拜祷",且不重词。

第十四号

小旦(方玉贞)、小生(胡混玉)、花旦(红妹)

（小旦上）（唱）

【红衲袄】羞惭起闺阁中门楣败，也只为、堪爱他貌端庄①。奴是个知三从识四德，他是个、折桂人青云客。（白）奴家方氏玉贞。不想红妹，将那书生引入房中，奴家一时失志，两下私合，在我房中也有数月。想我家何等门楣，做出伤风败俗之事，原是不该的吓！（唱）敬得他仗义慷慨，又是个彬彬质才。（白）倘若外面败露风声，其祸非小。（唱）倘露风声败扬也，天大干系伤风化，天大干系伤风化。

（走板）（小生上）（唱）

【前腔】喜洋洋在闺房成欢爱，怎得个、女千金多风采。（白）小姐见礼。（小旦）相公见礼。（小生）小姐请坐。（小旦）相公请坐。相公，你在我房中，也有数月，倘若败露风声，其祸非小。（唱）这机关原不是闺中客，这的是、前世定了冤业债②。（小生白）小姐吓，我与你才得欢会，叫小生如何撇得你前去？（小旦）相公吓！（唱）战兢兢方门高墙，意沉沉连着勾当。（小生白）小姐吓！（急板）（唱）叫人难舍千金也③，何日成名娶娇娃，何日成名娶娇娃？

（走板）（花旦上）（唱）

【前腔】忙移步到闺房说根苗，今做了、小红娘引佳郎④。（白）红妹叩头。（小旦）罢了。红妹进来何事？（花旦）进房非为别事，只因胡相公在房也有数月，外面寻觅非常，须快快放他出去就是。（唱）忙身去速登程免疑猜，进官衙寻

---

① 也只为，195-1-92 吊头本作"只为的"，据单角本改。此句失韵，疑当作"也只为他貌端庄堪爱"。

② 债，195-1-92 吊头本作"到"，据单角本改。

③ 也，195-1-92 吊头本作"面"，据单角本改。

④ 佳郎，195-1-92 吊头本作"会往"，据单角本改。

觅才郎。(小生白)大姐吓,叫我如何撇得你二人前去?(花旦)胡相公,上海县是我家老爷门生,叫他到来作伐,那有不允之理?(唱)**做一个地久天长,待成名官诰看养。那时节对着红妆女,昼锦堂前共交拜,昼锦堂前共交拜。**

(小生)既如此,小生有葵花配一枝,这是敝家之物,赠与小姐,以作聘定。

(小旦)蒙君所赐,奴当谨藏。(一更)(小生哭)咳,小姐吓!(唱)

【前腔】泪汪汪难舍女娇娃,不由人、痛杀杀何日里会伊娃?(小旦唱)**且归衙去告亲知说亲对,指日里可完娶共一家。**(小生哭)(白)小姐,小生去了。(走板)(花旦唱)**静悄悄花园来下,启朱扉释放书才。**(科)**待等书生叙对也,料想此去无波涛,料想此去无波涛。**(科,下)

第十五号

丑(船家)、付(罗赖混)、小生(胡混玉)

(内)开船!(丑船家摇船,付上)(付唱)

【五供养】船泊江沙,更阑深静静无话。只少个南邦英才,此物儿如何置办?(白)我乃安南平章罗赖混是也。大朝有货物赐予我邦,我邦不晓制度,却也无用。我主叫我选个能人,到我邦就可开科。(唱)**可晓调法,香薯用何物相配,咸与淡美味呈进①,好叫我如何置办?**

(小生上)(唱)

【前腔】黑夜难挨,路迷漫难辨高下。水河中未分南北,好叫人无处可往。(白)且住,我来到此地,黑夜之中,路径不熟,叫我如是好?有了,那边有灯亮,在此待我高叫一声,再作计会便了。大哥请了,灯亮借我一借。(付唱)**谁人叫俺,更深静何事喊?来!提灯上岸去看分明,同他下船问根芽。**

(丑上岸)你这先生,黑夜之中,从何而来?(小生)小哥请了,我是远方人氏,

---

① 此句 195-1-92 吊头本作"言取淡美味沉进",宁海平调本作"莫甘没味莫认字",结合文义稍作校订。

此地路径不熟,黑夜难行,灯亮重谢,灯亮重谢。(丑)灯亮我船中有,你下船来。(小生)怎么,要下船去?(丑)见了我国平章。(小生)平章大人在上,晚生拜揖。(付)先生请起,看坐。(小生)谢平章,告坐。(付)请问先生,黑夜之中,为何渡江过海?(小生)大人容禀。(唱)

【前腔】家住钱塘,为投亲迷失路滑①。**因此上黑夜难行,望灯火渐渐杂踏**②。(付白)不瞒先生说,我乃安南平章罗赖混是也。来到大朝进贡,多蒙大朝天子回赐南朝货物,我邦不晓置办,望先生指点一二。(小生)这回贡货物,有什么难置?(付)还请先生明言。(小生)来到一二时,那里明言得尽?(付)先生,何不同到安南,明春送先生归家,你道如何?(唱)**锦绣世界,君仁德四海名扬。为此南朝里,何处可安摆,实只望腆颜**③**安排**。

(小生)这个难以遵命,即当告别。(丑)来得有此,去不得了。(唱)

【前腔】明言重话,说分明免我牵挂。抢了些淡咸嘉味④,**用些了手足血藏**。(付唱)**休得执话,到我邦仁义争夸。待等明春去,当乐意耍,顺水滔滔无阻隔**。

(小生)咳呀,这遭不好了!(下)

第十六号⑤

末(安南王)、小生(胡混玉)、付(罗赖混)、丑(鸿胪官)、贴旦(公主)

(末上)(引)生在外邦,四海定家邦。(白)孤家安南王哈哩蟹是也。今乃进贡之年,差平章前去进贡,人去已久,今不见回国,好生挂念也!(唱昆腔【上小楼】)(击鼓)(太监)何人击鼓?(内)平章进贡回。(末)来,传平章觐见。(太监)

---

① 路滑,195-1-92 吊头本作"路途",据单角本改。

② 杂踏,195-1-92 吊头本作"杂焰",据单角本改。杂踏,纷杂重叠的样子。

③ 腆颜,195-1-92 吊头本作"点彦",调腔抄本"颜"常省作"彦"。腆颜,厚颜,这里当指安南平章厚着脸皮扣留胡混玉。

④ 淡咸嘉味,195-1-92 吊头本作"等言加味",暂校改如此。

⑤ 本出 195-3-65 忆写本无,末、付角说白系参照宁海平调本补。

郎主命平章觐见。(内)领旨。(付上)离了南朝地,来到自邦境。郎主在上,平章参拜。(末)少礼。路上辛苦了。大朝天子可仁政否?(付)大朝天子果然仁政,有回赐礼单呈上。(科)(末)怎么,有这等事来?宣胡混玉上殿。(内)胡混玉上殿。(小生上)(引)只晓大朝事,那知番邦情?(白)臣胡混玉见驾,愿郎主千岁。(末)平身,赐绣墩。(小生)谢郎主,告坐了。(末)请问先生家住那里?为何与平章渡海过邦?(小生)郎主容禀。(唱)

【(昆腔)下小楼】**为功名访才觅豪,早来到上海县道。半路汝**①**朝,望天恩释放吾曹。**(末白)可曾读书?(小生)甲寅科试,已登一榜解元了。(末)这回贡货物,可知如何置办?(小生)这回贡货物,有甚难置?(末)阿吓,妙吓!(唱)**佳兆,一一的佳兆,置物性随我传腰。**

(白)平章,看先生才貌双全,公主欲配与他为驸马。(付)郎主高见不差。(末)先生,孤家有言,难以启齿。(小生)未知郎主有何见谕?(末)孤家欲招先生为驸马。(小生)晚生早有前定,难以遵命。(末)先生不必执意。平章,请先生进里面改换衣巾。(小生)即当告退。(付)先生到里面来。(扯小生下)(末)传鸿胪官。(太监)郎主传鸿胪官。(丑上)忽听郎主叫,未知有何因。郎主在上,鸿胪官参拜。(末)喜言赞上来。(丑)伏以请:一枝丹桂春联芳,月里嫦娥配小郎。男儿要把封侯印,状元榜眼探花郎。请。(小生、贴旦上)(同唱)

【(昆腔)尾】**南地处良缘真妙,即须记衷情年少。**(贴旦白)解元,奴的终身托付与你,卿家不可负我。(小生)公主,你忒多虑也!(唱)**一对丰姿我心欢,成就了五百年佳兆。**

(吹【过场】)(拜堂)(下)

---

① 半路汝,195-1-92吊头本作"伴禄女",暂校改如此。

第十七号

小旦(方玉贞)、花旦(红妹)

(小旦上)(唱)

【小桃红】踌躇满腔,踌躇满腔,何计可商量,不由人想将起伤心苦也。阿唷!腹痛难当,好叫我凄凉状。又不敢高声叫,悔那日,没主张,与他行,欢娱双双①。到如今痛苦难当②,恨薄幸无音信,害得我痛断肝肠,阿也,胡郎!害得我痛断肝肠。(科)

(花旦上)(唱)

【斗黑麻】③急步踉跄,快上云房。婴孩临盆,净洗包藏。(小旦白)红妹吓,我腹中疼痛,想是要分娩。吓!阿唷!(花旦)小姐且是放心,红妹早已停当了。(唱)木盆在,等儿郎,婴儿离分,一力承当④。不要高声,且罢悲伤。快入进帐,快入进帐,婴儿产下力承当⑤。

【尾】(小旦唱)此情待告天知晓,但愿此子无灾殃⑥。(花旦白)小姐吓!(同唱)但愿你母子双双得安康。(下)

第十八号

正生(蔡兆宁)、末(院子)、正旦(师太)、付(尼姑)、净(方士正)、丑(方仲林)、
花旦(红妹)、小旦(方玉贞)

(正生上)(引)心下狐疑难猜详,小书生无有影响。(白)下官蔡兆宁,乃是山

---

① "与他行"至"双双",单角本或作"共双双,鸳鸯结也",后者与曲牌词式合。

② 痛苦难当,195-1-92 吊头本作"痛断肝肠",与下文相复,据单角本改。

③ 此曲牌名 195-1-92 吊头本题作【〔忆〕多娇】,据词式改正。

④ "木盆在"至"一力承当",195-1-92 吊头本原无,据单角本补。

⑤ "快入"至"承当",195-1-92 吊头本作"快入快能产下,婴儿一力承当",据单角本改。

⑥ 此句 195-1-92 吊头本脱,据单角本补。

东人氏，蒙圣恩职受上海县令。旧岁二月十九，大舅往大悲阁进香，并无回衙，夫人在衙，心中着急，差衙役四方打听，并无下落。今日也是二月十九，一则去到大悲阁进香，二打听大舅下落。过来。（末院子上）有。（正生）吩咐外班挽轿，往大悲阁进香。（末）外班听着，老爷吩咐下来，两班衙役往大悲阁进香。（四手下上）吹！（正生唱）

【新水令】出衙斋喝声鸣锣道，虔诚的往大悲参访。探取确实音，察听那根苗。毕竟是断柳花梢，旧岁来小书生何有音确，何有音确？（四手下、末、正生下）

（正旦、付上）（同唱）

【步步娇】香烟绕绕飞云飘，银烛光照耀。神显威光照，大慈大悲，救苦救难。（大走板）（四手下、末、正生上）（正生唱）虔诚大悲阁，祈求大悲民安保，祈求大悲民安保。（科）

（白）大士在上，信官蔡兆宁，年迈无子，祈求大士，吉祥如意。（唱）

【折桂令】望神灵恩光、恩光普照，察尘凡多少、多少苦恼。有灵圣①康宁老少，祀崇修德，耐心神告②。（正旦、付白）老爷在上，贫尼稽首。（正生）师太少礼。（正旦、付）谢老爷。（正生）来。（末）老爷。（正生）取香金银与师太。（正旦、付）多谢老爷香金银，请进客房用茶而去。（正生）不消。我且问你，旧岁二月十九，可有斯文相公，到来进香过否？（正旦）旧岁二月十九，有一位斯文相公，到来还香愿，游玩花园，嬉耍佛殿，原是有的。（正生）另外可有别人？（正旦）但是这个……（付）师兄，你倒有些忘怀了。旧岁方夫人、方小姐到来了愿，方夫人佛堂听经，方小姐游玩花园，原是有的。（正旦）启老爷，旧岁方夫人、方小姐到来了愿，方夫人佛堂听经，方小姐游玩花园，原是有的。（正生）阿吓，大舅一定在方府耽搁。方老师在下官本土，做个学政，是下官的老师。自从旧岁到任以来，未曾参拜老师。今日一则前去参拜老师，二打听大舅下落。来，吩咐外班

---

① 有灵圣，195-1-92 吊头本作"看（？）里顶"，据单角本改。
② "祀崇"至"神告"，195-1-92 吊头本作"黄松休得，耐心忍告"，单角本一作"自从休得，那些神高"，一作"内心送得，何心人告"，据校改。

挽轿,往方府一走。(唱)**听根由察真为妙,他是个青年少貌。见色起淫心书生跟着,但是个假作痴呆问别情,暗暗请教**①**,暗暗请教**。(众下)

(净上)(唱)

【江儿水】**春色芳菲草,黄莺对啼叫。虬枝拖倒杨柳条,百花年年逢春发,人生岁岁苍颜年老,即速的光阴过了,光阴过了。**(大走板)(四手下、末、正生上)(正生唱)**街坊过道,早来到恩师门道,恩师门道**②。

(白)老师请上,门生拜揖。(净)贤契少礼,请坐。(正生)告坐了。(净)贤契在本地做官,喜得清廉,百姓瞻仰。(正生)一来圣上洪恩,二托老师福庇。老师,世兄为何不见?(净)他在书房。(正生)何不请出一见?(净)过来,请出大爷。(内)有。(丑上)我在书房打瞌虫,一见红妹喜气浓。阿伯,倪子拜揖。(净)见了世兄。(丑)见礼,见礼。(正生)世兄见礼。阿吓!(科)老师,看世兄满面邪气,心下有些不正。(净)敢是有人告往贤契的案下?(正生)告发就在目前。(净)望贤契看顾再三。(正生)这个自然。(丑)我不犯法。(正生)世兄,你虽不犯法。(唱)

【雁儿落】**邪意淫心起欲作**③**,你是个不守不分乱胡闹。怪着他无端生孽造**④**,一定要诉分明有白皂。**(丑白)你是个清官,话带起来。(正生)我官虽不清,不受民贿。(花旦暗上,看)(丑)你张口嘴来东话清官,只怕你夺物到手。(丑科,花旦下)(正生)我好意前来解劝与你,你反将言语唐突与我,我若不看老师的金面。过来。呀!(唱)**为他两下有瓜葛,眼见是有蹊跷。看他獐头鼠目乱胡闹**⑤**,可恨悄在眉梢。**(白)门生拜别。(唱)**蹊跷,怪着他莫乖巧**⑥**;心也么恼,打**

---

① 请教,195-1-92 吊头本作"静告",教、告方言音同,据改;单角本作"情方""情放",即"寻访"之讹。

② "街坊"至"门道",195-1-92 吊头本脱,据单角本补。

③ 此句 195-1-92 吊头本作"遂意稳到失迎多娇",据单角本改。

④ 此句 195-1-92 吊头本作"我看你无端生游造",据单角本改。

⑤ 獐头鼠目乱胡闹,195-1-92 吊头本作"妆头取个龙和脑",据单角本校改。獐头鼠目,形容人形貌猥琐,神情狡诈。

⑥ 此句 195-1-92 吊头本作"着他莫怪巧",据单角本校改。

道,每日里暗暗访贤豪①,暗暗访贤豪。(四手下、末、正生下)

(净)你这畜生,他好意解劝与你,反将言语唐突与他。(丑)他将言语唐突与我,我难道唐突其勿得么?(净)他是堂堂知县。(丑)那管他皇帝老子!(净)吓,畜生,畜生!(唱)

【侥侥令】一味胡言语,叫人不住耐。句句尽得游荡,道你是个不思忖野花草,不思忖野花草。(科,下)

(丑)咳,我个人见得红妹,心否定哉嚡。(唱)

【收江南】呀!引得我小鹿心头扑扑跳,上楼台抱住娇娘会多娇。(丑下)(花旦、小旦上)(小旦唱)抱婴儿不敢露声,在香闺何日里会郎貌?(白)红妹,方才何人到此?(花旦)上海县到此。(小旦)敢是到来作伐的么?(花旦)不是作伐的,前来望望老爷的。(小旦)咳,胡混玉,你出府去,把奴抛在江洋,你好薄幸也!红妹,取葵花配过来。(花旦)晓得。(科)葵花配在此了。(小旦)挂在小相公身上。(花旦)挂在小相公身上。(小旦)咳,儿吓,见葵花配,如见父亲一般了。(唱)这的是前生业造②,何日里父子觌面共欢笑?

(花旦)小相公睡熟了。(小旦)你我上楼,去做针指去罢。(唱)

【园林好】上层楼拈指线挑③,计心来神魂颠倒。(走板)(花旦、小旦下)(丑上)(唱)轻轻移步上楼台,上楼台会多娇,上楼台会多娇。

(白)红妹,红妹!(掀帐)(婴儿叫)(唱)

【沽美酒】被窝中婴儿叫。(科)(白)外甥,外甥!(笑)我抱到手里,娘舅,娘舅,小人是聪明,娘舅,娘舅,是介会叫哉。个狗花娘,有得情人,生小人哉。前番告诉阿伯、阿妈,害我打过个。今朝我也去,告诉阿伯、阿妈,打之一顿,消消我口气来。阿妹来哼三层楼里做生活个,阿妹晤个小人,阿哥抱得去哉。

---

① 访贤豪,195-1-92 吊头本作"明号",据单角本改。

② 业造,195-1-92 吊头本作"白皂",据单角本改。业造,亦写作"孽造"。详见《西厢记·游寺》【村里迓鼓】"正撞着五百年前风流孽冤"注。

③ 拈指线挑,195-1-92 吊头本作"见锦绣挑",据单角本改。

（下楼）（小旦上）（掀帐）**不好了！**（内）何事不好了？（花旦上）（唱）**忽听的高声喊叫，此事儿一路难主裁，下楼去看过分晓。**（科）（白）**不好了！**（同唱）**急杀一对女多娇①，这事儿有何辩告②？一霎时祸起根苗，生波浪重叠倾入江潮。俺呵！恨只恨无端枭鸟③，如何辩告？呀！此事儿吉凶难料，吉凶难料。**（下）

第十九号

丑（方仲林）、净（方士正）、老旦（冯氏）、花旦（红妹）、小旦（方玉贞）、

外（院子）、正生（蔡兆宁）

（丑上）**一场蹊跷事，我个阿妹生倪子。阿伯、阿妈有请。**（净、老旦上）（净）**何事高声叫，**（老旦）**出堂问事情。**（同白）何事？（丑）**一场奇事来哉。**（净、老旦）什么奇事？（丑）阿伯、阿妈，喏。（婴儿叫）（净、老旦）这血块婴儿，那里来的？（丑）阿妹房里抱来勾。（净、老旦）怎么，妹子房中抱来的？（丑）我阿妹生个。（净、老旦）怎么，这等事来？咳，罢罢！（同唱）

【风入松】令人怒气满胸膛，不孝女败我门墙。堂堂阀阅旧书香，谁敢来、谁敢来这般行状④？（丑白）拜见外公，拜见外婆。（花旦上听）（净唱）**气得我目瞪口呆，骂声妖贱奴娼，骂声妖贱奴娼。**

（老旦）**老爷休得动怒，我与你去到房中搜。妇人家做产，必有布衲褓裩，若有布衲褓裩，打死这贱人。**（花旦下）（净）有理。（同唱）

【前腔】忙步急速转回廊，急得人三昧透放⑤。闺中行事臭名扬，不肖女、不肖女

---

① 女多娇，195-1-92 吊头本作"女娇操"，据单角本改。

② 这事儿，195-1-92 吊头本作"这今夜"，据单角本校改。另，此句单角本一作"一霎时祸起根苗"。

③ 枭鸟，195-1-92 吊头本作"怨鸟"，据单角本改。枭鸟，猫头鹰一类的鸟，古以为恶鸟。

④ 此句 195-1-38 本作"伤风化、伤风化臭事传扬"。

⑤ 透放，195-1-92 吊头本作"唬透"，据单角本改。

败我门墙。谁敢来胡行乱动①,怎做出这一场,怎做出这一场?(净、老旦、丑下)

(花旦上)(唱)

【急三枪】忙移步,上层楼,收布衲,藏囵好②,免祸殃。

(白)小姐快来!(小旦上)(唱)

【前腔】骤然起,无风浪。劈天事,怎陷我,这肮脏,怎陷我,这肮脏。(白)红妹吓,这禽兽,将小相公磨灭死了?(花旦)不曾磨灭死。少刻老爷、夫人到来,不要开口,我红妹自有话说。(大拷)(丑、净、老旦上)(同唱)**上层楼,探取分晓,搜血衣,作证赃,搜血衣,作证赃。**

(净)你是迷心窍的红妹?(打花旦)(净唱)

【风入松】你是一个转悄摇,信的是红娘粉墙。(打小旦)(净唱)**闺房做出伤风败,你是个、你是个绣阁娇娃。**(小旦白)爹娘为何打起女儿来了?(花旦)公子,你那里抱了血块婴儿,玷污香闺贞烈?我吃吃哂过。(咬丑)(净唱)**休的要妄言语荒唐,主和仆命难逃,主和仆命难逃。**

(小旦)哥哥走来,你将那里血块婴儿抱来,玷污妹子贞烈?你好,你好……(唱)

【前腔】不念手足实堪伤③,你是个井底蛤蟆。无风生浪乱闺房,谁敢来、谁敢来气透云阳。(老旦白)老爷休得动怒,妇人家做产,必有布衲褓裸,我与你房中搜来。(净)有理。(唱)**若搜出取死怎当,休怨着诉天望,休怨着诉天望。**

(净、老旦下)

(小旦)禽兽,禽兽!(唱)

【急三枪】④此事儿,何酌量?看来是,命不全,母子丧,命不全,母子丧。

---

① 此句 195-1-38 本作"他是个嫩柳月广"。

② 好,195-1-92 吊头本作"哉",据单角本改。

③ 堪伤,195-1-92 吊头本作"伤亡",据单角本改。

④ 此曲 195-1-92 吊头本作"拚一死,归泉台,若恩良,命不全,母子哀(又)",《前岳传》《葵花配》小旦本(195-1-84)上文"骤然起"五句作"此事儿"云云,此五句作"拚一死,黄泉丧。无影事,陷害我,恨兽郎(又)",《四元庄》等贴旦、小旦本[195-1-130(2)]则两处皆作"此事儿"云云。

（净、老旦上）（打丑）（净唱）

【风入松】不孝畜生髫龄①**养，并没有布衲襁褓。无端故事害娇娘，你是个、你是个浮萍生草。**（老旦白）畜生走来，何处抱来，玷污妹子，我好气。（唱）**他是个嫩枝弱质，怎做出这一场，怎做出这一场？**

（丑）阿唷，阿唷！吓吓，两个狗花娘，生之小人，抱来告诉阿伯、阿妈，还话我玷污香闺，我气杀哉。有哉，上海老爷是个清官，抱去告之一状罢哉。

（科）（丑下）（净、老旦唱）

【前腔】气得我目瞪口呆，急得我三昧透放。无风生浪乱闺房，好叫人、好叫人怒气扬扬。（净、老旦、小旦、花旦下）（丑上）（唱）**告一个女中生孩，到公堂辨分晓，到公堂辨分晓。**

（白）咳，我、我、我气杀哉！我个阿妹，生、生之一个小人，抱去告诉阿伯、阿妈，我里阿伯、阿妈，反将我打之一顿，叫我那格气得其过？闻得其上海县是个清官，抱得外甥，去到县堂里，告、告、告之一状，叫老爷判、判个一判，断、断个一断，看我阿伯、阿妈，那格贤，那、那、那格贤。嘎、嘎，吃力杀哉。（婴儿叫）嘎也也也，做娘舅是介抱呒抱得上无屁，下无气，呒是介娘舅吓娘舅。咳，上海县堂里，到带哉个，让我走进去。看那县堂里，恶杀头脑，一个呒有，告状啥个地方告？是介个……有哉，个是有句话勾，乡下头人，击鼓告状。击鼓告状，总叫大鼓拷带起来，老爷会走出来勾。（击鼓）大老爷，伸冤。（外院子上，打丑）（丑）阿唷，阿唷，我个人打日生，碰来碰去，要犯打呢。（外）拨我赖县堂里大鼓拷带起来，拷你阿伯屁股去好。（丑）啥话，呒个阿伯屁股好拷个，县堂大鼓拷勿来？（外）县堂大鼓，有事体拷拷个。（丑）有事体拷拷个？（外）是个。（丑）我是有事情拷拷个。（外）啥个事情？（丑）击鼓告状。（外）告什么状？（丑）风化状。（外）什么风化？（丑）风化勿晓得，好做头脑个？喏喏喏。（外）小人那里来的？（丑）我个阿妹房里头抱来个。

---

① 髫龄，195-1-92 吊头本作"挑陵"，今改正。髫龄，幼年。

(外)呒阿妹房里头抱来个?你那里来?(丑)我方家来勾。(外)方家来?方翰林是呒阿伯?(丑)是个。(外)呒阿伯有名个,阿妹生小人,呒做阿哥,抱得小人来告状,生生你个风水尾巴,结之头哉。(丑)那格,风水尾巴,结之头哉?勿用多话,请出老爷。(外)老爷请。(四手下、正生上)(唱)

【急三枪】在衙署,思贤郎。未知他,身何处^①,在那厢?身何处,在那厢?

(白)何事?(外)有人告状。(正生)带进。(丑)世兄,请哉,请哉。(正生)吓,你是方翰林之子方仲林?(丑)是个,是个。(正生)到来何事?(丑)前来告状。(正生)告什么状?(丑)风化状。(正生)什么风化?(丑)世兄,嗒嗒嗒。(正生)唔,血块婴儿,那里来的?(丑)阿妹房里抱来个。(正生)方仲林,你敢是发痴了?(丑)勿用发痴,还我阿妹个情人,便好商量。(正生)可恼,可恼!(唱)

【前腔】这一节,不思忖,告风化,没廉耻,歹书香^②,没廉耻,歹书香。

(白)婴儿抱上。(丑)小人抱好。(外)婴儿呈上。(正生)待我看来。吓!(唱)

【风入松】葵花配合有应照,(白)来,将方仲林押着,三日以后,还他情人。(外)咳,方公子,我老爷话过哉,三日还你情人。(丑)咳,介末我去哉。(外)慢点。(丑)那格?(外)你官司有勿有吃过?(丑)还头一卯。(外)打官司要坐班房。(丑)那格话,打官司要坐班房?快点,外甥抱来还我,我官司勿打来。(外)个班房好,猪肉老酒,都有的吃个。(丑)话起老酒,喉咙翻跟斗。(外)将方仲林押着。(手下带丑下)(内)收监是实。(外)收监是实。(正生)封门。(外下)(正生)这也奇了。(唱)**好叫人如痴如呆。翰苑门第伤风化,见葵花、见葵花睹物心伤。**(白)我想大舅,一定在方府耽搁。(唱)**做出来斫枝月广^③,闺中产小儿郎,闺中产小儿郎。**(下)

---

① "身何处"三字195-1-92吊头本原无,据单角本补。
② 书香,195-1-92吊头本作"书生",据单角本改。
③ 斫枝月广,195-1-92吊头本作"却枝洋广",单角本或作"却折月广",据校改。"斫枝月广"用吴刚持斧斫月桂的典故。

第二十号

正旦(胡氏)、正生(蔡兆宁)、外(院子)

(正旦上)(唱)

【大迓鼓】①在衙斋思念沉烦,思念手足,两泪汪汪。未卜吉凶在那厢,好叫人望断肝肠。(白)妾身胡氏,不想兄弟旧岁二月十九前去迎香,并无音信回来。兄弟吓,你在那里安身,为姐在衙思念与你。(唱)**何处浪荡走天下,何处浪荡走天下?**

(走板)(正生上)(唱)

【前腔】奇文事一场,血块婴儿,产在闺房②。倚门悬望在那厢,谁知传出臭名扬,叫人难断这一场。

(正旦)老爷退堂了。(正生)夫人,你兄弟有下落了。(正旦)我兄弟有下落了? 在那里?(正生)在方府耽搁,玷污翰苑门楣,令人可恼。(婴儿叫)(正旦)这婴儿那里来的?(正生)是你兄弟所生。(正旦)怎见得我兄弟所生?(正生)现有葵花配挂着,夫人抱去看来。(正旦)果然我兄弟所生,项上挂着葵花配,这是我祖上传家之宝。老爷,此事保卫方小姐贞烈才好。(正生)夫人倒说得干净,方仲林抱儿首告,告在本官衙内,三日以后,还他情人,叫下官如何审断?(唱)

【滴溜子】意彷徨,意彷徨,无计可商;有衷情,慢请细讲③。一个是亲枝瓜葛,妖娆千金女,岂可误伤? 寻思无计,如何判断,如何判断④?

(正旦)老爷,依妾身之见,差人到方府,请方小姐过来,问过事情。(正生)夫人此言不差。来。(外院子上)有。(正生)有帖儿一个,命你去到方府,接方

———

① 此曲牌名及下文【滴溜子】,抄本缺题,今从推断。
② "血块"至"闺房",195-1-92 吊头本作"婴儿产生在闺房",据单角本改。
③ "意彷徨"至"细讲",195-1-92 吊头本同于次曲,作"问根由"云云,据单角本校改。
④ "寻思"至"判断",吊头本作"这一节提究为何",据单角本校改。

小姐到来,说夫人衙内有话,后对方老夫人说。(唱)

【前腔】问根由,问根由,探听①行状;免疑猜,道短论长。待等②丰姿来降,小书生在那厢,问取短长。保护贞烈,提救书香,提救书香。(下)

第二十一号

净(方士正)、老旦(冯氏)、花旦(红妹)、小旦(方玉贞)、外(院子)

(净、老旦、花旦、小旦上)(净、老旦唱)

【佚名】恨逆子无端祸由,害香闺一段含羞。(小旦白)爹娘,哥哥玷污妹子,总要分个玉石。(净)儿吓,你不要啼哭,待等你哥哥回来,打他一顿便了。(外院子上)(唱)**早来到方府门墙。**

(白)老爷、夫人在上,老奴叩头。(净)起来。(外)谢老爷、夫人。(净)到来何事?(外)我家夫人,请小姐到衙内有话,有帖儿呈上。(老旦)我女儿到官衙,如何去得?(花旦)夫人,上海县是老爷门生,小姐去倒也不妨。(净)倒是红妹说得有理。红妹,服侍小姐前去。(小旦)女儿就此拜别。(唱)

【尾】匆匆拜别照儿行,谁晓今朝满面羞。(净、老旦唱)一段含羞,两泪如流。(下)

第二十二号

正生(蔡兆宁)、正旦(胡氏)、外(院子)、付(乳娘)、小旦(方玉贞)、花旦(红妹)、净(水夫)、丑(方仲林)、净(方士正)、老旦(冯氏)

(内)可恼,可恼!(正生上)(唱)

---

① 探听,195-1-92 吊头本作"总思",据单角本改。
② 待等,195-1-92 吊头本作"祷寻",据单角本改。

【醉花阴】**转望音信无确耗**①**，是这等难猜难料。**（白）咳，胡混玉、胡混玉！（唱）**你是个一榜魁首文章妙，怎做出、怎做出犯法违条？**（白）下官蔡兆宁，旧岁二月十九，大舅往大悲阁游玩，并无音信，不想在方府耽搁，玷污翰苑门楣。方仲林抱儿首告，告在下官衙内，三日以后，还他情人，叫下官如何一个审断？（唱）**早难道把亲谊撇抛，下江洋不差半分毫，提调着女亲羞貌，女亲羞貌。**

（正旦上）（唱）

【画眉序】**刻时思同胞，羞出香闺彬彬貌。葵花配祖传珠宝。**（白）老爷见礼。（正生）夫人见礼。（正旦）请坐。（正生）请坐。（正旦）老爷，此案要保方小姐，成其美事。（正生）夫人倒说得干净，方仲林抱儿首告，告在本官衙内，三日以后，还他情人，叫下官如何审断？（唱）**难断裁玉石泾渭，香闺女严刑究拷**②。（外院子上）方小姐请到。（正生）怎么，方小姐到？回避。（外下）（正生）且慢。我与你一同出去迎接，他怎肯吐出实情。你在此细细盘问与他，待下官躲在屏风背后，听出真情。乳娘。（付抱婴儿上）（正生）少刻方小姐到来，你将手中婴儿，抱在他面前，如此如此，恁般恁般，老爷自有主见。（唱）**他心内必定展转焦**③**，惜儿身是有珠宝**④**，是有珠宝。**（正生下）

（花旦、小旦上）（小旦唱）

【喜迁莺】**别慈亲移至、移至衙道，忙整衣忙理、忙理裙袄**⑤。（科）（正旦）小姐请来见礼。（小旦）见礼。（正旦）请坐。（小旦）请坐。红妹过来，见了夫人。（花旦）红妹叩头。（正旦）起来。（花旦）谢夫人。（正旦）这位大姐敢是服侍小姐的？（小旦）正是。（正旦）小姐，你兄弟无礼，抱了婴儿前来投告，玷污小姐贞烈的

---

① 确耗，195-1-92 吊头本作"崔宜"，单角本一作"确完"，据文义改。

② "难断"至"究拷"，195-1-92 吊头本脱，据单角本补。

③ 展转，195-1-92 吊头本作"战战"，据单角本改。明单本《蕉帕记》第十四出《付珠》【山坡羊】："展转焦，听檐前铁马摇。"

④ 此句 195-1-92 吊头本作"灭婴儿必是珠宝"，据单角本改。

⑤ 此句 195-1-92 吊头本作"方仲林猛力、猛力裙袄"，单角本作"忙整云坑里（又）裙钗"，据校改。

了。(小旦)夫人,不要说起没廉耻的哥哥呵!(唱)**悲也么恼,玷污了贞烈名标,提起来羞脸红桃。没下梢,一味的胡言乱道,他是个豺狼野豹,豺狼野豹。**

(正旦)小姐,妾身有句话倒要直说了。(小旦)但说无妨。(正旦)我兄弟名叫胡混玉,旧岁二月十九迎香,并无音信回来。你兄长抱了婴儿前来投告,身上挂起葵花配,是我祖上传家之宝。(唱)

【画眉序】**一定是当合亲招,他是个心惊胆慌**(付打婴儿,花旦欲抱,小旦示意不可)(正旦唱)**见他主仆心惊摇,一定是胡言勾当,将婴儿撇在荒郊,撇在荒郊。**

【滴溜子】①(小旦唱)**痛得我,痛得我,肝肠火烧**②**;顾不得,顾不得,羞脸红桃。**(白)夫人,你家兄弟可有得回来?(正旦)我家兄弟,并没有回来。(小旦)胡郎,胡郎!(唱)**虚嚣,身落何处,你是瘦怯怯必入圈套,提起来盈盈泪抛,盈盈泪抛**③。(花旦抱婴儿,同小旦下,正旦下)

(正生上)这遭是完了。(唱)

【刮地风】**呀!这一节窈窕淑女颜开笑,好叫我如何是好?方仲林抱儿首告,三日内还他情人,这笔案、谋计措手如何是好?这壁厢,那壁厢,原被瓜葛,怎保得玉洁冰清?**(内白)挑水呵,衙门里水要不要?(正生)是了!(唱)**虚嚣,内有情移云掇月**④**,管叫他一场空告,一场空告。**

(白)来,传水夫。(外上)大老爷传水夫。(净上)老爷在上,小人叩头。(正生)起来。水夫,老爷衙内有场公案,你可会办?(净)老爷,小人后生时光,吃过银粮,背过鸟枪,只为吃酒误事,弃还银粮,啥事小人会办?(正生)好,随

---

① 此曲牌名及下文【鲍老催】,抄本缺题,今从推断。

② "痛得"至"火烧",195-1-92 吊头本作"痛的我,痛的我,心内伤也",据单角本改。

③ "虚嚣"至"泪抛",195-1-92 吊头本作"年少,心怀何焦,你是个痴呆姐儿入圈套,我是个行行泪洒,行行泪洒",据单角本改。

④ "虚嚣"至"掇月",195-1-92 吊头本作"清嚣,滴(嫡)胞亲一掇月",单角本前文"这壁厢"至本曲结尾曲文"这壁厢,那壁厢,无计无较,管叫他一场空告,一场空告。虚嚣,内有情移云掇月,管叫他一场空告,一场空告",据改。

我来。（净）我是勿犯法勾。（正生）水夫。（唱）

【鲍老催】有言嘱咐与你曹，一一从头说根苗，（净白）老爷，小人勿懂。（正生）怎么，你不懂？附耳上来。（唱）**明日鸣锣，喝道，当官呈告。葵花配挂在小儿胸前上**①**，重赏白银知多少。**（净白）明白哉，明白哉。（正生）来，赏水夫十两银子。（净）会办，会办。（净、外下）（正生）这遭好了。（唱）**成就了一场公案完全好，一场公案完全好。**（正生下）

（冷锣）（丑上）咳，还话上海县是个清官，叫我来带班头；还话老酒也有的吃个，老酒一些没有。其话三日还情人，三日到哉，看其那格还还。（外上）（净上）上下四邻八舍，我介倪子，来哼门口里，啥人家抱去，抱来还我吓。（净下）（丑）咳，头脑，外面来东卖皂宝。（外）勿是卖皂宝，来东查倪子勾。（丑）查倪子？（外）查倪子勾。（丑）我案件三日到哉，好复审哉。（外）老爷就会坐堂哉勾，即刻就好审哉。（丑下）（外）老爷有请。（内）喔吠。（四手下、正生上）（唱）

【佚名】鹊堂中频频笑貌，一桩公案难断分晓。（外白）方仲林催审。（正生）带进。（丑上）阿哉世兄，三日到哉。（正生）唔。方仲林，你见了本县，为何不下跪？（丑）哪，我个阿伯，乃是翰林，翰林公子勿用跪。（正生）你在公堂之上，抬手舞足，还不下跪。与我打！（丑）我跪，跪好哉。（正生）我且问你，你妹子奸夫，叫什么名姓？（丑）阿哉大老爷，我晓得奸夫名姓，我也勿来告状哉。（正生）无名无姓，叫下官到那里拿去？（丑）哪，吓还话是个清官？话带起来，你还是糊涂。（净上）大老爷告状。（正生）唔。老人家告什么状？（净）阿哉大老爷，我王阿三，年纪五十三哉个，挑挑水个。我家主婆来得忙，倪子放东被笼里，啥人家拨我抱得哉。（正生）怎么，你个儿子，被人抱去了？（净）还望大老爷拨我查个查。（正生）有何为证？（净）项颈头有葵花配挂东，大老爷。（正生）下官衙内，有个婴儿，葵花配挂着，你去寻来。（净）多谢大老爷。（净下，抱婴儿上）（丑）咳，挑水老，吓拨我外甥抱得去。（净）我倪子被吓当外甥。（丑）我个外甥，

---

① 此句单角本作"面认婴儿葵花配折照"。

被吓当倪子。(正生)不许啰唣,抱了回去。(净下)(丑)大老爷,挑水老拨我外甥抱得去哉。(正生)呔,方仲林,你把别人家儿子抱来,玷污妹子贞烈。来,打!(丑)冤枉,冤枉!(正生)你冤枉妹子,下官难道冤枉你不得?来,打。(丑)慢点,看看我阿伯个面情。(正生)若不看老师金面,将你重责四十。来,将没廉耻的赶出去。(丑下)(正生)掩门。(四手下、外下)(正生笑)(唱)**这一节神鬼难料,这为事神魂颠倒。苦杀婴儿保他贞烈操,成就了男婚女招,男婚女招。**
(正生下)

(小旦、正旦上)(同唱)

【佚名】**这案公堂难断分晓,呀!这奇缘前生定好。**(正旦白)小姐,我老爷坐堂,你令兄一定受屈的了。(小旦)夫人,就有湘江之水、大海之波,难洗千年名节也。(走板)(正生上,科)(唱)**前案非轻小,铁案并旧交,把细细风化断分晓。**(小旦下)(正旦)老爷,方小姐贞烈保得么?(正生)事已明白,可恨方仲林这厮。(唱)**恨仲林不思将言花调,一场好事当官告。**(同唱)**化日回天并旧交,这奇缘前生定好,前生定好。**

(内)报上,方老爷到。(正生)请相见。(净、老旦上)(同唱)

【佚名】**羞杀我暮年榆景老**①**,将屈害却闺操。**(正生白)老师请上,门生拜揖。(净)贤契少礼。我女儿为何不见?(正生)在后堂。来,请出方小姐。(内)晓得。(小旦上)(唱)**忽听爹娘到来临,忙步儿问取根苗。**(白)爹娘,女儿万福。(净、老旦)罢了。(小旦)谢爹娘。(净)儿吓,同为父回去才是。(小旦)女儿不回去了。(净)为何不回去?(小旦)哥哥玷污女儿贞烈,要女儿回去,情愿一死。(正生)且慢。看世妹这等心急,在门生衙内,耽搁几天,等世妹气平息恼,待门生改日送进府来,老师心意如何?(净)有劳贤契吓!(众唱)**听说言来心惨焦,满腮行泪乱分抛。待等个气平息怒再添欢笑,待团圆名香酬祷。**(下)

---

① 羞,195-1-92吊头本作"虑",据单角本改。榆景,"桑榆暮景"之省,指老年。此下195-1-38本曲文为"这公案如何分晓?""无端望(枉)送皂(遭),喜清廉秦晋(镜)高照,苦杀我兵(鬓)霜无靠"云云,与195-1-92吊头本不同。

第二十三号

小生（胡混玉）、贴旦（公主）、末（安南王）

（小生、贴旦上）（同唱）

【（昆腔）**朱奴儿】在番邦十数载，何日里回归故乡？**（贴旦白）驸马，这几日脸带愁容，莫非思念归国之意？（小生）公主，我在此也有十余年，望公主在郎主面前，好言一二，放我回国。（贴旦）待等父王出来便处。（末上）（唱）**奉贡献大朝仁义。**（小生、贴旦白）郎主。（末）驸马，这几日脸带愁容，莫非思念归国之意？（小生唱）**有贡献，何日归丘？**

（末）既如此，俺将贡宝带去贡献，备下船只，送你回国便了。（小生、贴旦）多谢郎主，就此拜别。（吹【尾】）（下）

第二十四号

正生（蔡兆宁）、正旦（胡氏）、小旦（方玉贞）、外（院子）、花旦（胡秀林）

（正生上）东壁图书府，（正旦、小旦上）重恩再叩深。（正生）老爷见礼。（正旦）见礼。（正旦）请坐。（正生）请坐。（小旦）告坐。（正生）夫人、小姐，幸喜秀林勤读诗书，今当大比之年，叫秀林上京，求取功名便了。（正旦）老爷，此言不差。（正生）来。（外院子上）有。（正生）请小相公出堂。（外）小相公有请。（花旦上）从来不见父，出堂问娘亲。姑爹、姑娘在上，侄儿拜揖。（正生、正旦）罢了。（花旦）母亲，孩儿拜揖。（小旦）罢了。（花旦）叫孩儿出来，有何吩咐？（正生）今当大比之年，上京求取功名去罢。（小旦）若还得中，不枉姑爹、姑娘旧门书香。（花旦）就此拜别。（吹【尾】）（下）

第二十五号①

末(考试官)、花旦(胡秀林)、小生(考生)

(二手下、末上)(引)奉旨考奇才,举子纷纷进场来。(白)下官翰林院大总裁,奉旨考选天下奇才。左右。(手下)有。(末)开门。(吹【过场】)(花旦、小生上)(末)天字号举子上堂。(花旦)在。(末)领老夫一对。(花旦)大人请题。(末)风吹马尾千条线,(花旦)日照龙鳞万点金。(末)好大才!龙虎日看榜,下去。(花旦)谢大人。(花旦下)(末)地字号举子上堂。(小生)在。(末)领老夫一对。山高日出慢,(小生)海阔浪来迟。(末)好!龙虎日看榜,下去。(小生)谢大人。(小生下)(手下)三场已毕。(末)掩门。(手下)封门。(下)

第二十六号

付、丑(船家),小生(胡混玉),贴旦(公主)

(付、丑二船家摇船上,四手下、小生、贴旦上)(吹【一江风】)(小生白)小生胡混玉,奏过郎主,赐我回国。来。(付、丑)有。(小生)将船直开大朝。(吹)(下)

第二十七号②

正旦、老旦(太监),末(景德),外(张莘),小生(胡混玉),花旦(胡秀林)

(正旦、老旦太监,末上)(引)锦绣繁华,喜得国泰民安。(白)寡人景德,自从登

---

① 本出 195-3-65 忆写本末抄,参照宁海平调本补。
② 本出 195-1-92 吊头本唯有"(正、老、外上引)(奏朝)(排子)(下)"字样,但小生、花旦本均无相关内容,今参照宁海平调本补。唯以景德的角色名目同剧中安南王一样,是末而不是外,以张相的角色为外,如此处理,一是符合末角扮演帝王的习惯,剧中景德和安南王当为同一角色(演员)所扮;二是剧中张相以孙女嫁与胡秀林为妻,说明年纪较老,以外角当之为宜。

基以来,风调雨顺,国泰民安。今乃进贡之年,侍儿,宣放龙门。(老旦)领旨。万岁有旨,宣放龙门。(内)领旨。(外上)忽听君王宣,忙步入金銮。臣张莘见驾,愿吾皇万岁。(末)平身。(外)万岁。(末)今乃进贡之年,有事奏来。(外)启奏万岁,今有杭州钱塘人氏,名曰胡混玉,在番邦十数余年,今日带宝进贡,现在午门,不敢上殿。(末)侍儿,宣胡混玉上殿。(老旦)领旨。万岁有旨,胡混玉上殿。(内)领旨。(小生上)我在番邦十数春,今日带宝得见君。臣胡混玉见驾,愿吾皇万岁。(末)平身。(小生)万岁。(末)你在番邦之事,奏来。(小生)万岁!(吹牌子)(白)有贡单呈上。(末)妙吓!(吹牌子)(外白)启万岁,新科状元胡秀林有班马之才,可写回诏。(末)宣胡秀林上殿。(老旦)领旨。万岁有旨,胡秀林上殿。(内)领旨。(花旦上)忽听君王宣,忙步入金銮。臣胡秀林见驾,愿吾皇万岁。(末)平身。(花旦)万岁。(末)张卿奏你有班马之才,可写回诏一道,当殿写来。(花旦)领旨。(吹牌子)(末白)妙吓!胡混玉带宝回朝,封为兵部侍郎,胡秀林点翰林,今年归家祭祖,明年进京复命。(外)臣有孙女许配胡秀林,愿君王降旨。(末)寡人为媒,黄金千两,以作花烛之费。退班。(正旦、老旦、末、外下)(小生)状元请了。(花旦)请了。(小生)府上何处?(花旦)在姑爹家中。(小生)姑爹叫何名字?(花旦)名唤蔡兆宁。(小生科)一路同行。(下)

第二十八号

正生(蔡兆宁)、小旦(方玉贞)、花旦(胡秀林)

(正生上)(吹)(白)恭喜世妹,贺喜世妹。(小旦上)何喜可贺?(正生)秀林中状元了,此不是喜?(小旦)谢天谢地。(内)状元到。(正生)搀扶侍候。(花旦上)姑爹在上,侄儿拜揖。(正生)科场辛苦,常礼免拜。(花旦)母亲,拜谢养育之恩。(小旦)书房将息。(正生)书房将息。(花旦下)(正生、小旦)妙吓!(吹【尾】)(下)

第二十九号

小生（胡混玉）、正生（蔡兆宁）、末（院子）、正旦（胡氏）、小旦（方玉贞）、

花旦（胡秀林）、贴旦（公主）、净（方士正）、老旦（冯氏）、外（张莘）、

丑（傧相）、付（张莘孙女）

（四手下、小生上）（唱）

【点绛唇】流落天涯，流落天涯，投亲官衙。大悲阁，婚配方府，数年来渡海[①]**招亲家。**

　　（正生上接）大舅见礼。（小生）姐丈见礼。（正生）请坐。（小生）请坐。（正生）你那年在大悲阁进香，今日为何渡海招亲而回？（小生）姐丈吓！（唱）

【佚名】休提起渡海招亲天禄家，做尽了真话巴。这的是南北姻缘走天下，喜得今朝归故乡[②]**。**

　　（正生）你今返故国，也是一点忠义之心，这是你做得好。做人不可亏心短幸。（小生）弟凭什么有亏心短幸之事来？（正生）十数年前，告你罪也不小。

　　（小生）告我什么来？（正生唱）

【佚名】告你个亏心负义纲常坏，告你个、告你个风花野草。（白）我且问你，你将葵花配，赠与那个去了？（小生）吓，这个……（正生）讲来！（小生）那个……（正生）说来！（唱）**你是个赛王魁薄幸郎，竟做出犯法违条，可不道屈杀女窈窕，屈杀女窈窕。**

　　（小生）姐丈，弟如今瞒也瞒不住了，只因那年在大悲阁游玩吓！（唱）

【佚名】亲睹面娇姝，花园只见他。天缘凑巧，葵花配赠他，不提防身怀孕，不提防投案下，望你个仁慈的免得伤风化，说出来好生惊唬，好生惊唬[③]**。**

---

　　① "来渡海"三字 195-1-92 吊头本脱，据单角本补。

　　② "休提起"至"归故乡"，195-1-92 吊头本作"这的是渡海招亲来正长，见容貌欲火起正邪。提起南朝，姻缘前生定，自当年我细参详（详）"，此从小生本。

　　③ "亲睹"至"惊唬"，195-1-92 吊头本原无，据单角本补。

（正生）前事不必说起，方小姐现在衙内。（小生）怎么，方小姐在姐丈衙内耽搁？何不请他出来相见？（正生）来。（末院子上）有。（正生）请出方小姐。（末）方小姐有请。（末下）（正生唱）

【佚名】这的是天缘凑巧，葵花配真堪妙。早提防行下梢，薄幸的真谋少，说出来免得伤风化，这的是好不快乐，好不快乐。

（正旦、小旦上）（小旦唱）

【佚名】中堂何事闹声喧，忙移步问根源。（小生白）咳吓，小姐吓！（小旦）胡郎吓！（同唱）从别后数年未会，乍见了珠泪抛①。照容颜记不得当年貌，说出来泪落长挂，泪落长挂。

（花旦上）（唱）

【佚名】中堂何事闹声喧，忙移步问根源。（白）母亲，这位官长是谁？（小旦）就是你十余年不见的亲爹爹。（花旦）爹爹在上，孩儿拜揖。（唱）从来不见父容貌，今日个父子觌面共欢笑。（贴旦上）驸马，那位是谁？（小生）就是前夫人，过去相见。（贴旦）姐姐，受妹子一拜。（小旦）为姐也有一拜。（同唱）南北姻缘定天下，喜的今朝同叙共欢笑。

（内）报上。方老爷、方夫人到。（正生）吩咐起乐。（吹【过场】）（正生）老师，门生拜揖。（净）贤契少礼。（正生）大舅过来，拜见岳父、岳母。（净）不敢。（小生）岳父母在上，小婿拜揖。（净）吓，岳父母叫出来了？（正生）状元过来，拜见外祖公、外祖婆。（花旦）外祖公、外祖婆在上，外甥拜揖。（净）且慢。贤契，这状元何人所生？（正生）这是老师令爱所生。（净）怎么，我女儿所生？（科）告别，告别！（科）（内）报上。张太师送亲上门。（小生）花轿带上。（外、家人带轿，付上）（正生）且慢。父母还未花烛，怎好儿媳完姻？传傧相。（丑上）傧相傧相，喉咙勿响。吃鱼吃肉，动手乱抢。老爷在上，傧相叩头。（正生）喜言赞上，重重有赏。（丑）伏以请：男窈窕，女窈窕，郎才女貌真窈窕。

---

① "从别后"至"珠泪抛"，195-1-92吊头本作"乍见了国色容颜什是霜（甚是伤），说起来都是我心亏"，据小旦本改。

未结家室先生子，天下要算头一遭。（众）妙吓！（同唱）

【尾】画堂前共交拜，名香一炷告苍穹①，葵花配奇文美，永团圆千古名标，千古名标。

（拜堂）（团圆）（下）

补遗一：光绪二十九年（1903）"蔡源华办"净本 （案卷号 195-1-38）不明场号

按，曲牌名单角本缺题，今从推断。

（又上）（引）寒风泼面飘，两须如冰霜。（白）老夫方士正，可恨仲林这畜生，不听训教，二老暮年无分的了。／（白）夫人，这也何难道在女儿房中引话红妹么②？／咳，畜生，畜生！（打）（唱）

【驻马听】不肖无知小畜生，主仆不分坏家声。怒满胸膺③，怒满胸膺，今朝打死，不饶残生。

／（唱）

【前腔】祖德不佑我方门，出此手眼断祠贡④。／（白）既如此，明日差家人将三层楼打扫洁净，就与小姐做房便了。（唱）免得个畜生乱胡行，回复闺中女姿英。莫气息声，莫气息声，寒风侵面，免受悲景。

／夫人！（唱）

【前腔】不必气忿，你我暮年谁靠景？他是个嫩柳腰肢，继脉宗桃，谁来祭兴？但求余年永长宁，招个半子傍倚身。职配佳人，职配佳人，郎才同调，夫唱妇随顺。

---

① 告苍穹，正生、正旦本作"酬恩答"。
② 此句有脱误。
③ 胸膺，单角本作"胫"，据文义改。
④ 此句有讹误。

（白）嗳嗳，罢了！（下）

补遗二：《前岳传》《葵花配》小旦本（案卷号 195-1-84）所收《葵花配》小旦本第十六号

按，《前岳传》《葵花配》小旦本（案卷号 195-1-84）原题"十六号"，"胡混玉"作"胡块玉"。第二支【山坡羊】缺前四句，所缺部分系红妹（花旦）所唱，因花旦本未抄录而无法补出。"〇"表示补脱文。

（上）（唱）

【山坡羊】泪涟涟分别才郎，急煎煎音信无响①，痛惨惨身怀六甲，眼巴巴不见一个伐柯吴刚。（白）奴家方氏玉英，想那日与胡郎私情苟合，如今身怀六甲，如何是好也？（唱）这丑态，人前怎躲藏？为何撇奴无影响，临〔别〕叮咛，临〔别〕叮咛话千万。悒快，无计策仰天望；泪汪，隐隐襦中断怎当？

／红妹，我身怀六孕，如何是好呢？／如此拾掇起来。（唱）

【前腔】急换妆，病有妆软瘫。顾不得②老慈堂，怎知儿身怀有孕，身怀有孕③。〔悒快，〕无计策仰天望；泪汪，隐隐腹中怎阻当？

／咳，胡块玉，你好薄幸也！（唱）

【尾】缘何鱼雁音无响，薄幸男儿〔乱〕纲常。好叫奴难主意何计想。（下）

---

① 响，单角本作"问"。下文"音无响"之"响"原作"向"，则此"问"当即"向"字之讹，而"向"又当作"响"。

② 得，单角本作"孝"，据文义改。

③ 此下单角本脱三字或脱四字一句。

五二　双合缘

《双合缘》抄本仅有《双合缘》总纲本（案卷号 195-1-149），残存十一出。此剧在 20 世纪 50 年代是作为宁海平调剧目而被挖掘的，有 1957 年老艺人忆写总纲本（案卷号 195-3-38）和新昌高腔训练班的油印演出本（案卷号 195-4-6），前者封面题"新昌高腔平剧训练班"。而宁海平调系调腔之流裔，彼此剧本和音乐多相通，且宁波昆剧兼唱的调腔戏有《双合缘》，张乙庐《宁波戏剧回溯》亦云："若演《碧玉簪》《双合缘》等，则用调腔，一人唱于前，众人和于后。"①大概新昌的调腔班没有或久不唱此剧，因而后来《双合缘》以宁海平调剧目见称。同时，《双合缘》总纲本（案卷号 195-1-149）与宁海平调本《双合缘》存在一定的差异②。因此，这里把该总纲本所抄的《双合缘》作为调腔剧目收录于此。

《双合缘》剧叙仙霞国进贡奇兽，杜显因怒斩贡使，被削职在家。杜显有子杜文学，乃新科解元，经海瑞撮合，聘定馆师韩定国之女韩玉蓉。时仙霞国哈多罗串通奸相严嵩，兴兵进犯。杜显受诏进京，临行前嘱其子莫弃糟糠之妻。杜妻梅氏以韩家贫贱，将韩定国奚落一番。韩定国羞愤难当，归家投井，幸而文学尾随而来，及时劝止。文学哄过母亲，迎娶玉蓉过门。杜妻嫌贫爱富，逼走儿媳韩玉蓉，另聘海瑞之女，杜文学逃婚。后杜显荣归，痛责其妻，文学亦高中状元，衣锦还乡，两女共嫁一夫。

本次整理，前十一出根据《双合缘》总纲本（案卷号 195-1-149）校订。该总纲本前有缺页（现存部分从第二号"论情理"的"情理"开始），前六号纸张中间略有残缺，参照 1957 年老艺人忆写总纲本（案卷号 195-3-38）添补。第十二号后半至结尾则据 1957 年老艺人忆写总纲本（案卷号 195-3-38）配补，

① 张乙庐：《宁波戏剧回溯》，《上海宁波公报》二周纪念专刊，1940 年 4 月 27 日，第 36 页。

② 例如《双合缘》总纲本（195-1-149）第六号写杜显金殿上请缨出征，宁海平调本没有相应出目，且杜显（宁海平调本作"杜茂章"，按"杜显"其他剧种又写作"杜宪"）离家的原因是受命出外册封，而非征讨仙霞国。又如人物海瑞，宁海平调本作"赵廷玮"。

配补部分凡人名存在差异者则做相应改动，同时曲文还参考了《宁海平调优秀传统剧目汇编》第一集所收《双合缘》。

第二号

外(杜显)、付(夫人)、小生(杜文学)、正生(海瑞)、末(韩定国)、

正旦(门子)、净(家人)

(外上)(引)钟鼓福禄赖天恩，受雨露丹桂飘香。(诗)光宗耀祖第，阀阅门楣家。得占蟾宫客，诗书满庭芳。(白)下官杜显，乃是赤阳县人氏。夫人梅氏，与我同庚，单生一子，取名文学。家人报道，我儿得中新科解元。若得如此，不枉家声门楣也。(付上)喜得孩儿流芳，是我心中欢畅。唉，老爷。(外)夫人请来见礼。(付)有礼。(外)请坐。(付)有坐哉。唉，老爷，方才家人来报，说我里儿子，得中新科解元，为啥个时光勿曾回来？(外)各衙参拜座师，一时那里得回？(付)我里儿子为进科场，日夜读书辛苦，现下中之解元，有名望哉，叫里书也勿用读哉。(外)男儿立志吐虹霓，要与皇家立功高。他书不读，做什么？(付)像你个样子做官，心想多事，要啥除奸党、灭权贵，做之几年官，守之几年边关，苦苦一世，我个心里，真真要急杀哉。(众)相公回。(二手下、小生上，吹打，拜天地，二手下下)(小生)爹娘请上，待孩儿拜谢养育之恩。(外、付)儿吓，科场辛苦，免拜，常礼。(小生唱)

【(昆腔)锦堂月】**酬谢难报，三千训教。深恩养育，怎报劬劳？**(外白)坐下。(小生)告坐了。(外)儿吓，少年英俊，必须要图上朝班，不枉寒窗门第。(付)儿子吓，你阿爹说话勿要听里。(唱)**性傲蹇翩翩，风度倜傥心中欢畅。**(正生、末上)(同唱)**贺同僚，窗前同叙，金兰自小。**

(正生)下官海瑞。(末)卑人韩定国。(正生)窗友。(末)窗兄。(正生)杜年兄令郎独占魁首，前去恭贺。(末)卑人寒儒陋巷，无以为贺，作诗一首恭贺。

（同白）通报。（正旦）门上有人么？（净上）那个？（正旦）海老爷、韩老相公到。（末）回避。（正旦下）（净）启老爷，海老爷、韩老相公到。（外）夫人回避，说我出迎。起乐。（付下）（正生）吓，年兄！（外）吓，先生！（末）大人请。（外）不知二位驾到，未曾远迎，多多失敬了。（正生）好说。令郎独占魁首，弟有薄礼恭贺。（末）弟无以酬贺，作诗一首，以表微礼。（外）小儿实属侥幸，未有文章之能，恐误乔木之期。（末）岂敢。（小生）先生请上，学生拜客才回，明日登门酬谢。（正生）年兄，令郎是窗兄的学生？（末）是弟的学生。（正生）论情理，先生那有先贺学生之理？（末）今日不以师生之论，父辈同窗之交。（外）开宴。（小生）小侄把盏。（正生）一席而坐。（同唱）

【前腔】管鲍，约年来同叙蓬茅，胜忘年醇醪莫逆之交。（正生白）贤侄，我同你父亲任朝，是不惧权党的。你已进鹏程，须要图上，愿得鹓班共立，当须直言泼胆，莫怕奸党也！（唱）**当照，愿效力朝纲，莫惧势畏权佞与奸刁。**（合唱）**斟琼浆，开怀畅饮，情投意合。**

（末）大人。（正生）窗兄。（末）弟有一言告乞。（正生）请教。（末）前者学生在舍下攻书，弟呵！（唱）

【昆腔】侥侥令】久欲把义子招，奈鳏生怎扳高。（白）弟有一女呵！（唱）**虽不及晋侯女窈窕**①**，论赋诗略通晓。**

（正生）我明白了，这个都是末弟。年兄。（外）年兄。（正生）弟有一言，令郎是窗兄的门生。（唱）

【前腔】当图昔年学，欲选坦腹招。（外白）好吓，年兄，弟欲启白，要大媒说合，但寒门武匹之蕾，难扳书香之间，故而不好乞肯。（末）大人阆苑阀阅，寒儒陋质穷窘，仰扳不起。（正生）我辈岂谈贵贱之句，诗书云"不较穷困，寒酸最乐②"。窗友，是小弟为媒。（唱）**一言定却姻眷好，我做月下老。**

---

① 晋侯女窈窕，底本作"晋侯妖"，195-3-38忆写本作"弱质女窈窕"，据校改。

② 底本此下尚有"清正芳"三字，其下残缺约二字。

（外）感承窗兄之美不尽。我儿过来，见了岳父。（小生）岳父请上，待小婿拜见。（唱）

【(昆腔)尾】感承姻契媾好①，（末唱）**我女容才你知晓**。（众唱）**畅饮醍醐再表心交**②。（下）

第三号

贴旦（韩氏）、末（韩定国）、小生（杜文学）

（贴旦上）（白）停针罢线且消闲，观诗文得乐心田。（白）无意懒把绣帖拈，有情尝玩论史鉴③。虽然不效前朝女，略向闺门且幽闲。奴家韩氏玉蓉，爹爹韩定国，行业训教；母亲郑氏，不幸弃世。并无兄妹，只有我身，年方二八，尚未适人。今日爹爹同海大人前到杜家贺喜，此时还不见回来。心绪烦闷，略题诗句，以散心曲。（唱）

【集贤宾】④拂茧纸提兔毫，下笔成文改掉。曹大家⑤入宫门嫔娥习教，郑浣女进祛城蛮夷训好⑥。奴虽不学当年定娇⑦，须略效孺妇一陶⑧。（白）天吓！文才虽不及男子。（唱）奴花貌，真个花容月貌，他配我才貌并齐方遂心苗。

（末、小生上）（唱）

【前腔】翁婿双双转家窑，从今永瓜葛。今朝才放心劳，（末唱）**我女终身有靠**。

---

① 媾好，底本作"勾好我"，195-3-38 忆写本作"不弃姻契好"，今校"勾"为"媾"，删"我"字。

② 交，底本作"却"，据文义改。心交，知心朋友。

③ 论史鉴，底本作"藉论"。195-3-38 忆写本此定场诗作"无倚（意）懒绣怀，有心玩史鉴。怎敢窗雪梅，闺闲得幽闲"，据校改。史鉴，《史记》和《资治通鉴》，泛指史书。

④ 此曲牌名底本缺题，据 195-3-38 忆写本补。

⑤ 曹大家，即班昭，东汉时人，曾入宫教导后妃，作《女诫》。

⑥ 郑浣女，195-3-38 忆写本作"陈完女"，俱未详。进祛城，忆写本作"避垣城"。

⑦ 定，底本作"锭"，暂校改如此。"定娇"或即定姜，春秋时卫定公夫人，有贤德，事迹见刘向《列女传》卷一《母仪传》。

⑧ 孺妇一陶，指晋陶侃母湛氏，以贤德著称。

（小生唱）**半子相亲胜嫡胞，休得要谦言道。**（末白）来此自家门首，我儿开门。

（贴旦）爹爹回来了。（末）贤婿请进来。（小生）妙吓！（唱）**见多娇，通红满面，**

（贴旦下）（小生唱）**急抽身两脚飞跑。**

（末）请坐。（小生）告坐。（末）我儿茶来。（小生）岳父，不消。（末）贤婿，我做穷岳父呵！（唱）

【黄莺儿】**四壁甚萧条，是漏屋胜瓦窑，难度衣食无聊。贫苦难料，父母孤飘，堪叹浮生空望了。泪珠抛，须念师生旧交，莫比着贵易妻房富易交。**

【前腔】（小生唱）**何必嘱咐这心劳，岂负订结交，常言道一丝为定终身了。古今律条，岂可犯冒，光武重说亲妹娇。宋弘道，贫贱莫忘，堂上糠糟**①**。**

（末）这是有义东床也。（小生）小婿告别。（末）慢去。（小生唱）

【猫儿坠】**急忙回去速登程，薪水从今免挂劳。恕不时来问候劝好，休得愁闷放开怀抱。**（下）（末）我儿走出来。（贴旦上）**羞惭满面，无处来躲掉，何事呼问根苗？**（末）我儿，方才世兄到此。（贴旦）知道的。（末）他今科得中解元，方才海年伯约我去贺喜，说起姻事，海年兄为媒，将你终身配他了。（贴旦科）母亲吓！（末）儿吓！（唱）**劝你免却珠泪抛，姻婚妙，真个是一对郎才女貌。**（下）

【尾】（贴旦唱）**严亲谋志真绝妙，会合朱陈聘多娇。**（白）况他自幼在我家攻书，心性自晓得的吓！（唱）**体态温存德性高。**（下）

第四号②

丑（番王），净、生、老旦、贴旦（手下）

（众同丑上）（唱）

【点绛唇】**势压沙漠，英名强大，乾坤振。欲匡天下，得遂志性夸。**

---

① 光武说亲和宋弘拒婚事详见《琵琶记·题诗》【醉扶归】第二支"宋弘不弃糟糠妇"注。

② 本出或为昆腔场次。

（诗）哗呖①吹动马儿郎，胡笳声彻②演刀枪。霸图大事方称足，一国之君气不爽。（白）孤乃仙霞国主哈多罗是也。生长番夷，不识礼数；日夕淫乱，不图时常③。各国皆别，惟我国朝不以礼学为先，反以诛戮为要，这也不在话下。前差使去贡南朝，不加厚赐，而反杀贡使。欲起倾国复仇，奈何杜显镇关，兵马不敢犯界。为此暗通当道，拔回军卒，以得免阻。今闻报说，已削职还家，想来这一头儿难起爵任，因此演兵操将，整戟修戈，发兵过塞，打州夺县。若能杀进中原，做一大朝天子，岂非千古奇人也？正是，山河大地君是获，星斗冲霄志自高。众儿郎，就此发兵。（唱）

【包子令】队伍整齐两边排，两边排，人强马壮赛铜崖，赛铜崖。千军队万将塞，如潮卷土快，江山坐万万载，江山坐万万载。（下）

第五号

外（杜显），付（夫人），小生（杜文学），净（家人），丑（圣旨官），

老旦、贴旦、生、旦（手下）

（外上）（引）逍遥且暂乐，无事竟安然。（白）庭前丹桂芳，院内金菊黄。心畅无边乐，叨恩恩德光。（白）下官杜显，削职归家。近闻边镇番衅甚迫，过关夺州，堪堪④杀进沙南，就近塞隘。欲进京华，奈我是削职官儿，未闻圣谕，怎好进疏？且听天降诏。正是，一片丹心报主德，降下随征岂惮劳。（付上）咳！（唱）

【园林好】家不幸错配颠连，恨无端、门楣败变。堂堂赫奕旧家园，怎配这野瓢芥并插兰芬苑，野瓢芥并插兰芬苑。

————————————

① 哗呖，同"筚篥"。

② 彻，底本作"出"，彻、出方言音同，据改。

③ "时常"下底本尚有"未□富贵"四字。

④ 堪堪，即将，将要。

(外)夫人。(付)我要问你,我哩是啥个人家,答穷鬼结起亲来?(外)有劳了。姻缘前定,亦非今生配合。况他家儒业书香,岂作嫌贫之论?终日絮聒,成什么雅相!(付)哪,倒说我絮聒?我个儿子,勋爵后裔,况是翰苑贵客,岂配得?定访问旧家联姻。个穷鬼个囝,忘规失训,伊是小户人家①,只好就那俗子田夫,岂蹈高厦大间?听我主意,还是替儿子另择宦室娇娥,访媒说合,勿要执性。(外)说那里话来?(唱)

【前腔】丈夫家只此一言,岂有那、悔却姻缘?宦门旧族一般然,说什么贫和富贵与贱,贫和富贵与贱?

(付)依你说得起来,门楣也勿消对,清浑也勿消择个哉?(外)书香门楣也不弱,清贫之家也不妨。(付)何勿讨饭个囝定得吓?(外)唔,什么说话!(付)咳!(唱)

【江儿水】作事无商酌,依然自主见。魑魅魍魉也胡缠,奈我宦族簪缨第,怎娶村庄裙布妍?你还去自参,(外唱)**休得多言,不须腼腆,况前缘凤世岂有改换?**

(小生上)(唱)

【前腔】暂别书斋集,缓步出厅前。(付白)咳,我好气吓!(小生唱)**因甚椿萱发怒颜,是了,敢为妻家贫苦事,老景情意欺贫嫌?假意上前欢面。**(白)参妈拜揖。(付)儿子,做娘的方才答你参参来里说,我里介一份人家,那哼答个样穷鬼结起亲眷来,真真风纪败尽哉!勿要听你爹个主意,我娘做主,答你寻个一份现任乡绅,讨个一个娇娇滴滴介一个大姑娘做亲。(唱)**阀阅两全,方可结连,方遂你年少聪俊玉女天仙。**

【五供养】(小生唱)**上告慈严,论贫富岂是英贤。一言已定岂更变,况他是儒门德柔,劝亲休提,这是儿前世凤愿。**(外白)好,这句话才讲得中听。(唱)**五百年前非偶然,从今后休挂心田。**

---

① "人家"二字底本残缺,今补。

（付）哪，你个畜生，做娘个为你拣择人家，你父子两个，串通一路，来塞我个嘴么？咳！（唱）

【前腔】怒满胸填，全没我娘亲挂眼。爹儿两排定，一意要穷酸。（白）儿子，勿是为娘个勿欢喜穷鬼个因。若然成亲日脚，就要娶你居来，诸亲百眷，都来贺喜，嫁妆没得不消说，自家妆哉；三朝盘勿来，自家摆哉。个小人家个儿女，礼数勿晓得，倘然坐席行起大礼来，捧得介一头，个遭面孔都剥尽哉。（外）唔，什么说话！（小生）他家礼数是熟的。（付）几时问过哉？（小生）孩儿自幼在先生家攻书，常见的。（付）你倒老相识哉。（小生）母亲，若说教训，德性温柔；若论内才，赛过须眉。（付）好，畜生，勿曾讨过门，就替家婆遮掩哉。若是成之亲，竟好使我娘烧火哉。畜生吓畜生！（唱）**忤逆罪愆，不孝名万世流传。**（白）可惜只得一个独养子哪。（唱）**不然冷眼看，随他见。只有一脉儿，宗桃接烟。**

（白）总要依我个主意，寻一份人家求婚。（外）唔，什么说话！咳！（唱）

【玉交枝】你好不贤，论为人信义两全。虽系贫家婵娟女，只要德性勤孝先。论什么门楣高迁，白屋公卿后兴显。谁似你这般胡缠？

【前腔】（小生唱）**言非理浅，**（付白）你敢犯上么？（唱）**敢欺我年老亲严？**（小生唱）**非是儿犯上尊前，可不被外人诽谤谗言。劝娘亲休记心田，儿不肖累与愁眉不展。**

（两手下同丑上）（唱）

【川拨棹】纶音①**宣，降九重起忠廉。**（白）圣旨下。（外）万岁。（丑）跪，听宣读，诏曰：只因杜显并级极品，只因杜卿出征边疆，压房伏夷，奈朕念其汗马，边疆宁远，故赐还乡安乐。谁料骤起干戈，将至南地，屏障**②**尽丧，卿谅出必净囚，故赐原职，迅速进京面驾，一任卿兵部拨调往**③**征蛮。钦哉。（外）万岁。

---

① 纶音，犹玉音，指帝王的敕谕诏令。

② 屏，底本作"兼"，据文义改。"障"字下尚有"沙文囚"三字，费解。

③ "往"字底本残缺，据文义补。

请过圣旨。大人,圣谕为何如此骤快?(丑)这是严太师立举的。(外)明白了。前为进献奇猩,杀戮来使之变了。(丑)报上是这节。(外)开宴。(丑)大人。(唱)

煌煌旨星飞如电,煌煌旨星飞如电,边疆势如潮涌渊。速辞归免行钱。(下)

(付、小生)圣旨何来?(外)只为边疆骤变,皇命已下,必须进京面说。但是我去到边塞,归期难卜。夫人,你可速与孩儿成亲,免我在外挂悬。(付)你只管放心前去,我有主意。(外)我儿,你娘执连,你须要效宋弘之义,莫学王允无情①。(唱)

【前腔】记前言,休得来违律犯愆。骄傲事小人陡然,骄傲事小人陡然,清正家岂可乱颠连。行程莫贪贱。

(小生)孩儿晓得。(众唱)

【尾】勤劳皇命正当然,食禄君恩职非浅。一战凯歌贺圣颜。(付、小生下)

(众手下上)请爷更衣。(吹打)(换衣)(众)请爷起马。(外)众将官,皇命浩荡,就此起马。(众唱②)

【(昆腔)驻马听】③簇拥旌旗,感得君王雨露恩。一路渡关过津,涉水登山,不辞辛勤。浤浤下马辞行,星飞电奔走如云。起职重任,边疆关津,闻名俱惊。

(下)

第六号

净(严嵩),丑(家人),外(杜显),末(圣旨官),老旦、贴旦、旦、生(手下)

(净上)(引)独贵当朝,论群臣谁不奉好?满朝朱紫尽儿曹,门间铜环非小。

---

① 宋弘、王允事详见《琵琶记·题诗》【醉扶归】第二支"宋弘不弃糟糠妇,王允重婚辱其名"注。

② "众唱"二字底本未标,今补。

③ 此曲底本未标蚓号(本出自第二支【江儿水】起蚓号亦未标)。调腔中常用昆腔【驻马听】作为行路、仪仗的场面使用,且抄本常常脱佚曲文,仅标识"吹打"及曲牌名,乃至在实际使用时完全变作吹打牌子。准此,标出"昆腔"二字。

（白）当道权衡重，谁敢不服遵？门客俱金带，独占在朝门。（白）老夫文华殿大学士严嵩，字介溪，系江西人也。少登黄甲，感得雨露，得授天下都握之职，无一时而不面圣，没一刻而不顾民，世袭宠幸。孩儿世蕃，二品之职掌，可寄暮晚，这也不在话下。前因仙霞进贡，奇猩嬉主，怒睁仇面，杜显劾弹，市曹典刑。那国暗通与我，要除杜显，奈无过犯。因他削职而归，不料骤变起衅，因此特举杜显出征。便番邦又到，金银前来贿赂，只要拔①回兵马，此事岂非稳便了。昨日杜显进京，一定今日面驾，不免进朝去，以见圣恩。过来。（丑上）有。（净）取朝简，转过朝房。谋人不与口中说，舌剑唇枪笑里来。回避了。（丑）晓得。（下）（外上）遂登山走狭水，为皇命昼夜驱驰。（白）下官杜显，圣恩骤降，连夜进京。来此朝房，天色尚早，进朝房一坐。（净）杜老先生请了。（外）老太师请了。（净）降下不多几日，进京骤快。（外）皇命在身，焉敢迤逗？（净）闻边报，夷囚将至关隘，圣命垂下，只怕是老先生出塞征蛮。（外）食君之禄，当分君之忧，终身许国，听命随行。（净）好，英雄爽气。事起浪澜，边疆衅端，总决为斩②来使之祸。（外）弹丸之邑，藐视天朝，奚落圣主，不斩来贡之使，何以服得同僚之辈？（净）贡虽奇兽，总是表意。（外）老太师何惧夷虏也！（唱）

【粉蝶儿】气宇昂昂，论堂堂气宇昂昂，岂惧这小芥徜徉？听朝命降下建章③，出沙漠望威惊胆。（净白）如今年尊了，不比少壮英色，休夸大口。（外）咳！（唱）**非是俺夸能言假妆伎俩，虽老弱气盖少壮。**（白）但则边关屡征夷囚，闻风落魄。（唱）**数十年功绩边疆，谅此行成功凯还。**

（净）愿得一奏凯歌，金鼓并息。（内白）圣驾临殿，诸官朝贺。（净）老臣严

---

① "拔"字底本残剩末一捺，第四号有"拔回军卒"之语，据补。

② 为，底本作"与"。绍兴方言止摄合口三等牙喉音存在文白异读，其中白读音韵母作[y]（汉语拼音 ü）。斩，底本误作"朝"，下文"不斩来贡之使""斩杀来使起恨"皆为专斩之祸""违令斩"的"斩"同。

③ 建章，汉代宫阙名，泛指宫阙，这里代指朝廷。

嵩见驾。(外)微臣杜显见驾。(合白)愿吾皇万岁。(内末)严嵩平身。(净)
万岁。(内末)圣旨到来,边疆夷凶犯界,将至南地,或争战或议和,卿可奏
来。(外)万岁,堂堂大国,岂惧烟障?况天下非其一国之衅,若然和议,
各邦尽皆起疑,未免内有另变,其祸不安。趁其未齐之际,敕命降旨一
道。(唱)

【石榴花】那怕他铜驼铁骑夷蛮,闻臣名落魄丧胆。沙漠上功劳无难,觑草芥
是野荒。睹弹丸有几将,怎禁俺出师威扰海翻江。

(内末)杜显平身。(外)万岁。(净)臣启万岁,仙霞犯境,皆为进贡结恨,斩杀
来使起恨。杜显今若遣出边关,蛮凶见他,仇雠觌面,争战非凡,倘有所
失,岂非献笑与大邦?伏乞圣裁,另选良将①出师,上渎②。(内末)严嵩平
身。(外)万岁,此事听严相之言,皆为专斩之祸,与微臣有涉。谅蛮夷深恨
不一,若遣别将,总动干戈,而望恩诏,待臣呵!(唱)

【下小楼】出辽争战场,决雌雄定平封疆。大将威风浩浩荡,岂惧小小这城
关,论微臣自有妙算计广。夺寨抢关,暗通内藏,一战成功奏凯还,金镫欢词
来齐唱,敕赐恩降。

(末内白)准卿所奏,命卿带领十万雄兵征蛮,得胜回来,另功爵赏。钦哉,谢
恩。(外)万岁。(净)老先生,你我都是股肱老臣,何劳这番跋涉?况后辈英
名甚广,此去倘有不测,岂非皇命违悖了?(外)咳!(唱)

【锦庭芳】③矍铄英雄辈,岂作儿女郎,赫赫威风谁敢挡。非是我自夸强,千军
前吼喝神鬼忙,万队中独马单枪无一冲撞。(净白)总总年迈了。(外)咳!(唱)
英豪鬻④徐壮,天降俺一性伧⑤。惟恐假意来巧舌,这奸雄暗地机关,速发兵

---

① 将,底本字左马右刂,据文义改。
② 上渎,上奏。渎,渎奏、滥奏,在此为臣子向皇帝启奏时用的谦辞。
③ 此系南正宫集曲,系集南正宫过曲【锦缠道】前六句和南中吕引子【满庭芳】后五
句而成。
④ 鬻,底本作"预",今改正。
⑤ 伧,底本作"怆",当系受"性"字影响而类化换旁,今改正。伧,音仓,粗鄙、粗野。

去沙场。（下）

（净）这厮被我一番激语，怒轰轰而去。此佬出得一阵，蛮囚只怕双手无措也！（唱）

【梧叶儿】少不得是有机关，一师出撤回主将。方显俺有衡出河，不怕他内僚外任，儿尽归门墙。（下）

（外上）（唱）

【煞尾】调兵来拨将，顷刻出帝邦。（白）众将官，皇命已下，出战沙场。（唱）须要秉忠心，协力助威昂，布阵排兵握，行过村共庄。草木无犯，违令斩，有功赏，山河带砺，万民共乐畅。（下）

第七号

末（韩定国）、贴旦（韩氏）、付（夫人）、丑（家人）、小生（杜文学）

（末上）（引）家窘落魄恁堪叹，喜半子有望。（白）卑人韩定国，一生虚度光阴，满腹诗纶锦绣，不能鹏程奋发。奈命运蹭蹬，而无叹矣。更兼陋巷寒窗，无扫心郁。况宗祧无接，乏嗣伤情。只有一女伶仃，喜托终身有靠。想虽遇宦室仰极，奈我一生守业训学，无望出头，欲图功名，怎奈年迈，不能得志上达，只好守命徒然，这也不在话下。全仗婿家不时薪水，将可度日。亲家荣任，有言嘱咐，可完佳偶。如今男长女大，成了婚配，也好放心。旬日内不见女婿到来，就是些须，俱差小价①送来，想是勤攻书籍。我且到他书房，面说此情，待他好对亲母说，预先端正，拣个黄道，即可送亲上门。我儿出来。（贴旦上）（引）刚绣鸾凤付双双，闻呼唤移步到中堂。（白）爹爹在上，女儿万福。（末）罢了。（贴旦）唤女儿出来，有何吩咐？（末）非为别事，你公公外任，有言说早完姻事，为父亦要与你们成亲，等你丈夫到来面说。

---

① 小价，亦作"小介"，犹小厮，指仆役。价，旧称供役使的人。

旬日内就有些须，俱差小价送来，想是在书房攻书。为父的吓！（唱）

【步步娇】欲往书斋说因循，和合瑟与琴。成全百岁姻，免挂胸襟。（贴旦唱）**且是再消停，儿侍奉晚霞景。**

（末）只要你们姻事和谐，就放了心愿。你丈夫是个正直君子，不负我情。

儿吓，你不要虑着，为父到他书房中去了。（唱）

【前腔】整衣①拂袖行，儒业何惯经。（下）（贴旦唱）**心想那书生，也非是无义情。**

（白）就成亲之后，对他说。（唱）**料他必允情，半子相靠代昏晨。**（下）

（付上）（唱）

【前腔】终日闷紫紫，无端败家庭。阀阅与簪缨，怎配裙布钗荆？（白）好笑介一个爹，为定介个亲。儿子为从爹个命，还有勿生眼乌珠。介一个大媒人，真真气杀我老娘亲。（唱）**提起怒生嗔，不由人腾腾烈火泼面焚。**

（白）还要日日到穷鬼屋里去送东送西，难我得知，我关东书房里，勿许出门，恐哩答家人说说明白，瞒之我出门，为此独步西斋潜听。（唱）

【前腔】不怕不依遵，自把家规惩。（小生内书声）（付）妙吓！（唱）**尽心观诗文，不住的朗朗书声。**（白）宁可读书。（丑上，撞付）（付）做啥？（丑）到书房里叫相公，韩老相公到哉，叫相公迎接。（付）韩穷鬼来哉，想是来借银子，让我取笑哩介一场，勿必报与相公得知。出去，说我夫人有话对哩说。（丑）夫人答韩相公，那亨叙谈？（付）你个毽养，晓得啥个？哩因勿曾过门，勿要廉耻，为走上门来借银哉。我介一个官眷②，答哩说话，辱贶③之穷鬼哉。去说，一定要见。（末上）（唱）**街市闹吟吟，名利场经共营。**

（丑）老相公。（末）相公可出来？（丑）相公不出来，夫人请老相公说话。（末）怎么，夫人叙话？如何使得，告别。（丑）夫人说一定要见。（下）（末）这个，这个，就将此事一告，却也不妨吓。老夫人。（付）先生。（末）老夫人在上，

---

①　衣，底本作"行"，据195-3-38忆写本改。

②　"眷"字底本残缺，据文义补。

③　贶，底本作"珠"，疑误读"贶"为"祝"，又转写为"珠"。辱贶，犹惠赐。

末亲有一拜。(付)施礼勿便。(末)寒儒陋质,承蒙阆苑扳汲①,得谐秦晋,高扳朱闰,不弃蓝缕,无地惶恐。(付)"惶恐"两字,勿必提起。只是冢宰司马,赫赫现任,勿弃儒业门清淡书香,得罪。请坐。(末)吓。(付)请问先生,今朝走来见小儿,要借啥末事②? 但是家里有还好,若没得,好到别人家去借。(末)不是借。(付)敢是讨?(末)咳!(付)请说。(末)咳!(付)人家里叹勿得气个,要穷个。(末唱)

【二郎神】欲提心曲,羞惭满脸红,这事儿如何剖踪? 好教我闷沉沉无语情合,只得实真情上告亲浓。(白)前者亲家大人吩咐,早完姻媾,为此末亲呵!(唱)**特上达将情禀容,送亲上门风,完了儿女债,免得挂心胸。**

(付)先生,小儿得中解元个时节,先生来贺喜,酒席上无非是戏言吓!(唱)

【集贤宾】③怎认结亲翁,戏言相调,休得朦胧。奈我家威风,赫奕大总戎,岂无现任卿宦结鸾凤,怎扳你清白寒酸卑陋极穷?(末白)吓,不是话了!(付)不是说话,是符咒? 我是真话吓!(唱)**我家是名门簇拥,驷马高耸;肥马轻裘,来往甚丰。怎不思一煤无焰得相逢?**

【佚名】(末唱)说来话令人惊恐,不由人珠泪频滚,各路情词意外言哄,好教我无法情种,只得仰天哭泣苍穹。(付白)勿要哭,令爱怕没得人家呢啥,俗言说只有无妻之男,没有无夫之女。(末)老夫人,勿,亲母,小亲身虽贫穷,不要忒杀欺人也!(唱)**念我一介寒素颤颤,全不想旧日师从,令郎也是我训蒙。虽则鲰生辈,我存一点忠。竟看作浮漂浪涌④,亲属不消再成空。**

(付)走来。若说先生,时常好来通借通借;若说亲眷,勿好意思。(小生上)(唱)

---

① 汲,底本作"极",今改正。"扳"同"攀",攀缘,援引。汲,汲引,牵引。"扳""汲"同义连文。

② 末事,即"物事",方言,东西。

③ 此曲底本题如此,但与【集贤宾】词式不同,应为集曲,其中"我家是"至"得相逢"当集自【皂罗袍】六至十句。明清传奇南商调【二郎神】套集曲甚多,下文二曲疑均为集曲。

④ 浪涌,底本作"浪萎",据195-3-38忆写本改。

【佚名】**中堂何事闹声喧哄,即出厅问踪,却原来泰山到寒蓬。**（付白）畜生!（下）（小生）岳父。（末）贤婿,令堂十分欺人,这亲事呵!（唱）**前生作孽来隔冲,若要相逢,南柯梦中。**（小生白）岳父此来,说个明白而去。（末）贤婿,做穷岳父的,今日到来,非为别事。（唱）**好事儿反成魔弄,出言不逊受惭傄。**（白）我去了。（小生）岳父!（下①）（末）罢!（唱）**只为落魄与萧条,受尽无端气咆哮,不想姻缘成虚掉。**（白）我的儿吓!（唱）**你今休想会蓝桥②,有何颜面见女容。**

【尾】**一腔空望成虚哄,可惜了一对才貌敬恭。吓,儿吓! 也是你命薄当然运不通。**（下）

第八号

小生（杜文学）、丑（家人）、末（韩定国）

（小生上）（唱）

【六幺令】**行步甚紧,这事儿如何处分?**（白）岳父出门之际,悲切甚深,恐回去对多情一说,教他如何过得? 因此赶上前来,说明此事。母亲,非是孩儿不肖,皆因老娘心偏。安童那里?（丑上）有。（小生）不要说我出门,切不可对老夫人说。赶上去。（丑）晓得。（小生唱）**绸缪意决走街心。心思想,慢推评,向前诉说这情根。**（下）

（末上）（唱）

【点绛唇】**怒满胸膛,怒满胸膛,受尽肮脏,苦难当。怎不泪汪,儿吓! 那知我爹心伤?**

（白）我只为男长女大,欲成姻事,方了却儿女之债,怎么世上有这不贤之妇? 若与他理论几句,亲家不在,况且女婿是好的。（唱）

---

① 结合 195-3-38 忆写本,这里是老夫人上场或命家人上场,把韩定国推出门外,又把杜文学拉回,关门后下场。

② 会蓝桥,底本叠"桥"字,今删;195-3-38 忆写本作"蓝桥拥"。

【混江龙】只得忍气①吞声出门墙，越思越想越悲伤。奈我无别些行藏，只看这亲骨血一女娘。若成婚也难做儿媳行，婆心狠难奉姑嫜。吓，儿吓！你在家中悬悬望，那知我独自悲伤？反好成怨，忙想起来愈加凄惨，愈加凄惨。（下）（小生上）（唱）匆匆急急来赶上，步趄趄、那顾得脚手忙？（白）方才安童说，出门之际，悲泣甚深，恐他回家直诉。（唱）教多情朝夕里坐卧不安，终日里、泪珠儿湿透衣裳。教我心挂两盼，急急的告诉情况，告诉情况。

（末上）（唱）

【油葫芦】我是个无后前一鲰生，平地澜风忽起蜉帆。展转时半世终身无望，惟傍着嫡亲有甚变谤。总上心头意彷徨，倒不如一命归泉壤，免得个凄凉行状，得个眼下清爽。

（白）有一口枯井在此，想此处是我葬身之地了。阿呀，儿吓！非是为父把你抛撒，无限怨仇怎分剖。归家见你痛伤心，不如弃女丧荒郊。贤婿，你今若有夫妻面，好好洞房与花烛。咪，我死之后，知他心意如何，从来后事总难提。儿吓，你可比浮花逐浪②无人采，月缺花残怎圆轿？罢！一生万事空碌碌，无常迅速总难逃。（唱）

【天下乐】可怜我一世无愧于人间，痛也么伤，命乖张，这的是前生债今魔障。堪叹我娇容女两分张，只道他妇随与夫唱，谁知两下里各东西，倒不如丧沟渠清净无盼。（科）

（小生上）岳父！（末）贤婿吓！（小生唱）

【寄生草】停悲含泪免心惨，老萱亲这等口毒心蒙③，凡百事有我承担，何用这短见儿来误伤④？（白）亏得小婿早来，若迟来一步。（唱）万金躯何人劳攘，可不把一命儿丧在沟渠上，还望上苍。

---

① "气"字底本脱，据 195-3-38 忆写本补。
② 浮花逐浪，底本作"花"，据 195-3-38 忆写本改。
③ 心蒙，底本作"心翁"，195-3-38 忆写本作"心血"，据文义改。
④ 误伤，底本作"污滚"，据 195-3-38 忆写本改。

（末）非是做穷岳父短见。（唱）

【哪吒令】胸中恶气无诉咏，一时间执性起心乱撞。可晓穷极儿无思想，不是投河并悬梁，一生空望。

【尾】（小生唱）拣择良辰来洞房，免得无端风生浪。诸事儿小婿来送上，一一我承当。（同唱）翁婿如同父子情况，夫妻义海恩山。各归家，且排场，男女家，岂可紊乱纲常？（下）

第九号

贴旦（韩氏）、末（韩定国）

（贴旦上）（唱）

【一江风】晚霞景，倒照灿烂影，红日已西沉。不回程，（白）爹爹到他家去说送亲之句，我想这节，自有他家约日迎娶，那有自去催接之理？（唱）**堪笑爹行，全没正经重。**（末上）（唱）**一时怒气忿，错怪坦腹情，就死泉下怎夗奄**①？

（贴旦）爹爹回来了。（末）回来了。（贴旦）爹爹，为何今日这般愁绪？亦且泪痕未干，却是为何？（末）为父没有心绪，进去。（贴旦）爹爹，一若有心情，总要讲出。敢是他家论我家贫穷，爹爹受了一场回来？爹爹吓，只有女儿一个，总有心曲，尽可剖明。（末）既被你猜着，也不瞒你。儿吓，说来令人惨伤。（唱）

【孝顺歌】说诸衷肠事，珠泪抛，一到他家说根苗。婆婆呵！怒目便反容，性心多懊恼。难言人告，难言人告②，直说姻眷，送亲来到。选拣良辰，特请黄道。这一句，他心焦躁；便开言，来闹吵。

（贴旦）他家怎说？（末）你婆婆说的话，是不中听，喏！（唱）

【前腔】他说贵与贱，怎相交，嬉言赏酒言词相调。不说翁婿交，时常来通报。

---

① 夗奄，即"奄夗"，倒文以协韵，意为埋葬。

② "难言人告"及下文【孝顺歌】第三、四两支的"如何解交""诸事偕好"，底本失叠，今补。

（贴旦白）爹爹怎生回他？（末）为父一时耐不住了，与他厮闹，后来文学出来，赔个小心。（唱）**离门回窑，离门回窑，思思切切，短见归泉。幸逢文学，忙扯不住叫。他是正直汉，莫改掉；悄悄的安排定，不日里谐凤卜。**

【前腔】（贴旦唱）**闻爹语，暗悲嚎，姑嫜缘何心性矫？不日就花烛，难喜婆心乐。如何解交，如何解交，薄命红颜身，宽心苦恼。他的性德，自幼识分晓。殷勤奉，开欢笑；喜扮斑衣欢，亲乐方做小。**

【前腔】（末唱）**前缘结，谐同调，凤瑟鸾笙会合好。熊罴叶梦卜**①**，郎才与女貌。诸事偕好，诸事偕好，**（同唱）**感得慷慨情，怜恤儒香交。自幼从师，又结朱陈妙。郎多福，妇多乐；方信道年少青春俊丰姿，如琼瑶。**（下）

第十号

净（院子）、付（夫人）、小生（杜文学）

（净上）（白）奉着东人命，悄排迎娶姻。老奴，杜府中苍头便是。奉相公之命，到韩老相公家去，约定吉期，在于本月十五日过门。又要安排众人花轿迎亲，须要瞒过老夫人，说吉日到了，禀知夫人，只说是韩家送亲上门的去来。正是，炎凉世态事，贫富有矫舛。（下）（付上）心中怫郁②气胸填，还要假意送亲到门前。前日之个穷鬼走来，我已抢白得介一场，谅来个一顿羞辱，绝之穷鬼个念哉。叫儿子出来，高量商量，好央媒访娶多娇，择日行聘。非我不喜贫家女，皆势富要行场③。儿子阿学走出来。（小生上）（唱）

---

① 叶，同"协"。相传周文王出猎前曾占卜，卜得所获之物"非熊非罴"，于是得遇姜太公。详见《千金记·拜帅》"也知未入非熊兆"注。后世将"非熊"附会为"飞熊"，《武王伐纣平话》写文王在得姜太公之前曾夜梦飞熊，《封神演义》则写文王夜梦胁生双翅的老虎，名曰"飞熊"。后文第十一号【尾】："吉兆飞熊有良辰。"又，《诗经·小雅·斯干》："大人占之，维熊维罴，男子之祥。"故又以"熊罴"为生男之兆。

② 怫郁，底本作"不郁"，今改正。

③ 势富，贵势富豪。行场，疑当作"排场"。另，此句195-3-38忆写本作"怎那（奈）富室有情郎"。

【皂罗袍】忽听慈严高唤声扬①，急速的步出书堂。总商另配阆苑葩，为人岂可负义恩忘？一言已定，千金不爽；一夫一妇，一马一鞍。预先安排暗度陈仓。

（白）母亲。（付）坐子落乐②。做娘答你说，凡为人交须择友亲结高，勿要执性子，听娘个话。（小生）是。（付）儿子，前日之个穷鬼要见你，无非来借银子。看见之娘没得说哉，只得说送亲上门，无非说一个。我已羞辱得个一场，想来绝之个念头哉。那介③打点央媒访亲，有介现任乡绅，齐齐整整介个大姑娘访好，替你下忙行聘。（小生）母亲之言极是。只是前日岳父来说送亲上门，倘若送来怎处？（付）个有啥难。前日之口说无凭，以④没得啥庚帖，以没得啥聘礼，无非嬉言说一个，还怕哩涉之讼告之状？依我娘好。

（小生）母亲！（唱）

【前腔】容儿告启禀上，他是个儒业书香，难道没个亲朋党。若另亲邀客，来理论面讲⑤。（白）况孩儿自幼从师。（唱）不以翁婿，师生情况；（白）母亲，况是海年伯为媒，他回来怎肯甘休么？（唱）正直纲常，岂肯食言胡妄？望娘亲自参自详。

【秋夜月】（付唱）听儿语，还须要酌商。海罡风是有志纲常，不怕当权与奸党⑥，何况齐家正无猖狂。只愁着一腔，倒有些烦难，倒有些烦难。

（白）儿子，说么是介说，我娘总总勿欢喜。（小生）母亲既不喜韩家之女，孩儿有一两全之美。（付）那介呢？（小生）母亲，此事老父面说，况海年伯为媒，料来难退。（付）那呢？（小生）韩家前日来说，未闻确实，等候他送亲上门。若还不送来，罢了。（付）把勿能够。（小生）若还送来，待孩儿权与他拜了花烛。（付）赤，勿是说话哉。（小生）母亲吓，只要孩儿不与他洞房，过了

---

① "严"字底本脱，"唤"作"叹"，据195-3-38忆写本校补。
② 坐子落乐，方言，坐下来。
③ 那介，通常写作"难介""难间"，方言，现在，当下。
④ 以，方言，相当于"又"。
⑤ 讲，底本作"及（反）"，据195-3-38忆写本改。
⑥ "党"字底本脱，今补。

几日,将女子锁禁冷房,一世不与孩儿相见,那时另聘宦女,一则听了母训,二则全了父命,三则信了媒言,又脱了韩家之望。只此一策,万事安然,如若不然,那韩家不以翁婿之情,反以师生之论,将孩儿训辱起来,无门出气的。母亲,孩儿可说得是么?(付)勿差。穷鬼道勿要之个囡,反转之个面孔来,妆起先生身段来,勿是送官,请之乡绅一讲,那呢?(小生)母亲,孩儿一省录等魁首,岂可万人之前训辱?况无处反掌的,那时教我体面何存?(付)是介竟等哩送亲上门,是介个主意。(唱)

【前腔】万全策,孩儿有才量。不枉读书孔孟才,果然说出无后患①,(净上)(唱)**诸事安排俱停当。假亲儿禀上,说送亲上门墙。**

(白)启夫人,韩老相公差人来说,送新人上门了。(付)好速吓,勿曾商量端正,就送亲上门。(小生)来人可在?(净)老奴打发他去了。(小生)吉日几时?(净)就是今晚。(小生)你去说,既然今日送亲,为何预先不来说知,临刻而来?(付)教我里那哼来得及?(净)预先整齐,听老夫人允了来禀的。(小生)岂有此理,那有如此说?苍头,事已紧,要诸般行踏周备。(付)儿子,勿要责之哩哉。既然送亲上门,竟打点做亲么是哉。(小生)那有这般事来?(付)勿要气,打点写帖,连夜请客办酒,挂红结彩做亲。儿子吓!(唱)

【尾】亏得早绝计策相商,不然是无路相撞。(白)我要进去,差拨丫头、娘子,收拾房户,真真倒要忙一忙来。(下)(小生)诸事教老相公放心,有我做主。(净)吩咐前厅起轿,传吹手。(下)(小生)若不这番言语哄骗。(唱)**吉日良辰有破伤。**(下)

---

① 患,底本作"友",据195-3-38忆写本改。

第十一号

末(韩定国)、贴旦(韩氏)、净(院子)、丑(傧相)、老旦(吹手下)

(末上)(引)得效于飞,感蒙佳婿,至今放下愁眉。(白)银河欲渡会蓝桥,郎女成欢古礼招。窈窕淑女芙蓉貌,今插锦屏和碧挑。卑人韩定国,招得东床之美,而完百岁之情。今择吉期,在于今日,因此特备一樽,以尽周公之礼。我儿那里?(贴旦上)(唱)

养育难弃,泪珠淋漓。(同唱)爹爹!/儿吓!**父女恩情难①抛弃。**

(末)儿吓,是遣嫁吉期,为父特备一樽,聊表古礼。天地神明在上,今日我女遣嫁杜门,愿夫妻偕老,百岁康宁。韩氏祖宗,今日孙女遣嫁杜门,愿他三男并四女,七子永团圆。老妻,今日你女儿遣嫁杜门,保护公婆,怜恤夫妇齐眉。(贴旦)爹爹,女儿今日遣嫁,望爹爹训诲。(末)儿吓,娇儿且免旧鲛绡,听父指训记心劳。殷勤侍奉姑嫜喜,朝暮问省要勤劳。闲暇劝夫书诗习,双双和美过昏朝。我今说不尽节和孝,只有一字"顺",却还比"孝"字高。(唱)

【红衲袄】说不尽烈女传情,说不尽无双孝勤。说不尽千般愁闷,说不尽万种忧情。(白)为父敬你一杯酒。(唱)**愿夫妻两和顺,愿你夫唱妇随并。愿你学举案齐眉也,那时和合美胜金。**

(贴旦)爹爹!(唱)

【前腔】只愁你老年人谁看承,只愁你朝夕里谁问省。只愁你孤身一年尊,只愁你老弱一伶仃。(末白)你且放心,为父还不老。(贴旦)爹爹,孩儿有金钗一股,与爹爹亦可用度。(末)儿吓,为父家中还有,你拿了去。(贴旦)爹爹!(唱)**你是个知书达礼人,你是个性心厚谊人。何人处挪借些须也,惟靠着半子情。**(下)

---

① "难"字底本脱,据195-3-38忆写本补。

（众上）（净上）老相公，相公说请放心，同过府去。（末）老人家，多多上复老夫人与相公。（唱）

【侥侥令】上复你主人，多感盛情。弱质娇容好看承，酬谢报非轻。

（贴旦上）爹爹请上，女儿一拜。（唱）

【前腔】盈盈珠泪淋，怎忍抛父身？一世伉俪存古礼，不得奉朝昏。（吹打）（下）

【尾】（末唱）笙歌簇拥闹盈盈，吉兆飞熊有良辰。咳！愿得你连理枝头永不分。（下）

第十二号

付（夫人）、净（院子）、众同上、贴旦（韩氏）、丑（侯相）、老旦（手下）、

小生（杜文学）、花旦（丫环）

（付上）（引）忍耐在胸膛，愁按下且欢容。（白）儿子个说话也说得勿差，等哩过门，冷房锁禁，永不图面，全下了许多人情，又放了多时心债，因此端端正正介把哩做亲，勿来打你个破头息。（净上）启夫人，花轿到了。（付）抬进来。（吹打，众同贴旦上，小生上，拜堂）（付）送入洞房，儿子坐之床，就要出房门来，个穷气要惹勾。（下）（小生上楼）（白）吓，母亲吓，这般勤孝的媳妇，还要如此，待我看来。（唱）

【香眉儿】见娇容风流体态，顿使我心中安在。老萱亲错恨牡丹，把芙蓉冷眼相看，真个是沉鱼落雁来。（贴旦唱）我有千般愁怀，不能够分清理白。须念着琴瑟和谐，还须念师生之面，望君家好生看待。（小生唱）娘子放眉且放心儿耐，今夜欢娱安态。

（付暗上）文学，阿学，走落来，娘有说话答你说。（贴旦①）听婆婆在楼下，叫你下楼去吓。（小生）不要听他，我是不去的。（付）阿学吓，快快下之楼来。

---

① 195-1-149 总纲本至此为止，以下用 195-3-38 忆写本配补。由于 195-3-38 忆写本的曲白存在着一些失真之处，配补时略作删改，酌情出注说明。

我阿娘上楼看看。(小生开门,付撞)(付)阿唷!(小生下)(付)个畜生心不在焉,充耳不闻,见之我阿娘,魂灵唬出哉。(付下)(贴旦)想中堂有客,叫他陪客去了。(一更)(花旦丫环上)奉着大爷命,特来陪娇容。大娘请茶。(贴旦)放下。(花旦)大娘请上,丫环叩头。(贴旦)起来。(花旦)谢大娘。(贴旦)你敢是服侍大相公的?(花旦)我么服侍老夫人的。(贴旦)你服侍老夫人的么?如此请坐。(花旦)大娘在此,那有丫环的坐位?(贴旦)你服侍老夫人,那有不坐之理?请坐。(花旦)谢大娘,告坐了。(贴旦)你叫什么名字?(花旦)我么叫春梅。(贴旦)吓,春梅姐姐,大相公可在外堂陪客么?(花旦)大相公中堂没有客陪,在老夫人房里安睡,今夜只怕不上楼来了。(贴旦唱)

【滚绣球】听你说来尽疑猜,其中事有甚难猜,说什么一夜恩情深似海,早知道进洞房难详难猜。心谋事我已明白,一定是婆心不耐。若不是此句而来,那里有不上楼台?(二更)

【叨叨令】漏滴频频二鼓催,怎不见阆苑贵客?奴本是裙布荆钗,怎仰扳阀阅门楣?这羞耻满面惭愧,那羞耻何处躲来。姑嫜不悦儿奉陪,心思忖怎得个婆心转回?兀的不闷杀人也么哥,不由人坐卧不自在,坐卧不自在。

(花旦)大娘,大相公说,叫大娘不要烦恼,待等老夫人睡熟,即便上楼来了。

(唱)

【脱布衫】①上复着娘行听来,传言词句句交代。命侍儿相伴贤才,少刻就上楼台。

【快活三】(贴旦唱)这话儿难分解,是婆婆已主裁。总不悦儒业寒疏辈,因此上气满胸怀。

【幺篇】命薄怎得个安排,少不得有事慢慢来。七出条先一罪,婆不悦难脱祸胎。

【幺篇】看夫君情义相待,劝慈亲恕却庸才。左思右想无聊赖,听天降福来,

---

① 此曲牌名及下文【朝天子】,195-3-38忆写本缺题,今从推断。

听天降福来。

（白）春梅姐，春梅姐。呀！（唱）

【幺篇】和衣睡怎得个宁耐，玉簪儿剔银灯多照在。（白）唔唔，咳！（唱）不觉得身儿倦懒靠妆台，懒靠妆台。

（小生上）（唱）

【朝天子】悄悄步出娘房外，急急的步上楼台。见银灯照出纱窗外，见娇容风流体态，好似那嫦娥降下蓬莱。（科）（白）春梅醒来，春梅醒来。（花旦）大相公，哪！（小生）娘子醒来，娘子醒来。（贴旦）呀！（唱）守银灯候君家，因甚的此刻来？（小生白）娘子！（唱）今急出兴外，且欢娱上阳台。宽衣解带，熄银灯台，明日问省再拜严台。（下）

第十三号

付（夫人）、小生（杜文学）、贴旦（韩玉蓉）

（内）好活络。（付上）（唱）

【吴小四】使巧计，暗藏喜，把我老景来骗欺。双双恩爱好夫妻，把我挂下在眼底，恼得我肝肠肚皮。

（白）教子子不从，背地入洞房。个畜生昨夜到我叫里下楼，听我说话，下楼来哉。等我老太婆困熟，就逃之出去。我天亮问个丫头："大相公困在那里？"里说道："大相公困在新娘子房里。"个种生①做成草圈，把我阿娘头上是介别，套之落来。我越想越气哪！（唱）

【洞仙歌】（起板）不孝歹儿，不孝歹儿，一心想穷鬼。叫我暗沉思，怎生处置？总要别离，那时节夫东妻西。

（小生、贴旦上）（唱）

————————

① 种生，同"众生"，畜生。

【前腔】即下楼台，双双的问省迟。(小生白)母亲。(贴旦)婆婆，媳妇万福。
(付)阿学，你两人昨夜好滋味、好味道吓！阿娘说话，只当放屁个。(小生)母
亲。(唱)**恕儿不孝，问候朝夕。**(付白)咳！(唱)**母命背面遵听美娇妻，忤逆儿
罪犯律例。**

(贴旦)官人！(唱)

【前腔】**缘何这般怒气，这般骂詈？**(小生白)娘子吓！(唱)**萱亲怒气，胡闹无
知。**(付白)阿学，你若不听阿娘说话哪！(唱)**告到官司，名望在何处？**

(贴旦)婆婆吓！(唱)

【前腔】**休得要伤怀儿媳，训教遵依。**(付白)走进去，看你勿得，看你勿得。(贴
旦下)(付)阿学，做阿娘那个对你说个话？(小生)母亲吩咐，孩儿一一依从。
(付)你到老婆房里去困，也是依之我阿娘个？(小生)娘吓！(唱)**这是一花蒂，
鸾凤正双喜。劝娘亲休得来管闲，**(付白)那啥，叫我老太婆勿要管闲账？我
活冲冲气杀哉！(小生)娘吓！(唱)**五伦从古夫妻由自。**

(付)咳！(唱)

【前腔】**娘言休记，你一味的听信美丽。**(白)阿学，你说老婆生得好看，我阿娘
看来实在没得好看。头发多，犯五丧，眉毛浓苦相。眼睛活络，勿生儿子。
个颧骨高，克老公；嘴唇翘，短命相。我阿娘看来，没啥一件生得好。从今后
哪！(唱)**独坐书房，听娘劝不进妻房里。**(小生白)母亲，孩儿从今以后呵！
(唱)**讲习诗书，图名就利。**

(付)好，听阿娘说话，到书房里去。(小生)孩儿晓得。(付)遵听母命来训教，
(小生)暂时别去书斋门。(小生下)(付)个畜生勿到书房去个，定到老婆房里
困去。我老太婆要去捉，捉捉其格冷破。(付下)(贴旦上)(唱)

【前腔】前缘凤世，正配周公礼。姑嫜难猜疑，论奴貌丑容易。夫不孝家苦贫
穷，书香门第。

(小生上)(付暗上)(小生唱)

【前腔】**急上楼台，恩爱欢聚夫妻。**(小旦哭)(白)娘子！(唱)**休得泪悲泣，且放**

愁肠欢娱。

（付）好吓！（唱）

【尾】夫妻聒噪言有诽，（白）住丢，我不看三朝媳妇，勿整家规哉。走进去，那里气得你过？看你勿得，看你勿得。（贴旦下）（付）阿学，阿娘那个对话个？（小生）咳！（唱）**无端将人来骂欺。**（小生踢，付倒，小生下）（付）阿呀！阿学，阿学！我阿娘踢倒来，阿弥陀佛，你到来听哪！（唱）**不孝之子，忤逆罪承值。**（下）

第十四号①

贴旦（韩玉蓉）、付（夫人）、净（家人）

（贴旦上）（唱）

【山坡羊】惨凄凄身愁弱质，冷清清独守孤栖，一双的恩爱夫妻，气呼呼怎得个婆心欢喜？（白）我韩玉蓉，自从成亲之后，婆婆见奴，一刻不能欢悦。官人劝解，反说道奴挑弄谗言。前后思想无计，咳，天吓！怎得婆婆回心转意？（唱）**做儿媳，勤孝学古礼。双眉并锁无休息，怎得回心，怎得回心，芬芳兰桂。心悒，亲不悦罪承值；暗思，不孝名儿天下知，不孝名儿天下知②。**

（付上）（唱）

【五更转】心甚郁，怨无知，声声长叹恨贼婢。（白）你做来罪过的。（贴旦）婆婆，媳妇万福。（付）住丢，又勿是年，又勿是节，拜杀我老太婆。你两夫妻好快活作乐哉！（贴旦）婆婆吓！（唱）**恕儿不孝缺甘旨，万事宽洪，容颜欢怿③。千不孝，万不顺，望亲周庇④。**（付白）你不用奉承我。（唱）**七出条和亲不喜，离**

却门楣,终消我气。

（贴旦）婆婆请用点心。（付）点心,小人家阿囡弄出来,也是没啥吃个,待我尝尝味道看。阿唷,个点心弄热好吃哉,烧得火烫那吃？（贴旦）待媳妇打扇。（唱）

【好姐姐】见庭前蜂蝶狂飞,见花次、多蜂采来心意。森森槐插,人伦安天地。（付唱）若要婆心喜,东方月落日出西,铁树开花意转回。

（白）走来,来拷拷背。（贴旦）媳妇晓得。（唱）

【园林好】又不敢分剖言语,我只得、珠泪暗泣。可不道亲愁烦恼,儿当悦喜效彩衣。（拍打）

（付）阿唷,媳妇来丢①打阿婆吓！（贴旦）婆婆,这是蚊子吓。（付）那啥,蚊虫拿来看。阿唷,阿唷,介大老蚊虫,做阿婆旧年养之过冬,你个人罪过都勿怕,阿弥陀佛,阿弥陀佛。没用伙走走来,替我来捶捶大脚膀。（贴旦）媳妇晓得。（付唱）

【川拨棹】没见识,小户人家岂可连理？到如今悔之无及,到如今悔之无及。恨不肖患僝僽,害得我一场气。

（贴旦）婆婆吓！（唱）

【侥侥令】婚姻前缘结,会合成姻契。孤枝并种才荣蕊,分什么桃和李。

（付）阿唷,你倒会牵连阿婆嘴么？（贴旦）媳妇怎敢？（付）咳！（唱）

【锦衣香】恨妖娆,没道理,把我老景来触抵,好一个儒业书香妖丽。从今后休说是和非,只此一句,犯上律例。（贴旦白）婆婆吓！（唱）心善求宽恕,恕儿不孝纲常不济。任婆来打骂,并无怨恨,晨昏定省,侍奉朝夕。

（付）看你勿得,死进去。（贴旦唱）

【尾】拜辞即归香闺里,一番周济藏腑肺。（贴旦下）（付唱）任你殷勤总不喜。

（净家人上）启老夫人,窦老夫人寿日,准备贺礼,还是去也不去？（付）那一个

---

① 来丢,同"来乩",方言,相当于"来东",这里是正在的意思。

窦老夫人？（净）就是与老爷同朝的海瑞老爷夫人。（付）且住。闻知他家女儿生得十分姿色，待我准备礼物，前去拜寿。家人，叫大相公同去拜寿。（净）是。（净下）（付）个个狗娼的，弄点心弄饭我吃，代我捶背捶脚膀，只得介好待我，我总勿欢喜个狗娼哪！（下）

第十五号

正旦（丫环）、丑（窦氏）、外（院子）、小旦（海容芳）、净（家人）、

小生（杜文学）、付（夫人）

（正旦丫环、丑上）（引）良辰美景同欢畅，孔雀屏开祝寿筵。（白）老身窦氏，相公海瑞，并无多男，单生一女，取名容芳，才年十六，尚未婚配。今日老身寿日，那些亲戚都来拜寿。（内）报上。（外院子上）所报何人？（内）杜老夫人到。（外）杜老夫人到。（丑）吩咐打轿上来。（丑）请小姐出堂陪客。（正旦）小姐有请。（小旦上）绣阁闻呼唤，出堂望母亲。母亲。（丑）杜老夫人拜寿，一同出去迎接。（净家人、小生、付上）（付）老夫人请上，待老身拜寿。（丑）老身也有一拜。（付）香风隐隐寿无疆，胜似蓬岛乐愈长。（丑）两鬓苍苍无所望，瞬息光阴虚度长。（付）我儿子过来拜寿。（小生）伯母请上，待小侄拜寿。（丑）当不起。（付）应该的。（小生）寿同山岳乐天长，正似麻姑寿双双。（丑）愿你蟾宫早折桂，孔圣门墙姓名扬。（小生）母亲，孩儿告别。（付）儿子吓，吃之寿酒去。（丑）唅，贤侄，你知道我家里没有人的，代伯母后堂陪客去。（小生）当得。暂作闲暇客，权为代主人。（小生下）（丑）老夫人吓，你个儿子好漂亮吓！（付）我里儿子，新科解元。（丑）我知道的。可有婚配？（付）还没得婚配。（丑）人家招了这样女婿，就享福庇了。（付）多蒙老夫人作养。（丑）看酒。（小旦）女儿把盏。（付）安席。（吹【画眉序】）（付白）老夫人吓，你令爱今年多少年纪吓？（丑）我里阿囡年纪十六岁。（付）可有许配人家？（丑）还没得人家。（付）我有句话对你讲讲，可使得？（丑）老夫人有话请讲。（付）我儿

子未聘,你个阿囡未许,我对你结之一份亲眷好否?(正旦、小旦下)(付)阿唷,大姑娘难为情,进去哉。(丑)你知道我一个独养囡儿,要做儿婿两当。(付)女婿有半子之情,况又是通家来往,就做儿婿两当何妨吓。(丑)既然讲明白,你对我叫一声亲家母。(付)好个。唅,亲家母。(丑)老亲母。(付)亲家母。(丑)老亲母,几时行聘?几时迎娶?(付)明日就来行聘,择日迎娶。(丑)好介。(付)亲家母,如此告别。(丑)亲家母慢去。(付下)(丑)老身招了这样女婿,百年有靠。(吹【滴溜子】【尾】)(下)

第十六号

付(夫人)、贴旦(韩玉蓉)、小生(杜文学)

(付上)(唱)

【一江风】宦门墙,岂容小儿郎,终日守妻房①。不成双,离却门闾,才得心儿放。(白)有心栽花花不发,无心插柳柳成荫。我昨日子,我里儿子到海府拜寿,席上见他女儿温存体态,我要聘之里阿囡,门当户对,官官相会,有啥勿好?个穷鬼阿囡,总要离之回去,我也放心个哉。(唱)离逼转家乡,免得遭祸殃,那时节另聘官绅乡。

(贴旦上)(唱)

【前腔】泪汪汪,怎得欢乐畅,婆心如铁样。不回挽,叫我无可商量,唯死一腔。(白)婆婆请茶。(付)放丢。啥人要你茶吃?(贴旦)婆婆吓!(唱)心慈宽洪量,休得来气嚷,念媳妇弱质无亲傍。

(付)你娘家有人,叫之来,我就打死你狗娼个。(打介)(贴旦)婆婆不要打。

(付唱)

【风入松】谁敢言词来冲撞,我眼前胡行泼胆。全不念天伦纲常,乱胡言抵触犯上。你本是野种浮荡,这潭名府芬兰芳,潭名府芬兰芳。

---

① 守妻房,195-3-38忆写本作"脱祸殃",据文义改。

（贴旦哭）（唱）

【前腔】骂得我无言可讲，（付白）还要打！（贴旦唱）打得我、浑身痛伤。弱质身躯受棍棒，怎禁得这般形状。不由人珠泪满腔，上前去礼赔偿，上前去礼赔偿。

（白）婆婆吓，这是媳妇不孝，累及婆婆受气吓！（付）你也不必奉承我。（唱）

【急三枪】从今后，休得要，假情况。七出条，罪承当，七出条，罪承当。（贴旦唱）望婆婆，其中事，来分讲。就一死，也情畅，就一死，也情畅。

（付）阿呀，还要拿死字来牵抵我，我打死你狗娼个。（打介）（唱）

【风入松】还要假惺惺来恁快，弥天罪孽承当。还要死字来抵牵，你本是韩家女离门簸扬。伤风化败坏纲常，打得你命无常。

【前腔】（贴旦唱）不悦姑理罪扬，七出条如何抵挡？不孝名儿孽罪非凡，倒不如一死为上。免得个匪贼谤，罢！死亲面气韵长。

（付）地方吓，媳妇打阿婆来，媳妇打阿婆来！（贴旦唱）

【急三枪】为甚的，叫地方，高声朗？儿不孝，罪承当，儿不孝，罪承当。（付打）（唱）恨贼婆，眼儿上，不欢畅。持凶器，来杀伤，持凶器，来杀伤。

（付打，贴旦躺倒）（小生上）（唱）

【风入松】中堂何事闹声嚷，急急的问过端详。（付白）还要打来。（小生）呀！（唱）因甚妻儿在地旁，慈亲严怒坐中堂。好叫我无可主张，暗地里痛悲伤。

（白）吓，母亲，为何在此出恼？（付）阿学，你养的好老婆，教的规训哪！（唱）

【前腔】无端泼贼来犯上，全不顾青天湛湛。剪刀一把行凶浪，（小生白）娘吓！（唱）他是个弱质娇娘。岂有歹意心肠，望娘亲自参详。

（付）阿唷，你畜生走走出来，老婆勿谏训，反来谏训我阿娘么？（小生）娘吓！（唱）

【急三枪】万事儿，恕忍耐，宽洪量。看儿面，权且放。（付白）好吓，今朝你老婆打我阿娘看，也罢哉。（小生）孩儿晓得。（唱）持家法，谨训严，正纲常。举手起，泪珠汪。

（白）冤家，你且抬起头来看呢。（唱）

【风入松】婆婆暮景摧残，理该定省奉姑嫜。(贴旦白)官人吓！婆婆道奴缺甘旨奉，妇道有亏，全无怨心。我同你性心恩义，不能解劝，反举手打。婆婆要打，你顾不得苦命妻子，一顿打，打、打、打死了罢！(小生哭)(唱)**好叫我痛断肝肠**，(付白)阿学，妻情好免，母命难违。(小生)阿呀，妻吓！非是丈夫无情打你，怎奈母命难违。(唱)**硬心儿学做乔郎。弃三妻孔氏奉娘①，怎下手打妻房？**

(付打贴旦)(付唱)

【急三枪】打泼贱，狗花娘，良心丧。少不得，割舌头，抽肚肠，割舌头，抽肚肠。(贴旦唱)**打得我，皮肉开，浑身伤。哭不出，好凄凉，哭不出，好凄凉②。**

(付)阿学，你个样不孝顺老婆，与我写之休书，离之归去罢。(小生)阿呀，母亲！(贴旦哭)婆婆吓！(同唱)

【风入松】为甚说出乱纲常，这话儿岂可言讲？念我家簪缨阀阅门墙，孩儿名登魁首翰苑名扬。这一句何面目在孔圣门墙，望娘亲／婆婆自参详。

(付)阿学，你快快离开老婆，永勿见我阿娘面，我就歇哉。(唱)

【急三枪】若不然，当官告，打骂我，老姑嫜。忤逆儿，罪承当，忤逆儿，罪承当。(小生白)阿呀，妻吓！看婆婆这般光景，权且回去罢。(贴旦)阿呀，官人吓！做妻子生为杜门人，死为杜门鬼，决不回去的了。(付唱)**急急的，出门台，须交还。恩情断，离家乡，恩情断，离家乡③。**

(小生哭)(唱)

【风入松】天降灾殃怎抵挡，可怜我夫妻活泼泼拆散。从今后好似失群孤雁，妻吓！且宽心休得悒快。这月缺何日得重圆，竟拆散好鸳鸯。

【前腔】(小生、贴旦同唱)恩爱夫妻怎撇漾，止不住盈盈泪淌。无情浪打分开各

---

① 弃三妻孔氏奉娘，指孔氏曾三世出妻。《孔子家语·后序》："自叔梁纥始出妻，及伯鱼亦出妻，至子思又出妻，故称孔氏三世出妻。"

② "打得我"至"好凄凉"，195-3-38 忆写本原无，据《宁海平调优秀传统剧目汇编》本编入。

③ "急急的"至"离家乡"，195-3-38 忆写本原在"竟拆散好鸳鸯"之下，今移改。

东南,(小生白)妻吓!(唱)**也是你无缘分浅不得成双。难分诉凄凉形状,想前世烧了断头香。**

(付推散,小生、贴旦又合,付再推散,贴旦下,小生下,付下)

第十七号

末(韩定国)、花旦(春梅)、贴旦(韩玉蓉)

(末上)(引)家业萧条,喜得暮景有靠。(花旦、贴旦上)(贴旦)含悲忍泪,怎得欢悦?阿呀,爹爹吓!(末)一见娇儿痛心伤,为甚愁眉哭悲惊?(贴旦)一言诉不出千般苦,今日湘江洗、洗不清了。(花旦)大娘,我要回去了。(贴旦)你回去对大相公说,叫他不必悲泪,保重身体,回去罢。(花旦下)(末)儿吓,你为何这样,快快说与为父知道。(贴旦哭)阿呀,爹爹吓!(唱)

【山坡羊】**闷沉沉肝肠离碎,惨切切无言分解,哭啼啼百般哭哀,痛杀杀珠泪盈腮。阿呀!涟泪开,打骂一齐来。逼夫去写休书退,一双双恩爱夫妻,恩爱夫妻,怎样拆散。悲哀,从夫命转回来;阿呀!我难解,婆意回心上门台,婆意回心上门台。**

(末)老贼!(唱)

【前腔】**气冲冲倒竖毛鬣,恨切切这冤怎解,恶狠狠毒打娇儿,瘦怯怯弱质裙钗。**(白)阿呀,儿吓!待为父赶到他家,与你婆婆拼一个死活了罢。(贴旦)爹爹吓!你若赶到他家争闹,累及婆婆受气,又是女儿不孝了。(末)咳,老贱吓!(唱)**话重排,叫他分出五伦来。你丈夫自有话分解,少不得重口虚嚣,重口虚嚣无冤债。布摆,情义处我尽解;老迈,爱富嫌贫这不才,爱富嫌贫这不才。**(下)

第十八号

付(夫人)、小生(杜文学)、末(韩定国)、贴旦(韩玉蓉)、正旦(丫环)、

丑(窦氏)、净(傧相)、小旦(海容芳)

(吹打)(二家人抬礼上,付、小生上)(小生)母亲,这聘礼发到那里去?(付)发到海家去。(小生)海家女子,当真定下了?(付)骗你勿成?(小生)韩家女子呢?(付)阿娘勿欢喜,离哉。(小生)阿吓,妻吓!(哭)(付)阿娘才是为你个。快快发出去。(二家人抬礼下,付、小生下)(末上)(念)气气气气冲冲急急归家,这这这姻亲弃撒糟糠,纲常事乱胡行,纲常事乱胡行。(白)我儿开门,开门!(贴旦上)爹爹回来了。(末)咳,罢了,罢了!(贴旦)为何这般光景回来?(末)为父赶到他家,不想你婆婆呵!(念)花红彩缎,聘定海家女婵娟,撒糟糠另选天仙,另选天仙。(贴旦)爹爹,只怕没有此事。(末)花红彩缎,发过去了。(贴旦)我家是海年伯为媒的。(末)他倚着解元之势,总欺我寒儒陋巷是实。(贴旦)爹爹,官人待奴是好的。(末)咳,他没有夫妻之情,我还有什么翁婿之义?我明日去到学中,和朋友与他理论之后,我要告,告他停妻再娶。(贴旦)爹爹,这个使不得。(末)定要去告,去告。(贴旦)使不得。(末、贴旦下)(正旦丫环、丑上)同享荣华,永乐欢畅。(白)老身窦氏,单生一女,许配杜文学为妻,今日送亲上门。丫头,花轿到来,报我知道。(正旦)晓得。(吹打,家人带花轿,净傧相上)(正旦)老夫人,花轿到。(丑)花轿到哉。丫头,请小姐出堂。(正旦)小姐有请。(小旦上)母亲。(丑)儿吓,今日你遣嫁日期,你阿爹个在朝里,为娘送亲上门。敬你一杯酒。(小旦)多谢母亲。(吹【驻马听】)(白)母亲请上,女儿一拜。(吹打)(小旦上轿,下)(丑)为娘送亲去。(下)

第十九号

小生(杜文学)、付(夫人)、外(院子)、丑(窦氏)、正旦(丫环)、小旦(海容芳)、

净(侯相)、末(韩定国)、贴旦(韩玉蓉)、花旦(春梅)

(小生上)(唱)

【斗鹌鹑】①忆当时从来会亲配,到如今顾盼两下。恩爱夫与妻,并蒂一枝花。霎时间弥天云布日遮,何日里云散雾罢? 何日里旭日拥灿霞? 若得个月缺团圆,真个是花谢再发生枝芽。

【紫花儿序】比目鱼双双鱼水交加,鸳鸯对对栖林宿槐,惊散了无情弹打。你那里独自泪洒,我这里孤泣更加,波渣,衾枕边尽都是邯郸梦耍。(付上)阿学,花轿到哉,穿之吉服,好拜堂哉。(小生)那海家女子当真定下了?(付)做阿娘骗你勿成?(小生)母亲,我家宦室堂堂,孩儿一榜解元,岂可停妻再娶?(付)天大官司,磨大银子,我要气死狗娼个。(小生)那韩家知道,怎肯甘休?(付)穷鬼阿囡,阿娘勿欢喜,离哉。(小生)咳,娘吓!(唱)请参详名望上达,宦室门楣,岂伤风化?

(付)阿学,做娘是为你的。(唱)

【调笑令】休得要痴迷执性违逆咱,论婚姻门户相亚。他是个柳枝一奇葩,才配你翰苑俊雅。那时节双双问省柳娇立廊下,可不道椿萱并茂菊桂芳华。

(小生)感母亲惜儿之意。那韩家总有口舌,孩儿有一计在此。(付)阿娘勿要上之你当。(小生)母亲。(付)阿娘勿用你开口。我晓得哉,你将韩穷鬼囡接之回来,可是么?(小生)足见天性。(付)我总是有点勿欢喜。(小生)娘吓!(唱)

---

① 此曲原题【一枝花】,《宁海平调优秀传统剧目汇编》《宁海平调音乐》皆以"忆当时"至"衾枕边尽都是邯郸梦耍"为【紫花儿序】,今作改订。按,195-3-38忆写本曲文存在较多的失真之处,后文各曲的曲牌名皆系整理时补题,且曲文略有改动,为避烦冗,不一一说明。

【鬼三台】眼睁睁怎舍得亲结发？(付白)阿学，你敢动气么？(小生)母亲，那韩家媳妇，定省缺乏，婆心不悦，可以离得。(付)阿娘勿欢喜，离哉。(小生)那海家女子来时，孩儿也要休了。(付)那个新娘勿曾过门，那哼休法？(小生)孩儿有个休法。(唱)**休得要贪图欢洽，不问前程怎配婚嫁？**(付白)阿学，你同阿娘憋气哪。(唱)**恼得我腾腾怒气加，**(吹打)(付)阿学，花轿来哉，你穿之吉服，好拜堂哉。(小生)孩儿拜花烛过了。(付)难道叫里轿子抬回去不成？(小生)孩儿重婚二字，决难从命。(唱)**三不孝恕儿罪大。**(吹打)(外院子上)老夫人，花轿到。(付)花轿叫里慢慢来，慢慢来。(外)花轿慢慢来。(付)阿学，快快穿起吉服，好拜堂。(小生)孩儿难以从命。(付)你执意不从，为娘只得下跪。(小生)母亲请起，孩儿权且拜堂。(付)好，快快穿戴起来。(同唱)**戴起儒冠宫花插，同心结带瑶环挂。穿吉服忠孝双全，报双红胜似蟾宫步踏。**

(付)我忙杀哉呢。(付下)(小生脱衣)(唱)

【秃厮儿】**打叠起涉跋关山跨，这事儿是争差，似穿窬**①**疾飞快，脱墙垣走天涯。**(白)苍头，你到韩家，对老相公说，不从母命，进京去了，对大娘说，叫他不必悲泪。后转来报与老夫人知道，说我游学去了，不要说我进京去了。(唱)**顾不得晓行夜宿进京华，也只为人伦理牵挂。今夜里凤只鸾孤，终有日鸾凤双跨，鸾凤双跨。**(小生下)

(外)大相公进京去了，少刻花轿到来，没有新郎拜堂，老夫人怎是好？(笑)

(外下)(付上)(大转头)(丑上)轿来哉。(唱)

【圣药王】**从古礼男婚女嫁，亲送门台双双欢洽。**(白)亲家母到来见礼。(付)请坐。(丑)亲家母，我里老相公在京，家下无人，末亲只得送亲上门。(唱)**无媒媾亲口面许，儿婚事宗桃传家。**(吹打)(正旦、小旦花轿上，净傧相上)(付)请新人出轿。请。(净)伏以请：年少青春节孝郎，恩爱夫妻效鸳鸯。假从母命来分别，少刻大家闹一场。请。(吹打)(丑)唅，亲家母。(付)亲家母。(丑)你个

---

①　穿窬，挖墙洞和爬墙头，这里指小偷。窬，通"逾"。

新官人,为啥勿出堂?(付)我里儿子有点暗毛病个。(丑)还有暗毛病个?(末、贴旦上)(末)走吓!(唱)**步跟跄携女娃,停妻再娶那浑家。**(白)反了是反了!(付)难是勿好哉!(末)杜文学,小畜生,你贪图欢乐,停妻再娶,还我女儿下落。(唱)**冲冠怒恼气冲霄,罪犯萧何律法。**(白)反了,反了!(丑)亲家母,个是啥人?(付)个人我勿认得。那里来痴醉人?(末)那里来痴醉人?(末)吓,尊嫂。(丑)为何尊嫂相称?(末)小叔韩定国,与你令夫君同窗好友,我女儿许配杜文学,是你令夫君为媒的。(丑)可有成亲?(末)成亲五月了。(丑)那啥,成亲五月哉?(末)你的女婿,就是我女儿的原配。(丑)那啥,我女婿是你阿囡原配?你且放心坐来丢,还你下落。(科)哈,亲家母,走之过来,问之你。(付)问啥事体?(丑)你有几位令郎?(付)我单单一个独养子。(丑)他配那一个?(付)我也勿晓得。骨个人我也勿认得。(丑)勿认得?你放屁!(打介)(唱)**糊涂事令人咿呀,这桩事如何刮划?**(打)

(贴旦)爹爹吓!(唱)

【麻郎儿】一夫二妇有何妨,喜的是兰桂芳华。快洞房花烛夜,莫错过吉日良佳,爹!念女儿愿入空门莲台削发。

(净)伏以请……(末打)住了!(净)老相公为啥打之我?(末)你做什么?(净)我赞礼。(末)要你赞什么礼,好多事!(净)老夫人要停当,害我傧相吃巴掌。(付)我来丢吃耳光。(净)我勿敢吃。(净下)(贴旦)爹爹,他要拜花烛,你我不要坏他吉日良辰,回去罢。(末)怎说回去二字?(唱)

【幺篇】休惊怕,当场事来叱咤,(花旦上)报,老夫人勿好了,大相公逃走了!(付)那啥,大相公逃走哉?哈,儿子吓!(唱)**去何方奔天涯,女亲母男亲家,华堂中吵闹交加。**

(外上)老相公。(末)老管家到来何事?(外)大相公说进京去了,叫大娘不要悲泪。(唱)

【沙和尚】从古一鞍配一马,岂肯做重婚再谐?(末白)他进京去了?好,是一个正直的男子。尊嫂,小叔告别。(丑)且慢。话未讲明,就要告别?(末)方才老管家来报，贤婿不从母命，进京去了，倘若身沾雨露。（唱）**五花官诰受荣华，不弃糟糠不虚话**。（白）我儿回去了。（贴旦）回去了。（丑）儿吓！（丑扯小旦，小旦扯贴旦转）（贴旦）爹爹有话。（末）有话？（贴旦）小姐！（唱）**姑嫜老定省缺乏，登金榜花烛夜，夫唱妇随两和谐**。

（小旦）他去了。（末）我儿回去了。（小旦扯贴旦，贴旦扯末转，暗白）（末）还有话？（小旦）姐姐！（唱）

【络丝娘】莫须有三字休错怪，侍箕帚朝夕叙话。（丑白）咳！（唱）**提起来无情火发，**（打）（白）老贱，你要还我儿下落。（唱）**千金体态岂肯伤风化？**

（白）叫我怎生是好？（科，坐空）（付）亲家母勿要动气，我里儿子进京得中状元，同你个阿囡双双拜堂，你道可好？（丑）你个儿子有之前妻，我个阿囡岂肯做偏房？（付）好做两头大。（丑打）两头大？放屁！老贱，我不与你斗口，家里人吓，把个灯彩打坏了！（付）家里人，啥东西打坏了？（内）夜桶打坏了。（丑）儿吓，你同阿娘回去了。（小旦）母亲，女儿既然出嫁杜门，是不转回去了。（丑）儿吓，他有了前妻，你做偏房勿成。（小旦）也是女儿命该如此。（丑）儿吓，你的烈性虽好，做娘的膝下无人，是要靠着你了。（唱）

【雪里梅】宗祧事何人担代？（小旦白）母亲吓！（唱）**百年事何须牵挂**。（白）婆婆请上，待媳妇一拜。（唱）**拜尘埃跪膝下，**（丑打付）（丑插白）你要受他礼！（小旦唱）**恕无知全无法**。（白）姐姐请上，受妹子一拜。（唱）**我和你异姓胜似同胞，休提起贫穷与富贵，可知道一树能开两样花**。（贴旦唱）**千金体琼葩奇花，奴本是裙布荆钗**。（丑白）咳，儿吓！（唱）**寸心如刀割，恨狂且败花，**（贴旦白）老夫人，不要动气。（唱）**婚姻事大，又何必怒气生发？**

（白）他上京求取功名，若得金榜名标。（唱）

【小桃红】五花官诰千金受纳，奴身铺床叠被侍奉他，（丑白）我却不信。（贴旦）**天可鉴、天可鉴决不虚话**。（白）吓，婆婆，这是媳妇不孝，累及婆婆受气了！（唱）**他家，今日事从空降下。恕不孝弥天罪大，**（付哭）（唱）**悔不该冷眼眦睚，悔不该朝夕詈骂**。

（白）做阿婆离你、打骂你，你可怨？（贴旦）媳妇不怨。（付）阿婆选配海家女子，你可怪？（贴旦）媳妇也不怪。（付）你不怨？（贴旦）我不怨。（付）你不怪？（贴旦）媳妇不怪。（付）你不怨不怪，阿唷，我个因、因哪！（唱）

【幺篇】都只为老迈昏花，爱富嫌贫将你错怪，今日里羞杀我老懵懂一场笑话。（丑白）儿吓！（付）你也勿必气哉！（唱）**免挣达，恕我频频面爪。小儿有日独步金阶踏，双官诰何分小大。**（丑白）儿吓！（唱）**泪流如麻，怎撇得嫩柳娇娃。**

【尾】（众唱）**男不重婚进京华，女有烈志愿守大家。纲常大节真堪夸，今日里都是丢罢。**（末、贴旦、正旦、小旦下）

（付）亲家母，你慢慢去。（丑转来）（付）做啥？（丑打）打你这个……老爷回来，同你算账，同你算账。（丑下）（付）阿唷！亲家母真厉害，打起人来多少歹。（下）

第二十号

杜文学考试。

第二十一号

外（杜显）、付（夫人）、小旦（海容芳）、贴旦（韩玉蓉）

（吹打）（二手下、外上）老夫杜显，奉旨征夷，今日凯旋。闻得我儿独步蟾宫，昨日在朝房难叙家常，今宴赴琼林，且待他荣归故里，日后再叙家常。来，吩咐打道。（二手下、外下）（吹打）（付、小旦、贴旦上）（付唱）

【（昆腔）香柳娘】想从前事差，想从前事差。今日悔杀，两鬓苍苍颠倒罢。（小旦唱）**喜深闺家下，喜深闺家下。**（贴旦唱）**我心欢耍，双双喜佳**①。

---

① "喜深闺家下"至"双双喜佳"，195-3-38忆写本原无，据《宁海平调优秀传统剧目汇编》本补。

（小旦、贴旦）恭喜婆婆，贺喜婆婆。（付）恭喜状元夫人，贺喜状元夫人。（小旦、贴旦）苍头报道，公公荣耀回来了。（付）你个阿公回来，前头事体，休要提起。（小旦、贴旦）媳妇怎敢。（付）我做阿婆，惶恐杀哉。（下）

第二十二号①

外（杜显）、正生（海瑞）、小生（杜文学）、付（夫人）、末（韩定国）、

贴旦（韩玉蓉）、丑（窦氏）、小旦（海容芳）

（吹打）（外、正生、小生上）（外）年兄请坐。（正生）有坐。（外）儿吓，各衙门可曾谢过？（小生）谢过了。（外）你往岳父家中，请岳父来。（小生）孩儿晓得。（小生下）（正生）年兄，状元此去，韩窗友只怕不来的，待末弟前去走一遭。（外）有劳了。（正生下）（付上）华堂喜气多，春色满庭帏。老相公，父子荣归，恭喜老相公，贺喜老相公。（外）老不贤，你在家中，干的好事！（付）老相公，我没得啥事情做过。（外）咳！（唱）

【醉花阴】**他那里书香旧门楣，为亲事苦守藏埋。内情作怪夫妻两分开。**（白）你好爱富嫌贫。（付）我何曾爱富嫌贫？（外唱）**你好妆聋作哑，掩耳偷铃不耐。**（付白）老相公，你也勿须埋怨我哉。（唱）**婆和媳仁孝和美，朝夕里婆媳相待。**（付下）

（吹打）（正生上）窗友请。（末上）请。（外）亲家请吓。（末、正生）请坐。（正生）窗友！（唱）

【画眉序】**万事想当年，翁婿情怎妆乔态？大丈夫正直气概，休得要闲话相提何须记载。今朝且放心儿耐，又何必气喘口开？**

（外）亲家，寒荆不是，末亲赔礼。（唱）

---

① 本出曲牌名【醉花阴】【画眉序】据《宁海平调优秀传统剧目汇编》本题写，【刮地风】据195-3-38忆写本题写，其余系整理时题写。另，《宁海平调优秀传统剧目汇编》本本出唱昆腔，无曲文"陋巷士苦书斋"至"从今后和翁姑慈亲相爱（又）"。

【喜迁莺】休得要泪痕、泪痕满腮,似这等愁肠、愁肠满怀。也不用猜,只愿他夫妇两和谐,也畅得你我同窗义厚来。容潇洒,俺这里躬身罪赔,常言道当面无隐喜盈腮。

(末)咳!(唱)

【画眉序】陋巷士苦书斋,贫家女裙布荆钗。怎扳着显耀高贵? 姻缘五百年前排,鸾凤戏彩。自悔没主裁,说不出这情踪一派。

(外)我也明白了。敢是寒荆聘了海年兄之女,玷污你令爱,可是么?(正生)年兄,不是这一端。儿未成亲之前,韩窗友到府上说送亲上门,尊嫂见他,百般殴辱。窗友当日怒气难言,出了门庭,思想投井自尽,亏得你令郎搭救的。(唱)

【出队子】都只为嫌贫爱富,把贤媳百般欺埋。内情事百千恩爱,两下里犯了戌亥,一个是娇娇的女貌,一个是侍奉含辱自责①。

【刮地风】(外唱)呀! 令人气喘其中颠倒败,可恨他纲常大典放怀。你我事休得挂怀,老杜上前把罪赔。消除气喘,从今后和翁姑慈亲相爱,慈亲相爱。(小生、贴旦上)(同唱)闻严亲,到门台,夫和妇双双步踏。和姑嫜嫡亲看待,朝夕里婆媳相爱。

(末)呀!(唱)

【四门子】提起来愈加悲哀,离归时心如刀割。见娇儿浑身殴辱,不由人恨深怨哉。(白)儿吓,婆婆待你可好?(贴旦)爹爹,婆婆待女儿嫡亲一般,何劳爹爹挂怀?(唱)言和语,情意爱,劝爹爹休得记怀。从前事已解,今欢洽,只落得夫妇两和谐。

(付上)(唱)

【水仙子】向向向向中堂说分晓,这桩事儿羞满颊。(白)亲家公,前头话放屁。

---

① 此句 195-3-38 忆写本作"一个□栎柄侍奉含辱自叱","栎柄"未详,兹不录,而校"自叱"作"自责"。

（丑上）（唱）**到到到到他家说个明白，姻缘事还我担代**。（白）老贱，我阿囡亲事下落？（唱）**告告告告御状达奏金阶**，（白）我要打也！（唱）**打你这炎凉世态**。（正生白）是你老贱不好。（丑）为啥我勿好？（正生）你既要招状元女婿，写书报我知道。（丑）你起身日子说："再没有第二个杜解元为婿。"（正生）状元是我为媒的。（丑）是你为媒，你也勿曾对我说，我那里知道？（末）窗友，前者我女儿是你为媒？（正生）是我为媒的。（末）如今你女儿许配状元，是弟为媒，可好？（丑）里个儿子有之前妻，我阿囡勿会做偏房。（付）亲家母，好做两头大。（唱）**好好好好喜笑颜开，谢苍穹多欢爱，两家儿尽是月老冰人倩代，冰人倩代**。

（白）我儿过来，拜见岳父。（小生）岳父母在上，小婿拜揖。（众）点起龙凤花灯。（小旦上）（拜堂）拜谢皇恩。（下）

五三

双喜缘

调腔《双喜缘》共二十五出,剧叙明宣德时,吏部尚书陈政长子荣职授刑部,次子夔得中新科解元,贺宴上陈政将次子过继与首相王璧,并由宣德皇帝御笔,改名王夔。太君冯氏携皇姨到天齐庙拈香,屏退众人,命家庵中的秀贞师太作陪。王夔久闻皇姨姿容绝世,遂欲一瞻,住持不敢相拦。秀贞原为官宦之女,风姿秀丽,与王夔邂逅于斗母阁中。王夔舍仆追舟,潜入庵中,并扮作道姑,秀贞假病不出,两人私合。皇姨倩侍女问候生病的秀贞,侍女见新道姑貌美,欲荐与皇姨,王夔竟往。太君、皇姨见新道姑不下秀贞,留与弈棋。秀贞恐王夔露出马脚,尾随而至,假托师命索回。太君道秀贞嫉妒,不肯放行,秀贞情急之中打破棋盘,被逐出府,王夔则被送与皇姨做伴。深夜,王夔向皇姨倾诉衷曲,两人遂结白首之盟。

国舅应天瑞告假养亲,识破王夔乔妆,欲将王夔和皇姨两人烧死,幸被曾受王夔之恩的侠士滕小小救出。王夔携皇姨、秀贞归家,禀明父母,并请玉成其事。时番邦来朝,宣德皇帝欲以番文回书,王夔经父举荐,走笔而就,被赐以状元及第。王璧计诱国舅上殿争闹,太君赶来调停护保,宣德皇帝赐王夔与皇姨、秀贞共同完婚。

民国二十四年(1935)9、10月间和次年5、6月间,绍兴的调腔班"老大舞台"分别赴上海远东越剧场、老闸大戏院演出,曾多次搬演《双喜缘》(广告写作《双禧缘》),其中前一年9月10日夜戏为后部《双喜缘》,同月19日日戏注明从"船会烧香起,大叙团圆止",同月29日夜戏则演前部《双喜缘》,可知本剧可拆为前后两本演出。宁海平调"后十八"本亦有此剧,题作《合笪缘》,剧本见于《宁海平调优秀传统剧目汇编》第四集。绍兴平湖调回书有《仙庄会》八回,抄本存《游庄》《追舟》《进庵》《庵会》《入府》《订亲》六回,写王葵遇美、访美事[1],故事与调腔此剧相似。

校订时以《双喜缘》总纲本(案卷号195-1-152)为底本,校以小生、花旦、

---

[1] 李永鑫主编:《绍兴平湖调》,浙江摄影出版社,2009,第55—56页。

外三种单角本。《双喜缘》总纲本（案卷号 195-1-152）字迹同于《玉蜻蜓》总纲本（案卷号 195-2-23），惜第六号末尾"环，拿去还了腊梅"之前的内容散佚不全，有后来蓝笔补缀数纸，因而第二号至第六号据以配补，且第二至第五号曲文还参考了宁海平调本。《双喜缘》总纲本（案卷号 195-1-152）在场号之下，均题有角色名目及其人物，且本出角色所扮人物如同于上出，则于角色下著一"原"字。如第六号"小生原""丑原"，表明小生、丑所扮人物同于上一号。为便于浏览计，校订时将人物补写完整。

第二号①

外（陈政）、末（陈荣）、丑（王福）、小生（陈夔）、老旦（冯氏）、贴旦（家人）、
净（王璧）、正生（国舅）、付（母舅）

（外上）（引）执掌经纶，欢庆盛筵②有喜。（诗）世代簪缨理学门，三千桃浪又重增。慢夸九锡公卿府，辅佐当朝第一人。（白）老夫陈政，字国治，北京人氏，官居吏部天官。夫人冯氏，与我同庚，所生二子，长子陈荣，官居刑部，次子陈夔，书香有幸，才年十六，得中解元。满朝文武、同僚故友，齐来恭贺，设宴招待。正是，门前珠履三千客，齐贺金阶独踹③人。（末上）世代受皇恩，朝中安平静。爹爹，孩儿拜揖。（外）罢了。你兄弟科场得意回府，香案侍候。（末）孩儿晓得。管差侍候。（摆香案）（外、末下）（吹【过场】）（二手下、丑、小生上，小生拜天地，二手下下）（小生）请爹娘出堂。（外、老旦、末上）（小生）爹妈请上，待孩儿一拜。（外、老旦）科场辛苦，免拜了。（小生）孩儿得叨严训，身占魁元，赖及天恩，皆椿萱之幸也。（外）名登甲第，赖祖福荫，御道争先，

---

① 本出曲文单角本未抄，据宁海平调本校录，其中尾曲"画堂"原作"庭除"，失韵，今作改动。另，宁海平调本未云本出唱昆腔，兹据 195-1-152 总纲本配补部分将本出曲牌标为昆腔。

② 欢庆盛筵，单角本作"冠青胜前"，暂校改如此。

③ 金阶独踹，单角本作"金榜独踏"，今改正。

不负少年烈志。(小生)哥哥见礼。(末)弟弟见礼。(贴旦家人上)奉得老爷命,特地到此来。门上那一位在?(丑)何事?(贴旦)众文武前来恭贺。(丑)候着。启老爷,众文武前来恭贺。(外)开正门,请相见,一同出去迎接。起乐。(丑)起乐。(末、老旦、贴旦下)(净、正生、付上)(外)不知列位到来,多有得罪。(净、正生、付)好说,闻得令郎得中新科解元,我等前来恭贺。(外)我儿过来拜见。(小生)孩儿晓得。列位大人请上,小侄一拜。(净、正生)常礼免拜。(小生)庸才独占秋闱首,光临蓬荜又增辉。(净、正生)三春桃浪鱼龙化,御笔亲标第一家。(小生)母舅,外甥儿拜揖。(付)外甥儿起来。(小生)谢母舅。(付)姊丈,大外甥官居刑部,二外甥得中解元,你心可足?(外)一来圣上洪福,二来年兄提携,惭愧不已。(付)姊丈自己福凑。(外)看酒。(小生)小侄把盏。(唱)

【(昆腔)画眉序】瑞气耀门墙,蓬荜增辉生彩光。且喜父子同朝名扬。阆苑中贵客相依,鹓班上父子姓扬。堪羡少年多烈志,不负皇家栋梁。

(净)咳!(唱)

【前腔】年迈老苍苍,一事无成两鬓霜。枉受国事一生无望。说什么食禄千钟,枉受我皇家恩享。(正生白)老太师声声长叹,却是为何?(外)敢是弟不敬之意?(净)年兄、国舅有所未知,想老夫与陈年兄幼年同学,老来同朝。陈年兄有二子在膝前,老夫膝下无子,岂不要长叹?(唱)**膝前无个斑衣舞,看来百年无望。**

(正生、付)何须忧虑,看老太师精神越老越旺,何不纳娶偏房,产生一子,以接王氏宗祧?(净)想老夫年近六旬,另娶妻房,又恐误了女子一世终身。(外)老太师膝下无子,我有两个儿子,任凭年兄选个,以接香烟。(净)年兄,有道"继幼不继长"。(正生)老太师莫非爱惜此子?(外)我儿。(小生)爹爹。(外)过来拜见父亲。(小生)晓得。孩儿拜见义父。(净)且慢。明日奏明圣上,省的年兄日后反悔。(外)年兄、国舅、大舅,再宽饮几杯。(净、正生、付)请。(净唱)

【(昆腔)尾】膝前赡养无虚妄,愿起斑衣舞画堂。明日上朝奏君王。(下)

第三号

老旦、正旦、花旦(太监)，末(宣德皇帝)，净(王璧)，外(陈政)，小生(陈夔)

(吹【点绛唇】)(老旦上)(念)君起早，臣起早，一进朝房天未晓。长安多少富豪家，服侍君王上早朝。(白)咱家，穿宫内监是也。今日早朝日期，有恐合朝两班文武启奏，在朝房侍候。圣驾临殿来也。(老旦下)(吹【过场】)(正旦、花旦太监，末上)(引)锦绣江山，喜得国泰民安。(诗)日月光天德，山河壮帝居。太平无一事，永享万年春。(白)寡人大明天子，国号宣德，自从登基以来，风调雨顺，国泰民安。侍儿传旨。(老旦上)万岁。(末)宣放龙门。(老旦)领旨。万岁有旨，宣放龙门。(内)领旨。(净上)行步金阶上，入殿奏明君。臣王璧见驾万岁。(末)平身。(净)万万岁。(末)上殿有何本奏？(净)臣有本启奏。(末)奏来。(净)容奏。(唱)

【桂枝香】暮年景况，宗嗣无望。羞杀我忠孝无依，枉受了皇家恩享。(末白)看你精神越老越壮，另娶偏房，以接王氏后代。(净)臣启奏万岁，臣年近六旬，另娶一房，又恐误了女子一世终身。陈天官有二子，幼子愿出继臣为子，望万岁呵！(唱)**降旨堂皇，降旨堂皇，继接蒸尝，百年倚傍。**(末白)未知他父子心意如何？(净)恐他父子后悔，望万岁御笔改姓呵！(唱)**恩德广，御笔改名姓，陈子作王郎，陈子作王郎。**

(末)侍儿传旨，宣陈政父子上殿。(老旦)万岁有旨，陈政父子上殿。(内)领旨。(外、小生上)(外)圣恩降雨露，(小生)父子叩丹墀。(外)臣陈政带子陈夔。(小生)臣。(同白)见驾，愿吾皇万岁。(末)平身。(外、小生)万万岁。(末)陈政，你将次子出继与王姓，可是有的？(外)臣幼子出继王年兄，原是有的。(末)陈夔。(小生)万岁。(末)你父亲将你出继与王姓，你心意如何？(小生)一来万岁洪福，二来老太师抬举，三来父命怎敢有误。(末)好，你本是陈夔，寡人御笔改姓。王夔，当面拜见义父。(小生)如此爹爹请上，孩儿

一拜。(唱)

【前腔】膝前瞻仰，玷污门墙。惟望得独步蟾宫，继宗祧教子有方。(净白)万岁接我王氏香烟，臣谢恩。(唱)蒙恩旨降，蒙恩旨降，多感得皇恩浩荡，接微臣王氏书香。(末白)寡人备得御宴，二卿畅饮。(净、外、小生)万岁。(同唱)喜洋洋，庭帏生瑞色，斑衣舞画堂，斑衣舞画堂。(下)

第四号

付(方氏)、净(王璧)、小生(王夔)

(付上)(引)年迈苍苍，膝下无子彷徨。(白)老身方氏，相公王璧，当朝一宰。两下合卺以来，并无一子，好不凄凉。相公上朝，不见回来，好生挂念。(内)孩儿随为父来。(内)孩儿晓得。(净、小生上)(净)父和子喜笑颜开，(小生)拜堂前定省问候。(净)夫人见礼。(付)有礼，请坐。(净)同坐。儿吓，拜见娘亲。(小生)孩儿晓得。母亲请上，孩儿拜揖。(付)罢哉，罢哉。坐东，坐东。(小生)谢母亲，告坐了。(付)相公，此子何来？(净)夫人有所未知，此乃陈年兄之子，陈夔是我孩儿了。(付)陈年伯之子，怎说是你我的孩儿了呢？(净)夫人！(唱)

【驻马听】心意悠悠，令人一见泪难收。(付白)相公，有子无子，命中注定，别人家儿子，强迫是强迫不来的。(净)夫人有所未知，陈年兄寿日，我前去恭贺，我在酒席筵前，一霎时怨叹起来。(付)却是为何？(净)我与陈年兄幼年同学，老来同朝，他有二子在膝下，念我无子，他幼子名叫陈夔，出继与我王姓。金殿之上，万岁御笔改名王夔。(出继书)夫人观看，以为螟蛉呵！(唱)感得天恩浩荡，父子相依，叩拜螭头。他才高班马貌风流，庭闱始有芝兰秀。有日里独占鳌头，独占鳌头，光添宰府，增辉门楼。

(付)吓！(唱)

【前腔】喜上心头，从此撇却万种愁。堪羡他昂昂志气，眉彩眼慧，体态温柔。

（小生白）爹娘！（唱）**茕茕不觉自惭羞，还望贤父来训授。**（净白）过来，大相公面前，叩头领赏。（内）晓得哉。（付）儿吓，你今年多少年纪？（小生）孩儿一十六岁了。（净）夫人，我儿一十六岁得中解元，下科鳌头独占，头名状元稳稳有分了。（唱）**有日里独占鳌头，独占鳌头，光添宰府，增辉门楼。**

（白）夫人，你我暮年有靠了，实为难得。（下）

第五号

小旦（秀贞）、丑（小尼姑）、末（院子）、付（丫环）、老旦（太君）、

正旦（国舅夫人）、花旦（皇姨）

（小旦上）（引）闲居清静诵经诗，禅堂空室，闷愁难收。（白）小尼秀贞，血姓郑氏月娥，乃是山西洪洞县人氏。那年随父赴任，不幸父亲亡故，母女无处存身，多感师太收留在蝙蝠庵，带发修行。母亲去世，多感师太带我到国舅府抄化，蒙太君垂怜，皇姨见爱，念我宦家之女，新造定慧庵与我居住。想我秀贞乃宦家之女，思想起来好不伤感人也！（唱）

【解三酲】叹奴命身遭不幸，受多磨、只影单形。偏是我镜花水月飞白云，那得个佳期凤卜谐秦晋？纵有那经纶满腹成何用，杏眼桃腮入空门。身孤另，知何日身脱红尘，皈依佛门，皈依佛门。

（丑上）师父在上，徒弟叩头。（小旦）起来。（丑）谢师父。（小旦）进来何事？（丑）太君、皇姨差老伯、大姐，前来迎接师父。（小旦）请老伯、大姐相见，说师父出来迎接。（丑）晓得。老伯、大姐有请。（末、付上）（末）离了国舅府，（付）来此禅院门。（小旦）不知老伯、大姐到来何事？（末、付）太君、皇姨去到天齐庙了还心愿，请秀贞师父同伴。（小旦）太君、皇姨去天齐庙了还心愿，秀贞理当陪侍。老伯先回，我即刻就到。（末下）（丑）师父，何不带徒弟同去？（小旦）你同去做甚，在此好生照管禅院。（丑）师父几时回来？（小旦）但等太君了愿回府，我即刻就回。（丑）徒弟晓得。（小旦）你进去对老佛婆说阿！（唱）

【前腔】闭禅关紧锁白云,点香花、朝暮殷勤。休得要闲思空想蒲团上,(鸟叫)一任他鸟雀喳喳问别情。(小旦、付下,丑关门下)(老旦、正旦、花旦上)(同唱)玉堂金马耀簪缨,贵戚御楼号太君。秋凉景,只看这叶落凋残,廊庙秋深,廊庙秋深。

(老旦)老身冯氏,只为孩儿昔年坐镇边关,在天齐庙许下香愿,感得神灵护佑,任满回朝,因此虔修宝幢,亲自进香了愿。媳妇。(正旦)婆婆。(老旦)为婆带你姑娘同去了愿,明日起程。(正旦)婆婆前去进香,媳妇当得奉陪。(老旦)媳妇不必同往,为婆差总管丫环去到香火庵叫秀贞到来,同去做伴。(正旦)多谢婆婆。(末上)启太君,秀贞叫到。(老旦)着他进来。(末)秀贞师父,太君叫你进来。(付、小旦上)(小旦)顷离佛殿梵宫,身入翠屋高厅。太君在上,秀贞叩问金安。(老旦)罢了。(小旦)谢太君。夫人、皇姨,秀贞稽首。(正旦、花旦)免礼。(小旦)谢夫人、皇姨。启太君,呼唤小尼到来有何吩咐?(老旦)秀贞,太君要到天齐庙进香,路上命你同去做伴。(小旦)太君进香,小尼理当奉陪。(正旦)苍头。(末)有。(正旦)差家将二名去到天齐庙,对庙祝说,太君与皇姨前来进香,众道人一概回避,闲杂人等,不许窥探。买卖都在庙外,如违重责。备船明日起程。(末)晓得。(末下)

　　　　(老旦)**虔诚顶礼往天齐,**(正旦)**纳媳当年无儿女。**

　　　　(花旦)**进香复许奴心愿,**(小旦)**顶礼举步有天知。**

(花旦)秀贞,到我房中去。(小旦)晓得。(下)

第六号

小生(王夔)、丑(王福)、花旦(秋菊)

(小生上,科)咳!(唱)

【念奴娇序】心绪难挨,只我这坐守萤窗,眉锁怎挨?(白)我看书也无兴了。(唱)怎来,倚靠栏杆,徐步的闲玩花斋。(丑暗上)(小生)我想当世才子,必须要婚聘绝色佳人,不知我的姻缘,在于何处,他又不能见我也。(唱)**心来,狐疑难快,愁思满怀,令人怎得心宁耐。须当念,绝世无双,风流佳配,风流佳配。**

(丑)相公,依得王福看来,禀知相爷、夫人,讨了新大娘,有啥个勿好?(小生)王福,这婚姻大事,叫我羞人答答,如何禀知爹娘?(丑)阿哉相公,吪勿肯禀与相爷、夫人知道,怕没趣,那里有千金小姐、闺阁之女会送得来呢?相公来东想是白白想个。(小生)咳,老天,老天,我的姻缘在于何处也?(唱)

【前腔换头】**叩拜,天凑良缘,秦晋和谐,必须要貌胜嫦娥相堪爱。**(丑白)相公好风凉。(小生)好热,好热。(丑)相公,天气热,我来与你扇个几扇。(小生)唉,狗才!(丑)不敢乱讲。(小生)吓,王福,你几时到的?(丑)才得到此。(小生)可听我讲些什么?(丑)我听到,小人不敢多说。(小生)唉,狗才!(丑)相公是个风流才子,当配千金小姐。(小生)那风流才子,得配绝世佳人。(丑)相公,不知你要怎样才貌的闺女相配,说与小人听听。(小生)王福吓!(唱)**论风采、**(丑白)阿叫风采,小人勿懂。(小生)王福吓!(唱)**端庄才貌多情态。香闺,日夕吟诗,双双敬爱。**(丑白)相公,吪讲东讲西、描画描壁,依得小人,相公话也话勿灵清。相公扮得一个女子与小人看,禀知老夫人,好与相公去做媒,吪道好勿好?(小生)又无钗环衣裙,如何扮得女子来?(丑)钗环衣裙,厨房里个腊梅姐有,我去借得来。(小生)你去借了来。(丑)我去拿得来。(丑下)(小生)我为佳人才貌,自当整容齐扮,岂此一乐乎?(唱)**堂堂当世奇才,在书房假作痴呆。**(丑上)相公,拿得来哉,拿得来哉。(小生)待我扮起来。(唱)**移星换斗,假扮裙钗。**(挽头科)

【前腔】①**今日个阴阳覆载,香脂粉面,发挽髻鬟插金钗。**(科)(丑)勿是介走个。(小生)要怎么样行走的?(丑)要这样。(科)(小生)待我来。(科)(唱)**衣裙上下多更改,依然的裙布荆钗。**

----

① "今日个"至"裙布荆钗",195-1-152总纲本配补部分未予别出。按上曲字句已足,今别为前腔。

（花旦上）奉着夫人命，来到书斋厅。王福哥。（丑）秋菊姐。（花旦）相公可在？（丑）相公在，你进来。（花旦）晓得。相公在上，丫环叩头。（小生）起来。你进书房何事？（花旦）老夫人叫相公进去有话。（小生）你前去，我随后就来。（花旦）晓得。（小生）转来。（花旦）相公还有何言？（小生）太夫人面前，不要说我乔妆的事情。（花旦）晓得。（花旦下）（小生）王福，将钗环衣裙，拿去还了腊梅。（丑）相公，放来兀。夜里呒扮子①女娘，陪我吃酒。（小生）哓！（丑下）（小生）这段佳话，不知何日遂我心愿也？（唱）

【尾】②好叫人意马心猿难把怀。（下）

第七号

净（王璧）、末（院子）、付（方氏）、小生（王夔）、丑（王福）

（净上）（引）清闲朝野乐有余，看庭前蓉菊相依。（白）老夫自那日，金殿螟蛉陈夔在膝下，看他晨昏问候，孝道无亏，二老百岁有望。昨日在朝，与陈年兄说起孩儿亲事，他回言道，出继王姓，婚定自选。但不知谁家女子，与孩儿结亲，且与夫人商酌。过来，请夫人出堂。（末传）（付上）（引）日映三竿露如珠，看花残叶落疏榆。（白）相公朝罢回了。（净）正是。（付）想孩儿年已十六，尚未婚定，理该访问淑女，央媒说合，与他对亲才是。（净）正为孩儿姻事，要与夫人商议。（付）商议什么来？（净）夫人！（唱）

【锁南枝】天缘配，两和同，跨凤乘鸾蕊珠宫。桃夭双佳句，柳赋早吟咏。不知谁家室，美娇容；（付白）夙世良缘，婚配前定，可对他亲父说，要那家女子，那时节就可央媒下聘。（净）他亲父说，已经说过出继王姓，婚定叫我自选。**（唱）伉俪谐于飞，自选宫门风，自选宫门风。**

【前腔】（付唱）儿女事，百年种，调和风月仗媒翁。自古才子配佳人，梧桐栖鸾

---

① 子，方言助词，这里相当于"了"。
② 此曲牌名底本缺题，据《双喜缘》小生本［195-1-124(3)］补。

凤。(小生上)(唱)**步中厅,说情踪;急步出庭闱,言词来虚哄,言词来虚哄**。

(白)爹妈,孩儿拜揖。(净)坐下来。(付)正要差人,到书房叫你,来得正好。(小生)爹爹朝罢回府,孩儿自应问候,但不知爹妈有何吩咐?(付)儿吓,你年已长成,爹爹要与你聘定,为娘的在此商议。(小生)多感爹娘怜惜,但孩儿功名未就,岂敢妄思。(净)有志。(付)儿吓,婚姻也是要紧的。(净)为父欲央你母舅,访一门当户对人家,与你聘亲。(唱)

【前腔】谐秦晋,喜气浓,璧合画堂央媒翁。伐木仗吴刚,婚配终身重。(小生白)孩儿若贪姻亲,不图功名,岂不被人取笑?(付)儿吓!(唱)**这是父母命,人伦重;**(白)有道"早一婚多一代"。(唱)**瓜瓞永绵绵**①**,胤锡斯男螽**②**,胤锡斯男螽**。

(净)夫人,明日可请大舅到来,要他访问门当户对人家,前去对亲便了。(小生)孩儿只因功名未就,何虑婚姻不下。有道"书中自有颜如玉",何必访媒客?(付)相公,他婚姻之事,莫非要自己爹娘做主?(净)此心难料。(小生)孩儿实为功名,御道争先,扬名显亲,一以报爹娘相视膝下之恩,二以增相府阀阅之风,若有他念,惟天可表。(净)阿吓,儿吓,何必如此。夫人,孩儿切心功名,不必多疑。婚姻之事,且少停儿时。(付)儿吓,倒是为娘错怪了。(净)从今后呵!(唱)

【前腔】萤窗下,苦用功,步月登高映囊萤。天香助青云,朱衣暗点③**红**。(小生白)孩儿呵!(唱)**惟愿鹏程达,万里红;那时节品玉箫,蓝田种,品玉箫,蓝田种**。(净、付下)

(小生)这是那里说起?(丑)相公,是呾来书房里,正想婚姻,老爷、夫人要对亲,为啥倒勿要哉?(小生)你难道不知我相公心事?(丑)呀,明白哉,恐怕

---

① 此句语出《诗经·大雅·緜》:"緜緜瓜瓞,民之初生。""緜"同"绵"。比喻子孙绵延不绝。

② 斯男螽,指子嗣。其中的"斯螽",即螽斯,蝗属。《诗经·国风·周南》有《螽斯》篇,诗意为祈颂子孙昌盛,后遂以"螽斯"或"斯螽"代指子嗣、子孙,又用作祝人多子多孙之词。

③ 朱衣暗点,指科举上榜,详见《凤头钗》第十二号【尾】"惟愿朱衣暗点"注。

丑陋个女子对亲，一生一死，就勿清爽哉。相公，个是烦难勾，相府对亲，都是现任官府，绣阁千金，难道肯他，相公看中子做媒？（小生）就是这一句难说，必要亲视佳人，方遂心愿。（丑）来书房里想也枉然。（小生）那里可有游玩所在？（丑）京都地面，也无啥散闷所在。有一个，只是路远。（小生）说来。（丑）离城十里之遥，有一天齐庙，神灵显赫，进香妇女者多，也有官宦千金，也有田姑村女，每月朔望，都来酬神许愿，若能到彼，岂非大观乎？只是相公出府勿来。（小生）呀，有此美景，出府何难。（丑）相公，老爷夫人面前那厢说？（小生）只说游学，可以去了。（丑）好，有诀法。

（丑）瞒亲游学访佳人，只恐佳人不认情。

（小生）姻缘千里系一线，愿得天河渡良人。

（丑）要看书铎头①，那厢寻老婆？（下）

第八号

老旦（太君），花旦（皇姨），小旦（秀贞），正旦（丫环），末（院子），

净、贴旦（船家），小生（王夔），丑（王福），末、净、正生（百姓），付（滕小小）

（老旦、花旦上，小旦、正旦同上）（同唱）

【销金帐】锦帆风送，碧天万里空，晚霞倒照红。烟锁岚峰，云迷林丛。一带峻嶒②，重重叠叠朦胧。（老旦白）老身只为孩儿，昔年坐镇边关，在天齐庙，许下香愿。今任满回朝，思此虔修宝幢，亲自进香了愿。带女同行，一路水程，看野景萧条，可为一玩。（小旦）太君看，村庄荒野尽皆空，秋景萧条叶落红。蓬舍柴扉多寂寞，金风拂拂感西东。（花旦）母亲，看此风景萧条，秀贞师父吟

---

① 铎头，亦作"踱头""独头"，方言，呆傻、不明事理的人。详见《黄金印·大别》"独头呢"注。书铎头，书呆子。

② 峻嶒，底本作"峻峥"，据单角本改。峻嶒，叠韵联绵词，山势高耸的样子，亦指高峻的山。

诗一首,足为有兴。(老旦)好,喜得你同来,秀贞一路上不致寂寞。(小旦)秀贞不过随意妄谈,皇姨何必过赞。(老旦)你也是官宦之女,知书识字,出口成文,可惜出了家。(唱)**枉了你月貌仙姿,尽付在梵宫。皈依法华,暮鼓晨钟,暮鼓晨钟。**

【前腔】(小旦唱)**叹奴命穷,心事向谁咏,朝暮常悲痛。**(花旦唱)**可惜你禅林隐迹,才貌两相空。一世终身无依,反遭磨弄。**(小旦唱)**这的是水月镜花,我的命犯孤鸿。那些个富贵荣华,尽付东风,尽付东风。**(下)

(小生、丑上)(小生唱)

【前腔】急步匆匆,亲访美娇容,何处问情踪。(丑白)阿唷!(小生)王福,天齐庙在那里?(丑)哪,才得出城,有十里路,走来。(小生)如此走吓!(丑)勿要心急,慢慢走。(小生)不是我心急,那有才有貌的千金,在庙中等我不到,他只要回去,岂不负了他美情?(丑)阿唷,好一厢情愿,相公勿可失信吓!(小生)狗才,多说,快走。(唱)**我本是礼乐家门,堂堂志气勇。怎得个天台步入,桃源路通①? 今日个问柳寻花,那得个仙姬蓦逢?吓!**(科)**远望郊原,何事闹哄哄,何事闹哄哄?**

(末、净、正生扯付上)(众唱)

【前腔】贼徒心懞②,乱敢来搬弄,令人怒气冲。(丑白)阿吓,吤虱个班人,打子哩个样光景,还勿肯放,行凶霸道。(众)他是个贼。(付)阿吓,相公救救命吓!(小生)你们扯他到那里、里去?(众)当官去。(唱)**公堂呈送,罪不轻松。免得村庄惊动,搞门挖洞。**(小生白)看他形像,不是穿窬③之辈。(净)现在我家偷窃衣服,叫起地方,多感邻舍获的。(付)阿呀,相公吓! 我是江南人,来京里投亲,不过缺

---

① 天台步入桃源路通,指求女得配夫妇。相传刘晨、阮肇入天台山采药迷路,攀岩摘桃充饥,逆溪流而上,得遇二女,结为夫妇。事见《太平御览》卷四一《地部六》引南朝宋刘义庆《幽明录》。

② 懞,同"懵",昏乱。《集韵·董韵》:"懵,母总切,《广雅》:'阍也。'一曰心乱。或从梦,从蒙。"

③ 窬,底本作"偷",今改正,后文同。穿窬,挖墙洞和爬墙头,这里指小偷。窬,通"逾"。

少盘费,一时短见,勿想到,被叔叔伯伯乤①捉住。只求相公,开天地之恩,救小人一条狗命。(唱)**结草衔环,犬马报恩公。穷途遭难,望乞宽宏,望乞宽宏。**

(小生)列位,听他说来,是外路的匪类,谅也不敢再来。有几两银子在,与你们,做个东道,行个方便,饶他去罢。(众)看相公分上,理当饶他,但这匪类,恐日后扳扯我们,倒不如送至当官,以免后患。(付)阿呀,相公救命吓!(丑)慢点慢点,今遭吓乤放子哩命,日后扳扯吓乤,来寻我里末是哉。(众)我们不认得,那里来寻你?(丑)勿认得?你听,个位是吏部天官陈大老爷的公子,新科解元,出继当朝首相王太师膝下,金殿蟒蛉,御笔改姓,王夔大爷。若是贼来扳扯,吓乤到相府里来寻末是哉。(众)原来贵公子讨情,放了你。(付)多谢王大爷。(下)(众)我等不知贵公子光临,请到舍间待茶。(小生)不敢。(丑)我里相公,五两银子,做好事勾,勿来买杯茶吃勾。(净)阿吓,银子奉还。银子呢?(正生、末)在你身边。(净)勿好哉,连衣服勿见哉。(丑)只怕勿拿来。(众)故做赃证的,不拿来?(净)拿银子时节,衣裳放来个,大花个。(丑)吓心里想做赃证,只怕放来屋里。(正生、末)唅,老胡,这衣服,只怕在家中。(净)且居去看,我明明拿得来勾。(下)(丑)个老毡养,我看见,只是勿话。(小生)这辈都是乡村的愚民,怎么把我相公出继之事,对他说起来?(丑)一个保头勿肯放,见中乤,个教两头掑。(小生)到天齐庙去,不许说出真姓实名。(丑)我是勿话,只恐自家蒙碌碌,要话出来。(下)(付上)(唱)

【尾】时无运蹇多惊恐,险些儿公堂呈送。(白)我滕小小,本是江南有名劫匪,诨号穿山甲。原到京中来,思想发财,不料途中得病,口食无措,只得随路做些买卖,一时不检点,被人获住,扭送到官。多感一位公子舍银相救,原把这衣服、银子,就地攘来。方才不曾仔细听得明白,这位恩人,是陈天官的公子,又是什么王太师的公子。我有两家的形迹,怕日后访不着恩人的名姓

———————

① "乤"可用于构成第二、第三人称代词复数,也可以用在指人的词语后,表示人群,这里即指叔叔伯伯们。

么？（唱）**我这里时刻悬悬，恩德紧记胸。**（下）

第九号

外（道人），正生、末（家将），小生（王燮），丑（王福），花旦（皇姨），

正旦（丫环），老旦（太君），小旦（秀贞）

（外上）（白）扫地恐伤蝼蚁命，爱惜飞蛾纱罩灯。贫道，天齐庙住持。向来神灵显赫，庙貌巍峨，每月香客不绝。正是，法妙通三宝，黄庭射九霄。（正生、末上）（末）离却繁华秀地，（正生）早到清净道场。吓，庙祝。（外）大爷请进，贫道稽首。（末）我们是国舅府来的。太君同皇姨，前来进香，命吾等先来吩咐：你山门内外、大殿回廊，须要打扫清净。闲杂人等，不许进庙窥探，如违者送官究治。（外）贫道理会。（正生）太君的船只将到，这些买卖的，打发出去。（外）是。列位，今有当今国舅府，太君娘娘前来进香，你们不要在此啰唣，做买卖的，到外边去。二位大爷，请进客堂奉茶，待贫道传齐众道人，迎接太君。（末）不用，只要你一个人承值大殿，众道人不必侍候。（外）二位请进。（正生、末、外下）（小生上）大都名山繁华景，果然人杰地灵时。（丑）相公，个是天齐庙哉。（小生）果然闹热。（丑）咳，往常山门内外，一直到大殿上，男男女女，挨挤勿起勾。今朝为啥山门里，个样冷净；山门外，个样闹热？（小生）王福，趁此大殿无人，待我进去，祷告神明，许个愿心如何？（丑）要老婆，许愿心；生儿子，做戏文。香烛勿带，勿虔心。（小生）有求必应。（丑）意就勿诚。（外上）那一位进山门来？（丑）进香的香客。（外）今日不便进香，明日来罢。（丑）进香许愿，怎么叫我明日来？（外）方才有国舅府门上来说，太君娘娘同皇姨，今日前来进香了愿，一应闲杂人等，不许进庙窥探，所以各处香客，暂停一日。相公且是请便，明日来罢。（丑）岂有此理！太君娘娘好得进香，难道我里许勿得愿心个？（外）太君娘娘，是当今皇上的岳母，不是好惹的。（丑）难道我里王太师的公子，好欺待的？（小生）

此刻太君还未驾到,小生许个愿心,就好出来。(外)这个不敢遵命。(丑)我里偏要进去。(外)这个使不得。(末、正生上)什么样人,在此喧嚷?(丑)我里进香勾香客。(正生、末)这小厮如此无礼,送到有司衙门重究。(小生)进香许愿,又不犯法,什么重究,岂有此理!(末、正生)你这后生,敢来生事么?(外)大爷,这位大爷,是天官府公子,虔诚来许愿心的。(正生、末)原来是位贵公子,本该遵命,只是太君行船将到,多少不便。(小生)此刻太君还未驾到,小生不过大殿上许个愿心,就出来的。(正生、末)如此,公子请进许愿,盛价不便进去。(小生)多承了。你在外面等,我就来。(小生下)(丑)阿呀,国舅府里家人,个样大道,竟把宰相府二爷,送官个口气,有点忍勿下去。相公进去哉,我也要进去。(正生)嘈!(丑)呒有雄鸡撒腿,我有老虎吞狗。你是什么样人,个样大?(正生)国舅府旗牌。(丑)原是国舅府的屋狗。(正生)旗牌。(丑)旗牌个样大。(科,下)(正旦、花旦、小旦、老旦同上)【过场】(科)(老旦)酬香金三百两,付与老道,对他说太君在里面游玩,众道人一应回避。(末)老道人,太君有香金三百两赏你,叫你众道人一应回避,太君在里面游玩。(外)是。(老旦)秀贞,你可陪侍皇姨,同我进去随喜。心念菩提极乐界,(花旦)虔诚志忐法堂中。(科,下)(小生上,科)(白)阿呀,妙吓!正在大殿许愿之时,太君驾到,皇姨同来。阿呀,神道吓!亲视佳人,就可分得娇娥。(外上)众道人,太君进来了,快些回避。(小生)都是官家,相见何妨?(外)阿呀,这是连累贫道不得的。(下)(小生白)那里观探才好?来此斗母①阁,他们必往此地经过,若还来时,岂非饱看一回?(小旦内)太君请到这里来。(小生)来了,来了。要睹佳人面,全在此阁中。(老旦、花旦、正旦、小旦同上)(老旦唱)

【惜奴娇】沉檀缭绕,满目前馥郁琼霄。清虚极乐,繁华佳兆。(白)儿吓,大殿上神灵显赫,法华中几念善缘。阶上花砌满地,步庭前秀竹栏杆。果然清虚之地,可为一观。(花旦)母亲,有道清虚不比红尘,修道皈依似佛门。(小旦)

---

① 斗母,亦作"斗姆""斗姥",道教所信奉的女神。传说为北斗众星之母,故名。

三教那能菩提子①,胜比今朝脱红尘。(唱)**琼瑶,一似终南②,步入在仙岛海岛。乐逍遥,胜脱红尘,求仙问道。**

(正旦)太君,回廊下望去,有琼台几座,定是花园,请太君进园随喜。(老旦)儿吓,趁兴在此,可到彼一观。(花旦)女儿陪侍。(小旦)太君可与皇姨随喜,秀贞行走不动,停在斗母阁前,歇息片时,未知可容否?(老旦)看你香汗满面,定然乏力难支,你就在此歇息罢。(唱)

【锦衣香】**兴浩,徐步花郊,你看这古柏苍松,难画难描。**(下)(小旦白)阿呀,一路在船上,精神劳顿,乏力难支,脚儿又痛,幸喜无人在此,待我来宽松宽松便了。(唱)**我神昏力倦,不耐着娇躯嫩腰。**(科)悄悄,(科)**只我这瘦怯伶仃,轻移步鞋弓袜小。**(小生白)妙吓!(唱)**美多娇,纤纤的玉手双捧,轻按着金莲窄小。**

(小旦)阿呀!(小生)不要着忙,小生是官家公子,特在此会仙姑的。(小旦)呀!(唱)

【蛮牌令】**丰姿多才貌,令人意难捞。我着惭红满面,何处避踪杳?**(小生唱)**貌风流端庄俊俏,不由人留意今朝。**(小旦唱)**露行藏祸事非小,空教人意急心惊,魂消魄消。**(科,下)

(花旦、正旦、老旦上)(唱)

【前腔】**园亭多精巧,锦地胜蓬岛。幽闲三宝地,龙虎道法高。**(小生跟,小旦上,科)(花旦)秀贞,你在彼歇息,怎么愈加汗流不止,满面通红?(小旦)实是乏力难支,遍身发热。(老旦)想是船上受了辛苦,着刘思备轿,我们下船去罢。(唱)**多是因风霜劳顿,怯身躯神魂颠倒。离秀地,艑艇③摇。一路行程,关河路遥。**(下)

---

① 教、菩提,底本作"效""萨弟",今改正。此句当有脱误,宁海平调本作"仙景阆苑蓬莱岛"。

② 一似终南,底本作"依似锦南",宁海平调本作"已抵钟南",暂校改如此。终南,隋唐间高僧,俗姓杜,法号法顺,华严宗初祖。晚年隐居终南山,故被称为终南。

③ 艑艇,泛指船。艑音扁,艇同"艇"。

（小生上）怎么去了？（科）（外上，跌介）相公，你躲在那里，险些儿累我淘气。

（小生）没得功夫对你，失陪了。（下）（外）慢去。这位相公混账。（丑上）（唱）

【尾】天齐胜会多热闹，不期的皇亲香烧。（白）唅，老道人，我相公到啰里去哉？（外）你家相公出山门去哉。（丑）去哉？人千马万，我啰里去寻吓！（唱）**叫不应东君，我的喉干燥。**（下）

第十号

正生、末（家将），老旦（太君），正旦（丫环），花旦（皇姨），小旦（秀贞），

净、贴旦（船家），小生（王爨），付（船家）

（正生、末同老旦、正旦、花旦、小旦上，落船）（同唱）

【水底鱼】归路潇洒，红日已西斜。扁舟驾返，又听欲咽哑。（下）

（小生上）（唱）

【前腔】急步双跨，（内白）开船！（小生）怎么，开船了？（唱）**我心意乱如麻。怎能轻身飞渡，重睹那娇娃？**

（内付）船来哉！（小生）这便怎处？吓，那驾一只小舟来了。船家，撑到这里来。（付上）船来哉。扁舟小小驾，江湖作生涯。吾年正六九，须鬓赛芦花。唅，相公叫船呢啥？（小生）偏偏是年老的。（付）相公，吰勿要嫌我年纪老，撑船只要河江熟。（小生）我要赶路的，你如何摇得快？（付）相公，有道"船小勿争力，只要扳得直"。（小生）我要赶那只大船的，可赶得上？（付）相公，吰落之我个船，摇之上去，我叫一声叫①，哩就勿摇哉。（小生）怎么，你叫得住？（付）前面撑大船的，是我嫡嫡亲亲表阿侄。（小生）只怕叫不应。（付）相公已②来哉，勿但前头个人，就是天上个风，我也要叫他住。（小生）你若是

---

① 前一"叫"字，"只要"的合音，下文"我叫一请"等"叫"字同。

② 已，调腔抄本亦作"以"，方言，相当于"又"。

赶得着,我重重赏你。(付)相公赏我啥东西?(小生)哪①,是一锭银子在此。
(付)赏我一锭银子,请落船来。唅,看仔细,让②我去吃之饭来。(小生)可
不迟了,赶不上了?(付)饿之肚也是摇勿动勾。(小生)前途买点心你吃。
(付)点心勿用,有酒一壶够哉。开船哉。(科)相公,个只大船勿见哉。(小
生)哪哪哪,在后面了。(付)掉之头哉,扳之转来。(科)(小生)快些叫。(付)
撑大船个阿侄。(小生唱)

【前腔】眼望巴巴,风送后庭花。声声呼唤,不住嘴喳喳。(下)

(众上)(唱)

【前腔】水船红霞,天连一色加。东方月上,万里碧光假。(下)

(小生、付上,科)(净)狗精毜养,叫我阿侄,等你摇上来,打哩两竹竿。(付)唅,小
毜养,你小个时节,癞之头皮,拖之鼻涕,在我船里吃饭,个啥忘记哉?(净)老
毜养,我今勿认得,叫我撑拢来做啥?(付)我相公在吼船里有亲。(小生)不是
亲。(付)有眷。(小生)不是眷。(净)老毜养,还要说答我船里有啥,摇开去。
(科)(净下)(付)咳,吼个位相公,非亲非眷,要我老人家赶上来做啥?(小生)老
人家,还要并上去,我自有妙处。(付)相公,吼个心事,我明白来里哉。(小生)
为何?(付)莫非为大船里两个女娘娘?我叫一请,请出来哉。(小生)你请得
他出来么?(付)我怕请哩勿出来。(小生)老人家,你若请得他出来,自当重
赏。(付)我叫一个请帖,里就出来哉。(小生)请帖岂不惹我了?(付)我个请
帖,勿惹你勾。(小生)怎么样的?(付)我叫之起来,里就出来哉。(小生)你请
他出来,我赏你银子一锭。(付)相公,我来哉!(唱)(吹)

【平湖调】月上东方日落西,何时同聚并相依③?你在长空逍遥乐,我在水面
上有谁知?举头望星斗稀,望巫山碧天齐。瞻望你来相会,未知你的心意待

---

① 哪,底本作"那",下文"哪哪哪"同。哪,相当于"喏"。

② 让,底本作"仰",让、仰方言仅声调有别,据改。下文付、丑念白中"让"字原亦作
"仰",今悉改作"让"。

③ 时,底本作"事",据宁海平调本改。聚,底本作"叙",聚、叙方言音同,据改。

何如,我孤身好惨凄。

（小生）老人家,可有得出来?（付）没得出来,但我催帖哉!（唱）

【前腔】阵阵凉风透玉肌,声声长叹好冷凄。可怜望断天边月,谁知明月被云迷。急赶东来又越西,越赶越追无了期。只望好事成双配,谁知终身无定期,瞻望英仙姬。

（小生）老人家,还没有得出来?（付）让我发速帖哉。（小生）快些催帖。（付）来哉!（唱）

【前腔】常言鱼水两欢娱,只望鸳鸯并翅飞。你在闭户长安挂,我在虚空你怎知。风有情来月无意,恐误终身不了期。若得与你成佳配,只恐团圆不到底,一世误佳期。

（科）（小生）阿呀,仙姑吓! 你还不出来,你好多做作也!（唱）（吹）

【（昆腔）六幺令】①盼②断巫山,意马心猿难获跨上。向玉空中复回还。老人家! 还仗你,调花言,免得相思作等闲。

（小旦上,净同上）（小旦唱）（吹）

【前腔】闲疑③空谈,莫不是俊雅风流心痴意玩? 推窗假作碧天南。你看他多情趣,意尘外,欲爱留记露情关。（下）

（净打付下水）（净）吓个老毡养,吓竟汲水摇,我勿动哉,还勿摇开去!（科,下）（小生）船家,快些摇上去。（付）相公,吓来里想天鹅肉吃哉。（小生）什么说话。（付）方才个老尼姑,是太君娘娘的香火庵出来勾。（小生）你那里晓得?（付）里庵中有事,都来叫我个船勾。（小生）他叫什么名字?（付）叫个秀贞师父。（小生）暧,秀贞住在那里?（付）住在国舅府间壁。（小生科）（白）原来如此。国舅府有多少路?（付）有数里之遥。（小生）快些摇上去,将近国舅府,

---

①　两支【六幺令】及【尾】,底本标有墨迹偏淡的蚓号,但曲牌名前标"吹"字,而单角本仅出曲牌名(昆腔场次抄本常省抄曲文),可知这三支曲牌为昆腔唱段,蚓号为后来所加。

②　盼,底本作"聘",今改正。

③　闲疑,或即"嫌疑"。

与我上岸，自当重谢。(付)相公，我总要居去勾，我摇之去罢哉。(小生)咳，

皇姨，皇姨，你可有兴也！(唱)

【(昆腔)尾】奇夕一段胜节勤，做出百般遇应环。(白)我在此闲玩，只是我爹娘

呵！(唱)**肠断双联，未知何日还？**(下)

第十一号　前绣房

老旦(太君)、花旦(皇姨)、小旦(秀贞)、正旦(国舅夫人)、小生(王夔)、

丑(小尼姑)、末(院子)、正旦(丫环)

(老旦上)(引)月上栏杆，不觉归来晚。(花旦)心结难安，(小旦)依然的心倦意

懒。(正旦上)媳妇迎接婆婆。(老旦)罢了。(正旦)婆婆一路上辛苦了。(老

旦)也没有什么辛苦，只是秀贞年轻质弱，在路上受些风寒。(小旦)秀贞告

辞了。(老旦)你在此，一则陪侍皇姨，二则将养身体。(小旦)秀贞本待陪

侍，奈力乏难支，况庵内无人，容秀贞回去罢。(老旦)且慢，进去用了夜膳，

着苍头送你回去便了。(小旦)多谢太君。(老旦)为儿礼拜虔诚客，(花旦、小

旦、正旦合)感得慈亲惜儿身。(花旦)秀贞，随我进来。(下)(小生上)(唱)

【一江风】月当空，朗朗①**光华重，几阵金风送。步匆匆，紧望东厢，这是庵门**

洞。(白)定慧庵，妙吓！(唱)**宽怀喜气浓，禅林映碧空，学个必正明文，要把**

《法华》诵②**。**

(白)待我来叩门。开门！(丑上)来了。正是蒲团空思念，忽听禅门叩连声。

啥人？吓，呒是那里来勾？天色夜哉，到我清净庵来做啥？(小生)你家师父

---

①　朗朗，底本作"郡郑"，单角本作"郎郎""浪浪"，据校改。

②　此二句用明高濂《玉簪记》典故。必正，指潘必正，寄寓女贞观，同道姑陈妙常私

订终身。又，调腔《双珠凤》中有文必正，在尼庵与吏部尚书霍天荣之女霍定金相会。复

旦大学图书馆藏绍兴乱弹《双鱼坠》写东阁大学士苏云显之子苏子瞻因在青莲庵瞥见沈

荣登之女沈书昭的美貌，遂化名顾必正，卖身为沈府书童。如此，必正之名，或出于《双珠

凤》《双鱼坠》，系常用于访美的书生的人名或化名。《法华》，佛经名，即《法华经》。

叫我来的。(丑)我家师父到天齐庙进香去哉。呒是那里来油头光棍,到我庵来打混?我叫起地方,来打呒个狗毡养。(小生)小师父,你不要慌,你师父可叫秀贞,同太君和皇姨到天齐庙进香?我与你师父姑表兄妹,在天齐庙相会,叫我先到庵中,然后他送太君回府,即便回来,还要叙过家常,怎说我是油头光棍?(丑)想个样言来是我师父的表兄哉。请到客堂少坐。(小生)你家师父云房在何处?(丑)相公,云房不便勾。(小生)你家师父叫我在云房等候的。(丑)相公随我来。好一个风流貌,(小生)落得有余香。(科,下)(末院子、正旦丫头,小旦上)(唱)

【前腔】谢娇容,两下堪敬恭,诗赋同吟咏。德量洪,胜嫡同胞,行坐相并共。(末白)来此便是。(小旦)老总管、大姐请进,里面待茶。(末白)天色已晚,不便打扰。(小旦)慢去。(末、正旦下)(小旦白)开门。(丑)来哉,师父回来哉,你个表兄等候久哉。(小旦)呸,贱人,什么表兄?(丑)同天齐庙相会,叫他在云房等候的。(小旦)敢是你有了情人,恐我知觉,来胡扯我么?(唱)**令人怒气冲,**(丑白)倒说我有情人,只怕是呒个相遇。(小旦)呸,贱人!(唱)**辄敢花言哄,玷污禅林罪难容。**

(丑)师父,我有个主意来里,各人拿之青柴棍去打,打勿落手是啥人个情人。(唱)

【前腔】恨无穷,将人来磨弄,非我成寸凶。气难松,(小旦唱)**休得要混浊言清,平白地将人送。**(下)(小生上)(唱)**云房意茕茕,使人常闷胸,胜似个月转回廊,花影渐过东。**

(小旦、丑上)(唱)

【前腔】进房中,辨出那情踪,狂徒休胡撞,不放松。(打)(小生唱)**唬得人胆战心惊,霎时喜容换愁容。**(打)(小旦)不要打了。(唱)**多情受惊恐,**(打)(白)不是吓!(唱)**他是我表兄,**(丑白)方才说没有表兄,如今有表兄,我总要打出情人来。(小旦)不要打了,权当我的情人。(丑)权字不好,我还要打。(小旦)是我的情人。(丑)早说是你的情人,勿用打哉。后生起来,拿茶来你吃。(唱)**空把书生来巧弄。**(科,下)

（小生）阿吓，大姐吓！（小旦）小尼与相公，素昧平生，何意认作亲，扰乱禅堂，若叫喊起来，岂不误了斯文之体？趁此夜静，无人知觉，请自尊便，免得玷污清规。（小生）日间在斗母阁中，多感仙姑留意，所以不辞水火，赶上舟船。又蒙仙姑顾盼，故而斗胆夤夜前来问候。仙姑怎说请自尊便，把留意之情，岂不付之东流也？（丑暗上，科）咳！（小旦）呀！（唱）

【皂角儿】**休得要花言舌调，玷污我清规名号。奴**①**本是冰清玉皎，休猜做墙花路草。**（小生白）小生亦非糊涂之辈。（小旦）你还说不是糊涂么？（唱）**枉了你官家士，斯文貌，夜深沉，恋风光，话**②**真个堪笑。**（小生白）仙姑吓！（唱）**何必怒恼，容我相告。非敢是污你清规，只爱你花容月貌，花容月貌。**

【前腔】（小旦唱）**明欺我伶仃孤照，胆敢来偷渡蓝桥。**（白）快将这真名实姓说来。（唱）**休得要言语失信，免得我心思瓜葛。**（小生白）小生实对你讲，陈天官是我生父，在金殿螟蛉，出继与当朝首相王璧为子，御笔改姓王夔，就是小生。（唱）**都只为成世缘，结前盟，天然巧，双双的效于飞，一对对青春年少，青春年少。**（小旦唱）**堪爱他人物端庄，堂堂志品高。令人一见故，意留情好，只恐前盟悔悼，前盟悔悼。**

（小生）我王夔若负仙姑今夜美情。（唱）

【尾】**一轮皓月当空照，辜负前盟没下梢。**（小旦白）相公，非是我执意。（唱）**都只为一世终身，又恐无依靠。**（科，下）

第十二号

净（王璧）、付（夫人）、丑（王福）、外（院子）、末（家人）、正生（国舅）

（净、付上）（付唱③）

---

① "奴"字底本脱，据文义补。

② 话，底本作"花"，据文义改。

③ 此处人物上场底本作"付上唱"，据剧情补全。

【驻马听】膝下空劳,暮景桑梓又残凋。看将来无宗嗣,短叹长吁,暗地悲号。(净白)咳!(唱)螟蛉二字枉勤劳,养家怎比亲嫡胞。(付唱)提起心焦,提起心焦,难按泪珠,暗地悲号。

(丑上)(唱)

【前腔】归路迢遥,撇我潜身何处遥。走得我气喘吁吁,急进闉阇①,汗流如潮。(外上)王福,怎么一夜不回,同大爷在那里游玩?相爷和夫人在中堂十分着恼。(丑)大爷昨日之居来哉。(外)那里有得回来?(丑)先进书房哉。(外)大爷若在书房,相爷和夫人何为着恼?(丑)咳!(外)启相爷,王福回来了。(净)大爷可有回来?(外)没有回来。(付)一定在爹娘处了。(净)着王福进来。(外)王福,相爷传你。(外下)(丑)相爷、夫人在上,王福叩头。(净)昨日你与大爷出府游学,为何今日才②回?大爷呢?(丑)个个大爷……(付)敢是进天官府去了?(丑)大爷勿进天官府去。(净)在那里?(丑)小人勿晓得。(净)唔主仆同行,怎说不晓?就是到天官府爹娘跟前问安,亦是正礼。(丑)相公实勿到天官府去。(净)嗳,还有暗瞒。夫人,孩儿恐我挂念,故而预先吩咐王福说不到天官府去。(付)王福,大爷若在天官府,相爷亦得安心。(丑)只怕大爷自家去勾。(净)还要抵赖,打!(丑)阿呀,相爷,让小人说。(净)大爷在那里?(丑)小人昨日同之大爷出府,一径出城,竟到天齐庙许愿心。(净)许什么愿心?(丑)大爷要如花似玉勾新娘娘嚯。(唱)虔诚顶礼拜神君,主仆两下绝路遥。(白)小人寻之一夜。(唱)勿见大爷驾,独自飞跑,独自飞跑,那知东君,潜踪避杳。

(付)相公,王福之言,不必信他,可差人到天官府,问个详细,自然明白。

(净)你可到天官府,问明大爷下落。(丑下)(外上)启相爷,国舅告假养亲,特来拜望。(净)夫人回避。开正门。(付、外下)(末上,吹打,换衣)(正生上)老太

---

① 闉阇,底本作"贤都"。抄写者读"闉"作"煙(烟)",与"贤"曲音相近,故相代。闉阇,指街市。

② 才,底本作"来",据文义改。

师请。(净)国舅请。不知驾到,有失远迎,多多有罪。(正生)晚生告假养亲,特来辞行。(净)实是忠孝双全。(正生)晚生一来辞行,二来为娘寿日将近,久闻令嗣公,笔法如神,欲恳写百寿图一幅,未知可容否?(净)令堂老太君大寿,老朽自当恭贺。(正生)岂敢。但写寿图,精力非凡,欲请令嗣公出来,待晚生面恳。(净)小儿不在,到天官府去了。(正生)在天官府,晚生总要到彼辞行,面恳便了。(净)待等小儿回来,老朽叫他写就,送与太君上寿,何必国舅面说。(正生)多谢老太师,告别。(净)有酒饯行。(正生)还要到各衙门面辞,领情。(净送)(吹)(正生下)(净)咳,儿吓!你若在家,今日国舅面前,便可显你才学。(唱)

【尾】你问晨昏全孝道,报答深恩养育浩。不然是挥笔龙蛇百寿考。(下)

第十三号

小旦(秀贞),丑(小尼姑),小生(王爰),付、正旦(丫环)

(小旦上)(唱)

【桂枝香】羞脸难照,思之无奈。敢只是污渎禅门,也只为相堪相爱。(白)自那日得见多才,使人难舍意马。谁料他先进庵中,便成鱼水之欢。待留他在庵,忽然露人面目;若还打发回去,又恐难舍难分。昨日太君差总管前来,说叫我进府陪伴皇姨,为了这冤家,推病不出。倘皇姨差了丫环,前来问病,他在庵中,岂非露出真情,如何是好?(唱)**心多尴尬,心多尴尬,难主难裁,好叫人无聊无赖。**(白)天吓!我乃入空门、守清规的比丘,不该做出这桩事来的。(唱)**甚痴呆,禅关花滴露,金锁被人开,金锁被人开。**

(丑上)师父,太君娘娘差之老总管,来问师父个病哉。(小旦)你便怎么?(丑)我说十分沉重,回复他去哉。(小旦)怎么,说我病重?阿呀,少刻皇姨一定差了丫环,前来看我了,这便怎处?你把庵门下了闩,国舅府有人来,先报我知道,然后开门。(丑)晓得哉。(下)(小旦)王郎,走出来。(小生上)(唱)

【前腔】风流心爱,春情满怀。这云房权做香闺,卧榻儿宛似阳台。(小旦脱衣科)(小旦)吓,王郎,国舅府差人前来问病,徒弟说我十分沉重,回复他去了。(小生)回复他去才是。(小旦)府中皇姨与我情投意合,胜似同胞,知我病重,定差丫环来看我。你在庵中,必然露出形踪,如何是好?(唱)**怎的藏埋,怎的藏埋,若情关露败,如何布摆。**(小生白)庵内静室多间,难道没处避踪?(小旦)虽然静室多间,须防露目。若你早早回去,一来免得父母挂念,二则免得露出形状。(小生)我和你才得欢娱,叫我如何撇得你下?(小旦)阿呀,冤家,你若有我之心,却不难的。(唱)**我便脱袈裟,待你荣幸日,我叠被铺床愿应该,叠被铺床愿应该。**

(小生)怎么此话,我和你才得双会,怎忍一旦分离?咳,我自有道理在此。(小旦)什么道理?(小生)我在家中,为访美容,在书房内乔扮女子,丫环认我不出。如今扮做道姑模样,在你房中,一来朝暮同叙,二来国舅府有人来,料难识破机关,此计如何?(小旦)你是男子,如何扮得女子?(小生)若不信,把道姑的衣裙拿出来,待我来改扮。若不像女子,又可更改的。(小旦)如此,我去拿来了。(小生扮科)(唱)

【前腔】衣衫多解①,假②扮裙钗。(挽头科)这乌云发鬓宛然,上下的衣衫更改。(走科)(白)如何?(小旦)竟是个道姑,妙吓!(唱)**看他丰姿多妙,丰姿多妙,胜似海岛观音,**(白)只是可惜。(小生)可惜什么?(小旦唱)**可惜你这双脚大。**(小生白)我的脚大,若有人问,说幼小时节怕疼,故而如此。(小旦)阿呀,啐!(小生)阿呀,仙姑吓!(唱)**你可放胸怀,书生今日乔妆改,谁识③堂堂一俊才,堂堂一俊才。**

(丑上)(唱)

【前腔】千金命差,丫环速来。咦,是何处来绝妙仙姑,顿令人心中疑猜。(小

---

① 解,底本作"鲜",据单角本改。
② 假,底本作"香",据单角本改。
③ 识,底本作"说",据单角本改。

（旦白）你进来何事？（丑）师父，太君又差之两个大姐来望师父哉。（小旦）不可叫他们进来，回复他去了。（小生）且慢。皇姨为你病重，差人前来看你，若还不会，回复打发转去，少不得明日又来，莫若叫他进来。（小旦）你在此，如何是好？（小生）我和你认作师兄师弟，因你有病，前来望你的。（小旦）倘被他们识破，如何是好？（丑）师父个样打扮，就是神仙也是看勿破。阿唵，骨双脚来得大点哉。（小旦）你的鞋去拿了来。（丑拿科，小生换鞋科）（小旦）刚刚凑巧，你去开门，叫他进来。（丑）吓。（下）（小旦）你乔妆得虽无识认，只是我的心怀。（小生）阿呀，仙姑吓！（唱）**何必延挨**①**，何必延挨，放却胸怀，只我这形踪何在。**（小生科，坐）（付、正旦上）（唱）**进门台，转过回廊下，便见云房在，便见云房在。**

（小旦）二位大姐。（付）秀贞师父，皇姨闻你病重，还是请太医院医治，还是要人参汤吃没有？（小旦）不过唵唵②小病，多感皇姨见怜。多多拜上，说我好了。（付）皇姨闻知，多少欢喜。（小生）二位大姐。（付）阿吓，又是一位齐整师父来里哉。（小旦）这是我师父差来望我的。（付）原来如此。人又好③，毕脆④喉咙。阿唶，个双脚来得大。（正旦）出家人是不论大小的。（付）秀贞师父为啥小？（小生）他自小不怕疼，故而足小；我是怕疼的，故而足大。（正旦科）请问师父，叫什么名字？（小旦）吓，这个……（小生）我叫恒秀。（付）那啥，硬秀？（小生）不是，姓恒之恒。（付）我道软硬之硬。（正旦）恒秀师父，也是知书识字的么？（小生）不瞒大姐说，小尼不但知书识字，亦且吟诗答对、操琴弈棋，都是会的。（付）好吓，皇姨在绣阁冷落，恒秀师父去同皇姨作作诗、弈弈棋。（小生）若是皇姨在绣阁冷落，小尼可以解得闷。（付）解啥个

---

① 延挨，拖延。

② 唵唵，同"恹恹"。清洪亮吉《更生斋集》之《诗续集》卷九《鸡西曲》："恹恹小病精神欠，偏是眼波看不厌。"（据《四部备要》本）

③ 又，底本作"有"，今改正。人又好，指人长得好。

④ 毕脆，同"必脆"，清脆。清张春帆小说《九尾龟》第四十九回《方小松演说风流案 贝夫人看戏丽华园》："霍春荣见了十分得意，做到吃紧之际，贝夫人放出那绝娇必脆的喉咙，高叫一声：'好呀！'"

闷？（小生）不是操琴，定是弈棋。（付）秀贞师父有病，这位师父才貌双全，皇姨见了，无不欢喜。（小旦）这个使不得，师兄是要回去的。（小生）素闻皇姨善能诗赋，何不待我前去一走？一来问安，二则请教诗赋，三又代师弟之劳，去去何妨？（小旦）绣阁十分谨慎，况你礼貌不周，如何妄入①？（付）真真同行嫉妒。恒秀师父去，不过同皇姨吟诗操琴弈棋，又不占你生意，那啥去不得？（小旦）去不得的。（小生）师弟，我去不过请教皇姨诗赋，又不抄化银子，何必多疑。大姐领了我去。（付扭小生、正旦下）（丑上）师父，呫个彼道呢？（小旦）倘若进了绣阁，弄出事来，不但出此丑态，且性命难保。（丑）皇姨见之恒秀，也像师父做小伙哉。（小旦）什么说话！（丑）去赴之里转来。（小旦）冤家吓，你便心痴意昧，使我魂散魄飞。（科，下）（丑）恒秀师父有之我师父，还想皇姨，真真得一望二，没良心勾。（下）

第十四号

老旦（太君），花旦（皇姨），正旦、付（丫环），小生（王夔），小旦（秀贞）

（老旦、花旦上）（老旦白）心念禅门，堪爱他又识诗文。（花旦）意合同心，在云房孤身只形。母亲万福。（老旦）罢了，坐下。儿吓，那日不带秀贞同去，也无此事。闻他病沉重，多少牵挂。（花旦）女儿差丫环前去看他，若然沉重，母亲念他孤身命苦，还敢请医调治才是。（老旦）这个自然。（正旦、付、小生上②）（付）走吓！仙家离凡世，（正旦）沉鱼落红雁。恒秀师父，来此已是。禀告太君，才好进去。（付）禀告啥？进去见太君。（花旦）你二人回来了。（付）是。见之太君。（小生）太君在上，小尼稽首。（老旦）好一个端庄人品。（付）见之皇姨。（小生）皇姨，小尼稽首。（科）（花旦）免礼。（老旦）春梅，这尼僧何来？（付）这是秀贞师父的师兄，叫恒秀。他作得好诗，弈得好棋，叫之进

---

① 妄入，底本作"枉入"，今改正。"枉"或为"扛"之讹，"扛"者"擅"之俗。

② 此处人物上场底本未标，据剧情补。

来,同皇姨吟诗操琴勾。(老旦)儿吓,禅门尼僧,果有如此才貌?(花旦)母亲,各有其志。(老旦)恒秀,你俗家何处,几时出家,一一说来。(小生)太君容禀。(唱)

【泣颜回】自幼失双亲,可怜我身遭①**不幸。念我是礼乐家门,命多磨愿入空门。**(花旦白)你多少年纪了?(小生)皇姨吓!(唱)**年方十六春,守清规颇识那诗琴。**(老旦唱)**堪羡他人貌俊雅,可惜了袅娜娉婷。**

(花旦)母亲,看他芳容俊美,谅必才学渊源。女儿意欲当面请教一局,未知可容否?(老旦)正可消闷。恒秀,皇姨见你芳容俊美,定然才学并夸,要请教一局,以为弈兴。(小生)恒秀初学一二,怎好与皇姨并弈,恐污玉指。(老旦)不必太谦。取棋枰过来,开局分子。(小生)小尼告个罪儿。皇姨请。(唱)

【前腔换头】相并,黑白定输赢,开一局仙班欢庆。争锋高下,这的是龙目双睁。(老旦白)妙吓!(唱)**奇才逞能,这图儿顷刻那星文。**(小旦上)(唱)**潜身的步入中厅,恐露出乔妆形景。**

(付)伊秀贞师父来哉。(老旦)秀贞,说你病重,多少牵挂,怎么就好了?(小旦)秀贞不过俺俺小病,多感太君垂怜。(老旦)还该避风将养才是。(小旦)前来叩问太君。(老旦)进来何事?(小旦)叫师兄回去。(小生)不知师弟到来,本该奉礼,蒙太君不弃,与皇姨在此弈棋,有失迎候。(付)坐东,酌棋②。(小旦)师兄,方才师父差人前来接你,叫你速速回去。(老旦)正在此说你二人才学并夸,你来看你师兄弈得好棋。(小旦)棋虽精巧,怎比得皇姨仔细。(花旦)我却输了。(小生)皇姨还不输吓!(唱)

【千秋岁】有奇门,上下能照应,这的是飞渡星辰。(老旦白)数来。(付)五十。(正旦)一百。(付)一百五。(正旦)一百六。(付)一双两双三双半,皇姨输得四子。(小旦)师兄,师父有人在庵立等,快些辞了太君、皇姨,同我回去。(花旦)

---

① 遭,底本作"连",据单角本改。
② 酌棋,同"着棋",下棋。

我还要请教一局。你师父有甚要事,前来唤他?(小旦)这个……师父有病,要他回去,嘱托后事。(小生)我来时节,师父何曾有病?(小旦)岂不知"天有不测风云,人有旦夕祸福"?(唱)**衰年暮景,衰年暮景,后事儿仗你一身。**(科)(付)我明白哉,恒秀师父来的时节,秀贞师父实勿许里来勾,恐怕太君有妒忌心,你放心,太君没有妒忌心勾。(老旦)秀贞,你二人在此服侍皇姨,我太君决不亏负与你。(唱)**你何必生疑忌嫉妒心,堪羡他清规女才学深。棋上逞豪兴,在绣阁得伴娇英,得伴娇英。**

(小旦)秀贞怎敢疑忌,实是师父有病,蒙太君错爱,今日且是回去,改日进府陪侍皇姨。(唱)

【前腔】病深深,胜望①**他回音,有遗言嘱咐叮咛。**(小生白)师父我来康健,此病何来?(小旦)师兄快些回去。(小生)嗳!(小旦)嗳!(唱)**恼恨薄幸,恼恨薄幸,全不惧贵戚与皇亲。**(打棋)(老旦)可恶。(花旦)秀贞,我待你情也不薄。(唱)**不过闲消闷忒无情,狂情投形仇性**②**。辄敢胡乱行,不由人冲冲怒气生**③**,冲冲怒气生。**(下)

(老旦)秀贞,你为何将棋局打坏,这等放肆!(小生)都是恒秀不是,累及太君动怒,恒秀叩辞。(老旦)且慢,我今偏要恒秀留在绣阁,陪伴皇姨。梅香④,扯他绣阁中去。(付扯小生下)(老旦)吩咐门上人,自今以后,不许秀贞进府。我若不看你往日殷勤,取你小贱人一死。(下)(正旦)秀贞师父,太君跟前,为何如此性仇?(小旦)大姐,你那知我的心事来?(唱)

【尾】其中事怎安顿,有口难言这段情。(正旦下)(小旦)咳,我的心事也不必说了。(唱)**只恐怕露出机关,玷污那公卿。**(下)

---

① 胜望,犹不胜望,十分希望。

② 形仇性,谓显露出固执、凶狠的情性。仇,通"㑩",下文"性仇"之"仇"同。调腔《西厢记·拷红》【斗鹌鹑】:"老夫人心数儿多,情性儿㑩。"

③ "生"字底本脱,据文义补。

④ 梅香,丫环的代称。

第十五号　后绣房①

花旦(皇姨)、小生(王夔)、付(丫头春梅)、老旦(太君)

(花旦上)(唱)

【端正好】情难恕，理不当，怪无知②忒杀猖狂。曾与你绣阁中姐妹相看待，怎下得这面庞？

(白)正是画肤画皮难画骨，知人知面不知心。秀贞，你好无礼也！(唱)

【滚绣球】空与你同一胞，狂情投在绣房，(白)这般形状，若在绣阁，我也不来计较与你，况太君、恒秀同在③。(唱)**好叫我羞惭红满面，何处来躲藏？潜身入绣阁，怏怏闷胸膛，**(小生、付上)(付唱)**过中厅又转回廊，进香闺、禀告红妆。**(小生唱)**逞兴的误入豪门，怯吁吁、心胆惊慌。上楼台、**(科)**不由人战战兢兢，露行踪祸事非常，都只为访美求容女，倒做了窃玉偷香，窃玉偷香。**

(科)(付)皇姨，恒秀师父进来哉。(花旦)秀贞忒无礼了。(小生)皇姨，不要动气，秀贞不是，恒秀赔罪，还望皇姨在太君跟前说，依然叫师弟进来陪侍。(花旦)且待太君气平了，再处。(付)皇姨，秀贞师父是太君骂之一顿，赶出去哉。留恒秀师父，来里讲究。(小生)讲究什么？(付)无非作作诗、酌酌棋。皇姨，我去望太君来，我去哉。(下)(花旦)你请坐。(小生)皇姨在此，小尼怎敢？(花旦)这也不妨。(小生)告坐了。(花旦)你父母虽然亡故，有此才貌，不配佳人，身入空门，岂不可惜？(小生)咳，皇姨，若提起婚姻二字，付之度外矣。(花旦)为何？(小生)皇姨！(唱)

---

① 此出目名底本原无，《九世同居》等总纲本［195-1-124(2)］所抄《双喜缘》选出题作"绣阁"，今从单角本。

② 无知，底本作"无疑"，据195-1-124(2)总纲本改。

③ 同在，底本作"共"，据单角本改。

【叨叨令】①这终身愿赴高梁，论婚姻、何有得绝世堂堂？（花旦白）有道"才子配佳人"，你这样才学，怕没有风流佳配？（小生）不瞒皇姨说，家父在日，原是博学鸿儒，那些王孙公子，从学的也不少。奈他有才没有貌，有貌没有才。（花旦）难道世间上，决无才貌双全的人物了？（小生）曾闻家父说②，只有一个门生，乃是当世才子。（花旦）他姓甚名谁？（小生）他姓陈，名夒，乃是陈天官的公子，近闻他新科解元，又在金殿螣蛟，与王太师为子，御笔改姓王夒。（花旦）你何知其详细？（小生）小庵中，亦是官宦护法，常常说起，故而知道。任他是天官公子，我虽然宦仕陋室，谅不能相配。若是误配凡夫，岂非一世没兴？不如身入空门，乐得一生无怨。（唱）**好清闲净观自在，修来世、重结鸾凰**③。**我也是知书识字香闺女，岂难道误配怨夫怒满腔④？倒不如禅林下听钟响也么哥⑤，乐得个⑥念弥陀也么哥。**（花旦白）只恐你年少青春，六根未净。（小生）皇姨，若有王夒这样才貌，小尼呵！（唱）**便学个留意潘安，相恋巫娘，相恋巫娘。**

（付上）皇姨，太君睡了，恒秀师父那里去睡？（小生）秀贞在那里睡的？（付）秀贞，是皇姨房中睡的。（小生）吓。（花旦）我还要请教诗赋，在我房中睡了罢。你这些诗赋、琴棋，还是在家学的，出家学的？（小生）皇姨，若说是诗赋琴棋，是陈天官公子，在我家攻书之时，指引我的。（花旦）怪道棋上如此精巧。（小生）请问皇姨，青春几何？（花旦）一十六岁了。（小生）原来与恒秀同庚。（花旦）怎么，是同庚的？（小生）皇姨芳容娇美，求亲也不少，婚姻定是那一家？（花旦）这个……（小生）皇姨与恒秀俱是女子，但说何妨，不必含

---

① 此曲牌名及下文【小梁州】，抄本缺题，前者据《调腔乐府·套曲之部》补，后者系推断。

② "说"字底本脱，据单角本补。

③ 鸾凰，底本作"鸾凤"，据195-1-124(2)总纲本改，下同。

④ 腔，底本作"胸"，据195-1-124(2)总纲本改。

⑤ 也么哥，底本作"也分无"，据195-1-124(2)总纲本改。

⑥ "个"字底本脱，据195-1-124(2)总纲本补。

羞。(花旦)还未。(小生)不知那一家王孙公子,有福分的前来配合?(花旦)我且问你,那王夔既在你家攻书,他有何才貌?(小生)皇姨,若说王夔的才貌呵!(唱)

【脱布衫】论风流才貌端庄,依然是、傅粉何郎。天生就彩眉秀目气昂昂,便掷果车前绝世无双,绝世无双。

(白)皇姨,若得配王夔,不枉风流一世。(花旦)曾闻哥哥说,王夔是个当世才子,只是姻缘前定,如何遂得心愿?(小生)恒秀又闻得王太师,要与王夔婚定,那王夔恐丑陋女子,一世没兴,瞒过王太师,出府私访佳人。可惜。(花旦)可惜什么来?(小生)可惜王夔没福,不能亲睹,不然是门户相对。若是王夔与皇姨配合,真个一对好夫妻。(花旦)我在绣阁,他如何见得我来?(小生)就是皇姨在绣阁,也不能见得王夔。(花旦)恒秀,听你说来,倒是两相耽搁了。(唱)

【小梁州】恨无缘不能够亲睹才郎①,枉叫人、空思妄想。(小生白)皇姨这等才貌,倘若误配终身,岂非一世没兴?(花旦)恒秀吓!(唱)我这里说不出那端详、朝和暮、愁默默心怀悒快,那能够觌面才郎?(小生白)皇姨若要见王夔,不难的。(唱)又何须情意彷徨,那人儿、可也相望。

(花旦)他如今在那里?(小生)说是要说,只恐皇姨要出恼。(花旦)我不着恼,你且讲来。(小生)咳,如此小生就是王夔。(花旦)阿呀,何处狂徒,如此大胆,擅入绣阁,污我清名,快些走出去!(小生)皇姨不要高声,小生实是王夔,为访亲事,在天齐庙得见娇容,又蒙秀贞指引,乔扮进府。皇姨心念小生,故而大胆吐出真情。若还叫喊起来,合府男女知道,传扬出去,国舅门楣何在?绣阁又污清名,小生性命又何在②?太君体面何存?皇姨虽无瑕玷,总然玉石难分。(唱)

---

① "郎"字底本脱,据单角本补。
② "在"字底本脱,据单角本补。

【快活三】我也是宦族门墙，为婚姻、自来相访。并非是糊涂辈贪淫恋色，都只为才貌成双，才貌成双。

（白）还未一言允诺。（唱）

【幺篇】①便埋头苦志在寒窗，那时节一举成名龙虎榜。央月老求婚在高堂，决不敢玷污贞烈在绣阁②，你可也仔细参详，仔细参详。

【幺篇】（花旦唱）好叫人惜无主张，这的是前生孽障。（白）若还叫喊起来。（唱）就湘江难洗贞洁，可不道玷污了阀阅门墙，阀阅门墙。

（小生）只求一言。（花旦）咳！（唱）

【幺篇】见了他神魂难定，羞脸儿、何言启讲。（科）（白）只要你努力攻书，若得御道争先，那时求婚说亲，那有不允之理？（唱）我这里谛听喜音降，不负你改扮乔妆，改扮乔妆。

【朝天子】（小生唱）感称谢娘行，结同心欢畅，等名题共效鸾凰。（花旦唱）待天明分帐，休③露出形状，漏风声顷刻祸殃。（小生唱）同向那高堂，见曙色透光情况，两下里各自隐藏，要重逢何日成双，何日成双？（下楼）

（付）太君来哉。（老旦上）（引）绣阁娇容女，前来问音信。（白）儿吓，为何起来甚早？（付）恒秀师父同皇姨，作之一夜诗，还不曾困过。（老旦）劳神了，进去睡了。（小生）恒秀心念家师，意欲回去，特来告别太君。（老旦）你在此陪伴皇姨，着人前去安慰你师父便了。（小生）多谢太君抬举，且使恒秀今日回去，见了家师，改日再来。（老旦）又是秀贞下场头了。（花旦）母亲，女儿虽则无伴，奈他师父有病，岂可强留？（老旦）儿吓，他师父的病，是秀贞虚造出来，欺我在房，假说师父有病，故而不许他进府，留恒秀在此陪伴的。

---

① 此及以下三支【幺篇】，抄本未作标识，《调腔乐府·套曲之部》订作叠用三支【满庭芳】，与词式和曲谱均不合，今重订。

② 绣阁，195-1-124（2）总纲本作"兰房"。

③ "休"字下，底本旁注小字"得要"，疑出后补，195-1-124（2）总纲本及单角本均无"得要"二字，兹不录。

秋菊,服侍皇姨进绣阁。(下)(花旦)咳,难将此语来分诉,(下)(小生)偏是从中别浪生。(付)恒秀师父,到皇姨房中去睡。(小生)我不到皇姨房中去睡。(付)为啥呢?(小生)我一人睡惯①的。(下)(付)到我房中去睡。个个人只好出家勾,嫁之老公,难道也是一个人睡?看来鸳孤鸾星勾。(下)

第十六号

丑(王福),付(滕小小),净、末(手下),正生(国舅),花旦(皇姨),

小生(王夔),正旦(丫环)

(丑上)阿呀,相公吓!(唱)

【山坡羊】路迢迢何方奔走,急煎煎那处追求? 渺茫茫海角天涯,虚飘飘东君浪荡游。(白)我王福,自与大爷在天齐庙分踪②,只道先回相府,那知潜迹无踪。太师爷要我个身上还大爷着落,又命众家人四路搜寻,叫我到啰里去寻?咳,相公,吙末来外亨头游游乎荡荡乎,啰里晓得我个苦。(唱)**苦无休,寒风扑面飕。关河重叠羊肠走,那里去问水寻山,问水寻山,向谁诉剖? 遨游,访东君奔荒丘;抱忧,未知何日重聚首,未知何日重聚首?**(下)

(付上)(唱)

【前腔】浪滔滔江湖逗留,明见见我是个贼中魁首,俏伶伶手段擒拿,扑簌簌怎耐运不来辐辏。(白)我滕小小,只望到京里发财勾,向那里晓得时运不济,莫若回转江南,再到别路。只是恩人未曾报答,倒是一桩心事丢勿下。(唱)**相保佑,恩德重山丘。那日当场做出丑,若不是见义施为,见义施为,送官衙鞭笞怎受。**(丑上)(唱)**遨游,访东君奔荒丘;逗留,未知何日重聚首,未知何日重聚首?**

(付)吙个位朋友,我有点认得。(丑)我也有点面熟。(付)吙还是天官府里大

---

① 惯,底本作"怪",据文义改。

② 踪,底本作"众",今改正。

叔呢,还是太师府里三爷?(丑)太师府里来勾。(付)勿差,那是来里哉。你可认得我?(丑)认得勾。(付)认得啥大化会过勾。(丑)骨一日我大爷来路上,有五两银子,与呒解结勾。(付)勿差,我就是滕小小。个一日若没得大爷解结,我终要吃苦疼哉。骨个恩德,我紧记在胸头。呒乩大爷阿好?大叔你要到啰里去?(丑)吓,正为大爷无得着落,来里寻个。(付)慢点慢点,呒乩大爷到啰里去,无得着落,来里寻?(丑)也勿知啥长亨去哉。太师爷、老夫人要我个身上着落,寻见之大爷,才好居去。(付)为啥要你个身上着落?(丑)就是个一日,同大爷出门撞子呒,到天齐庙许愿心嘘。(唱)

【好姐姐】**为心愿虔诚祝叩,主和仆两地分首。天涯海角,此身何处游。**(白)我里太师爷最欢喜大爷,况且陈天官公子、太师爷承继勾,勿见之大爷。(唱)**多偻傻,宗桃仗伊来承受,可怜他两眼巴巴,眼巴巴、眼巴巴望断凝眸①。**

(付)骨也奇杀哉!(唱)

【前腔】**难解其中根由,心愿的神灵成就。仔细猜疑,好叫人莫脑头②。**(白)大叔,呒乩大爷,往啰一方去勾?(丑)我也勿晓得。(付)介没无地方,叫我啰里去寻?(唱)**相厮守,迢迢万里路不休,渺渺茫茫随水流。**

(丑)阿呀,滕伯伯,个说话勿差,大爷无得地方,叫我啰里去寻,倒不如居去罢。(付)大叔,方才听呒说,太师爷最欢喜大爷勾,呒若居去,大爷无得着落,呒个罪阿吃得起?(丑)阿呀,大爷寻勿见,居去勿来勾,个没那处?(付)大叔勿要着急,且要定之心。我滕小小个一日受之呒大爷个恩德,正欲思想报答,竟来我个身上,寻个大爷,叫你居去,一来免得太师记挂,二滕小小亦算报恩,三免之呒个罪业。(丑)呒到啰一方去寻?(付)我有一主寻法。(唱)

【饶饶令】**捕风来捉影,偷天换月手。不见迹寻踪根何在,一任他去何方我能**

---

① 凝眸,底本作"疑将",今改正。
② 脑,底本作"恼",今改正。莫脑头,即没头脑,没有头绪。

搜,去何方我能搜。

（丑）滕伯伯,若寻见之大爷。（唱）

【前腔】深恩如海,犬马当图酬。（同唱）要望云山重重锁,你我去访东君觅情由,访东君觅情由。（下）

（净、末手下,正生上）（唱）

【园林好】离金关辞归故丘,感谢得、皇恩准奏。尽孝道问省晨昏,奉高堂斑衣舞袖,奉高堂斑衣舞袖。

（白）下官应天瑞,只为母亲年老,告假归故,蒙恩准奏,一进故里,将近府第。趱上。（唱）

【前腔】前呼的马蹄声骤,遇前途、村庄依旧。你看这叶落凋残,阵阵的寒风吹透,阵阵的寒风吹透。（下）

（小生、花旦上）（花旦唱）

【五更转】心怯怯,闷悠悠,提起叫人满面羞。香闺绣阁红妆女,反做了月下私情这风流。（白）母亲吓,你留他怎么?（小生）皇姨吓!（唱）休得要,锁眉尖,满面羞。（白）我在绣阁中,无人知觉的。（花旦）嗳,若要不知,除非莫为。（唱）机关败露谁能救,可不道误我三贞,玷污门楼,玷污门楼。

（正旦上）（唱）

【前腔】小丫环,急急走,忙报千金上层楼。（花旦白）秋菊,你上楼来何事?（正旦）老总管来报道太君,说国舅爷告假养亲,今日回府了。（唱）庭帏整顿葡萄酒,母子相依,兄妹厮守。（花旦白）你且下楼。（小生唱）听言来,好叫我,无措手。他是昂昂志气冲牛斗,不由人魄散魂飞,怎能够万全计勾,万全计勾?

（小生）待我出府去罢。（花旦）且慢。此刻众家人俱在府门,出去倒有不便。

你且在楼,我去见了哥哥,随后打发你出去便了。（小生）皇姨吓!（花旦唱）

【尾】宽心待等无多愁,休得要双眉蹙皱①。（花旦下）（小生）皇姨,阿呀,皇姨

---

① 蹙皱,底本作"蹙疲",据单角本改。

吓！你便下楼去，我在此如坐针毡也！（唱）**好叫我如坐针毡，一霎时平地风波没来由，平地风波没来由。**（下）

第十七号

净、末（手下），正生（国舅），外（院子），老旦（太君），正旦（国舅夫人），

花旦（皇姨），付（丫环），小生（王甕）

（净、末同正生上）（白）高车驷马，论门楣阀阅增华。（净、末）国舅爷回。（正生）你们鞍马劳顿。（众）噯。（下）（外上）老奴迎接国舅爷。（正生）请太君。（外）太君有请。（老旦上）（引）老迈年华，（正旦、花旦上）叙团圆庭帏欢耍。（正生）母亲。（老旦）我儿回来了。（正生）母亲在上，待孩儿拜见。（老旦）路上辛苦，常礼罢了。（正生）多谢母亲。（正旦）相公。／（花旦）哥哥。（正生）夫人、妹子。（老旦）坐下来。（正生）是。（老旦）你在朝中伴驾，何事回来？（正生）太平盛世，朝野无事。孩儿心念老母，告假养亲。（老旦）好。（正旦、花旦）足见相公／哥哥忠孝双全。（正生）母亲，正宫娘娘闻知孩儿告假养亲，差司礼内监送锦裘一领，与母亲遮寒，妹子亦有八宝凤钗一对。（老旦）也难为他牵记在老娘、思念同胞之义。（正生）相公，皇姨年已长成，理该选门当户对人家，定了婚配，一来完了皇姨终身，二免得婆婆挂牵。（正生）妹子智胜齐女，才并班姑，须配当世才子，必要选择才貌双全的可婚配。（老旦）儿吓，若说你妹子文才呵！（唱）

【解三醒】善诗赋香闺吟咏，待消闲挥笔成文。年方二八娇容美，须当配合蟾宫折桂人。（正生白）妹子的才学，侍婢伴读，谅必俱有文墨。（老旦）伴读么，侍婢也不能。香火庵有一带发尼僧，法名秀贞，与你妹子同年，文才取得，时常进府伴读。（正生）怎么，尼僧有此文才？（老旦）那秀贞犹可，他有一师兄名曰恒秀，他的文才，可称绝世，可惜出家了，不然岂非当世才女？（正生）母亲，这等过赞，毕竟是个才女了。（老旦）与你妹子情投意合，留在绣房侍伴。（正生）

何不叫他出来,孩儿要面试他才学。(花旦)哥哥,恒秀不过略知诗书,未知文墨,试他怎么?不必叫他。(老旦)儿吓,恒秀的才学,不下与你。哥哥面试,定然欢喜。秋菊,去叫恒秀来,见国舅爷。(付下)(花旦)女儿告辞。(正生)且慢,为兄不过敬重才学,妹子何必如此?(老旦)儿吓,叫恒秀见你哥哥,不过面试几对,谅恒秀自能应对,岂非显了你女家之墨?(付上)太君,那恒秀师父说,恐礼貌不周,不敢来见国舅爷。(正生)你去说国舅爷要请教他的才学,一定要他来。(付)咳。(下)(老旦)恒秀亦是宦门女子,虽然出家,守得女道规模。(付上)太君,恒秀师父只等皇姨上楼,就要回去了。(正生)岂有此理。(老旦)秋菊,叫他不要怕羞,来见国舅爷。若还不肯来,扯了他来。(付下)(正生)母亲,不肯出来就罢了。(老旦)为娘有兴,亦要他面试几对。(付扯小生上)(付)恒秀师父,来见之国舅爷。(小生)国舅爷,小尼稽首。(正生)罢了。(科)呀!(唱)**看他丰姿人难评,好叫我难察难详认不真。**(老旦白)恒秀,国舅爷慕你文才,面试你几对。(小生)国舅爷贵戚皇亲,小尼茕陋族质,何敢妄对?(正生)好,只此一言,便见才学,不必面试。(小生)恒秀告太君回去了。(正生)且慢,国舅爷才得回府,未叙家常,要面试几对。(老旦)你且在此,打发人去安慰你师父便了,可陪侍皇姨进绣阁。(老旦、花旦、小生下)(正生)夫人随我来。(正生、正旦唱)**真欢庆,喜得个蘋蘩中馈,开怀畅饮,开怀畅饮。**

(正旦)相公。(正生)夫人。(正旦)相公,方才见了恒秀,何不面试才学?(正生)夫人,观那恒秀,甚是可疑。(正旦)可疑什么来?(正生)这面庞甚是熟识,那里与他会过?(正旦)咳,莫非相公那处进香,会见恒秀过了?(正生)非也。(唱)

【啄木儿】顿令人,心怏怏,泾渭难分好彷徨。丰姿体态貌堂堂,解不出其中这形状。(白)恒秀不是女子。(正旦)是那一个?(正生)好像当朝首相,螟蛉的王夔。(唱)**依然眉目无二样,缘何绣阁待红妆,我隐隐胸前难酌量。**

(正旦)相公!(唱)

【前腔】休多疑,空闲想,容貌相同各一腔。况且男女有差别,又何须错认面

庞。仲尼、阳货同一腔①，况且男女两排场，不必猜疑说短长，不必猜疑说短长。

（正生）我问你，妹子可有出府？（正旦）咳，同太君到天齐庙进香过了。（正生）可有外人同去么？（正旦）都是老苍头和使女，还有香火庵秀贞陪侍的。（正生）恒秀几时进府的？（正旦）是天齐庙进香回来进府的。（正生）咳，我也明白了！（唱）

【三段子】浮徒猖狂，一定是、留意春情假扮乔妆；（正旦白）相公为何动怒？（正生）夫人，那恒秀一定是王爕无疑。（正旦）怎见得？（正生）妹子在天齐庙进香，他见色起心，乔妆进府，玷污绣阁，令人可恨。（正旦）说那里话来？我乃堂堂贵戚、赫赫门楣，世间有这样人如此大胆，敢进国舅府来？（正生）有道"色胆如天大"，秀贞脚路，假扮尼僧进府的。（正旦）咳，我也省到了，恒秀进府时节，与姑娘弈棋。那秀贞进来说师父有病，叫恒秀回去，恒秀不肯，姑娘又喜他在陪侍。秀贞竟把棋局打坏，太君动怒，把秀贞赶出去，留恒秀在此的。（正生）乔妆无疑，气死我也！小贱人不思千金之体，干出这样事来，待我赶到绣阁，取他一死。（正旦）相公不可造次。这厮虽然乔妆进府，未惊人家耳目，速速打发出去，免得臭事传扬。若然泄露风声，堂堂贵戚，岂不声名有误？（正生）咳，说那里话来？若放他出去，必扬丑名。你将此事不必告诉母亲，我自有道理。（唱）**机关暗藏，绝其命、免得声扬。狂徒直怎来无状，不顾门楣坏纲常，不由人腾腾怒气满胸膛，怒气满胸膛。**（下）

（花旦、小生上）（唱）

【前腔】胆战心慌，无露泄感谢穹苍；（花旦唱）**我心慌意慌，怯身躯魂消魄亡。**（小生白）不但皇姨心怯，就是小生，魂出九霄。（花旦）方才瞒过一时，喜出天外，倘若败露，这还了得？依我之见，不必辞别母亲，可速速出府，免得大祸

---

① 仲尼，孔子字。阳货，即阳虎，季氏家臣，其相貌同孔子相似。调腔《琵琶记·书馆》【太师引】第一支："他那里有谁来往，将他带到洛阳，须知道仲尼与阳货两下一般庞。"

临身。(小生)这个自然,只是冷落皇姨了。(花旦)说那里话来?(唱)**愿君早登龙虎榜,腰金衣紫姓名扬**,奴在深闺转望郎。

(正生、正旦上)(正生唱)

【归朝欢】气冲冲,急步踉跄,(正旦白)国舅爷上楼。(下)(正生)唗!(唱)**休得要、高声朗朗**;(上楼)(花旦)吓,哥哥!(正生)唗!(唱)**明明的,露出形状**,(科)(白)咳,我把你这狗男女,你干的好事!(花旦)吓,哥哥!(小生)恒秀告辞。(正生)你这狗男,还想到那里去?(小生)恒秀要回去了。(正生)什么恒秀,你是王壁金殿螟蛉的王夔!(小生)阿呀!(正生)你这狗男女,敢乔妆到此,玷污门楣。咳,小贱人,不顾千金之体,窝留情人。咳,家门不幸!(小生)王夔无知,误进高门,还望国舅爷开天地之恩。(正生)唗,你这狗男女,还想偷生!(唱)**恼恨奸淫鲁莽。咬牙切齿难饶放,今朝休想脱罗网,恨不得食肉啖皮,绝断肚肠,绝断肚肠。**(科)(唱)

【前腔】好门楣,今朝平康①,闪得人、无穷肮脏;情难恕,败俗门墙,等三更烧毁②楼房。重重叠叠干柴放,那时才得消怨障,烈火腾腾起融光,烈火腾腾起融光。(科,下)

第十八号

小旦(秀贞),正旦(丫环),净、外、末、丑(手下),正生(国舅)

(小旦上)(唱)

【水底鱼】心事多磨,奴身好折挫。闻言归故,定然来识破。

(白)我秀贞,只为冤家心迷,逗留绣阁,如今国舅爷回府,若还识破,祸事非浅。为此急急进府,扯他回来。来此后墙门,大胆进去。(正旦上)吓,你是

---

① 平康,妓院的代称,详见《分玉镜》第二十九号【哭皇天】"你是个平康下贱一青楼"注。

② 毁,底本作"假",据文义改。

秀贞师父,到那里去?(小旦)到绣阁见皇姨,叫我师兄回去。(正旦)你不要性命的么?(小旦)为何?(正旦)恒秀是个男子,国舅爷识破,你快些逃命要紧。(小旦)阿呀!(下)(净、外、末、丑手下,正生上)(唱)

【前腔】气满胸窝,(白)众家丁,府中有妖邪扰乱,你等在于门庭,将干柴叠起,待三更时节。(唱)**齐心来举火。焚烧四面,永绝那妖魔。**(科,下)

第十九号

付(滕小小),小旦(秀贞),小生(王燮),花旦(皇姨),净、外、末、丑(手下),
正生(国舅),净(船家),丑(王福)

(付上)(唱)

【点绛唇】日落西郊,日落西郊,我心焦躁,觅踪杳。重事我挑,都只为图恩报。

(白)我滕小小,路遇王福,才知恩人名姓,欲待酬恩,谁知他浪闲游荡。又闻王福说他为着婚姻,往天齐庙进香,想他年少青春,丰姿俊雅,定有女子看中,把留密处。想此事机密甚切,必须悄地寻访①。等王福安顿舟船,停泊水口,我独自上岸密访。(唱)

【新水令】只得随机觅线脚,俏书生迷恋花娇。不顾深重地,心迷恋窈窕。你那里访柳寻花,俺这里难猜难料,难猜难料。(下)

(小旦上)(唱)

【步步娇】离祸潜身夜奔逃,不顾鞋弓小。思之泪如潮,跋涉崎岖②,路见低高。(白)方才进府,若无秋菊姐说知,必然自投罗网。虽然脱身,想国舅爷怎肯饶我,所以不回庵中,随路奔逃。天色又晚下来了,到那里便好?(唱)**怎挨这今宵,坎坷命犯孤星照,命犯孤星照。**

(白)此处有所孤庙在此,前途一派荒郊,天色又晚,如何是好?只得在此处

---

① 寻访,底本作"方",据文义改。
② 崎岖,底本作"蹊距","距"为"岖"之讹,"蹊岖"同"崎岖"。

坐过一夜再处。阿呀,神道吓! 我为一念之错,险遭杀身之祸,虽离大难,此身无地,在神前坐过一夜,望神圣念我佛门弟子,大发慈悲。(唱)

【折桂令】泣穷途一身无靠,都只为惜玉怜香,受尽懊恼。奴好似断风筝,随风摆摇,胜浮萍逐水浪飘,逐水浪飘。(白)且住。我便逃脱,国舅爷识破情踪,这冤家性命如何保得? 咳,总是我那日不该留他在庵,又不该乔妆打扮的。王郎吓,这是我秀贞害你死于非命。阿吓,神道吓! 那王郎,阿吓!(科)那王爕他是当世才子,人物端庄,遭此大难,求神道速显威灵,阴中保佑,救出大灾的吓!(唱)叩尘埃深深拜祷,望神灵、救出笼牢。(白)阿呀,王郎吓! 那日我打坏棋局,若肯同我回来,也无今日之祸了。(唱)敢痴迷恋多娇,将我弃抛。怎能够拔牙虎口,灾退祸消,灾退祸消?

(科)(付上)咹,在这里了。(小旦)阿呀,大叔吓! 那王爕自要进府,与我何干,望大叔饶我性命。(付)不必害怕,不是害你的。王爕是我恩主,特来密访,快对我讲,王爕在那里?(小旦)咳,你是访寻王爕的? 他乔妆打扮,进国舅府,身在绣阁,今被国舅爷识破,只怕今宵性命难留。(付)阿呀!(唱)

【江儿水】此际情关急,东君祸来招。叫人无主救贤豪,(小旦白)大叔吓,要救王爕,只在顷刻,若到天明,王爕是无命的了。(唱)他那里冲冲怨恨怒咆哮,况也是昂昂贵戚门楣耀。(付白)咳,王爕性命,只在顷刻。如此你就在庙中等我,若救得王爕出来,带你同行。国舅府在何处?(小旦)望东去数里之遥,一带黄墙,就是国舅府了。(付)如此俺去也!(下)(小旦)阿吓,唬死我也! 想那人飞奔而去,但愿救出王郎,奴亦有命可存,且在庙中等他便了。(唱)转望他信音报①,惟愿多才,得脱天罗地罩,得脱天罗地罩。(下)

(小生、花旦上)阿呀,皇天吓!(唱)

【雁儿落】一霎时重重绝命交,顷刻间、双双命难保。可怜我为姻缘遭非命,可怜他为我身归泉道,身归泉道。(小生白)阿呀,皇姨吓! 令兄恨如切齿,将

---

① 报,底本作"耙",据文义改。

你我锁紧,谅来绝我性命。我王夔一死,亦无所怨,令兄念同胞之义,留得皇姨余生,我王夔死在九泉之下,也得瞑目。(花旦)终身许君,生死一处,你命遭不测,奴焉敢偷生?(小生同唱)**早难道未合奴命夭①,鬼门关上做花烛。今生缘分浅,离多欢会少。悲号,可怜你多才貌;泪抛,可怜他美青年赴鸿毛,美青年赴鸿毛。**(净、外、末、丑众家丁上,同正生下)

(小生)阿呀,皇姨吓!楼下人声啰唣,一定令兄带来了家丁,上楼绝我性命了。(花旦)阿呀,王郎吓!可有逃命之所,快些去罢。(小生)楼门紧锁,墙垣高耸,如何逃得出?(付上)恩人不要慌,俺来救你也。(小生)阿吓!(付)你不要响。(科,下)(众家丁同正生上)(唱)

【侥侥令】怒发冲冠恨,提起怒怎消?九烈三贞归何处,枉知书生才学高,书生才学高。(下)

(付、小生、花旦上)(同唱)

【收江南】呀!好一似崔君留在月皎,胜似昆仑逃红绡②。今夜里何处系神鳌,双双的偷出秦关祸自消。(付唱)**休得惊悼,前途还有女多娇,还有女多娇。**

(白)来此孤庙,还有秀贞在内。(小生、花旦)吓,秀贞!(小旦)阿呀,苦吓!

(付)我去叫了王福来。(下)(小旦、小生、花旦同唱)

【园林好】咱三人灾退祸消,相逢处、不胜欢笑。救我身何处英豪,通天手入笼牢,通天手入笼牢③。

(丑上)(唱)

【沽美酒】喜开怀急飞跑,见东君问根苗,(白)相公,王福那里一处勿寻到。

---

① 奴命夭,底本作"命奴殀",据单角本改。

② 此二句用唐裴铏传奇《昆仑奴》典故。唐代宗大历年间,有一崔生,代父前往勋臣一品府中探病,同侍女红绡一见钟情。有昆仑奴磨勒,背负崔生逾十重墙,同红绡会面,又助两人出逃,成其姻缘。留在月皎,指红绡暗传隐语,同崔生约定月圆之夜相会。逃红绡,底本讹作"桃红消"。

③ 此句底本作"通天地平却牢",据单角本改。

（唱）**奔走天涯并海角。多感伏有英豪,访行踪密密悄悄。**（付白）此处离祸地不远,不可停留,且下船慢诉衷肠。（众）有理。（唱）**夜深沉难行路遥,露迷漫朦胧月罩。天昏暗星斗稀少,急煎煎羊肠路杳。俺呵! 又恐怕追着赶着,向何处奔逃? 呀! 有舟船一路滔滔,一路滔滔。**

（下船）（同唱）

【尾】①**轮舟渡我三人好,快把船儿紧摇。慢慢地诉衷肠,不觉天又晓,不觉天又晓。**（下）

第二十号

老旦（太君）、正生（国舅）、正旦（国舅夫人）、末（院子）

（老旦上）（唱）

【不是路】腾腾烈焰,一派萤光倒照天。（白）众家丁,快些救皇姨、恒秀要紧吓。（唱）**祸来降,你是嫩柳娇娃女婵娟。**（正生、正旦上）（唱）**慢悲涟,自古凶吉皆前定,祸到头来人怎免?**（老旦白）这火怎么样起的?（正生）母亲。（唱）**人难辨,三更烈火冲霄汉,骤起烽烟,骤起烽烟。**

（末上）启太君,绣阁火烧已尽,不见皇姨、恒秀下落。（正生）你们去四面搜寻。（末下）（老旦）阿呀,儿吓!（唱）

【皂角儿】闻言来心慌意乱,有差池、怎不痛酸? 你是个弱质娇容,怎禁得万种愁怨?（末上）启国舅爷,四面搜寻,并无踪迹。（正生）定然烧死在内了。回避。（末下）（老旦）阿呀,儿吓!（唱）**可怜你年少青春,受非灾,一命悬,我好悲涟。娇容绝世,身遭兵燹。哭得我,血泪啼痕,肝肠寸断,肝肠寸断。**

【前腔】你是个衰年暮年,莫心伤、悲涟泪涟。（白）过来,你到香火庵叫秀贞到来,说国舅爷传他。（唱）**这的是青春少年,方信道薄命红颜。**（老旦白）阿呀,

---

①　此曲牌名底本缺题,据单角本补。

儿吓!(唱)**怎叫我,哭不尽,朝和暮,思儿心酸。你遭此祸患,顷刻黄泉。好叫我,声声悲泣,呼呼气喘,呼呼气喘。**(下)

（末上）启国舅爷,香火庵秀贞不见。（正生）回避了。（末下）（正生）火内没有尸骨,秀贞又被逃遁,这又奇了。（唱）

【尾】**从空又起离风烟,飞渡天关筹等算。**(白)咳,秀贞你这小贱人,我肯饶你也!(唱)**不幸家门丑事传。**(下)

第二十一号

付（夫人）、丑（王福）、末（院子）、小生（王夒）、花旦（皇姨）、小旦（秀贞）

（付上）（唱）

【皂罗袍】**终朝声声嗟叹,膝下无儿,暮景凋残**①。(白)那日孩儿出府,只道他心向亲父,那知浪荡闲游。家人四路密访,并无踪迹,王福又不见回来,使我日夜挂念。咳,儿吓!你虽不是我亲生,我爱你如珍似宝。(唱)**思儿郁闷,昼夜难安;揾揾珠泪,常带愁烦。未知儿身在何方**②。

（末上）主仆同归故里,（丑上）今朝才得放心安。（末）夫人,王福同大爷回来了。（丑）夫人,王福叩头,大爷我寻着哉。（付）怎么,寻着了?重重有赏。快请大爷。（丑）大爷有请。（小生上）求美今朝归故,羞惭怎见双亲。母亲。（付）你回来了,做娘的那一刻不思念你。（小生）孩儿不肖,有累双亲受郁。（付）只要你回来了,就得心安。（小生）爹爹可回朝?（付）还未。儿吓,你自出门久不回,向在那里?（小生）母亲吓!（唱）

【前腔】**难诉衷情千万,不肖无志,儿性劣顽。**(付白)儿吓,娘的跟前,但说不妨。(小生)娘吓!(唱)**自那日游玩天齐,说起来满面羞惭。**(付白)王福来说,你婚姻往天齐庙许愿,早已知道了。还有何事呢?(小生)有当今国舅府,太

---

① 此下底本有淡笔补入"巍巍宰辅立朝班"一句,今存疑。

② 在何方,底本作"何方在",今乙。又,"何方在"的"在"或为"趱"之误。

君和皇姨,前来进香,孩儿亲睹娇容。(付)儿吓,原晓得你访美求容的,皇姨是你亲睹才貌,这也难得。做娘的对你爹爹说明,前去央媒求婚。你是当世才子,况门户两对,无有不允。(小生)母亲,不、不用央媒。(付)敢是皇姨有人家,婚定的了?(小生)不是。(付)莫非你国舅跟前,求婚过了,他不允么?(小生)也不是。(付)怎样呢?(小生)是孩儿略施小计,亲接皇姨。母亲吓,孩儿一世终身,求母亲在爹爹跟前,周全孩儿的吓!(付)亲接皇姨?莫非太君招你为婚,不曾禀过爹娘,在他家完姻?(小生)不是。(付)怎样呢?(小生到付耳科)(付)吓!(小生)阿呀,母亲吓!要周全孩儿的吓!(付)王福。(丑)有。(付)打轿两乘,接皇姨、秀贞进府来再处。(小生)王福,命秀贞好生服侍皇姨进府。转来,滕侠士①请来好生安顿。(丑)我明白勾。(下)(付)阿吓,儿吓!你乔妆进去,难道不怕人识破的?(小生)母亲吓,说也险然。那日国舅回府,识破乔妆。(唱)**绣阁紧锁,烈焰灿烂;看看二命,魂化魄散。**(白)幸得一滕侠士,蒙他相救。(唱)**留得余生转回还。**

(付)咳,国舅爷识破,将你二人紧锁绣阁,放火焚烧。儿吓,不妨,他只道双双烧死,已经绝命了。(丑上)轿子进府哉。(付)丫环快去,接进内庭来。(小旦、花旦上)(同唱)

【尾】**含羞移步金莲慢,怎向庭前话谈。**(付白)儿吓,那个是皇姨?那个是秀贞?(小生)这个是皇姨,那个是秀贞。(付)阿呀,妙吓!好一对如花似玉的娇娃,当配我才貌双全的儿子。儿吓,你有兴,做娘的有福②。(唱)**不枉的访美求婚会巫山。**(下)

---

① 侠士,底本作"使士",据单角本改,下同。
② 福,底本作"临",据文义改。

第二十二号

净（王璧）、外（陈政）、丑（王福）、小生（王夔）、付（夫人）

（净上）年兄请。（外上）年兄请。（净）闻荣满怀，（外）何必心牵意累？（净）年兄请坐。（外）有坐。（净）孩儿在家时，弟朝罢回来，他在中堂迎候，我心下何等欢喜。自他出府半月以来，多少冷落。（外）这不成才的，就是游学在外，也该差人前来报知，免得爹娘悬念。（净）如今不知去向。（丑上）相爷在上，王福叩头。（净）你回来了，大爷可有寻着？（丑）大爷自知有罪，不敢出来。（净）只要他回来了，见什么罪。快请大爷。（丑）大爷走出来。（小生上）（唱）

羞颜①**无奈，见亲严负罪庭阶。**

（白）爹爹。（净）儿吓，你回来了！（外）吾道"父母在，不远游，游必有方"。（净）吓，游学何妨？不要难为他。（小生）孩儿不肖，望爹爹恕罪。（净）文人学士，游学理当，何罪之有？不知你身在何地，爹娘朝夕挂念。（小生）多谢爹爹。（净）你向在那里？（小生）这个……（净）说来。（外）暗瞒什么②，有话讲来。（丑）相爷，夫人有话说，请大爷进去。（净）年兄请少坐，待弟进去就来。（外）年兄请便。（净下）（外）你坐下来。儿吓，你继王姓，不比在家，不告自游，岂不负了二老爱继之心？（唱）

【排歌】空继胸怀，行孝何在，昧己瞒心意歪。他接继蒸尝仗你担代，你不告闲游走天涯。从今后呵！遵严训，莫胡乱踹，须学斑衣舞庭阶。（净上）（唱）**事虽喜，心又呆，这是夙世良缘早安排。**

（外）年兄为何这欢喜？（净）吓，年兄，孩儿做桩美事回来。（外）什么美事？（净）年兄，喈！（唱）

【前腔】女貌郎才，堪敬堪爱，说来是令人惊骇。（外白）什么惊骇？（净）他那日

---

① 羞颜，底本作"羞顾"，据单角本改。

② 什么，底本作"此"，据文义改。

出门到天齐庙,为访美求婚。(外)吓吓吓!(净)年兄,你听我说。(唱)**有一绝世娇娥进香礼拜,**(外白)进香女子是谁?(净)年兄,你道进香女子是谁?(外)是那一个?(净)应国舅的妹子,当今圣上的皇姨。(唱)**一路随行到门台。**(外白)随他去何事?(净)吓,年兄你竟不明白,这个就叫访美求婚。(外)求婚也要冰人月老。(净)不用。孩儿是个当世才子,他竟有妙法。(唱)**乔妆打扮进香闺,缔**①**结前缘两和谐。**(外白)乔妆打扮,难道无人识破的么?(净)险事就来了。(外)什么险事?(净)应国舅告假养亲,认得王夔,识破乔妆。(外)阿呀,难道轻轻饶恕这畜生不成么?(净)饶恕么?国舅竟把这二人锁紧绣阁,到了三更,要把皇姨与孩儿烧死了。(外)还该烧。(净)天生一对,大命无妨。(唱)**自有昆仑到,出非灾,**(白)孩儿带了皇姨,原归府第了。(唱)**可不道才子佳人世无赛。**

(外)罢了,罢了!(唱)

【朱奴儿】按不住怒气满腮,听说罢魂飞天外,(白)唶,畜生!不思功名上达,反敢在外胡行。(唱)**不顾纲常贪欢爱,误人伦伤风俗败。**(净白)年兄,孩儿未婚,皇姨未配,况亦同归一处,有什么伤风败俗?(外)那应国舅认得你王夔,玷污他门楣,怎肯甘休?(净)锁紧绣阁,举火焚烧,已经销案的了。(外)这畜生现在。(净)这是夫妻有福,应国舅只晓他们烧死的了。(外)年兄,你金殿螟蛉,接继宗祧,指望他重增门华,这畜生,如今一世不得出头了。(净)嗳,我正要他扬名显姓,中个头名状元。(外)应国舅一闻王夔不死,他难道罢了不成?(净)难道我怕他不成?(外)他是当今国舅。(净)我是堂堂宰辅。(外)他将王夔乔妆打扮,玷污皇亲,达上一本,不但畜生一死,你我都有欺君之罪。莫若将这畜生绑至午门,请旨定夺。(净)年兄,你不要性急。(外)嗳!(唱)**乔妆女,滔天罪大,正国法重罪应该。**

(付上)且慢。陈年伯,孩儿虽有犯法之条,国舅已经放火焚烧。这是我儿命大,不然我王氏宗祧,被应国舅所害了。(净)有道"粮不重征,罪无重

---

① 缔,底本作"女",据文义改。

犯"，正要到金殿上去，好与他夫妻一个出头。（外）年兄、年嫂，他如此胡为，我便饶不得这畜生。（付）嗳，陈年伯，孩儿还是姓王，姓陈？（外）出继你家，自然姓王。（付）却又来，王家之事，与你陈家何干？请回。儿吓，进去。

（付、小生下）（外科）（净）吓，年兄！（唱）

【尾】放心田权宁耐，御饮三杯放开怀。（外白）年兄，你太娇养了。（净）我是承继儿子，自然娇养的。（唱）**一任他海洋风波我担代。**（下）

第二十三号

正旦、花旦（太监），末（皇帝），净（王璧），外（陈政），小生（王夔）

（太监、末上）（引）上林春色百花新，看纷纷芳草阶庭。（白）朕，大明天子，国号宣德，自登基以来，太平盛世，国富民康。今有各邦进贡，也赐国号封王。但各邦礼貌皆同，笔法各有格局，必须照番国之字，回答各邦，以显中国有此能士，使彼钦服大朝。侍儿，宣首相王璧、吏部陈政上殿。（正旦）万岁有旨，首相王璧、吏部陈政上殿。（净上）金鞭三响朝金阙，（外）山呼万岁叩丹墀。（同）臣等见驾，愿吾皇万岁。（末）平身。（同）万岁。（末）各邦进献表章，字迹不同，朕欲照番邦之文，回答各邦，以显中原敦化。汝翰苑中，能写番文者，使当殿书之。（净、外）臣等只知书帖之格，未兼番邦之局，能识不能出。（末）难道中国竟无如此人了？（净）臣启万岁，臣继子王夔，能写鱼鸟之书、鳅蝌之文，虽登科第，未入翰苑，不敢见君。（末）有此能士，胜比翰苑。侍儿，宣解元王夔上殿。（正旦）万岁有旨，解元王夔上殿。（小生上）（唱）

叩首山呼，喜得龙颜观草莽。瞻仰雨露恩。

（白）草莽臣王夔见驾，愿吾皇万岁。（末）卿父举奏，卿家能出鱼鸟之字、鳅蝌之文么？（小生）微臣初学，只恐才不胜力，有负君之心。（末）朕旨命，卿不必推辞，卿可书之。（小生）万岁！（唱）

【(昆腔)驻云飞】①鱼鸟成文，挥笔龙蛇格局清。天朝唐虞世，化外各咸宁。喋！赐号出边庭，礼貌恭敬。舜日尧天，民安乐丰盈。顺化垂裳世升平。

(末)妙吓！果然精灵巧格，笔法如神，文显各邦，正是济世之才，治国之栋梁也。赐卿状元及第。侍儿，取冠带。(正旦)领旨。(换衣②)(末)赍诏各邦，以显大朝敦化。退班。(下)(众)万岁！(唱)

【(昆腔)尾】君恩浩荡天心顺，朝野纲纪端正。(净白)阿呀，方才圣上面前，忘了一桩大事。(外)什么大事？(净)孩儿乔妆的婚姻，就好奏明了。(外)这玷污皇亲之事，岂可奏明？(净)若不奏明，孩儿与皇姨的婚姻，终为苟合。(外)国舅闻知王夔不死，他怎肯甘休？(净)正要去寻他，还要差人前去报喜。(外)怎样报喜？(净)喜单上写："贵府令坦王夔，钦赐状元及第。"(外)吓，年兄，你欺人太过了。(净)我便欺他一次何妨。(唱)**我独掌朝堂，便欺那皇亲。**(下)

第二十四号

正生(国舅)，付、丑(报子)，末(院子)，老旦(太君)，正旦(国舅夫人)

(正生上)(引)恼恨胸襟，好门楣从此不幸。(白)自那夜焚烧绣阁，至今恶气难消。母亲不解曲折，终日啼哭，我若将此情告知，岂不怒悲两郁？只好忍在心头。这都是秀贞小贱人的祸根，也要取他一死。不想他预先逃遁，差人四处访缉，杳无形迹，实为可奇。(付、丑上)(白)喜报国舅府，(丑)赏赐不非轻。(付)报进去。(末上)呔，什么的？(付、丑)我们是报状元的。(末)候着。启国舅爷，报喜的要见。(正生)着他进来。(末)报进来。(付、丑)报，国舅爷在上，报人叩头。(正生)报甚喜来？(付、丑)贵府令坦老爷，钦赐状元及

---

① 驻云飞，底本作"前腔"，据词式可知为【驻云飞】。此上原本当有一支【驻云飞】，后来曲文简省，仅剩"瞻仰雨露恩"一句，与引子"叩首山呼，喜得龙颜观草莽"相连。

② 正旦领旨换衣，底本小字作"换衣令(领)旨"，今作改动。

第,特来报喜。(正生)什么令坦?(付、丑)报单呈上。(正生)"捷报:贵府令坦
老爷王夔,钦赐状元及第。"吓,气死我也!(付、丑)报人们讨赏。(正生)打出
去。(末)走。(付、丑)报喜报到老,要打头一遭。(下)(正生)罢了,罢了!这
厮预先安排,嬉弄与我,可恼,可恼!(唱)

【催拍】①**急进京都,面奏君王。**(老旦、正旦上)(唱)**何事的声喧气昂,出中庭问
端详**。(老旦白)儿吓,为何在此动怒?(正生)母亲,那首相王璧,谁知欺我。
(老旦)他如何敢欺你皇亲?(正生)事到其间,只得说了。他有继子王夔,乔妆
尼僧恒秀进府,玷污香闺。(老旦)怎么,恒秀是个男子?这遭完了。(正生)孩
儿识破,将没廉耻的锁紧绣阁。(唱)**更阑静祝融烧烊**。

(老旦)咳,那夜绣阁,是你烧毁的么?阿呀,儿吓!(正生)谁想这厮,安排出
路,双双逃遁了。(老旦)一定在香火庵。阿呀,儿吓!得放手来且放手,你
妹子虽然不好,须念手足之情。看着为娘分上,饶他们罢。(末上)报上,启
国舅爷,王太师有书投帖。(正生)将书扯碎。(老旦)且慢。儿吓,且看个书
札,然后理论。(正生)"小儿愚莽,误入高门,令爱在舍,朝夕思亲,太君驾
到,即刻完姻。"吓,这厮如此无礼! 过来,备马星夜进京,与王璧面圣。(老
旦)阿呀,儿吓! 事已如此,也不必造次了。(正生)母亲!(唱)

【尾】**游蜂浪蜂俱猖狂,星夜驰驱逢帝邦**。(下)(正旦白)婆婆,姑娘既在相府,
此乃百世良缘。相公此去,必有饶舌,还是婆婆进京才是。(老旦)吩咐总管
备轿,连夜进京便了。(唱)**好待他缔结朱陈效鸾凰**。(下)

---

① 此曲底本有删减,宁海平调本作"(应天瑞唱)恶贼的奇谋顿藏,将我来百般肮
脏。冲冲怒嚷,五内如焚烈焰光,进京都面奏君皇。(太君唱)何事的声喧气昂昂,出院问
端详。(白略)(应天瑞唱)玷污我阀阅门墙,更阑尽借祝融烧光",可参。

第二十五号

净（王璧），付（夫人），小生（王夔），外（院子），

丑、正旦、花旦、贴旦（家将），正生（国舅）

（净上）（引）良缘美景，种蓝田百年欢庆。（付、小生上）（付引①）鼓瑟吹笙，（小生）画堂前璧合欢欣。（白）爹娘。（净）夫人，男女终身虽定，奈无媒证主婚，终为不美。所以引国舅进京，辩明此事。（付）吓，相公，国舅此来，必有一番雀角。（净）差人城外打听，待他来时，再作计会。（外上）启太师爷，国舅星夜进京，将近府地。（净）吩咐备轿，我儿同我前去迎接。（小生）爹爹，国舅与孩儿仇人，若还相见，岂非愈加恼恨？（净）不妨，有为父在此。（付）相公，见了国舅，还须好言安慰。（净）不是一番寒彻骨，（小生）怎得梅花扑鼻香。（下）（丑、正旦、花旦、贴旦四手下，正生上）（唱）

【水底鱼】关河路遥，（白）可恼！今有首相王璧，纵子不法，玷污风化，为此星夜进京，奏闻圣上，奏他父子欺狎皇亲。已近都城，过来，趱上！（唱）**马蹄声咆哮。行望京都，急进莫停消。**

（外上）报上，王太师迎接国舅爷，备宴接风。（众）国舅爷，太师爷有酒接风。（正生）请相见。（净）国舅，老朽迎接来迟，多多有罪。（正生）老太师，令郎为何不见？（净）小儿么？新亲新眷，含羞不出来。（正生）什么新亲新眷？（净）国舅不知么？小儿说，蒙太君不弃，皇姨许配小儿，所以前日有喜单到府报喜。怎么，老国舅不知么？（正生）嗻，王璧，你纵子不法，敢欺皇亲！（唱）

【前腔】思之怒恼，（净白）老国舅，老夫什么纵子不法，敢欺皇亲？老夫不明，倒要请教。（正生）咳！（唱）**我羞脸似红桃。**（净白）因为新亲新眷，出郭相迎，摆酒接风，怎的这等亵渎老夫，岂有此理？（正生）谁与你亲眷？（净）太君将皇

---

① "（付、小生上）（付引）"，底本仅标"付上引"，据下文可知付与小生同时上场，小生本作"同上"可证，今作改动。

姨亲许小儿,怎么不是亲眷?(正生)嗳!(唱)**无知**①**老,一味絮叨叨。**

(净)吓,倒说老夫絮叨叨。小儿亲口说的,可以对质。(正生)叫他前来见我。(净)吓,我儿,你大舅在此,快来相见。(小生上)(唱)

【前腔】**严亲高叫,**(净白)来,来,见了大舅。(小生)吓,大舅。(正生)哜,王夔,你也有今日!(唱)**尽扯绛红袍。步上金阙,一一奏当朝,一一奏当朝。**(众扯小生下)

(净科)(白)打道,快到朝房去。(唱)

【前腔】**妆成圈套,金殿分白皂。非我纵法,螟蛉嫡胞。**(下)

第二十六号

外(陈政),正生(国舅),小生(王夔),净(王璧),正旦、杂②(太监),末(皇帝),付(滕小小),小旦(秀贞),老旦(太君),丑(鸿胪官),花旦(皇姨)

(外上)(白)为儿多瓜葛,急步进朝堂。(正生扯小生上)(白)罢了!权衡来独霸,父子乱朝纲。(净上)走吓!君恩多隆重,贵戚太欺人。罢了!(外)老太师,为何这般光景?(净)我儿虽则不才,蒙恩宠幸,钦赐状元,有何亵渎皇亲?把我儿扭结,依恃贵戚,欺我元老,反了,反了!(正生)咳!(唱)

【醉花阴】**怎道是鼎鼐**③**调和辅国朝,燮阴阳股肱元老。那里是正朝纲顿勤劳?**(净白)老夫掌握朝纲,赖圣天子洪福,万方宁静,四海升平,可称宰职当朝。(正生)咳!(唱)**说什么宰职当朝,一味地胡乱为国法轻藐。**(净白)老夫轻藐国法,有罪于朝廷,请问罪犯何律?(正生)罪犯么?纵子不法,欺辱皇亲。(唱)**依恃父势浪滔滔,今日里拼得个身手断,启奏金阶道。**

(净)纵子不法?我儿文墨书生,谨守法度。(唱)

---

① 知,底本作"志",今改正。
② 杂,底本作"卒",今改作"杂"。下文"杂太监"的"杂"同。
③ 鼎鼐,底本作"鼎立",今改正。

【画眉序】萤窗苦辛劳，刺股悬梁岂一朝。荷君恩龙蛇鱼鸟，贡献赍诏。（外白）这是老太师教子有方。（净）吓，年兄吓！（唱）**你看这俊雅丰姿，有什么胡行乱道？**（白）况且新亲眷。（正生）谁与你亲眷？我要与你面奏。（净）面奏，年兄，他说面奏。（外）面奏何妨？（净）好奏的，竟与你面奏。（正旦、杂太监，末上）（唱）**眷属何必生气恼，放开怀休生懊恼，休生懊恼。**

（众）臣等见驾，愿吾皇万岁。（末）平身。（正旦传）（众）万岁。（末）国舅告假养亲，何事前来见奏？（正生）有宰辅王璧，横霸无忌，纵子不法，欺辱贵戚，臣特进京面奏。（末）王璧之子王夒了，他怎敢欺辱贵戚？（正生）万岁！（唱）

【喜迁莺】乱风化人伦、人伦颠倒，花柳事月下、月下瓜葛。恨也么恼，密地里买路道，假乔妆灭踪绣阁，自臣归识破根苗。（末白）王夒乔妆进府，卿家识破，怎肯饶他？（正生）臣已将他男女锁紧绣阁。（唱）**夜焚烧，他预先暗藏计较，犯皇亲国法轻藐，国法轻藐。**

（净）阿呀，万岁吓！国舅所奏，臣子王夒，乔妆打扮，误入高门，既然识破，也不该放火焚烧。（唱）

【画眉序】忔杀心獴枭①，绝我蒸尝继宗祧。望吾皇细详，是非分剖。（正生白）王璧，汝子不法，还敢庇护么？（净）国舅爷，王夒既有乔妆进府，什么凭据？谁是见证？（正生）这个……拐女双逃，岂非凭据？（净）你焚烧绣阁，已经销案。这是皇姨福大，我儿的福凑。（唱）**这姻缘凤世前盟，谐秦晋百年和好。**（白）国舅须看太君分上。（唱）**人伦休得来颠倒，怎好却手足同胞，手足同胞？**

（末）王夒。（小生）臣有。（末）国舅奏你欺辱贵戚，奏来。（小生）万岁！（唱）

【出队子】天齐香浮云飘，也只为结前盟假妆乔②。这罪业岂可纲常来胡闹？（白）自国舅锁紧绣阁焚烧，若无滕小小相救，今日焉能观君？（唱）**望吾皇议**③

---

① 獴枭，底本作"獴獝"，"獝"同"枭"。

② 假妆乔，底本作"假妆妆"，单角本作"妆乔"，据乙。下文【三段子】"妆乔"底本作"乔妆"，同乙正。按，该两处"妆乔"皆"乔妆"之倒文，与解作装模作样、做作的"妆乔"不同。

③ 议，底本作"微"，据单角本改。

臣罪滔滔,贵戚貌甘心愿赴西市曹,愿赴西市曹。

(末)滕小小如今在何处?(小生)俱在午门。(末)内侍,到相府命滕小小、秀贞见驾。(正旦下)(末)朕想此事,总然可疑。(唱)

【三段子】此情难料,欺皇亲假扮妆乔;举火焚烧,申奏他永绝宗桃。便胜玉石难分剖,泾渭专等昆仑到,桩桩件件可知晓。

(正旦上)万岁,滕小小、秀贞宣到。(末)带上殿来。(正旦传白)(付、小旦上)(唱)

【刮地风】呀!唬得人战战兢兢没下梢,吉与凶人怎难料。待完全琴瑟和同调,这罪儿吾当认招。(付白)滕小小,(小旦)秀贞,(同)见驾,愿吾皇万岁。(末)秀贞,王夔误进国舅府,是你引教①么?(小旦)秀贞罪该万死。王夔原是太君留在府中的。(正生科)(小旦唱)这的是千里姻缘懒身到,这风波惊天动摇。(末白)平身。非王夔之罪也。滕小小,你进绣阁,敢是首相差你的么?(付)万岁,滕小小原是穿窬,感状元之恩,所以图报。一闻恩人受惊,所以舍身进府。(唱)夜深沉祝融高耀,显奇能江翻海扰,救出了男女潜逃。今日里愿分身图恩当报,非敢是老元勋差使效,老元勋差使效。

(末)平身。(老旦内)报上。(正旦传白)(老旦内)冯氏见驾,无旨不敢上殿。(正旦传)(末)宣上殿来。(正旦原白)(老旦上)(唱)

【滴溜子】听君命,御言宣召;拜螭头,扬尘舞蹈。

(白)臣冯氏见驾,愿吾皇万岁。(末)太君平身,赐绣凳。(老旦)万岁。(末)太君,国舅所奏,王夔乔妆一事,太君在府,谅必知情。(老旦)都是臣妾之罪。(末)为何?(净、外)如何?(正生科)(老旦唱)

【四门子】这的是桃源误入小蓬岛,这就是百岁偕老。姻缘前定,郎才女貌,真个是门楣正好。蒙恩天眷,洞房花烛,望吾皇成就了百年偕老,百年偕老。

(末)好,此乃一段奇缘,千古罕稀。状元访美求婚,皇姨见才订姻,真个郎

---

① 引教,底本作"引脚",今改正。引教,引导,诱使。

才女貌。朕当为媒，两姓欢娱。太君请进后殿，秀贞可服侍皇姨梳妆。滕小小虽属穿窬，知恩答报，赐八品官带，吏部候选。（付）万岁。（下）（末）国舅可念手足之情、同胞之义。（唱）

【水仙子】呀呀呀呀呀休怒恼，好良缘前生造。喜得个才郎仙，绣阁中女多娇。（白）状元，当国舅跟前赔礼。（小生）万岁，国舅，念王婴无知，望国舅量宏。（唱）**跪深深金阶叩倒，**（正生科）（外、净白）圣恩仁慈，成凤世之缘，全两姓之好，臣等感德配天，愿吾皇万岁！（唱）**两家儿从此欢笑。感君恩地厚天高，私风化一笔勾销，金殿上鸾凤拜花烛团圆欢笑，团圆欢笑。**

（末）传鸿胪官。（丑上传赞礼，小生、小旦、花旦拜堂）（末白）朕当备宴长乐宫，与卿等贺喜。退班。（众唱）

【尾】两家儿从此欢笑，感君恩地厚天高。私风化一笔勾销，金殿上鸾凤拜花烛，鸾凤拜花烛。

（众白）一家完聚，拜谢皇恩。（完）（下）

五四

六凤缘

调腔《六凤缘》共四十一出，剧叙宋真宗时，华亭书生赵凤岐，幼时与兵部尚书张大忠之女张凤英定亲。父母双亡后，凤岐典卖房屋，欲往山东历城投亲。取银回家途中，凤岐将所筹盘缠救济焦廷虎，而自身被买主任得义及其帮凶孙不端陷害，幸为渔翁潘兆华、潘凤兰父女所救，并偕同撑船北上。时飞蛮洞钱飞龙与侄女李凤珠起兵反叛，张大忠遣仆张义前往华亭，待姑爷到来，再行平乱。凤岐因与凤兰私通，事发后被潘兆华丢弃上岸。凤岐孤身一人，山林遇险，幸得毕天标相救，随后凤岐偕毕天标及其妹凤妹前往历城。

先时，任、孙两人冒充凤岐至张府，张凤英起疑，说定待父出征回来再行成婚。赵凤岐登府，被张老夫人顾氏关押。张凤英得知，派人送银并放凤岐出逃。凤岐遭巡吏追捕，得毕氏兄妹相救，躲入潘家船中。时潘兆华已被巡吏射杀，凤岐被潘之义子罗得光引来的官兵抓捕，陷入狱中。禁子何恩及其女何凤贞，将受任得义之托、欲行加害的罗得光杀死，用以冒充凤岐，放出凤岐并助其上京赴考。奸相王忠庇护外甥任得义，将高中状元的赵凤岐骗往西华山，让任得义假冒状元前往张府完婚。适逢宋真宗西华山礼佛，被投入飞蛮的焦廷虎围住。凤岐与廷虎一同清君侧，杀死王忠。剧以赵凤岐因功封王、奸凶受惩、皆大欢喜作结。

此剧因赵凤岐等共六人名字中均带"凤"字，故名"六凤缘"。剧中"历城县"，单角本或作"郓城县"。单角本屡言"姑苏华亭县"，唯小生本第三十四号作"松江华亭""松江府华亭县"。按，华亭县在今上海松江区，明清时属松江府，作"松江"者是，但今仍录作"姑苏"，以存旧貌。另，绍兴乱弹有《天缘球》一剧，与本剧人物虽异，但故事相似。

整理时以1958年老艺人忆写总纲本（案卷号195-3-70、195-3-71）为基础，拼合正生、小生、正旦、小旦、贴旦、花旦、净（仅抄至第十五号）、外单角本。

涉及张大忠、毕天标等人物的单角本，光绪二十七年（1901）"张廷华记"《六凤缘》等正生本（案卷号195-1-36），前两页纸张和笔迹异于后文，涉及人物为张义和任府家人；其后则同于民国三年（1914）"潘光德记"正生、外、末本(案卷号 195-2-7)所收《六凤缘》正生本,人物涉及张大忠、任府家人、毕天标。《六凤缘》正生本[案卷号 195-1-132(1)]篇首当有缺页,存者从第十六号(单角本为第十九号)抄起,除了结尾接抄第三十四号宋真宗部分,其余人物纯为毕天标。晚清《六凤缘》等外、末本[案卷号 195-1-137(1)]人物涉及张大忠、卜得胜、惠聪、鲍雄。从内容来看,《六凤缘》正生本[案卷号 195-1-132(1)],以及晚清《六凤缘》等外、末本[案卷号 195-1-137(1)]本子较早,则早期该剧张大忠、惠聪、鲍雄当为外扮,张义、毕天标、宋真宗等为正生扮,后来渐变为张大忠、毕天标为正生扮(当有髯口张挂与否的区别),其余人物为外扮,但宋真宗势必由末、正生分别扮演。整理时依从早期的角色名目。

小生单角本以清末蔡源清《六凤缘》小生本[案卷号 195-1-132(2)]和《六凤缘》小生本[案卷号 195-1-132(3)]为一系,以《六凤缘》《双玉燕》小生本[案卷号 195-1-132(4)]和民国前期"方嵩山抄"《玉蜻蜓》等吊头本(案卷号 195-2-11)所收《六凤缘》小生本(仅有曲文)为另一系。因本剧曲文部分文辞略显晦涩,讹误较多,以致后一系多改作平易之语,且家麻、皆来韵多变为江阳韵,使得用韵趋于混杂。整理时小生本以前一系为主。其中,清末蔡源清《六凤缘》小生本[案卷号 195-1-132(2)]有场号一、二、九、十一、十四、十八、十九、廿、廿三、廿四、廿五、廿六、廿八、卅、卅二、卅三、卅四、卅六、卅七,整理后场号第一、二、二十五至三十七与之相合。

第一号

小生(赵凤岐)、丑(孙不端)

(小生上)(引)阀阅书香旧簪缨,时乖运否困儒生。(诗)十载寒窗苦,云梯步月庭。气吐霓虹志,男儿上青云。(白)小生姓赵,名凤岐,乃姑苏华亭县人也。父亲赵馀,在日官居兵部侍郎。母亲姚氏,诰封一品。不想双亲去世,家业凋零。小生年方二九,得入芹宫。父亲在日,曾聘山东张大忠之女为婚,父亡之后,从未来往,到如今十数余年,就是觌面,两下难认。我今意欲前往叩谒,囊用乏缺,不能动身。家中凑齐,不值分毫之费,只得将房屋典卖,以作盘费。昨日已对孙不端说,约在今日交契领价。奈下午时候,还未回音。且把契书写好,等他便了。(科)咳,天吓!我赵凤岐遭此落魄,好不凄凉人也!(唱)

【锁南枝】唇启口,好难尽,败鸟无巢觅枯林。举笔翰墨认,字字白与明。(白)但目下之人,俱是锦上添花,谁肯雪中送炭?(唱)**方论到,古今人;有言难启口,此番量可准,此番量可准。**

(小走板)(丑上)(唱)

【前腔】急匆匆,步来行,会同公子说分明。房屋来典卖,契据写端正。我往他,家中走;行到他门庭,赵兄来叫声,赵兄来叫声。

(白)赵兄开门。(小生)来了。(唱)

【前腔】听声声,有人行,将身出步到门庭。(白)兄吓!(唱)茅庐草舍,怎降贵客临?(丑白)赵兄。(小生)兄请坐。(丑)赵兄坐。(小生)兄昨日所说之事,如今怎么样了?(丑)阿哉赵兄,我罗走带任府里,与任大爷一话,就话成哉嚯。(唱)**他说道多少银,花银三千文;契据写端正,当即交花银,当即交花银。**

(白)阿哉赵兄,你二十两花银,做啥用场个呢①?(小生)兄吓!(唱)

【前腔】家贫穷,业少存,欲往山东去投亲。(白)父亲在日,曾与山东张大忠之女为婚,家中不值分毫之资。出于无奈,与孙兄说,如今就是任兄处,弟写得契书一纸,投亲回来,加利一并清楚。中保孙兄大号。(唱)**急迫无措办,望兄加义名。**(丑白)阿哉赵兄,个末二十两花银,我去拿得来。(小生)何劳孙兄贵步,待弟自己过府收领便了。(丑)个个无啥要紧。(小生)兄吓!(唱)**多劳乞号加名姓,到寒舍聚衷情,到寒舍聚衷情。**(下)

---

① 此处 195-1-132(4)小生本有"兄吓,此位是谁""怎么,就是任兄"的宾白,则另有任得义(付)上场的演法。

第二号

净(店家)、末(焦廷虎)、小生(赵凤岐)

(净扯末上)(净唱)

【黄莺儿】①气怒恼胸膛，**快了奔丧，免得管客忙**。(白)客人吓，你个爹在我小馆安歇，昨夜三更时分死哉，吓为啥勿奔丧回去吓?(末)店家，奈我无钱殡殓，还求歇一歇。(净)客人，歇勿来。吓若不奔丧回去，将吓阿爹尸首抛出哉。(末)店家，还求缓一缓。(净)做不来个。(唱)**直恁不良，休得悒怏，今朝猛捵残生丧。**(小生上)(唱)**步匆忙，借银在袖，明日探亲往。**

(白)兄，请放手，你二人为何在此争闹?(净)相公，个位人是西川南洋人，来到小店安歇。昨夜三更时分，里个老爹死哉。无钱殡殓，在此争闹个。(小生)原来。咳，兄吓！我看你相貌非凡，受此狼狈，请道其详。(末)不瞒兄说，我是焦廷虎，西川南洋人氏，来到此地投亲。不想父亲染成一病，一命身亡。无钱殡殓，他日日催我奔丧回去，要将我扯到公堂，俺也无可奈何。

(小生)呀！(唱)

【猫儿坠】听说言词，不觉意彷徨。哭泣无门告何方，可怜榆景遭魔障。(白)兄，弟有纹银二十两，赠与仁兄，以作安葬之费。(唱)**免伤，且将严亲来埋葬，话表凄凉，话表凄凉。**

(末)仁兄，我是远方人氏，怎好受仁兄之银?(小生)说那里话来?四海之内，皆为兄弟也，况济困怜贫，古今有之。(末)店家，银子在此了。(净)有银子，都是我安葬。(净下)(末)请问兄高姓大名?(小生)小生姓赵名凤岐，本地人也。(末)多感恩公赠银，来日犬马图报。(小生)且慢。我看焦兄相貌非凡，异日必做皇家栋梁，意欲与兄结拜金兰，兄意下如何?(末)兄吓，我是落难之人，怎好仰攀仁兄?(小生)说那里话来?你不必太谦。请问仁兄

---

① 此曲牌名及下文【猫儿坠】【刘泼帽】，单角本缺题，今从推断。

贵庚多少？（末）二十有三。请问仁兄呢？（小生）小生年方二九。（末）这是我叨长五年。（小生）如此哥哥请上，受弟一拜。（同唱）

【刘泼帽】二人对天达穹苍，生死患难胜刘关，若有负心天鉴察究访①。我和你管鲍刎颈义结金兰，义结金兰。

（小生）哥哥，今日何往？（末）贤弟，为兄是回去的了。（小生）哥哥，今日一别，未知何日相会？（末）贤弟吓！（唱）

【尾】匆匆拜别各西南，异日重逢是帝邦。（同唱）**难舍难分叫人泪汪汪。**

（小生）哥哥请。（下）

第三号②

花旦（李凤珠）、丑（钱飞龙）、末（焦廷虎）

（花旦上）绣对绣鸳鸯，金钗喜凤凰。头上乌云戴，明月入花黄。（白）奴家，李凤珠，爹爹李蒙贞，在日官居潼关总兵之职，被奸相陷害，抄灭全家，双双逃出在外，来到飞蛮洞，落草为寇。聚起喽啰数千，粮草广足，兵强马壮，起兵反向京都，除灭那奸相。今日叔父还未升帐，有恐差遣，在辕门侍候。（花旦下）（四手下）（丑上）（引）志气轩昂当自强，威风凛凛侵江山。（白）俺，钱飞龙，父亲钱锦昌，在日官居潼关总兵，不服朝廷，来到飞蛮洞，占山为王。王相有书到来，叫我起兵，杀进京都，除灭昏君，江山对半中分。自起兵以来，攻城略地，势如破竹，这也非在话下。（花旦上）叔父在上，侄女儿打躬。（丑）罢了，一旁坐下。（花旦）谢叔父，告坐了。（丑）王相有书到来，你我一同杀入京都，除灭那昏君便了。（花旦）启上叔父，太平盛世，朝政安然，

---

① 究访，195-1-132(2)、195-1-132(3)本作"龙板"，195-2-11 吊头本作"就傍"，暂校改如此。

② 本出 195-3-70 忆写本作李飞蛮升帐，焦廷虎前来相投，李飞蛮命其女凤珠与之比试武艺，并招其为婿，与花旦本不同，兹据花旦本重新改写。

何不弃邪归正,免得生灵涂炭?(丑)唔。年纪轻轻,晓得什么! 你且退下。(花旦下)(手下扶末上,花旦同上)(丑)此人是谁?(手下)启元帅,我等巡哨,见这后生倒在路旁,扶了回来,候元帅发落。(丑)可问过来历?(手下)他叫焦廷虎,异乡人氏,来到华亭县投亲,父亲病死,孤身一人,流落天涯。(丑)看这后生,病得不轻,留他何用? 过来,扶他出去。(花旦)且慢。启上叔父,看此人相貌魁梧,有病在身,何不留在营中,将养病体痊愈,然后叔父跟前效用? 心意如何?(丑)侄女儿所言不差。来,扶下去好生调养。(手下)晓得。(下)

第四号

净(王忠)、外(张大忠)、正生(宋真宗)

(净上)(引)朝纲独霸,何日里平伏飞蛮?(白)老夫王忠,叨蒙圣恩,官居首相,独立朝纲。只因飞蛮洞钱飞龙起衅,十分厉害,奏闻圣上,敕旨一通,选召进京,高官显爵,免得损兵涂炭,启动干戈。来此朝房,圣上犹未临殿,在此侍候。(外上)(引)叨蒙皇恩禄①。(白)下官兵部尚书张大忠。老太师见礼。(净)张大人请了。(外)老太师为何入朝甚早?(净)只因飞蛮洞钱飞龙起衅,奏闻圣上,宣召进京,免得启动干戈。(外)老太师,钱飞龙乃是钱锦昌之子,曾受过潼关总兵之职,不思报国,反投入奸党,私通谋叛,罪犯全家。钱飞龙如今投入飞蛮,无端起衅,还须要提兵剿灭才是。(净)选召进京,高官显爵,以免损兵涂炭才是。(外)万岁登基以来,各国归降,岁岁来朝。他小小贼寇,何愁难破?(内)噫。(净)万岁临殿,分班侍候。(四太监、正生上)(引)锦绣江山,喜得国泰民安。(净、外)臣等见驾,愿吾皇万岁。(正生)平身。(净、外)万岁。(正生)寡人大宋天子,国号真宗,登基以来,喜得国泰民安,刀枪归库,马放南山。一赖祖宗福庇,二托众卿匡扶社稷。

---

① 外角上场引子仅一句,其下原有间隔符号,则与张大忠同时上场的朝臣当还有一至二人,而 195-3-70 忆写本此处仅张大忠一人,上场白为"蒙圣恩爵受福禄,上金阶叩谢君恩"。

众卿上殿,有事奏无事退。(净)臣启万岁,飞蛮洞钱飞龙起衅,势如破竹,万岁选召进京,高官厚禄,免得损兵涂炭。(外)臣启万岁,他父亲乃是钱锦昌,也受过皇家恩禄,不思报国,反私通谋叛,罪犯全家。钱飞龙投入飞蛮,无故兴兵,还须提兵剿灭,以除奸党之后也。(吹)(净白)敕旨一通,宣召进京才是。(外)万岁,剿灭才是。(净)宣召进京才是。(外)剿灭才是。(正生)二卿不必争论,寡人自有处分。张卿听旨。(外)万岁。(正生)命你带兵克灭飞蛮,无得抗旨。(外)臣有本启奏。(正生)有本奏上。(外)臣年过半百,并无一子,只有一女,名曰凤英,曾聘华亭县赵馀之子赵凤岐为婚。两下年已二九,不曾完姻。意欲归家,接婿完姻,望吾皇降旨。(吹)(正生白)张卿有本奏道,年迈无子,有女凤英,接婿完姻。待等完姻一过,即速克灭飞蛮,不得停留。(外)万岁。(正生)退班。(四太监、正生下)(净、外)送驾。(吹)(外下)(净)龙颜不准奏,枉为朝中第一臣。(下)

第五号

老旦(顾氏)、正旦(张凤英)、外(张大忠)、正生(张义)

(老旦上)(引)荣受诰封,叨皇恩福寿双全。(正旦上)(引)描鸾绣凤,细览篇芸窗托赖①。(白)母亲,女儿万福。(老旦)我儿罢了,一旁坐下。(正旦)谢母亲。(老旦)老身顾氏,老爷张大忠,在朝官居兵部尚书。两下合卺以来,并无一子,生下一女,取名凤英,年方二九,许配姑苏华亭县赵凤岐为婚。亲家在日,来过几次,亲家亡故,有十数年未曾来往。儿吓,为娘想你终身,刻挂在心。(正旦)母亲,自古姻缘前定,何劳母亲挂念?(老旦)想你父亲在朝奉君,也不管你终身大事,岂不是恨?(正旦)母亲吓!(唱)

---

① 此句单角本作"西览篇芸窗颇赖",暂校改如此。

【桂枝香】云锦诗篇，无双鲁殿①。蒙萱亲训教有方，报深恩趋承无限②。他每是感全愧惭，感全愧惭，羞惭怎待，万年椿萱。自脴腜，宦室香闺女，蓬莱阆苑仙，蓬莱阆苑仙。

（四手下、外上）（引）蒙恩救赐归故乡，恨权奸言挂胸膛。（白）夫人。（老旦）老爷，请来见礼。（外）夫人见礼。（老旦）请坐。（外）请坐。（正旦）爹爹，女儿万福。（外）我儿罢了，一旁坐下。（老旦）老爷，你在朝奉君，越老越壮了。（外）我在朝为官，上托天地洪恩，下托夫人之福庇。老夫在朝，时常挂念女儿终身。（老旦）我儿回避。（正旦）晓得。（正旦下）（外）夫人吓！（唱）

【大迓鼓】③儒生语订言，驷马高车，名魁独占。痛儿佳④婿无倚偏，若不结缡⑤待何年，正把佳人对少年。

（老旦）老爷，女儿年已长大，你怎样一个主意？（外）夫人，我如今写书一封，差张义到华亭县接他到来，早完姻便了。（老旦）老爷此言不差。张义那里？（内）来了。（正生上）有听夫人叫，急忙便来到。老爷、夫人，老奴叩头。（外、老旦）起来。（正生）谢老爷。（外）张义，有书一封，你可去到华亭，接姑爷到来，心意如何？（正生）老爷有事，老奴不怕水火而去。（外）好。快去准备行李，今日起程，待我修起书来。（正生）老奴晓得。（正生下）（外唱）

【前腔】提笔写云笺，等候乘龙，图而贵显。休得执意叮咛遣，转望回归莫迟延，秦晋和谐永百年。

（正生上）（外）张义，我老爷有书一封，白银一百，你去到华亭，与姑爷一同起程。（唱）

---

① 此句单角本作"母赏曾殿"，今改正。鲁殿，指在西汉末年动乱中岿然独存的鲁灵光殿，比喻硕果仅存的人或事物。

② 趋承无限，单角本作"细拯无涯"，暂校改如此。

③ 此曲牌名单角本缺题，今从推断。

④ 佳，单角本作"过"，疑因方言"佳""家"等字读见母而致误，今改正。

⑤ 结缡，单角本作"前时"，据文义改。结缡，指结婚。

【前腔】莫谦或迟延，诸事齐备，休得迁延。（合唱）琴瑟同调门楣羡，乐意滔滔挂胸填，双双共谐和百年。（下）

第六号

小生（赵凤岐）、丑（孙不端）、付（任得义）

（小生上）（唱）

【啄木儿】论家贫，不值资分毫锱，旦夕难禁苦遇状。怎奈我范丹①模样，怎消受寒儒陋巷？（白）小生赵凤岐，那日将房子典银二十两，欲作盘缠，前去投亲。偶遇焦廷虎遭危，将银赠与他去了。孙不端久闻为人奸诈，见我不去投亲，倘然来讨还银子，叫我如何措办也？（唱）**无措怎赔纹银两，消耗家室甚凄惶，不尽饥寒怎指望？**

（丑上）（唱【前腔】一至三句）（白）赵凤岐开门。（小生）来了。（开门）原来孙兄，请进，请坐。前日多蒙兄周全，弟多多承情了。（丑）勿用话，二十两银子拿得来，拨我还。（小生）兄，怎么，二十两银子要还了？（丑）要还哉。（小生）兄吓，一时那里得有？（丑）是话二十两银子没有还，房屋休想住，呒得我走出去。（小生）咳，兄吓！（唱）

【前腔】望兄传言达穹苍，宽限几日我主张，本利清楚一笔账。（丑白）阿哉赵凤岐，我老实做呒话哉，你银子有，勿用话；如若没有，喏！（唱）**快快走出再商量，要将房屋关门锁上。**

（小生）兄，今日若没有银子交代，要将我房子锁了么？（丑）勿差。（小生）兄认真的么？（丑）啥个人做你讲笑话？（小生）咳！（唱）

【三段子】恨杀猖狂，忒杀叫人怒千丈，狼心狗肺没心肠；（丑扯小生出，锁门，小生扯丑，丑下）（小生唱）**怎挨辰光，无宅安身寄那厢？奸诈凶狠太不良，全无半**

---

① 范丹，东汉末名士，清贫而有操守，详见《一盆花》第三号【六幺令】第三支"为范丹"注。

点理情状,罢罢! **去到他家把言商,去到他家把言商**。(小生下)

(付上)(唱)

【前腔】我差不端,将他房屋来锁上;(小生上)(唱)**气冲冲怒满胸腔,羞得人无处遮拦**。(付白)兄,请了,请了。(小生)请了,请了。(付)兄吓,你为何这等气恼呢?(小生)吓,兄,弟那日原将房子抵押,典银二十两,今日孙兄将我房子锁来。到来面言,可将房子权借几日,兄你意下如何?(唱)**败鸟无巢恁凄凉,念我寒儒辈感谢恩广,感谢恩广**。

(付)兄吓,你不必气恼,去到小弟家内吃酒去。(小生)弟怎好打搅?(付)兄吓,不必气恼,随弟来罢。(下)

第七号

付(任得义),小生(赵凤岐),正生、外(任府家人)

(付内)兄,随我来。(付、小生上)(小生唱)

【园林好】羞满面惭愧彷徨,听更筹频频隐然。怎受得苦守寒窗,文满腹何处纳,文满腹何处纳?

(付)兄吓,你在小弟屋里,谈谈讲讲,吃酒散心,有啥个勿好?(唱)

【前腔】我和你情投意合,两下里双双的心欢笑。(小生白)任兄,小弟在此多多打搅了。(付)好说。看酒来。(正生、外家人捧酒上,摆酒,正生、外下)(付)兄请。(唱)**我爱你仗义气慷慨,总有日功名上达**。

(小生)羞愧无地,决不敢当。(付)你我是好友,何出此言?(小生)有劳,兄请。(付)不知兄缺多少银子,若是要用,小弟还有。(小生)兄吓,一次未清,二次怎好再加?(付)倒也不妨。请问兄,山东历城,是何亲戚?(小生)兄吓,就是岳丈家。(付)怎么,是兄岳丈家中?(小生)兄吓,但是弟的岳丈呵!(唱)

【江儿水】历城县名家,张府声名达。大忠名豪富堪夸,兵部侍郎忠良将,阎

阆门楣谁敢当。**节旄书香族派**①，(付白)令岳姓甚名谁？(小生)岳丈张大忠，现任兵部尚书。(付)两下如何结亲？(小生)兄，父亲在日，与岳父情投意合，在任所结亲的。(付)何物为聘？(小生)兄吓，并无寸丝为聘。小生与凤英小姐，同年同月同时所生，因此两下呵！(唱)**订结成桃夭，付姻缘郎才女貌，郎才女貌。**

(付)几岁对亲的？(小生)只有七岁。(付)兄吓，你两下可曾来往？(小生)兄吓！(唱)

【前腔】从未通来往，鸟音不传达。庞儿不认这形骸，本欲及早登门拜，只望锦上添这鲜花。只为安心不开，(付白)兄吓，你岳丈见你，不认得了。(小生)到今日十数余年，从未过门，不但翁婿不认得，就是此刻觌面，却也难猜容貌。(唱)**亲枝瓜葛，呀！将言词说透根苗，说透根苗。**

(付)兄吓，酒再宽饮几杯。(小生)小弟酒有了。(付唱)

【五供养】何不醉酩酊，和畅儒生派。(小生白)兄，弟吃不得了。(小生吃，科)(小生)咳，兄吓！(唱)**蒙兄见爱，醺醺儿酒色形骸。**

(小生醉倒)(付)兄饮酒，饮酒。过来，取叉袋②来。(正生、外家人上，将小生装袋)(付)将叉袋抬出，抛在江水去罢。(下)

第八号

净(潘兆华)，贴旦(潘凤兰)，丑(罗得光)，正生、外(任府家人)，小生(赵凤岐)

(净上)枯木怎得回春？水草何曾发根？(白)老汉潘兆华，发妻亡故多年，单生一女，才年十七，取名凤兰，尚未适人。老汉无他伎俩，撑船度日，女儿

---

① 此句 195-1-132(2)本作"少刻书香族派"，195-1-132(3)本句末残存"看(堪)爱"二字，195-2-11 吊头本作"小姐书香不堪"，195-1-132(4)本作"裘旄书香不□"，今校前二字作"节旄"。节旄，即旄节，这里指军政长官所拥有的旌节。

② 叉袋，又称"叉口"，一般为麻制，袋口有两个叉角可以系结，可用来装粮食。

年已长成，未曾婚配，老汉刻挂在心。言之未尽，女儿出来哉。（贴旦上）我命孤栖，萱亲早丧幽冥。（净）阿囡那里？（贴旦）爹爹万福。（净）坐之落来。阿爹年已老哉，撑船度日，未知何日得能出头也？（贴旦）爹爹，此业虽好，还须要寻一个安身之地。（净）囡吓，你年已有十七岁哉，还未许之人家，做阿爹刻挂在心。（贴旦）爹爹，有道姻缘自有良缘天定，何劳爹爹挂念？（唱）

【孝顺歌】劝爹行，且莫愁，转望女儿逍遥游。孝敬提老酒①，免衰骨肉瘦。看江湖水流，决非做浪子飘游，雾散云收。终须见光明，逢文运②遇着图计谋；有日撇渔家，光耀门闾旧，光耀门闾旧。

（丑上）阿伯、阿妹，船摇得来哉。（贴旦）小儿哥见礼。（丑）阿妹见礼。（贴旦下）（净）小倪③，今夜多少客驾落船吓？（丑）客人落之别船去哉。（净）那啥，客人落之别船去哉？生意无有哉。小倪吓，今朝将船摇到合英桥下，停之一夜，明天开早潮。（丑）好个，好个。（同下）（正生、外家人扛袋上，抛水中，正生、外下）（丑上）阿伯吓，拉虬有袋棉花跳水哉。（净上）小倪吓，为啥沸反连天吓？（丑）发财哉，快点捞起来。（净）发财哉？啥大发财？（丑）介是好像是袋棉花。（净）贼个毷养，有袋茄翻落合英桥下哉④。（丑）棉花好做布。（净）囡吓，拿灯亮出来。（贴旦上）来了。（净）捞之起来。小倪，个是块猪毛来东。（丑）杀杀好过年，吃得透透鲜。（净）是人，勿好哉⑤！（贴旦）爹爹，有道"救人一命，胜造七级浮屠"。（净）救里一条性命，阿爹吃七桌豆腐吓？（贴旦）七级浮屠。（净）我个阿囡，七只浮蓂？（贴旦）是七级浮屠。（净）阿囡话之来，阿爹耳朵嗡嗡叫，掉之落去哉。小倪，阿爹做好事来哉。（贴旦）爹爹，

---

① 此句单角本作"孝景提劳救"，据文义改。

② 逢文运，单角本作"风文云"，据文义改。

③ 倪，净本作"尼"，今改作调腔抄本较为常见的"倪"。小倪，方言，即小儿。

④ 茄，净本作"驾"，茄、驾方言文读音相近，据改。翻，净本作"反"，"反"读为"翻"，今改，下文第十号"翻之合英桥"同。

⑤ 此下净本原有曲文："快将他退入外单（又），一定是山妖水怪被人害，要着咱快退去入外洋。"疑丑角亦有相应唱段。

看此人酒醉模糊，必定有人谋害，留归中舱，问过明白，然后送他上岸，也是爹爹一片好心了。（净）走之中舱去。小倪，个条叉袋，岸上浮之一浮，好籴米好漓①豆腐。（贴旦）爹爹！（唱）

【尾】年迈苍苍意不换，（净白）小倪吓，阿爹要做好事哉。（唱）胜似那南海凌波白莲台。（下）

第九号

正生（张义）、付（任得义）、外（任府家人）、丑（孙不端）

（正生上）（唱）

【玉芙蓉】奉命路途遥，来到华亭道，不知那个草舍蓬茅？待跋涉间关河道②，何处候③问赵姓表？（白）老奴张义，奉老爷之命，来到姑苏华亭，接姑爷完姻。不知住在何处，必要问个信儿才好。（科）那边有位相公来了，待我问他一声便了。（走板）（付上）（唱）生计巧，我想娇容鸾凤拜，同与老孙商量好。

（正生）相公请了，借问一声。（付）老娘家借问何来呢？（正生）有位赵凤岐相公，住在那里？（付）请问老娘家，你是那里来的？（正生）我是山东历城县张兵部府中来的。奉家爷之命，来接姑爷过府完姻的。（付）请问老管家，你家姑爷有认识么？（正生）不瞒相公说，先太老爷在日，姑爷只有七岁，十数余年从未来往，难以认识了。（付）不瞒老人家说，就是学生。（正生）怎么，就是姑爷？老奴不知，多多有罪。（付）好说。老管家，我家岳父母在府，可安泰否？（正生）倒也安泰。老爷有书，请姑爷观看。（付）这书拿到家中去看。老管家，你去到我家，嬉戏几天，再与你同去。（正生）老奴本该到府上去的。（付）老管家随我来。（走板）（唱）

---

① 漓，滴去水分。该字《集韵》作"捤"，《集韵·术韵》劣戌切："捤，去滓汁曰捤。"

② 跋涉，单角本作"书渡"，据文义改。间关，指崎岖艰险的道路关隘。

③ 候，单角本作"诟"，今改正。

【前腔】那知是假冒，我要计谋巧，一心思想娇娥美貌。(白)回家与孙不端商量，(唱)**叫他想法计密高**，(正生白)老奴晓得。且住，我家老爷、夫人说姑爷是贫苦，今日一见，身上光彩，这是小姐的福分了。(唱)**不枉了才貌和调。亲配良宵，鹊桥会合天缘巧，不枉了郎才女貌。**

(付)老管家，你在此。(正生)老奴晓得。(付)你在此，不要到外面去。(正生)这个自然。(付)待我安排酒饭。(正生)多谢姑爷。(付)老管家，到里面坐坐。(正生)晓得。(正生下)(付)阿哉家人。(外家人上)大爷，有啥个吩咐？(付)你去叫孙不端到来，说大爷有事，速去。(外)晓得。(外下，又上)大爷，孙不端叫到哉。(付)叫他进来见我。(外)孙大爷有请。(内)来哉。(丑上)有事来相请，到来问分明。大爷，吪叫我来，有啥事务？(付)老孙坐落来。我大爷有点事情，替我想想办法。(丑)那格，赵凤岐个人死脱哉，还有啥个事情？(付)阿哉老孙，你道为啥，赵凤岐山东有头亲事来哼，张兵部之女，许配赵凤岐为婚。个千金小姐，我大爷来带想其侬。(丑)你大爷想其侬，与我老孙啥格相干呢？(付)你替我大爷想办法。(丑)介事干①我想勿来。(付)阿哉老孙，吪替我大爷想办法，是话想到手哉，我大爷屋里家私东西，与你对半分。(丑)是介话，我死替你想办法。大爷打扮齐齐整整，我老孙扮之一介家人同得去，小姐一见，勿像一个穷女婿，就好拨大爷拜堂哉，吪道那光景？(付)老孙好计密，我大爷得娇妻。明日子做女婿，叫老鼻头一同去。(丑)啥个老鼻头？(付)山东历城县张兵部老家人来东，我屋里等哉。(丑)那格话，来东屋里等哉？好好，明日子那管其成双勿成双，一同去好哉。(付)老孙，里头哼吃酒。(丑)怎么，有酒？好个好个。(付)老人家一同陪酒。(下)

---

① 事干，事，事情。

第十号

小生（赵凤岐），净（潘兆华），正生、外（任府家人）

（小生上）（唱）

【锁南枝】醉微眼，恨诈奸，穷醉流落船上眠。闷昏是何缘，遭此狼狈险①。（白）小生，赵凤岐，昨夜被任得义无故谋害，多蒙潘老丈捞救，必要到他家，理论明白。（唱）丧天理，悒心田；牛马辈，狼弩箭，牛马辈，狼弩箭。

（净上）（唱）

【前腔】行好事，结喜缘，拜如来紫竹灵山②。（小生白）老丈拜揖。（净）小后生，为啥酒要吃得个样醉？进之叉袋里亨，翻之合英桥下。老人家若勿救哑，个样时光，要见阎罗王哉。（唱）阴司牌向前，亏我救残喘。（小生白）有个缘故。老丈，小生被人谋害的。（净）有啥个缘故，哑身上穿得好，还是头上戴得好，要谋哑性命吓？（唱）施毒计，律含冤；有情愿，一一的说根源，一一的说根源。

（白）啥地方人，说之明白，放你回去。（小生）老丈，小生本地人氏，姓赵名凤岐。（净）赵凤岐，做啥生意？（小生）不会做生意，但只会读书。（净）是个秀才相公？（小生）甲寅科试，已登案首。（净）好眼勿识泰山，坐差哉，摆坐位过来。（小生）老丈请坐。（净）既是秀才相公，哑之阿爹，做啥个生意？做啥个行业？（小生）父亲在日，官拜兵部侍郎。（净）阿吓，猪圈里牵出牛来哉。侍郎公子，来，要摆坐位过。（小生）老丈请上坐。（净）赵相公，为啥要谋害哑性命，哑说之来，老人家与你理论是哉。（小生）咳！呵呀，老丈吓！（唱）

【小桃红】时乖运蹇，时乖运蹇，遭凌贱，时不利命途蹇也。恼恨奸诈，无端将人陷。祸平空，害得我险赴幽冥，转生阳，幸感得残生救也。这恩德结草衔

---

① "穷酸"至"狼狈险"，195-1-132（2）本作"为人（甚）到此舟□（上）眠？闷昏是前缘，默见真奇然"，后两句195-1-132（3）本作"眼昏是何缘，默见是果然"，此从195-1-132（4）本、195-2-11吊头本。唯"眠"后两本作"伴"，今从前者。

② 此句单角本作"紫竹林山拜如来"，失韵，今乙。

环,任得义来谋算,绝诬陷断家烟,呵吓,老丈吓! **绝诬陷断家烟**。

(净)放哑狗屁,天下有个种恶人。赵相公,上岸去理论,当官去告,老人家
与你做见证,你道那光景吓?(小生)只是老丈恩德,如何得报?(净)啥,勿
去吓?(小生)如此老丈请。(唱)

【下山虎】狼心狗肺,设计筹算。**恨杀千般作诬陷,遽然急忙步翩跹**,到他家
理论言。(净白)到哉。(小生)这里就是了。(净)有一份恶人家。里哼头有人,
走两个出来。(正生上)什么样人,大惊小怪?(净)大惊小怪么?个是啥人,可
认得?(正生)呀!(唱)**忽见了鬼、鬼魅妖现,白日青天到此间**,(净白)退出门外
哉。(正生)阿呀,兄吓! 快点来,有鬼。(唱)**河水鬼活颜现**。(外上)(唱)**何事叫**
喊? 必有根源,河水鬼活颜现,呀! **河水鬼活颜现**。

(小生)唉,你这班豪奴,我与你无仇,无故将我谋害。幸喜得天神圣相救,特
来理论明白。(唱)

【山麻秸】**将人害,休强辩,特来问你缘由浅,你这恶贼横作奸**。**凶残,怎将人**
冤受屈来轻贱? 今日个官衙告,决不饶伊,除却刁奸,除却刁奸。

(正生、外)赵相公,这不是我之故,大爷之故。(小生)既如此,叫那任得义走
出来。(正生、外)大爷进京了。(小生)怎么,进京去了?(净)赵相公,我送哑
居去。(小生)将房子钥匙拿出来还我。(正生、外)哈,没有这等容易。大爷
说出钱买过,谁人敢开? 有人开者,送官究治。(同唱)

【前腔】**你那里休胡说,莫乱言,我这里紧紧守不是闲,快出去莫迟延**。**穷酸,饿**
鬼怎出谰言①? 一任你呈官喊天,不怕皇亲,自有势现。(推出,正生、外关门下)

(净)告官去。(小生)呵,老丈吓!(唱)

【蛮牌令】**他势焰滔天,官家不分辩**。(净白)送哑居去,房屋卖还哉;当官告去,
势头大,吃里勿落。(小生)老丈吓!(唱)**为巢穴起祸端,一命误伤青年**。**日无**
食夜无眠,不日里饿殍难免。**痛杀杀泪如泉,免受苦颠连,罢罢! 倒不如早**

---

①　单角本原在"饿鬼"下绝句,据曲牌词式改。

归黄泉,早归黄泉。(科)

(净)倒是我老人家要死哉。勿差吓,赵相公,呒说要到山东投亲,同老人家个船进京,路过山东,吃之我个白饭,坐之我个白船,带呒到山东投亲,那光景吓?(小生)若得如此,感恩非浅。老丈请上,受我一拜。(唱)

【江头送别】**再生父,再生父,恩似对天;从今后,铭刻胸填,多蒙周全。此身有日荣归显,难呈祥顿令人恩德非浅,恩德非浅**。

(净)勿要拜哉。相公你会读书,我船里旧书本有一箱,相公来哼白书读是哉。(唱)

【尾】**勤读文章看诗联,且向小舟过几天**。(白)去吃白饭,读白书是哉。(小生)阿吓,老丈吓!(唱)**有日成名,除却那刁奸,除却那刁奸**。(科,下)

第十一号

写朝廷战将林财隆征讨飞蛮洞,全军覆没。

第十二号

净(王忠)

(净上)老夫王忠。林财隆战死沙场,飞蛮兵势如破竹。来此朝房,就此俯伏。臣王忠见驾,愿吾皇万岁。(内)平身。王卿上殿,有何本奏?(净)林财隆战死沙场,奏知万岁。(唱)(白)朝中将老兵衰,无将对敌,兵部尚书张大忠有文武全才。(唱)(内白)旨下,林财隆战死沙场,朝中将老兵衰,无将对敌,王忠保奏兵部尚书张大忠有文武全才,挂帅征剿飞蛮。得胜还朝,论功行赏。退班。(净)万岁。(下)

第十三号

写张凤英夜梦仙姑到来,仙姑留下诗句,并告知任得义假冒门婿一事。

第十四号

外(张大忠)、老旦(顾氏)、正生(张义)、付(任得义)、丑(孙不端)、净(王忠)、

正旦(张凤英)、贴旦(丫环春香)、丑(候相)

(外、老旦上)(同唱)

【皂罗袍】终日悬望音信杳,一朝的记心眼梢,悬望跋涉崎岖路迢遥,何能配合兰房笑?(外白)老夫,张大忠,前日差张义到华亭,接赵凤岐过府完姻。他说择日到门,为何来迟,好生挂念。(唱)**书生败凋,困苦受煎熬;何日扬眉吐气,云梯步高?**(正生上)奉着老爷命,即刻转家门。老爷、夫人,老奴叩头。(外、老旦)张义起来。(正生)谢老爷、夫人。姑爷到了。(外、老旦)怎么,姑爷到了?(正生)到了。(外)好。过来,吩咐悬灯结彩。取大衣过来。我好喜也!(唱)**喜气惟天表,喜气惟天表。**

(吹【过场】)(付、丑上)(外、老旦)贤婿。(付)岳父母请上,小婿一拜。(外、老旦)路上辛苦,常礼罢了。请坐。(付)谢岳父母,告坐。过来,拜见岳太爷、太夫人。(丑)晓得哉。岳太爷、太夫人在上,小人叩头。(外、老旦)起来。叫他里面酒饭。(丑)谢岳太爷、太夫人。(丑下)(外)贤婿,把令尊之事,说与我知道。(付)岳父母容禀。(唱)

【风入松】我父在日多荣耀,兵部侍郎为官高①。年七岁双亲神游早②,可怜我、可怜我苦守寒窑。这功名还未挣着,说亲事羞言道③,说亲事羞言道。

【前腔】(外唱)亲翁去世从未交,吉与凶难猜难料。不能携手兰房笑,冷凄凄、冷凄凄谁来探瞧?今见如星降云霄,心儿上愈欢笑,心儿上愈欢笑。

(内)圣旨下。(外)怎么,圣旨下?过来,服侍姑爷书房少坐。(正生)晓得。

---

① 此句 195-3-70 忆写本作"官居是兵部侍郎",今作改动。

② 此句 195-3-70 忆写本作"父母去世年七岁",今作改动。

③ 此句 195-3-70 忆写本作"说来亲自含羞",今作改动。

（正生、付下）（外）夫人回避。摆香案接旨。（老旦下）（吹【过场】）（净上）圣旨下，跪。（外）万岁。（净）听宣读，诏曰：林财隆战死沙场，朝中将老兵衰，无将对敌，王忠保奏兵部尚书张大忠有文武全才，挂帅征剿飞蛮。得胜还朝，论功行赏。钦哉，谢恩。（外）万岁。有劳大人，后堂开宴。（净）王忠皇命在身。（外）不敢强留。（净）告退。（外）候送。（净下）（老旦上）老爷，圣旨到来，为着何事？（外）夫人，今有飞蛮洞起兵，王忠这厮上奏说老夫有文武全才，命老夫提兵征剿。我想此去，未知何日还朝，不如今日与女儿完其花烛，老夫也得放心，夫人意下如何？（老旦）老爷，待妾身进房，与女儿说明，叫他梳妆打扮。（外）夫人此言有理。（老旦下）（外）老夫去到书房，与贤婿说明便了。（唱）

【前腔】笙歌叠奏多嘹亮，喜孜孜乐意滔滔。凤凰台上谐安好，孔雀屏、孔雀屏鸳鸯双闹。（外下）（正旦上）（唱）**淡娥眉化妆慢描，蓦闻知窥以照，蓦闻知窥以照。**

（白）奴家张氏凤英，爹爹派人去到华亭县，接赵生到来完姻。不想昨夜得其一梦，定有蹊跷。适才春香来报，那爹爹又要进京，必定白日花烛。爹爹，那知女儿心事呵！（唱）

【前腔】侍甘旨不报亲劬劳，意乱心迷自颠倒。泉下相会女多娇，神嘱咐、神嘱咐实是难料。（贴旦丫环、老旦上）（老旦唱）**进房中诉说根苗，拜花烛和同调，拜花烛和同调。**

（正旦）女儿万福。（老旦）我儿罢了，坐下。（正旦）进房何事？（老旦）儿吓，你父亲说，赵生到来，梳妆起来，完其花烛。（正旦）赵生才得到此，等爹爹班师回朝，成其花烛也未迟。（唱）

【急三枪】望萱亲，恕儿曹。转达告，班师日，谐鸾交，班师日，谐鸾交。

（老旦）儿吓，你父亲征剿飞蛮，几时回来，也无定期。你二人成其花烛，免得你父亲在外挂念。（唱【风入松】一至四句）（正旦白）若要女儿成其花烛，情甘一死而行。（老旦）且慢。我儿休得如此，为娘与父亲说明就是。（老旦下）（贴旦）

小姐,姑爷到此,为何不成其花烛?(正旦)春香,那知小姐心事来呵!(唱)

【凤入松】那知我梦里堪料,宁一死丧荒郊,宁一死丧荒郊。(正旦、贴旦下)

(内)贤婿随我来。(外、付上,丑傧相随上)(外唱)

【前腔】休怕羞耻脸红桃,秦晋美共谐欢笑。傧相。周公大礼将言报,赏非常、赏非常白镪喜闹。

(丑)老爷,傧相叩头。(外)喜言赞上。(老旦上)且慢。(外)夫人,女儿可梳妆明白?(老旦)老爷,我女儿说贤婿才得到此,等老爷班师回朝,成其花烛也未迟。(外)夫人,你对女儿说,叫他不要怕羞。(唱)

【急三枪】锦上花,添绣描,这盛茂。待何客,闹此朝①,待何客,闹此朝。

(二手下上)老爷,人马一概齐备,请老爷上马。(外)众军,分班府前侍候,家爷即刻起马。(二手下)晓得。(二手下下)(外)傧相,喜言赞上。(老旦)且慢。(外)夫人,女儿可有出来?(老旦)老爷,女儿不肯梳妆打扮,待等贤婿成名也未迟。(外)咳,老夫为女儿婚姻,今日不顺父命。嗳,气死我也!(付)岳父,待等你班师回朝,花烛也未迟。(外)好。贤婿在家,要用心攻书,家中好生看顾。就此拜别。(唱)

【尾】顷刻间各天泪抛,各天泪抛,但愿旗开得胜褒封表,旗开得胜褒封表。

(二手下上)(外)发炮起马。(吹)(下)

第十五号

小生(赵凤岐)、贴旦(潘凤兰)、净(潘兆华)、丑(罗得光)

(小生上)(唱)

【山坡羊】攻书卷朝暮情深,提起伤心受惨伤,冷清清苦志寒窗,倒做了浪荡海洋。

---

① 闹此朝,光绪二十七年(1901)"张廷华记"《六凤缘》等正生本(195-1-36)和民国三年(1914)"潘光德记"正生、外、末本(195-2-7)作"炳此照",晚清《六凤缘》等外、末本〔195-1-137(1)〕作"比此闹",暂校改如此。

（白）小生赵凤岐，被任得义谋害，多蒙船中潘老丈捞救，带往山东，真个没齿难忘也！（唱）

【五更转】①心儿里，多愁广，蒙恩得救残生感还阳。今到彼必然周度，交相对双双鸳鸯。

（走板）（贴旦上）（唱）

【园林好】小书生意欢畅，心儿上、容貌端庄。（白）奴家潘凤兰，船中有一位相公，日夜攻书，定然黄榜有名。（唱）王家石础作栋梁，功名显耀、一定是公卿侯相，公卿侯相。

（小生）原来是大姐，见礼。（贴旦）相公见礼。请问相公可曾入庠？（小生）不瞒大姐说，但是小生甲寅科案首了。（贴旦）请问相公，落在我船中，是何人谋害与你？（小生）大姐，小生被任得义这恶贼呵！（唱）

【江儿水】②占吞房屋，谋害咱无故受殃，无故受殃。

（贴旦）相公贵庚多少？（小生）小生年方二九。请问大姐多少年纪了？（贴旦）奴家与相公同庚的。（小生、贴旦）呵吓，妙吓！（科）（小生、贴旦下）（净上，科）勿好哉，船里弄得糊达达哉。（唱）

【玉交枝】穷酸鬼想着女娇娘，贱丫头快作一腔。

（白）小倪吓！（丑上）又听阿伯叫，上前问分晓。阿伯，啥个事体？（净）小倪勿好哉。（丑）啥个事体勿好哉？（净）穷鬼与你阿妹两个想白面。（丑）啥个白面？（净）穷鬼答吪阿妹"姑解""姑解"，船里弄得糊达达哉。（丑）气杀哉。（净）小倪，个穷鬼我船勿要里来乩③哉。（丑）那哼哉？（净）答我个条叉袋袋东，反之海里还。（丑）先整家规来带。（净）勿差个，先整家规，叫吪阿妹走

---

① 此曲 195-1-132(4)本作"可怜我瘦怯穷儒一书香，不负殷勤女娇娘。有一日衣锦荣归，郊（效）子龙双双鸳鸯"。

② 此曲牌名 195-1-132(3)本题作"江儿小（水）合"。"占吞"两句当系【江儿水】末两句。下文【玉交枝】至【五供养】，曲牌名皆从推断。

③ 里，方言，第三人称代词，这里指赵凤岐。来乩，方言，相当于"来东"，在，在某处。

出来。(丑)阿妹走出来。(贴旦上)(唱)

【玉抱肚】**不必悒怏,霎时间惭愧彷徨**。(白)小儿哥,叫我出来何事?(丑)何事何事,阿爹来叫呕。(贴旦)爹爹,女儿万福。(净)勿要万福哉。(贴旦)为何在此动怒?(净)呕格一个小花娘,个穷鬼呕要问里啥里人家,啥无家舍,个样人有啥个家舍。问里多少年纪,呕勿会算命,勿会摆八字,做阿爹今日子要打哉。(唱)**无端泼贱臭奴胎,打得你皮开肉绽**。(白)外哼头传之出去,潘兆华船中有个小后生,有个小花娘,两个人想白削我阿爹皱脸皮。(唱)**小穷鬼勿发花娘,小丫头空思空想**。

【侥侥令】(贴旦唱)**泪落有千行,有口难言讲**。(白)阿吓,娘吓!(哭下)(净)小倪,小花娘里个娘死故,小倪养之格大,打之二记,哭之阿娘起来哉,吾里心中勿好过吓。(丑)个穷鬼还勿见。(净)叫穷鬼出来。(丑)穷鬼,穷鬼!(小生上)小儿哥,叫我出来何事?(丑)何事何事,我赖阿爹来叫呕,我是勿叫呕。(小生)老丈见礼。老丈为何在此动怒?(净)动气么?呕个穷鬼,前者老丈救、救、救之呕,到我船里坐之我个白船,吃之我白饭,还要想我个白囡么?(唱)**穷酸鬼好不忖量,爱风流败坏我门墙**。

(白)呕个穷鬼,饥寒起盗心,饱暖起淫欲,呕况且是个读书人吓!(唱)

【五供养】**口诵孔圣门墙,起淫心男女空想。狼心狗肺恶心肠**,(小生白)老丈,小生与大姐并无话讲,依礼而行。(丑)我亲眼看见过。(打小生)(小生)吓,小儿哥不要破口。(净)小倪,打勿用打,我个船里勿要呕来里哉,走之上岸去。(小生)呵吓,老丈吓!今日要我上岸,那日何必收留?既蒙收留,一定要带我,山东去的。(净)呕要到山东投亲,勿要个样做人吓!(唱)**快快的急走他乡**。(小生白)阿呀,老丈吓!既如此,等明日别处上岸,你看此处俱是海岛山区,并无去路,此地上岸,必然性命难保。(唱)**波浪滔滔,水陆何向,一命来赴黄梁**。(净、丑科,下)(小生)阿吓,不好了!(科)(上岸)阿吓,皇天吓!(唱)**儒生**

撇海洋①，水滔滔怎般见涨。险峻荒野，虎豹豺狼，虎豹豺狼。

（白）且住。这是崇山峻岭，鸟怪声惨，喜得有条小路，必通阳地，挨过山去便了。（唱）

【尾】剩梦挽手步怎放，怪木森森甚惊慌。（白）大姐吓！（唱）身丧此地，不能会伊行，不能会伊行。（下）

第十六号

正生（毕天标）、小旦（毕凤妹）、小生（赵凤岐）

（正生上）（唱）

【新水令】气透长虹出银霞，接当空云霄高驾。寒风侵衣袂，红日照窗纱。烟灿光华，赤条条映山川疏林悬挂，疏林悬挂。

（诗）英雄志量豪气生，何日得脱出山林？铜心铁胆干戈起，那怕奸佞弄朝臣？（白）俺，毕天标，父亲毕超，乃是山东历城县人氏。在日官居潼关总兵之职，被王忠奸贼陷害，满门抄斩，兄妹二人，逃出在外，来到红岭山。无业为生，打猎度日。兄妹二人，一身本领，不能与皇家出力。有日削除奸佞，不枉我兄妹二人之愿也！（唱）

【步步娇】天开英雄志非凡，灭却这奸邪。身在天海角，有日步金阶，削除奸邪，削除奸邪。（小旦上）（唱）力敌超山岳，则索争差谁来救拔，谁来救拔？

（白）哥哥见礼。（正生）妹子见礼，请坐。（小旦）哥哥声声长叹，却是为何？（正生）我想父亲在日，官居潼关总兵，被奸相陷害，满门抄斩。父母之仇不报，故而长吁短叹。（小旦）哥哥说那里话来？有道"时运未来君且守，困龙也有上天时"，目下奸相当权，有朝一日用着我兄妹二人呵！（唱）

【折桂令】并同心力助邦家，只手擎天，英雄非要。你是个天公作养②，奴也是

---

① "儒生撇海洋"前，195-1-132(2)本题"被磨子"，未详。
② 天公作养，单角本作"天宫后洋"，暂校改如此。作养，培养。

大浪淘沙①。(正生白)妹子,你看天色尚早,为兄出外游山打猎,妹子意下如何?(小旦)哥哥,如此早去早回,免得妹子在家悬望。(正生)妹子,你去拿了家伙来。(小旦)晓得。(正生唱)**今日个天放晴华,俺可也、性生天大。**(小旦下,又上)(唱)**虎出深山惊起鸟,恐着那天翻地覆,意儿中思人念家,思人念家。**

(正生)妹子,你看守门户,为兄去也。(正生、小旦下)(正生又上)(唱)

【江儿水】**腾上云霄驾,山林景繁华。**(白)出得门来,好一派天气也!(唱)**曲曲齐唱鸟乱喳,隐隐青山红紫白,绿水沉沉波涛下。**(正生下)(内哭)吓!(小生上)(唱)**转过山坡那一答,冷清清、路儿见狭。**

(白)我赵凤岐,一走走越到深山怪地来了,怪鸟凄凄惨惨,层层密密,连路也没有了吓!(唱)

【雁儿落】**碧沉沉树木森森,惨凄凄**②、**乱纷纷,吵垓垓**③**乱齐挨,那得个神力扶持引路咱,出平阳犬声大?**(内喊)(小生)阿呀,不好了!(唱)**呀!见着那奇形面目怪,唬得人滚地趴。**(科)(逃下)(正生上)(唱)**觑着那隐隐高峰样,见黄叶谢黄花。**(内白)救人吓!(正生)吓,那边喊叫,必定有人遭害,不免向前搭救。(唱)**休慌,快赶上莫停踏。**(小生上)(唱)**惊咱,送残生这一霎,送残生这一霎。**(科,小生下)

(正生科,打虎,虎跳入水)(正生)打,不打你死,淹,淹你死。(小生上)多蒙恩人相救,活命之恩,无以为报。(正生)吓,原来是仁兄,请起。此山豺狼虎豹广多,独自一人行走,若不是我相救,你性命难逃。你那里人氏?高姓大名?(小生)恩人容禀。(唱)

【侥侥令】**奸凶成群派,谋计受尴尬。玉龙蹁破凤成鸦,困书香谁瞅睬?**

(白)小生,姑苏华亭县人氏,姓赵名凤岐,被人谋害。多亏船户潘老丈捞救,带我到山东投亲,不想来到途中,忽起反心,将我撇在荒郊。偶然受

---

① 大浪淘沙,单角本作"古似当沙",暂校改如此。
② 惨凄凄,195-1-132(2)本作"惨凄代",今改正。
③ 吵垓垓,195-1-132(2)本作"草盖盖",今改正。

危,多蒙恩人相救呵!(唱)

【收江南】呀!俺是旧族簪缨书香呵,侍郎裔、认鱼虾。没来由无倚无傍身落魄,今番何处可寻家?(正生白)往那里投亲?(小生)就是现任兵部尚书张大忠家。(正生)原来是将门之后了。(小生)正是。请问恩人府居何地?高姓大名?(正生唱)咱也是名家,咱也是名家,说起来同腔一体合心花。

> (白)俺毕天标,父亲毕超,在日官居潼关总兵,被奸相王忠陷害,兄妹二人,逃出在外,在红岭山暂歇,打些野兽度日。(唱)

【园林好】夸英雄无敌是咱,遇虎狼、将命挣达。勇非凡智义通淹,战兢兢闪腰胯,战兢兢闪腰胯。

> (小生)原来是贵公子,失敬了。(正生)好说。看仁兄相貌非凡,何不与弟结为金兰,仁兄意下如何?(小生)恩人乃是当世豪杰,弟落魄寒儒,怎敢高攀?(正生)说那里话来?有道"四海之内,皆为兄弟",不必推辞。请问贵庚多少?(小生)年方十八,二月初二日子时建生。请问恩人贵庚?(正生)倒是我叨长五年。(小生)如此哥哥请上,受弟一拜。(正生)我和你撮土为香,望空一拜。贤弟请。(同唱)

【沽美酒】意情投拜尘埃,意情投拜尘埃,叩天鉴、双双共察,他年共结腰金带。逢患难管鲍相待,胜刘关桃园白马。休恋那魏国孙庞,苍天证冽颈交会,英雄辈海山气概,海山气概。(正生白)且慢。贤弟到为兄家中,嬉耍几天而去。(小生)如此同着哥哥。(正生)贤弟请。(唱)**俺呵!到寒舍相见我妹,笑吟吟不住喜腮。呀!顷刻间氤氲香盖,氤氲香盖。**

> (小生)还好呀还好。(科,下)

第十七号

小旦（毕凤妹）、正生（毕天标）、小生（赵凤岐）

（小旦上）（唱）

【宜春令】①孤寒守，冷清瘦，论芳年青春那有。莫辞推夜练针绣，况又是文通武就。（白）奴家毕氏凤妹，爹爹毕超，在日官居潼关总兵之职，被奸相陷害，抄灭全家，兄妹二人，逃出在外，红岭山打猎度日。奴家年已二九，我哥哥不提小妹终身，咳，天吓！我毕氏凤妹终身未知落在何处也？（唱）未可知南箕北斗②，那时节郎才女周？（白）我哥哥今日出外打猎，此刻未回，好生挂念。（唱）逗留，富贵穷通，圣贤苦守，圣贤苦守。（小旦下）

（内）贤弟请。（内）哥哥请。（正生、小生上）（同唱）

【前腔】金兰义，意情投，论胸中、气冲牛斗。（正生白）贤弟，来此已是为兄门首。你在此，待为兄叫妹子开门。（小生）哥哥请。（正生）妹子开门。（内）来了。（小旦上）（唱）正在此思念，忽听门外有人叩。小妹子远远望见，打多少飞禽走兽。（白）哥哥回来了。（正生）妹子。（小旦）哥哥，出外打猎，打得多少飞禽走兽？（正生）死的没有，打得一件活的东西。（小旦）什么活东西？（正生）在门外。（小旦）待妹子取了来。（正生）唔，待为兄拿来就是。吓，贤弟请进。吓，妹子，看活的东西。这是妹子，见了赵家哥哥。（小旦）哥哥见礼。（小生科）妹子见礼。（小旦）哥哥，为何兄妹之称？（正生）妹子有所未知，这是姑苏华亭县人氏，姓赵名凤岐，山东投亲，此山经过，被野兽追赶，为兄搭救，结为金兰，故而兄妹相认。（唱）难周，少停便知，话未从头。

（小旦）原来。（正生）妹子，进去捧茶侍候。（小旦）晓得。（小生暗科）咳！（小旦下）（正生）请坐。（小生）哥哥请坐。哥哥，妹子今年多少年纪了？可曾聘定？

---

① 此曲牌名及下文【学士解三酲】，单角本缺题，今参照《玉蜻蜓·复主》补题。

② 南箕北斗，单角本作"南消不周""南显北洲"，暂校改如此。

（正生）咳，贤弟吓！（唱）

【学士解三酲】未配朱陈难合就，不凑上下结鸾俦。年方二九落中秋，说起来文通武就。（白）你不要把妹子看轻了。（唱）**移云手，擎天掇月，赛过封侯。**

（小生）呀！（唱）

【前腔】听说端详喜心头，真个是女中杰流。（小旦上）（唱）**香茶一杯情儿厚，一见容貌喜心头。**（科）（白）哥哥请茶。（正生）咳咳咳，那里看得？拿来为兄，吓，贤弟请茶。（科）妹子接杯，妹子接杯。吓，那里看得？（小生）哥哥请。（正生）妹子进去，端正夜膳侍候。（小旦）晓得。（小旦下）（正生）贤弟，听你说来，要到张府投亲，还是嬉要几天，就要起程的？（小生）弟明日绝早就要去的。（小旦上）哥哥，夜膳端正了。（正生）怎么，端正了？坐下来。（小旦）晓得。（正生）妹子，夜膳不消说了，明日早饭要早些。（小旦）为何早饭要早？（正生）送赵贤弟，要往张府投亲。（小旦）请问赵家哥哥，张府是何亲戚？（小生）张府就是岳丈家中。（小旦）怎么，岳丈家中？（小生）我父亲在日，张府小姐为婚。父亲亡后，十数余年，未曾来往。我今番一去，必然周济与我的。（小旦）阿吓！（科）请问赵家哥哥，这头亲事，还是有书前来接哥哥，还是哥哥自己去叩拜登门？（小生）并无书信，我自己前去叩谒的。（小旦）哥哥，依妹子看起来，却也难量。（小生）为何难量呢？（小旦）两下十数余年，未曾来往，若还有书前来接哥哥还好，哥哥自去叩拜登门，周全二字，恐怕未必。（正生）妹子，听你说来，难道这头亲事，要图赖不成么？（小生）他难道不认我不成？（小旦）哥哥，目下之人，俱是锦上添花，那肯雪中送炭？（小生）是吓，锦上添花，雪中送炭，难道罢了亲事不成？（正生）爱富嫌贫，图赖婚姻，世间也有，倒难定。难道将赵贤弟拿去杀了不成？（小旦）哥哥，你乃是猛将之人，那里晓得这些情由来？（唱）**话从头，爱富嫌贫，世间常有，世间常有。**

（正生）咳，我不要听。（小生）吓，哥哥，妹子之见，倒是不去的好。（正生）倒是不去的好。（小旦）既为投亲，到此那有不去之理？（正生）去是要去的，依你便怎么呢？（小旦）依妹子主见，哥哥扮做这个。（正生）这个何消说得。

（小旦）妹子假扮男子，也要同去。（正生）吓，你去做什么？（小旦）哥哥，看他动静。没有赖婚反变，倒也罢了。（正生、小生）若有赖婚反变呢？（小旦）若有赖婚反变呵！（唱）

【尾】兄妹双双同下手，又恋着天长地久。（正生白）絮絮聒聒，唠唠叨叨，讲来讲去，总要同去这句话。（小旦）哥哥，此去若有不美之事呵！（唱）**提防不测成姻媾。**

（正生）是了，明日三人同去就是了。（科）（小生科）哥哥请。（正生）这个人好不老实，好不老实。（下）

第十八号

付（任得义）、丑（孙不端）

（付上）只为一心谋千金，到今日勿成亲。学生任得义，来到张兵部投亲，个小姐勿肯拨我成亲，心头想想烦闷哉。老孙叫出来，外哼头去游嬉游嬉。老孙，老孙！（丑上）唅，啥西？（付）唗个介硬赖。（丑）我个口嘴，是有介硬。（付）介娘杀，你头勿磕哉？（丑）那格，我要磕你个头？调转头，你要磕我三个头。（付）那格话，我公子磕你三个头？（丑）你要磕我三个头。唗勿磕，我要吼起来。咳，张府里来了个冒充女婿！（付跪）（丑）磕头磕勿磕？（付）磕，磕。（丑）一个、二个、三个，走起来。（付）有。（丑）坐东。（付）有。（丑）我老孙遛介遛。（付）老孙省哉。（丑）多谢大爷。阿哉大爷，啥个事务？（付）阿哉老孙，小姐勿肯拨我大爷成亲，我个心头烦闷哉，老孙，去到外哼头游嬉游嬉才好。（丑）好个，我老孙同得去。（付）家人，带马来。（丑）有。带马。（下）

第十九号

正生(毕天标)、小生(赵凤岐)、小旦(毕凤妹)、外(张府家人)、老旦(顾氏)、

贴旦(丫环春香)、付(任得义)、丑(孙不端)

(正生、小生、小旦上)(合唱)

【普天乐】**行来时步匆忙,将到此宦门墙。暗扮妆神鬼难量,管叫他难猜难详。**(正生白)贤弟,你看前面就是张府的了。(小生、小旦)怎么,前面就是张府了?(正生)妹子,你在外面,须要小心。(小旦)你二人进去,待妹子在外打听。(正生)贤弟请。(小生)哥哥请。(同唱)**急步前往,到他家如何行藏,如何行藏?**(小旦下)

(正生)贤弟,来此已是,待我进去通报。(小生)有劳哥哥了。(正生)咄,里面可有人么?(外家人上)什么大惊小怪?(正生)大惊小怪,有来头的。(外)什么来头?(正生)姑苏华亭县赵姑爷到,通报。(外)我家姑爷早已到了。(正生)怎么,你家姑爷早已到了?你与我通报不通报?(外)不通报。(正生)你不通报,我就将你一拳。(小生)老人家,小生到此,相烦通报一声。(外)难为这位后生,我就通报。夫人有请。(老旦上)何事?(外)夫人,有一位赵姑爷到。(老旦)我家贤婿早已到了,还有什么姑爷?叫他进来见我。(正生)可通报过了?(外)我夫人说,叫你进来见夫人。(正生)待我进去。(外)且慢。(正生)为何呢?(外)少刻到来请你。(正生)少刻到来请我?(外)正是。(正生)你若不来请我,我就⋯⋯(小生)哥哥,你就外厢侍候。(正生)贤弟进去,必须要小心。(正生下)(小生)老人家,相烦指引。(外)随我来。(小生)岳母,小婿拜揖。(老旦)住了。我家贤婿早早到了,你这骗贼,前来胡闹。(小生)阿,小婿父亡之后,原有十数余年,不曾来往。小婿虽贫,怎说"骗贼"二字,太言重了。(老旦)我家贤婿早已到了,在书房攻书,你前来假冒,少刻将你送官究治。(小生)吓,气死我也!(唱)

【古轮台】甚难详，其中不解好怏快。沧州陶潜①，难聘着旧族书香。（老旦白）你这骗贼，我家堂堂兵部门楣，你敢来胡闹么？（小生）既如此，可将那人出来，与我亲面。（老旦）家人，去到书房，叫姑爷到来，与这骗贼理论，定要发落。（外）晓得。（外下，又上）启夫人，姑爷不在书房。（老旦）你这骗贼，我家贤婿不在书房。家人，将这骗贼锁进冷房，待等姑爷回来，送官究治。（小生）罢罢！（唱）**气满胸腔，对那人定要面详**。（贴旦丫环上，下。外带小生下，老旦下）（外带小生上）（小生唱）**心中怏快，必定是嫌贫之谅**②。**那知俺吐霞衔瑁**③，**身藏着五车文章**。（外白）进去。（外锁门下）（小生）我赵凤岐，（科）前来叩谒岳丈，不知那个奸徒，到此假冒？定要与他对面，分个玉石也！（唱）**天理顿忘，王法去向，提奸徒磔死将命丧**。（小生下）

（付、丑上）（付）出外游玩转回房，下雕鞍喜气洋洋。（外上）姑爷，老奴叩头。（付）起来。（外）谢姑爷，姑爷不好了！（付）为何？（外）又来了一位姑爷。（付）你待怎讲？（外）来了位后生，自称华亭县赵凤岐。（付）夫人怎说？（外）夫人说他骗贼，关在冷房，等姑爷发落。（付）好，你且回避。（外）晓得。（外下）（付）个遭倒灶，赵凤岐拨我赖端正死哉，这死鬼活现了？老孙，有法子商量商量。（丑）大爷嘎，还有啥个法子，旺来带，我是要走哉。（付）老孙，旺对大爷商量商量。（丑）到如今还有啥个相干。大爷，旺为老婆该死个，我勿为老婆，勿该死个，我是要走哉。（付）阿哉老孙，救救大爷，家私对半分。（丑）走起来。（付）那格哉？（丑）依得我，带之钢刀，杀其还哉。（付）走。（付、丑下）（正生、小旦上）（同唱）

【尾】此刻将晚没音响，叫人心下难酌量。（正生白）妹子，赵贤弟进了张府，没

---

① 沧州，"州"亦写作"洲"，为隐者居处。陶潜即陶渊明，东晋隐士。陶渊明"少而贫病，居无仆妾"（《文选》卷五七颜延之《陶征士诔》），故曾游宦谋生，后于晋安帝义熙二年（406）辞官归隐。这里将陶渊明自比，说明自己家寒。

② 谅，固执，坚持成见。又，之谅，195-1-132(2)本作"之量"，或即"志量"。

③ 衔瑁，单角本作"先冒"，暂校改如此。吐霞，发出霞光。瑁，一种玉制礼器。吐霞衔瑁，比喻文才过人。衔瑁，或当作"衔冒"，自耀的意思。

有音信,家家闭门关户,我和你如何是好?(小旦)哥哥,今日去到寓店耽搁,待妹子再来打听便了。(正生)有理。(同唱)**察听言语返故乡**。(下)

第二十号

正旦(张凤英)、贴旦(丫环春香)、外(张府家人)

(正旦上)(唱)

【一江风】闷终朝,绣阁多烦恼,心中展转焦。(白)奴家张氏凤英,前者神圣嘱咐与我,有冒充门婿,命春香去打听,不见回来,好生挂念。(唱)**寤终宵**①**,牙床不稳,昏朝多颠倒**。(贴旦上)(唱)**来报女多娇,侍奉千金道,行来不觉步低高**。

(白)小姐,丫环叩头。(正旦)春香起来。(贴旦)谢小姐。(正旦)打听冒充门婿,怎么样了?(贴旦)打听冒充门婿之人,实为可惜。(正旦)可惜什么?(贴旦)看他这人一来,不像冒充门婿模样。夫人知道,冲冲大怒,将他锁进冷房,岂不可惜?(正旦)怎么,有这等事来?母亲好狠心也!(唱)

【佚名】心神暴躁②**,枉为封当朝**。(白)你可有计会,放得那生出去?(贴旦)这有何难?去叫老院公进来,赠他银子一百,大小钥匙,三更时分,放他逃走,也是小姐一片好心了。(正旦)如此,叫老苍头进来。(贴旦)晓得。(贴旦下)(正旦唱)**切莫失此遭,更深人静悄,休得延迟须及早**。(一更)(贴旦、外上)(贴旦)小姐,老院公叫到。(正旦)命他自进。(贴旦)老院公,小姐命你自进。(外)晓得。小姐,老奴叩头。(正旦)起来。(外)谢小姐。(正旦)你可有计会,救得那生性命,重重有赏。(外)小姐且是放心,包在老奴身上。(正旦)春香,你取银一百,另取十两。这银子,不要说小姐所赠。(唱)**恩深义缘须及早,提救捞,救人一命浮屠造。济困扶危,古今稀少,铭言报衔环结草,衔环结草**。(下)

---

① 寤终宵,单角本作"务重肖",今改正。"寤终宵"指彻夜醒着。

② 心神暴躁,单角本作"心晨保长",暂校改如此。

第二十一号

外（张府家人）、小生（赵凤岐）、付（任得义）、丑（孙不端）

（外上）奉着小姐命，前来救赵生。赵相公快来！（小生上）（唱）

【朱奴儿】①**忽听门外有人叫，小鹿心头频频跳。**（白）原来老人家。老人家，你夜半三更，到来何事？（外）可知你的祸事来了。（小生）小生不知。（外）方才听得书房人声啰唣，想是我家姑爷要来谋你性命。（小生）阿吓，还望老人家相救。（外）有银子一百送你，快快逃生去罢。（小生）恩人，受我一拜。（唱）**蒙恩扶危提救捞，衔环结草须当报，**（外唱）**我放你去出逃，休得要高声叫，**（小生唱）**莫留停急奔逃。**（科）（小生下，外下）

（二家人、付、丑上）（付）打进去。（二家人）不见冒贼。（付）想来有人放他逃去，不免向历城县投告便了。（下）

第二十二号

小生（赵凤岐）、外（卜得胜）、付（任得义）、丑（孙不端、罗得光）、正生（毕天标）、

小旦（毕凤妹）、净（历城县、潘兆华）、贴旦（潘凤兰）

（二更）（小生上）（唱）

【醉花阴】浮云遮月路难挨，脚步儿力怯难踹。不辨着羊肠、羊肠路高下，微风渐、微风渐月上星照。（白）小生赵凤岐，来到张府投亲，不知何处奸徒，冒名到彼，认假为真，其事难猜。他今反要陷害于我，多亏老人家释放，黑夜之间，路径不熟，未知何方可走也？（唱）**心下的乱如箭发，耳边厢、骤听悲笳。**

---

① 此曲牌名单角本缺题，今从推断，其中小生曲文则据 195-1-132（4）本校录。

怎学得刘蒜①潜逃,遇良臣引光华,遇良臣引光华。(小生下)

(二手下、外上)(唱)

【画眉序】乱纷纷军兵闹哗,捉奸徒、乱上尘沙。盗贼徒横扰世界,萧何律盗贼擒拿,盗贼擒拿。(白)俺,历城县守城将官卜得胜是也。今夜盗贼扰乱历城县,劫抢张府财物。过来,紧紧趱上。(唱)弓上弦刀离架,战争锋利俱害怕,杀强徒血染黄沙,血染黄沙。(二手下、外下)

(二家人、付、丑上)(同唱【喜迁莺】一至五句)(付白)老孙,不见大路而行,定是小路奔逃,众家人,往小路追上。(众)有。(众唱【喜迁莺】六至八句)(二家人、付、丑下)(小生上)阿呀,不好了吓!(唱)

【画眉序】骤闻喊声唬,奸徒追咱毫无差。今被拿难分泾渭清白,(内声)(科)(小生唱)喊惊天无可计会,喘吁吁步儿乱踹。(科)渐渐近身红光怕,御园中敬德②何在?(小生下)

(正生、小旦上)(同唱)

【出队子】今夜里不合眼花,心不安宁儒生记挂。云淡淡月缺星华,户重重犬吠声喳。(正生白)妹子,你看后面喊杀连天,不知为着何事。我和你上高岗,看过明白者。(小旦)有理。(同唱)纵进高岗看过明白,倘遇强暴难分难解,难分难解。(科,下)

(二手下、净上)(唱【滴溜子】一至七句)(小生上)阿吓,爷爷救命吓!(净)哑,你是什么样人,夜半三更,前来胡闹,将他拿下。(小生)爷爷,小人姑苏华亭县人氏,特到张府投亲呵!(唱)

---

① 刘蒜,195-1-132(2)本作"鱼良家",195-1-132(3)本作"吴霜",后者当即"刘蒜"之讹。刘蒜系清初朱佐朝《渔家乐》传奇中的清河王刘蒜,即本剧第二十三号【尾】"怎学得渔家清河寓在舟"的"渔家清河"。《渔家乐》中的清河王刘蒜出逃,被梁冀所派的校尉追杀,校尉误杀渔翁邬老老。刘蒜藏入邬家舟中,与邬老老之女邬飞霞定情。后河东节度使简章起兵反梁,刘蒜被拥立为帝。调腔此剧潘兆华被官兵射杀,赵凤岐藏于潘家船中的情节,即受到了《渔家乐》的影响。

② 敬德,指唐朝名将尉迟敬德。唐武德九年(626)玄武门之变发生时,唐高祖李渊正在宫内海池游览,尉迟敬德奉李世民之命,入宫警卫。

【滴溜子】祸招，将真作假①，昏天天惨。望恩台救拔，判断明白，判断明白。

（内）报上。（手下）所报何事？（内）前面可是县主老爷兵马？（手下）正是。（内）张兵部姑爷要见。（手下）候着。启老爷，张兵部姑爷要见老爷。（净）叫他向前答话。（手下）老爷叫你向前答话。（付上）今夜追大盗，失手被他逃。老父台，晚生一礼。（小生）吓，你是任得义？老父台！（净）你不要开口。（手下将小生闷住）（净）咳，张府姑爷，你夜半三更，为何这样打扮？（付）老父台吓，小生赵凤岐，何处来了狂徒，到张兵部假冒我名，将他锁进冷房，不知何人放他脱逃。小生一路追来，就是这冒贼。看剑！（小生）父台，他是假冒……（付）呔，你这冒贼，还敢来开口？看剑！（正生、小旦上，正生打，背小生下）（净）呀，原来是大盗作乱。（付）老父台，你道如何？（净）呀，原来是三个大盗，到张兵部劫抢，还当了得？回衙，差捕快捉拿大盗，左右趱上。（唱【刮地风】）（二手下、净、付下）（二手下、外上）用心杀上！（唱）

【刮地风】一任他通天拨掘云雾，敢扰乱历城非闲耍。（二手下、外下）

（正生、小生、小旦上）（正生、小旦唱）

【鲍老催】儒生受灾，文通武就大英才，险些儿遭陷害。（内喊）（正生）妹子，你看后面，喊杀连天，想是官兵追赶。你偕赵贤弟出城，为兄挡他一阵者。（小旦）有理。（正生、小旦唱）军兵喧哗，杀天罗，喊声呐。血流沙场遍尘埃，今夜里抖擞精神，管叫他有命难活，有命难活。（小生、小旦、正生下）

（二手下、外上，正生上，战，正生败下，二手下、外追下）（小生、小旦上）（同唱）

【四门子】无端惹起祸非灾，情关大受伤残难禁架。夜影潜跨，战兢兢越城走扒。（小生白）妹子，四门紧闭，不能出城，如何是好？（小旦）哥哥吓，且是放心，妹子喜得腰带在此，越城而去便了。（科）（同唱）败军兵卷如风飞，浪滔滔这一耍。（小生、小旦下）

---

① "祸招"至"作假"，195-1-132（2）本作"假冒，将真作弯"，195-1-132（3）本"真"作"身"，余同前者，195-1-132（4）本"假冒"作"祸招"，据改。按，"假冒"或"祸招"二字后单角本有蚓号。

（净上）（唱【双声子】）（白）今朝夜里岸上来东做啥事体，待我到船头看看带。

（内喊）（小旦扶小生上，下）（二手下上，射箭，净死）（一手下）嘎嘻嘻，二个强盗，被我追着哉。我是介一刁①，其是介一跳，当时叭哒翻倒，好像冬瓜。（一手下）强盗个娘杀，被我追着哉。我们扳起一刁，其是介一跳，好像水吞元宝。我们亏得会逃，勿然我条性命难保。（同下）（丑上）我罗罗罗得光，今朝夜里个岸上来东做啥事干，为啥介闹热，我到船头廊去看看带。唅，阿伯，吅坐在船头做啥西？阿哉阿伯，吅来带船头拜船头土地？哈哈哈，我里阿伯来带吃旱烟，别人家往嘴头里吃，我里阿伯往肚脐头吃个赖。勿要气，吅话旱烟哉，小儿煤头抱得来，我拿得来，我去点得来。阿伯，拿东拿东。阿吓，勿好哉噱！阿妹，阿妹吓，快来！（走板）（贴旦上）（唱）

【双声子】何事喧闹，向前去问取根荄。

（白）小儿哥何事？（丑）阿妹勿好哉，何处来了个落拓无赖，将我个阿伯一箭射死哉。（贴旦）咳，怎么，爹爹射死了？呵吓，爹爹吓！（唱）

【水仙子】呀呀呀贼徒陷害咱，哭哭、哭得我肝肠碎渣。（科，扶）（白）呵吓，爹爹吓！（唱）痛痛痛痛悲哀，呵吓，爹爹吓！哭哭哭年迈受非灾。恨恨恨恨何方贼，呵吓，爹爹吓！**你抛抛抛抛却女舍丁浪荡沙，抛却女舍丁浪荡沙。**（贴旦、丑下）

（正生上）（唱）

【尾】脱离虎口孤身在，失散兄妹无落下。（白）贤弟、妹子不在，如何不焦躁人也？（唱）**跳出天罗地网灾。**（下）

第二十三号

　　　　小旦（毕凤妹）、小生（赵凤岐）、丑（罗得光）、贴旦（潘凤兰）

（小旦、小生上）（同唱）

────────────

　　① 刁，当指放箭的动作和声响。

【降黄龙】幸脱灾殃，被奸僭慫，气冲牛斗。抱屈难伸，玉砌雕栏，泾渭无剖。（小旦白）哥哥，你我脱离虎口，未知我家哥哥吉凶如何？（小生）妹子，你哥哥颇有膂力，料也无事。只是赶了一路，手麻脚软，那里去歇息歇息才好？（小旦）看天色已晚，寻一个安身之处便了。（小生）有理。（同唱）奔走，悲哽含愁，悒怏神魂荡游。望江湖波浪滔滔，扁舟无凑，扁舟无凑。

（小生）妹子，前面一条水路，又无舟渡，不能过去，如何是好？（小旦）哥哥，你看柳树之下，有只小舟停泊，我们跳下船去，出些钱钞，叫他渡我们过去便了。（小生）有理。（同唱）

【前腔换头】心愁，将身下舟，未知可渡，难中绸缪。（下船）（小生）里面船长大哥可有么？（丑、贴旦上）阿伯／爹爹吓！（小生）你是小儿哥吓？（丑）旺是赵凤岐？穷鬼，你来带哉，那里叫之一班落拓无赖，拨我赖阿伯一箭射死了？好个好个，让我扯去送官去。（小旦）呢！（唱）休得逞强，狼心恶计，一味胡乱浮。（贴旦白）这是我小儿哥，大姐放手了。（小生）阿吓，原是大姐。（小旦）看大姐一面，饶你去罢。（丑）阿唷，哈，个穷鬼，那里又是一个大姑娘来带哉？个吓奇杀哉。你讲打吓，我上岸叫班朋友打顿还。咳咳，（跌倒）阿唷！（丑下）（小生）这是毕家妹子。（小旦）此位是谁？（小生）这是潘家大姐。（贴旦）妹子见礼。（小旦）原来是姐姐，见礼。（贴旦）赵相公见礼。（小生）大姐，你缘何满身孝服？（贴旦）相公有所未知，昨夜三更时分，何处狂徒，将我爹爹一箭射死了。（小生）怎么，将令尊射死了？可惜，可惜。（贴旦）请问赵相公别后可好？（小生）不要说起，那日与大姐别后呵！（唱）驰骤，急忙步踌，无门可入投留。（白）一走走到海岛之所，见一野兽，十分厉害，多亏毕天标哥哥相救呵！（唱）得全身来到此方，又遭灾咎，又遭灾咎。

（白）大姐别后可好？（贴旦）一言难尽。（唱）

【黄龙滚】时刻挂心头，日夜思汝忧。茶饭难咽，只愁遭错谬①。吉少凶多，暗

---

① 错谬，单角本作"错年（？）"，据文义改。

地难猜透。**喜心头，将幽情，付东流。**

（小旦）听姐姐之言，救危怜悯。不想来到此地，又生出许多是非来。（唱）

【前腔】兄妹共相救，默契难中留。泼天祸事，幸喜网中救。拆散兄妹，不能连环扣。（小生白）妹子，愚兄在此安歇，你可上岸，打听哥哥消息。（小旦）既如此，哥哥，你在潘大姐船上，待妹子上岸，打听哥哥下落便了。（唱）**放胸膛，释意愁，自能收。**

（小生）妹子须要小心。（小旦科，下）（贴旦唱）

【尾】将细情话从头，意儿还带脸含羞。（小生白）大姐吓！（唱）**怎学得渔家清河寓在舟。**（下）

第二十四号

丑（罗得光）、末（张府家人）、付（任得义）

（丑上）走走走。我罗罗罗得光便是。个娘杀赵凤岐穷鬼，那里拐之一个大姑娘，把我个人拷之一顿。我罗气其勿过，去叫之一班撑船朋友，打之一顿翻梢①。走！（内）呔，众百姓听着，有三个大盗，一个白面书生，一个蓝脸汉子，冒充名姓，打进张兵部，府内劫抢。有人通报，赏赐千银，窝藏者一体同罪。（丑）哈哈哈，个人来东话："有三个大盗，一个白面书生，一个蓝脸汉子，冒充名姓，打进张兵部，府内劫抢。有人通报，赏赐千银，窝藏者一体同罪。"我到张兵部去罢哉。（打【扑灯蛾】来东哉，到来，咳，里面有勿有人赖？有人走两个出来，有狗走两只出来，有牛牵两头出来。（末家人上）呔，什么人，大惊小怪？（丑）来报信。（末）报什么信？（丑）冒充名姓。（末）冒充名姓人呢？（丑）人来哼船里。（末）船来里啥个地方？（丑）船来哼河里。（末）什么河？（丑）断命河。（末）咳，敢是岸邻河？（丑）是个是个，岸邻河。

---

① 翻梢，翻赌本，这里指翻身，赢回。

（末）候着。姑爷有请。（付上）何事唤声，出堂看明。何事？（末）有人报信。（付）叫他进来。（末）晓得。姑爷叫你进去。（丑）到来报信。（付）报什么信？（丑）冒充名姓。（付）冒充名姓人呢？（丑）人来哼船里。（付）船来里啥个地方？（丑）船来哼河里。（付）什么河？（丑）岸邻河。（付）过来。（末）有。（付）我有帖儿一个，对县老爷说，捉拿大盗到来，速去。（付下）（末）走走走。（丑）赏钱？（末）大盗拿来会有个。（下）

第二十五号

正生（毕天标）、小旦（毕凤妹）、小生（赵凤岐）、贴旦（潘凤兰）、

外（公差）、丑（罗得光）

（正生上）（唱）

【端正好】遭颠沛，惊唬大，起干戈战阵提防，不觉的灾殃重重天降祸，拆散兄妹何处在。

（白）俺毕天标，妹子将赵贤弟背了出城，不知安顿何处。四方察听，并无下落，好不焦躁人也！（唱）

【滚绣球】为烟尘抖乱咱，觅踪迹何方面会。（正生下）（小旦上）（唱）**俺只得过村庄途路嗟呀，这壁厢、闹嚷人喧哗，那壁厢重重叠叠人墙外。**（白）奴家毕氏凤妹，昨夜与哥哥拆散，只听得有人说蓝脸汉子大闹历城，莫非就是我哥哥？哥哥，叫妹子何处来寻你也？（唱）**走街上闹嚷喧哗，都只为、飘渺难扰女裙钗。**（白）那边人，好像我哥哥模样，待我在此等候便了。（内）唔。（正生上）（唱）**不提防从空惹出祸非灾，受惊心气难耐。**（白）阿吓，妹子。（小旦）哥哥。（正生）为兄那处不寻到，你将赵贤弟安顿在何处？（小旦）赵家哥哥在潘家大姐船中。此地不是讲话之所，随我来。（正生）有理。（同唱）**纷纷说拿蓝脸贼起波查，倘露风声遭折挫惹祸天大，惹祸天大。**（同下）

（小生、贴旦上）（唱）

【叨叨令】痛爹行命鸣呼舌焦燥，喘吁吁、老年人命染黄沙。（小生白）大姐，你父亲既死，不能复生，还须要买棺木殡殓才好。（贴旦）小儿哥上岸买了棺木，殡殓便了。（小生）只是毕家妹子寻觅哥哥，到此刻未回，叫我心中好生挂念也！（贴旦唱）**也只为父亲智夸，祸到头来奇文笑话。**（小生白）嗳，大姐吓！（唱）**累他们裂碎肝肠五内挂，好端端、姐妹行身安乐。**（二旗牌、外、丑上）（同唱）**奉军令捉大盗也么哥，趱步来、到船中也么哥。**（丑白）将他锁了。（小生）为何将我二人锁了？（丑）你是大盗。（贴旦）那一个出首的？（丑）是我出首。（贴旦唱）**小书生怎做出犯法违条，犯法违条？**

（小生）阿吓，列位大哥吓！（外）来，将二人拿去。（小生）罢罢！（唱）

【脱布衫】今做了鼠遇猫辈无计摆，旧书香怎肯做犯法违条，犯法违条？（外、二旗牌带小生、贴旦下，丑下）（正生、小旦上）（同唱）**走得俺两脚奔腾如梭快，为甚的、跳眉峰乌鸦沉沉喳？**

（正生）妹子，船在那里？（小旦）不远，随我来。（正生）有理。（同唱）

【小梁州】①**行过了侧小桥弯曲角，行来时、相逢手足是这答。**（小旦白）赵家哥哥，潘家大姐！（正生）怎么，这里就是了？下船去。（下船）（正生）赵贤弟，赵贤弟！赵贤弟不见，这又奇了。吓，妹子，你看那边有小船来了，待我问他一声。前面大哥请了。（内）请了。（正生）借问一声，船中有一位书生，有一位女子，到那里去了？（内）被历城县拿去了。（正生）为何拿去了？（内）他是大盗，冒充名姓，被历城县拿去了。（正生）可恼，可恼！（唱）**恼得俺怒气冲天外，烈火腾腾意彷徨，泼天尘沙云雾洒。**

（小旦）哥哥！（唱）

【快活三】休得要咆哮叱咤，成虚嚣生枝派，事急处慢筹策。

（正生）叫为兄如何耐得住？（小旦）且慢。哥哥，古人云："事不三思，必有后悔。"依妹子主见，你在船中照管他父亲尸首，待妹子往县前打听。况且纷

---

① 此曲牌名及下文【快活三】，单角本缺题，今从推断。

纷说蓝脸汉子,大闹历城,必有不美之事了。(唱)

【朝天子】今番祸事遭颠沛,悠悠波浪涛,反做了事争差。(小旦下)(正生)可恼,可恼!(唱)恼得俺无计安排,冲牛斗、怒气加,痛书生受狼狈。细思之绕萦胸怀,冲冠怒发生祸胎,怎能够云散雾开?倘有差池准备刀架,动干戈地翻天化,灭奸凶冰消仇解,冰消仇解。(科,下)

第二十六号

净(历城县)、外(公差)、小生(赵凤岐)、贴旦(潘凤兰)、小旦(毕凤妹)

(四手下、净上)七品正堂堂,国法照皇皇。律法不容情,奉命坐大堂。(白)下官,历城县。昨夜有大盗冒充名姓,打进张兵部劫抢。有罗得光前来报信,命公差出牌捉拿,不见到来,好生挂念。(内)报,大盗拿到。(净)来,开门。(手下)开门。(外、二旗牌带小生、贴旦上)(外)有锁。(净)去锁。(手下)去锁。(净)大盗听点。(小生、贴旦)候点。(净)大盗。(小生)生员。(净)小女子。(贴旦)有。(净)大盗下去。(小生下)(净)小女子报名。(贴旦)小女子潘凤兰,父亲潘兆华,撑船度日,三更时分,不知何方来了一路狂徒,将我爹爹一箭射死了。(净)将你父亲射死?尸首可曾殡殓?(贴旦)还未殡殓。(净)好,你回去殡殓你父亲尸首去罢。(贴旦)呵吓,爹爹!(贴旦下)(净)大盗上来。(小生上)有。(净)报名。(小生)小生赵凤岐。(净)呢,张兵部有姑爷赵凤岐,你还敢冒名?掌嘴!(科)(小生)爷爷,小人姑苏华亭县人氏,父亲在日,官居兵部侍郎。(唱)

【(昆腔)太师引】旧英才非行强霸,与张宦是朱陈两家。(净白)那张府姑爷现在,你分明假冒。好好招上,免受刑罚。(小生)爷爷,如今张府来的新婿,名曰任得义,又要将小人谋害,冒我名字,来到张府,不想张府认假为真。(唱)任得义东床假冒,乞恩台参详非差。(净白)你这狗头,分明结伙成群,劫抢张府,此乃本官亲眼所见。(小生)爷爷,昨夜张府要谋害小人性命,小人无奈,只得往后花园逃出。这两个，连小人也不认识的。小人只有一人逃出，到潘兆华船中的。(净)你这狗头，谅你不打不招。来，将他捆打四十。(手下带小生下)(内)一十，二十，三十，四十。打满。(手下带小生上)(小生)爷爷，小人并非结伙成群，张府门婿是实，望爷爷详察。(净)你这狗头，还敢嘴硬。来，将他上夹。(小生)阿吓，爷爷吓！(净)你招也不招？(小生)爷爷吓，小人若还假冒名儿，爷爷可移去华亭县，可知虚实。(净)住了。想张兵部是何等门楣，倘然门婿有假，岂会不知？来，将他收。(小生)阿呀，爷爷吓！小人若有奸诈，可叫张府门婿，与小人面对虚实，小人情愿认罪。(唱)**皆因临谒无救解，故得这资宝根芽。并觅凶党往诒**①**，仰高悬秦镜监察。**

(净)这大盗招也死，不招也死。来，将他上锁，带去收监。(净下)(小旦上)哥哥吓，那瘟赃怎样审问？(小生科)阿呀，妹子吓！这狗官一味胡言，不究真情，看来为兄不能重叙再会了！(唱)

【(昆腔)哭相思】②**堪恨这瘟赃挨拿**③**，不追究真实虚诈，冷清独坐监愆。**(小旦白)哥哥吓！(唱)**一重离了一重来，三法堂上命难逃。**

(小生科)阿呀，妹子吓！大姐吓！(下)

第二十七号

写张大忠率兵围剿飞蛮洞，误中敌计，被围困于金乌。

---

① 诒，单角本作"大"，今改正。诒，欺骗。

② 此曲 195-1-132(3)本题作【尾】，"一重"两句据民国十一年(1922)赵培生小旦本(195-2-20)录出。

③ 挨拿，单角本作"挨那"，今改正。挨拿，搜捕捉拿。

第二十八号

丑(罗得光)、小旦(何凤贞)、末(何恩)、小生(赵凤岐)

(丑上)(打【扑灯蛾】)(白)我罗罗罗得光,奉张府姑爷之命,有银子一千,送到监牢头,要谋赵凤岐一死,往监牢一走罢哉。哈哈哈,身上穿得,花花绿绿。(丑下)(小旦上)(引)月貌嫦娥,落在烟波。文胜子建,武就谋多。论人生琴瑟调和,那得个才郎配合?(白)奴家何氏凤贞,爹爹何恩。母亲方氏,不幸早亡。爹爹无业可做,在县前当一禁子,父女可以安然,这也非在话下。昨夜得其一梦,梦见有一神圣,前来嘱咐与我,我监中有个赵凤岐,叫我好生看待与他,日后有姻缘之分。今日闲暇无事,不免请爹爹出来,审问一番便了。(科)爹爹有请。(末上)我当禁子管犯人,只怕冤枉哭连声。(小旦)爹爹,女儿万福。(末)罢了,一旁坐下。(小旦)谢爹爹,告坐了。(末)阿囡,叫爹爹出来何事?(小旦)叫爹爹出来,非为别事。女儿昨夜三更,得其一梦。(末)那格,怀了小人?(小旦)吓,得其一梦吓。(末)梦到什么来?(小旦)昨夜有一神圣,前来嘱咐与我,我监中有个赵凤岐,叫我父女好生看待与他,日后大有好处。(末)监牢头个种人,都是十恶之人,有什么好处来?(小旦)爹爹,我想神圣之言,宁可信其有,不可信其无,还望爹爹查问一番。(末)阿囡勿要急,待爹爹拿号簿查了来。昨日收监,华亭县大盗一人,没有名字的。(小旦)叫得其出来。(末)要叫呃去叫。(小旦)大盗走出来。(内哭)阿吓,皇天吓!(小生上)(唱)

【新水令】监房寂寞少银霞①,冷凄凄黑天惨伤。贼徒施谋计,皓月遮窗纱。笳鼓悲喳,好叫我无话,好叫我无话。

(白)老丈,叫我出来何事吓?(末)呃叫啥名字?(小生)老丈吓,念我赵凤岐

---

① 少银霞,195-1-132(3)、195-1-132(4)本作“受凄凉”。“少银霞”指在监牢里看不到天空的光彩,与次句“黑天”相应。

实是冤枉的吓！(小旦)果然是赵凤岐。(末)啥个人谋害你？(小生)老丈吓，

他名曰任得义，也是华亭县人氏，他要谋害与我，来到张府呵！(唱)

【驻马听】假冒东床，假冒东床，恨杀蛆蛙行奸差。(末白)你爹叫啥个名字，做

啥个行业？(小生)我父亲赵馀，官拜兵部侍郎。(唱)**旧族名家，荣大器匪作奸**

邪①**。恨狂徒狼心狗肺耍奸邪，看苍穹不有人何能除蜉蛙？**(小旦白)是侍郎

公子。爹爹，侍郎公子苦头吃勿起，个刑具去其还。(末)唔。(小旦)爹爹吓！

(唱)**可怜他披锁带枷，猛可的、小书生一貌如花。**

(末)阿囡，松得一松。(小旦)不够。(末)再松一松。(小旦)也不够。(末)怎

么，还不够？(小旦)爹爹，依女儿主见，何不将他放走了？(末)唔，查起来那

个担代？依得吓，锁去其还，到里面洗洗去罢。(小生)多蒙大姐恩德，老丈

吓，你就是再生父母了。(小旦、小生下)(丑上)醉醺醺神魂颠倒，行来已到牢

狱监。啥个人乱碰乱撞，撇其三个巴掌。咳，监门口到哉。牢头，牢牢头！

(末)半夜三更，啥个人娘舅娘舅？(开窗)(丑)是是是我罗罗罗得光。(末)

咳，撑船的小癞头，半夜三更，啥个事情？(丑)奉张府姑爷之命，有事转到

监门口。(末)让我开开带哉。(开门)死进来。(丑)走进来。喏，银子拿去。

银子三百两，我做吼话。(末)那格话？(丑)银子三百两，今朝要谋赵凤岐一

死个嘿。(末)阿囡。(小旦上)(唱)

【川拨棹】②**何事高声心惊骇，向前去、问取根芽。**(末白)阿囡，有个是非来带。

(小旦)爹爹，有什么是非来？(末)今夜头张府姑爷要谋赵凤岐性命，三百两你

我好用。(小旦科)爹爹，赵相公还望爹爹相救。银子勿要，还得其。(末)慢点

慢点。(小旦)勿要勿要，还得其。(丑)牢头，牢头，吼个监牢里，啥人来里，喉

咙娇滴？(末)啥人来东，个是我阿囡。(丑)啐啐啐，哈哈哈，相貌倒介好，有勿

---

① 此句 195-1-132(2)本作"荣大岂匪作奸邪"，195-1-132(3)本作"荣大岂非作奸

邪"，今易"岂"为"器"，"荣大器"盖指有大才。匪作，不作。

② 此曲牌名单角本缺题，今从推断。调腔《分宫楼》《阴阳报》单角本皆有【川拨棹】

【七弟兄】的连接实例。

有人家哉？（末）有人家，无人家，问其做啥？（丑）无人家，拨得我。（末）打死你，拖牢洞。（小旦）来，动手。（小旦套叉袋，闷死丑，拖下）（小旦）叫他出来。（末）赵相公走带出来。（小生上）老丈何事？（末）今夜有人要谋你性命。（小生）怎么，有这等事来？阿吓！（科，昏倒）（唱）**一霎时魂飞天外，今夜里再生魔障，如何耐命将殒差。**（末白）赵相公醒来。（小生）老丈吓，今夜救小生要紧。（科）（末）勿用跪，勿用跪，我放得哑出去。（小生）老丈吓！（唱）**感恩德重生再造，如不然命赴幽界，命赴幽界。**

　　（末）你先进去。（小生下）（小旦）赵相公上京求取功名，身上衣衫蓝缕，如何是好？（末）阿囡，头歇时光，罗得光杀落，有套衣服拨其穿得去。（小旦）爹爹，赵相公上京求取功名，没有盘费，如何是好？（末）头些时光，还有三百两银子，拨其做盘费，拿得来。（小旦）勿差，拿得来。（小旦下，又上）在此了。爹爹，赵相公此去，城内城外有人盘问，如何是好？（末）我送得出城去好哉。赵相公走带出来。（小生上）老丈，莫非要将我动手了么？（末）穿得来，拿得去。（小生）阿吓！（科）（末）个是衣衫银子。（小生）多蒙老丈恩德，又蒙大姐怜悯，小生去也。（科）（末）赵相公请转，此去如何？（小生）此番上京赴试，倘得一官半职，报仇泄恨。（科）我去了。（末）赵相公请转，可还有话？（小生）有日侥幸，必来报老丈大恩。我去了。（科）（末）赵相公请转，小老有言，难以启齿。（小生）多蒙老丈见爱，有日成名，不负此言。我去了。（末）赵相公请转，小老将阿囡许配拨你，你也不必推辞了。（小生）如此岳父请上，小婿一拜。（唱）

【七弟兄】感深恩提救咱，自今番逃出天罗网。鸟脱天罗浪滚毛沙，往天涯南北海角，脱牢笼虎离波渣，虎离波渣。（科）

　　（白）多谢岳父，小婿去也。（末）贤婿请转。（小生）还有何言？（末）难介城门紧闭，路上恐有人盘问。贤婿，待天明小老送得出城便了。（小生）岳父吓！（唱）

【梅花酒】呀！玉龙踩①**破凤头鞋，便呈祥难化。报却连城，弃蜉蝣命中当该，**

―――――――――――――

　　①　踩，195-1-132(2)本作"採"，195-1-132(3)本作"扯"，今改作通用字形。

命中当该。(科)(末、小生下)(小旦)且住。我想赵相公此去,定然得中,金榜题名。(唱)**我好心欢,倒做了今夜话巴,今夜话巴。**(下)

第二十九号

末(何恩)、小生(赵凤岐)

(末、小生上)(同唱)

【醉太平】①**出城垣东方渐白,明明灿轻脱牢笼上云台,决强霸商议定巧计安排。**(末白)贤婿一路小心。(小生)岳父,你可到南门外潘兆华船中,有毕天标兄妹、潘凤兰大姐,传个信儿,就说小婿上京求取功名去了,叫他们不要挂念。(唱)**他都是义海恩台,得信儿且是放怀,有一日金鳌独踹,不负他双双裙钗。**(科,下)

第三十号

赵凤岐考试②。

第三十一号

净(王忠)、付(任得义)、丑(孙不端)、外(王府院子)

(净上)在朝为相势力大,我的威名四海扬。老夫,王忠,官拜首相,掌握朝

---

① 本曲"出城垣"至"安排"据195-1-132(3)本录出;"他都是"至"裙钗"据195-1-132(4)本录出,195-1-132(3)本后半曲残剩"挞,只道是小书生命赴"几字,曲文不与195-1-132(4)本同。195-1-132(2)本无此出。

② 本场195-1-132(3)、195-1-132(4)未抄录或只书"考试"二字,195-1-132(2)本内容如下:(卅号)(上唱)(又)横行强暴,害平人陷□(圈)套。恨、恨瘟赃断决差讹,幸恩人释放囚牢。／小生赵凤岐。／仁兄请了。／敢是进场赴试?／乞带小弟。／看贡院门未开,大家在此侍候。／请。(下)／上,考,下。

纲。虎榜放出，状元乃是华亭县人氏，姓赵名凤岐，少刻前来，拜见老夫，必须要摆酒备筵。(付上)只为赵凤岐，(丑上)心惊胆又飞。(付)老孙通报。(丑)门上那一位在？(外院子上)那一个？(丑)任得义要见太师爷。(外)请少待。启太师，府门外任得义要见太师。(净)嗄，我外甥来了。叫他自进。(外)晓得。太师命你自进。(丑)叫大爷自进。(付)与我一同进去。(丑)晓得哉。(付)娘舅，外甥拜揖。(净)起来，看坐。(付)谢娘舅，告坐。过来，见了太师。(丑)老太师，孙不端叩头。(净)起来。(丑)谢太师。(净)此位是谁？(付)娘舅，个是外甥家人。(净)里面酒饭。(丑)谢太师。(丑下)(净)外甥，今年大比之年，为何不上京求取功名？(付)娘舅，求取功名，不消说得，外甥一场难事，万望母舅相救。(净)有事起来讲。(付)闻得姑苏华亭赵凤岐，得中头名状元，外甥假冒赵凤岐，张兵部完姻。性命难保，还望母舅救救。(净)起来。在府内不要乱动，少刻状元到来参拜，心生一计，假冒状元，去到张兵部完姻便了。(付)多谢母舅。(付下)(净)过来，老夫有帖儿一个，请状元到来，老夫有话。速去。(外)晓得。(外下)(净)心生牢笼巧计谋，那怕鱼儿不上钩？(下)

第三十二号

小生(赵凤岐)、外(王府院子)

(小生上)(引)喜得今朝占鳌头，要把从前一笔勾。(白)下官，赵凤岐。那任得义，三番两次，遭其诬陷，多亏岳丈何恩相救。且喜到京，得中魁元，琼林已过，游街早毕，必须明日早朝，达上一本，报那任得义之冤也。正是，一腔心腹事，旦夕不安宁。(内)报上。(手下)所报何事？(内)相府家人要见。(手下)启老爷，相府家人要见。(小生)着他进来。(手下)老爷命你自进。(外上)奉着相爷命，来请状元公。状元公，小人叩头。(小生)起来。请问老管家，到来何事？(外)到来非为别事，相爷相邀，有帖儿呈上。(小生)下官才进书生,怎好太师费心? 老管家,烦你多多拜上,说状元爷改日面谢。(外)相爷在府立等。(小生)既如此,原帖发出,即刻就到。(外下)(小生)王太师相邀,也不得不去。过来,吩咐挽轿。(手下带轿上)(小生)打道。(吹)(唱)

【(昆腔)出队子】音韵嘹亮,笙歌叠奏闹。

(外上)状元公,小人叩头。(小生)起来。相爷可在?(外)相爷入朝了。(小生)怎么,相爷入朝去了? 打道回衙。(外)且慢。(小生)管家,你家相爷有何事情,要与下官面言?(外)相爷有位千金,要与状元相配,故而相请。(小生)下官早有婚配,何劳太师抬爱?(外)请相爷书房少停一刻,相爷即刻就到。(小生)东壁图书府,西窗翰墨林。(下)

第三十三号

末(焦廷虎)、丑(钱飞龙)、小生(赵凤岐)、净(王忠)、付(任得义)、

外(惠聪)、末(王府旗牌)、杂(小和尚)

(四番兵、末、丑上)(丑)孤家,钱飞龙。可恨君王听奸佞馋奏,陷害忠良,孤家心中不服,逃出在飞蛮洞,落草为寇。王相有书到来,昏君西华山游玩,除灭昏君,江山平半中分。焦将军听令,带了一支人马,往西华山团团围住,不得有误。(末)得令。(末下)(丑)众儿郎,人马直进皇城扎驻。(吹)(齐下)(小生上)(唱)

【点绛唇】难猜根芽,难猜根芽,心内频想,甚悒怏。威仪轻攘①,轻贱旧书香。

(白)下官,赵凤岐,王太师相邀过府,他竟不见,入朝去了,此刻未回,好闷杀人也!(唱)

【混江龙】俺可也闷心来谋计商量,冷落咱、何意梦凉。气冲冲难按一腔,见窗前蝶儿洋洋,偏遇俺愁上人难言难讲。(净上)假奉命巧计安排,将状元移

---

① 威仪轻攘,195-1-132(2)本作"为义攘上",195-1-132(3)本作"为义轻攘",暂校改如此。

真作假。(小生)阿吓,太师爷。(净)状元公见礼。(小生)老太师为何这等惊慌?(净)老夫本要将女招赘状元为婿,圣上有旨,说状元冒充名姓,打进张兵部劫抢。圣旨有下,将状元拿下定罪。(小生)吓,怎么,有这等事来?还望老太师相救。(净)起来。你这桩事,老夫一时难以相救。依我主见,你将状元冠带留下,扮作贫民,去到西华山长老那边躲避。待等万岁西华山游玩回来,老夫慢慢奏知,可能相救,未可见得。(小生)多谢太师。(小生下,换衣,又上)太师请上,难官就此拜别。(唱)**更衣扮乔妆,台郎利锋芒**①。**近身藏,龙争坡,凤翱翔,俺只望耀祖光宗整门墙,不想是反受祸殃,反受祸殃**。(小生下)

(净)外甥儿那里?(付)母舅,外甥拜揖。(净)外甥儿,你将状元冠带换上,扮作赵凤岐,去到张兵部完姻。(付)谢母舅。(付下)(净)昏君游玩西华山,老夫要占夺江山,赵凤岐必死乱军之手。(净下)(外上)(唱)

【哪吒令】②**念如来咒语,诵《法华》《金刚》。看废尘名网**③,**坐蒲团经朗。起慈觉心肠**④,**听清奇梵响**⑤。(白)贫僧,西华山住持惠聪便是。今乃朝日,吩咐众徒弟鸣钟拈香,酌花献水,礼拜一番。(唱)**庄严圣图灵殿,赫奕神气轩昂,且看诵三元安康,三元安康**。(外下)

(末旗牌、小生上)(小生唱)

【鹊踏枝】马蹄疾暂放缰,见渔家江上舟劳攘。樵子斧插腰儿旁,农归田庄。乍的平空滔浪,罾恨着反贼无状,反贼无状。

(末)状元公,到了。(小生)通报。(末)门上那一位在?(杂上)那一个?(末)相爷差人到此。(杂)请少待。师父有请。(外上)何事?(杂)相爷差人到此。(外)怎么,相爷差人到此?说我出来迎接。(杂)师父出来迎接。(外)大叔

---

① 台,单角本作"态",今改正。台郎,御史别称,句谓御史奏事迅速。
② 此曲牌名单角本缺题,今从推断。
③ "网"字单角本原无,据文义补。
④ "肠"字单角本原无,据文义补。
⑤ 梵,单角本字上辟下臣,响,单角本作"旺",据文义改。

请进。(末)师父,这位是李相公。(外)相公请进。(小生)有劳师父。(外)相
公,贫僧稽首。(小生)少礼。(外)大叔,贫僧稽首。(末)少礼。师父,王太师
有帖儿一个,将这位相公西华山安顿,好生看待。(外)贫僧知道了。大叔
请到后殿用斋。(末)谢师父。(杂、末下)(外)请问相公,贵乡何处? 高姓大
名?(小生)长老容禀。(唱)

【寄生草】家住在京都庄,姓字儿、李宏祥。**红尘名利真闹闯,受释迦三皈五
戒,爱清静慈悲佛堂,望尊师提救经郎,提救经郎。**

(外)原来是受斋①的。待贫僧打扫后楼,与相公看经。请到后殿用斋。(外
下)(小生)好个长老,那知我心事来?(唱)

【尾】俺是个鳌头独占金榜,宦门后金灿光光②。**但有日顺服名扬,愿苍天保
护呈祥,保护呈祥。**(下)

第三十四号

净(王忠)、正生(宋真宗)、外(惠聪)、小生(赵凤岐)、末(焦廷虎)、丑(钱飞龙)

(四武士、二太监、净、正生上)(吹【朱奴儿】前段)(正生白)寡人,大宋真宗,今日往
西华山进香,带领御林军三千,武士四十名,王卿保驾。(净)臣等保驾。(正
生)吩咐起驾。(吹【朱奴儿】后段)(众下)(外上)(唱)

【风入松】香烟郁郁无边杳,满山林紫绿漫腰。**五色青气透九霄,保圣驾、保
圣驾鸾旗前导。**(内白)圣驾到者。(外)吩咐各徒弟,个个头顶香盘接驾。(外
下)(四武士、二太监、净、正生上)(正生唱)**密层层如蚁捧香,来叩大慈民安乐,来
叩大慈民安乐。**

(白)大慈,大慈。(唱)

---

① 受斋,单角本作"受僧",据文义改。受斋,接受斋戒。

② 宦门后,195-1-132(3)本作"上惹乎",195-1-132(4)本此句作"宦门后书香家",
据改。

【前腔】保天下民安乐,物阜安国泰民笑。刀兵永息无侵盗,愿祈求王宫无耗。贼人的称强暴,管叫他冰化雪消,冰化雪消。

(手下上)报,万岁不好了,有贼兵将西华山团团围住。(正生)再去打听。(手下)领旨。(手下下)(正生)王卿前去看来。(净)臣领旨。(净下)(正生)武士听旨,前去擒来。(四武士)领旨。(四武士下)(正生)咳,贼徒吓贼徒!(唱)

【前腔】赳赳雄心暗藏刀,纷纷的乱如麻。(二太监、正生下)

(小生上)(唱)

【急三枪】忽听得,金鼓噪,敢只是,绿林到?

(白)我赵凤岐,正在后面看经,忽听墙门外喊杀连天,不知为着何事?待我看来。(外上)阿呀,相公不好了! 今日万岁进香,不想飞蛮钱飞龙杀进山门,万岁龙体难全也。(小生)怎么,有这等事来? 待我出去看来。(外)相公,御林军三千,尽皆杀绝,何况相公白面书生? 你若出去,必遭毒手,还须后楼躲避才是。(小生)说那里话来? 万岁尚且有难,为臣一死何惜也? (打唱【急三枪】)(外)好一位忠臣义士也! (外、小生下)(四武士上,四番兵、末上,冲阵,四武士死下)(内)王相要见。(末)向前答话。(净上)将军见礼。(末)王相见礼。昏君带了多少人马? (净)人马不多,一一已尽,江山可得。将军之功,围住昏君。(末)众小番,将西华山团团围住。(唱【风入松】一至二句)(四番兵、末、净下)(二太监、正生上)(唱)

【风入松】超超胜败谁人料,闹吵吵无计可较。缘何的炮声齐响,喊声怕好惊跳,喊声怕好惊跳。

(手下上)报,启万岁,王相投入敌营。(正生)再去打听。(手下)领旨。(手下下)(正生)王忠,我把你这奸贼! 丧心设计,臣迹何在也? (唱)

【前腔】狼蝎蛇心称奸刁,把忠实一旦皆消。(手下上)报,启万岁,御林军三千,尽皆杀绝。(正生上)再去打听。(手下)领旨。(手下下)(正生)军民人等听者,有人能救寡人,官封万户,爵禄非小。(唱)惊骇朕心好惊跳,恨奸凶碎死千刀。能救驾当时英豪,封万户爵禄非小,爵禄非小。(二太监、正生下)

（四番兵、末上，围楼）（小生上）呔，来者可是焦廷虎？（末）嚯！何人道咱的名？（小生）你这反贼，休得无礼，可认得那姑苏华亭①赵凤岐在？（末）嘎唷，原来是贤弟，可下楼来叙话？（小生）可将人马退下一箭之地？俺下来也。（末）众喽啰退下。（四番兵下）（小生下楼）（末）贤弟，请来见礼。（小生）住了。焦廷虎，当初道你烈烈轰轰大丈夫，谁想你不仁不义狗强盗，我与你称什么兄弟来？（唱）

【前腔】谁想你不仁不义为群盗，罪陷天难恕难饶。

（末）贤弟有所未知，与你两下分离，被飞蛮洞钱飞龙收留。王相有书到来，钱飞龙起兵反皇，为兄奉命前来，将西华山团团围住。（小生）住了。你今统兵劫驾，罪犯天条，快快退兵，免惊圣上。（末）贤弟大胆救驾，为兄退兵便了。（小生）我乃力怯书生，如何救得？（末）贤弟且是放心，为兄斩了贼将头颅，与你拿去献功。（小生）有理。（净上）（唱【风入松】三至四句）（白）将军，江山可得了？（末）看剑。（净死）（丑上）呔，为何斩了王相？（末）不必多言，看剑。（杀丑）（小生）哥哥，我和你一同前去请功便了。（末）有理。（同唱【风入松】合头）（小生、末拖净、丑下）（二太监、正生上）（唱）

【前腔】喊声连天动地喧哗闹，好叫人心下惊跳。（小生暗上）万岁，王忠已斩，贼兵已退，请万岁回銮。（正生）唔，你是白面书生，怎能救得寡人？（小生）臣有万死之罪，冒渎天威，新科状元赵凤岐。（正生）吓，新科状元赵凤岐？王忠所奏，奉旨去到山东张兵部府中完姻去了，为何落在此地？（小生）万岁，臣已省着了。王忠这奸贼，有一外甥，名曰任得义，与孙不端将臣谋害，假冒到张府呵！（唱）**假冒东床胜鸥鹚，闹山东其罪难逃。**（正生白）爱卿之难，朕也尽知。向前听封。（小生）臣领封。（正生）封卿为巡蛮王之职，钦赐尚方宝剑一口，虎头铜锏一副，先斩后奏。盖王府一座，任卿调用校尉四十名，捉拿任得义、孙不端、历城县等，解至王府，命爱卿亲审发落。（小生）谢主隆恩。（正生）

---

① 姑苏华亭，195-1-132（2）本作"松江华亭"，195-1-132（3）本作"松江府华亭县"。

摆驾回銮。(唱)**君臣相会赐诏,除奸刁万民欢笑,万民欢笑。**

(小生)领旨。(下)

第三十五号

外(鲍雄)、末(焦廷虎)、小生(赵凤岐)

(四校尉、外上)(打)(白)俺,都指挥鲍雄是也。奉旨提拿任得义、历城县、孙不端等,解到王府听审。恐有花烛已过,不分昼夜而来。过来,紧紧趱上。(打)(四校尉、外下)(末上)俺焦廷虎,贤弟西华山救驾有功,封为巡蛮王之职,俺往王府一走也。来此已是,门上有人么?(手下上)那一个?(末)俺乃王爷结义兄弟焦廷虎,要见王爷。(手下)候着。王爷有请。(小生上)(引)昔日海底沉沙埋,如今水上伏龙珠。(白)何事?(手下上)启王爷,府门首有位焦廷虎要见。(小生)怎么,哥哥到了?吩咐起乐。(手下)起乐。(吹【过场】)(小生)吓,哥哥请进。(末)贤弟请。(小生)来。(手下)有。(小生)备宴侍候。(手下)晓得。(手下下)(小生)请坐。(末)请坐。(小生)哥哥救驾,小弟领功,叨哥哥的洪光了。(末)贤弟有急难,为兄应当竭力。(小生)哥哥,弟别后之事,请道其详。(末)为兄自离华亭,归家途中染成一病,倒在路旁,被喽啰带到飞蛮洞,病好后遂在洞中安身。奉钱飞龙之命,带兵围住西华山,喜得兄弟相逢。贤弟,在华亭一别之后,说与为兄知道①。(小生)小弟与兄别后,被人谋害,三番二次,受其磨折。幸亏何恩父女相救,到京得中魁名。又被王忠设计,到西华山,又得兄弟相逢。(末)原来。(小生)兄,弟写书一封,可到历城县,叫毕天标哥哥到来,将潘家妹子安顿张府,哥哥意下如何?(末)贤弟有事,为兄告别。(小生)哥哥,请到后堂聚谈心曲,明日起程便了。(末)有劳贤弟。(同唱)

---

① 此处说白 195-3-71 忆写本原无,系整理时增补。

【佚名】①聚曲剖前殃,携手同胞,相看乐意非常,醉琼醪沉醉何妨,沉醉何妨。

(白)哥哥请。(末)贤弟请。(下)

第三十六号

正生(毕天标)、小旦(毕凤妹)、老旦(顾氏)、付(任得义)、丑(孙不端)、

正旦(张凤英)、净(历城县)、外(鲍雄)、末(焦廷虎)

(正生、小旦上)(同唱)

【泣颜回】驱驰速蹒跚,俺可也、运筹心上。**女裙钗招非灾,为奸权弄巧行乖。**(正生白)妹子,闻得赵贤弟得中头名状元了。(小旦)哥哥,他犯了多少周折,是俺兄妹二人保全与他。若到张府完姻,理该着人邀俺兄妹才是。忘却旧情,决无此事。(正生)今日奉旨去到张府完姻,我和你前去看过明白。(小旦)有理。(同唱)**问个端详,气昂昂、附凤乘龙攀。负心的身荣贵显,顿忘了旧时荆寒,旧时荆寒。**(同下)

(老旦上)有捷报状元名号,喜孜孜心意欢笑。(付、丑上)(付)靠母舅宫花插帽,成花烛鸾凤今宵。岳母,小婿拜揖。(老旦)贤婿科场辛苦,常礼免拜。今日得中状元回来,待我进房对女儿说,两下成其花烛。(付)多谢岳母。

(老旦、付、丑下)(正旦上)(唱)

【前腔】闷深闺独对银釭,听言儿、宫花插放。(白)奴家张氏凤英,赵生到京,得中头名状元,我母亲十分欢喜,定要花烛。天吓,那日梦中之事,难道全无报了么?(唱)**早难道神言全不开,那知我、全盟操更所罕?**(老旦上)(唱【泣颜回】五至六句)(正旦)女儿万福。(老旦)我儿罢了。(正旦)进房何事?(老旦)贤婿得中状元回来,两下成其花烛。(正旦)待等爹爹班师回朝,女儿成其花烛也未迟。(老旦)咳,前者没有得中,不肯花烛;如今得中状元,不肯花烛,这是气

---

①　此曲牌名195-1-132(2)本残缺,195-1-132(3)本题作"臣彦住",未详是何曲牌名。

死为娘也。(正旦)罢罢!(唱)**我只得权忍耐,身穿着五花诰体随腰,五花诰体
随腰。**(同下)

(付、丑上)(唱【越恁好】一至二句)(内白)报上。(丑)所报何事?(内)历城县前来
恭贺。(丑)候着。状元爷,县主老爷前来恭贺。(付)吩咐起乐。(丑)起乐。
(吹【过场】)(净上)状元爷,小官细细礼物,前来恭贺。(付)何用费心,后堂有
宴。(净下)(正生、小旦上)(正生)阿吓,妹子,这个不像赵贤弟。(小旦)这个就
是任得义,他中了状元,到张府完姻不成?(正生)妹子,状元真假,为兄也
不晓,这头亲事,总是赵贤弟的。(小旦)想此事其中又有不美之事了。(唱)

【越恁好】①**怯书生奔走天涯,定然是李代桃僵。**(正生白)妹子,我和你待等拜
花烛之时呵!(唱)**抢多娇全着一场,才得个保全冰操。**(同唱)**管叫他冰消瓦
解化露霜,成就了奇文笑话,奇文笑话。**(同下)

(吹【过场】,老旦、付、丑、净上)(老旦)传候相。(丑)我老孙当当候相末是哉。
(老旦)喜言赞上。(丑)伏以请:墙头一捧葱,割倒两头空。(正旦上,拜堂,正
生、小旦上,抢正旦下)(老旦)阿呀!(内)圣旨下。(四校尉、外上)圣旨下,跪,听
开读,诏曰:今有任得义假冒门婿,套夺魁名,将他拿下,并历城县、孙不端
等,解到王府候审。过来,趱上。(外、四校尉押付、丑、净下)(老旦)不好了!
(末上)奉命到历城,前来说分明。老夫人为何啼哭?(老旦)客官有所未知,
圣旨到来,将我贤婿拿去了。(末)谁是你贤婿!(老旦)他是何人?(末)他是
任得义,前来假冒完姻。你贤婿在西华山护驾有功,封为巡蛮王之职。贵
府千金呢?(老旦)被强人抢去了。(末)待俺去夺他转来。(末下)(老旦)阿
呀,我的儿吓!(老旦下)(正生、小旦带正旦上)(正生唱)

【叠字犯】恼恨假冒、假冒东床,(内喊)(正生)呀!(唱)**又听得吼喝、吼喝音亮。**
(白)妹子,你看后面喊杀连声,想是有人追赶。小姐往潘家大姐船中耽搁,待
为兄打他落花流水也!(唱)**打叫他无门窜,卸手脚称名扬。**(小旦、正旦下)(末

---

① 此曲牌名单角本缺题,今从推断。

上,打,并下,又上)(正生)嘈!这头亲事,你可晓得是真是假?(末)俺岂有不晓。(正生)俺怕不晓。(末)俺看你不晓。(正生)前者假的到来,以假为真,留在府中。后来真的到来,认真作假,还要陷害他的性命,可是有的么?(末)嘎,听你说来,难道是毕天标老兄?(正生)嘈,何等样人,道咱的名?(末)新科状元命我前来迎接,有书在此。(正生)呵吓,这等说来,你就是那年在华亭县,与赵贤弟结拜的焦廷虎么?(末)正是。(正生)呵吓,焦兄,焦兄。(末)毕兄。(正生)失敬,失敬。(小旦、正旦上,下船,小旦、正旦下)(正生)见礼,请坐。(末)请问毕兄,你敢是在此撑船度日?(正生)非也。潘家大姐将船儿典卖,权作寓所的。(末)原是如此。(正生)到此贵干?(末)赵贤弟在西华山护驾有功,封为巡蛮王之职了。贤弟差我前来迎接毕兄,又将潘家大姐安顿在张府。(唱)**今日个兄弟恩义重,占魁名见龙颜。**(正生白)妙吓!(唱)**时挂着心惊胆战,书生辈今日个报冤仇天上降。**

(末)就此告别。(正生)且慢,里面有酒,有酒。(笑下)

第三十七号

小生(赵凤岐)、付(任得义)、丑(孙不端)、净(历城县)

(【大开门】,四手下上)(小生上)(唱)

【一煞】承皇命掌威权捉奸刁,恨狂徒假冒乘龙夺占魁表。(科)这壁厢权臣当道,朝纲颠倒,遇着俺忠良义表。**扶助王朝,扶助王朝,恶狠狠削奸除暴,威凛凛虎帐案消,虎帐案消。**

(吹)(诗)少小英名爵禄高,几番受陷脱笼牢。赫奕貔狳神惊怕,削除奸佞除强暴。(白)本藩,赵凤岐,蒙圣恩封俺巡蛮王。今日亲审任得义假冒乘龙一案,并历城县等,俱已解至辕门。左右,将任得义抓进来。(手下带付上)(小生)可认得本藩?(付)你是赵凤岐?(小生)掌嘴。不消细问,先打四十。(手下扯付下)(内)一十,二十,三十,四十。(手下带付上)(小生)咳,恶贼,恶

贼!(唱)

【二煞】雄赳赳狼心狗肺来胡闹,惨可可、陷害书生败鸟无巢。(白)你二次三番,将俺谋害,喜得天神相救。我与你有什么仇气,无故设计,冒赘东床,到京又与王相设计,谋占魁元。你狼心狗肺,天理难容了么你这恶贼!(唱)**忘天理良心顿消,夺魁名、假冒婿招。无辜受屈儒生飘摇,狼心狗肺蛇头枭,你这恶贼! 早难道皇天不佑赴泉杳。**

(白)过来,再打四十。(手下扯付下)(内)一十,二十,三十,四十。(手下带付上)(付)还望王爷与我全身而死。(小生)本藩还你一个全身而死。左右,上了铜铡。(科)(手下铡付下)(小生)将孙不端抓进来。(手下带丑上)(小生)呢,你这恶贼! 你无故设计,将人谋害,你也有今日么恶贼!(丑)阿哉王王王……(手下)咳,有许多个王个。(丑)阿哉头脑,有介许多王,大肚黄、白王皇、三画王、阎罗王。(手下)王爷之王。(丑)阿哉王爷,任得义个毦养叫我去,我是介勿肯去;其一定再三再四叫我去,我是介再五再六勿肯去;其再七再八叫我去,我末要死要活勿肯去。咕话哉是勿去,要罪犯杀脚。(手下)罪犯杀头。(丑)罪犯杀头,我个人单怕杀头个。王爷话、话完哉,我去哉。(小生)抓进来,捆打四十。(手下扯丑下)(内)一十,二十,三十,四十。(手下带丑上)(小生)咳,奸贼,奸贼!(唱)

【三煞】①怎那里嘴哓哓弄虚嚣,奴胎辈、攀势堪夸压贫曹。偷天计移踪换巧,变形容再生奸拗,(白)不必查问,刽子手!(唱)**快快的示众首枭,示众首枭。**(科)

(手下铡丑下)(小生)将历城县抓进来。(手下带净上)(净)王爷,小官叩头。(小生)哇,你这狗官! 贪赃受贿,陷害书生为盗,将人谋死狱中,好一个万民父母!(净)阿哉王爷,格任得义到监牢去,小官不知道。(小生)那夜小票,何人所出?(净)小票原是小官所出,望王爷恕罪恕罪。(小生)你这狗官,只管

---

① 此曲195-1-132(4)本、195-2-11吊头本作"还该(敢)来嘴喳喳乱胡讪,战虚虚、谋害书生计谋高。暗谋设计妆圈套,受色图欢费神劳。天理仁(循)环总有报,〈恶贼 / 刀斧手!〉快与我命赴餐刀(又)"。

自己贪财受用,不顾那人性命攸关。本藩若还饶恕与你,你就是逃过阳间,阴司冤鬼,决不泄恨也!(唱)

【四煞】①**阴阳镜罪难逃,阴阳镜罪难逃,枉死城、沉冤鬼魄难泄超②,俺这里判断阴阳无缺少③**。(白)总然逃过阳间,难逃阴司,待本藩请尚方宝剑。刽子手!(唱)**即与俺斩首颈交,休迟滞血染霜刀,血染霜刀**。

(手下斩净下)(小生)封门。(下)

第三十八号④

小生(赵凤岐)、正生(毕天标)、末(焦廷虎)、老旦(太监)

(内)两位哥哥请。(内)贤弟请。(小生、正生、末上)(内)圣旨下。(小生、正生、末)摆香案。(老旦上)圣旨下,跪。(小生、正生、末)万岁。(老旦)听开读,诏曰:飞蛮起兵,兵部张大忠被困金乌,命巡蛮王赵凤岐前往救应。得胜还朝,论功行赏。钦哉,谢恩。(小生、正生、末)万岁。(小生)有劳公公远来,后堂有宴。(老旦)皇命在身,不得停留,就此告别。(小生)候送。(老旦下)(小生)二位哥哥,圣上命俺剿灭飞蛮,全仗二位兄弟之力也。(正生、末)好说。(末)贤弟,待为兄前往飞蛮洞,收服李凤珠便了。(小生)你杀了他义叔,见汝恨非小,必要提防者。(末)晓得。为兄去也。(末下)(小生)过来,吩咐起马。(下)

---

① 此曲 195-2-11 吊头本作"阴阳镜罪难逃(又),枉死城、冤鬼屈杀罪非小。孽镜台前怨有报,害民受屈贿当道。你逃过阳间难过阴司(又),〈刀斧手!〉你与我示众首枭(又)"。

② 泄超,泄冤超拔,洗雪冤屈。

③ 缺少,195-1-132(2)本作"屈消",195-1-132(3)本作"缺小",当即"缺少",缺、屈方言音同,今改正。

④ 本出 195-3-71 忆写本无,老旦、正生、末角念白系整理时增补。

第三十九号①

花旦(李凤珠)、末(焦廷虎)、外(张大忠)

(内)马来。(花旦上)奴家李凤珠,我叔父被焦将军斩首,我在山上永无出头,不免下山投入元帅。催马一走。(花旦下)(吹打)(四手下、末、外上)(外)本帅张大忠,前来征剿飞蛮,不想被他围困金乌。昨日小校报道,钱飞龙已丧西华山,焦廷虎投入我邦。还有贼女李凤珠把守老营,本帅自当定计,朝夕必破也。(内)报上。(手下)所报何事?(内)李凤珠叩见元帅。(手下)启元帅、将军,李凤珠要见元帅。(外)恐有行刺,小心防备。命他进见。(手下)元帅命你进见。(花旦上)李凤珠叩见元帅,死罪死罪。(外)此番必然投顺无误也。(花旦)启上元帅,我叔父被焦将军斩首,永无出头,投入元帅,望元帅收留。(末)妹子请起,我在此。(花旦)怎么,你是焦将军?我叔父何等看待与你,你将我叔父斩首,你好"关门养虎,虎大伤人"也。(外)李凤珠,你父乃是忠良之后,被奸相逼入飞蛮作寇。你父亡故之后,汝原年幼。钱飞龙实系奸诈之辈,你苦苦随他作匪。目下钱飞龙已死,焦廷虎投入我邦,天朝大兵一起,你乃是小小女寇,只晓勇力对敌,那晓调兵遣将?尸无葬处,悔之晚矣。(末)妹子,奸相王忠已死,冤仇已报,降顺便了。拜在元帅膝下,收为义女,你道如何?(花旦)既如此,爹爹请上,受女儿一拜。(外)不消拜得。众将官,得胜回府。(下)

---

① 本出 195-3-71 忆写本无,现主要依据 195-1-137(1)本和花旦本录出,而末角部分系整理时增补。其中,195-1-137(1)本"悔之晚矣"后尚有"好,有贞烈志女也。/ 命他进见。/ 既已降顺,前事休提。/ 何以使得"的内容。195-1-36、195-2-7 本本出内容为"(又上打)老夫张大忠,前来镇剿飞蛮,不想被他围困金矣(乌)。那贤婿有书到来,凯歌还朝,正合老夫之意也。/ 刀下而进。/ 唔,你叔父被俺斩首,你敢无礼?/ 起过一旁。/ 马前相见。/ 少礼。/ 不消拜得。/ 众将,打得胜歌回",与 195-1-137(1)本稍有不同。

第四十号①

外（张大忠）、小生（赵凤岐）

（外上）（唱）

【佚名】围困数载今见降，翁婿情在那厢？（小生上）阿吓，岳父吓！（外）贤婿吓！（唱）今见泪珠汪，恨贼冒东床。

（白）贤婿之难，老夫尽知。喜得奸凶已除，飞蛮已顺，此乃是贤婿之大功也！（唱）

【尾】今朝立建奇功爽，金镫敲凯歌齐唱②。爵受官禄食非常。（下）

第四十一号③

末（何恩）、小旦（何凤贞）、外（张大忠）、老旦（顾氏）、小生（赵凤岐）、

正旦（张凤英）、贴旦（潘凤兰）、花旦（毕凤妹）、丑（侯相）

（末上）赵相公进京，得中头名状元，护驾有功，封为巡蛮王之职，报阿囡知道罢哉。阿囡快来！（小旦上）爹爹何事？（末）叫你出来，非为别事，赵相公到京，得中头名状元，护驾有功，封为巡蛮王之职。（小旦）谢天谢地。（末）呸！张府拜堂，忘了我这岳丈者。（小旦）噫吓，爹爹吓！（末）阿囡不必啼哭，背得来，送你上门去。（小旦）走。（末背小旦下）（外、老旦上）（同唱）

【佚名】摆旌旗空中飘摇，五凤楼、添上名号。忠良奕世真堪妙，从今后高照雀跃。（白）夫人。（老旦）老爷，可喜今日一家团圆。（小生上）（唱）凌烟名标，凌

---

① 本出唯 195-1-137(1) 本抄有，小生部分系整理时添补。

② 此句 195-1-137(1) 本作"凯歌齐唱金镫敲"，今乙正。

③ 本出末角部分参照调腔《双凤钗》增补，外角"唔何等样人"至"龙凤花灯"据 195-1-36、195-2-7 本补入，而 195-1-137(1) 本无该内容，则早期该剧的演法或有不同，即无何恩父女上堂争亲一段。小生本中，195-1-132(3) 本无此出，195-1-132(4) 本唯一行多的说白，而 195-1-132(2) 本末页残缺过半，本出曲文残剩"凌烟名标"和"六凤名标"八字。

烟名标。

（白）岳父、岳母在上，小婿拜揖。（外、老旦）贤婿少礼。（外）可恨王忠播弄朝纲，任得义设计陷害，言之可恨也！（唱）

【佚名】播弄朝权多颠倒，万民涂炭受煎熬。（老旦白）老爷，前事休提，快请贤婿、女儿花烛。（外）夫人，圣上敕赐五凤和鸣①，凤英、凤兰、凤妹先拜花烛，只有凤珠，是老夫收为义女，少刻就到，然后再行六礼便了。（老旦）过来，快扶小姐们上堂。（吹【过场】）（正旦、贴旦、花旦上）（外）传傧相。（丑傧相上）老爷、夫人在上，傧相叩头。（外、老旦）起来。喜言赞上。（内）且慢。（末、小旦上）（末）赵凤岐，你好吓！（外）唔，何等样人，敢来胡闹？（小旦）赵相公，你好吓！在我监里，父女何等看待与你。如今到京得中头名状元，将我父女抛撇，你好没幸也！（小生）老丈，奏闻圣上，封你千户之职。（末）赵凤岐，难道将我阿囡终身抛撇了不成？（外）且慢。贤婿，可有此事的么？（小生）是有的。（外）老丈，既有此事，你也不必胡闹。女儿与我小女一同花烛，你心意如何？（末）多谢大人成全。（外）改换衣巾。（末、小旦下）（外）龙凤花灯。贤婿，真个六凤钗会之兆，古今罕有也！（合唱）**齐欢唱，功成马到，六凤名标，六凤名标**。

（拜堂）六凤和鸣，拜谢皇恩。（吹【清江引】）（下）

---

① 五凤和鸣，195-1-137(1)本作"六凤和鸣"，据剧情改。

五五　四元庄

调腔《四元庄》共四十六出,剧叙四元庄之西庄(贡元庄)柳公望赴京进取,托其女弱美于胞兄思乔。弱美为奸相赵明夫之子赵云庆强抢进府,幸得南庄文武解元潘仁表及其好友周全相救。柳思乔代弟允亲,将弱美许与潘仁表。原潼关总兵鲍恩为赵相所害,其子鲍旭与女凤妹落草。端阳时节,四元庄广放花灯,鲍氏兄妹下山观灯,巧遇潘仁表。事后鲍旭闯入赵府,打碎赵府花灯泄愤,而凤妹夜访仁表,两人定情。后仁表乔妆为娇娥,与周全上街观灯,竟被赵云庆抢入府中。赵云庆将仁表托于胞妹素梅房中,仁表被认出后,素梅与之定亲。赵云庆将花灯之事诬枉仁表,向赵相门生抚院杨文豹呈告。因不敌柳思乔、周全辩护而败诉,赵云庆遂密谋杀死思乔,以嫁祸于仁表,仁表被诬下狱。鲍凤妹驰往营救,与柳弱美俱为云庆抢入府中,两人与赵素梅相逢。柳公望入京后为赵相所倚重,受命办理潘仁表案,因巧遇上京求救的弱美、凤妹,得知原委,遂将赵云庆法办。行刑时圣旨忽下,押解公望、仁表等人入京。潘仁表之父定国公潘文达征番告捷,番王求和。先时,赵相勒死来使,侵吞贡宝,欲陷文达于边地。文达得悉真情,连夜抵京,与赵相金殿对质。赵明夫东窗事发,柳公望官复原职,潘仁表点入翰林,并与三女完婚。

调腔《四元庄》有光绪二十六年十二月(光绪二十六年十一月十一公元入1901年)杨德□吊头本(案卷号195-1-147),其中"杨德□"或即"杨德铨"。该吊头本首出场号缺题,但次出为"廿号",则首出为十九号。《四元庄》单角本场号有两种题写方式,一同该吊头本,一则从二号题起。盖《四元庄》原有前十八号,后删略不演,新昌县档案馆藏抄本已无前十八号的踪迹。按,民国二十四年(1935)9、10月间和次年5、6月间,绍兴的调腔班"老大舞台"分别赴上海远东越剧场和老闸大戏院演出,其中前一年9月16日、17日夜戏相继演出前集《四元庄》和后集《四元庄》(原注:刘世乔归家起,大叙团圆止);后一年6月16日日戏演出后本《四元庄》。"刘世乔"即"柳思乔",其"归家"事在本次整理后的第八号或第十八号。如此有可能是以已佚的前十八号加本次整理的前八号为前本，以余下的三十八号为后本。1961 年方荣璋唱腔曲牌选录手稿（案卷号 195-4-10）所收《四元庄》记谱将本次整理的第一号标作"式本"和第三十三场，而其前记录了若干抄本已佚的场次的曲谱，计有四曲后来编入《调腔乐府》卷三。另，温州乱弹有《金牌记》，写潘顺标各以半面金牌聘得柳雪梅和赵云卿之妹，故事与调腔本剧前半部分相似。

整理时以光绪二十六年十二月（公元已入 1901 年）杨德□《四元庄》吊头本（案卷号 195-1-147）和 1962 年整理本（案卷号 195-3-92）为基础，拼合正生、小生、正旦、小旦、贴旦、花旦、净、末、外单角本。其中吊头本曲牌名标示详细，惜纸张底下均有较大缺损，且曲文讹别较夥，又与单角本间有出入，文辞各有优劣，校录时择善而从。

第一号

正生（柳公望）、贴旦（柳弱美）、外（柳思乔）

（正生上）（引）文业诗书门第，胸藏锦绣寒窗。（诗）十年寒窗苦，磨尽铁砚穿。鹏程来得志，随意在心愿①。（白）卑人柳公望，祖父山东人氏，来到江南，居住贡元庄。多感老师，念我穷士，他又赠我盘费，叫我进京，礼部衙门，笔帖效用。奈我家下难度光阴，今乃贡元科试，只望青云得路。昨日与哥哥商议，备了行李，且到京中，倘能侥幸，未可见得。哥哥去到江边，雇舟去了，我不免叫女儿出来，家常之事，作别而去。我儿那里？（贴旦上）敛衽膝下，暗地里悲痛萱花。（白）爹爹，女儿万福。（正生）罢了，坐下来。（贴旦）叫女儿出来，有何吩咐？（正生）叫你出来，非为别事。为父今日起程，叫你出

---

① 此处引子和定场诗，据咸丰七年（1857）"三槐新记"正生本（195-1-3）录入。光绪后期张廷华《赐马》等正生、外本（195-1-46）淡笔补抄引子作"执长（执掌？）立地在胸怀，何日得辅佐王朝"，《庆有余》等正生、外本[195-1-130(6)]引子作"簪缨阀阅门墙，论男儿临守书香"。前者上场诗作"只要心中正，何愁眼下迟。借人轻得力，胜（身）到凤凰池"；后者"眼"作"目"，余同。

来,作别而去。(贴旦)爹爹一朝衣锦荣归,女儿之幸也。(正生)做官在于天命。但我出门之后,你伯父年已五旬,早晚须要寝食照顾,为父才得放心。

(贴旦)噫呀,爹爹吓!(正生)且听为父吩咐。(唱)

【绣带儿】论女道抱烈守贞莫胡猜,你是个裙布荆钗。那些个绣阁香闺,命何求宦室门楣。女孩,当存三从与四德,有淑女知诗书温存体态。选东床女貌郎才,这终身定有日孔雀屏开,孔雀屏开。

(贴旦)爹爹!(唱)

【宜春令】遵严训,紧心怀,守清贫怎敢胡为?纺绩苎麻,那些个描鸾绣凤作闲暇。闲来时诵读经史,愁怀处落花飞彩。专待,谛听喜报,衣锦荣归,衣锦荣归。

(外上)(唱)

【解三酲】步匆匆荒郊速快,这行囊早已安排。兄弟亲赴帝王家,求名利峥嵘富贵。(正生白)哥哥,你回来了。(外)兄弟见礼。(正生)见礼。(外)请坐。(正生)请坐。(贴旦)伯父。(外)侄女儿罢了,坐下。(正生)哥哥去到江边雇舟,可有么?(外)为兄在江边雇舟,行李已齐,请兄弟下船,但愿兄弟一路顺风撑上,顺风撑上。(正生)弟出门之后,家常托与哥哥料理。(外)兄弟上京求名,你且放心,家中有七件大事,都是为兄承值。(正生)那七件?(外)柴米油盐酱醋茶,都是为兄承值。兄弟在家,为兄是好出门讲论诗书;兄弟出门之后,为兄不出门了,只得与侄女儿拿了几本破书,介"麀鹿濯濯,白鸟翯翯。王在灵沼,于牣鱼跃①",还要加上两句:"黎明即起,既昏便息。"(正生)弟进京以后,家常一切,托女儿的终……(贴旦下)(外)侄女儿怕羞进去了,你且说来。(正生)咳,哥哥吓!(唱)**他是个嫩柳娇枝无倚赖,要选个坦腹东床知书才**。(外白)有兄弟在此,为兄如何做主?(正生)但弟出门之后,哥哥须要留意,若有才貌双全的书生,可将侄女儿的终身许之。(外)想侄女儿今年十七岁,就是廿七

---

① "麀鹿"至"鱼跃",出自《诗经·大雅·灵台》。

岁许人家亦未迟。（正生）我同你手足，将侄女儿许之何妨？（外）倘若我侄女儿终身许差了人家，兄弟回来，父女岂不要埋怨？（正生）若有才貌书生人家，不论贫富，将侄女儿终身许之，不来埋怨与你。（外）兄弟出门之后，倘若为兄死了，难道也要为兄许了么？（正生）吓，哥哥，又是这等性儿。（外插白）我倒老实话。（正生唱）**须更改，这的是良缘天定，伉俪和谐，伉俪和谐。**

（贴旦上）爹爹，行李在此，女儿在此伴送。（正生）就此拜别。（同唱）

【大金香】伏天赖，此去功名得意彩，耀门楣衣锦荣归。若得个朱幢宝盖，三檐伞下旧日的穷秀才①。

【尾】顷刻辞去好悲哀，父女孤儿哀哉。都只为蜗角求名撇女孩。

（外）兄弟路上保重，侄女儿看守门户，伯父要送你爹爹下船去了。（下）

第二号

丑（赵云庆）、付（计如亮）、外（柳思乔）、贴旦（柳弱美）

（丑上）（念）我父在朝为阁老，学生在外抢多娇。人人见我都害怕，单怕潘家、潘家一仁表。（白）学生赵云庆，阿伯赵明夫，官居当朝首相。学生勿愿读书，也勿想做官，只要在外哼头有好个女娘家，抢两个居来，作乐作乐，有啥个勿好？本地有个计如亮，到我府廊时常来走走，"大爷、大爷"叫之几声，我个府里闹热起来哉。个两日为啥没有得来？咳，我府里冷落杀哉。（付上）（念）计如亮，计如亮，单走大门墙。日夜吹顺风，若还吹得进，要算大官长，要算大官长。（白）学生计如亮，爹娘死脱，也有些家当交拨我个，被我好吃好用，弄光哉。本城有个赵云庆大爷，走之进去，"大爷、大爷"几声喊，有银子拿点用用，有啥个勿好？我往大爷府廊一走，行行去

---

① 旧日的穷秀才，195-1-147 吊头本及正生、贴旦本作"是个穷秀才"，此从《四元庄》等外、末本（195-1-45）。三檐伞，旧时仪仗行列所用的伞盖，伞边有二层、三层之分，三层品级地位较尊。

去,去去行行,一踱两踱,踱到哉,让我自家踱进去。大爷,大爷!(丑)老计,老计!哈哈哈!(付)大爷,大爷!哈哈哈!大爷在上,老计叩头。(丑)好省个。坐东,坐东。(付)谢大爷,告坐。(丑)阿哉老计,呒一脚踏进门来,"大爷、大爷"叫几声,府廊是介闹热起来哉。(付)大爷,呒个人好相是好相。(丑)咳,老计,我罗啥个相?(付)大富大贵之相。(丑)啥个贵?(付)黄金贵。(丑)客气是客气。(付)承让是承让。(丑)阿哉老计,大爷个两日心中烦闷,有啥个地方散散心?(付)咳,有有有,到我罗隔壁去看梅花去。(丑)咳,看梅花有啥看头?要看梅花,我赖自家花园头有,有啥个看头?(付)勿是个种梅花。个株梅花有十二年勿开花,五年勿结子哉。(丑)介话带起来,个是十七年的老梅桩,有啥个看头?(付)呒道是老梅桩。我隔壁公望、思乔两兄弟,乃是山东人,单单生一个囡,年已十七岁哉。眼睛又波俏,嘴巴像樱桃,讲话像吹箫。个大姑娘,头上勿搽油,面上勿搽粉,穿个青衫,系个蓝裙,身子又苗条,脚又来得小。大爷走过去,眼睛一瞧,大爷叭哒要翻倒。(丑)那格话,看见叭哒要翻倒?(付)要翻倒。(丑)大爷大姑娘看得多,要翻倒的大姑娘,没有看见过。(付)呒勿相信,去看之来。(丑)老计请。(付)大爷请。(同唱)

【(昆腔)驻云飞】双双乐陶,一心只想看多娇。裙布女窈窕,千金如花貌。喋!倚恃门楣高,横行强暴。梅花堪夸,心意多欢笑。恍如得水龙与蛟。

(念)好一似扬子江上摆渡船,撑之撑摇之摇。鱼水滔滔,心中欢笑。看之又要看,瞧之又要瞧。又听得船舱外面有人叫,女人翠眼瞧,扑咙通翻在水里要死掉。(丑)老计,为啥勿走?(付)到哉,到哉。(丑)到哉,门关带。(付)那格?是规矩人家,门关东看书。(丑)那格话,门关东看书?个呕其开得开来。(付)阿哉大爷,勿要急。(丑)快点。(付)有数个。老先生开门!(内)来了。(外上)外面叫门是那一个?(付)我老计来带。(外)嗄,原来是计兄到此。见礼。(付)见礼。(丑)那格,门里门外,好见礼个?(外)计兄到来何事?(付)阿哉老先生,我有个字忘怀哉,请教请教。(外)怎样一个字?

（付）怎样一个字，我话拨唔听：一点一画一直一撇一捺。（外）一点一画一直一撇一捺，一点一画一直一撇一捺。计兄，没有这个字。（付）老先生，唔年纪大哉，有恐忘记还哉。门开得开来，请到我屋里，茶吃之一碗，老字典拿出来，查究个查究，未恐有这个字。（外）不差，待我开门。伲女儿，出来看守门户，伯父到计兄家中讲书去了。（内应）（外开门）（外）计兄，怎样写一个字？一点一画一直一撇一捺，一点一画一直一撇一捺。（贴旦上）（唱）

【前腔】蓦听喧叫，轻移莲步出绣阁。（科）（贴旦下）（丑）噢唷，乖乖呀！（唱）**乍见心欢笑，欲火难禁烧。**（外白）你这个人，别人家中，乱胡的么？（唱）**喋！事务全不晓，贼头鬼脑。**（丑白）咳，大姑娘！大姑娘！（外）你这好不达事务。（唱）**你看他手舞足蹈，成什么理道！痴心妄想欺多娇。**

（白）计兄，这是何等样人？（付）个人我勿认得个。（丑）嘎，老勿死，勿认得我，话起来唔要吓煞个。我父当朝宰相，学生阁老公子。（付）咳，伊个爹生疥癫、疥癫公子。（外）吓，你是当朝阁老公子？拿头来！拿头来！（丑）头好拿来格？头生牢东个。（外）咬咬。阿呀，你头臭了！（丑）唔个鼻头来东烂哉。（外）计兄，你拿头来。（付）那格，我也要拿头来个？（外）阿呀，你个头流了！（付）那格，上好个，会流哉？唔个老毡养鼻蛆来东吃哉。（外）二人并将拢来。（付）老毡养会做花把戏个。（外）又流又臭，双双摈出。（外关门下）（丑）咳，老头好个计策，被其骗得出来哉，待我一脚头打进。（付）慢点，慢点，动勿得个。个是贡元庄，勿是闯祸地方。（丑）介来到会元庄去。（付）走走走。（丑）咳，老计看梅花，看梅花，大爷看出相思病哉。（付）唅，大爷，个大姑娘，唔是勿是欢喜？（丑）介好大姑娘，那格有得不欢喜？（付）是话欢喜哉，我老计拨唔办嘘。（唱）

【（昆腔）双声子】欢喜了，欢喜了，我拨侬做月老；计谋好，计谋好，一定办得到。（丑白）老计，唔拨我办到手来。嗒！（唱）**感恩造，感恩造，成鸾交，成鸾交。看花烛团圆，千金重报。**

（付）大爷是介欢喜，我老计必定办到手嘘。（唱）

【(昆腔)尾】管叫你双双成同调,一定计暗谋巧。(丑白)老计拨我办到手,嗘!(唱)我和你饮酒三杯乐逍遥。

(付)大姑娘是话看中哉。我明日子点起家人,去抢去好哉。(丑)好个,好个。里面吃老酒去。(下)

第三号

末(周全)、小生(潘仁表)、付(计如亮)、丑(赵云庆)、外(柳思乔)、贴旦(柳弱美)

(内)潘兄请!(末、小生上)(同唱)

【粉孩儿】慌慌的四元庄春色娇,见苍台花艳,竹林花鸟。风和日丽春光好,嫩柳依然绵烟绕①。观不尽万紫千红,好丹青难画难描,好丹青难画难描。

(小生)周兄,弟在荒郊闲游,心中烦闷忧虑。(末)潘兄,你今日愁眉不展,敢是为令尊大人年迈,出征边庭?(小生)前日回府,问安母亲,老父奉旨出征边庭,平伏蛮寇,在此闲道,心中何安?(末)兄说那里话来?大人出征边庭,总有日凯旋还朝,何须愁闷?(小生)愿兄之言,弟之幸也。小弟心中烦闷。(末)既然心中烦闷,弟家下有几幅古画,与兄一观,心意如何?(小生)周兄请!(末)兄请!(同唱)

【红芍药】步西移遍踏芳草,郊园景、村野堪妙。茅舍蓬门对溪桥,掩柴扉笆篱翠绕。听潺溪声声滴滴,满目中蘋分繁交②。四元庄烟锁云封,胜似那图画光照,胜似那图画光照。(同下)

(四家人、付、丑上)(丑唱)

【福马郎】顷刻风雷飞云绕,霎时霹雳心惊摇。平空波浪起,声欢笑。(白)唅,老计,家人齐备,那格排场排场?(付)好个,好个。叫众家人将贡元庄团团围住,大爷一脚踢破而进,把老毡养一把扭住,众家人把大姑娘背东就走。背

---

① 绵烟绕,单角本一作"绿因(茵？烟？)绕",一作"绿映兆(照)",一作"翠园绕"。

② 蘋分繁交,单角本一作"蘋繁艳交"。

到会元庄里来,捧出花瓶,请出新人,凑之大爷心,呒道那光景?(丑)好个,好个。老计,呒同得去。(付)咳,我去勿得个。(丑)为啥去勿得?(付)我罗两隔壁,要被老毪养看破。(丑)好,呒走过哉。(付下)(丑)哙,呒赖听我吩咐哉!(唱)**纵横无忌濩铎**①**,劫抢女多娇,劫抢女多娇。**(四家人、丑下)

　(外、贴旦上)(同唱)

【耍孩儿】**几度风光人静悄,三春日暖影花照,读文章书声兴高。**(贴旦白)伯父请上,侄女儿万福。(外)侄女儿坐下。(贴旦)谢伯父,告坐。(外)看四元庄,果然人才秀丽,街景繁华也!(唱)**看景饶,翠柏苍松青青绕,花墙映出红艳娇人称妙。**

【会河阳】(贴旦唱)**刻时彷徨,因甚意焦燎,精神恍惚闷无聊。**(外白)侄女儿,你父亲做官回来呵!(唱)**荣耀,父女重圆开怀抱,何得愁容且舒眉梢。**(丑上,四家人上,抢贴旦下,丑扯外,外摔倒,丑下。外关门下,付上,扯外转回)(付)老先生,呒为啥事体气恼?(外)阿呵,计兄不要说起,我同侄女儿在中堂叙话,不知那来的一班豪奴,将我侄女儿抢去了。阿呀!地方,救人吓!(外下,付扯外转回)(付)阿哉老先生,抢呒侄女儿个是啥人?(外)吓,计兄吓!(唱)**那强暴,白日青天抢多娇,我魂何在魄又消。**

　(白)阿呀,地方!(外下,付扯外转回)(付)抢呒侄女儿到底是啥人?(外)呸!我若认得,也对你说了,往那边,往那边去的。(外下,付扯外转回)(付)阿哉老老老先生,我与你是读书人,有道"不可乱乎,不可乱乎"。(外)计兄,非弟乱乎,事出偶然。(外下)(付)格老毪养被我三五把扯东,赶死也赶勿着哉!

　(付下)(内)周兄请!(末、小生上)(同唱)

【缕缕金】**春游地,闷无聊。迤逦庄前近,听声高。**(小生白)呀!(唱)**一众人簇拥,事有蹊跷。上前去还须问根苗,免使人瓜葛。**

---

① 濩铎,195-1-147 吊头本残剩"濩"字,195-3-92 整理本初作"护保",朱笔改作"称枭"。按,"护保"于句意不协,今补次字为"铎"字,"铎"在此由入声派入萧豪韵。濩铎,形容人声喧杂。

（四家人抢贴旦上，小生打，夺下贴旦）（外上，科）嗦嗦嗦。周兄见礼。（末、小生）柳老先生见礼，为何这般光景？（外）周兄不要说起，我在中堂同侄女儿叙话，不知那来的一班豪奴，将我侄女儿抢来。嗦！阿呀，侄女吓！（丑上）男吓，大姑娘呢？（四家人）被其夺得去哉。（丑）那格，被其夺得去哉？（四家人）夺得去哉。（丑）好大个胆带，啥人家赖？噢，周兄。（末）赵兄请来见礼。你有些不是了。（付上）唅，勿对，勿对。周解元和潘仁表来带，吃其勿落个，还是走好，还是走好。（付下）（丑）咳，周兄，怎说小弟不是？（末）青天白日，你把柳贡元之女都抢起来了。（丑）阿哉周兄，我父当朝阁老，小弟阁老公子，抢两个大姑娘，有啥个要紧？（末）乱话。（小生）吓，你强抢良家之女，该当何罪？（丑）嘈！大胆潘仁表，你胆敢到赵大爷跟前来用强！男吓，打东，打东！（小生）如此无礼，招打！（四家人逃下，小生擒丑）（小生）狗头，到那里去？老先生，到你府中去。（唱）

【越恁好】令人怒恼，恶贼称凶枭。纵横乡党，今日除强暴。（外白）不差的，到舍下去。侄女儿，同我回去。（贴旦下）（丑）勿对，勿对，还是走好。（外）慢个点。我关得门，慢慢好调停。（小生）你这狗头，依父之势，劫抢儒门之女，该当何罪？（丑）呀，大胆潘仁表，敢到我赵大爷跟前来用强！（小生）你自己用强，反说我用强。老先生，可有绳索，吊起来打！（外）绳索有。（外下，又上）你是当朝阁老公子，青天白日，别人家女子好抢的？打！（科）（丑）我不来抢了。（小生）你这狗头，有道"男女授受不亲"，今日若不除你性命，四元庄后患非浅也！（唱）**打得你皮开肉绽鲜血浇，管叫你命赴阴曹。**

（白）周兄，这厮有什么天理。今日饶恕了他，柳贡元家中，只有老先生一人，必有复抢之意，待我除他性命。（科）（丑）阿唷，阿唷！（末）老先生看我一面。（外）周兄，写纸伏状，放他出去。（末）赵兄，弟与你讲情。（丑）阿哉周兄，个老毡养勿用来缠我个。我赵大爷一年到头大姑娘勿抢勿抢，抢末十七八个抢来带，写伏状从来没有得写着过的。（末科）赵兄，这样打，打不过的，何不写了一纸伏状，可好去了？（丑）打死也不写。（末）你不写，我不管。

（外、小生）不写，待我打。（丑）阿唷！我写，我写。（末）老先生，他写了。（外、小生）不怕他不写。（末）赵兄。（丑）阿哉周兄，我连连话写哉，老毡养拷稻草样叽叽拷拷来哉。咳，我赵大爷要写伏状哉。（念）立伏状，赵云庆。柳贡元，有娇英，见色贪花乱胡行。叫家人，抢女人，无故害女身。愿写伏状做把柄，从今以后不敢乱胡行。再若乱胡行，一旦送公庭，打死勿用论，打死勿用论。（外）还要中保。（丑）介末倒灶。个歇时光，那里去叫中保？（看外）格个老毡养，我被其打得是介光景，伊还要气膨膨。（看小生）冤家碰着活对头。（看末）嗄，还是我赖周兄面孔笑嘻嘻，周兄烦劳烦劳。（末）烦劳何来？这中保好与你做，不可害我淘气。（丑）阿哉周兄，若还要你淘气，我猪狗勿是人生哉。（末）不要淘气，我与你做。（写）老先生，在此了。（外）周兄，还少手印。（末）赵兄，他说还少手印。（丑）阿哉周兄，个卯勿用来缠我个。大姑娘勿抢勿抢十七八个来里抢，伏状勿写勿写写末十七八张来带写，手印我从来没有得搭着过的，我勿会搭。（末）老先生，他说不搭。（小生）老先生，这厮名叫赵云庆，他父当朝阁老，他在乡党纵横，今日若不除之，必有复抢之意。（丑）我搭，我搭。唔会打，我会搭；唔勿打，我不搭。二只扫箕三只箩①，周兄拿得去。（末）在此了。（外）待我开了门，狗头死出去。（丑）只为娇娘事，遍身打得血淋淋。阿唷，阿伯阿！唉，个娘杀，打末被个老毡养吊起来打，心里想着大姑娘哉，痛呀一些勿会痛哉个。大姑娘个相貌实在生得好，我还要去看看来带。（小生科）嘈，你还不走！（丑下）（外）侄女儿，若没有恩公解危，我侄女儿名节难保。周兄，这位恩公府上何处？姓甚名谁？（末）这是藩王公子潘仁表。（外）嗄，这是潘解元公？那些儒学中朋友说"潘美人、潘美人"，就是这位恩公？（小生）有道"见义不为，非为人也"。（外）恩公，请到里面用了茶去。（小生）天色已晚，明日再叙。就此告别。（外）慢去。（末）潘兄，今日一番，是你用强了。（小生）周兄，非是小生用强，但是这

---

① 此句在说指纹的形状。

老厮！（唱）

【红绣鞋】他倚恃当朝势豪，纵横无忌强暴。人中兽，如狼豹。乱胡为，非一朝。除他命，后患消。除他命，后患消。

（贴旦上，小生回头看）（末科）潘兄。（末、小生下）（贴旦）伯父吓！（唱）

【尾】心惊胆战何时了，强徒直恁凶暴。（外白）阿呀，侄女儿，这狗头如此无礼，将你抢去，若没有二位恩公解危，险些性命攸关。（贴旦）伯父，赵云庆恶贼前来复抢，如何是好？（外）侄女儿，你且是放心，如今有了这纸伏状，又有周解元中保，狗男女不敢来抢了。（贴旦）伯父，他是个男子，为何称他美人？（外）伯父从未会面，只听儒学中朋友说"潘美人、潘美人"。（贴旦）原来。（同唱）**胜似那傅粉潘安宋玉娇**。（下）

第四号

丑（赵云庆）、付（计如亮）

（丑、付上）（丑）晤倒勿死还来带！（踢付两脚）（丑）叫我看梅花，看梅花抢亲，被老毡养吊带起来打，晤人鬼也晤得看见哉。（付）我来倒来哼个，看见周全、潘仁表来哼，其势头大，吃其勿落，我走哉。（丑）介话带起来，晤还是在行人带？（付）我是在行人。（丑）在行人逃哉。让狗贪吊起来打，打打小意思，还有张伏状写哼。（付）那格，还有张伏状写哼？（丑）写哼。（付）伏状末打死也勿可写。（丑）叽叽打落来哉，熬勿牢哉，只得写哉。打末打过哉，伏状也写过哉，晤总要拨我想一个计策翻翻梢。（付）要翻梢勿难，大爷写之一封信，叫老相爷在皇帝老子跟前，达奏一本，将潘仁表拿去东头就翻梢哉。（丑）吃勿落，吃勿落。（付）那格吃勿落？（丑）我赖阿伯拜之相，潘仁表个阿伯封之王，在皇帝老子前面也惧他三分。（付）吃勿落，只好歇。（丑）咳，潘仁表，潘仁表，晤有事犯在赵大爷手里，喏！（念）

【扑灯蛾】管叫你死在顷刻，顷刻，（付念）管叫他收拾，收拾。（丑念）干系事，（付念)成相识。(丑念)**暗机谋,**(付念)**放慢些。**(丑念)**到今朝,**(付念)**吃勿落,**(同念)**只可歇,只可歇。**

(丑)阿哉老计,介好个大姑娘,大爷那格歇得落手?(付)大爷,个大姑娘是勿是欢喜?(丑)介好个大姑娘,那格会勿欢喜?(付)介末一定拨吅弄到手。(丑)是话拨吅弄到手,我情愿伏状写张凑。(丑下)(付)叫我办,办得吅后半生要讨饭。(下)

第五号

净(赵明夫)、正生(柳公望)、末(院子)、付(杨文豹)

(净上)(引)朝权独掌,论文武谁不钦仰?(白)老夫,赵明夫,官居首相,朝纲独立,文武公卿,尽属门下。夫人郭氏,孩儿云庆①,女儿素梅。孩儿功名未就,女儿未许人家,这也不在话下。前者西番前来进贡,老夫吞谋国宝,将来使缢死在卧龙亭,做一个死无对证。我有一门生,名曰杨文豹,保本他江南抚院,定在今日出京,他必定前来辞行。正是,朝纲我独掌,公卿谁不尊?(正生上)进京多得意,刑部作差徭。门上那一位在?(末院子上)外面那一个?(正生)杨大爷前来参拜,有帖儿呈上。(末)候着。启相爷,杨大爷前来参拜,有帖儿呈上。(净)命他自进。(末)晓得。相爷命你进见。(正生)吓,老爷有请。(付上)多感恩义重,前来参老师。公望可曾通报?(正生)命老爷进见。(付)公望随我进来。(正生)吓。(付)老师在上,门生拜揖。(净)贤契少礼,请坐。(付)谢老师,告坐。公望。(正生)有。(付)过来见过相爷。(正生)吓,太师爷请上,公望叩头。(净)少礼。阿吓,人品出众,相貌魁梧,谅必是贤契心腹之人了。(付)老师,他是江南贡元庄人,是一介贡元出身,门生收他在衙,做个书吏。(净)相府缺少能人办事。(付)老师若还喜爱,留

① 《白梅亭》《四元庄》净本[195-1-130(7)]此下有"自为贡元一事,若不将蕲(?)元锦毒飞(废?)天牢,灭门之祸难逃"数语,可能讲的是已佚的《四元庄》前本之事。

在老师衙内调用。(净)贤契身旁无人。(付)门生衙内还有。公望,太师爷喜爱与你,在相府办事,必须小心一二。(正生)多感大老爷举荐、老太师抬举,公望无福,不足大用。(净)好能讲话,在府门下,岂为刑吏?过来。(末)有。(净)到吏部查在京文案缺职来。(末)晓得。(末下)(付)老师,潘老头儿与门生有仇,如何是好?(净)贤契,这有何难。待等明日老夫上殿,达奏一本,叫他永镇边庭,不能凯歌还乡。(付)有劳老师。(末上)报,太师爷,吏部查来,无官可补。(净)回避。(末下)(净)公望,改日与你补职。(正生)多谢太师爷。(净)贤契,我小儿云庆在家,看顾一二。(付)门生一到江南,何劳老师重托。门生告辞了。

(付)多蒙老爷提拔起,何用蜗角去求名。

(净)相府门楣一公卿,瘦怯书生一同行。

(白)公望送。(正生)公望送大老爷。(付)公望不必远送,在相府罢。(正生)公望理会。(净、正生下)(付)咳,我好悔也,悔不该带他同来。(下)

第六号

小生(潘仁表)、丑(文童)、末(周全)、外(柳思乔)

(丑扶小生上)(小生)恹恹闷闷沉,说不出情怀病深。(丑)阿哉相公,你受得伤寒,生得大病哉。(小生)我是没有病的。(丑)介末敢是失之魂?是话魂没有哉,去到街坊,请之和尚道士,七七拷八八念,拨相公招招魂,招招魂。(小生)狗才,不要你在此,出去。(丑下)(小生)咳,我那日见了柳贡元家小姐,精神恍惚,梦寐不安也!(唱)

【昆腔·五更转】他貌娉婷,端方正,儒门淑女识斯文。才貌并夸,体态温存。未知他,可婚定,耽愁闷。自古窈窕君子品,顾不得启口相应,这相思怎宁?

(末上)黄鸟声传,不失时辰。行过荒郊,又早蓬门。文童。(丑上)咳,周相公,呒来哉。(末)相公可在?(丑)我相公来带生毛病哉。(末)怎么,他有恙?(丑)随我来。(小生)我那小……(末)潘兄,弟周全在此望你。(小生科)吓。(末)咳,什么小?(小生)周兄请坐。(末)文童,相公病到这般光景,可请过医生?(丑)没有。(末)令老夫人可有知道?(丑)我老夫人勿晓得个。(末)打轿上来。(丑)晓得。(丑下)(末)兄敢是三更时候,看书辛苦?(小生)不是。(末)为令尊大人出镇边庭年迈?(小生)一发不是了。(末)到底为着何事?(小生)咳,兄吓!(唱)

【(昆腔)好姐姐】难言,自有离情,恨薄命不能欢庆。今日身危,坎坷病深。心思忖,黄河尚有澄清日,奈我由命不由人。

(末)兄吓!(吹昆腔【玉抱肚】)(外上)(唱)

【(昆腔)玉抱肚】步苍苔谢登门,步苍苔谢登门。

(白)我柳思乔,前日为了赵云庆这狗头,劫抢我侄女儿,多感潘恩公解危,险些性命攸关。本当礼物酬谢,奈我家寒,只得登门叩谢。不想错走了路头,这里不知那家庄上,待我去问他一声。里面有人么?(末)是那一个?原来先生,见礼。(外)原来周兄,见礼。(末)到此有何贵干?(外)前日多蒙你二位解危,本当礼物酬谢,奈我家寒甚极,只得登门叩谢。不想错走了路,原来周兄庄上,就此告别。(末)且慢。这里就是潘兄庄上。(外)请问周兄,你为何在此?(末)他有恙,我在此探望。(外)吓,怎么,恩公有恙?说我要见,烦劳周兄通报。(末)潘兄,老先生在此望你。(小生)那一个老先生?(末)就是柳老先生。(外)恩公,思乔在此望你。(小生)多蒙老先生前来望我,恕仁表不能迎接了。请坐。(外)告坐。前者我侄女儿多感恩公解危,本当礼物酬谢,奈我家寒,我思乔心惨,我思乔心惨吓!(科)周兄,恩公的病,可请过医生?(末)还未。(外)若不嫌弃,与他诊诊脉看。(末)潘兄,老先生与你诊诊脉看。(小生)吓,没有病。(外)弟与你诊诊脉看。(小生)我是没有病的。(外)恩公拿手来。(科)吓!(唱)

【(昆腔)川拨棹】一脉心惊,肝肠内两和平。(白)换之一只。(科)哧!(唱)**并没有虚寒热症,并没有虚寒热症,**(笑)(末)老先生为何发起大笑来?(外)周兄,嗒!(唱)**少青春有内情。**(末白)有什么内情?(外)周兄!(唱)**害相思七情,害**

相思七情。

（丑上）周相公，轿子带到。（末）打轿上来。潘兄，回去了。（小生）我要回去了。（外）恩公回去了。（小生上轿，下）（丑）周相公，个是啥人家？（末）陪你家相公看病的老先生。（丑）阿哉老先生，呒会看病，我家相公啥个病？（外）你家相公，相公是没有病的。（丑）呒得我歇哉！我里相公饭也有三五日勿吃哉，还说没有病。（外）怎么，你家相公，三五天不吃饭了？你附耳上来。（丑）勿听见，勿听见。（外）怎么，没有得听见？再附耳上来，你家相公相思病。（丑）嗄，相公相思病，待我报与老夫人知道。（丑下）（外）小哥转来，你家相公不是相思病，是思乡病。阿呀，周兄！（末）咳，老先生，潘兄的病，我倒也明白。（外）你明白什么？（末）那日赵云庆抢你侄女儿，在你庄上解危的时节，看见令侄女容貌呵！（唱）

【（昆腔）尾】见丰姿貌娉婷，这段相思又十分。（末下）

（外唱【尾】第三句）（白）喏，周兄说恩公的病为我侄女儿身上而起，难道侄女儿与恩公这个？那个？咳，糊涂！（下）

第七号

老旦①（陆氏）、丑（文章）、小生（潘仁表）

（老旦上）（唱）

【一江风】神清爽，庭前多欢畅，百花阶前荡。好艳阳，春景无穷，令人喜洋洋。（白）老身陆氏，王爷潘文达，出镇边庭，还未回朝。我儿潘仁表得中解元，老身之喜也！（唱）二九正年芳，功名如反掌，何求淑女窈窕喜洋洋？

---

① 据光绪二十二年（1896）《阴阳报》等旦本（195-1-79）、民国二十四年（1935）赵培生《黄金印》等正旦本（195-2-21），潘母角色为正旦，另由后者看来，潘母陆氏疑同潘仁表姨母一道上场。上述两件单角本【一江风】"令人喜洋洋"后都有间隔符号，"二九正年芳"前的说白前者为"我孩儿呵"，后者为"姐姐"。由于单角本缺乏，现仅据195-3-92整理本校录，处理为潘母一人上场。

（丑上）（唱）

【不是路】迤逦门墙，急进中堂来细讲。（白）老夫人，文童叩头。（老旦）起来。（丑）谢老夫人。（老旦）文童，不在书房服侍相公，进来何事？（丑）居来哉，居来哉。（唱）身病恙，（老旦白）相公敢是有病不成？（丑）我里相公没有啥个病格嘘。（唱）憔悴容颜空思想。（老旦白）打轿上来！（丑）快快带轿上来！（轿夫带轿，小生上）（唱）闷胸膛，羞惭怎见双亲面，（老旦唱）苦志劬劳受风霜。（白）儿吓，你旧岁叨占文武解元，功名有望，何得昼夜勤劳？（唱）读文章，形容憔悴身有恙，何必步月萤窗①，步月萤窗？

　　（白）文童，相公病体因何而起？（丑）老夫人容禀。（唱）

【川拨棹】蹊跷病神魂飘，意模糊、自请猜详。龙门春涌桃花浪②，小书生另有意向③。（白）老夫人跟前，叫我那格说得出口个嘘！（唱）俏东君心意彷徨。

【前腔】（老旦唱）为静养安闲南庄，奈心中④、反成祸殃。病来时直憋的难酌量，莫不是闲思空想？（白）儿吓！（唱）岂肯春游荒为，定然是窗下文章。

【尾】愁默默心怏怏，使人恁般劳攘。速请卢扁⑤求一方。（下）

第八号

贴旦（柳弱美）、外（柳思乔）、末（周全）、丑（文童）

（贴旦上）（唱）

---

　　① 此句195-1-147吊头本残剩"萤窗"二字，单角本一作"何日得步月荣（萤）窗（又）"，一作"何必步月行（萤）囊（又）"，据校补。晋人车胤家贫买不起灯油，便以囊盛萤，用以照明夜读，后遂以"萤窗"形容勤学苦读。

　　② 此句195-1-147吊头本残剩"涌桃花浪"四字，据文义补。

　　③ 意向，195-3-147吊头本前一字作"衣"，次字下从水，似"氿"字，疑作"衣裳"，今依声改作"意向"。另，195-1-92整理本"另有意向"作"闷坐书房"。

　　④ 奈心中，195-1-147吊头本作"不立心中"，疑"不立"系由"奈"的行书误拆而来；195-3-92整理本作"说知道"。

　　⑤ 卢扁，指春秋时名医扁鹊，因其家于卢国，故称。这里指延请医术高明的医生。

【皂罗袍】儒业清寒贫窘，恨无端祸起狂狙①。浑倚家势欺孤村，幸感仗义命留存。思之悲泣，如何安顿；伶仃孤苦，琐琐钗裙。怎禁得暴疾风布满碧乾坤。

（白）奴家柳氏弱美，自从爹爹上京求取功名，奴终身托与伯父。不想赵云庆前来劫抢，多蒙潘恩公解危，写了伏状，我伯父只得登门叩谢。（唱）

【前腔】堪怜空思那晨昏，憔瘦容颜飘荡魂。忘餐废寝心思忖，如醉如痴不顾身寒温。（外上）（唱）**看他才貌，少年青春；遭此狼狈，膏肓病困。叫人兀突无凭病。**

（白）侄女儿开门。（贴旦）伯父回来了，侄女万福。（外）罢了，坐下。（贴旦）伯父你从那里而来？（外）为伯父今日登门酬谢，恩公庄上。恩公有病，不然我同侄女儿也该前去拜望。（贴旦）伯父，他王爵侯府，我乃茅舍蓬门，怎好进去？（外）那潘家比得那赵家的。（唱）

【刘泼帽】潘王世袭治国政，忠孝家盖世簪缨，青年少貌多俊英。不幸今朝痴病深。

【前腔】（贴旦唱）**慷慨大义正人伦，遭患难蹭蹬命运，**（白）恩公什么病？（外）不要说起恩公的病呵！（唱）**心神恍惚神不定。**（白）他想……（贴旦）他想什么？（外）叫我如何说得出口来？（唱）**早难道为着相思害女身。**

（内）文童随我来。（末、丑上）（末唱）

【尾】贡元庄把思乔请，不幸今朝病危困。（外白）周兄吓！（末）老先生，看病去。（外）侄女儿，伯父与恩公看病去了，出来看守门户。（外、末、丑下）（贴旦科）且住。周解元说恩公病十分沉重，天吓！可惜奴家不做医生。（唱）**我看他才貌端庄志凌云。**（下）

---

① 狙，195-1-147 吊头本作"狙"，今改正。《字汇补·犬部》："狙，何亨切，音恒，兽舞也。"或当作"狂猎"，意为狂吠，比喻赵云庆等人。

第九号

老旦（陆氏）、小生（潘仁表）、丑（文童）、末（周全）、外（柳思乔）

（老旦、小生上）（小生唱）

【哭相思】身遭不幸，我命迍邅，料今生不能欢庆。（老旦唱）**坎坷病深，暗地泪淋，最堪怜容颜瘦损。**

（白）儿吓，多少先生请到，叫你吃药，药不肯吃。你的病因何而起，快快说与为娘知道。（小生）我没有心事。孩儿不肖，不能晨昏膝下的了吓！（唱）

【绵搭絮】负罪弥天，负罪弥天，不能侍奉膝前。只我这忠义双全，老椿萱甘旨近膝前。这的是凤世冤愆，自恨我缘浅命薄，自恨我命运乖蹇。（老旦唱）**似这般形骸更变，求天佑潘氏宗桃这一肩。**

（丑上）报，老夫人，先生请到。（老旦）快快叫进来。（丑）晓得。周相公、老先生有请。（末上）离了庄园地，（外上）来到内书庭。（同白）老夫人。（老旦）先生相救。儿吓，老先生在此望你。（外）吓，恩公，弟柳思乔来望恩公了。（小生）难得老先生，前来望我，恕仁表不能相会了。（科，昏倒）（老旦）吓，儿吓！（唱）

【蛮牌令】闻言心惊战，不住哭声喊。（末白）老先生吓！（唱）**仗伊神妙手，救度济大贤。**（老旦白）先生，这遭如何是好？（外）老夫人，不妨，后生家心昏之故，不妨。（老旦）请先生下药。（外）老夫人请进。（老旦下）（外）周兄你也回避。小哥，你也回避，待我好下药。（末）文童，我同你也回避。（末、丑下）（外）恩公的病，弟也明白。你不说，弟思乔要直说了。（唱）**顾不得羞惭难言，顾不得礼乐腼腆。有瓜葛，事非浅。儿女终身，儿女终身，我当订联。**

（白）恩公乃是赫赫门楣，思乔乃是草扇门蓬，恩公不言弃，我兄弟公望出门，侄女儿终身我思乔做主。恩公不言弃，侄女儿许配恩公，心意如何？（小生）多蒙老先生救我活命，我仁表死而复生也。（外）请令堂老夫人出来，当面许之。（小生）不用请得。小生有玉连环一对，以为聘物。（外）待我拿

回家去,侄女儿观看便了。(小生)大人吓!(唱)

【前腔】非我无情态,才貌并相连。有日功名就,荣归琴瑟弦。这羞惭使人欢忭,无颜面婚定前缘。(外白)吓,恩公吓!(唱)**无言对面婚堂前,儿女终身,儿女终身,我当成全①。**(末、丑上)(同唱)**有情关,只一言。订结朱陈,祸退福延。**

(丑)老先生,我里相公病可好些?(外)与你相公吃了一颗定心丸,十分病体好了九分半。(末)老先生,敢是这个?(外)吓,周兄吓!(唱)

【尾】我是寒儒辈穷业酸②,陋巷箪瓢清寒。(外)请。(外、末下)(丑白)嘎唷,老先生说,我里相公吃了一颗定心丸,十分毛病好了九分半,我倒勿相信,要去看看带来。相公,喏,相公病好哉,请出老夫人。老夫人有请。(老旦上)文童,相公病体怎么样了?(丑)相公吃了一颗定心丸,十分毛病好了九分半。(老旦)回避。(丑)呵唷,个老先生有介好,我有点小毛病,去讨半粒吃吃。(丑下)(老旦)我儿吃了一颗定心丸,十分病体好了九分半。(小生)母亲吓!(唱)**略有些精力神安病可痊。**

(老旦)儿吓,为娘扶你进去。(小生科)咳,我不要你扶。(小生下)(老旦)呵唷,好先生,我潘家宗祧有靠了。(下)

第十号

净(鲍旭)、花旦(鲍凤妹)

(内)有。(四喽啰、净上)(引)霸业山林,叹英雄何时得消除冤恨?(诗)戴天仇恨不非轻,埋名寄姓在山林。何时豁开双眉皱,剪灭权奸方称心。(白)俺鲍旭是也。父亲鲍恩,原是潼关总兵,被奸臣明夫所害。俺兄妹二人,逃到北望山为寇,聚集英雄,义结四方,不惧官兵,不劫客商,杀戮贪官污吏无数,劫抢恶奸豪。妹子凤妹,才年十八,武艺超群,同住山寨。今闻四元

---

① 成全,单角本作"陈在",据文义改。按,195-1-147吊头本无"无言"至"成全"数句。
② 酸,195-1-147吊头本残缺,单角本作"贺",据195-3-92整理本改。

庄端午胜会,繁华一时,又闻那里有一潘仁表,慷慨仗义,济困扶危。俺一去访问此人,二要杀灭仇家,下山一走便了。过来,请小姐出堂。(喽啰)小姐有请。(花旦上)(引)聚义山林,父母冤仇何日消报?(白)哥哥见礼。(净)妹子见礼。(花旦)请坐。(净)请坐。(花旦)哥哥,叫妹子出来何事?(净)叫你出来,非为别事。闻得四元庄广放花灯,为兄要向四元庄看会,二访义侠潘仁表,三要报父仇,妹子何不同我一走?(花旦)哥哥,目下奸相当道,有日势败冰散,杀却奸贼,父母冤仇可报。(净)但是为兄吓!(唱)

【锦堂月】平生志昂,纲常怀抱,俺是个济困扶危、除强灭暴。聚义山林,不劫清寒孤寡苦恼。那些个劫富赠贫,杀的是贪官土豪。行公道,地方恭敬,村舍无烦无恼,无烦无恼。

【醉翁子】(花旦唱)听告,兄和妹英雄年少。似这般邪意纵横,可不被外人耻笑?(白)兄妹虽有一片忠义之心,聚集绿林,父母死在九泉之下,怎得含笑?(唱)不孝,劝兄长弃暗投明,愿清贫苦守乐业①。守蓬茅,有一日风云际会,起凤腾蛟,起凤腾蛟。

(净)妹子,你说那里话来?父母冤仇不共戴天,若不消报,怎得瞑目?(花旦)哥哥吓!(唱)

【侥侥令】非奴来劝解,鲍氏接宗桃。堪怜家声无存济,兄和妹身落拓,兄和妹身落拓。

(净)妹子!(唱)

【尾】纲常志气冲汉霄,论男儿生死何足道。(同唱)报得冤仇方称消。(下)

---

① 句下 195-1-147 吊头本尚有"农庄"二字,今删。另,此句单角本或作"守清贫愿守乐业"。

第十一号

末（周全）、小生（潘仁表）、净（鲍旭）、花旦（鲍凤妹）

（末、小生上）（同唱）

【倾杯芙蓉】①**满野青黄落叶浓，村舍皆耕种。纷纷的稼穑田禾，男女匆忙，昼夜里勤劳用功**。（末白）潘兄，这场事情，若没有老先生诊病，没有这等痊愈了。（小生）兄吓，非我不识羞耻，乃我夙世姻缘也。（末）依兄主见，对令堂夫人说明，免得……（小生）兄吓，这场丑态，父母跟前，怎生说得出口？（末）必须三媒六证，方为周公之礼。（小生）兄吓，你且放心，岳父临行之时，寒荆的终身，托与亲伯父许之。小弟若得侥幸，那时父母面前说明。（唱）**婚配当日柳娇容，况端庄人品千金重**。（末白）但是这杯媒酒，弟是讨饮了。（小生）这个自然。（末）今年赵云庆值年，灯彩与往年不相同。（小生）往年也是热闹的。（末）不要出府看灯，到弟家下吃酒了罢。（小生）如此周兄请！（同唱）**闹丛中，欢兴无穷，只落得平原旷野路不通，平原旷野路不通**。（同下）

（净、花旦上）（同唱）

【锦缠芙蓉】**步匆匆，兄和妹、乔妆改容，下山岭访英雄，潘仁表慷慨义重**。（净白）妹子，今年胜会，果然闹热非凡，若还访着潘仁表，与他一会，方遂愿也！（花旦）有理。（净唱）**恁看这四元庄周围灯篷，结灯彩巧戏玲珑**。（花旦唱）**解元风姿美娇容，必须要亲睹郎君免挂胸**。（同下）（末、小生上）（同唱）**闹丛中，欢兴无穷，只落得平原旷野路不通，平原旷野路不通**。

（净、花旦上）（净、末撞头）（净）咄，眼不生珠，将人乱撞！（末）嘈，大路可行走，将人乱撞，出言不逊！（净）我们远方来看灯的，你敢欺我么？（末）你敢生事不成？（净）你却奈何我不得。（小生）咄，你是何等样人，在此胡闹？（净）什么样人，在此强霸？（小生）强霸何妨？（净）招打！（小生）招打！（打，净败）

---

① 此曲牌名单角本一作【倾杯玉芙蓉】。

（净）你是什么样人，敢来帮衬？（末）此乃藩王公子潘仁表。（净）怎么，潘仁表？请了！（科，笑）（净下，花旦慢回头，下）（末）潘兄，怪不得赵云庆纵横不法，这个乡儿的村夫，有了一身蛮力，在此横霸了。（小生）一个村夫，何足惧他。（末）潘兄，看这后生，回头一望，明日叫班人，前来打还风阵①了。（小生）兄为何这等害怕？（末）非是弟害怕，弟安分守己。（小生）兄不喜看灯，弟今夜也不来了。（末）不要出府看灯，到弟家下饮酒了罢。（小生）且到庄园去罢。（末）请。（同唱）

【剔银芙蓉】双携手游人兴浓，不期的、一番撮弄。是非出在闹场中，不观灯酌酒庄东。灯彩红，游人兴哄，只落得自闲自在各西东，自闲自在各西东。（下）

第十二号

正生（卖药人）、花旦（鲍凤妹）、小生（潘仁表）

（二和尚上，调和合。众上，看灯）（正生上）虎穴求名利，龙潭做生涯。列位请了。（众）请了。（正生）弟来卖祖传售卖的六合太乙膏。（众）什么叫作六合太乙膏？（正生）我采来这个药，非比等闲的。（众）是那里采来的？（正生）你道那里采来的，我走尽了蓬莱山、瑶池、终南山、昆仑岛，采的是灵芝，觅的是仙草。踏遍了水晶宫，阻住了南海潮，取的是玛瑙，炼就这个八宝丹，煎好了六合太乙膏。（众）卖多少银子一张？（正生）不卖多，只卖三分银子一张。（众）治什么病？（正生）治的病，不论背驼铁腰、温寒湿燥、咳嗽血块，不论内外病症、大小方脉，贴上我的膏药，百病消散的么。（众）可会贴得好？（正生）好的好的，有人贴着我的膏药，好的贴着患了，患了贴烂了，遍身都贴到，好似一件秃光破皮袄。（众）我们大家没有病，大家没有病。（正生）怎

---

① 还风阵，谓打架后报复。上海《申报》清光绪四年（1878）9 月 2 日第 1 版《旗人滋事平论》："夫杭州之俗，最为浇薄，一遇小事，辄张大声势，多人哄聚，百口嫚骂，或至相殴。彼此互激党类，谓之摆围殴。既各散，余忿未释，复纠聚其人，再图报复，谓之还风阵。"

么,没有病症的? 大家去看闹鹦歌去。(科,下)(起更)(花旦上)乔妆打扮下山林,特地前来探娇英。解元风姿多留意,绝世无双潘美人。(白)奴家鲍氏凤妹,日间与哥哥下山观灯,灯篷下遇着潘仁表,两下厮打一场,果是英雄。奴今夜前去行事,若得投入他的门首,不枉奴一世终身有靠也!(唱)

【朱奴儿】都只为访义英雄,假乔妆亲觑英雄,婚配终身两相同,谐秦晋平起刀锋。行快,南庄门启,还须要觑面郎君今夜去灯篷,今夜去灯篷。(花旦下)

(二更)(小生上)(唱)

【玉抱芙蓉】闹垓簇拥,如山海、人儿集众。便逸兴总是成空,倒不如看此这古风。(白)昨日周兄说,今夜叫我不要去看灯。夜来看书,想这书内呵!(唱)有古风,灯月兴隆,看不尽风花雪月有奇功,风花雪月有奇功。

(三更)(花旦上,叩门三下)(小生)吓,外面何人叩门?(花旦)日间在街坊受你之亏,今夜带了钢刀,前来杀你。(小生)吓,今夜前来杀我? 你敢打进来么?(花旦)打进何妨?(科)(小生)(念【扑灯蛾】)心内无惊恐,心内无惊恐,休得来卖弄①。(打完)(花旦)果是英雄,俺去也。(小生科)且慢。你贪夜前来杀我,必有人唆使,说个明白,可砍我头颅,与你献功。是何等样人?(花旦)我是北望山鲍……(小生)北望山鲍旭,就是你么?(花旦)这是家兄。(小生)闻得令先君乃是忠良之后,被奸臣陷害,你令兄逃奔天涯,聚义山林。闻他有一胞妹,武艺超群,江湖上称他女木兰,可是有的?(花旦)原是有的。你是男子,为何叫你潘美人?(小生)且慢。你贪夜前来杀我,必须要讲个明白而去。你是何等样人?(花旦)英雄不必细问,俺去也。(小生)吓,看你举止端庄,不像男子气象。(花旦)奴就是凤……(小生)莫非是鲍英雄令妹鲍小姐么?(花旦)正是。俺去……(小生科)阿呀,妙吓!(唱)

---

① 《白兔记》《四元庄》小生本(195-1-51)"心内无惊恐"下有间隔符号,再接"休得来卖弄",说明其间可能有花旦所念的内容;《凤头钗》《四元庄》小生本[195-1-130(4)]作"忒(威)势甚纵横,休得来埋(卖)弄。(占念 打完 科)",则小生念后接花旦念,然今花旦本未见相应内容。

【佚名】乍见了丰姿美娇容,今夜里、天遣相逢。堪羡轻轻肝胆浓,问伊家、可婚定鸾凤?(花旦白)呀!(唱)**好叫我羞答答将何言来诉奉,觑着他人才出众,少年英雄,人才出众,少年英雄,这良缘、如何轻送?**(白)吓,有了!(唱)**私订终身,只将这玉和合订结盟重。**(科)(小生)既是凤妹小姐,不弃小生,有玉连环一支,以为红定。(科)(花旦开门,回头,花旦下)(小生)小姐慢走,慢走。妙吓!他兄长日间受亏而去,故而前来杀我。不想这女子有此武艺,问他婚姻,他含羞而去,赠我一物,以作聘定。我潘仁表未获父母之命,又无媒妁之言,先有两个。今夜不去看灯为妙,若去看灯,二位小姐不遇了。(唱)**喜浓浓,二女美凤,只我这魁名文武蓝田种,魁名文武蓝田种。**(关门下)

(花旦上)(唱)

【北尾】**离南庄别英雄,此事一帆飘送。**(白)我与潘郎,私订终身,有玉和合为聘。奴家一世终身有靠,不免回山去也!(唱)**私订终身,博得个正偏两相同,正偏两相同。**(下)

第十三号

丑(赵云庆)

(丑上)只为挂灯事,日夜挂在心。学生赵云庆,阿伯赵明夫,官居首相,掌握朝纲。今年灯彩是我罗值年,花了多少银子,各色灯彩,未知可曾齐备。叫家人出来,问之一声。阿哉男吓,走出来。(二家人上)听得大爷叫,慌忙就来到。大爷在上,家人叩头。(丑)走起来,走起来。(家人)多谢大爷哉。大爷,叫我家人出来,有啥个吩咐?(丑)阿哉男吓,叫你们去挂灯彩,可办齐备哉?(家人)大爷,齐备哉,齐备哉。搭起幔天帐,人人都要相。(丑)灯彩报报数看。(家人)报报数看,有数,有数。大爷,喏!麒麟灯、狮子灯、獬豸灯、鲤鱼灯,外加一盏灯灯灯。(丑)咳,九莲灯。(家人)实是九莲灯。(丑)阿哉男吓,同大爷出府看灯去。(唱)

【(昆腔)驻马听】普天同庆，心意欢笑乐无穷；万人欢笑，灯彩光华点缀工。街坊邻里稻粱丰，绿女红男春意浓。及早到灯篷，挨挨挤挤笑融融。(下)

第十四号

末(周全)、小生(潘仁表)、丑(赵云庆)、净(鲍旭)、付(阿土)、老旦(乳娘)、

小旦(赵素梅)、付(秋菊)、正旦(郭氏)

(内)周兄请！(内)潘兄请！(末、小生上)(小生)妙吓，好灯彩也！(同唱)

【(昆腔)普天乐】灯篷下人闹吵，男和女胜元宵。依然是酌酒高歌，来往的花灯转绕。(末白)潘兄，今年灯彩乃是赵云庆值年，与往年愈加不同。你看人多挨挤，何不到弟家下饮酒去？(小生)如此周兄请。(同唱)畅饮开怀欢笑，男女闹中宵①，今日个醺醺醉倒。

(坐)(小生科，吐)好酒，好酒。(推窗)(丑、二家人上，过场下)(小生)人多挨挤得紧。(末科)弟倒有个计会在此。(小生)什么计会？(末)人人都说你"潘美人、潘美人"，何不假扮女子，到灯篷下看灯，就没有人挨挤了。(小生)怎么，扮了乔妆女子，前去看灯？周兄，衣衫裙子没有，如何是好？鞋子也没有。(末)衣裙鞋子，待我借了来。(小生)如此你去借来。(末)梅香，衣裙鞋子借我一借。(内应)(末下)(小生)是吓，人人说道"潘美人、潘美人"，我今晚扮了一个女子，到灯篷下，看灯如何。(末上)潘兄，衣裙鞋子在此了。(小生)怎么，衣裙在此了？鞋子呢？待我扮起来。(唱)

【(昆腔)朝天子】换巾儿妆着，云鬟儿对好，凤凰头宛然凑巧。(科)这裙儿闪腰，粉红衫儿穿着，扮好了像多娇。(吹【小开门】)(科)试看我红颜少貌，(白)周兄，扮起来可好？(末科)吓，妙吓！(唱)好一个女多娇，好一个女多娇。

(小生)如此看灯去。(科)(末)且慢。你是个女子，不是这样走的。(小生)怎

---

① 中宵，195-1-130(4)小生本作"元宵"，剧中为端阳灯会，不当言元宵，据下文"端阳节时中宵"改。

样走法？（末）我教导与你。（小生）教导与我。（末）袖子绾将来，裙子扭将拢来，脚儿并将拢来，必须要娉婷袅娜。（小生）要将脚儿并将拢来，须要娉婷袅娜。（科）如此周兄看灯去。（末）你叫我周兄，是会看破的。（小生）怎样叫法？（末）你叫我周相公，我叫你大姐。（小生）吓，你叫我大姐，我叫你周相公？（末）大姐，大姐。（小生）周相公，周相公。（末）这遭是了。（小生）如此看灯去。（末）大姐请。（小生）吓，周相公慢走，周相公慢走。（末、小生下）（二家人、丑上）（丑）妙吓，看，好灯彩也！（唱）

【（昆腔）普天乐】**行上花纱照，端阳节时中宵。纷纷灯彩鲜明，一个个开颜欢笑，树银花铁锁星桥**①。（白）咳，男吓，我得吓看到格歇时光，为啥看来看去，没有大姑娘看见？（家人）阿哉大爷，好个大姑娘，乡下头吭有个，来哼城里头。（丑）那格话，乡下头好个大姑娘没有个，好个来哼城里头？走！（二家人、丑下）（末、小生上）（小生唱）**试看我红颜少貌，**（二家人上）嗄，介好个大姑娘，那里来个？大爷，大爷！（丑上）男吓，来"大爷、大爷"叫啥？（家人）乡下大姑娘来带。（丑）那格，有乡下大姑娘来东？（家人）是个。（丑）来哼啥地方？（家人）嗐，大爷吓来看。（丑）阿唷，妙吓！（唱）**好一个女多娇，好一个女多娇**。

（丑）阿哉男吓，个大姑娘好个，看之伊之脚膀看，还是个大脚婆。（家人）大爷，脚大勿要紧，好扮巧个。（丑）那格话，好扮巧个？个歇没有人看见，抢得去。（小生）不好了！（丑、二家人抢小生下）（末）阿呀，想潘兄被赵云庆抢去，我倒要前去看看来，前去看看来。（末下）（二喽啰、净上）（打【水底鱼】）（喽啰）来此已是。（付上，坐）（净）打进去！可是赵云庆？（付）勿是，勿是。（净）四下搜来。（喽啰）四下搜来，不见赵云庆。（净）泼贼说来，不然将你一剑。（付）咳，看灯去哉。（净）来，将灯彩打坏，进城去罢。饶你去罢。（打【水底鱼】）（付下，二喽啰、净下）（丑、二家人带小生上）（家人）大爷，大姑娘抢到府头去，还是抢到

———————

① 《闹宛城》《四元庄》净本［195-1-130（3）］小字双行抄有"行上"至"星桥"这段曲文，据以校录。

庄头去？（丑）抢到庄头去，潘仁表要保卫个，抢到府头去。（家人）抢到府头去。（丑、二家人带小生下）（末上）阿呀，潘兄被赵云庆抢进府去了。我想赵云庆是有这个，潘兄没有那个，如何是好？不妨，想潘兄乃是文武解元，黑夜之中，能为做作，倒也不妨。归家庄上饮酒去罢。（科，下）（二喽啰、净上）（打【水底鱼】）（喽啰）城门紧闭。（净）吓，城门紧闭。今夜不是赵云庆死期，回转山寨。（打【水底鱼】）（二喽啰、净下）

（二家人扯小生引丑上）（付上）头哕有哉。（丑）那格，头哕有？会讲话个勿是头？那格哉？（付）阿阿阿阿哉，大爷，勿好哉！那里来之一班落拓无赖，拨我赖庄里个灯彩敲坏哉！（丑）可有话讲？（付）一些没有话。只要大爷一到，事体明白。（丑）好，走得过。（付）我唬杀哉，唬杀哉。（付下）（丑）阿哉家人，啥人拨我赖庄里个灯彩敲坏哉，好大个胆带。（家人）大爷拜堂，大爷拜堂。（丑）咳，庄里事体要紧，大姑娘啥地方藏之一夜，明日子拜堂。（家人）啥地方去藏？太太经堂？（丑）阿妈娘要骂个，勿好。（家人）大奶奶、二奶奶个房里头？（丑）咳，大奶奶、二奶奶个房里头？个二个狗花娘肚里头勿好过，要吃醋，勿好勿好。（家人）那么小姐个房里头好勿好？（丑）好个，好个。叫乳娘出来。（家人）乳娘，乳娘！（老旦上）大爷在上，老身叩头。（丑）走起，走起。（老旦）大爷叫我出来，有何吩咐？（丑）叫吔出来，喏，个大姑娘叫吔送到阿妹房里头，藏之一夜。（老旦）阿哉大爷，勿可害我淘气。（丑）勿会害吔淘气，叫阿妹管得牢。（老旦）呵，有数。（丑）同到庄头去。（二家人、丑下）（小生）妈妈，救命吓！（老旦）请起。我是救你不来的，我家小姐可以救你。（小生）那个小姐？（老旦）是我大爷的胞妹。（小生）小姐在那里？（老旦）在楼上绣房。（小生）到小姐绣房去。（科）（同下）（小旦上）（引）绣阁香闺女婵娟，无心诵读诗书卷。（白）奴家赵氏素梅，爹爹赵明夫，官居首相。哥哥赵云庆，不在家中勤读诗书，出外闲游，强抢良家之女。吓，哥哥，你好悔悟也！（老旦上）小姐，乳娘叩头。（小旦）乳娘起来。（老旦）谢小姐。（小旦）你上楼何事？（老旦）上楼非为别事，大爷抢了一个女子进府，送在小姐绣阁，安顿安顿。

（小旦）吓，怎么，哥哥抢了一位女子进府来了。（小旦）人品如何？（老旦）娉婷貌可夸，不像宰相家。人比水底月，可惜脚儿大。（小旦）年纪多少？（老旦）二十内外。（小旦）既如此，叫他上楼来。（老旦）大姐，叫你上楼来。（内）来了。（小生上）奸权生邪意，玷污又何妨。（老旦）见了我家小姐。（小生科）小姐在上，难女叩头。（小旦）起来。（小生）多谢小姐。（小旦）人品倒也过得，可惜这双脚儿大的。姑娘，可曾吃过夜食否？（小生）小姐吓，那里吃得下去？（哭）（小旦）乳娘，你下楼取茶过来。（老旦）晓得。（老旦下）（小旦）姑娘，你那里人氏？（小生）我是四元庄人氏。（小旦）怎么，四元庄人氏？闻得四元庄柳贡元家女儿，可是有的。（小生）原是有的。（小旦）柳家姐姐可识字否？（小生）柳家姐姐，原是知书识字，琴棋书画，描鸾绣凤，都是好的。（小旦）吓，怎么，琴棋书画都是俱全的？他有多少年纪了？（小生）柳家姐姐今年一十八岁了。（小旦）怎么，一十八岁了？请问姑娘多少年纪？（小生）奴家也是十八岁。请问小姐贵庚多少？（小旦）奴家也有一十八岁了。（小生）这等说来，三人同庚了。（小旦）三人同庚了。请问可有人家否？（小生）吓，不瞒小姐说，奴家有人家的。（小旦）许配那一家？（小生）吓，但是这个……（小旦）不要害羞，你且说来。（小生）许配藩王公子潘仁表。（小旦）他是皇家侯府，怎好配你乡间女子不成么？（小生）那潘郎婚姻自主。（小旦）可是从幼结亲的？（小生）不瞒小姐说，奴的婚姻，必须要自己看中的。（小旦）吓。（小生）小姐，你为何声声长叹？（小旦）姑娘吓！（唱）

【(昆腔)玉抱肚】薄命红颜，女千金不知良缘。好郎君伉俪和谐，奴终身未知何年？（白）你可见过潘仁表？（小生）怎的不见过？人人说他"潘美人、潘美人"，他的容貌，胜似女子一般。（唱）**娉婷袅娜定姻缘，郎才女貌女婵娟。**（科）（抱）

（小旦）住了。你是何等样人，闯入香闺，该当何罪？（小生）小姐不要惊慌，小生就是潘仁表。（小旦）怎么，你就是潘仁表？（小生）小姐不要叫喊，若还叫喊起来，有恐玷污香闺，相府门楣何在？就是小生性命，望小姐相救呵！（唱）

【前腔】容我直言，怪狂徒恁般显然。（小旦白）怎样进府来的？（小生）是你令兄与我扮的。(唱)**直恁的忒杀无知,这丰姿令人堪羡。**(小旦白)怎么,被我哥哥抢进府来的?(小生)令兄差人送进房来,这是天定良缘。(小旦)吓,哥哥,你好胡为也!(唱)**玷污了香闺门楣,好叫我身无主见。**

(白)既如此,公子请起。待我送到母亲经堂说明。(小生)令堂老夫人,见了小生,岂不要出恼的?(小旦)有奴担代,却也不妨。(小生)多谢小姐。(下楼)(小生)小姐吓!(同唱)

【前腔】无有主见,过东墙又到庭园。(小旦白)丫环开门。(付上)阿阿。(伸懒腰)外面叫开门,是那一个?(小旦)小姐到此。(付)可有灯亮?(小旦)有灯亮在此。请出太太。(付)待我请出太太。太太有请。(开门)(正旦上)(唱)**夜深沉何事高声,出中堂问个因缘。**(小旦白)吓,母亲吓!(正旦)儿吓!(唱)**何事盈盈泣杜鹃?**(小旦白)母亲,哥哥行事也!(唱)**劫抢多娇女婵娟。**

(小生)老夫人在上,小生潘仁表叩头。(正旦)住了。你是个女子,怎说潘仁表?(小生)老夫人,今晚灯篷下观灯,是你令郎说我潘美人,与我假扮女子,送进令爱房中。小生焉敢胡为,老夫人若还不信,问过乳娘,便知明白。(正旦)我儿快些回避。(小旦)早早到女儿房中来过了。(正旦)这遭完了。住了,大胆潘仁表,你在相府,玷污香闺,该当何罪?(小生)阿吓,老夫人吓!把晚生扮作女子,送进房中,必要害我性命,望老夫人相救。(正旦)秋菊,秋菊!(付打瞌睡,小旦拍醒)(付)咳噎!那格哉?那格哉?(正旦)叫乳娘进来。(付)晓得。呵!大户人家个饭是难吃,半夜三更,像拨算盘珠介拨来拨去。呵呵。(付下)(正旦)且住,想潘仁表一榜文武解元。(小旦)母亲吓,哥哥玷污女儿名节,待女儿寻个自尽了罢。(正旦)唔。(小生)小姐,这是使不得的。(内)乳娘快来,乳娘快来!(付、老旦上)(老旦)夜半三更,叫我何事?(付)我是勿来叫吭,太太叫吭,勿要淘气东哉。(付下)(老旦)太太在上,老婢叩头。(正旦)起来。大爷命你送女子小姐房中安顿,可是有的?(老旦)大爷抢了一个女子,叫我送到小姐绣阁,原是有的。(正旦)回避。(老旦下)(正旦)且住。想潘仁表王爵侯府,又是一榜文武解元,难道我小女天

定良缘到了么？（小生）咳，岳母。（正旦）我那贤婿。（小生）岳母，小婿有玉和合为聘。岳母请上，小婿拜揖。（唱）

【前腔】朱门叩瞻，恕无知凤世前缘。（小旦白）母亲，潘郎这样打扮，哥哥回来，这遭如何是好？（正旦）且是放心，将哥哥旧衣服，与他改换起来。（小生）谢岳母。（换衣科）（正旦）畜生，畜生，你不在书房攻书，出外闲游，强抢良家之女，枉为相府门楣。（唱）**这的是前定良缘，不然是被你赚骗。我今送他出门槛**①。

（白）咳，贤婿，你在我经堂过了一夜，明日送你出府便了。（小生下）（小旦）母亲，女儿今夜也在此。（正旦）你在此做什么？回避。（小旦）晓得。（小旦下）（正旦）咳，好女婿，好女婿！（下）

第十五号

丑（赵云庆）、老旦（乳娘）、小生（潘仁表）、小旦（赵素梅）、末（周全）、

正旦（郭氏）、付（杨文豹）

（二家人、丑上）（家人）大爷，天亮哉，天亮哉。（丑）俫困觉去，俫困觉去。（二家人下）（丑）乳娘那里？（老旦上）大爷叫我何事？（丑）抢进来个大姑娘要拜堂哉。（老旦）大爷，拜勿成哉。（丑）那格拜勿成？（老旦）太太得知，吡要打东哉。（小生、小旦上）（小生）小姐，小生去了吓。（小旦）公子不要去。（小生）去了吓。（末上）赵云庆敢是这个？（末扯小生逃下）（小旦下）（丑）呀，个是潘仁表，为啥来带我屋里？我里阿妹相送，周解元拉潘仁表，介奇杀哉，阿妈娘跟前问之一声。阿妈娘嗳！（正旦上）咳，畜生！（唱）

【驻马听】你好胡为，败俗伤风玷污香闺。（丑白）阿妈娘，吡为啥骂倪子？（正旦）你这畜生，抢来女子是谁？（丑）是乡下大姑娘。（正旦）就是世袭藩王公子潘仁表。（唱）**模糊事直恁昏迷，不察情关，倚势百为。**（白）你妹子到经堂寻死

---

① 此下单角本尚有"全府丫环不知是国"一句曲文，有讹误，故录于此。

觅活。(唱)**他是个知书达理女中魁,玷污清名污香闺。贞烈徘徊,贞烈徘徊,**
(丑白)后来那格哉?(正旦)为娘无计可施,只得将妹子终身许配潘仁表。(唱)
剔洗清名,男女婚配。(正旦下)

(丑)阿噫,许勿得个赖,我赖阿伯和伊赖爹有仇个赖。潘仁表,潘仁表,个
当便宜个事体,亏吥会做个嘘。(唱)

【前腔】满脸羞愧,(家人上)报,大爷,杨大老爷来拜会哉。(丑)嘿嘿,有帮手来
带哉!(唱)**赫赫封疆江南大位。**(白)开正门。(二手下、付上)(付)**奉命巡查,奸**
宄必追。(丑白)世兄请进。(付)世弟,待我拜见师母。(丑)且慢,且慢。阿妈
娘在经堂诵经,不要惊动与他。见礼,请坐。(付)有坐。(丑)世兄,我里阿伯
来东京里可好么?(付)老师在京,精神越老越壮。(丑)我里阿伯精神越老越
壮,小弟在家被欺辱了。(付)世弟乃是乡党第一,谁人敢欺?(丑)就是藩王公
子潘仁表。(唱)**乡党直恁乱胡为,强暴横霸逞神威。欺辱门楣,欺辱门楣,广**
结凶命,滔天势威。

(付)世弟且是放心,待俺回衙,差外班捉拿潘仁表到案,治罪便了。(丑)世
兄,请到后堂开宴。(付)衙内有事,就此告别。(唱)

【尾】刁民滑讼心昧,见咱时肝胆有亏。(白)打道。(手下)有。(二手下、付下)
(丑)潘仁表,潘仁表,赵大爷有帮手来哉,我要得吥斗斗个。(唱)**要将你食肉**
啖皮骨化灰。(下)

第十六号

净、外(公差),末(周全),小生(潘仁表),丑(文童)

(净、外上)(净)刑台听使令,(外)辕门候传宣。(净)伙计,你我奉抚院大老爷
之命,前去押传潘仁表,为四元庄赵府一家案。想那家俱有势头的,他又
是文武解元,若将朱牌拿出,不使你我见面,人又拿不到,银子又挣不来,
如何是好?(外)且是放心,我有计会在此:朱牌拿来藏过了,有请帖一个,

请到辕门，可以拿得。(净)果然好计。正是，计会要宛转，(外)公门可发财。

(净、外下)(末、小生上)(同唱)

【(昆腔)东瓯令】①**无知贼，乱胡为，不法当场有傀儡。灯篷劫抢进绣帏，强逼成婚配。**(末白)潘兄，你被赵云庆抢进府去，怎样行为？(小生)兄吓，弟被他抢进府中，又恐看破，正在忧虑，有家人来报，说庄上吵闹，灯彩尽已打坏。那赵云庆，将我送到妹子绣阁，他往庄上去了。(末)被小姐看破，还当了得？(小生)小姐竟看破了。(末)后便怎样？(小生)小姐将我送到老夫人经堂呵！(唱)**联姻不辱那香闺，天晓出绣帏。**

(净、外上)(净)离了藩王府，(外)来到四元庄。(同白)那一位在？(丑上)外面那一个？(净、外)杨抚院公差，要见你家大爷。(丑)站着，待我通报。大爷，大爷，外面杨抚院公差要见。(小生)新任杨抚院，差人到来何事？(末)他新上任官儿，必定有酒相请了。(小生)回复他去，说我不在。(末)且慢。那有回来差之理？(小生)着他进来。(丑)晓得。唅，我里公子话过哉，叫你们自家走进来。(净、外)吓，大爷在上，小的叩头。(小生)起来。到来何事？(净、外)奉大老爷之命，有帖儿在此，请大爷观看。(小生)文童，取大衣，到抚院衙门一走。(丑)晓得。(末)弟就此告别。(小生)慢去。(末)暂时分别去，(小生)少刻又重逢。(末下)(净、外)大爷还是轿，还是马？(小生)不用轿，不用马，步行的好。二位请。(净、外)大爷请。(小生唱)

【前腔】离庄园，进城围，邀酒辕门恐相催。他行富贵身荣显，作事好徘徊。(净、外白)大爷，已到辕门了，请挽步。大老爷有催帖在此，请大爷观看。(小生)"纠集凶霸，打闹花灯"，吓，这是何人告的？(净、外)相府公子赵云庆告的。(小生)可恼，可恼！(唱)**狂徒敢犯泰山威，公堂有证对。**

(白)文童，你到四元庄，请周相公和那柳老先生到来，叫他这纸伏状带了

---

① 本出两支【东瓯令】，195-1-51 小生本较别本准确，且标有板式符号，据以校录。末本中，光绪后期张廷华《四元庄》等末本(195-1-32)及《一盆花》等末、外本[195-1-130(1)]仅标有"唱"字，而"俞和尚记"《四元庄》末本(195-1-115)标有蚓号，则亦有改唱调腔者。

来。(丑)晓得哉。我里相公又要吃大官司哉。(丑下)(内)外班听着:今日杨大老爷新到任,喜坐内堂,不喜坐外堂,请来人桂花厅少坐片刻,吩咐传点开门。(净、外)大爷,大老爷吩咐下来:喜坐内堂,不喜坐外堂,请来人桂花厅少坐片刻。(小生)料他不敢坐外堂。(净、外)吩咐传点开门。(下)

第十七号

付(杨文豹)、净(公差)、小生(潘仁表)、丑(赵云庆)、末(周全)、外(柳思乔)

(【大开门】,吹【过场】,四手下上)(付上)(引)职授江南,威名谁不敬瞻?(诗)赫赫威名如山重,威风凛凛谁敢当?一声吼喝如雷霆,管叫刁民魂胆丧。(白)本院杨文豹,职授江南巡抚。潘仁表纠集凶霸,夜闹花灯,命外班前去捉拿,怎么不见回报?(净上)报,听差。大老爷,潘仁表拿到,请爷朱牌。(付)传潘仁表。(净)呔,传潘仁表,传潘仁表。(小生上)岂有此理!做什么?(净)大爷,要报门哉。(小生)这里不是吏部堂上,又不是五凤楼前,报什么门!(净)报,潘仁表。(小生科)站开。(净)是,是。(净下)(小生)大人在上,春元潘仁表,大礼相参。(付)咳!(手下)吹!(付)潘仁表,你是王爵侯府,又是一榜文武解元,难道不晓王章国法?(小生)大人,春元虽则不才,世袭公爵,叨占文武解元,王章岂有不晓?国法岂有不知?(付)既晓王章国法,不该纠集凶霸,夜闹花灯。(小生)春元纠集凶霸,夜闹花灯,这是何人告的?(付)就是相府公子赵云庆。(小生)吓,赵云庆告春元的?(付)你在乡党纵横,他不得不告。(小生)大人,若说赵云庆,倚父之势,妄作胡为,劫抢儒门之女。(付)劫抢何人之女?(小生)劫抢柳贡元之女。春元不平,以公解危。挟仇诬害,望大人详察。(付)劫抢柳贡元之女,与你何干?(小生)那日女子,被赵云庆抢去,众目皆知。春元若不解救,女子贞烈,被他玷污。(付)难道没有地邻、乡党公论的么?(小生)地邻、乡党见赵云庆势大叩天,怒而不敢言。非是潘仁表,不能除之恶贼。(付)唓!(手下)吹!(付唱)

【甘州歌】**直恁猖狂，犯法违条不守纪纲。**（小生白）大人，春元有名姓于孔圣门墙，无罪于公案法堂。大人不察礼制，辄①用朱牌拘拿春元，纪纲不好紊乱乎？（付）你不该纠集凶霸，夜闹花灯。（小生）纠集凶霸，夜闹花灯，何人见证？（付）但是这个见证么……（小生）吓，看来是老大人了。（付）嘈！（唱）**言语不必冲撞，公案中彻敢胡妄。**（小生白）公案中？请问大人，拘拿春元到来何事？（付）提你到来治罪。（小生）春元无罪。（付）纠集凶霸，夜闹花灯，岂不是罪？（小生）何人原告？（付）相府公子赵云庆。（小生）既是赵云庆原告，原告不到案，大人，如何一个问供吓？（付）但是这……来。（手下）有。（付）传外班。（手下）大老爷传外班。（净上）在。（付）外班，有帖儿一个，火签一支，叫赵云庆到来。速去！（净）嘎！（净下）（小生）大人，赵云庆告春元纠集凶霸，夜闹花灯，却无见证。春元状告赵云庆，劫抢儒门之女，还有见证，还有凭据。（唱）**纵横无忌押②乡党，一众豪奴抢红妆。有见证，在当场，地邻谁不气劳攘？伶仃女，受惨伤，亲伯思乔可对公堂，可对公堂。**

（净上）报，听差。赵云庆传到。（付）请相见。（小生）且慢。法堂上，"请"字何来？（净）要传哉。呔，传赵云庆，传赵云庆。（丑上）啐，什么意儿？（净）要报门了。（丑）不要报。（净）报，赵云庆。（丑科）嘈！（净）阿唷吓！（净下）（丑）大人请正坐，学生赵云庆大礼相参。（付）免。（小生）赵云庆，这是风宪公，你有何前程③，还不屈膝？（丑）我父当朝阁老，学生阁老公子，法堂上勿用屈膝。（小生）你父虽是当朝阁老，你总总是白丁。你父也有教子无方之罪。大人，朝廷之礼，岂可紊乱乎？（付）唔。赵云庆跪着。（末、外两边暗上）（丑）啥个白丁红丁，要跪只管跪，我不搭睬比了。（付）潘仁表跪着。（小生）春元无罪。（付）赵云庆，"纠集凶霸，夜闹花灯"，你待怎讲？（丑）个笔案是

---

① 辄，单角本作"劫"，今改正。

② 押，同"压"。后文第三十六号【江头金桂】第一支："赵云庆武杀纵横，仗势压乡党。"单角本"压"一作"押"。

③ 前程，指功名。

有个。(付)两下对来。(小生)吓,蠢才,蠢才! 我潘仁表,保你相府门楣,若说你府中之事,你羞也不羞?(丑)潘仁表,呒勿该叫之一班落拓无赖,拨我庄头灯彩拷坏,呒还要抵赖么?(小生)你抢良家之女,该当何罪?(丑)个是介一句。(小生)大人,那赵云庆,诬告春元,不消说得。他劫抢儒门之女,现有凭据,现有中保,现有伏状。(付)待本院出牌拘拿。(小生)不用大人费心拘拿。(科)周兄、老先生,你二人进来质对。(末)老先生。(外)周兄。(末)潘兄。(外)恩公,这纸伏状带在。(末)好,一同前去质对。老先生请。(外)当堂与他质对。请。(末)大人请正坐,周全大礼相参。(外)大人在上,生员柳思乔大礼相参。(付)嗐! (手下)吠! (付)案上无名,前来胡闹。(外)唔,糊涂,糊涂。(末)大人差矣,春元虽则不才,乃辛丑科一榜解元。大人受朝廷爵禄,纪纲岂可紊乱? 此乃礼不正也,礼不正也。(付)哼! (外)大人,生员虽则不才,也是黉门中秀士。赵云庆劫抢侄女儿,多感潘解元解危,也有周解元的中保,若还不信,喏,喏,赵云庆亲写伏状,当堂质对。(丑插白)这纸伏状还带来。(外唱)

【前腔】堪怜贫女苦悲伤,昼夜的如何抵挡? 他纵横无妄,滔天势压昂昂。(付白)赵云庆,这纸伏状,你待怎讲?(丑)阿哉大人,这纸伏状,是潘仁表买通老毡养,和周解元造起来作弄我个。(末)咳,赵兄,这个中保,如是你买我做的,我周全岂肯与你做中保来?(唱)言三语四多调谎,一众豪奴抢红妆。(付白)周解元。(末)大人。(付)听你说来,这中保是你?(末)是春元。(付)见证又是你?(末)也是春元。(付)这场公案,两造都是现任朝官,下官难以定案。(小生)大人受朝廷爵禄,执法无私,望大人公断。(末)潘兄,大人是仕途上贵客,少不得自有公断。(外)大人断个断,判个判。(付)公断? 但是乡党者,必须要和睦也。两造诬告,俱已不准,罚赵云庆银子一千,以修儒学。(小生)且慢。大人,赵云庆是个白丁,岂肯拿出千两银子,修造儒学?(付)下官代结。(小生)大人代结,春元敢不遵命? 此事便宜了赵云庆。(丑)便宜,便宜。(外)大人,来来,还了生员这纸伏状。(付)这纸伏状,乃是无用之物,要他何用?(外)

大人，你那无用的，生员是要紧的东西。（付）你就拿去。（外）生员告退。（末、小生）春元告退。（外、末、小生唱）**非敢我，来鲁莽，三法公堂闹一场。出辕门，喜洋洋，古圣先贤真作养**①。（外、末、小生下）

（付）封门。（手下）呵！吠！（四手下下）（付唱）

【尾】**公言处王法堂，诬告真情虚状**。（白）世兄请起，受惊了，受惊了。（丑）吪得我歇哉，前番吪来哼我屋里，吪话"世兄吃官司，我帮得吪"，个遭坐起堂来，一双眼睛碧绿，认呀认勿得哉。吪罚我一千两银子，那哼来东罚罚呢？（付）世兄，你告潘仁表纠集凶霸，打闹花灯，既无见证，又无中保；他告你劫抢儒门之女，你原写有伏状，周解元是中保、见证。这场公案，罚你一千两银子，大大便宜了你。（丑）还话便宜，还话便宜。（付唱）**你忒杀胡为，抢女有伏状**。

（白）世兄，请到里面有酒。（丑）走进去。阿谁个烂嘴，要吪个老酒？（付）糊涂，糊涂。（付下）（丑）个种上手官司会输脱，个当糊里糊涂个人好做官个？我写一封信禀告阿伯知道，个官革其还，做勿来个。（下）

第十八号

贴旦（柳弱美）、外（柳思乔）、末（周全）、小生（潘仁表）

（贴旦上）（唱）

【桂枝香】愁绪宁耐，公庭闹垓。**顿令人难诉衷情，平空的祸起飞灾**。（白）奴家柳氏弱美，恶贼首告潘恩公，为此伯父拿了伏状，公堂质对。（唱）**奸刁凶悖，奸刁凶悖，倚势欺人，百般丑态。心疑猜，红日西山下，怎不转门台，怎不转门台？**（贴旦下）

（外、末、小生上）（同唱）

【前腔】证事公堂，大义正派。**公言处玉石分清，三法堂泾渭两开**。（外白）二

---

① 作养，栽培，培植。句意谓古代圣贤的言行能培养人，潘仁表、周全、柳思乔三人读书明理，进而胜诉。

位恩公,来此寒舍,用了茶去。(末、小生)天色已晚,明日再叙,就此告别。(同唱)**归兮分袂,归兮分袂,顷别尊前,步履苍苔**。(外白)有送。(末、小生下)(外唱)**急回归,霎时心惊战,急速叩门柴**①**,急速叩门柴**。

(白)侄女儿开门!(贴旦上)(唱)

【前腔】**正虑亲谊,蓦听归来。忙移步急启双扉**,(白)伯父吓!(唱)**去公庭便人惊骇**。(白)伯父回来了,侄女儿万福。(外)侄女儿罢了,坐下。(贴旦)伯父,恶贼赵云庆首告潘恩公,怎样的了?(外)侄女儿,有道"两句书,不可不读"。伯父在公堂上,有多少体面。(唱)**冠裳秀才,冠裳秀才,一个是孔圣门墙,一个是白丁无赖**。(贴旦白)首告什么?可有凭证?(外)那个不能,不能。他首告潘解元一案,纠集凶霸,打闹花灯,无凭据。潘解元告赵云庆劫抢儒门之女,周解元中保,伏状当堂一对,他就输了。(唱)**他跪尘埃,无言来分辩,罚银修儒学,罚银修儒学**。

【前腔】(贴旦唱)**闷萦怫郁,愁眉顿开。一任他邪意纵横,难逃却秦镜高台**。(外白)侄女儿,伯父出了辕门,心惊胆战,不知是何故也?(唱)**难安难耐,难安难耐,为甚的恍惚精神,兀的不心惊胆骇**。(贴旦白)伯父常在家中,苦守书本,从没有到辕门,故而心惊肉跳。(同唱)**暗疑猜,有日风云会,蔑却恶狼豺,蔑却恶狼豺**②。(下)

---

① 门柴,195-1-147吊头本作"柴(柴)门",今乙正。另,此句单角本作"即便叩双怀(环)"。

② "暗疑猜"至"恶狼豺",195-1-147吊头本为贴旦唱,曲文"〔虎〕爪桃(牌),吼声如霹雳,国法正风流"。贴旦本一本无此曲文;一本末句作"辕门受惊骇",余同吊头本。今从外本。蔑,削除,消灭。

第十九号

丑（赵云庆）、付（计如亮）

（丑、付上）（丑）咳！（付）阿哉大爷，一场官司那格哉？（丑）勿要话起，一场官司，前半场赢个，后半场拿来输脱哉。（付）大爷，那格，后半场会输脱呢？（丑）那格输去？后半场有柳思乔个老毡养拿之一纸伏状，公堂一对，原有周解元中保、见证，劫抢儒门之女，三人一禀，无话可讲，输脱哉。（付）个样输脱个。（丑）官司输还勿要话起，还要罚银子一千，修造儒学，你道我气勿气！（付）大爷，介末拿来翻梢。（丑）老计！（付）大爷！（丑）那格翻翻梢，呃倒想想计策看。（付）让我想想，断命计谋。（丑）那格断命计策，呃话得来。（付）大爷，依得我，个老毡养，杀伊还好哉。（丑）老计，那格？杀人要抵命，我抵命，还是呃抵命？（付）勿要我抵命，也勿要呃抵命。（丑）介末谁来抵命？（付）大爷，喏！（念）计如亮，计谋巧，连夜去打刀，刀上刻名号。夜杀柳思乔，陷害潘仁表。去到县里告，老爷出拘票。索落一链条，吊之公堂到。一夹棒，四十拷，怕个娘杀勿画招。要伊落监牢，大爷得个女娇娇，鸾凤交，琴瑟调。（丑）唪！哈哈，老计，我打刀去，呃去杀去。（下）

第二十号

外（柳思乔）、贴旦（柳弱美）、付（计如亮）、净（地方）、老旦（地邻）

（起更）（外上）（唱）

【园林好】夜更阑人静悄悄，读文章、心意焦燎。为甚的意乱如麻，心如箭腹如剖，心如箭腹如剖。

（贴旦上）（唱）

【前腔】拈针指彷徨乱扰，又听得、长叹声高。免愁烦耐却心田，辛勤苦费神劳，辛勤苦费神劳。

（白）伯父，侄女儿万福。（外）侄女儿罢了，坐下。（贴旦）谢伯父，告坐。（外）夜静更深，出来何事？（贴旦）伯父，侄女儿在房针指，听得伯父声声长叹，为此出来一问。（外）伯父今夜不知何故，心惊肉跳，安睡不宁，为此拿本书来看看，随手拿来一本《洗冤录》。（贴旦）伯父，诗书上那有这本书？（外）这是你爹爹在刑部时要用的。（唱）

【江儿水】他恣意纵横，势败儒业交。奸徒强霸忒凶豪，（白）我想赵家与潘家有仇，都是我故也。（唱）**冤恨切齿怎肯饶，仇恨深深难解交。伶仃无依无靠，万闷千愁，只恐我肩占独挑，肩占独挑。**

（贴旦）伯父，那赵家与潘家有仇，为侄女儿身上而起吓！（唱）

【前腔】血海冤仇恨，切齿不相饶。仇恨深深难禁架，（白）我家守分之人，有什么不祥之兆？（唱）**两下抱恨抵多少，堪悲父女何时了。**（外白）侄女儿，夜已深了，好进去睡了。（唱）**看将来等不到天明了，夜静更深，不觉的神魂颠倒，神魂颠倒。**

（贴旦）伯父，你进去睡了。（同下）（付上）老，老先生开门！（内）来了！（外上）（唱）

【玉交枝】模糊声叫，何事到蓬茅①？（内白）伯父！（外）侄女儿。（内）外面夜半三更，有人来叫开门，问个明白，方可开门。（外）吓，此言不差，夜半三更开门，必须要问个明白。外面开门是那一个？（付）我乃是潘府丫环，有事相请。（外）怎么，潘府丫环，有事相请？想是此案发作了。（唱）**匆忙急事来相邀，这其中公案反招，公案反招。**（白）潘家大姐，你在外面，老汉来开了。（科）潘家大姐请进，请进。没有，想是老汉心昏之故。（科）（死）（贴旦上）（唱）**何事喊叫痛悲号？**（科）（白）阿呀，伯父吓！（唱）**令人一见魂魄飘，血淋淋钢刀刺着。**

（白）伯父吓！（唱）

【五供养】声声高叫，是何人行凶一刀？快将名和姓，说与儿知道。（白）阿呀，

---

① 此句单角本作"听太得忙茅"，有脱误，今从 195-3-92 整理本。

不好了！（净、老旦上）（同唱）**蓦听心惊，黑夜里行凶强暴**。（白）大姑娘，为着何

事？（贴旦）我伯父被人杀了。（净、老旦）杀在那里？（贴旦）杀在这里。（净、老

旦）阿吓，老先生吓！（同唱）**浑身来血染，气绝命儿夭。关天人命，祸事非小，**

祸事非小。

  （白）快些叫计先生出来。计先生，走出来。（付上）呵呵呵。（净、老旦）老计，

  勿好哉！（付）那格哉？（净、老旦）老先生被人杀死了。（付）那格，老先生被

  人杀死了？杀在那里？（净、老旦）杀在这里。（付）阿呀，老先生吓！（唱）

【前腔】贴邻旧交，讲诗书仗你提调。今夜何故杀，凶手何名号？（白）凶手可

有？（净、老旦）凶手没有。（付）大姑娘，怎样将你伯父杀死？（贴旦）我伯父在中

堂看书，外面有人叫开门，开门便杀。（唱）**奇祸骤招**，（付白）可问他名姓呢？（贴

旦）他说南庄潘府丫环，有事相请。（唱）**便开门人无踪杳**。（付白）南庄潘府丫环，

有事相请，呵，是介个，来带哉，必定是潘仁表杀个。（净）是吓！（老旦）晤得我歇

哉，潘解元与老先生知己情投，勿会杀个。（付）晤二位那里晓得？（净、老旦）晓得

什么？（付）潘仁表见大姑娘生得好，老先生来东，进出勿来，故而生下一计个。

（唱）**要图风月债，家有女妖娆。黑夜里行凶，喊声远逃，喊声远逃**。

  （净、老旦）怎见得？（付）晤勿相信，杀人个心来得慌，恐有凶器失落，寻寻看。

  （净）寻寻看。凶器有的，一把刀。（付）刀上有字来带，"潘仁表"，实是潘仁

  表杀个。（贴旦）呷吓，伯父吓！（唱）

【川拨棹】事蹊跷，早难道薄幸闹？可怜你横祸来遭①，可怜你横祸来遭，去幽

冥冤恨怎消？为我身受餐刀，冤家的心忒枭。

  （付）大姑娘不必啼哭，报官去。（净、老旦）一些不差。（净、老旦、付唱）

【前腔】当官告，有凶手潘仁表。黑夜里夜杀思乔，黑夜里夜杀思乔，恶贼的

蛇蝎心忒枭。地方上祸来招，有凶手潘仁表。（净、老旦、付下）

  （贴旦）伯父吓！（唱）

————————————

  ① 横祸来遭，抄本作"遭此横祸"。

【尾】肝肠裂碎小奴娇,父在京都路远道。(白)阿吓,伯父吓!(唱)**见你形骸我心胸似煎熬**。(下)

第二十一号

末(周全)、小生(潘仁表)、老旦(陆氏)

(末上)忙将紧急事,急步到侯门。潘兄快来!(小生上)何事唤声急,周兄,又缺礼相迎。(末)潘兄,你可知西庄之事?(小生)昨日回府问安,庄园之事,倒也不知。(末)柳老先生被人杀了。(小生)吓,何人杀的?(末)他说潘府丫环有要事相请,开门便杀,凶器上有你的名字。(小生)怎么,有我名姓?我也明白了。(末)明白什么?(小生)一定是赵云庆这厮。(末)怎见得是赵云庆杀的?(小生)他在公堂受亏而去,挟仇在心,所以夜杀思乔,诬害移祸。(末)兄吓,这事人命关天,还须要远避才是。(小生)吓,兄吓!(唱)

【剔银灯】些须事何得愁烦,最堪怜、思乔命残。恨杀凶徒来诬陷,到公堂任他巧计扮。(末白)兄吓!(唱)**休把公案来轻看,还须要避祸天关,避祸天关**。

(老旦上)(唱)

【前腔】蓦闻得去意阑珊,这公案难取情关。(白)儿吓,为娘在里面听得明白,西庄柳老先生被人杀死,凶器上有我儿名姓,还须要远避才是。(唱)**王法无情休轻慢,可不道难撤铁案**。(小生白)母亲吓,赵云庆如此胡为,孩儿若还避他,此案成实的了,亦且县家另生枝节。(唱)**男儿挺身投案,论英雄除暴灭残,除暴灭残**。

(白)周兄,我若避之,连累柳家女子,反有污名的了。(末、老旦)如若到公堂,与他怎样辩论?(小生)这有何难。前有公断赵云庆,挟仇夜杀思乔,诬害与我。(唱)

【尾】桩桩件件成铁案,一任他剑戟刀山。(白)母亲!(唱)**安心何必挂愁烦?**

(二手下上)你可是潘仁表？(小生)然也。(手下)锁着。(小生)谁敢？岂有此理！(下)

第二十二号

丑(吴江县)、贴旦(柳弱美)、小生(潘仁表)、付(计如亮)、净(地方)、老旦(地邻)

(二手下上)唔呵！(丑上)(引)执法公庭,律案森森不容情。(诗)听得堂鼓咚咚敲,坐起堂来心胆摇。两造都是相侯府,我的魂灵透九霄。(白)下官吴江县胡室,只为潘仁表夜杀柳思乔,下官检验尸首,果然刀伤是实。差外班捉拿凶手潘仁表,怎的不见回报？(二手下上)人犯拿到。(丑)来,将人犯一概带进。(手下)人犯一概带进。(贴旦、小生、付、净、老旦上)(丑)人犯听点。(众)候点。(丑)苦主柳氏。(贴旦)有。(丑)凶手潘仁表。(小生)春元。(丑)贴邻计如亮。(付)监生。(丑)地方。(净)有。(丑)地邻。(老旦)有。(丑)人犯一概下去,原告站着。(小生、付、净、老旦下)(丑)柳氏,潘仁表怎样将你伯父杀死？(贴旦)爷爷,我伯父在中堂看书,夜半三更,外面有人叫开门,开门便杀。(丑)可问他的名姓？(贴旦)他说潘府丫环,有要事相请。(丑)这一句说来,一定是潘仁表杀的。(贴旦)爷爷,潘解元与我伯父,知己情投,岂肯夜杀？(丑)哼！你这个小女子,反为凶手抵赖。本要治你的罪名,难为你轻轻年纪,伯父死在堂上,无人照管。来,传贴邻计如亮。(手下)传计如亮。(付上)大老爷,计如亮在。(丑)计如亮,带这女子回去,照顾伯父尸首去罢。(付)大姑娘,居去,居去。(贴旦)阿呀,伯父吓！(贴旦下)(付)阿呀,老先生吓！(手下)呒哭啥？(付)老先生被人杀死,我那格勿要哭。(手下)要哭末要县堂外面去哭,县堂里哭勿来个。(付)那格话,哭勿来个？哭勿来我就歇。(付下)(丑)传地方、地邻。(手下)传地方、地邻。(净、老旦上)有。(丑)地方、地邻,杀死柳思乔,你们怎么知道？(净、老旦)老爷,夜半三更,那柳氏叫喊起来,说道有强梁杀人,小的开门起来一看,那凶手不见,只有那凶器

在尸首旁边。(手下)凶器呈上。(丑)凶器归库。(手下)凶器归库。(内)凶器
归库是实。(丑)你们下去,传潘仁表。(净、老旦下)(手下)传潘仁表。(小生
上)老父台,春元在。(丑)哼!潘仁表,你是王爵侯府,又是一榜文武解元,
将人杀死,难道不知王章国法?(小生)老父台,春元与思乔,情投知己,何
故夜杀?苦主不供凶手,倒是老父台,要春元供出凶手么?(丑)你与柳思
乔既是知己情投,不该将他杀死。(小生)既是我杀,岂肯将刀遗失尸旁?
分明有人挟仇,杀命诬害与我。(丑)你总不该将他杀死。(小生)我乃世袭
之后,杀人岂有肝胆?(唱)

【驻云飞】暗地凶谋,怎不容人来分剖?(丑白)你是杀人凶手,谁人与你分剖?
来也!(唱)**公案无私曲,国法岂容谬?**(小生白)这是命案,你不要看差了人。
老父台,赵云庆劫抢儒门之女,春元不平,以公解危。抚院案下,罚银受亏,
诬害春元,有思乔拿了伏状质对,仇恨在心,故此刀上刻我名姓,诬害春元。
老父台,何不提赵云庆到来,与春元质对?(丑)他好好在相府,岂肯与你质
对?(小生)吓!(唱)**喋!笑你枉为百里侯,相府门楼。**(丑白)下官要动刑。(小
生)吓,你要动那一个刑?(丑)动你的刑。(小生)住了。你不过县令,敢打我文
武解元不成?(丑)不打你文武解元,打你杀人凶手。打打打!(小生)咳!(唱)
发柱冲天,怒气冲牛斗。吵闹公堂我追求。(科)

（丑）呀,大胆潘仁表,杀人凶手不假,吵闹公堂是实。来,将他去了头巾,上
锁到抚院衙门投递者。(唱)

【尾】怒轰轰气吼吼,急上辕门诉情由。(白)吓,潘仁表,潘仁表!(唱)**忒杀纵
横骂不休,纵横骂不休。**

（小生打丑,手下阻拦,同下）

第二十三号

付（杨文豹）、丑（吴江县）

（二手下、付上）（引）理事抚院,纪纲谁不敬尊?（白）本院杨文豹,蒙恩师提拔,坐镇江南。前者罚赵云庆银子一千,以修儒学。噢嚯,潘仁表阿潘仁表,你不犯在我手里,倒也罢了,有事犯在本院之手,岂肯饶你也!（内）报上。（手下）所报何事?（内）吴江县叩见大老爷。（付）传吴江县进见。（手下）大老爷传吴江县进见。（丑上）杀人可恕,情理难容。大老爷在上,吴江县叩头。（付）吴江县少礼,看坐。（丑）谢大老爷,告坐。（付）吴江县,为何冠带不正?（丑）咳,大老爷!（唱）

【锁南枝】他倚豪势,胡乱吒,乡党纵横恶奸邪。人命慢休提①,知法又犯法。闹公堂,吵官衙;忒欺凌,声詈骂,忒欺凌,声詈骂。

（付）吵闹公堂,是那一个?（丑）就是藩王公子潘仁表,杀死柳思乔,他仗文武解元之势,吵闹公堂,不遵王法,将下官殴打。（付）可恼,可恼!（唱）

【前腔】恨无知,势王家,敢把官员来欺压。官道尚纵横,乡党岂容他②。滔天势,酷法可任咱;这命案黑夜杀,怕他不招画,怕他不招画。

（白）贵县,你且将人犯带到辕门侍候,听本院复审。（丑）谢大老爷。（丑下）（付）来。（手下）有。（付）速提柳氏到来复审。（手下）得令。（下）

第二十四号③

贴旦（柳弱美）、外（公差）

（贴旦上）（唱）

---

① “提”字 195-1-147 吊头本脱,据文义补。

② “乡党”下 195-1-147 吊头本残剩“山”旁,当为“岂”字,据文义补作“岂容他”。

③ 单角本无本出。又,【哭相思】前 195-1-147 吊头本有“老〔旦〕上白”字样,195-3-92 整理本无相应内容。

【二犯朝天子】①痛苦伤心裂断肠，孤女无依好悲伤。亲在京都功名望，这凄凉夜杀无常。问案累及世袭裔堂堂。(白)奴家柳氏弱美，伯父被人杀死，尸骸还未殡葬。这案件陷害潘郎，父在京都，那知女儿遭此大变也！(唱)说什么轻干功名如反掌，家下兄命亡。儿去公堂无靠傍，羞脸红桃无主张。见潘郎少年志气昂，看他口供快又爽。

(外上)(唱)

【不是路】迤逦荒凉，一派周旋到西庄。叫大姐，即速前去到公堂。(白)大姐，这公案抚院大老爷提案复审，速到公堂。(唱)休迟慢，辕门即速候讯究，啼痕休得泪汪汪。(贴旦唱)好惊慌，奴是孤子伶仃，无依傍辕门那厢。

(外)大姐，随俺来。(贴旦)差爷吓！(唱)

【哭相思】不幸女遭此魔障，痛亲谊命犯杀伤。可怜年老横轻丧，形骸的耽搁露棺圹。香闺女累遭法网，羞杀我二八年芳。咳！此去严刑公案，好叫我魂飘魄荡。(下)

第二十五号

付(杨文豹)、丑(吴江县)、外(公差)、小生(潘仁表)、贴旦(柳弱美)、

老旦(地邻)、净(地方)

(【大开门】，吹【过场】，四手下上)(付上)(引)怒满胸膛，忒杀猖狂。(白)本院杨文豹，前者潘仁表吵闹吴江县公堂，本院今日坐堂审问。来，传吴江县。(手下)传吴江县。(丑上)报，吴江县。报，吴江县。大老爷在上，吴江县大礼相参。(手下)喔呵，喔呵，喔呵。(付)免。(丑)谢大老爷。原载口供、杀伤凶

---

① 　此曲 195-1-147 吊头本题作"二犯天□"，第四字形似"四"，《调腔乐府》定为"如"。195-3-92 整理本有朱笔改题【二犯朝天子】，近是，今从之。《双报恩》第十六号【二犯傍妆台】，光绪三十年(1904)"潘保金读"付本(195-1-41)作"二犯妆台"，此或亦省一字。

器,一并呈上。(手下)原载口供、杀伤凶器,一并呈上。(付)凶器归库。(手下)凶器归库。(内)归库是实。(付)吴江县回衙理事去罢。(丑)谢大老爷。(丑下)(外上)大老爷,人犯一概带到,交还令箭。(付)来。(手下)有。(付)将人犯一概带进。(手下)人犯带进。(小生、贴旦、老旦、净上)(小生)无故陷阱,(贴旦)痛苦伤心。(老旦)地方干预,(净)忙坏贴邻。(同白)众人犯叩头。(付)人犯听点。(众)有。(付)苦主柳氏。(贴旦)有。(付)凶手潘仁表。(小生)春元。(付)地方。(净)有。(付)地邻。(老旦)有。(手下)潘仁表有锁。(付)去锁。(手下)去锁。(付)人犯一概下去,原告站着。(小生、净、老旦下)(付)柳氏上来。你伯父怎样杀死的?(贴旦)爷爷,我伯父在中堂看书,夜半三更,外面有人叫开门,开门便杀。(付)"南庄潘府丫环"这一句可是有的?(贴旦)这句没有的。(付)哼!你这女子,你伯父被人杀死,反为凶手抵赖。本要治你的罪名,难为你伯父死在堂上,无人照管尸骸,好生回去,照管尸骸去罢。下去。(贴旦下)(付)传地方、地邻。(手下)传地方、地邻。(净、老旦上)有。(付)地方、地邻,你们可是原供?(净、老旦)小的们是原供。(付)下去。(净、老旦)谢大老爷。(净、老旦下)(付)传潘仁表。(手下)传潘仁表。(小生上)春元。(付)潘仁表,你为何不下跪?(小生)无罪。(付)从实招上,免受刑罚。(小生)赵云庆挟仇夜杀,陷害春元。(付)凶器上刻你名姓,还敢抵赖不成?(小生)赵云庆为伏状罚银,大人公断,挟仇在心,夜杀思乔,凶器上刻我名姓。(付)来,捆打四十。(小生)住了。凶手乃是赵云庆,敢打王府侯爵、文武解元?(付)不打你王府侯爵、文武解元,打你杀人凶手,吵闹吴江县公堂。与我打!(唱)

【(昆腔)梁州序】①你只道犯罪那狂徒,挟仇折挫,全不知皇皇国法无私曲。反

---

① 此曲实为集曲【梁州新郎】。《调腔乐府》卷三收有此曲,曲牌名"梁"误作"扬",且订作调腔,曲文为:"你把犯罪那狂徒,据(拒)推全不知,堂堂国法难容情,反将那凶手抵赖。(白略)一味严刑酷拷,陷无辜公堂受屈。欺君皇诬诈朝廷,作恶也受此魔障,正是公堂屈断。(白略)情不罢来狂倚情,风宪名儿轻,将人入罗网,将人入罗网。"本曲首句和"反将"句据《调腔乐府》校补。"反将那凶手抵赖"下尚有一句,195-1-147 吊头本末尾残剩一"羕"字。

将那凶手抵赖。(手下打小生)一十，二十，三十，四十，打满。(付)招不招？(小生)招什么？(付)呀，还有这等强口，将他夹起来。(手下夹小生)(付)将他收。(手下)收。(付)再收。(手下)再收。(小生)愿招。(手下)愿招。(付)松了夹棒，画招上来。(小生)吓，杨文豹，杨文豹！你奸相保举江南抚院，原为奸相羽翼，我潘仁表一死何惜，江南百姓尽遭荼毒也！(唱)**一味严刑酷拷，以私仇报，诬陷坐罪辜。朝廷作养也受折磨，正是公言在你所**①。(手下白)画招呈上。(付)呀，不画招倒也罢了，反辱骂本院，本院与你做个对头。重夹起来！(小生唱)**情不察，罪来坐。倚恃风宪名儿大，轻将人入网罗。**

(付)潘仁表，潘仁表！(唱)

【(昆腔)节节高】**红炉来锻炼，铁消磨，狂徒庭上说什么！**(白)将他收满！(手下)收满。收满也不招。(付)这狗头，招也死，不招也死。松了夹棒，上锁，拿去收监。(手下)上锁。(小生唱)**胜虎豹出山窝，嚼父母，江南抚。可怜我沉冤海底。**(手下抬小生下)

(付)封门。(手下)吹！(付唱)

【(昆腔)尾】**一任你今朝对来挨磨，蜉蝣不知朝暮。**(白)潘仁表阿潘仁表！(唱)**一任你铁胆铜肝火锅磨。**(下②)

第二十六号③

　　末(周全)、丑(文童)、老旦(陆氏)、外(院子)、杂(禁子)、小生(潘仁表)

(末上)只为潘兄事，报与伯母知。文童那里？(丑上)周相公，小人叩头。

(末)起来。快快请出老夫人。(丑)晓得。老夫人有请。(老旦上)(唱)

---

　　① 　小生本本出抄录至"正是公言在你所"为止。此下，195-1-147吊头本尚有"可许(惜)我今□……下笑呵呵"，残缺不可补。

　　② 　此下195-1-147吊头本尚有"生上白，丑、外白，生、丑、外白"的字样，或系抚院公差拜见赵云庆，说明潘仁表已下在监中之事，195-3-92整理本空行示阙。

　　③ 　本出为单角本所无。

【傍妆台】宦门台,被人轻欺遭毒害。直恁世袭,一旦都败来。吏衙差官敢锁秀才,气冲冲心难耐,威凛凛有朱牌。痛儿好悲哀,公堂上怎叫他不气冲腮,公案倾颓有何碍?

(外院子上)(唱)

【前腔】这天灾,蓦地平空祸自来。堪羡轻年英雄盖,辕门不惧牙爪威。(老旦、末白)你去到抚院衙门,打听大爷之事,怎么样了?(外)老奴去到抚院衙门打听大爷之事呵!(唱)气昂昂公堂审问,大爷不认降祸来。(老旦、末白)大爷不招,瘟官怎样问供?(外)大爷不招,这瘟官严刑拷问呵!(唱)扯公衙,断其罪①,严刑酷法霎时来。

(老旦)你与我打轿,去到监中,探望我儿便了。(外下)(老旦唱)

【催拍】你是个宦门裔派,遭不幸被人诬害。严刑怎挨,监禁囹圄苦哀哉②,缧绁之中笼牢摆。瘟赃的直恁心歪,趋相府害③儿孩。

(外上)夫人,轿子府门等候。(老旦)与我上轿,监门一走。(唱)

【前腔】④又一时泼天祸从天来,王侯府遭遇狼豺。一意的勾结权贵,赃官速咎⑤诬儿孩。酷法严刑,囹圄禁耐。翻画招愿死泉台,飞速的救儿孩。

(外、末)监门到了。(老旦)叫他开监门,说仁表娘亲要见。(外)禁子大哥!(杂上)外面那一个?(外)待我借问一声。(杂)借问何来?(外)潘仁表可在你监中么?(杂)原在我监中,问其做啥?(外)潘老夫人前来探监,还望开监门。(杂)嘎,潘老夫人前来探监,让我来开,请进来。(老旦)一同进去。我儿在那里?(杂)慢点,让我叫带出来。潘仁表!(内)何事?(杂)吼娘来探望,走带出

---

① “断”下 195-1-147 吊头本残缺,“其罪”前有脱文。

② 苦哀哉,195-1-147 吊头本作“苦衣”,195-3-92 整理本改作“苦无奈”,今“衣”校作“哀哉”。

③ “害”字 195-1-147 吊头本残缺,195-3-92 整理本作“小”,兹据文义补作“害”。

④ 此曲 195-1-147 吊头本“又一世”和“天来”之间残缺约四字,“狼豺”和“速”之间残缺约七字。195-3-92 整理本本曲从阙,《调腔乐府》卷三【催拍】例三收“你是个宦门裔派”至“飞速救儿孩”,但后半段曲文有错乱。今改“世”作“时”,残缺部分参照《调腔乐府》补。

⑤ 咎,195-1-147 吊头本字上尺下口,今校作“咎”。速咎,招致过错。

来。(小生上)阿,母亲在那里?(老旦)我儿在那里?阿呀,儿吓!(唱)

【哭相思】禁监苦罪,怎投笺修书飞速快①。(白)呵吓,儿吓!(唱)披枷带锁刑因样,坐井观天苦悲哀。(白)呀呵,杨文豹,杨文豹!(唱)一味的趋奉奸相势,无辜春元入草台。有日金阶分玉石,要将你万剐凌迟身首碎,万剐凌迟身首碎。(下)

第二十七号②

净(鲍旭)、花旦(鲍凤妹)、正生(方山)

(四喽啰、净上)(引)山林一带地轩昂,远望四元庄上。(白)俺鲍旭,父亲鲍恩,被奸相赵明夫陷害,一命身亡。俺同妹子逃出在外,在北望山,落草为寇。为四元庄广放花灯,访问潘仁表,果然英雄慷慨。若得此人同叙山林,不枉男儿之愿。为此命头目下山打听,未知吉凶如何。不免请妹子出来商议。来,请小姐。(喽啰)小姐有请。(花旦上)又听声喧,移步出宫殿。哥哥见礼。(净)妹子见礼,请坐。(花旦)哥哥,叫妹子出来,有何吩咐?(净)我同你下山,访问潘仁表,为此刻挂于心,叫你出来商议。(内)报!(报子上)打听英雄事,报与大王知。大王、小姐在上,报子叩头。(净)命你打听潘解元消息,怎么样了?(报子)大王、小姐不好了!潘解元被人陷害,说他为了柳贡元之女,夜杀柳思乔,被杨抚院严刑拷问,下在监中了。(净)怎么,有这等事来?可恼,可恼!(花旦)哥哥,妹子要乔妆下山,打听潘解元消息,好救他出狱。(净)带何人同往?(花旦)方山可以去得。(净)既如此,妹子进去打扮起来。(花旦下)(净)过来,传方山走动。(喽啰)大王传方山走动。(正生

---

① 笺、飞,195-1-147吊头本作"等""回",据文义改。投笺,投递书信。

② 花旦本无此出。195-3-92整理本先由净、花旦上场,且花旦唱两支【朱奴儿】,曲文同抄本亦有出入;再是方山上场,报知消息。现根据净本增出报子一角,并将第一支【朱奴儿】改为净唱。

（上）大王在上，方山叩头。（净）少礼。（正生）大王叫俺出来，有何吩咐？（净）小姐下山访问潘仁表，命你一路陪侍。（正生）晓得。（花旦上）哥哥！（净）且听我吩咐。（唱）

【（昆腔）朱奴儿】**必须要轻言赖耳，在街坊远离散之，一任他行探听时，你须要紧记胸次。**（白）妹子，你同方山下山，倘有不测，那时为兄呵！（唱）**有差池，号令不辞，有功绩赏军士。**

（花旦）但是妹子呵！（唱）

【前腔】**打扮得江湖**①**贫女，为潘郎朝**②**夕相思，又闻囹圄受苦时，探听救取女娇姿**③。（净白）小心。（唱）**有差池，号令不辞，有功绩赏军士。**

【（昆腔）尾】（花旦唱）**你我下山林问酒肆，向村庄唱歌辞。向四元庄前，访问柳娇姿。**（下）

第二十八号

丑（赵云庆）、付（计如亮）

（丑、付上）（丑唱）

【（昆腔）剔银灯】**潘仁表直恁威风，**（付唱）**施小计陷入监中。**（丑唱）**一枝梅花无人种，**（付唱）**大爷必定配鸾凤。**（白）阿哉大爷，潘仁表被我行之绝命计策，要杀头哉，柳家大姑娘到手哉嘘！（丑）阿哉老计，哑去做媒，拨大爷成双搭对，请哑上横头吃老酒。（付）大爷，都是我老计好哉。（丑）老计去做媒，大姑娘若还勿肯嘘！（唱）**抢进多娇欢鸾凤，**（付唱）**千金谢我老媒翁。**

（丑）好个。老计去做媒。（付）大爷放心。（下）

---

① 江湖，195-1-147 吊头本作"口来"，据 195-3-92 整理本改。
② "潘郎朝"三字 195-1-147 吊头本残缺，据文义补。
③ "取女娇姿"四字 195-1-147 吊头本残缺，据 195-3-92 整理本补。

第二十九号

花旦(鲍凤妹)、正生(方山)、贴旦(柳弱美)、付(计如亮)、丑(赵云庆)

(花旦上)(唱)

【粉蝶儿】山寨轻抛,只俺这山寨轻抛,望前途四元庄到。柳贡元家有思乔,夜被杀诬害仁表,暗暗的细察听,家有个淑女窈窕。(正生上)(唱)走几步四野观瞧,(科)早探听西庄上柳氏儒门萧条,儒门萧条。

(白)方山叩头。(花旦)少礼。方山,打听柳贡元家下,怎么样了?(正生)我探听明白,他住在西庄上,小小墙门,门前有孝球、素纸张贴。(花旦)与我向前引路。(正生)吓。(花旦唱)

【泣颜回】察听事根苗,一重重、情由细告。那时节分清玉石,立杀奸刁强暴。西庄已到,西庄已到,假含羞随口逐浪飘。这的是江湖旧套,博得个妆成圈套,妆成圈套。(正生、花旦下)

(贴旦上)(唱)

【石榴花】昼夜里何曾啼痕断泪交,刻时的、受尽痛煎熬。老亲谊伤残归泉道,爹行在京都,怎知儿颠倒?奴可比断线风筝,飘荡西东无依无靠。(白)奴家柳氏弱美,伯父身丧,不意中说出潘府丫环,这瘟官以虚为实,将潘郎下在监中。吓,潘郎,潘郎!这等说来,倒是我害你了。(唱)自恨奴红颜命薄,订结丝萝害你供招,(白)阿呀,天吓!(唱)奴这里望不见囹圄好苦恼,囹圄好苦恼。

(正生、花旦上,正生指门后下)(花旦)姑娘开门。(贴旦)什么样人叫开门?(花旦)我是南庄潘府丫环。(贴旦)住了。前者伯父被杀死,说是潘府丫环,如今又说潘府丫环来。(花旦)姑娘说那里话来?前者你伯父被人杀死,乃是黄昏黑夜,今日乃是青天白日,开门相见,倒也不妨。(贴旦)听得女子声音,倒也不妨,待我开门便了。(花旦)姑娘。(贴旦)原来是位大姐,请进。(花旦)姑娘请上,潘府丫环叩头。(贴旦)大姐请起,请坐。(花旦)姑娘在此,那有坐位？(贴旦)你看话长那有不坐之理？(花旦)谢姑娘，告坐了。(贴旦)请问大姐，到来何事？(花旦)相公有密言嘱咐老夫人，老夫人差我来的。(唱)

【泣颜回】上告娘行休悲悼，终身事前生定好。身进囹圄，乃吾命运颠倒。有一日除强灭暴，再泄他胸中的苦恼。苦杀你瘦怯伶仃，为伊家痛哭悲号，痛哭悲号。

(贴旦)听你说来，潘郎下在监中了？(花旦)下在监中了。(贴旦)阿呀，不好了！(唱)

【黄龙滚犯】你为我披枷带锁系囚牢，怎奈我、孤身不得望你曹。只听得悲苦囹圄为奴妖，恨不得两下一见苦情告。(白)你家相公有病之时，那老夫人也是情知的了？(花旦)我家夫人不知的。(贴旦)阿呀，不好了！(唱)**自悔我口舌虚嚣，害杀你公堂酷拷。移恩成仇害英豪，说不出万虑千思条。老夫人恨奴心枭，奴也是力不能挑。转大爷奴身愿甘杀身报，阿呀，潘郎吓！我和你伉俪和谐来世成欢笑，来世成欢笑。

(花旦)呀！(唱)

【扑灯蛾犯】好一个女多娇，我将言辞禀告。听情关终身订结好，恶贼的见色杀思乔。诬害潘仁表，劫抢女多娇。做一个七夕参商会，渡银河奴身当鹊桥，奴身当鹊桥。

(贴旦)呵吓，潘郎吓！(花旦)姑娘，你在此啼哭，也是枉然，何不到监中探望我家大相公，你心意如何？(贴旦)怎奈路上无人陪伴，不好前去。(花旦)一路上有我同伴，倒也不妨。(贴旦)如此大姐请。(花旦)姑娘请。(同唱)

【叠字犯】急忙离了门道，双双奔走荒郊。可怜你金莲窄，奴也是鞋弓袜小，含羞忍耻羞脸红桃。顾不得抛头露面，郎在囹圄奴在家窖。幸喜得侍女同行，急进闽阁三街热闹，遥望何处公门到，何处公门到。

(付上，贴旦、花旦急下)(付)噎，个个好像柳家个大姑娘，带得丫头逃哉。我去禀告大爷知道。(急走圆场)大爷，大爷！(丑上)男吓，打轿来，打轿来。(付)

大爷,勿好哉!(丑)那格哉?(付)柳家个大姑娘,带之丫头逃走哉。(丑)那格话,逃走哉?(付)逃走哉。(丑)逃走哉,随得其。男吓,快点打轿来,往府廊去。(付)大爷,慢点,我赖去抢得转来还。(丑)好哉,勿用理睬其。(付)大爷,我赖叫家人抢得来。(丑)老计,我赖前番抢得抢,抢出祸来,被我阿妈娘骂杀个,勿要管他。(付)大爷,前番抢女子,有藩王公子潘仁表保卫,个番潘仁表落得监哉,啥人家敢来话个嘘。(唱)

【尾】泼天祸事我担着,潭潭相府谁敢轻藐。(丑白)老计吓,碰着硬头人,不要淘气个。勿要管闲事,到我府里吃酒去。(付)大爷,呒个阿伯当朝宰相,啥个人来多话个嘘。(唱)只要说一句,泰山都压倒,泰山都压倒。

(丑)好个,好个,叫家人抢得转来还。众家人何在?(四家人上)大爷,小人叩头。(丑)起来。(家人)大爷,叫小人做啥?(丑)叫你们出来,非为别事。只为柳家大姑娘逃走哉,我赖去抢其转来还。(家人)呵!(下)

第三十号

花旦(鲍凤妹)、贴旦(柳弱美)、丑(赵云庆)、付(计如亮)、正生(方山)、老旦(乳娘)

(花旦、贴旦上)(同唱)

【水底鱼】凝望公庭,逶迤向前行。(内白)呵!(花旦、贴旦科)呀!(唱)喊声高叫,不知为何因。

(贴旦躲花旦后)(四家人上)大姑娘哦得,只有一个丫头。大爷,大爷!(丑上)抢东,抢东。(家人)大姑娘哦得,是个丫头。(丑)实是个丫头。咳,我赖相府里个饱饭哦吃满哉,要逃哉。(花旦)你看差东者。(丑)那格,会看错?(花旦)我不是相府内来个,我是潘府内来个。(丑)嘎也,嘎也,潘府丫头硬绷绷,难怪潘仁表有介样强横。老计,个人抢得来尿胱臭①。老计!(付上)大

---

① 尿胱臭,方言,尿迹的臭味。

爷,吰抢东,抢东。(丑)吰话抢大姑娘?(付)是吓。(丑)大姑娘没有,有个丫
头来东,吰事体捻来尿胱臭。(付)那格会尿胱臭?我看见其来东个。(丑)
个丫头还勿是相府来个。(付)啥地方人?(丑)潘府里来个。(付)潘府来个,
实是个丫头。大爷,来带。(丑)是来带,男,抢得去。(贴旦、花旦)阿呀,不好
了!(抢下)(正生上)咳呀!一众人把我小姐抢去,为何不动手就打?咳吓!
有这位姑娘在旁,若还保护自己身躯,不能保护这位姑娘,只得随他抢去。
此事倒也不妨,唔,大胆行事便了。(正生下)(四家人、花旦、贴旦上,丑、付上)
(丑唱)

【前腔】相府宝珍,共侍有千金。丫环大胆,进府完真情。

(贴旦)你是赵云庆?(丑)是个,学生赵大爷。(贴旦)前者劫抢奴家,多感潘
解元解危,今日如此无礼,快快送我回去。(丑)咳嘚个,翻旧案哉个。阿哉
娇娇,前番抢吰,有潘仁表保卫,个歇时光潘仁表落得监哉,没有人敢来发
话哉。我搭吰两介头好拜堂哉,吰道好勿好阿?(贴旦)恶贼!(丑)阿唷!
(贴旦)且住。此番进府,有死无生的了。也罢,死了罢。(花旦)且慢。(科)
(贴旦)贱人!(打)(花旦)吓唷吓!(科)(贴旦)我道你是潘府丫环,哄我出门,
我在家中,没有此事的了。(唱)

【前腔】你好不仁,玷污我清名。我怀贞守烈,愿甘一命倾。

(花旦)且慢。你是赵云庆吓?(丑)赵大爷。吰个丫头没规矩。(花旦)你抢
我二人进来何事吓?(丑)喏,个丫头还勿懂个。(付)勿懂,格末大爷吰话拨
其听好哉。(丑)阿哉丫头,吰勿懂,我话拨吰听:抢吰二人进来,成成双,拜
拜堂,吰道好勿好?(花旦科)啡!(家人上)报,大爷,杨大老爷请大爷过府吃
酒。(丑)回复得伊,大爷吰得工夫,有事体来带。(家人)吓。(家人下)(丑)老
计,个丫头好大力气,被其一个指头"啡",大爷个人翻倒哉。天乌地黑,不
知坐南朝北。(付)伊个指头是幼小练就的。(家人上)报,大爷一定要去,轿
来哼府门口等哉。(丑)老计,吰去代,大爷有事体。(付)嘎,个末我去。(丑)
轿子坐得去。(付)个末我老计去。老计会老杨,百事好商量。(付下)(丑)叫

乳娘出来。(家人)乳娘!(老旦上)大爷,叫我出来何事?(丑)叫吥非为别事,喏,个两位大姑娘,带到我阿妹绣阁里寄之一夜,明日大爷好拜堂。(老旦)阿哉大爷,寄勿来个。(丑)那格寄勿来?(老旦)前番寄得寄,寄得我淘气,今番寄勿来哉。(丑)喏,前番是黄昏黑夜,害得吥淘气。个歇吥来看,黑个是发,白个是肉,吥勿会淘气哉。(老旦)唔,勿会淘气哉。(丑下)(花旦)妈妈救命!(老旦)我是救你不来的。(花旦)何人可救?(老旦)我家小姐可救。(花旦)是那一个?(老旦)就是我大爷个胞妹。(花旦)人在那里?(老旦)人在层楼绣阁。(花旦)怎么,人在层楼绣阁?我潘府丫环也要去见见小姐来。(贴旦)你是潘府大姐?(花旦)正是。(贴旦)方才得罪了。(花旦)何出此言。(贴旦)如此一同见过小姐便了。(花旦)好说,一同见小姐去。(下)

第三十一号

小旦(赵素梅)、老旦(乳娘)、花旦(鲍凤妹)、贴旦(柳弱美)、正旦(郭氏)、丑(赵云庆)

(小旦上)(唱)

【醉花阴】绣阁香闺女多娇,自端详心思瓜葛。老母的定终身贞烈保,好郎君、好郎君丰姿才貌。(白)奴家赵氏素梅,那年端阳时节,庄上广放花灯,哥哥出外观灯,抢了一位女子,叫乳娘送到我绣阁。原来潘仁表,被我看破机关。连夜送到母亲经堂说明,母亲见他才貌端庄,将奴终身许配与他,有玉和合为聘。见了玉和合,如见了潘郎一般也!(唱)**他点魁名文武叨,况又是世袭王爵,有一日登金榜独占鳌,岂不道夫荣妻贵,锦堂中做花朝**①。

(老旦上)小姐,老婢叩头。(小旦)起来。(老旦)谢小姐。(小旦)乳娘,上楼何事?(老旦)非为别事,大爷抢了两个女子,寄在绣阁安顿安顿。(小旦)阿吓!(唱)

---

① 朝,抄本作"照",今改正。做花朝,指成亲。《缀白裘》八集《渔家乐·纳姻》【川拨棹】:"又没有六礼招摇,媒妁肩挑,庚帖为牢,谁做花朝?"

【画眉序】听言来心中、心中懊恼，我跟前絮絮叨叨。前者有舛错，今日又来胡闹。（老旦白）小姐，今日连潘府丫环也抢进府来了。（小旦）怎么，潘府丫环抢进府来了？既如此，叫他上楼来。（老旦）晓得。（小旦）转来。是男是女，必须要看过明白。（老旦）看得明明白白。（小旦）叫他上楼来。（老旦）潘家大姐，我家小姐叫你上楼来。（花旦、贴旦上）（贴旦）暂停休悲泣，（花旦）含泪上层楼。（上楼）（同白）小姐在上，潘府丫环/难女叩头。（小旦）起来。（小旦）你是潘府丫环？（花旦）正是。（小旦）你家大相公，叫何名姓？（花旦）名叫潘仁表。（小旦）在家可好？（花旦）犯下命案了。（小旦）吓，怎么，犯下命案了？乳娘，命你取茶上来。（老旦下）（小旦）请坐。（贴旦）小姐在此，怎敢妄坐？（小旦）话长那有不坐之理？（贴旦）如此告坐了。（小旦）请问姑娘，那里人氏，被哥哥强抢？（贴旦）不瞒小姐说，小女子四元庄人氏，我爹爹柳公望，上京求取功名，终身托与伯父思乔。（小旦）是那一个思乔？（贴旦）被你令兄仇恨在心。（唱）**夜杀伯父思乔，移祸潘郎有名号，凶器上三字潘仁表。吴江县吵闹公堂，详抚院严刑酷拷。书生薄幸来拘禁，披枷的带锁因牢，带锁因牢。**

　　（小旦）兄长，你好无礼也！（唱）

【喜迁莺】听罢了哀情、哀情细告，是我兄、诬害、诬害仁表。**怨也么号，好叫我哭不出泪雨如潮，我与他订结丝萝婚配定好。**（花旦白）小姐，说起我家相公，为何双眼掉泪？（小旦）你家大相公下在牢中，怎的不要悲泪？（花旦）莫非有什么瓜葛不成？（小旦）真的没有瓜葛。（花旦）倒要请教。（小旦）二位大姐在此，我也不必隐瞒的了。不瞒二位大姐说，只为上春端阳时节，我家哥哥出府观灯，抢了一个女子进府。（花旦）你令兄单单抢到人家女子不成？（小旦）不是女子。（花旦）何等样人？（小旦）是你家大相公。（花旦）我家大相公是个男子，为何被令兄去抢？（小旦）人人说他"潘美人、潘美人"，乔妆出府观灯，被我哥哥抢进府来，叫乳娘送到奴绣阁安顿。（花旦）寄在小姐绣阁，小姐贞烈，岂不玷污？（小旦）非也。后来被奴看破机关，连夜送到母亲经堂，我母亲见他才貌端庄，将奴终身许配潘郎，有玉和合为聘的吓！（唱）**痛也么号，潘**

郎的自遭此祸招,恨恶兄心似狼豹,心似狼豹。

（花旦）小姐,这玉和合不是我大相公的。（小旦）是谁的?（花旦）是我所赠的。（小旦）你是潘府丫环,怎么有玉和合相赠?（花旦）我不是潘府丫环。（小旦）你是何等样人?（花旦）我是北望山强盗。（小旦、贴旦）阿呀,有强盗!（花旦）二位小姐,不要惊慌。（小旦、贴旦）你父亲是谁?（花旦）我父鲍恩,官居潼关总兵,被奸相所害,抄灭全家,兄妹二人,逃出在外,来到北望山,落草为寇。闻得四元庄,广放花灯,灯篷下遇着潘仁表,两下厮打一场,私订终身,有玉和合为聘的。（唱）

【画眉序】堪羡轻年少,两下交聘武艺高。话情投婚配良宵。玉和合订结前盟,玉连环伉俪和好。今日层楼来聚会,终身事同配仁表,同配仁表。

（小旦、贴旦）终身大事,可带在身旁?（花旦）终身大事,怎的不带在身旁?（贴旦）我也是玉连环。（花旦）大家拿出来一观。（小旦）见鞍思马,（贴旦）睹物伤心。（同白）潘郎下监都想起,兀的不痛杀人也!（同唱）

【出队子】都只为花神、花神乱扰,害潘郎、带锁、带锁笼牢。只我这三人心肠如刀绞,他那里怎不想着,不由人切齿咬牙恨杀那凶恶,恨杀那凶恶。

（小旦）丫环。（内）怎么?（小旦）请太太上楼来。（内）晓得。（贴旦、花旦）还望小姐相救。（小旦）请起。我与你都是一家人,称什么小姐。我有言难以启齿。（贴旦、花旦）有言但说何妨?（小旦）我与你二人在楼上,义结姐妹,心意如何?（贴旦、花旦）小姐闺阁容貌仙姿,难女怎好高攀?（小旦）这也不必说起。请问柳家姐姐,贵庚多少?（贴旦）奴家才年十八,二月初八日丑时建生。（小旦）鲍家姐姐,贵庚多少?（花旦）奴家也是一十八岁,八月十五寅时建生。（贴旦、花旦）请问小姐呢?（小旦）奴家也是一十八岁,十一月十五卯时建生。（花旦）三人同庚的,柳家姐姐作长。（贴旦）如此有占了。苍天在上,信女柳弱美。（花旦）奴家鲍氏凤妹。（小旦）奴家赵氏素梅。（同白）三人在层楼,义结姐妹,效当年风月之兆。（同唱）

【滴溜子】望苍穹,望苍穹,怜悯护保;订结盟,订结盟,三女同夫招。愿潘郎灾退祸消,骨肉团圆聚,金殿独占鳌。衣锦荣归,华堂欢笑,华堂欢笑。

（正旦上）（唱）

【刮地风】呀！又闻得逆子抢多娇,寄层楼早难道为前遭。离经堂上层楼看过分晓,看过分晓。（小旦白）母亲吓！（正旦）儿吓！（唱）为甚的泪湿衣裳苦悲号？（小旦白）母亲,不想哥哥行事呵！（唱）直恁无知害英豪,京城内劫抢女多娇。这青春,那青春,都是原配仁表,又添女孩儿多命薄。害人命诬陷笼牢杨文豹,助强欺弱把夫曹,坐井观天等餐刀。

（正旦）儿吓,你言语为娘却也不懂。（小旦）母亲吓,哥哥害潘郎下在监中了。（正旦）怎么,潘仁表被你哥哥陷害,下在监中了？（贴旦、花旦）下在监中了。（正旦）儿吓,二位何来？（贴旦、花旦）老夫人,二位进监探望潘郎,被你令郎抢进府来的。（正旦）畜生,畜生,擅抢良家之女,为娘怎肯饶你也！（贴旦、花旦）老夫人,你令郎与杨文豹,二人串通一路,倘若部文一转,你贤婿典刑法场,小姐终身,难道再嫁不成？（正旦）是吓,我儿与杨文豹,串通一路,倘若部文一转,将贤婿典刑法场,我女儿终身,难道再嫁不成么？（唱）

【鲍老催】作事颠倒,亲谊眷属不顾照,夜杀无辜害仁表。早难道,守空房,终身来到老。（老旦上）老夫人,不好了！（正旦）何事？（老旦）二位大姐,大爷要拜堂了。（贴旦、花旦）还望老夫人相救。（正旦）起来。你二人在我小女楼上,料这畜生不敢上楼来胡为。乳娘,与我下楼,打死这畜生。（唱）阆苑门楣非轻小,家声阀阅执当朝,一旦赴波涛,一旦赴波涛。（正旦、老旦下）

（小旦、贴旦、花旦）阿吓,潘郎吓！（同唱）

【四门子】乱纷纷此际愁多少,上层楼贞烈保。姐妹义结夫人恩浩,虎口拔牙重生再造。中途盆覆,重整家窑,呀！愿得个返日回天潘郎灾祸消,潘郎灾祸消。（同下）

（丑上）（唱）

【双声子】饮香醪,衙斋多欢笑;醉酕醄,洞房会蓝桥。玉堂仙,金殿乔。真个是彩凤青鸾两妖娆①。

（白）学生赵云庆，在抚院衙门吃酒回来。昨日抢来两个大姑娘，寄在阿妹绣房里，打算拜堂哉。乳娘，走出来。（老旦上）大爷何事？（丑）个两个大姑娘，大爷打算拜堂哉，叫伊赖打扮。（老旦）大爷，吓拜勿成东哉。（丑）那格拜勿成？（老旦）太太得知，吓要打东哉。（丑）怎么，又被阿妈娘得知哉？阿妈娘！（正旦上）畜生！（唱）

【水仙子】皇皇的钦命诏，贿赂的惩贪饕，忤逆子生来不孝，（白）可恨杨文豹这狗官呵！（唱）暗计谋害英豪。（丑白）阿妈娘，为啥骂倪子个？（正旦）你这畜生，与杨文豹串通一路。（唱）骂你这断绝人伦嚼噬同胞，害清名污多娇。恨恶贼杨文豹，助强欺弱害仁表。（白）我且问你，你妹丈典刑法场，你妹子所靠何人？（丑）潘仁表死还，妹子好嫁人个。（正旦）我要写书一封，报与你父亲知道，杨文豹立时起解。（唱）休轻觑娘年老，治家法不肯饶，恼胸膛心焦躁，（白）畜生吓！（唱）要还我人品端庄女婿招，人品端庄女婿招。（正旦下）

（丑）我阿妈娘来东话，若还潘仁表杀了头，阿妹终身所靠何人？嘠，阿妹，阿妹，做阿哥的也顾吓勿着哉嘷。（唱）

【尾】非我心狡枭，好事儿成怨招。（白）咳，个两个人拜堂也拜勿成哉。（唱）满望襄王神女会，一片巫山何处了②。（下）

第三十二号

正生（方山）、净（旗牌）、外（院子）、丑（吴江县）、杂（禁子）、付（杨文豹）、花旦（鲍凤妹）

（起更）（正生上）休笑身躯年迈，钻穴逾墙速快。日间行动年迈气喘，夜来趱行月影无赛。（白）我方山，乃是山东人也。原是一名劫匪，官兵追俺甚紧。

----

① 末字 195-1-147 吊头本作"枭"，"青"和"枭"之间残缺约四字，兹据 195-3-92 整理本校补作"青鸾两妖娆"。疑"彩凤青鸾"之后当作另一四字句。

② 了，195-1-147 吊头本作"香"，据 195-3-92 整理本改。

俺无奈,只得逃到北望山,鲍大王麾下当一名头领。近日同小姐下山,可恨赵云庆这厮,倚父之势,害潘仁表下在监中。我今夜进衙行事,你看月色朦胧,星斗无光,正好行事也!(唱)

【端正好】迷漫处,有路头,俺是个偷天妙手。虽则是苍苍一老朽,衰年老英雄抖。

(内)掌灯。(正生)呵吓,看那边有人马来了,待我闪过一旁。(正生下)(净旗牌上)奉着抚院命,特地到衙斋。通报。(外院子上)是那一个?(净)抚院大老爷旗牌要见。(外)候着。老爷有请。(丑上)何事来相请,出厅看分明。何事?(外)杨抚院公差要见。(丑)说我出堂迎接。(外)老爷出堂迎接。(丑)贵差。(净)贵县。(丑)见礼,请坐。(净)有礼,告坐了。(丑)请问贵差到来,有何见谕?(净)贵县,你却不知,奉大老爷之命,有谕单发下,命你行事。(丑)潘仁表乃是世袭公爵,这一起公案,小官怎样办得来?(净)贵县还不知么?潘老头儿,是相爷送出边庭,不能回归的了,他家有什么势头?(丑)小官倒有些害怕。(净)贵县说那里话来?(唱)

【滚绣球】公卿的候门楼,满朝堂难启口,抵多少金章与紫绶,一个个躬身并足与低头。(丑白)贵差,叫小官如何做得?(净)贵县,我对你讲,相爷当朝独贵,满朝文武,谁不趋奉?况有抚院大老爷做主,你且放心。(唱)**可知权衡在他手,看将来一笔勾,**(丑白)潘仁表绝命谕单,小官办不来。(净)唔。(唱)**你好没来由,枉为百里侯。论为官上台凑,论公案严刑究,说什么可致诛求,可致诛求?**

(丑)待下官连夜就办。(净)好办的,告别。(丑)过来。(外)有。(丑)取银子三十两与差爷。(外)吓。(净)三十两倒不消。(丑)怎么,不消?取五十两。(外)老爷,五十两银子在此了。(丑)送与差爷。(净)五十两,多谢。(正生暗上,窃银)(净)告别。(丑)有送。(净)提灯朦胧月,顷刻出衙斋。(净下)(丑)来。(外)有。(丑)去到监中,叫禁子出来。(外)吓。(外下)(丑)潘仁表这一纸绝命谕单,叫我那格办?谕单老兄,谕单老兄!我的前程,全在你谕单

老兄身上嘘。(唱)

【叨叨令】掌铁案生死在手,有奇才、可主计谋。只将这人儿断送在冥幽,又何须胆惊魄愁,夜更阑无人来深究。(正生用香)(丑)好香阿是好香。(唱)**兀的不香喷喷也么哥,兀的不、闷沉沉也么哥。**(晕倒)(正生)吓,狗官,狗官!(唱)**我把这麻药儿贴满在鼻首,贴满在鼻首。**

(白)咳,狗官吓!(唱)

【脱布衫】这钢刀断你身首,今权寄、你可谨守。(科,割鼻)(白)狗官吓,你且看者。(写血束)(唱)**血字儿写得来绝命刑囚,明日里你狗命难留,狗命难留。**(正生下)

(二更)(外、杂上)(同唱)

【幺篇】谯楼已打二更后,何事的黉夜传呼来听候,进官衙启问缘由。

(外)老爷,禁子传到。(同白)老爷,为啥鼻头里有血?(外念)敢是踏门槛一跌?(杂念)踏门槛一跌,灯芯拿来塞。(外念)好像小刀割,(杂念)膏药拿来贴。(外念)好像闷香烧,(杂念)冷水拿来浇。(外)拿得冷水来。(科)(同白)老爷,老爷,潘仁表个人今夜好拿来杀者。(丑)咳嗽,咳嗽。(唱)

【快活三】亲眼见无掣肘,写血字不能开口。他说若害潘仁表,明夜枭掉你首,割鼻头淋漓鲜血流。

(白)咳!(唱)

【幺篇】即送枷杻,(外白)老爷,割鼻头那个人,有多少长多少大?(丑指禁子胡须)(丑)喵!(唱)**苍苍白发一老朽。**(外白)吓,是个老太公?老爷出牌票,小人去抲①,抲得拿来打,打拿来夹,夹拿来杀,杀请菩萨,老爷吃得活乐杀。(丑)动勿得,动勿得。挽轿,挽轿。(外、杂)打鸟,打鸟。背枪去。(丑)挽轿。(外、杂)老爷我勿懂,吅做拨我看。喔,挽轿。喔呵!(丑唱)**魂散主意乱心愁,今夜里人犯一命休,明日里我的头颅怎能留,我的头颅怎能留。**(外、杂、丑下)

(三更)(净上,正生暗上)(净唱)

---

① 抲,单角本作"可",今改作"抲"。抲,方言,捉。详见《分玉镜》第二十号"我老四会抲个"注。

【幺篇】喜颜笑口，进辕门三更时候，到中厅禀复来叩首。（白）大老爷有请。（付上）（唱）**赵相府叮咛托授，况又是门生主谋。潘仁表披枷锁杻，绝命可消仇，绝命可消仇。**

（白）吴江县此案可办？（净）他说今夜就办。（付）待我修书进京，禀告老师知道，升迁与他。（内）报上！（净）所报何事？（内）吴江县叩见大老爷。（净）候着。启大老爷，吴江县求见。（付）命他进见。（净）大老爷命吴江县进见。（丑上）（唱）

【幺篇】趋步急走，进衙门上诉因由，上诉因由。（净白）呔，老爷着你进去，要小心。（正生割须下）（丑）大老爷在上，吴江县叩头。（付）唻！（唱）**为甚的语不清鼻儿血流？**（丑白）大人，喏！（唱）**尊须半无半有。**

（净）髭须不见了。（付）呀！（净）还有血柬留下。（付念）贪赃害英雄，刀书作见中。今日嘱咐你，明日再相逢。（白）将潘仁表拿来杀。（丑）动勿得，动勿得。（付）怎么动勿得？（丑）赵云庆，本县被你所害也！（唱）

【朝天子】闷香儿熏不能开口，亲眼的刀割鼻首，（付、丑唱）**见人儿白发老叟潜就偷，快出手不由人心惊忧。**（付下）（净）呔，贵县方才与我什么东西？（丑）五十两银子。（净）这是石块，好当五十两银子的么？狗官，须要打点小心。（手下上）走，差爷，里面有酒。（净）呔，有酒，我道割胡须又来，要小心。（净下）（丑）咳，明明是五十两银子，说是石块我不信，拿出看看。（咬）唔，倒运，倒运。（丑下）（正生上）（唱）**穿街过巷飞疾走，无踪无影谁参透，早来到相府后门楼。**（四更）（白）呀！（唱）**曾吩咐四更等候，我把这双环来急叩。**（花旦上）（唱）**方才下层楼，出庭院急走，听得双环暗叩，知是老叟。**（正生白）咳，小姐在上，方山叩头。（花旦）起来。方山，此事怎么样了？（正生）事已明白，这是县家鼻子、抚院髭须，还有绝命谕单，交代明白，俺要回山去也！（唱）**出墙垣寄身在神背后，睡方浓、无人知否。**（正生下）（花旦）这遭是了。（唱）**有把柄潘郎可救，报娘行暂舒眉皱，暂舒眉皱。**（下）

第三十三号

贴旦(柳弱美)、小旦(赵素梅)、花旦(鲍凤妹)

(贴旦、小旦上)(同唱)

【渔家傲】天不念盖世忠良遭更变,恨豺狼害英雄刑囚罪愆,阿吓,夫吓! 你身寄在牢笼狴犴。不能会面,泪盈盈昨夜里生命难全。(小旦白)姐姐请坐。(花旦上)(唱)阿吓,潘郎吓! 这的是老年血溅,惊破了奸刁铁胆。进官衙刀书留记,可救得虎口余生在牢监,虎口余生在牢监。

(白)姐姐、妹子。(小旦)姐姐请坐。(贴旦)妹子,昨夜不在香闺,在那里过夜的?(花旦)但是昨夜呵!(唱)

【剔银灯】老年人衙斋攻占,有谕单绝命英贤。刀书留记公案前,潘郎的残生保全。(白)差方山进官衙,割了吴江县的鼻头、杨抚院的发须,还有潘郎的绝命谕单。(唱)这惊险,叫他魂飞半天,从今后安下心田。

(小旦、贴旦)潘郎不能出罪,如何是好?(花旦)且是放心。待我回上山,与哥哥说明,点起喽啰,前来翻牢劫狱便了。(小旦、贴旦)你前来翻牢劫狱,岂不罪上加罪了?(花旦)这遭如何是好?(贴旦)我有一计在此。(小旦)有什么计,快快说来。(贴旦)爹爹上京求取功名,待奴进京寻着爹爹,那潘郎就可出罪了。(小旦)山高路远,如何去得?(贴旦)为救潘郎,顾不得了。(花旦)一路上为姐同伴,倒也不妨。(同唱)

【地锦花】身无奈,不得已远去天边。水远山长,怕什么路途万千。迢迢不怕,险苦无限。只我这伶仃女要心坚,总要他京都寻亲来见面。

(小旦)我整备盘费,与姐姐起程。姐姐在上,受妹子一拜。(贴旦、花旦)也有一拜。(同唱)

【麻婆子】分袂、分袂盈盈泪,三女义结连。悲痛顷离别,从此各一天。凝眸望断无由见,长途来望云一片。思之泪涓涓,京都在那边,京都在那边?(哭下)

第三十四号

净（赵明夫）、小生（公差）、末（院子）、正生（柳公望）

（净上）（引）朝权独掌，论公卿谁不惊慌？（白）老夫赵明夫，前者杨文豹，是我保举他江南抚院。他有一书记，名曰柳公望，此人人才出众，又有肝胆，必要提拔与他。正是，相权我掌握，公卿谁不尊？（小生上）奉着老爷命，即速到京城。来此已是，门上那一位在？（末院子上）那一个？（小生）江南抚院公差要见相爷。（末）候着。启相爷，江南抚院公差求见。（净）着他进来。（末）晓得。相爷命你自进。（小生）相爷在上，小人叩头。（净）起来。本官老爷差你来的么？（小生）奉杨大老爷之命，有书呈上。（净）西廊酒饭。（小生下）（净）杨文豹有书到来，待我拆开一看。（唱）

【（昆腔）六幺令】鱼书雁信，戴月披星飞骑进京。匆匆上达这录报。为夜杀，害俊英，案元①三更了人命。

（白）我道为着何事，为我子陷害命案，知县鼻子割去，抚院髭须剪去，一时难以定案，这便怎处？嘎，有了，我看柳公望人有肝胆，不免保举他，出京巡查便了。来，去请柳爷进来，说我相爷有话。（末）晓得。（末下）（净）咳，杨文豹吓杨文豹！你为一省主官，一脸髭须管不住，如何治得江南百姓也。（末上）相爷，柳爷请到。（净）请相见。（末）晓得。柳爷有请。（正生上）相府门恩义重，为臣僚折步蟾宫。（白）太师爷请上，柳公望大礼参。（净）少礼，看坐。（正生）告坐了。传公望进来，有何见谕？（净）我看你人有肝胆，我保举你出京巡查。你办事，乃老夫所爱，只为你官运亨通。（唱）

【（昆腔）醉罗歌】朝平步上升调九卿中，钦命巡查姓名洪，外任不比京职冗。（正生白）公望才疏学浅，担不起巡查重任。（净）相府保举，谁敢多言？（唱）**恩纵雨露，代天巡狩风；威大荷重，恐误功名。**（白）我有一起命案。（正生）那一

---

① 案元，单角本作"实元"，暂校改如此。案元，即案首，这里指柳思乔。

起命案？（净）为夜杀柳思乔，诬害潘仁表，命你到彼，须要定案。（正生）太师，这是恶贼横行，公望到彼，无不参之。（净）还有事重托，我孩儿云庆在家，未免淘气。（唱）**须从容，莫惊恐，他轻年弱质小儿童。**

（正生）公望告退。（净）我今保举荐伊家，代天巡狩出京华。（正生）匆闻思乔来夜杀，狐疑难猜这根苗。（正生下）（家人上）奉着夫人命，特地到京城。来此已是，门上那一位在？（末）那一个？（家人）夫人差家人到来，要见相爷。（末）候着。启相爷，夫人差家人到来求见。（净）着他进来。（末）晓得。相爷命你自进。（家人）相爷在上，小人叩头。（净）起来。本官老爷差你来的么？（家人）奉夫人之命，有书呈上。（净）西廊酒饭。（家人下）（净）夫人有书到来，待我拆开一看。（唱）

【前腔】有家书万金赏，一一来上达。纵横逆子忕邪奸，人伦绝断伤风化。（白）阿吓，夫人书上写着，为着不肖之子，纵横不法，不想夫人将女儿终身许配潘仁表。夫人吓，你知我与潘文达有仇，不宜对亲，想此难怪云庆的。（唱）**戴天不共，仇老冤家；今朝若免①，后恐难消他。**（白）且住，我将潘仁表脱罪出来，孩儿难以活命。夫人吓，非是我不义，此因独子，只是一女孩儿，一世终身无望了。（唱）**一女在，绣房中，只傍独守也是你命孤寡。**

（白）是了，待我奏闻圣上。过来，取象简，转过朝房。（吹）（白）臣赵明夫见驾，愿吾皇万岁。（内）赵卿上殿，有何本奏？（净）臣启万岁，今有江南人头刁滑，吴江县鼻子割去，杨文豹髭须剪去一半，望吾皇降旨。（吹）（白）臣保举柳公望，出京巡查，望吾皇准奏。（吹）（内白）旨下，赵相有本奏上，今有江南人头刁滑，吴江县鼻子割去，杨文豹髭须剪去一半。寡人出旨，封柳公望为两省巡按，出京巡查，有虎头金印一个，龙凤彩球一对，尚方宝剑一口，不论贪官污吏，豪恶奸刁，先斩后奏。查明一过，进京复旨。退班。（净）万岁。吓，潘文达，潘文达！（吹【尾】）（下）

---

① 若，净本作"人"，"朝"字原形似"裡"字，据文义改。

第三十五号

正生（柳公望）、小生（太监）

（正生上）（唱）

【（昆腔）出队子】**寝寐难安，自进京华来冗繁。官道升迁如载山，日夜劳勤不得闲。骤闻赴命，惊破肝胆。**

（白）下官柳公望，自别哥哥、女儿进京，求取功名。昨日太师要传，我道为着何事，要决潘仁表一案。又说柳思乔被杀，想柳思乔乃是我的兄长名姓，心中狐疑，愿得同名同姓才好。（内）圣旨下。（正生）摆香案接旨。（吹【过场】）（小生上）圣旨下，跪。（正生）万岁。（小生）听宣读，诏曰：江南人头刁滑，吴江县鼻子割去，杨文豹髭须剪去一半。赵相保举柳公望为两省巡按，出京巡查，有虎头金印一个，龙凤彩球一对，尚方宝剑一口，不论贪官污吏，豪恶奸刁，先斩后奏。查明一过，进京复旨。钦哉，谢恩。（正生）万万岁。（吹【过场】）（正生）有劳公公远来。（小生）好说。赵相与咱家说了来，公子在府，望大人看顾一二。（正生）这个自然，后堂开宴。（小生）皇命在身，就此告别。（正生）候送。（小生下，四手下上，换衣）（正生）过来，打听村庄、码头，不许惊动府县官道。就此起马。（四手下）吠！（吹【尾】）（下）

第三十六号

花旦（鲍凤妹）、贴旦（柳弱美）、正生（柳公望）

（内）阿！噫呀，苦吓！（花旦、贴旦上）（同唱）

【山坡羊】**远迢迢途路凄凉，虚飘飘姐妹浪荡，哭啼啼泪雨难收，悲泣泣昼夜里痛断肝肠。云山望，一派悲荒凉。晓行夜宿多凄凉，凝望京都，凝望京都在那厢？悲伤，猛回头只一望；悲伤，时时刻刻想潘郎，时时刻刻想潘郎。**

（贴旦）妹子，你我自别绣阁，出得城来，前面不知什么地方了。（花旦）待我看来,前面就是山东地界,去到京中,路也不远。(贴旦)为姐在此想。(花旦)想什么?(贴旦)就是赵家妹子,也悲痛的吓!(花旦)我和你为救潘郎,也顾不得他来了。(同唱)

【前腔】惨凄凄受禁潘郎,闷沉沉绣阁红妆,苦只苦你我女流,意沉沉越思越想越悲伤。好彷徨,怎得耐胸膛?啾啾唧唧话痛伤,似这般血泪长流,血泪长流,湿透衣裳。悲伤,猛回头只一望;悲伤,时时刻刻想潘郎,时时刻刻想潘郎。(同下)

(四手下、正生上)(唱)

【前腔】诏煌煌钦命恩降,弱怯怯儒生幸放,仰天天巡狩代天,假惺惺私行扮乔妆。(白)下官柳公望,奉旨代天巡狩,私行察访。看此地山清水秀,好不有幸也!(唱)见村庄,男女纺织忙。青山绿水仍一样,古柏苍松,古柏苍松,绣竹垂杨。蓦想,胞兄的倚门望;蓦想,伶仃孤女暗悲伤,伶仃孤女暗悲伤。

(白)你看此处有座凉亭在此,不免进去坐坐,再行便了。此地不知什么神道,待我看个明白。汉张公祠,"大汉都御史张讳纲文议公之神位①"。咳吓,我想汉时有梁冀弄权,有子梁寿纵横乡党,是要张公灭佞除奸。(唱)

【前腔】志昂昂平生胆量,气冲冲除奸灭狂,雄赳赳一点丹心,壮巍巍题名在青史上。(花旦、贴旦上)(同唱)泣路旁,凝眸旧庙廊。鞋弓袜小行不上,走得我气喘吁吁,暂坐回廊。(正生、贴旦同唱)呀!见他行,心胆慌小鹿撞;见他行,不错认是女庞/爹行。

(正生)咳,你可是我弱美我儿么?(贴旦)正是。你是我公望爹爹吓?(正生)

---

① 张纲,字文纪,东汉犍为武阳人。汉顺帝汉安元年(142),张纲巡察州郡风俗,行前埋车轮于洛阳都亭,弹劾大将军梁冀等奸恶十五事。按,明末清初有传奇《埋轮亭》,《曲海总目提要》卷二五"埋轮亭"条云:"吴县人李玄玉、朱良卿等同作,演后汉张纲事。"下文云梁冀子名寿,即本诸该传奇。据华东戏曲研究院编审室资料研究组《从"余姚腔"到"调腔"》(华东戏曲研究院编:《华东戏曲剧种介绍》第五集,新文艺出版社,1955,后收入蒋星煜:《中国戏曲史钩沉》,中州书画社,1982,第59—77页),20世纪50年代绍兴一带的调腔尚有《张纲》一剧,收《起解》《杀解》二出。今所见调腔抄本已无此剧。又,张纲官任侍御史,都御史则为明清时官职名。文议,单角本一作"文义",或即张纲之字"文纪"。

为父正是。(同唱)

【哭相思】父和女不意中乍见,不由人心意惨然。(正生白)呀吓!(唱)何事的凄凄道路,蓦然的意甚牵连。(白)儿吓,你伯父呢?(贴旦)说那伯父……呵吓,爹爹吓!(正生)呵吓,儿吓!(唱)老亲谊定然横丧,(白)为父么?(唱)在京都不察可见。

(贴旦)妹子过来,见了爹爹。(花旦)老伯,小女子叩头。(正生)少礼。儿吓,此位是谁?(贴旦)这是北望山女英雄,女儿有难,是他救的。(正生)咳呀,我儿多感恩人相救。(花旦)老伯,我乃义结姐妹,何出此言?(正生)儿吓,为父进京以后,你把受苦之事,说与为父知道。(贴旦)吓,爹爹吓!(唱)

【江头金桂】从别后父女乖张,提起来痛断肝肠。赵云庆忒杀纵横,仗势压乡党,恶贼的窥色邪意把奴抢。多感得英雄少壮,英雄少壮,救女挟仇,祸起萧墙,贼徒的黑夜行凶把亲命丧。凶器路旁,凶器路旁,潘仁表三字留记,诬罪公堂。贿赂贪饕忒猖狂,可怜书生遭狼狈,缧绁之中公冶长,缧绁之中公冶长。

(正生)你这女子,你父亲是在做何事业?(花旦)老伯有所未知,我父鲍恩,在日官居潼关总兵,被奸相陷害,抄灭全家,兄妹二人,逃出在外,在北望山落草为寇。兄妹下山观灯,灯篷下遇着潘仁表,两下厮打一场,私订终身。闻得潘郎下在监中,本要与你令爱进监探望,不想遇着赵云庆这狗男女,将你令爱劫抢,奴心不平呵!(唱)

【前腔】保贞烈护身提防,一任他来劫抢。救女挟仇,除暴安良,谁料奸徒空思起锋芒。(白)抢我二人进府,多蒙小姐恩德呵!(唱)层楼红妆,层楼红妆。(白)不想杨文豹这狗官呵!(唱)顿起了狗官之胆,拿绝命谕单,京都亲访罪拔脱网①。(白)我姐妹三人商议,我差方山进官衙,割了吴江县的鼻子、杨抚院

_____

① 此句195-1-147吊头本作"京都亲访栗枝(罪拔)罢超",单角本作"京都亲方(访),拔罪造(超)生脱网",据校改。

的髭须,还有那潘郎绝命谕单。(唱)**往剪贼奴,歼扑余党**①。**状诉君王,愿甘血溅丹墀下**②,**不枉须眉烈志昂,不枉须眉烈志昂**。

(正生)呀!(唱)

【忆多娇】听言来,怒满腔,逆贼胡为忒无状,倚势逞凶害兄长。奸谋计如亮,奸谋计如亮,捧势玷污贤良。

(白)儿吓,你且放心,为父一到,赵云庆与计如亮,两下命犯刀头也!(唱)

【前腔】我奉钦差,来察访,拔罪超冤职堂堂。邪横刁奸请王章。谕单证状,谕单证状,杨文豹枉任封疆。

(贴旦)爹爹,你做官了么?(正生)儿吓,你且放心,为父钦承皇命,代天巡狩,私行察访,得见小女,此乃万幸也!(贴旦)爹爹,潘郎下在监中,万望爹爹相救。(正生)这有何难。待为父做呈词与你,前来投告,两下不认父女便了。(花旦)大人,你令爱千金如何告得,待小女子拦马投告。(正生)唔。你与他有何瓜葛么?(贴旦)妹子终身许配潘郎,玉和合为聘的吓!(花旦)姐姐终身许配潘郎,有玉连环为聘。(正生)好,夫妻情浓,怪你不得,就你来投告。(花旦)大人,这恶贼有抚院之势,宰相之权,只怕大人一时难以定案。(正生)咳,我乃钦承皇命,焉不能杀贼?(唱)

【斗黑麻】三尺王章,国法堂堂。定律萧何,朝廷纪纲。我代天巡狩,灭豺狼,学个当道埋轮,汉时张纲。正直罡风起,吹开八面狂。执法森严,执法森严,决不饶放。

(贴旦)阿吓,爹爹吓!(唱)

【前腔】父女相逢,悲伤一场。姐妹情投,携手双双。望图圉,好惨伤,复转江南,提

---

① "往剪"至"余党",195-1-147吊头本作"枉剪贼权,奸投(?)御当",暂校改如此。按《分玉镜》等旦本(195-1-48)所抄《四元庄》花旦本先说差遣方山之事,并有曲文"进官衙刀书留记,刀书留记,有那绝命谕单,做将来形骸笑一场";再说"不想杨文豹这狗官"的宾白,接唱曲文"顿起了"至"脱网",而无此"往剪贼奴,歼扑余党"二句。

② "血"和"丹"二字195-1-147吊头本脱,据文义补。

冤诉枉。(正生唱)呈词我亲做,鸣冤纸一张。势败冰消,势败冰消,旭日开昶。

【尾】(正生、贴旦同唱)愁云怨雾弥天涨,揭起天罗地网。(同白)哥哥吓! / 伯父吓!(同唱)你黄泉下含冤有命报偿。(哭下)

第三十七号

丑(吴江县)、末(周全)、正生(柳公望)、净(旗牌)、花旦(鲍凤妹)

(丑上)(唱)

【六幺令】巡按钦命,得报巡查今日当临。朱牌即出江南巡。(白)下官吴江县胡室,只为潘仁表一起命案,大老爷出京巡查。来。(手下上)有。(丑)趱上。(唱)直言讲,诉分明,钦差到辕门①,钦差到辕门。(手下、丑下)

(末上)(唱)

【前腔】闻言欢欣,巡狩代天拔罪超生。我今拚死叩冤鸣。(白)我周全,潘兄被赵云庆陷害,下在监中,闻得代天巡狩,出京巡察,我做了状子,上前投告,要救潘兄出罪也!(唱)拚残躯,心可明,就死沟渠为朋情。(末下)

(内)吹!(四手下、二旗牌上)(正生上)(唱)

【前腔】江南按临,珠幢宝盖伞檐三行。五花头踏鸣锣振。(内白)报上!(净旗牌)所报何事?(内)吴江县叩见大老爷。(净)吴江县叩见大老爷。(正生)辕门侍候。(净)辕门侍候。(正生唱)声喝导,进壕城,江南半壁威凛凛。

(末上)大老爷伸冤。(净)大老爷,有人叫冤。(正生)上了刑具,带转辕门。(唱)

【前腔】肝胆儒生,虎口拔牙得望残生。今朝幸逢秦明镜。(花旦上)大老爷伸冤。(唱)洗冤海,哀无声,伏叩青天察民情。

(净)大老爷,有人拦马叫冤。(正生)上了刑具,带转辕门。(吹【过场】)(正生)来,传吴江县。(手下)大老爷传吴江县。(丑)报,吴江县胡室。(手下)噫!

---

① 此句 195-1-147 吊头本句末残剩"老成"二字,今从 195-3-92 整理本。

（丑）报，吴江县胡室。（手下）嚎！（丑）大老爷，吴江县叩头。（手下）喔呵，喔呵，喔呵！（正生）免。贵县，犯人潘仁表，可在你监中？（丑）下在我监中。（正生）可曾绝命？（丑）还勿死，还勿死。（正生）明日吊齐原卷人犯，带到辕门，候本院亲审。出去。（丑）谢大老爷。（丑下）（正生）带周全。（净）周全上堂。（末上）周全在。（手下）有锁。（正生）去锁。（手下）去锁。（正生）你乃是解元，控告官道，该当何罪？（末）大老爷，上告：官道贿赂公庭，民家有冤难伸。宰府逆子纵横，买出移害书生。京城虎豹并出，苦无事儿证明。猛拚残躯去沟壑，伏叩告秦明镜。（唱）

【泣颜回】**儒学作等闲，抚院轻藐圣贤。**（白）赵云庆夜杀思乔，诬害仁表。（唱）**纪纲大乱，无辜的公庭罪愆。**（白）抚院受贿，陷害书生。（唱）**狼狈并肩，和成了命案儿罪残**①。**江南地黑天无日，心不平恶势滔天，恶势滔天。**

（正生）准。明日早堂听审。出去。（末下）（正生）来，传鲍氏。（净）传鲍氏。（花旦上）有。（手下）有锁。（正生）去锁。（手下）去锁。（正生）你这女子，小小年纪，前来拦马投告，该当何罪？（花旦）大老爷容禀。（唱）

【千秋岁】**在牢监，无故害少年，拚残生得见青天。愿死黄泉，愿死黄泉，海底冤覆盆倾转。**（白）不想杨文豹这狗官呵！（唱）**恨贼官害大贤，保至善残生救**②，**强霸可证见**③。

（正生）准。明日早堂听审。出去。（花旦下）（正生）旗牌听令。（净）在。（正生唱）

【红绣鞋】**内丁捕捉刁奸，莫与抚院来知见。计如亮，休逃窜。赵云庆，罪不免。候亲审，拔沉冤。候亲审，拔沉冤。**（净下）

（正生）封门。（唱）

---

①　罪残，单角本如此，195-1-147 吊头本次字作"愆"，195-3-92 整理本作"罪愆"。

②　至善，195-1-147 吊头本作"支然"，依声校改。又，此句疑当作"残生救保至善"。

③　此曲尚少结尾的第十、十一句，因 195-1-147 吊头本残缺以及花旦本未抄写"海底冤"之后的曲白而不可考。另，195-3-92 整理本此下有曲文"恐报复方才赦免，方才赦免"，恐非原貌。

【尾】咬牙切齿冤，悲痛亲兄泪涓涓。（白）咳，杨文豹吓，杨文豹！（唱）非我心恶忒杀险。（下）

第三十八号

丑（赵云庆）、净（旗牌）、末（管家）

（丑上）周全拦马投告，恶妇声声叫冤。闻得巡按大老爷出京巡察，周全个耗养来东拦马投告，就是一状拨伊告准，伊也难为我勿得。（二手下、净上）相府门楣重如山，暗计怎得有人知？（手下）打进去。（净）且慢，相府岂可草率？我有一计在此，将令箭藏过了。有请帖一个，请他吃酒，府门外可以拿得。门上那一位在？（末管家上）是那一个？（净）巡按老爷旗牌要见。（末）候着。大爷，外面巡按老爷旗牌要见。（丑）那格，府门外巡按老爷旗牌要见？叫其自家走进。（末）大爷命你自进。（末下）（净）大爷在上，小人叩头。（丑）起来。（净）谢大爷。（丑）你到来做啥？（净）到来非为别事，巡按大老爷有请帖，请大爷吃酒。（丑）那格，巡按大老爷有请帖请我喝酒？（净）正是。（丑）个巡按啥人家保举？（净）是相爷保举。（丑）个遭我要去会会来。（净）大爷，还是轿，是马？（丑）不用轿马，只要自己步行。（净）请大爷贵步而行。（丑）相府滔天势，谁人不低头？（净）来，锁着。（二手下）锁着。（丑）啥？好大个胆带。（下）

第三十九号

正生（柳公望）、净（旗牌）、丑（赵云庆）、付（计如亮）、小生（潘仁表）、
末（周全）、花旦（鲍凤妹）、付（杨文豹）

（【大开门】，吹【过场】，四手下上）（正生上）（唱）

【一枝花】伤哉我同胞遭毒害，按不住泪盈腮。苦杀你暴露死形骸，鬼门关冤屈怎宁耐，这游魂何处望乡台。可怜你寒窗苦捱，读诗书虚度了年迈，不期

的命终时遭此狼狈。

(念)最可怜,手足无由见,离乡背井遭大冤,痛苦悲怜。(白)本院柳公望,钦承皇命,代天巡狩。今有旗牌前去捉拿恶贼,怎的不见回报?(净上)大老爷,赵云庆拿到,交还令箭。(正生)恶贼带进来。(手下带丑上)(手下)有锁。(正生)去锁。(手下)去锁。(正生)赵云庆,见了本院,怎的不下跪?(丑)我是宰相公子,岂肯跪你?(正生)你如今是杀人的凶手了,还有何辩?(丑)老柳,呾"穿过绿皮袄,忘记槐花树"哉。(正生)咳,我难为你父亲保举,特来杀你这恶贼。(丑)我禀告阿伯知道,要你死在顷刻。(正生)捆打四十,(手下打)一十,二十,三十,四十。(正生)咳,恶贼,恶贼!(唱)

【梁州第七】终日个乱胡为不思门楣,黑夜里、行凶霸杀命诬害。**恁恁恁恁是个恶贼虺蛇盘丝草地,恁是个没人伦虎豹狼豺**。**恁恁恁恁道是宰相家侯门深似海,恁道是阆苑第、赫奕势大,可不道皇亲犯法庶民同罪**。**今日个除你狗肺狼心,碎你身肉烧骨灰,肉烧骨灰**。

(白)赵云庆,你劫抢柳氏,潘仁表解危,原写伏状,可是有的?(丑)有个。(付暗上看)(正生)诬告潘仁表,罚银修儒学,可是有的?(丑)也是有个。(正生)夜杀柳思乔。可有?(手下)杀人?(丑)杀人要问计如亮。(手下)要问计如亮。(付)那格,我到头门看看,说起我来了?(手下)计如亮在头门侍候。(正生)传计如亮。(手下)计如亮,大老爷来带传哉。(付)那格,大老爷来带传哉?阿哉大爷,呾来带。(丑)我拘得来个。(付)那格,宰相公子好拘得来个?(丑)四十板吃过哉。(付)阁老公子好打哉,造反哉。大爷放心,我老计同老柳来总算。(丑)呾也有几板份。(付)大老爷,计如亮在。(正生)计如亮。(付)有。(正生)前者劫抢柳氏,潘仁表解危,原写伏状,可是有的?(手下)抢大姑娘,写伏状,有勿有个?(付)抢人?唷!(手下)话带来。(付)呵,有数。阿哉大爷,大老爷来东话,前者抢大姑娘,写伏状,好好①话个?(丑)

① 好好,方言"好勿好"的省略。

有个。(付)有个。(正生)诬告潘仁表,罚银修儒学,可是有的?(手下)诬告潘仁表,罚银修儒学,可是有的?(付)诬告潘仁表,罚银修儒学?唷!(手下)话带来。(付)慢慢儿,我会话来个。阿哉大爷,诬告潘仁表,罚银修儒学,好好话赖?(丑)也是有个。(付)也是有个。(正生)夜杀柳思乔。(手下)杀人。(付)杀人?(手下)快点。(付)我会话来个。大爷,杀人好好话?(丑)阿哉老计,别样事情都好话,杀人到底话勿得个。(付)大爷,我有数个。阿哉大老爷,我赖大爷话过哉,别样事情都好话,杀人到底话勿得个。(正生)咳,把他夹起来。(手下)有。(手下夹付)(正生)咳,恶贼,恶贼!(唱)

【四块玉】你你你你本是无聊赖,趋豪势为钱财。那顾得犯法违条弥天罪,三番两次抢裙钗。仇挟儿杀门台,害儒生受飞灾,恁可比蛇与蝎不拆开,蛇与蝎不拆开。

(白)招不招?(手下)不招。(正生)收。(手下)收,不招。(正生)再收。(手下)再收,也不招。(正生)收满。(手下)收满。(付)愿招。(手下)愿招。(正生)松夹。画招上来。(手下)画招。(丑)老计,老计!(付)大爷,大爷!(丑)我搭吤两个人,看梅花看梅花,要死哉个。(付)死,陪得吤去。(丑念)供画招赵云庆,(付念)计如亮起谋心。(丑念)见色起淫乱胡行,(付念)只为钱财赌输赢。(丑念)挟仇夜来杀,(付念)分明要我行。(丑念)诬害潘仁表,(付念)见证到公庭。(丑念)今朝犯铁案,(付念)看来活勿成。(丑念)两堘半①,(付念)好断命。(手下)画招呈上。(正生)上了刑具,交代知县收监。(手下带付、丑下)(正生)带潘仁表、周全、鲍氏。(手下)带潘仁表、周全、鲍氏。(小生、末、花旦上)(小生)今日得见青天,望你笔下超生。(正生)潘解元,你的罪若非是周全、鲍氏前来投告,你仍沉冤海底。本院已获恶贼,你罪可雪也!(唱)

【哭皇天】②堪羡你少英雄仗义疏财,堪羡你、立救裙钗。移祸恶贼巧计摆,都

---

① 两堘半,两行半。堘,方言,行,列,如"一堘字"即一行字。
② 此处 195-1-147 吊头本残缺,195-1-130(6)本题作【夜(雁)儿落】,疑非是,今从推断。

只为风月爱。最可怜思乔一命赴泉台，有谁来怜悯哭悲哀。说不出棠棣①相连，按不住盈盈泪自揩，盈盈泪自揩。

（小生）大人秦镜高悬，覆盆拔超，江南一带，豁开红日也！（正生）本院在此，何惧奸佞。（内）杨抚院到。（手下）杨抚院到。（正生）咳，我也明白了。众人犯下去，仁表站着，当堂剖白。（末、花旦下）（付上）恼恨狂徒，忒杀欺人。来，将潘仁表锁着。（正生）谁敢？释放了的钦犯，谁敢拘拿？（付）柳公望，你忒杀欺我，忒杀欺我。（正生）咳，我柳公望如今不是刑部的刑吏，代天巡狩，朝廷的命官。（付）出身之前，小小书吏，带你进相府，老太师何等看待与你，反将公子这般奚落，你的良心何在？（正生）咳，掌朝权者，理该保举。我代天巡狩，谁似你身为相府中的走狗！（付）有恩不报，骂你这衣冠禽兽！（正生）以正克邪，我是朝廷的柱石。（付）呀呸！（正生）呀呀呸！（付）呀，柳公望，你有这等放肆，我回去禀与老太师知道，要你死在顷刻。（正生）咳，杨文豹，你为一省主官，自己髭须保不住，何能治得江南百姓？（付唱）

【尾】急得咱怒气冲满怀，骂你这、忘恩负心小奴胎。你道是代天巡狩一日在，恨只恨禽兽衣冠要自艾。（正生白）咳，我柳公望若还怕死，也不将这逆子夹讯了。（唱）有一日复奏金阶，要把那奸凶辈，身首两处排，谁似你沐猴冠裳狐鬼依赖。（付白）本院不与你多讲。来，将潘仁表锁着。（正生）住了。释放了的钦犯，谁敢拘拿？潘仁表，回府去罢。（小生）谢大人，仁表去也！（小生下）（付）呀，大胆柳公望，将钦犯释放，问你受他多少贿赂？（正生）咳，我乃两袖清风，岂肯做贪官污吏！（付）呀！（唱）怒气满怀，奏金阶如有尴尬，进辕门另计除害，另计除害。（付下）（正生）咳，杨文豹，杨文豹！（唱）你满口胡才②，一味的趋势保得乌纱戴。俺怎肯奴颜婢膝，死黄泉忠心无改，忠心无改。（下）

---

①　棠棣，亦作"常棣"，《诗经·小雅·常棣》阐述兄弟应该和睦友爱，后因以"棠（常）棣"代指兄弟。

②　胡才，即"胡柴"。明天池道人《南词叙录》："胡柴，乱说也。"

第四十号

净（赵明夫）、外（方秀）

（净上）咳，罢了，罢了！（唱）

【（昆腔）剔银灯】**狂徒不思恩报，直恁的相府欺藐。若不除患祸非小，奏丹墀扭解京道。**（白）可恼是可恼，可恨柳公望这厮，不思恩报，反将仇敌。杨文豹修书与我，将潘仁表脱罪，反将我子百般凌辱。为此前来面奏朝廷，不免将原卷人犯提解进京便了。（唱）**严刑酷法难逃，要将伊万剐千刀。**

（白）来此午门，就此俯伏。臣赵明夫见驾，愿吾皇万岁。（内）上殿有何本奏？（净）臣启万岁。（唱）

【前腔】**君恩的食禄非小，柳公望受贿贪饕。酷法虐民害英豪，一味的严刑酷拷。**（白）臣保举柳公望江南巡按，谁想柳公望呵！（唱）**受贿赂不分白皂，速提解纪纲整好。**

（内）旨下，赵相有本奏道，柳公望贪赃受贿，命殿前指挥方秀，带领校尉五百捉拿，囚解进京，命三法司勘问。退班。（净）万岁。柳公望，柳公望！（吹【尾】）（净下）（四手下、外上）（打【水底鱼】）（白）俺方秀，奉旨捉拿柳公望，囚解进京，命三法司勘问。来，趱上！（下）

第四十一号

正生（柳公望），净、小生（刽子手），付（计如亮），丑（赵云庆），外（方秀），

小生（潘仁表），末（周全），花旦（鲍凤妹）

（【大开门】，吹【过场】，四手下上）（正生上）（唱）

【紫花儿序】满腔怒气怒劳攘,陡起了雄心壮,只你这无辜屈陷小孟尝①。幸感得代天巡狩可也救良,要将你前朝乖张,后朝报偿。便将我分身碎骨,要将你绑赴云阳,绑赴云阳。

(诗)黑雾迷天日,愁云展不开。我今番铁案,除灭恶豺狼。(白)下官柳公望,奉旨巡察。可恨逆子纵横,如今杨文豹,前来吵闹公堂,定有一番不美之事。俺将二贼先拿来正法,以消含冤。过来,将二贼带进来。(净、小生刽子手绑付、丑上)(正生)你这二贼,也有今日么?(丑)阿哉大老爷,吥放得我居去,对阿伯话,皇帝老子也拨吥做。(付)大爷,吥格当话早些话上去,个些苦头好勿用吃哉嘘。(正生)都是你这狗头起衅也!(唱)

【调笑令】你为那趋势助强,害儒门受魔障。怎呵!不过是为朱提骗白镪,竟把那大义纲常撇路旁。今日个遇咱时休想偷生,豁开了江南地黎民心欢畅,黎民心欢畅。(白)过来。(唱)你与我绳捆索绑,犯由牌插肩上,绑高杆示众万民喜气扬,万民喜气扬②。

(丑)阿伯吓!(内)圣旨下。(正生)咳,我也明白了。刽子手!(净、小生)有。

(正生唱)

【沙和尚】代天巡狩速请尚方,(净、小生杀付、丑下)(正生)封门。(四手下下)(正生笑)(唱)笑盈盈、正了纲常。明知煌煌诏,因解进帝邦。会审三法堂,议罢柳公望,可不道西市曹正直命亡,正直命亡。

(四手下、外上)(外)圣旨下,跪。(正生)万岁。(外)听开读:今有柳公望,贪赃受贿,捉拿因解进京,命三法司勘问。钦哉。去了冠带,上了刑具。(正生)

---

① 小孟尝,济困扶危、仗义疏财者的名号,剧中指潘仁表。《水浒传》第六二回《放冷箭燕青救主 劫法场石秀跳楼》:"礼贤好客为柴进,四海驰名小孟尝。"孟尝,指孟尝君,即田文,战国时齐人,为战国四公子之一,以善养士著称。

② 《调腔乐府》将"你与我"至"喜气扬"别题为【金蕉叶】,且词句有改易,同时对【调笑令】的词句顺序也颇有改动,疑非是。一则【调笑令】分三个词段,其中"竟把那"至"心欢畅"为第二词段,"你与我"至"喜气扬"为第三词段,而调腔曲牌重句不一定代表曲牌结束,明清传奇中的【调笑令】词式也较富变化。二则即使后部分别为【金蕉叶】,亦较曲律格式少了一个韵位。

万万岁。(外)柳公望,我且问你,你那家官?享那家禄?(正生)我做朝廷命官,享的是皇家俸禄。(外)不来与你多说,请公子出来。(正生)不消,两贼早已斩首了。(外)你待怎讲?呀!柳公望,圣旨来到,将公子斩首,不但你的头,我的前程被你所害了。(正生)我要进京,与老贼两下面奏。(外)你想面奏,你在此做甚?(正生)咳,圣上,圣上!(唱)

【小桃红】①俺是个铁石大忠良,何惧那相府威权压朝堂。就将我粉身碎骨截腹屠肠,俺可也一灵儿喜孜孜森罗殿上。只等你势败冰散,权党雪荡,那时节桩桩件件向森罗诉冤辩枉,诉冤辩枉。

(外)来,上了囚车,趱上!(小生、末、花旦上)(同唱)

【尾】②闻报巡查解帝邦,提原案、齐赴三法堂。恭敬他巍巍庙廊,堪羡他乌衣坐堂。(下)

第四十二号

小生(潘仁表)、末(周全)、花旦(鲍凤妹)、正生(柳公望)、付(杨文豹)、

丑(吴江县)、外(方秀)

(一手下吊小生、末、花旦上,一手下吊正生上)(正生)耿耿丹心贯日月,(小生)昂昂志气贯牛斗。(末)昂昂烈志冲霄汉,(花旦)琐琐裙钗美名留。(二手下、付、丑、外上)(外)点名。(丑)候点。(付)周全。(丑)周全。(付)柳公望。(丑)柳公望。(付)潘仁表。(丑)潘仁表。(付)鲍氏。(丑)鲍氏。(外)人犯可点齐?(手下)人犯已齐。(外)来,吴江县护送。(丑)钦差大人,你路上辛苦,有银子一千两,送与钦差大人。(外)送与我的银子,收下。(手下)有。(丑)小官护送。(外)不消护送。衙内有事,回衙理事。出去。(手下)唔!(丑逃下)(小生)多

---

① 此曲牌名 195-1-147 吊头本残缺,单角本缺题,据《调腔乐府·套曲之部》补。按,此【小桃红】源出北越调,与同名南曲曲牌不同。

② 此曲牌名抄本缺题,据《调腔乐府·套曲之部》补。

感大人,开天地之恩,又累大人受祸了。(末)害大人受祸了。(正生)咳,二解元!(唱)

【小桃红】①提救无功,提救无功,罪案重重。都只为我亲兄,被奸谋夜杀邪横。怎看这旧江山依然浓浓,审铁案有一番举动。你解危受牢笼,不惜命,为良朋,最堪怜未配娇容也。怎禁得三法堂上遭磨弄?(末唱)肝胆如铁石,今日个含笑九泉中,(正生唱)三法雷霆恁断送,三法雷霆恁断送。

(花旦)吓,哥哥吓!(唱)

【前腔】②风雨无故,风雨无故,暗地泪溶③。你在山中怎知我,披枷带锁受牢笼。(小生唱)你为我担愁容,我为你受尽无穷。暮风吹,憔憔瘦瘦,玉芙蓉,顿使人伤心悲痛也。(白)阿吓,小姐吓!(唱)有道是夫妻同甘叶梧桐。(外白)来,趱上!(唱)戴月披星去,休得放松,(同唱)三法雷霆恁断送,三法雷霆恁断送。(下)

第四十三号

净(赵明夫)、外(方秀)、正生(柳公望)

(净上)泰山名重,仵候凄其,悲子心痛④。(白)老夫赵明夫,可恨柳公望这厮,不思提拔之恩,反将仇敌。为此急奏朝廷,因解进京,斩首市曹,以消我恨。差校尉前去,怎的不见回报?(外上)忙将紧急事,报与太师知。(科)太师爷在上,方秀叩头。(净)命你提柳公望、潘仁表一案,可进京都?(外)

---

① 此曲抄本题如此,实即南越调集曲【山桃红】。

② 195-1-147 吊头本无此前腔。195-3-92 整理本误将此曲题作【下山虎】,且改"无故"作"无踪",亦非,南越调【小桃红】首句可不入韵也。

③ 泪溶,单角本作"仿陀(滂沱)",据 195-3-92 整理本改。

④ 此上场白 195-1-130(3)净本作"心中有急事,坐卧不安宁",今从 195-1-130(7)净本。仵候,单角本作"乳由",据 195-3-92 整理本改。凄其,寒凉貌。《诗经·邶风·绿衣》:"絺兮绤兮,凄其以风。"

柳公望拿到。（净）公子可曾伤命？（外）太师爷不好了，圣旨未到，柳公望将
公子斩首了！（净）怎么，将他斩首了？（外）斩首了。（净科）阿呀，儿吓！（唱）

【（昆腔）催拍】①听言魂飞魄荡，绝儿命案宗桃无望。不见儿郎，恨杀强徒忒逞
狂，悲痛伤心泣断肠。不由人胆战心慌，自悔无主张。

（外）太师，三法司勘问，自己勘问？（净）住了。什么三法司勘问，吩咐打点
升堂。（外）打点升堂。（净、外下）（内）吹！（四手下、净上）（引）悲痛伤心，这冤
气怎能消忍？（白）我欲恕人，人难容我，我难容。可恨柳公望这厮，将我儿
杀死，绝我苗裔，天理不容。过来，将犯官柳公望带进来。（手下带正生上）
（手下）有锁。（净）去锁。（手下）去锁。（净）呢，柳公望，我把你这恶贼！做那
家的官？享那家的禄？（正生）我做的朝廷命官，享的皇家厚禄。（净）身受
何恩？（正生）咳，你恶子横行，理该正法。（净）扯下打！打！（正生）且慢。
你不奉圣旨，怎敢打俺？（净科）吓，贼！吓，贼！（唱）

【（昆腔）叠字犯】你心何忍，断我宗桃，血海冤仇怎肯饶？（正生白）老贼，你恶子
横行，理该正法。你私坐大堂，也有一罪也。（净）呢！（唱）你负心又忘恩，蛇
蝎口毒，怒气咆哮，难恕万剐千刀。（白）夹起来。吓，恶贼！（唱）心痛酸愈苦
恼，命犯分身又犯天，怎不伤心泪如潮。（白）柳公望，柳公望！（唱）你犯法违
条，难偿儿命市曹。

（白）招不招？（手下）不招。（净）收。（手下）收。（净）再收。（手下）再收。（净）
收满。（手下）收满，也不招。（净）放了夹棒，上了刑具，带去收监，明日午鼓
时斩首便了。（唱）

【（昆腔）尾】膝下无子冷悄悄，怎奈我苍苍鬓皓。（白）咳，恶贼吓，恶贼！只道
你求名图富贵，（唱）那知笑口暗藏刀！（下）

---

① 此曲据 195-1-130(7)净本校录，195-1-147 吊头本题有【泣颜回】及"合头"，恐是
另一系统。

第四十四号

丑(家将)、外(潘文达)、小生(潘仁表)、末(周全)、花旦(鲍凤妹)、

正生(柳公望)、付(监斩官)、净(穿宫内监)

(内)家将!(内)有。(内)趱上!(丑家将提灯引外上)(唱)

【点绛唇】威镇沙漠,威镇沙漠,疆图巩固,清干戈。带砺山河,邦家功绩大。

(白)本藩,潘文达,奉旨镇守西番,为此星夜进京。家将,趱上!(唱)

【粉蝶儿】①不住的电奔星速,挂愁肠、闷萦胸腹。逆子的乡党纵横,命案儿诬罪移祸。好叫我仔细踌躇,他是个少年英雄大义规模,大义规模。(同下)

(四手下上)(末、正生、小生、花旦上)(同唱)

【醉春风】今日个含笑归冥途,仰天天、天不护我。邪横的安享无穷福,忠义的罩入在地网罗。(付上)柳公望,老太师何等看待与你,反将公子斩首,你的良心何在?今日将你们斩首,你悔也不悔?(正生)狗官,是俺柳公望呵!(唱)执法无私曲,一案儿、劫抢娇娥,一案儿诬告反坐,一案儿挟仇移祸。这的是桩桩件件亲招呵,西台执法怎恕他。宁甘心身赴黄泉,一灵儿早向森罗。(末、小生、花旦唱)浑身来绑捆,休得双眉锁。心正直别无差讹,(同唱)俺可也快胸膛除却奸魔,除却奸魔。(众下)

(净上)咱家穿宫内监,奉旨去到法场,将柳公望斩首,须索走一遭也!(净下)(丑引外上)(唱)

【石榴花】只见那皇城巩固阴阳座,挂愁肠、乐胸窝飞报早已挂号多。虽不效汾阳②还朝奏凯歌,俺索效班超久镇边庭座,今日里只我这无奏启返京都,又何来迎迓还朝文共武?进皇城马蹄蹀躞,(内声)(科)(白)呀!(唱)又听得、击

---

① 此曲牌名及下文【斗鹌鹑】【上小楼】,抄本残缺或缺题,今从推断。

② 汾阳,指唐肃宗时将领郭子仪,因平叛有功,受封汾阳王。清传奇《满床笏》敷衍其事,调腔抄本所见有《笏圆》《卸甲》出,其中《卸甲》见本书例戏类。

鼓鸣锣,(三己)莫不是法场上起风波,(白)过来。(唱)恁与俺急速去问他。(丑白)唭,法场上何事鸣锣?(内)奉旨监斩贪赃受贿巡查柳公望。(外)贪赃何处,受贿何来,前去问来。(丑)得令。唭,贪赃受贿那一案?(内)江南潘仁表命案。(外)呀,我儿斩首,还当了得!来,趱上!(唱)**听伊言动我肺腑,进法场何认面目,急煎煎催马如飞,闹盈盈市曹人多,市曹人多**。(外、丑下)

(四手下、付上)(末、正生、小生、花旦上)(同唱)

【斗鹌鹑】**临刑将到定案萧何,云阳道上笑呵呵。**(丑引外上)(唱)**睁睛睁目,离鞍步妥。**(白)呵吓,儿吓!吓,儿吓!(唱)**乍见了、不由人魂惊来魄消,何事儿律犯萧何?快把真情,一一诉与我。**

(白)儿吓,何事在法场典刑,说与为父知道。(小生)爹爹,奸相之子赵云庆,纵横乡党,移祸孩儿的吓!(唱)

【佚名】**捧势的杨文豹用计谋,命案儿、诬罪我。多感得代天巡狩沉冤超懖,无私执法把恶贼的市曹剁。奸相重提返京都,不问供绑赴云阳命坎坷。**(外白)奸贼,奸贼!(唱)**骂奸凶朝纲专占,**(净上)圣旨下。(外)且慢。(唱)**有冤枉、丹书何必来开读?**(净白)何衙门官,违抗圣旨?(丑)潘老王爷。(净)王爷,这是文案刑名,恐有不便。(外)住口。你道本藩不服圣旨、大有不便,俺有先皇免死金牌来。(净)有先皇所赐免死金牌,咱家复旨去也。(净下,四手下、付、末、花旦、小生下)(外)那一位柳公望?(正生)犯官柳公望。(外)好,你不惧权贵,甚为难得。(正生)王爷!(唱)**义肝忠胆来辅佐,身首断、何惧我胸窝。**(外白)大人!(唱)**堪羡你正直清明,先将逆子来诛戮。**(正生唱)金阶冤枉来剖诉,分忠佞、说什么掌朝权来辅佐。

【上小楼】(同唱)**恁道是元老冢宰,俺这里世袭公国。九重来上达,一一无虚讹,凶器来捏造,谕单有凭物。权奸势大,布纲张罗,揭起愁云,豁开怨雾,揭起愁云,豁开怨雾,天日重炎把权奸消磨,把权奸消磨。**(下)

第四十五号

小生（正德皇帝）、外（潘文达）、净（赵明夫）

（吹【过场】）（四太监、小生上）（引）香烟飘渺，公卿班师回朝。（白）寡人大明天子正德，登基以来，风调雨顺，国泰平安。西番侵犯，命定国公征伐，今已归顺。得胜还朝，命文武往三十里之外迎接。侍儿传旨。（太监）万岁。（小生）宣定国公入殿。（太监）万岁有旨，宣定国公入殿。（内）领旨。（外上）移步金阶上，上殿奏分明。臣潘文达见驾，愿吾皇万岁。（小生）平身。（外）万万岁。（小生）爱卿，将西番之事，奏与朕知。（外）臣启万岁，臣镇守西番，国主太子前来进贡，赵明夫捺宝不献，将西番太子缢死卧龙亭，有降表呈上。（小生）阿吓，妙吓！（吹【驻马听】）（外白）臣启万岁，宣赵明夫上殿，与他面奏。（小生）侍儿传旨。（太监）万岁。（小生）宣赵明夫入殿。（太监）万岁有旨，宣赵明夫入殿。（内）领旨。（净上）自悔那日吞宝，今朝国法难容。臣赵明夫见驾，愿吾皇万岁。（小生）赵明夫，寡人何等宠幸，反私吞国宝，西番太子缢死卧龙亭，故而有此祸来。（净）万岁，定国公出征鏖战沙场，闻风瓦解投降是实，移害老臣的。（外）住口。那西番国主太子前来进贡，你捺宝不献，反将他缢死卧龙亭，万岁若还不信，还有番书呈上。（小生）唔。你陷害忠良，去了冠带，拘禁天牢。（太监）领旨。（绑净下）（小生）潘爱卿，平定西番有功，九锡荣封。（外）臣领封。（小生）其子仁表，点入翰林。柳公望赤心报国，官还原职。赵相有一女，寡人为媒，许配仁表为室，柳氏、鲍氏，封为孝义夫人。杨文豹拿下，边县充军。（外）谢主隆恩。（小生）退班。（外）送驾。（吹【尾】）（下）

第四十六号

付（杨文豹）、正生（柳公望）、外（潘文达）、小生（潘仁表）、小旦（赵素梅）、

贴旦（柳弱美）、花旦（鲍凤妹）

（付上）（正生上）圣旨下，跪。（付）万岁。（正生）听读，诏曰：杨文豹倚势害人，
圣上龙心大怒，奉旨拿下，边县充军。钦哉，谢恩。（正生、付下）

（吹打）（外、小生上，小旦上）（内）送亲到。（正生、贴旦上，花旦上）（拜堂）（众）合家
团圆，拜谢皇恩。（下）

五六　三凤配

调腔《三凤配》共三十出，剧叙宋仁宗时，建安文武解元金瑞上京为师父苏连贺寿。金瑞途遇扬州五龙庄豪杰雷凤山，与之义结金兰。苏连职受御教习，奸相庞洪欲请苏连教授其子庞士彪武艺，苏连未允，庞相乃怀恨在心。时庞士彪聘请铁头陀归家传艺，庞相以苏连年迈为由，保举铁头陀为御教习，并让苏连上金殿与铁头陀比式。苏连为铁头陀算计受伤，复又被诬亏空饷银，遂溘然长逝。临死前苏连将女绣娥许与金瑞为妻，并促金瑞归家避祸，金瑞于是来至五龙庄雷凤山处暂住。苏连之子苏云因无法赔补饷银而入狱，苏绣娥乃乔妆成金瑞，前往建安寻夫求助。绣娥携仆路经五龙庄，正赶上五龙庄白槐二女彩楼招亲，绣娥抬着绣球，被强招入府。后绣娥借口出府，行至荷花塘遇盗，不幸落入青楼兰花院之中。

荆州人杨青同父亲进京探亲，行至扬州，父亲病亡而无钱殡殓。适逢铁头陀、庞士彪在五龙庄高搭擂台，杨青先是上台打擂不敌，后又与棺材铺店家争闹，幸得金瑞于白府隆兴当当剑赠银解围。金瑞往白府赎剑时探知绣娥出府一事，沿路探听，寻到兰花院，鸨母允其取银相赎。后金瑞与雷凤山来到兰花院，恰值庞士彪、铁头陀至兰花院寻欢，两下打斗，庞、铁二人不敌，约定擂台上相见。打擂之时，金瑞杀死铁头陀，庞士彪则被前来报复的杨青打死。金瑞因此受到牵连，被押解进京，绑赴刑场。时番邦琉球遣使，携石猴前来挑战。宋仁宗见无人有御猴之策，乃赦回金瑞应战。金瑞因金殿除猴有功，钦赐文武状元，苏云、雷凤山、杨青俱获封赏，而庞相被逐。金瑞与苏绣娥完婚，白槐携二女上门，于是三女同配一夫。宁海平调"后十八"本亦有此剧。

本剧有1958年老艺人忆写总纲本（案卷号195-3-63、195-3-64），但颇有粗浅失真之处，因而整理时除少数场次外，主要以《宁海平调优秀传统剧目汇编》第三集所收本为基础，拼合新昌县档案馆所藏正生、小生、小旦、贴旦、花旦、末（仅存第二十九号）、外单角本而成。其中，单角本曲牌名题写较少，凡可参照忆写本、宁海平调本题写的，一般不再出注说明。单角本未见场号标写,整理时根据用曲情况并参照宁海平调本分出。角色方面,由外本可知庞士彪为丑扮,其他单角本之外的人物的角色名目则基本上系整理时拟题。

第一号

小生(金瑞)、丑(喜儿)、老旦(沈氏)、正生(雷凤山)、付(酒保)

(小生上)(引)黄卷青灯,喜今朝得志青云。(诗)胸藏韬略攀丹桂,诵读经纶集凤池。雁塔题名蟾宫客,文武魁元志不虚。(白)小生,姓金名瑞字廷耀,乃是建安人氏。父亲金营,官居兵部尚书,亡故多年;母亲沈氏,曾受诰封。小生才年二九,叨占文武解元。多感御教习苏连老师,教传武艺,只奈老师六旬荣寿,进京虽则路远,我是门生,整备寿礼,前去拜寿。喜儿那里?(丑上)来哉,来哉。相公在上,喜儿叩头。(小生)起来。(丑)谢相公。(小生)我要到京都老师府中拜寿,命你整备寿礼,可曾齐备?(丑)相公,礼物、盘费银子一概齐备哉,相公好动身哉。(小生)你且候着。(丑)晓得哉。(丑下)(小生)请出母亲,辞别而去。母亲有请。(老旦上)幼子天涯远行,使人踌躇挂牵。(小生)母亲,孩儿拜揖。(老旦)我儿罢了,一旁坐下。(小生)谢母亲,告坐。(老旦)儿吓,请为娘上堂何事?(小生)母亲,孩儿要到京都拜寿,请母亲出堂,辞别而去。(老旦)我儿前去拜寿,叫苍头服侍与你进京去罢。(小生)老苍头在家照管家筵,孩儿只带喜儿同去。(老旦)好。我儿进京拜寿一过,即刻回家,免得为娘挂念。(小生)母亲请上,孩儿就此拜别。(唱)

【园林好】辞别故园长途迢遥,别尊严、高堂年老。缺甘旨恕儿不肖,都只为人伦理登门道,人伦理登门道。

【前腔】(老旦唱)**堪羡你青春年少,感老师教训恩高。**(小生唱)**来行程风霜飘**

渺,暂辞行离①故郊,暂辞行离故郊。

(白)带马。(丑上,小生、丑上马,同下,老旦下)(正生上)(唱)

【江儿水】心性多侠义,特地访英豪。英雄到此成管鲍。(白)俺雷凤山,乃是扬州五龙庄人也。一生侠气,访问英雄,闻得建安有一金瑞,乃是新科解元,英雄气概,名震四海,前来访问。(唱)**生死雷陈②情投合,分金道路双荣耀。**

三凤八龙义结高,堪羡桃园千古名标,千古名标。

(白)行到此间,有酒店在此,且进去宽饮几杯。店家可有?(付酒保上)酒店朝南开,客人都进来。客官来吃酒那啥?(正生)我来吃酒的。(付)客官请到楼上去。(上楼,付摆酒,付下)(小生、丑骑马上)(小生唱)

【前腔】春色多秀丽,正遇好丽朝③。杏花对景随柳飘,听林内鸟鹊啼音浩,篱笆一带近溪桥。凝望酒肆飘渺,喜儿,你与我轻加勒鞭,沽饮三杯葡萄,三杯葡萄。

(丑)相公,来此酒楼。(下马)(丑)店家可有?(付上)客官来吃酒那啥?(丑)正是。(付)请到楼上去。(上楼)(小生)呀! / (正生科)好壮士也!(付摆酒,付、丑下)(小生、正生同唱)

【玉交枝】蓦见壮豪,气昂昂凌云志高。顿令人兴起心悬,貌堂堂英雄年少。
(小生白)仁兄见礼。(正生)见礼。(小生)请问仁兄高姓大名?仙乡何地?(正生)弟扬州五龙庄人氏,名叫雷凤山。请问仁兄高姓大名?(小生)小弟姓金名瑞,表字廷耀,乃是建安人也。(正生)怎么,就是解元公?失敬。(小生)请问仁兄,今日何往?(正生)闻得名震四海,慷慨仗义,前来访问。(唱)**蓦闻心里④**

---

① 离,单角本作"归",据文义改。

② 雷陈,单角本作"成",宁海平调本作"朱陈"。"朱陈"为两姓联姻故实,疑非是,今改作"雷陈"。"雷陈"即"陈雷",指东汉时期情义坚如胶漆的陈重和雷义,详见《万事足·高夫人自叹》"怕刎颈雷陈"注。

③ 丽朝,单角本作"里消",暂校改如此。丽朝,清丽的早晨。另,此句宁海平调本作"郊原风野绕"。

④ 蓦闻心里,单角本作"店逢千古",据宁海平调本改。

浪滔滔,途中知遇真欢笑。不由人情开怀抱,相逢处情欢意乐,情欢意乐。
(科)

(小生)请问仁兄,今日何往?(正生)俺闻名而来,店中遇着,喜出万幸也!(唱)

【前腔】关河路遥,大义方成今古多少。学不得千古桃园,敢学那雷陈漆胶,雷陈漆胶。(小生白)小弟多感仁兄见爱。(唱)**羞惭无地望兄相交,路逢知遇真欢笑。谓小生无知嚣嚣,望君家逐浮萍水儿浪飘,水儿浪飘。**

(正生)弟有一言难以出口。(小生)未知仁兄有何见谕?(正生)解元公宦族名家,姓氏贵显,弟虽则草莽不堪,也是旧族,今日遇着,我要与解元公结拜金兰,意下如何?(小生)怎好仰攀?(正生)说那里话来?我心已定,不必推辞,请问贵庚多少?(小生)小弟年方二九。未知仁兄贵庚多少?(正生)这等说来,我叨长五年。(小生)如此哥哥请。(正生)我也有一拜。(同唱)

【五供养】天日杲杲①,逢患难生死相交。两下情交合,盟结在今朝。开怀欢笑,三生幸醉饮香醪。酒兴何时尽,一炷名香上花梢。寄兴陶情,知己逍遥,知己逍遥。

(正生)贤弟因何到此?(小生)小弟进京,去到师父府中拜寿。(正生)谁人贤弟老师?(小生)御教习苏连老师。(正生)苏老师教习,果然与众不同了。

(小生)小弟老师呵!(唱)

【前腔】朝暮辛劳,习弓马②一心授教。门下无二客,看爱如珍宝。(丑上)(唱)**夕阳西照,盼尽程途山遥路遥。**(白)相公,看天公要夜哉,老酒吃两杯东,好赶路哉。(唱)**莫恋杯中酒,途路多煎熬。旅舍自安,风霜自保,风霜自保。**

(付上)大爷会钞。(小生)要多少银子?(付)一两五钱。(小生)喜儿,取银子与他。(正生)贤弟拜寿一过,到为兄家下叙谈,意下如何?(小生)大丈夫后会有期。(正生科)(小生)下楼去。(小生、正生同唱)

---

① 杲杲,明亮貌。《诗经·卫风·伯兮》:"其雨其雨,杲杲出日。"
② 弓马,单角本作"另天",据宁海平调本改。

【川拨棹】整鞍轿，进京华问安余老。武闱中奇异戈矛，武闱中奇异戈矛，论战策虎略龙韬。那时节统貔貅与王朝，统貔貅与王朝。

【尾】一程行过一程遥，日映山川过西郊。又听鸟鹊声声唤子去归巢。（下）

第二号

外（苏连）、末（院子）、贴旦（苏云）、丑（喜儿）、小生（金瑞）、小旦（苏绣娥）、

老旦（乳娘）、正旦（旗牌）

（外上）（引）壮气称威风，喜今朝花甲重逢。（诗）忆昔当年走天涯，江湖浪荡谁知解？如今御前为教习，方表英雄名不夸。（白）老夫，姓苏名连，乃是山西人氏。喜习枪棒，游遍江湖，建安军门为教习，蒙圣恩职受御前都指挥之职。在建安收得一门生，姓金名瑞，旧岁得中文武解元，实为万幸。今日老夫六旬荣寿，各衙门前来庆贺，命孩儿前去辞谢。正是，天恩降雨露，万物又重新。过来。（末院子上）有。（外）请大相公出堂。（末）大相公有请。（末下）（贴旦上）画堂三多祝，谢寿已千秋。爹爹，孩儿拜揖。（外）罢了，坐下。（贴旦）谢爹爹。叫孩儿出来，有何吩咐？（外）儿吓，各衙门可谢过了么？（贴旦）孩儿早已谢过了。（外）改日还要置酒重谢。（贴旦）晓得。（丑、小生上）（小生）繁华锦绣地，特来叩府门。喜儿通报。（丑）门上那一位在？（末上）外面那一个？（丑）建安文武解元拜老师的寿。（末）请少待。启老爷，建安文武解元拜老爷的寿。（外）世兄到了，我儿出去迎接。（贴旦）世兄请进。（外）贤契。（小生）老师在上，待门生拜寿。（外）路途辛苦，常礼便罢。（小生）永祝千秋多喜气，恩德难忘庆华筵。（外）衰年感受君恩重，喜致风雪老余年。（丑）拜见老太师。（外）起来，一路辛苦。过来，与他西廊酒饭。（丑）谢老太师。（末、丑下）（外）贤契，令堂在家可康泰？（小生）托老师福庇。（外）贤契少年英雄，独占文武解元，老夫闻知，喜出天外。过来，命乳娘服侍小姐出堂拜寿。（小生）待门生回避。（外）世兄世妹，如同骨肉，何须回避？儿

吓,叫乳娘服侍你妹子出堂拜寿。(贴旦)乳娘,服侍小姐出堂拜寿。(小旦上,老旦乳娘随上,拜寿,小旦、老旦下)(小生)上席。(吹【画眉序】)(正旦旗牌上)奉了太师命,特地到此来。门上那一位在?(末上)外面那一个?(正旦)庞太师有请帖,请苏教习过府,有事商酌。(末)请少待。启老爷,庞太师有请帖,请老爷过府,有事商酌。(外)原帖发转,即刻就到。(末)老爷说,原帖发转,即刻就到。(正旦)好。(正旦下)(外)儿吓,你同世兄宽饮几杯,为父去去就来。(贴旦)晓得。(小生)老师,庞相相请,老师寿日,一定邀酒相请。(外)贤契,不要说起庞相呵!(唱)

【(昆腔)尾】①**我与他情不投,奈何官卑应酬**。(科)(外下)(小生)世兄,老师说起庞相,老师心中为何怫郁?(贴旦)世兄,不要说起庞相这老贼呵!(唱)**横行权奸,两下不叙投**。(科,下)

第三号

付(铁头陀)、丑(庞士彪)、净(庞洪)、正旦(旗牌)、外(苏连)

(二家人、付、丑上)(丑)武艺超群,姓名天下闻。(付)千斤手臂力,剑戟称奇能。(丑)区区非别,当朝首相公子庞士彪是也。心性好武,练习枪棒,只是力不从心,伎俩难解。请得高师习练,将来纵横无忌。师爷,今日到前道上,还是打拳,还是戏枪棒?(付)公子随心所发,咱家无不尽心代劳。(丑)且到前道上去再处。众家丁。(二家人)有。(丑)趱上。(二家人、付、丑下)

(净上)(引)三槐九棘论公卿,朝纲独占一权臣。(诗)掌握朝纲占,独任我为尊。一言重山岳,天子也惊心。(白)老夫庞洪,自掌朝权,内外公卿,尽属门下。当今国戚,依椒房之亲。有子庞士彪,未勤皇事,喜习弓马。我想文武一体,只是他技艺未精,恐受人胯下。想御教习苏连武艺精通,为此

---

①　此曲曲文单角本未抄,据宁海平调本补。

传他进府,提携技艺,可为人杰。闻得苏连今日六旬寿日,为此备一请帖邀他到来,教习我儿武艺。人去已久,怎不见到来?(正旦旗牌上)相府声名重,从来且威严。启相爷,苏连禀见。(净)着他进见。(正旦)请见。(正旦下)(外上)何事相请,进中堂问个原因。老太师请上,苏连叩见。(净)苏教习少礼,看坐。(外)老太师在上,下官那有坐位?(净)那有不坐之理?(外)告坐了。请问老太师,叫苏连到来,有何见谕?(净)小儿士彪心性好武,恐臂力不佳,为此相邀教习到来呵!(唱)

【(昆腔)驻云飞】拜一高贤,伏望训示在台前。**武庠来游荡**①**,万里威风显**。(外白)你令郎年少英雄,苏连年迈,怎敢教习?又恐误了你令郎一世威名。(净)休得太谦。教习,若在相府授教小儿,得见君恩,你不日有升迁。(唱)**嗤!或也出镇山川,广阔无限**②。(外白)下官收过门生,一法不传二体。(净)职受御教习,怎说一法不传二体?(外)老太师!(唱)**义结前盟,何敢悔此一言?**(净白)如此说门生何方人氏?(外)建安人氏。(净)姓甚名谁?(外)姓金名瑞。(净)职受何官?(外)旧岁得占文武解元。(净)吓,难道相府公子,不及一个解元?唔,出去。(外)苏连告退。(唱)**何必冲冲怒胸填?**(科)(外下)

(净)这老头儿如此无礼,有日犯在我手,叫他悔之不及。(丑上)要为人中杰,方显世无双。爹爹,拜揖。(净)你在那里回来?(丑)孩儿在教场骑射弓马。爹爹为何动怒?(净)因你心性好武,恐受人胯下,因此叫御教习到来朝夕教授。谁想这老头儿已收过门生金瑞,一法不传二体,实言回复,其情可恼。(丑)爹爹,苏连本领不佳,孩儿请得一头陀,武艺精通,可称天下无敌。(净)在那里?(丑)在书房。(净)叫他过来。(丑)师爷有请。(付上)(唱)

【前腔】忽听传宣,急步中堂问事端。(丑白)师爷,见之爹爹。(付)老太师在上,咱家叩见。(净)请起。请问大师是何法名?仙乡何处?(付)咱家智慧,俗

---

① 此句宁海平调本作"武庠雄荡",今作改动。

② 广阔无限,宁海平调本作"森阔无帘",暂校改如此。

家山西,出家少林,号铁头陀。多蒙公子抬举,情甘执鞭。(唱)**恕罪多冒犯,今日近君颜**。(净白)好。老师气概非凡,量来武艺不在苏连之下。(付)咱家与苏连一门教授,同出少林,只是他年迈了。(净)与苏连一门教授?老夫明日上殿保举,大师若在苏连之上,这御教习都在老夫身上。(付)若得太师提携,这御教习如同反掌。(净)好,只此一言,就知大量。咳,苏连,苏连!(唱)**喊! 任你可擎天,总然年迈躯残。你一身英雄,顷刻选青钱①。才知独立掌朝权**。

(白)我儿备酒,老夫还有言嘱托。(付)谢太师爷。(净唱)

【(昆腔)尾】**扬威耀武金阶转,必须随机应变。你泼胆提将把名传**。(下)

第四号

末(宋仁宗)、净(庞洪)、小生(朝臣)、付(铁头陀)、外(苏连)

(太监、末上)(引)龙飞凤舞,海不扬波。(诗)九重珠帘卷,金阙晓龙颜。愿得山河固,永享安乐天。(白)寡人大宋天子,年号仁宗。自登基以来,赖天护佑,内外咸宁,文武匡扶。今当早朝,为此临殿。(净上)急步金阶上,(小生)执手叩丹墀。(同白)臣等见驾,愿吾皇万岁。(末)平身。(净、小生)万岁。(末)寡人今日临殿,众卿有何事奏来?(净)臣庞洪有事启奏。(末)国丈所奏何事?(净)臣职受宰执,出身补佑朝廷。况御林军紧守皇城,保驾护国,个个桦虎爪鹰。御教习苏连虽然武略不减,奈因年迈,恐误国家大事。(吹【泣颜回】前段)(白)臣保奏少林有一头陀,名曰智慧,原与苏连一门教习,超群盖世,驾海擎天。(末)苏连虽则年迈,并无差讹。(净)目下太平盛世,须预防边疆衅起。(吹【泣颜回】后段)(末白)国丈保举头陀英雄盖世,宣上殿来,待朕亲观臂力。(净)领旨。万岁有旨,宣铁头陀上殿。(内)领旨。(付上)咱

---

① 选青钱,宁海平调本作"门清泉",今改正。选青钱,这里指考核提拔优秀人才。参见《双报恩》第五号【不是路】第二支"青钱万选"注。

是草莽山僧,今日里得见近君。臣智慧见驾,愿吾皇万岁。(末)果然英雄出众。智慧,国丈保举,你与苏连一门教习,谅必技艺过人。(付)臣与苏连同师习学。(末)平身。内侍,宣苏连上殿。(太监)领旨。万岁有旨,宣苏连上殿。(内)领旨。(外上)奸臣使谋计,金殿决雌雄。(科)臣苏连见驾,愿吾皇万岁。(末)平身。(外)万岁。臣启万岁,宣臣上殿,有何旨意?(末)国丈所奏,卿家年迈,不胜御营重任,保举头陀智慧进营,扶助卿家,可授御林技艺。(外)臣启奏万岁,臣年迈苍苍,当不起御营重任,又恐误了国家大事。国丈保举智慧,臣情愿退归林下,望吾皇准奏。(末)你与智慧同师习学,可是有的?(外)与智慧同师习学,原是有的。(末)朕看智慧人品雄威,未见伎俩,命卿在金殿上与智慧交品,待朕亲观。(外)师弟。(付)师兄。(付)师兄,你教习御前,弟才得近君,虽则交品,莫伤和气。(外)师弟说那里话来?你乃年少英雄,正好与皇家效力,为兄皓鬓苍苍,情愿退归林下。万岁飘下旨意,在金殿之上,交手一回,你我打一个平手,免伤和气。(付)从命了。(外)请。(科)(吹【千秋岁】)(外受伤)(末)卿家年迈,技艺不减。智慧,你二人同在御营授教。退班。(净)万岁。(末下,太监扶外下,净、付下)

第五号

小旦(苏绣娥)、老旦(乳娘)、小生(金瑞)、贴旦(苏云)、正生(院子)、
外(苏连)、丑(喜儿)

(小旦上)(唱)

【风入松】香闺甚闲闲,无心去看守老年。蓦听帘外鸟声喧,(白)奴家苏氏绣娥,不幸母亲早逝,随父进京荣任,才年十六,未曾婚配。爹爹六旬荣寿,有个建安文武解元,名唤金瑞,是爹爹的门生,前来拜寿。爹爹留在书房,与哥哥讲习诗书。昨日进来,说他才高八斗,武艺超群,必成大器。未问配合,本要将奴终身许配。爹爹吓,女儿终身,自有天定良缘。(老旦暗上听)(小旦唱)

红线早系当成言。订三生凤世朱陈,谐伉俪共百年,谐伉俪共百年。

（老旦）小姐。（小旦）你几时到的?（老旦）老身才得到此。（小旦）听奴讲些什么?（老旦）小姐,老身听见小姐只说一句。（小旦）说那一句?（老旦）小姐只说金瑞才貌呵!（唱）

【前腔】郎才女貌真堪羡,天生一对良缘。不枉你知书识礼女婵娟,（小旦白）咳!（唱）好叫我羞惭满面。只看我陋质微颜,怎同乎折桂仙,怎同乎折桂仙?

（小旦、老旦下）

（小生、贴旦上）（同唱）

【急三枪】论经史,两下里,心欢忭。明伦道,读圣贤,明伦道,读圣贤。（小生白）世兄,老师回来,一定教授了。（贴旦）世兄,弟乃是瘦怯书生,谁动干戈也!

（唱）身微怯,远不从,必惊战。戈戟事,心不坚。

（正生院子上）闻言心惊战,唬得魂胆消。大爷、相公,不好了!（小生、贴旦）为何?（正生）老爷吐血回朝了。（小生、贴旦）吓,有这等事来?快快扶他进来。

（正生扶外上）（外）无故受凌辱,今日被他欺。（小生）呵呀,老师,为何这般光景回来? /（贴旦）爹爹吓,为何这般光景?（外科）罢了,罢了。那庞相他有一子,要我教习武艺,我说收过贤契,一法不传二体。这奸贼怀恨在心,在金殿之上,保举铁头陀,夺我重任。（唱）

【风入松】金阶非偶然,定决雌雄正偏。（小生白）阿呀,老师吓!那铁头陀江湖有他名儿,也不该在金殿上,与老师两下交手吓。（外）圣上命我考他伎俩,那铁头陀与我一门教授,谁想这厮呵!（唱）胸怀毒计心不良,五龙爪、五龙爪打我胸膛。（小旦上）（唱）出中堂忙问亲严,顾不得羞满面,顾不得羞满面。（科）

（白）爹爹吓!（唱）

【前腔】令人一见心惨然,吐呕淋漓血沾。（小生白）过来,快快取紫金丹来。（外）且慢。肋骨三根打断,用不着了。（小生）阿呀,老师吓!（唱）听言来好叫我魂飞九天,恶贼的、恶贼的忒杀凶险。（白）阿呀,老师吓!铁头陀冤仇,门生得报也!（唱）那怕他力敌万千,还他五龙爪丧胸填,五龙爪丧胸填。

（外）贤契，你若报得此仇，为师在九泉，也得瞑目也。（唱）

【急三枪】守技艺，图功名，荣贵显。报冤仇，在他年，报冤仇，在他年。（小生白）阿呀，老师吓！铁头陀冤仇，门生得报也！（唱）**愿甘心，这头颅，来血溅。报冤仇，在眼前，报冤仇，在眼前。**

（外）贤契，此刻奸贼横势滔天，你孤身独立难行，倘有不测，其祸非小。（唱）

【风入松】还须要听我言，离京都即归故园。（贴旦白）阿吓，世兄吓！爹爹此言不差，有恐世兄遭害，快快回去了罢。（唱）**林木祸延事非浅，报冤仇、报冤仇丘山化涧①。**（外科）咳吓！（科）我倒忘怀了一桩大事。（小生）老师，忘了什么大事？世兄。（贴旦）妹子回避。（小旦下）（小生）恶贼，恶贼！（唱）**恨深深詈骂刁奸，何日里报冤仇放心田，报冤仇放心田？**

（外）贤契可曾定婚？（小生）门生功名未就，未谐连理。（外）有婚不消说得，无婚，我小女绣娥终……（科）（小生）阿呀，老师吓！既如此待门生回去，禀知母亲知道，前来作伐便了。（外）何用央媒，当面拜见我岳父。（小生）如此岳父请上，受小婿一拜。（唱）

【急三枪】谐连理，结丝萝，成姻眷。心思忖，别尊严，心思忖，别尊严。（丑上）蓦然波涛起，天灾顷刻来。大爷勿好哉！（小生）何事？／（外）为何？（丑）小人在兵部衙门经过，听得那人说御教习苏爷预支军粮三千，发公文刑部就要提案了。（唱）**火速的，军牌令，雷霆险。有差池，罪非浅，有差池，罪非浅。**

（小生）再去打听。（丑下）（外）贤契，这奸贼把军粮前来诬陷与我，你在此多有不便，快些回去了罢。（小生）阿呀，岳父，小婿怎生别得岳父而去？（外）贤契，少刻公差到来，必受其辱，快快回去了罢。我主意已定，你也不必执意，在此停留。（小生）岳父请上，小婿就此拜别。（唱）

【风入松】辞别泰山去天边，顷刻间命归九天。（外唱）**藏谷避幽去天边，切莫**

---

① 丘山化涧，宁海平调本作"丘山化间"，单角本一作"又兵花间"，一作"兵化里间"，暂校改如此。

要为我心坚。(小生唱)**好叫我心怅意牵,上雕鞍回头瞻,上雕鞍回头瞻。**(科)
(小生下)

【前腔】(外、贴旦同唱)**腾腾怒气冲天,顿足捶胸无限。一霎时波涛平地随空卷,父和子、爹和女心肠痛酸。在九泉哀告森罗殿,做阴鬼杀权奸,做阴鬼杀权奸。**(外死下)

第六号

正旦(旗牌)、贴旦(苏云)、正生(院子)、小旦(苏绣娥)、老旦(乳娘)

(四手下、正旦旗牌上)(唱)

【六幺令】**火速军牌,赫赫军威迤逦传来。军粮非无官粮债。有三千,权忍耐,缺分毫赔产卖,缺分毫赔产卖。**

(白)来,打进去。(贴旦上)(唱)

【前腔】**盈盈泪腮,不住伤悲紧紧重罪。何事喧哗闹垓垓?**(白)官差何来?(手下)苏老爷公子。(正旦)令尊在御营亏空军饷银三千,兵部查出,特来传提。(贴旦)我父亲亡故了。(正旦)进去看来。果然死了,但军饷银三千,非比等闲,带到兵部衙门自认。(贴旦)我也明白了。(唱)**权臣的,多凶派,诬陷军债将人害。**(四手下、正旦带贴旦下)

(正生上)小姐快来。(小旦、老旦上)(小旦)何事唤声急,出堂问原因。(正生)小姐不好了!(小旦)何事?(正生)差官说大老爷亏空军饷银三千,将大相公拿去了。(小旦)吓,哥哥拿去了? 快到县前打听。(正生)晓得。(正生下)

(小旦)哥哥吓!(唱)

【尾】**家门不幸遭颠败,顷刻里奇祸非灾。泪湿香罗,难将血泪揩,难将血泪揩。**(下)

第七号

末(谢百本)、正旦(旗牌)、贴旦(苏云)、正生(院子)

【大开门】(末上)(引)职任刑台主事,问公断尽官僚。(白)下官谢百本,江西人氏,科甲出身。蒙庞国丈举荐,在刑部主事。今有兵部一起预支军饷,御教习苏连身故,偿册无名,支粮诬陷。此事皆由庞相与苏连有仇,如今把他儿子苏云捉拿将来,变产的意思,明知此案诬害,奈国丈势重,不得不然。咳,苏云,只好做你不着了。来,将人犯带进来。(四手下、正旦旗牌带贴旦上)(手下)有锁。(末)去锁。军政旗牌。(正旦)有。(末)教习孤子苏云。(贴旦)有。(末)你父亲在御营亏空军饷银三千,可是有的?(贴旦)启大人,我父亲为官清正,那有亏空军饷银三千?这是军政之故。(正旦)这是苏连之故。(贴旦)那个见写?(正旦)要那个见写?(贴旦)是你见写。(正旦)是你见写。(贴旦)是你见写。(末)唔,法堂上这等胡闹。军政下去。(正旦下)(末)苏云,饷簿上现有你父亲名字,你一来欺君,二就为不孝了。(贴旦)大人吓!(唱)

【尾犯序】**上告有青天,念书生非敢**①**,忠孝不全。军政串气**②**,诬害谋算。**(末白)军政谋算?不过付三千两银子可销案了。(小生)大人,苏云那有三千两银子呵!(唱)**公断,念书生非轻诬害显,况又是怯怯穷酸。**(末白)法堂上那里容得情来?你若不认,就要用刑了。(贴旦)大人吓!(唱)**望详察,莫须有**③**三字,秦镜要高悬**④**,秦镜要高悬。**

(末)犯人不打不肯招认,扯下去打。(手下带贴旦下,打四十,带上)(末唱)

---

① "非敢"二字单角本原无,据宁海平调本补。
② 串气,单角本作"惨细",绍兴方言串、惨仅声调有别,据改。串气,串通。
③ 莫须有,单角本作"须行",据宁海平调本改。
④ "悬"字单角本脱,据文义补。

【前腔换头】**休瞒，直恁太无端，军政无干**①**，丝毫不冤。何得一过找**②**，法免刑宽。**（白）你若不认，重刑下来，你如何消受得起？（唱）**明断，萧何律法军粮总算，犯王法你命难全。**（贴旦白）大人，营中军士若不洽散钱粮，当时怎不呈告？是军政诬陷是实。（末）军册上现由苏连支用，怎说诬陷？（贴旦）大人吓！（唱）**这是无影踪，巧谋设计，暗地笔尖攒，暗地笔尖攒**③。

（末）今日也不动刑，上了刑具，带去收监，三日内若没有，变产销案。掩门。

（末下）（正生上）阿吓，相公吓！那官府怎样审问？（贴旦）老苍头吓，这瘟官要我赔补三千两银子来。（二手下）下监去。（正生）二位吓，我相公回去殡殓先老太爷去的。（二手下）只怕不能够了。（贴旦）苍头吓！（正生）吓！阿呀，相公吓！（贴旦唱）

【尾】**不孝重罪有三千，我今身图圆这受冤。**（二手下带贴旦下）（正生）不免回去，报与小姐知道便了。（唱）**可怜他瘦怯书生，怎受这冤枉？**（下）

第八号

小旦（苏绣娥）、老旦（乳娘）、正生（院子）

（小旦、老旦上）（小旦唱）

【山坡羊】**哭哀哀千般感叹，泪盈盈万种凄凉，愁默默奴实悲苦，恨深深仇如山海。**（白）奴家苏氏，我哥哥被人扭到公堂，官府不知怎样问法。看天色已晚，叫我如何是好也？（老旦）小姐且自放心，怕官府得罪他不成？少刻好回来的。（小旦唱）**泪潸潸，伤心奴命惨。从此椿萱无由望，我这里痛哭无门，痛哭无门泣难捱。天晚，等亲兄不回还；伤残，啼痕上流血泪干，啼痕上流血泪干。**

（正生上）（唱）

---

① "无干"二字宁海平调本原无，据文义补。
② 过找，宁海平调本作"过朝"，今改正。过找，过付找补。
③ "大人，营中军士若不洽散钱粮"至"暗地笔尖攒"，贴旦本未抄，据宁海平调本校录。

【不是路】急步回还，难报说根源。(白)小姐，老奴叩头。(小旦)起来。(正生)谢小姐。(小旦)苍头，你回来了。(正生)回来了。(小旦)大相公呢？(正生)前去打听相公吓！(唱)起祸殃，气喘吁吁进门阑。

(小旦)后来便怎么？(正生)那官府说我先太老爷亏空军饷银三千，要大相公赔补，将他打了四十，下在监中了。(小旦)阿，怎么，下在监中了？阿吓，哥哥吓！(唱)

【皂角儿】听言来魂飞魄散，禁不住、魄消天涯。好叫我措手无门，箭攒心剖腹胸抟①。(正生白)吓，小姐！(唱)你定着心，莫悲惨，权忍耐，过今晚，再叙情关。(小旦白)呷吓，爹吓！(唱)无限凄凉，泪珠偷弹。奴好似，江畔千花，失群孤雁，失群孤雁。

(白)哥哥吓！(唱)

【尾】我哭不尽燥喉干，要重逢三更邯郸②。(白)哥哥吓！(唱)怎叫我寝食何宁，坐卧难安，坐卧难安。(下)

第九号

末(禁子)、贴旦(苏云)、正生(院子)、正旦(旗牌)

(末上)文武皆出入，犯法进重门。咱家刑部天牢禁子便是。昨日发下一名犯人，名曰苏云，说为军饷银子三千两没有赔补，连我们使用一些也没有。叫他出来问问看。苏公子请出来。(贴旦上)(唱)

【点绛唇】配锁受冤，配锁受冤，令人惨伤，痛父行。兵又怨恨，提起泪惨伤。

(白)叫我出来何事？(末)你为了些须小事，甘心到这里所在坐就，赔补三千银子，何用受罪？(贴旦)大叔，父亲为官清正，那有三千银子来？(唱)

【混江龙】沐熏君禄受俸享，念寒门萧条无依傍。冷清清门楣旧族，可不道怎

---

① 胸抟，单角本作"胸槐(杯)"，据宁海平调本改。

② 邯郸，单角本作"梦怀"，据宁海平调本改。邯郸，邯郸梦，即黄粱美梦，喻虚幻之事。

生空望,怎生空望。(末白)做了几年的官,难道三千两银子也没有? 就是这里进入的老爷下监,监口使用也要二三千两银子,怎么三千两银子都赔偿不起?(贴旦)大叔,我若有三千两银子,也不到监中来了。(唱)**只我这怯怯穷儒身陋巷,何望得朱提再白镪?**(末白)没有,叫我们依靠何所?(贴旦)大叔吓!(唱)**严刑三法在公堂,严刑拘禁要赔偿,我这里哀哀哭泣凭天诉,惨凄凄心头悲伤,心头悲伤。**

(末)若没有赔偿,就要变产了。(贴旦)大叔吓!(唱)

【油葫芦】①**恁道你起风波,兄妹一来天丧,生死存亡一任天灾降,一任天灾降。**(正生上)(唱)**凝眸盼望,步踉跄、顾不得年迈苍苍。**(白)监门上大哥可有?(末)是那个?(正生)我问你,苏云可在你监中?(末)在我监中。(正生)我前来探望,有小礼在此送与你。(末)待我开你进来。(正生)有劳大哥。吓,相公在那里?(贴旦)吓,苍头吓!(正生)相公吓!(唱)**相逢处两地悲伤,披枷锁、怎受得严刑国法?**(贴旦白)先太老爷可曾殡殓?(正生)还未入棺。(贴旦)那小姐呢?(正生)可怜那小姐吓!(唱)**将父殓入棺坊,痛杀杀、哭声浪浪。**(贴旦白)阿吓,妹子!(唱)**都是你命遭磨难,累及你女娇娥一身承当,一身承当。**

(正旦旗牌上)(唱)

【不是路】奉命前往,要赔偿朝廷军饷。(白)禁子。(末)来了。(正旦)苏云。(贴旦)差爷。(正旦)你父亲预支军饷三千两,三日后不赔补,变产抵偿,还要问罪,速速捎信回来,免得追逼。(正生)差爷,我相公要回去殡殓先太老爷去的。(正旦)什么样人?(末)这是苏公子的家人,探望主人的。(正旦)好,快些商量,三日后若没有,变产不够,妻孥发出官卖。(唱)**快商量,悔只迟妻孥何向,妻孥何向?**(正旦下)(正生唱)**听说起言词荒唐,变产业、何有得三千两?**(末白)老爷查监了,出去。(正生)相公吓,待老奴回去,与小姐商议呵!(正生、贴旦唱)**主仆难分张,苦凄凄心怀悒怏,心怀悒怏。**(科,下)

---

① 此曲及下文**【不是路】**,曲牌名各本缺题,今从推断。

第十号

正旦(旗牌)、正生(院子)、小旦(苏绣娥)、老旦(乳娘)

(二手下、正旦旗牌上)(唱)

【水底鱼】①国法森严,欺君罪不轻看。见他三千无应,此身那得家返?

(白)俺户部承差,奉命变产苏连,趱上。(二手下、正旦下)(正生上)望主回家转,又听差捕临。小姐快来。(小旦、老旦上)(小旦)何事唤声急,出堂问原因。(正生)小姐不好了,老奴往兵部衙门经过,那差官说,要来典产销案了。(小旦)怎么,有此事来?不好了!(唱)

【驻云飞】心意彷徨,立地无身去何向?仰天天无诉,此际无门向。嗟!大都没主张,没主张好悲伤。(正生白)小姐。(唱)这是天不念,吾门受灾殃。不由人盈盈泪千行。(小旦、老旦、正生下)

(二手下、正旦上)(唱)

【前腔】教习堂堂,枉为英雄做一场。国法无欠缺,搜捕不寻常。(白)打进去,前后看好,进去搜来。(唱)嗟!非我无情况,无情况受刑杖。这是圣旨实皇皇。(二手下白)钗环首饰。(正旦)到户部法堂估值,若还不够,锁押住房。(二手下)住房不够。(正旦)妻孥发出官卖。(唱)皇法无情况,那个敢违抗?桩桩估计在公堂。(二手下、正旦下)

(正生上)小姐快来。(小旦、老旦上)(正生)小姐不好了!(小旦)苍头何事?(正生)差爷到来,衣妆首饰、箱笼物件整一拿去了。(小旦)且住。将我钗环首饰拿去,我这苦命何用?待我寻过自尽便了。(老旦)且慢。小姐,快快商议计会,救出大相公就是。(小旦)乳娘吓,到如今有什么计会来?(老旦)小姐吓,何不依老身主见,乔妆打扮,去到建安姑爷那边,取了银子三千,前来赎罪大相公便了?(小旦)乳娘吓,我未过门,差人答答,如何去得?(老旦)小姐

---

① 此曲牌名宁海平调本缺题,今从推断。

吓,到如今还要怕什么羞耻?快快扮起来。(换衣)(正生)妈妈,可有盘费?(老旦)盘费还有。(正生)取了来。(老旦下,又上)(小旦)阿,哥哥吓!(唱)

【尾】都只为救亲兄假乔妆,顾不得途路风霜。(白)哥哥吓,非是妹子不来别你,阿吓,爹爹,爹爹,你要保重女儿身体要紧。(唱)**一路行程脱祸殃。**(下)

第十一号①

小生(金瑞)、丑(喜儿)、正生(雷凤山)

(小生、丑上)(小生唱)

【步步娇】②**心意彷徨意焦燎,离却京都道。深恨那奸刁,海底冤仇,何日图报?**(白)小生金瑞,进京老师府中拜寿,不想老师被人欺辱,为此去到五龙庄,与哥哥商议,与老师复仇。喜儿趱上。(丑)晓得。(小生唱)**只为儒生无依靠,奸凶利器③如狼豹。**

(丑)相公到哉。(小生)向前通报。(丑)门上那一位在?(家人上)是那一个?(丑)我金瑞相公到此,要见雷大爷。(家人)请少待。大爷有请。(正生上)在家散玩心无聊,又听鹊鸟闹喧喧。何事?(家人)外面金瑞大爷到。(正生)说我出堂。(家人)我家大爷出堂。(家人下)(正生)贤弟。(小生)哥哥。(丑牵马下)(正生)请坐。(小生)有坐。(正生)贤弟前去拜寿,苏大人一见,多少欢喜。(小生)哥哥,我老师被人欺辱了。(正生)他是御营教习,谁人敢欺辱与他?(小生)就是那铁头陀。(正生)那铁头陀与苏大人一门教授,也不敢无情。(小生)那庞洪保举铁头陀,在金殿上,两下交手,夺去御教习。(唱)

【前腔】一世英名赴波涛,欺他年迈老。提起泪双抛,海底冤仇,我心怀抱。(正

---

① 宁海平调本缺此出。

② 此曲牌名 195-1-63 忆写本及单角本缺题,今从推断。

③ 利器,单角本作"力即",暂校改如此。

生白)这有何难？待为兄去到京中打听，与你老师报仇便了。(小生)还望哥哥到京中打听苏府之事要紧。(正生)备得有酒，贤弟畅饮。(小生)多谢哥哥。(正生)贤弟吓！(唱)**又何须心烦恼，**(同唱)**开怀畅饮舒眉梢，畅饮舒眉梢。**(下)

第十二号

净(白槐)、外(管家)、末(扬州府)、正旦(丫环)、贴旦(白双娥)、花旦(白双凤)

(净上)(引)少年跨马随征讨，叹林下余年老景。(诗)披甲征沙场，少年立功劳。堪羡百年事，谁来接宗祧？(白)老夫姓白名槐，字元瑞，乃扬州江都人也。叩蒙圣恩，曾任边关总兵。年迈无子，告驾还乡。夫人王氏在日，怀孕三年，那晚一胞胎双生二女，容貌无二，取名双娥、双凤，年方十六，不仅知书识礼，并且舞剑习枪。那些现任乡宦求亲也不少，只是未得我意，必要招一个儿婿两当，才称我心。但不知姻缘落于何处，使我日夜挂念也。(内)本府太爷到。(外管家上)请少待。启爷，本府太爷到。(净)他来何事？开正门相见。(外)太爷有请。(外下)(二手下、末上)正是作媒翁，中堂说情踪。(净)太公祖请坐。(末)有坐。(净)到舍有何见谕？(末)闻知老先生有两位令爱，尚未择配，下官特来作伐。(净)是那一家？(末)就是当今国丈公子，老先生若是允了，就是皇亲了。(净)他乃堂堂相府、赫赫皇亲，怕没有公侯对亲，何劳太公祖求婚小女？(末)非也，那国丈非叫我作伐，下官任满进京引见，未免国丈问起，好与令爱作伐。(净)因此事进京，引见庞府，叩见升迁，此道把我二女继补。(末)恐国丈不信，这姻亲与国舅，下官就可从中撮合。(净)太公祖此言差矣，治生明明告职官儿，庞府不但门户不对，攀亲不起。(末)只要国丈欢喜，有什么门户不对？(净)他欢喜，我不欢喜。(末)老先生有什么不欢喜？(净)不瞒太公祖说，晚生年迈无子，寒荆一胎双生二女，我要招个儿婿两当，又要承袭白氏香烟。他是堂堂国戚，治生微微小官，仰攀不起。唔，请回，请回。(末)老先生，允不允由你，何必动气？

（净）不是我动气，你进京引见，那里什么作伐，分明是献美求荣。（末）太言重了。（净）什么言重不言重，岂有此理！（末）此理？只怕庞府来对亲，他若欢喜，不怕你不送亲上门。打道。忠言逆耳不耐听，好意反成恶意人。（二手下、末下）（净）这厮如此可恶，造化了他。来，请二位小姐出堂。（外上）春梅姐，请二位小姐出堂。（外下）（正旦丫环、贴旦、花旦上）（贴旦引）停针罢线，（花旦引）侍膝前甘旨晨昏。（同白）爹爹，女儿万福。（净）我儿罢了，一旁坐下。（花旦）姐姐请坐。（贴旦）妹子请坐。（贴旦、花旦）方才何人到此？（净）方才扬州府赵荐科到此。（贴旦、花旦）到来何事？（净）到来与你姐妹作伐。（贴旦、花旦）才郎那一家？（净）就是庞国丈公子。（贴旦、花旦）爹爹允也不允？（净）儿吓，想庞相乃是奸佞之辈，为父因此告职归家，岂肯许配与他子为婚？（贴旦、花旦）爹爹，女儿终身，自有天定良缘，何劳爹爹挂念？（吹）（净白）儿吓，明日在府门首高搭彩楼一座，抛球招婿，心意如何？（贴旦、花旦）女儿任凭爹爹。（净）好，为父明日就是这个主意。（下）

第十三号

正生（院子）、老旦（乳娘）、小旦（苏绣娥）、付（店家）、净（白槐）

（正生、老旦、小旦上）（同唱）

【锁南枝】心悲苦，泪彷徨，途路凄凉哭断肠。年迈无力支，病重入膏肓。（正生白）老奴若不生病，早到建安了。（小旦）这是累及你夫妻了。（唱）**命蹭蹬，好乖张；病着我身悲，堪怜亲兄长，堪怜亲兄长。**

（老旦）小姐，来此寓店。（小旦）传店家。（老旦）里面店家可有？（付上）来哉，来哉。高挂一盏灯，安寓四方人。阿哉相公，来投宿那啥？那个人有病，投宿勿来个。（老旦）没有病的。（付）眼泡皮血血红①。（老旦）是江风吹红

---

① 眼泡皮，方言，眼皮。血血红，方言，血红。

的。(付)嗄,江风吹红的。到里面坐坐。(小旦)店家,可有姜汤?(付)姜汤,有有有。(小旦)取了一杯来。(付)让我拿得来。(付下)(老旦)老老,你病体怎么样了?(正生)妈妈吓!(唱)

【前腔】神魂散,魄渺茫,我身不能归故乡。可惜千金体,怎到宦门墙?(小旦唱)**耐心田,放愁肠;天怜念,难呈祥,天怜念,难呈祥。**

(付上)床铺好哉,请到里面,吃姜汤得去。(老旦扶正生下)(付)相公在上,小人叩头。(小旦)起来。(付)请问相公,家住那里?高姓大名?(小旦)小生建安人氏,姓金名瑞。(付)嗄,原来是金瑞大爷,小人多有得罪。(小旦)店家,此地可有医生?(付)医生是有,只怕没得工夫。(小旦)烦劳店家去请他到来看病,自当重谢。(付)五龙庄来往有十里路,天色夜哉,来勿及哉。况且明朝白总兵二位小姐抛球择婿,只怕勿肯来。(小旦)店家说那里话来?疾病在身,前去相恳,那有不来之理?(付)明朝你自家请,我也没得功夫。伙计收了招牌,挂起灯笼来。(付下)(小旦)我也顾不得了。(唱)

【前腔】天不念,我善良,怯怯穷儒走羊肠。建安在何所,金门在那厢?我是香闺女,假乔妆;羞态无门诉,暗地哭悲伤,暗地哭悲伤。(小旦下)

(净上)(唱)

【前腔】女儿事,招东床,天定良缘百年康。(白)老夫那日为赵荐科一起,即在五龙庄搭彩楼,抛球择婿,定在明日。命家人们摆设彩楼,未知可曾齐备。(二家人上)彩楼择佳婿,天定好良缘。老爷。(净)你们回来了,彩楼摆设如何?(家人)华丽得紧,四面珠帘高挂,灯彩鲜明,胜似瑶台一座。(净)好,明日传齐鼓乐傧相,彩轿两座,迎请二位小姐上了彩楼。楼下四十名家丁保护,看彩球抛着何人之手,不论贫富,即是姑爷。登时迎接进府,与小姐拜完花烛之后,个个有赏。(家人)老爷,婚姻大事,央媒说亲,六礼行聘,方为周公之礼。不论贫富,或者丑陋俗子,也叫小人迎进府,与二位小姐完姻不成?(净)不要你管。有道"才子配佳人,俗女配凡夫",二位小姐有此才貌,怕没有当世英豪配偶?(二家人)丑陋的倒也论不定。(净)唔,多讲!抛球择婿,自古以来,姻缘多少,就是凡夫俗子拾着,也是小姐的命也。(唱)**非我老懵懂,伉俪前缘定。乘鸾女,跨凤郎;连理并相倚,永和百年畅,永和百年畅**。(下)

第十四号

末、付、丑、杂(四相公),小旦(苏绣娥),老旦(乳娘),外(管家),正旦(丫环),

贴旦(白双娥),花旦(白双凤)

(末、付、丑、杂四相公上)(唱)

【念奴娇序】**订结丝萝,喜孜孜高结层楼,笛吹品玉。风流佳婿,忽然的妄想娇容**。(末白)列位,我们都是扬州乡宦公子,闻得五龙庄有两位千金,才年十六,为定终身,高搭彩楼,抛球择婿,定在今日。(付)我们上前看来。(同唱)**欲火,乘车掷果①,才郎款托②,看纷纷红粉佳人怎比我。这的是,天缘凑巧,送来你我,送来你我**。(末、付、丑、杂下)

(小旦、老旦上)(同唱)

【前腔换头】**蓼莪③,逐浪浮波,惨凄凄主婢双双,有老年迈坎坷**。(小旦白)乳娘。(老旦)小姐。(小旦)苍头病体十分沉重,若不请医生调治,吉凶难定。(老旦)小姐,你我是异乡人氏,他不肯来,也是枉然。(小旦)说那里话来? 医生跟前苦苦哀求,那有不来之理?(唱)**慈悲救度④,须念我背井离乡孤苦,背井离乡孤苦**。(吹打)(外管家、正旦丫环、二家人带轿,贴旦、花旦乘轿上,下)(小旦唱)**听笙**

---

① 此句末本页末散抄唱段作"成车真个",宁海平调本作"承车直歌",今改正。此用掷果潘安的典故。潘岳,字安仁,省称"潘安",西晋时人,貌俊美,每出行,妇人掷果盈车,以示爱慕。

② 此句末本页末散抄唱段作"谁郎宽他",宁海平调本作"六郎赛拖",暂校改如此。款托,诚意相交。

③ 蓼莪,《诗经·小雅》篇名。《蓼莪》篇写子女追慕双亲抚养恩德,后因以"蓼莪"指对亡亲的悼念。

④ 此句前单角本尚有一句,一作"齐步步",一作"愁忧下",而宁海平调本无之,今从宁海平调本。

歌,鼓乐喧天,簇拥人多,叫我如何挨身过? 我和你,暂停小道,悄地行过,悄地行过。(小旦、老旦下)

(吹打)(外、正旦、二家人带轿,贴旦、花旦乘轿上,出轿,上楼)(贴旦、花旦)天地神明,日月三光,奴家白氏双娥／白氏双凤,为定姻缘,抛球择婿。(同唱)

【古轮台】奴双娥／双凤,深深哀告月老翁,二女终身一世同,全着你执斧伐柯。香透广寒亲赴嫦娥,才貌双全姐妹配合,姐妹配合。(末、付、丑、杂上)(唱)云温雨润①,结情欢娱,远望着彩楼一座。(小旦随上,贴旦、花旦抛球,众抢,正旦、贴旦、花旦下)(小旦唱)心思默默愁多,我是个裙钗琐琐。五色彩球现,济济的踏步向前笑呵呵,向前笑呵呵。

(小旦拾球下,末、付、杂下)(外)彩球那位相公拾着? (丑)彩球在我这里。(外)不信,待我看过。(丑)彩球不拨�看,拨小姐看。(外)拨我看过,再报与老爷知道,骑之马,打之轿,迎接你拜堂。(丑)谁要拨你看,你去看去。(丑逃下)(小旦上)彩球小生拾着。(外)请。(小旦)如此奉还。(外)相公那里人氏? 高姓大名? (小旦)小生建安人氏,姓金名瑞。(外)原来是文武解元,快请进府拜堂。(扯小旦下)(老旦上)阿呀,相公,去不得吓! 不好了! (唱)

【尾】你假斯文好模糊,顷刻被人识破。(白)相公吓! (唱)急得我两步并来一步跨。

(白)相公慢走,我赶上来了。(下)

第十五号

净(白槐)、正旦(丫环)、贴旦(白双娥)、花旦(白双凤)、外(管家)、

小旦(苏绣娥)、老旦(乳娘)、正生(院子)

(净上)(引)画堂欣诵双佳句,宝扇初开孔雀屏。(吹打)(正旦丫环、贴旦、花旦

---

① "温"字末本页末散抄唱段残缺,据文义补。"润"原作"顺",润、顺方言音同,据改。云温雨润,形容男女欢爱。

上,下)(外)老爷,小姐彩球抛着了。(净)小姐彩球抛着那个?(外)小姐彩球抛着文武解元金瑞大爷。(净)你道如何,这是天定良缘。(笑)可曾请来?(外)在府门首了。(净)快请他进来。(二家人扯小旦上,二家人下)(小旦)暂歇眉头皱,来此白府门。(净)吓,贤婿!(小旦)大人请上,晚生拜揖。(净)贤婿看坐。(小旦)谢大人,告坐。(净)贤婿到此,为着姻缘,实为难得。(小旦)晚生非为亲事而来。(唱)

【秋夜月】事参差,非我故推辞。行程不期层楼至,(净白)贤婿为慕婚姻而来的。(小旦)非也,小生是京都拜寿而来。(唱)**归期何望鸾凤配。彩球抛掷,非我敢违背。**

(净)老夫年迈无子,双生二女,招个儿婿两当。如今贵相,贤婿乃是文武解元。(唱)

【前腔】挈红绿,订结皆奕世。乘龙跨凤三生两叙,(小旦白)大人,令爱千金琼瑶仙子,晚生碌碌庸才,怎好攀仰?(净)贤婿少年英豪,异日金鳌独占,怕不是头名状元?(小旦)你那里晓得吓!(唱)**千愁万怨难告启。这姻缘就里,那姻缘非礼。**

(吹打)(净)与姑爷配起吉服拜堂。(外带小旦下)(吹打,正旦服侍贴旦、花旦上,外、小旦上,拜堂)(老旦上)我心惊胆战,有口难言,相公快些回去吓!(净)你相公在要此拜花烛。(老旦)相公,饭铺中有病人在彼。(净)病人是那一个?(老旦)是老苍头。(净)是那家饭铺中?(老旦)在谢家村。(净)来。(外)有。(净)小轿一乘,把老苍头抬了来。(外应下)(老旦)我家相公还成亲不得。(净)你家相公还少什么东西,做亲不得?(老旦)咳!(唱)

【东瓯令】姻缘怎强逼,紊乱纲常礼义。停妻再娶非儿戏,犯了萧何律。此番露出形踪迹,天灾怎逃避?(老旦下)

(净)咳!(唱)

【前腔】一时没主意,花烛洞房拜天地。洞房烛焰绣帏里,权婚配谐凤世,如今叫我怎主意?

（二家人扶正生上）（家人）老爷，姑父管家到了。（净）快些扶他进去。（二家人扶正生下）（净）咳！（唱）

【尾】**一场欢喜一场气，难料他早结姻契**①。（白）他是文武解元，两个女儿配得极妙的了，不想从中还有一个病人。咳！（唱）**真个是命中安排没有计。**（下）

第十六号

付、正旦（二丫环），贴旦（白双娥），小旦（苏绣娥），花旦（白双凤），老旦（乳娘）

（付、正旦二丫环，贴旦、小旦上）（付、正旦）姑爷在上，丫环叩头。（小旦）这是那里说起呵！（唱）

【啄木儿】**顿令人，心惊恐，怎解重围脱牢笼？我看他绣幕红妆，洞房春今宵翔凤**②。（付白）姑爷请吃合卺杯。（小旦）咳！（唱）**说什么合卺交杯双鸾凤，绣幕空张玉芙蓉，怎挨今宵愁万种。**

（付）姑爷，我里小姐才貌双全，文章也会做，就个拳头也会打。（贴旦）丫环，送姑爷到二小姐房中去。（付）今夜大小姐，明夜二小姐，这叫轮大落小。（贴旦）呢，贱人，还不走！（小旦）吓，还到二小姐房中去。（正旦）姑爷这里来。（付、正旦、小旦下）（贴旦科）看金郎才貌双全，不枉姐妹二人祷告天地也！（唱）

【前腔】**虔诚的，告苍穹，二女婚姻当英雄。我看他气概昂昂，貌堂堂儒业门风。他年得志步蟾宫，鹓班伫立君恩重，姐妹双双受诰封。**（贴旦下）

（花旦上）（唱）

【三段子】**喜满心窝，才郎的、少年英雄；解元名重，听春雷腾蛟起凤。**（付、正旦、小旦上）（小旦唱）**西楼步出转廊东，绣阁香闺一体同，烛焰红妆笑浓浓。**

（正旦）小姐，姑爷来哉。（小旦）我好恨也！（唱）

---

① 姻契，宁海平调本作"姻缘"，失韵，今改正。姻契，犹姻眷。

② 翔凤，单角本作"佯风"，195-3-63忆写本有蓝笔校作"翔凤"，今从之。另，宁海平调本此句作"洞房鲛绡伴牢笼"。

【前腔】泪如泉涌,老年人坎坷病重;我实难从容,怎叫我洞房欢容①?(花旦白)丫环,将姑爷送到大小姐房中去。(正旦)大小姐叫我送来,小小姐乐得受用一夜。(贴旦)呸,贱人,还不走!(小旦)不差,到大小姐房中去。(正旦)送来送去天亮哉。姑爷跟之我来。(付、正旦、小旦下)(花旦科)方才听金郎之言,家奴有病在身,却也难怪与他。(唱)**愁肠老仆挂心胸,姐妹终身一世同,喜得个三生欢荣。**(花旦下)

(付、正旦、小旦上)(小旦唱)

【归朝欢】步中堂,结彩挂红,侍婢言、言词调哄;外书房,外书房,当问情踪。(老旦上)(唱)**彩楼上不期相逢。裙钗女配合玉娇容,若还露泄那其中,一场丑态还将人断送。**(科)(老旦下)

(正旦)天亮哉。(小旦)二位大姐,姑爷有心事在身,不进房去,二位大姐去睡了罢。(正旦)姑爷,老管家病好哉,放心做亲是哉。(小旦)呸,贱人,还不走!(关门)(正旦)阿姐,姑爷这样事务还勿晓得。(付)姑爷还勿曾尝着味道。过去,过去。(正旦、付下)(小旦)天吓,我苏氏绣娥遇着此番磨折也!(唱)

【前腔】乔妆的,乔妆的,避迹藏踪,名和姓、建安声洪。洞房花烛笑浓浓,愁肠老仆挂心胸。一心强逼画堂中,二女终身一世同,配着我绿鬓红颜一样同,绿鬓红颜一样同。(下)

第十七号

净(白槐)、小旦(苏绣娥)

(净上)(唱)

【桂枝香】体衰老迈,宗桃谁代?招一个坦腹东床,儿和女百年担代。谁知他定婚早配,定婚早配。(白)我如今留他在此攻书,送他进京赴选做了官,这项

---

① 欢容,单角本作"花烛",失韵,据宁海平调本改。

官诰,还不是女儿顶戴?我两个女儿受了皇封,那苏家女子这官诰如何强占得去?(唱)**我这里定计图会,诵经史留在书斋。早安排,香饵金鳌钩,罗网四面开,罗网四面开。**

(小旦上)(唱)

【前腔】**步履花阶,往出门台。**(净白)贤婿。(小旦)岳父,小婿拜揖。(净)请坐。(小旦)谢岳父,告坐了。(净)贤婿今日为何甚早?(小旦)岳父,行囊在饭铺之中,故而清早起来。(净)有行囊在彼,何用自去取,待我打发家人前去,怕饭铺中不发?(小旦)内有玉如意一支,是小婿宝物,岂可被人露目?(唱)**珍宝的世代传留,露行人反遭自害。**(净白)贤婿可去取来,老夫与你收藏。(小旦)如此小婿拜别。(唱)**郊园村野,郊园村野,何处天涯,虎口脱灾。**(小旦下)(净)昨夜不肯成亲,今日口口声声叫我岳父岳父,可见夫妻五伦之首,老夫百年之后,从此无忧也!(唱)**且开怀,二女膝前在,晨昏早安排,晨昏早安排。**(下)

第十八号

付(冯凶)、丑(花吉)、老旦(赛多娇)、正旦(船家)、小旦(苏绣娥)

(付上)扮活鬼夜夜伺候,(丑上)打闷棍日日无休。(付)来往客商如同抢头,(丑)这儿只好打狗。(付)我叫冯凶。(丑)我叫花吉。(付)兄弟,你我向来做短路贼,难末扮之鬼怪,前后荷花桥两边一条塘,有十里路长,来往客商黑夜走过,我与你两边一合,勿论包囊、雨伞、铺盖、行李、铜钱、银子,断之无数。(丑)胆小的呢,放之行李就走;遇着胆大,力气亦大,被他拿住,勿但破案,亦且要到水晶宫里去哉。(付)有道任我行将去,凭天降福来。(丑)撞着勿怕鬼,呜呼命哀哉。(付)勿要多说,吃之夜饭,荷花桥边等。(付、丑下)

(内)船家,把船摇上。(正旦船家摇船,老旦同上)(老旦唱)

【六幺令】**妓院粉头,四远闻名是我魁首。倚门卖笑迎新送旧。**(白)咱乃兰花院里一个老鸨儿,名曰赛多娇便是。只为院中来往的不是官家公子,定是豪富财主,只是缺少几个美貌的娇娇,为此带着千金,好往苏州买几个女子。船家,天色晚下来了,我们寻个清静所在停泊,不要被那些狗攮的听些闲话。(正旦)难末到荷花桥边停歇是哉。(老旦)有理。(唱)**亲访女子驾扁舟,何惜千金到苏州。**

(小旦上)(唱)

【前腔】香闺女流,假冒乔妆忍耻包羞。为救亲兄出刑囚。(白)昨晚与老苍头商量一夜,我只得单身出了府门,到得建安,见了金郎,取了银子,救哥哥出狱。看天色已晚,去到前途,寻个一个安身之处便了。(唱)**天昏暗,路难走,一望池坑好悲忧。**

【前腔】阴风吹透,月色无光天昏幽幽。前途村舍何所有。鞋弓小,路难走,海角天涯怎遨游。

(付、丑上)(小旦)不好了!(唱)

【前腔】我命难留,魂飞魄散神魂荡游。频频小鹿跳心头。身将近,头似斗,魑魅山魈双起手。(跳入船)

(正旦)有鬼吓!(老旦唱)

【尾】睡梦中听声声,起首忙问根由。(白)船家摇吓!(正旦、老旦、小旦下)(付、丑)行李全无,只得一双靴。咳!(同唱)**一夜辛苦,只落得一双空回手。**(下)

第十九号

正旦(船家)、老旦(赛多娇)、小旦(苏绣娥)、付(铁头陀)、丑(庞士彪)

(正旦船家摇船上,老旦、小旦随上)(老旦)船家,有鬼。(正旦)老妈妈,勿是鬼,有个人跳在船头上。(老旦)船停泊了。(小旦)救命吓!(老旦)这是女子的声音,待我看来。好一双小脚,是个假男子进舱来哉。(小旦)多谢妈妈。(老旦)请坐。请问何事乔妆打扮,黑夜行走?还是家中吵闹呢,还是私勾情郎逃走?对我说个明白,好送你回去。(小旦)妈妈容禀。(唱)

【锦缠道】**诉告我因缘，我本是旧族婵娟，只为事无端，离京都乔妆改换，建安前去投亲伴。**(老旦白)你京都出来，建安投亲，难道没有人同伴的么？(小旦)妈妈，怎的没有。(唱)**老年人患病在旅店凄然，还有个老婆子随身同伴。**(老旦白)家人有病在店，你为何独身到此？(小旦)妈妈吓！(唱)**时乖运颠连，事不合做出一番腼腆。无奈出庭院，遭不幸遇此难，多感得救残生全。**

【普天乐】(老旦唱)**见风姿美婵娟，温存体态太情恋。看将来月下情牵，等情郎李下瓜田。**(白)月光之下看他美貌，若到院中妆扮起来，怕不是风流绝世？此刻也不要说破。小娘子你不要着急，包在我身上，送你到建安去罢。船家，开船回去了。(正旦)你说要到苏州去？(老旦)有了这个，还到苏州做什么？开船回去了罢。(唱)**我也喜欢，免得人牵绊，这些人儿千金不换，千金不换。**(正旦、老旦、小旦下)

(四家人、付、丑上)(丑唱)

【古轮台】**急煎煎，程途不顾路颠连，窈窕生得多娇美，我心欢忭。**(白)俺庞士彪，为扬州府赵荐科在爹爹跟前说，白总兵双生二女，年方十六，央媒作伐。又闻他父亲在五龙庄搭彩楼抛球择婿，为此飞马而来。师爷，这姻缘岂非稳稳到手？(付)公子，咱听昨日那些来往人说，绣球抛着文武解元金瑞，抢去了。(丑)可恼！(唱)**莫道姻缘一线，千里程途今朝枉然。**(付白)公子，那金瑞恃着那苏连，横行无忌。待咱家就在五龙庄高搭擂台，立一大言牌，打尽天下英雄。那金瑞前来，待咱家绝他性命，把那白府二位小姐，抢来与公子成亲。(唱)**权为月老，擂台颠然，他是个昂昂志气显。**(丑白)众家丁，对扬州府说，御教习在五龙庄摆擂，要选天下英雄，就在本月十五日上擂台。(四家人应下)(丑)咳，金瑞，金瑞！(唱)**五龙庄上威风显，赫赫皇家非偶然。**(付白)公子，不是俺夸口说。(唱)**凭着俺铁刀铜拳，管叫他一命悬。**(下)

第二十号

小生（金瑞）、正生（雷凤山）

（小生上）（唱）

【解三醒】坐书斋闷胸怀抱，不由人心意焦躁。我这里存亡未卜音信杳，顿令人受煎熬。（白）小生金瑞，进京拜寿，老师被人欺辱。来此五龙庄，与哥哥商议，进京打听苏府之事，不见回来，好生挂念也！（唱）我这里悬望切心多忧虑，他那里宿水餐风咸代劳①。心焦躁，怎能够金兰睹面，来问根苗，来问根苗。

（正生上）（唱）

【前腔】为良朋一言受托，顾不得、山遥路遥。今日个回返故郊，说情踪添生恼。又闻得天缘辐辏，这的是凤世朱陈凤卜鸾交。（小生白）哥哥回来了。（正生）请坐。回来了。恭喜贤弟。（小生）小弟无喜可贺。（正生）你在白府招亲，为兄失贺了。（唱）真欢笑，堪羡你乘龙跨凤②，二女同老，二女同老。

（小生）哥哥，小弟命你打听苏府之事，怎说二女同房？（正生）贤弟，那苏大人去世，亏空军饷银三千，要苏公子赔补，下在监中了。（小生）既如此，待我拿了三千两银子，前去赎罪便了。（正生）那苏小姐和家人出府，往亲戚家中挪借去了，那苏公子就可出狱，你且放心。恭喜贤弟，贺喜贤弟。（小生）小弟无喜可贺。（正生）为兄一路而来，你在白府招亲，多少欢喜。（小生）哥哥，小弟那里出府去过吓？（正生）那五龙庄白总兵双生二女，抛球择婿，彩球抛着兄弟，迎请进府，花烛也曾拜过，不必瞒了。（小生）呀！（唱）

【朱奴儿】此话儿令人蹊跷，是何人、假冒亲招？（正生唱）休得支吾瞒我曹，拾彩球谁人不晓。（小生唱）听言来冲冲怒恼，同姓名天下多少。

---

① 咸代劳，单角本作"闲待劳"，咸、闲方言音同，据改；宁海平调本作"堪殚劳"。

② 此句单角本作"有（又）闻得天缘福秋（辐辏）"，与上文重复，据宁海平调本改。

（正生）贤弟，天下同名姓也有，难道建安文武解元有两个不成？（小生）是
吓，天下同名同姓虽有，建安文武解元金瑞，难道有两个不成？可恼，可
恼！（唱）

【前腔】**图姻缘名姓假冒，恨他行、名分胡闹。**（白）哥哥，不知那一个狗男女，
假冒小弟名儿，在白府招亲。倘若果有此事，这还了得。（唱）**狂徒设计暗织
巧，爱风流借我名号。**（白）小弟明日去到五龙庄，打听明白。（唱）**真假的难分
白皂，必须要亲灭奸刁，亲灭奸刁。**

（正生）贤弟之言不差，必须要亲见其人，问个真假。（唱）

【尾】**见仪容把言词套，还须要问他真名号。**（小生白）哥哥，小弟见了那人呵！
（唱）**扭结公堂，问他律一条。**（下）

第二十一号

外（杨青）、付（铁头陀）、丑（丁聚康）、小生（金瑞）、末（朝奉）

（内）爹爹吓！（唱）

【粉蝶儿】**悲切切痛苦嗟呀，**（外上）罢罢罢！（唱）**受尽了途路波渣。俺是个妆
就英华，运不济浪荡走天涯。**（白）俺杨青，乃是湖广荆州人氏。连年颠沛，命
运不济，同爹爹进京探亲，来到扬州，爹爹一命身亡。无钱殡殓，寓店之中，
不肯与我投宿；庙宇之中，不肯与我安放。只得背了爹爹尸骸，沿街求乞。
咳，爹爹，爹爹，非是孩儿不孝也！（唱）**我只得荒郊奔踏，好一似狼狈苦，好叫
人两泪交加。望前途村庄那一答？可怜我爹爹无厝奔走荒野，奔走荒野。**

（内声）（外）你看那边有一众人马，往此地来了，待我将爹爹尸骸放在路中，
拿些银子安葬爹爹便了。（四百姓上）（同唱）

【泣颜回】**超对武艺夸，盖世英雄不假。破立大言，腾腾的打尽天下。**（白）啥
人家挡住去路？（外）这是我家爹爹。（众）为何躺在路中？（外）亡故了。（众）
阿呀！（外）呔，不要惊慌。爹爹亡故，无钱殡殓，烦劳列位周济，殡殓我爹爹，

日后出头,定当犬马图报。(众)你这汉子,我们行路之人,那里来的银子?
(外)银子有没有?(众)我们没有。(外)没有,俺就一拳。(科)(众)咳,看这汉
子,有些本领,要他送死来。阿哉汉子,看你有些武艺,铁头陀在五龙庄摆
擂,将铁头陀一拳打下擂台,有银子好拿的。(外)怎么,铁头陀在五龙庄摆
擂,将铁头陀一拳打下擂台,有银子好拿的?(众)是的。(外)吓,爹爹,非是孩
儿不孝,背了你打擂去也!(唱)**踉跄步跨,望前途、擂台那一答。俺这里痍殇
无厝,顾不得凶暴强打①,凶暴强打。**(外下)

(众)介个种人,好像黑炭头介个,生带落来,白生白养,介长介大,爹死哉,
棺材本钱没有,哂个人打擂台去,铁头陀一拳落来,一棺材好葬哉,送死去
哉。我们回去罢。(四百姓下)(二家人、付上)吠,有何本领,上擂台会咱一会。
(内)吠!(外上,科)(付)有何本领敢上台?(外)俺不来打擂,只要你的银子。
(付)银子洒家手中来取。(打,外败下)(付)日已过午,吩咐收了擂台。(二家
人、付下)(外上)(唱)

【前腔】羞惭满面气难耐,铁头陀本领可夸。(白)好打好打,俺赶上擂台,被铁
头陀一拳,打得俺头晕眼花,只得背了爹爹尸首就走。爹爹,非是孩儿不孝
也!(唱)**可怜你苍苍年迈,不幸的受了糟蹋。**(白)丁聚康寿坊出卖。妙吓!
(唱)**令人喜耍,有寿坊、我爹爹可殓下。都只为背井离乡,做出了一场笑话,
一场笑话。**

(白)店家,店家!(丑上)来哉。你是啥格人,棺材店勿打发的。(外)俺不来
求乞,来买棺木的。(丑)啥个,来买棺木的?格财神菩萨请着哉,生意来
哉。客人请进,还是三墙四品,上下八块,长短都有。(外)店家,俺背了爹
爹尸首来凑,凑着银子不论。(丑)这一口给你凑。(外科)这口欠高大。(丑)
那一口给你凑。(外)凑着了。(丑)刚刚似数。(外)店家,这口棺木,要卖多
少银子?(丑)客人,别人来买,十二两银子,你来买十两银子。(外)十两银

---

① 凶暴强打,单角本作"凶打强暴",据宁海平调本改。

不多,我去拿了来。(丑)到那里去拿?(外)到湖广荆州。(丑)勿是哉。湖广荆州路有千里,做不来,要现银子的。(外)吓,店家!(唱)

【黄龙衮犯】望你个怜悯咱,俺不是无义草芥①。倘有日风云际会,谢千金妄言非夸。(丑白)你若没有银子,我要将你爹爹尸骸扛出去哉。(外)谁敢动?动一动到县前告你移尸之罪。(丑)勿好哉。列位高邻,请得出来。(二邻居上)何事呼声喧,忙来问事因。做什么?(丑)列位高邻,勿要说起,这位客人背之爹爹尸首来买棺材,说要凑,我就让他凑,凑着哉,我问他银子,啥个要到湖广荆州去取。我想湖广荆州路有千里,我说尸首扛出去,他反要告我移尸之罪。(二邻居)原是你勿是,尸首好背进店中来凑的?(丑)我被他弄昏哉。(二邻居)你这位客官,我这地方不是好惹的呢。(外)咳,列位吓!(唱)**俺是个轰轰烈烈丈夫家,岂可把言词来虚话,言词来虚话?**(科)(小生上)(唱)**街衢闹吵,何事喧哗问取根芽,看他愁眉百结泪如麻,百结泪如麻。**

(白)仁兄放手了。店家,为着何事,在此争闹?(丑)这位外路客,背了父亲尸首来诈人头,要拿他送官去。(小生)仁兄为何,请道其详?(外)咳,兄,一言难尽。(唱)

【扑灯蛾犯】不幸途中苦,爹命染黄沙。(白)俺杨青,湖广荆州人氏。同父亲前来投亲,不想爹爹一命身亡,无钱殡殓,与店家两下吵闹。(唱)**权安顿孤魂留家,待来时千金酬谢。**(小生白)店家,要多少棺木钞?(丑)十两银子。(小生)仁兄,要多少银子可以奔丧回去?(外)五十两银子,可以奔丧回去。(小生)店家,可有典当?(丑)前面五龙庄白府,名曰隆兴当。(小生)仁兄,我去去就来。(小生下)(二邻居)倘若没有方才这位相公周全你丧事,这客人就为三不孝了。(外)咳,店家吓!(唱)**三不孝是我罪大,万种凄凉我父黄沙,好叫我何处浪荡走天涯,何处浪荡走天涯。**(众下)

──────────

① "芥"字单角本脱,今补。宁海平调本"草芥"二字作"浑家","浑家"谓妻子,于义不合。

（小生上）（唱）

【叠字犯】行来双飞快，见典当牌高挂，都只为途中佩剑来赠他。（白）里面店主可有？（末朝奉上）眼观今古诗集，看定珠宝首饰。（小生）店家，我途中缺带盘费，这口宝剑，前来典当。（末）兵器勿当的。（小生）还望店家周全一二。（末）要当多少？（小生）当银五十两。（末）就是这把剑，值勿得五十两银。（小生）店家，这口宝剑亮光光，上面珍珠金丝尽挂，怎说不值五十两银子？（末）当勿比卖。（小生）你难道肉眼的么？（末）我这里典当是白府开的，有点来头的。（小生）你既是白府，可晓得建安人氏，姓金名瑞，在你白府招亲，可是有的么？（末）有的。（小生）他是我乡亲，叫他出来担代，就可容情了。（末）金大爷乡亲，不必担代，当之去是哉。请问尊姓？（小生）姓潘。（末）喂，有宝剑一口，当银五十两。（内）姓啥？（末）姓潘。（内）姓潘。（小生）明日前来察访便了。（唱）**权忍个假作痴呆，济困扶危不弃今朝，待等明日搜出那根芽，搜出那根芽。**（末白）仁兄，这是银子票，拿去。（末下）（小生）店家请了。（唱）**夕阳西下，救急穷途不弃今朝**①**。待明日亲访狂徒，那时节辨个真假，辨个真假。**

　　（丑、外上）（小生）仁兄，我有银子五十两，赠与仁兄，以为安葬之费。（外）请问恩公高姓大名？日后犬马图报。（小生）兄吓！（唱）

【尾】细些事休牵挂，何用问我名姓根芽？（小生下）（外）店家。（丑）客人。（外）我有银子五十两，望店家廿两银子买一块地方，殡葬俺爹爹。（丑）还有三十两？（外）十两棺木钱。（丑）还有二十两？（外）十两使用。（丑）还有十两？（外）还有十两，送与店家。（丑）多谢客人。（外）店家吓！（唱）**俺是个怯怯穷途，感谢那君家。**（下）

―――――――――

　　① 此句宁海平调本作"济急苍生胸中挂"。

第二十二号

贴旦（白双娥）、花旦（白双凤）、净（白槐）、末（朝奉）、小生（金瑞）、正生（院子）

（贴旦、花旦上）（同唱）

【皂罗袍】**自那日画堂前花烛双拜，姐和妹一体同心欢爱。红丝绣幕同房在，因甚的不辞别出门台？**（花旦白）姐姐，想金郎回去，姐妹跟前不说，理该爹爹跟前说明而去。（贴旦）妹子吓！（唱）**他心不睬，别痴和爱；定然是玷辱门楣，**（花旦白）姐姐吓！（唱）**非是我闲情便疑猜。他是个、负义亏心薄幸乔才，貌端庄倒做了不瞅不睬。**

（贴旦）想金郎回去，姐妹二人跟前不说，理该爹爹跟前说明而去。定有别情在内，等爹爹出来，便知明白。（净上）（唱）

【前腔】**好端端百年安泰，谁知他心瞒意昧。我跟前巧语花言，信着他身出门台。**（贴旦、花旦白）苦吓！（净唱）**可怜他娇花嫩柳，朝夕悲哀，夫和妻一夜情何在？怎不叫人泪盈满腮？**

（贴旦、花旦）女儿万福。（净）儿吓，你丈夫一定回归告知你婆婆是实，恐我不能放他出来，所以假说饭铺中有珍宝。他回去一定前来迎娶，你们不必悲泪。（贴旦、花旦）想金郎回去，姐妹跟前不说，理该爹爹跟前说明而去。（净）我也曾问他老婢，儿吓，他已婚定苏连女儿，幸得尚未做亲，总是我没有主意。（贴旦、花旦）怎么，他有前妻了？（净）我原不该说出来的。（贴旦、花旦）不好了！（同唱）

【前腔】**听言来魂飞魄散，姐妹终身如何布摆？说什么天定良缘，姐和妹朝夕悲哀。**（净白）咳，儿吓，他虽有前姻，尚未成亲，我这里拜堂的了，怕不是你久长。（贴旦、花旦）拜堂是虚。（净）洞房是实。（贴旦、花旦）若说洞房呵！（唱）**好叫我有口难言，泪落胸怀；一心思念，不念着洞房欢爱。从今后闷坐香闺伤心悲哀，伤心悲哀。**（科，贴旦、花旦下）

（净）咳！（唱）

【尾】悔不该闲口开,叫他行心酸意呆。(白)吓,有了,我如今一面打发家人到建安告知他母亲,一面到京寻他到来,说个明白。(唱)**还须要婉转从容两和谐。**

(末上)故交情不美,乡亲如嫡亲。吓,老大人!(净)先生进来何事?(末)金大爷乡亲昨日拿了一口宝剑来当,说今日赎取,要金大爷出去一会。(净)怎说女婿乡亲到了,正要问个讯儿,请他进中堂叙话。(末)仁兄请进。(小生上)混浊不分鲢共鲤,水清方见两般鱼。老先生请了。(净)老夫有礼,请坐。(小生)请坐。(净)请问贵客是我贤婿乡亲么?(小生)不但同乡,还有一亲瓜葛。(净)嘎,怎么,是乡亲瓜葛?(小生)正是乡亲到此,叫他出来见我。(净)他不在,他骗。(小生)他骗什么?(净)不要说起,自从进府拜完花烛,成亲一夜,到了第二日。(唱)

【皂罗袍】他调唇舌弄巧乖,一味支吾忙出门台。到今朝几日不回来,绣房中声声悲哀。(小生白)可恼,可恼!(唱)**闻言心唬,难猜根芽;相逢觌面,何言分解?那知此地露根芽。**

(净)他有老苍头夫妻二人,说已有前姻,花烛已拜,叫我如何悔得来?(唱)

【前腔】有多少王孙应聘来,盼切切都望姻缘来配。谁想彩球抛着建安文武解元金瑞,没缘的纷纷散开。自无主双女被害,双女被害;一世姻缘,如何更改?(小生白)老苍头夫妻二人,可在你府中么?(净)原在我府中。(小生)叫他出来,待我一问。(净)不差。来。(内)有。(净)到书房叫老苍头出来。(内)晓得。(正生上)(唱)闻言心喜,步出花阶;建安投亲,夫妻重会。(白)姑爷,敢是小姐叫你来的?(小生)小姐便怎么?(正生)可怜小姐呵!(唱)**可怜弱质女裙钗。**

(小生)老先生,小生告别。(净)怎么,他乔妆假扮的?(正生)姑爷,带带老奴同去同去。(小生)吓!(唱)

【前腔】他是弱女裙钗,抛头露脸,去向天涯。为何的跋涉关河,受尽了风霜苦悲。心如刀割,你身何在?这头姻缘,不瞅不睬。不知娇容何方在,娇容

何方在?(科)(小生下)

(净)苍头,如今要在你身上还我女婿来。(正生)老爷,若不是苏小姐假扮前
来,今日那有文武解元到你府上来呢。(净唱)

【尾】昂昂志气英雄盖,今日一见多才。怕不是诰命夫人送将来。(下)

第二十三号

付(冯凶)、丑(花吉)、小生(金瑞)、正旦(船家)

(付、丑二贼上,退后)(内哭)(小生上)(唱)

【山坡羊】月朦胧星斗无光,愁默默云雾瑷靆,急煎煎风吹花枝,虚飘飘雨打
风筛。(白)小生金瑞,我若不到白府,老苍头说明此事,不知小姐去向何处。
小姐吓,苦杀你了!(唱)你受煎熬,娇容何方在?云山重重有万千,苦杀你身
好悲怜。难安,池塘风如箭;泪涟,不知娇容何方在?

(付、丑科)(小生科)呀!(唱)

【五更转】乍见了我心惨然,魑魅魍魉好岬险。令人见心难安,潜伏的鬼和怪
却近前。(打,付、丑落水死下)

(小生)阿呀,这两个短路恶贼,被我打在水中淹死,我想小姐打此地经过,
受其害了。(唱)

【好姐姐】可怜你身受煎熬,怎禁得凶恶岬险。狂徒打劫来短路,苦杀身遭其
害,悲苦伤心哭断肠,伤心哭断肠。(小生下)

(正旦船家上)(唱)

【园林好】一咤声闷喧喧,早有事、荷花塘边。自那日鬼怪出现,不由人心惊
胆寒,不由人心惊胆寒。

(内)船家!(正旦)有鬼!(小生上)船家,我不是鬼,这两个短路恶贼,被我打
在水中淹死了,你来渡我过去,自当钱钞谢你。(正旦)勿是鬼?我来渡你
过去。人会扮鬼,怪道姑娘家会扮男子哉。(小生)船家,此话怎讲?(正旦)

相公勿要说起,这一日兰花院老鸨儿讨我船到苏州,买几个标致女娘,夜里荷花塘停泊,有一个假男子被鬼赶得上来,跌在我这船头上呵!(唱)

【侥侥令】婵娟多娇美,风流非偶然。(小生白)后来便怎么?(正旦)这老鸨儿一看见姑娘家,也勿到苏州哉。(唱)**即时行复多回转,逼他倚门笑望卖春来。**

(小生)船家,你摇到兰花院,自当重谢与你。(正旦)格末在我身上。(小生)船家吓!(唱)

【尾】我心切切好悲怜,泪滴伤心泣杜鹃。(白)小姐,小姐!(唱)**你是怯怯身躯,怎受得这熬煎,怎受得这熬煎?**(正旦、小生下)

第二十四号

老旦(赛多娇),贴旦、花旦(二小厮),小旦(苏绣娥),正旦(船家),小生(金瑞)

(老旦上)(念)妓院兰花名声赫赫,迎新送旧个个欢喜咱。(白)我乃兰花院中老鸨儿赛多娇便是。我院中接客的都是官家贵客,出入的浪子风流。为因不惜千金,到苏州去拣选几个美貌女子,到了荷花塘,来了一个凑巧的假男子,生得美貌非常。我细问根由,也是个官宦小姐,他的老子死过了,我要他接客,那女子执意不允。今朝必须要使法儿叫他接客,他若顺了,老身就可发财了。姐儿们。(贴旦上)生意在身边,(花旦上)三个小铜钱。(同白)老妈妈,小厮儿叩头。(老旦)起来。叫那女子出来。(贴旦、花旦)晓得。新进姐姐,叫吾头梳个,脚跷个跷,走出来做生意哉。(内)呵吓,苦吓!

(小旦上)(唱)

【哭相思】哭泣婆娑,盈盈泪如麻。叫天天不应,有谁来怜我?

(白)妈妈,你开了天地之恩,送我到建安,自当重谢与你。(老旦)我的儿,你也不要做作。我这院中来的是王孙公子、年少风流,可称你的心。还是少你吃的,还是少你穿的,听老娘说,你不要难过了。(小旦)阿,哥哥吓!(唱)

【小桃红】欺人太贱,欺人太贱,泪珠雨浇,这其间不由人肝肠断也。受尽凄凉苦悲号,阿吓,皇天吓! 我这里仰天天不能诉告。只我这一身儿有谁救捞,奴本是千金体,女窈窕,到如今身无主,随风飘也。一重未了一重来,为脱灾祸难黑夜潜逃,中途招奇祸又遭落圈套,又遭落圈套。

【下山虎】(老旦唱)你听我言道,莫须悲号。管叫你开怀抱,爱他个风流年少。(小旦白)住了。我乃官宦之女、千金之体,不要看差了人。(老旦)好一个官宦之女、千金之体,黑夜逃走。(唱)**必须要迎新送旧,倚门卖笑,那时节朝朝寻欢,夜夜良宵。**(白)你若再做作呵!(唱)**恼得我心焦躁,三昧火烧,**(白)你若依了老娘呵!(唱)**桩桩件件乐逍遥。**

【蛮牌令】(小旦唱)奴本是贞烈抱,休得絮叨叨。宁甘归泉路,烈志不颠倒。(老旦白)这等倔强,捆起来打。(贴旦、花旦打小旦)(老旦唱)我跟前休来胡闹,惹得我此心焦躁。(小旦唱)**九泉下,也含笑。保烈全贞,何惜命杳?**

(正旦、小生上)(小生唱)

【黑麻令】**心切切走踉跄,来到兰花一见凄凉,休得称强来吊拷。**(小旦唱)**乍见郎君面羞脸红桃,血淋浑身难挡熬。阿吓,皇天吓! 薄命红颜,重重祸招,重重祸招。**

(小生)老贼,这位小姐,你道是谁?(老旦)什么样人,在这里胡闹?(小生)这是御教习苏小姐,你送到建安去,有千金酬谢你这老贼。(老旦)你是情人了。(正旦)啥? 老阿妈,这是啥人,就是文武解元金瑞大人。(老旦)放你娘的屁,什么解元不解元。(正旦)我把你这老花娘,勿要惹对呢。(正旦下)(小生)老贼,此地可晓雷凤山?(老旦)雷大爷谁人不知,那个不晓?(小生)他是我好友,叫他到来,将你兰花院踩为平地。(老旦)你别把雷大爷旗号扯起,我这兰花院无赖见得多。(唱)

【斗黑麻】① **来往富豪家,现任官僚。官司有何惧,休来胡闹。**(白)我好气,我好恼,这女子在荷花塘救来,又不是强逼他的。你若喜欢,只要千两银子买

---

① 此曲牌名宁海平调本缺题,今从推断。

了去。(小生)小姐吓!(唱)**你且宽心,免心焦。**(白)老贱,小姐在你兰花院中,待我回去,拿银子一千,前来赎取小姐回去。(唱)**酬谢千金,感你代劳。**(老旦白)只要说明白。(唱)**奔往苏州去,寻觅美多娇。花柳三春,花柳三春**①**,人材俊俏。**

【忆多娇】(小生唱)**乍见了,泪双抛,难舍难分意焦燎,此刻分离各双抛。酬谢伊老,酬谢伊老,命丧沟渠且莫下梢,且莫下梢。**

【前腔】(小旦唱)**望伊家,须及早,水火之间命难保**②。(小生白)老贱,小姐在院中,男女辨清玉石也!(唱)**切莫肮脏,切莫肮脏,千金阿娇,千金阿娇,休得狐疑且放眉梢,且放眉梢。**(小生下)

【尾】(小旦唱)**望周全免怒恼,谢千金只在今朝。**(小旦下)(老旦)我好气也!(唱)**偏把那霹雳星斗门敲。**(下)

第二十五号

付(铁头陀),丑(庞士彪),老旦(赛多娇),贴旦、花旦(二妓女),

小旦(苏绣娥),正生(雷凤山),小生(金瑞)

(二手下、付、丑上)(丑念)

【缕缕金】③**乘骏马,称风流。闻说兰花院,有粉头。**(白)师爷,公馆里长吃闷酒,我你到兰花院,有娇女作乐可好?(付)咱家奉陪。(丑)来,趱上。(念)**情趣两意消,乐意滔滔。皇孙公子正闲适,楚馆秦楼乐。**

(手下)到了。(丑)叫老鸨儿。(老旦上)什么样人?(手下)国舅爷在此。(老旦)国舅爷在上,老鸨儿叩头。(丑)起来。叫几个美貌女子,出来陪酒。(老旦)虽有几个,不中国舅意。(丑)叫他走出来。(内)来了。(贴旦、花旦上)(老

---

① 二"春"字及叠句宁海平调本原无,今补。
② "望伊家"至"命难保",单角本无,据宁海平调本录入。
③ 此曲牌名宁海平调本缺题,今从推断。

旦)见了国舅爷。(贴旦、花旦)国舅爷在上,妓女们叩头。(丑)起来。可还有好的?(老旦)没有了。(丑)进去搜来。(二手下下,带小旦上)(丑)妙吓!来,将这女子扯了去。(老旦)国舅爷,这女子有人买去的。(丑)那个买去?(老旦)文武解元金瑞大爷。(丑)他可来?(老旦)即刻就来。(丑)师爷,等他便了。

(正生、小生上)(念)

【前腔】①**步匆匆,急忙走。来到兰花院,见娇羞。**(小生白)来此已是,打进去。(正生)打进去。(付)呔,你敢是金瑞?(小生)既知我名,招打!(众打下,又上)(丑)阿呀,雷大爷饶命!(付)呔,金瑞,明日敢上擂台会会?(小生)铁头陀,此刻不来除你性命,明日到擂台上绝你狗命。(付)明日擂台等你。(二手下、付、丑下)(小生)老贱!(科)(老旦)大爷饶命。(正生)贤弟,不要计较与他。老婆子,快小轿一乘,送苏小姐回府。(老旦带小旦下)(正生)贤弟,你我擂台上一走。(小生)请。(念)**明日擂台报冤仇,非我夸大口。**(正生、小生下)

(二手下、付、丑上)(丑)打杀哉,打杀哉,雷凤山拳头像雨点一样落下来哉!(付)公子放心,明日擂台绝他性命便了。(丑)就此回去。好打,好打!(下)

第二十六号

外(杨青)、正生(雷凤山)、小生(金瑞)、付(铁头陀)、丑(庞士彪)、末(王圣)

(外上)(唱)

【点绛唇】**诬陷悲号,诬陷悲号,我命不小,罪滔滔。身躯无聊,俺这里罪犯三不孝。**

(白)俺杨青,多蒙恩公赠我安葬之费,又蒙店家留俺吃了几天饱饭,闻得铁头陀在五龙庄摆擂,今日吃了饱饱一肚,要除他狗命也!(唱)

【佚名】**俺是个落拓英豪,遭磨折时乖运倒。何日里风云际会,骤然间豁开眉**

---

① 此曲曲文单角本末抄,据宁海平调本校录。

梢？又未知恩公名和号，亲睹面认得他堂堂相貌。自从那日到今朝，恩和义常挂怀抱，若得个恩公聚会着，方显俺一生欢笑，一生欢笑。（外下）

（正生、小生上）（同唱）

【佚名】气咆哮，看纷纷英雄齐到，擂台看过知多少，铁头陀命犯不虚嚣，命犯不虚嚣。（正生、小生下）（二手下、付、丑上）（同唱）**今日见凶枭，擂台上见个分晓，笑他蜉蝣逸蝶，生和死不知暮朝。**（丑白）师爷，那金瑞本事非比等闲，为此请扬州副将王圣带兵，保护擂台。（付）公子，那金瑞今日上台，咱家一拳一脚，绝他性命。（丑）转过擂台。（上擂台）（付）呔，台下听着，咱家今日摆擂台，有武艺者上来会咱一会。（外上）（唱）**两脚飞跑，闹盈盈、喧哗齐吵，俺这里抖擞精神除强灭暴，除强灭暴。**（科）

（付）你这厮前日被咱打下擂台，今日又来送死。（外）铁头陀，前者三天不吃饭，被你打下擂台，如今吃了饱饱一肚，除你狗命。（科，外败下）（正生上）（付）打擂报名。（正生）俺雷凤山。（付）吓，有雷凤山必有金瑞，叫金瑞上来打擂。（正生）嘈！铁头陀，俺雷大爷在此，何用金瑞来打也！（唱）

【佚名】威风号嗬，双交手不差分毫。（科，正生败下）（小生上，科）咳，铁头陀，你在此摆擂台。金殿上打死我老师，五龙爪被你受伤，如今要与老师报仇，拨你五龙爪也。（唱）**明言通道，擂台上韬步低高，要报冤仇方显武艺高，方显武艺高。**（打，付死下，二手下、丑逃下，小生下）（丑拿刀杀上，外上，杀丑下）（正生上，科）（小生上，科）（正生）贤弟，铁头陀可曾打死？（小生）哥哥，铁头陀已打死，擂台收下，回去了罢。（外上）（小生）这位仁兄有些面熟吓。（外）俺就是买棺木的杨青。恩公，铁头陀可打死？（正生）打死走了。（外）恩公打死铁头陀，俺将庞士彪一刀杀了。（正生、小生）杀了？不好了！（正生、小生唱）**其祸非小，姓名来报。**（外唱）**当堂自承招，何必心焦躁？愿甘血溅头颅云阳市曹，云阳市曹。**（正生、小生、外下）

（四手下、末上）（唱）

【佚名】蓦闻报，擂台上见个低高。（白）俺副将王圣。今有金瑞打死御教习，又杀死国舅,为此上前擒拿,杀上。(唱)**齐努力上前擒获,并齐心休放脱逃。恨强徒不法王章律条,今朝讨自招,萧何律法难饶,律法难饶。**(四手下、末下)(正生、小生、外上)(同唱)**官兵齐到,四围的伏兵埋着。**(外唱)**休得惊跳,有我在独立承挑,独立承挑。**

(四手下、末上,冲阵,四手下、末擒小生下,正生、外追下)(正生、外两面上)(外)雷大哥。(正生)杨兄,杨兄,被他擒去了。(外)俺杨青夺他转来。(正生)且慢,一人如何得手?(外)有理。(同唱)

【佚名】休得风声露,暗地密悄悄,做一个金蝉脱壳升化神道。顷刻间愁云怨雾迷漫罩,平地风波浪滔滔,愿得个雾散云收见碧霄。一轮明月当空照,望苍天护保,灾退祸消,那时节义结金兰诉说根苗,不枉了三凤鸾鸳生死相交,生死相交。(科,下)

第二十七号

丑(石猴)、付(乌儿鸦)、正生(雷凤山)、外(杨青)

(四番兵、车夫、丑石猴、付上)(吹【泣颜回】前段)(付)某乃琉球国平章乌儿鸦是也。奉主之命,有石猴南邦进献。有人胜得石猴,年年进贡。把都儿,趱上。(吹【泣颜回】后段)(众下)

(正生、外上)(吹)(外白)雷大哥,我和你随着恩公进京,打听得恩公下在刑部天牢,如何是好?(正生)杨兄,你我且到刑部衙门打听,救得贤弟,也未可知。(外)有理,请。(吹)(下)

第二十八号

净(庞洪)、小生(金瑞)、正生(雷凤山)、外(杨青)

(【大开门】)(四手下、净上)可恨,可恨!恨小非君子,无毒不丈夫。可恨金瑞这厮，打死御教习，又丧我儿性命，断绝宗祧。幸得扬州府副将擒获，来，将金瑞抓进来。（手下绑小生上）（手下）金瑞当面，有绑。（净）去绑。呔，大胆金瑞，见了老夫为何不跪？（小生）俺无罪。（净）吓，打死御教习，又杀死国舅，还说无罪？打！（手下带小生下）（内）一十，二十，三十，四十。打满。（手下带小生上）（净）咳，恶贼，恶贼！（吹）（小生白）庞洪，擂台上有生死文券，国舅有官兵之护，你有欺君之罪，我和你金阶面圣也！（吹）（净白）这厮敢动摇皇亲，夹起来！（内）圣旨下。（净）摆香案接旨。（内）圣旨下，跪。（净）万岁。（内）听宣读，诏曰：今有琉球国献南邦石猴无敌手，宣国丈上殿议事。钦哉，谢恩。（净）万岁。（吹）（白）来，将这厮上了刑具，押在天牢，明日午时监斩。（手下绑小生下）（净）老夫上朝去也！（吹）（净下）

（正生、外上）（吹）（正生白）杨兄，这老贼将贤弟打了四十，定在明日午时监斩，如何是好？（外）上前打听便了。（正生）有理，请。（吹）（下）

第二十九号

正旦（监斩官）、小生（金瑞）、正生（雷凤山）、外（杨青）、老旦（大太监）、

净（庞洪）、末（宋仁宗）、付（乌儿鸦）、丑（石猴）、贴旦（苏云）

（四手下、正旦监斩官带小生上）（小生）吓，天吓！我金瑞死得不明不白也！（唱）
【新水令】除奸削佞放胸怀，报冤仇名目全在。市曹云阳赴，一死有何碍。可怜我萱堂年迈，撇不下绣阁娇娃，绣阁娇娃。

（正旦）金瑞，你不过一个文武解元，敢与国丈作对，如今悔也不悔？（小生）吓，奸贼，你且是庞洪门下的走狗，我在黄泉路上等你。（正旦）来，转过法场。（小生）呀！（唱）
【步步娇】昂昂志气英雄名在，一死有何碍。名望今何在，半世英雄多慷慨。实只望朝纲来，凤世冤家如山海，冤家如山海。（四手下、正旦带小生下）

（正生、外上）（同唱）

【折桂令】唬得人心惊胆慌，顷刻刀锋，如何主宰？好叫我措手无能，到法场同生计会。(外白)恩公恩公绑赴法场，午时处斩，如何是好？(正生)杨兄，我和你且到法场，要死同在一处。(外)有理。(同唱)**急急的步儿匆忙，心无主怎样安排。无计会谁来担代，今日个同死尽亡不枉了金兰一概，金兰一概**。(正生、外下)

　(内)孩子们趱上。(老旦大太监上，二小太监随上)(打【水底鱼】)(老旦)咱家穿宫内监，奉皇帝之命，到法场救那金瑞。孩子们趱上。(二小太监、老旦下)(四手下、正旦带小生上)(小生唱)

【江儿水】迤逦法场里，盈盈泪满腮。萱花年迈都撇开，云阳道上今何在？(正旦白)时辰已正，开刀。(正生、外上)(外)嘈！谁敢动手？(唱)**挤得个残躯一堆，抢劫法场，何惧英雄辈①**。

　(二小太监、老旦上)(老旦)圣旨下，跪。今有琉球进献石猴，无人跌打，命金瑞上殿定夺。快些放绑，咱去也。(二小太监、老旦下)(正旦)放绑，放绑。(四手下、正旦、小生下)(正生、外唱)

【雁儿落】只道是赴云阳生难再，又谁知天恩金阶。若得个面奏君王，奏起那蠹国臣把忠良害，把忠良害。(正生、外下)(净、末上)(末唱)**呀！小寇儿喜洋洋，有石猴、献我邦。年年进贡每岁朝，好君王紫禁②贺**。(净白)臣见驾，万岁。(末)平身。(净)万万岁。(末)赐绣凳。(净)谢主隆恩。(末)寡人大宋仁宗，只为那琉球使臣，有石猴进献我邦，为此宣金瑞上殿，打石猴者。(唱)**明家，有石猴献我邦；传达③，命金瑞特与打④**。

　(老旦上)启万岁，金瑞宣到。(末)宣金瑞上殿。(老旦)领旨。万岁有旨，宣金瑞上殿。(内)领旨。(小生上)移步金阶上，低头拜龙颜。草莽臣见驾，愿

---

① "雄辈"二字单角本脱，宁海平调本此句作"何惧英雄汉"，据补，但改"汉"为"辈"。
② 紫禁，单角本作"旨金"，暂校改如此。下同。
③ 传达，单角本作"臣太"，暂校改如此。"传达"的"传"方言与"臣"同音。
④ 特与打，单角本作"凸余打"，暂校改如此。

吾皇万岁。(末)金瑞,打死御教习,杀死国舅,该当何罪?(小生)臣启奏万岁,御教习有生死文券,国舅有官兵之护,国丈庞洪擅调军兵,也有一罪,望吾皇降旨。(末)那琉球使臣,有石猴进献我邦,你可愿打?(小生)臣粉身碎骨,遍体受伤,愿打石猴。(末)平身。侍儿传旨。(老旦)万岁。(末)宣琉球使臣上殿。(老旦)领旨。万岁有旨,宣琉球使臣上殿。(内)领旨。(付上)锦绣繁华多得意,南邦一胜动干戈。乌儿鸦见驾,愿吾皇万岁。(末)平身。(付)谢万岁。(末)琉球使臣,我邦有人能打石猴,你主怎讲?(付)奉主之命,石猴进献,若然打胜,年年进贡,岁岁来朝。(末)将石猴放出打。(小生)领旨。(付)把都儿,打开铁笼,放出石猴者。(丑石猴上)(小生)呀!(唱)

【侥侥令】①铜头铁齿顿令人心胆摇,急如雷轰似海鳌,便功绩称英豪,便功绩称英豪。(打科,石猴死下)

(末)琉球使臣,小小石猴,前来侵犯我国。侍儿,将他去了冠带,绑出午门斩首。(小生)刀下留人。万岁斩了琉球使臣,不知大朝英雄,待臣写回诏一道,年年进贡,每岁来朝,可知大朝英雄也。(末)我命卿写回诏一道发上来。(小生)领旨。(唱)

【收江南】呀!显英雄叩首来求饶,罪难定、写王诏。年年进贡归大朝,有一日架海金鳌。呀!一一的真经名表,唵呵!两国和安才调。

(末)琉球使臣听者。(唱)

【园林好】我大朝堂堂气概,命你主、来岁朝。年年进贡每岁朝,好君王紫禁贺,好君王紫禁贺。

(付)万岁,万岁,万万岁。(末)退班。(付下)(末)金瑞听封。(小生)臣领封。(末)本是文武解元,捶打石猴有功,钦赐文武状元。(末)你可婚定?(小生)臣已定故臣苏连之女为婚。(末)命你回家完姻祭祖,来年进京复旨。(小

---

① 此曲及下文【收江南】【园林好】【沾美酒】,曲牌名单角本缺题,宁海平调本均无相应唱段,曲牌名系推断。

生)谢万岁。(净)启万岁,臣子之事如何?(末)卿家之事,不必再奏,退班。(净)但是臣……(小生)臣启奏万岁,苏云、杨青、雷凤山被庞国丈陷害,拘禁天牢,无旨不敢入殿。(末)庞相吓,寡人朝事重托,陷害忠良。侍儿,将他去了冠带,逐出午门,永不见君,去罢。(净)罢了。(净下)(末)侍儿传旨,宣苏云、杨青、雷凤山上殿。(内)领旨。(贴旦上)霎时啼痕来收起,(正生、外上)顷刻豁开两眉梢。(同白)草莽臣／罪臣见驾,愿吾皇万岁。(末)平身。(贴旦、正生、外)万岁。(末)苏云,委屈之事,一一奏来。(贴旦)容奏。(唱【沽美酒】前段①)(末白)杨青、雷凤山奏来。(正生、外唱)

【沽美酒】习兵戈颇晓韬略,立君前庆贺圣尧,草芥风飘转天涯,飘转天涯。

(末)苏云听封。(贴旦)臣领封。(末)封为翰林学士。(贴旦)谢主隆恩。(末)雷凤山听封。(正生)臣领封。(末)封为殿前指挥。(正生)谢主隆恩。(末)杨青听封。(外)臣领封。(末)封为潼关总兵。(外)谢主隆恩。(末)众卿退班。(小生、贴旦、正生、外)送驾。(下)

第三十号②

净(白槐)、小生(金瑞)、老旦(沈氏)、小旦(苏绣娥)、正生(院子)、

贴旦(白双娥)、花旦(白双凤)

(净上)正是一脚不到处,满面都是虚。自那日老夫年迈,眼目昏花,把一个假男子看作文武解元。幸喜他是女子,如若不然,把我两个女儿做破了。如今金瑞奉旨荣归,与苏小姐完姻,我今将两个女儿送亲上门,怕金瑞不是我女婿不成?说得有理,正是,姻缘凭月老,红线一线牵。(净下)(二手下、小生上)(唱)

---

① 此处曲文单角本未抄。
② 本出单角本仅小旦本有"婆婆万福""原是有的"二句,其余皆省抄,兹据宁海平调本校录。

【醉花阴】十里红楼杏花照,锦衣归荣宗祖耀。喜的是占文武荣耀,感君恩婚定今朝。谐伉俪和同调,闻红妆那情儿怎开交,恰好似今配佳期话重表。

(吹打)(二手下下)(老旦上)我儿回来了。(小生)母亲请上,待孩儿拜见。(老旦)不消。坐下。为娘闻你在京拜寿,怎生祸灾?(小生)孩儿进京到苏府拜寿呵!(唱)

【画眉序】不期的祸来招,为报仇冤心切切。自那日金殿上,跌打石猴冤仇报。感恩德圣上仁慈,定婚配还乡及早。(老旦唱)少年得第添荣耀,两第仙跨凤吹箫。

(小旦上)媳妇万福。(唱)

【喜迁莺】见姑嫜深深、深深拜倒,凑菽水①恕儿、恕儿不孝。亲也么招,攀门楣堪萧,恤念奴身无父母没下梢,一家的感君来护保,还念翁婿师生旧交。(老旦唱)金台腾蛟,娉婷存妇道,这的是郎才女貌成欢笑。(老旦、小旦下)

(吹打)(净上)吓,贤婿!(小生接)老大人。(净)不是这样叫的,要叫我岳父吓!(小生)晚生早聘苏千金,并没有到府央媒说亲吓!(净)你不曾来,苏小姐是来过的。(唱)

【画眉序】金瑞名姓号,(白)我那里晓得苏小姐假扮的?(唱)昼锦堂前拜花烛。假金瑞洞房春,美景好良宵。总成你三女欢笑,岂不是天缘凑巧?(小生白)花烛拜过,夫妻五伦之首,岂可重娶?(净)难道叫我再招女婿不成?(唱)金瑞白氏东床婿,又谁知情意假冒。

(正生上)(唱)

【出队子】会双星鹊渡蓝桥,巧东君解元名号。双双的洞房烛焰多欢笑,二千金何知假冒,这的是三凤和鸣百年好。

(老旦上)(唱)

【幺篇】彩楼上天缘凑巧,女千金何假冒,秦晋连枝蒂好。(净白)老亲母!(老

---

① 凑菽水,宁海平调本"菽"字空缺,暂补如此。菽水,指对长辈的供养,详见《琵琶记·小别》"上托蘋蘩并菽水"注。

旦)我儿过来拜见岳父。(唱)**百岁良缘定大家欢笑,有蓝田种玉妻配夫交。**

（小旦上）（唱）

【刮地风】**呀呀！是那日旅店凄凉索萧条,都只为苍苍、苍苍年老。凑佳期也是你前生孽造,假金郎先与他洞房花烛,怎叫他虚冒金瑞婿招。终身事无依无靠,这香闺,那绣阁,担烦受恼。都是我误终身青春耽搁,愿将这五花官诰让多娇,次妻的苏绣娥甘心受乐。**（小旦下）

（小生）吓,母亲,非是孩儿不允这亲事呵！(唱)

【双声子】**都只为先人面,世故交,辜负我薄幸儿曹。女千金,亲口套,两意情投好。**（白）岳父请上,小婿一拜。(唱)**画堂前,三星照,喜芙蓉,天恩浩。怀门楣喜欢笑,今日个美景好良宵。**

（净、老旦）点起龙凤花灯。（小旦、贴旦、花旦上,拜堂）（下）